作家出版社 & 悬疑世界（上海浩林文化传播有限公司）

命运有无限种可能

蔡骏 | 作品

作家出版社

每个人都可以听到自己前前后后所做的一切事情

（全本朗读）
广播剧
由"喜马拉雅电台"制作开播，
请扫一扫关注收听！

生活本身比地狱更像地狱
——芥川龙之介

当穹苍破裂的时候

当众星飘堕的时候

当海洋混合的时候

当坟墓被揭开的时候

每个人都知道

自己前前后后所做的一切事情

——《古兰经》(82：1-5)

目 录

第1部　黑暗日　　　1

第2部　罗生门　　　85

第3部　亡灵书　　　163

第4部　幸存记　　　231

第5部　审判者　　　333

第6部　掘墓人　　　359

尾声　　　381

蔡骏创作大事年表　　　387

第1部
黑暗日

第一章

"人生路，美梦似路长。路里风霜，风霜扑面干。红尘里，美梦有几多方向，找痴痴梦幻中心爱，路随人茫茫……"

4月1日。星期日。夜，21点59分。

雷声震震，豪雨倾盆。

蓝牙耳机里响起张国荣的粤语歌声。隔着奔流不止的冰冷雨水，城市的霓虹灯光一片模糊。司机是个五十岁的中年人，侧面看有张冷峻阴鸷的脸，正目不转睛对着瀑布般雨水后的挡风玻璃。周旋调低《倩女幽魂》的音量，仰望路边那栋古典主义风格的大楼，花岗岩外墙上闪烁着"未来梦大厦"几个字。

这座中世纪城堡般的建筑，乍看又似浓缩版的纽约帝国大厦，如匕首劈开两条主干道交汇的路口。大厦商场底楼，几个女孩拎着购物袋，走出玻璃旋转门，黑丝短裙，风情万种，躲到广告牌下等雨。也有人慌张地冲进雨幕，徒劳地想拦下一辆空出租车。

经过未来梦商场入口右转，出租车开到大厦北侧，未来梦大酒店门口。服务生娴熟地拉开车门，又打开后备厢准备提行李赚点小费，却发现里面空空如也。周旋只拎着一个手提包下了车，抬头看了一眼天空，灯光照亮密密麻麻的雨点。

耳机里响起张国荣的另一首歌——"风继续吹，不忍远离，心里极渴望，希望留下伴着你。过去多少快乐记忆，何妨与你一起去追……"

周旋穿过酒店的旋转门。大堂很冷清，墙上有五颗星的标志。他已预订了一间套房，前台安排的房间号是"1919"，这个数字让他很满意。本已昏昏欲睡的前台小姐，刚想跟帅哥搭讪几句，他已扬长进了电梯。

电梯按钮从一楼直接跳到十五楼以上，楼层指示一点点接近顶楼。轿厢里的液晶屏上反复出现一本书的广告，封面上印着作者照片及书名——《黑暗日——世界末日即将来临》，还有"当当、卓越网络书店销售排名第一"的字样，果然是本极合时宜的畅销书。

"你准备好船票了吗？"这是图书腰封打出的宣传语。周旋皱眉摇摇头，嗤之以鼻地大笑起来，以至于捂着肚子蹲在地上。

十九楼到了。电梯门徐徐打开。不知走廊窗户有没有关紧，冷风裹挟着湿气冲到脸上，似能触到窗外的风雨。周旋紧了紧风衣领子。迎面是堵黑色的墙，欧式风格的墙纸，镶嵌一幅小框油画。他在走廊尽头找到了1919房间。

突然，背后响起清脆的狗吠，蹿出一条米黄色拉布拉多犬。五星级酒店里怎会有狗？它警惕地盯着周旋，蹲在走廊里不动了。

周旋不想招惹它，他小心地打开房门，轻手轻脚放下包，脱下风衣整齐叠好，又摘下手表放到床头柜上。现在是22点12分。蓝牙耳机里响起又一首歌——"只有在夜深，我和你才能，敞开灵魂，去释放天真。把温柔的吻，在夜半时分，化成歌声，依偎你心门……"张国荣的《夜半歌声》，从粤语转为国语，才是适合今晚的声音。周旋解开衬衫上的两粒纽扣，闭着眼睛走到窗边，想象着窗外被大雨淋湿，依旧灯火辉煌的世界。

突然，他听到一记刺耳的撞击声。

不是敲门声，就在自己的眼前！也不可能是天上的雷鸣——骇人的雷声绵绵不绝，但刚才的声音如此尖锐，如一根针扎入心底，令他浑身为之一颤。他睁开了眼睛。

眼前的窗玻璃上，多了一摊鲜艳的血迹，还有几片黑色羽毛，转眼被风吹雨打去。瀑布般的雨水，很快稀释冲刷掉了鲜血，只剩窗台外沿一具小小的尸体。它是一只小小鸟。

周旋能想象刚才的情景：一只大概是麻雀的小鸟，在雷电交加暴雨倾盆的深夜，突然猛烈撞击到十九层高的酒店玻璃外墙上！

率先撞击的是鸟喙，飞快的速度使其当即粉碎，脆弱的头骨随之毁灭，小小的身体内所有脏器同时破裂，接着羽毛四散横飞，一腔鲜血就这样喷洒在周旋眼前的玻璃上。最后，一团失去生命的残骸，惨不忍睹地落于窗台。这具血肉模糊的小鸟尸体，还残留某种怨念，牢牢占着窗外狭窄的空间，无论狂风暴雨怎么摧残，就是不往外移动哪怕一厘米——只要移动这点微小的距离，它就将从周旋面前消失，坠落到无穷的深渊。

可惜，它不但没有消失，反而让周旋趴在地上呕吐起来。精心准备的衬衫和裤子，全因这只鸟的惨死而被弄脏。他狼狈地逃进洗手间，面对镜子里苍白的脸苦笑。也许，自己本就是一具僵尸。

门外那条狗又开始狂乱地吠叫，周旋只当没听见。他从包里拿出备用衣服换上，除了T恤和长裤，再没有其他东西了。他回到可怕的窗边，死去的小鸟顽强地趴在那儿。雷暴雨中还敢出来，飞到十九楼那么高，一头撞死在玻璃上——除非一心求死！他不禁对这只小鸟无比钦佩。

看了看手机，深夜22点19分，不用再留恋了！

周旋打开窗户，一阵凄凉风雨涌入，吹乱他长长的头发。他有些后悔，没提前把头发定型。他爬上窗台，抓着金属窗框，瞪大眼睛，看着被雨水冲刷的城市——远方不计其数的高楼，彻夜通明了二十年的摩天轮。心跳本能地加快，头晕眼花间，他不敢俯瞰，只能尽力远眺黑暗中的天际线。他生怕自己改变主意，赶紧双腿跨出窗户，以至于一只脚踩到了小鸟的尸体上。

光！

那是什么？周旋的眼睛被刺痛了一下。那是整座城市的最远方，被水泥森林遮挡的视线尽头，亮起一大片耀眼骇人的白光——宛如几年前在北极旅行时，偶尔见到的绚烂极光！

此刻，它正从大地尽头扫视着他。向上喷出的核爆式的光芒，几乎覆盖整片天空。

该死的，真是今天吗？

耳中仍然塞着蓝牙耳机，此时响起的是张国荣的《沉默是金》——"夜风凛凛，独回望旧事前尘。是以往的我，充满怒愤。诬告与指责，积压着满肚气不愤。对谣言反应，甚为着紧……"

第二章

4月1日。星期日。夜，22点01分。

"尊敬的各位顾客，卡尔福超市提醒您，收银台将于半小时后关闭，请您尽快挑选商品，到地下一层收银台付款，谢谢！"

二十五岁的陶冶，推着沉重的手推车，穿过地下二层的生鲜食品区，清点货架上的商品，并不时把缺少的货品补上去。已忙碌了十来个钟头，每到这时就会腰酸背痛，似乎生命耗尽在这地下。他在这家超市做了三年理货员，能精确计算出自己到地面的距离——8.7米，如同身处永远暗无天日的古墓。

卡尔福超市所在的未来梦大厦，四年前动工兴建时，挖出许多棺材和骨骸。民国时期这里是墓地，五十年代才变成居民区。陶冶常被外籍主管勒令加班到深夜，整整地下两层的卡尔福超市，只留他独自一人清点货架——多年前深埋地下的鬼魂们，隐藏在一排排货架后，或附身于服装区的假人模特们身上，子夜十二点一到，就会悄无声息地动起来，诡异微笑，彼此寒暄……别说亲眼看到，随便幻想一下，也让人吓得心脏麻痹了。

未来梦大厦一到八楼，入驻了国内外各种品牌，中外菜系的餐厅，晚上常有一长串食客等位。九楼是未来梦影城，陶冶只去过一次，带着第一次也是最后一次的相亲对象，看完一场电影就再无音讯。上面还有写字楼与五星级大酒店，他都从没去过。

商场有个宽阔通透的中庭，从底楼直通九楼影城。曾有人看完电影出来，就翻过九楼的栏杆，直接摔到一楼汽车展台，把一辆价值千万的兰博基尼跑车砸出个人形大坑。那天陶冶恰巧经过，看到那人从天而降，残缺不全地趴在倒霉的跑车上，只剩下最后一口气，两只眼球几乎爆裂出眼眶，死死盯着目瞪口呆的陶冶，几秒钟后眼珠变得混浊——如果偏差个半米，就会把陶冶活活砸死。警方判定为自杀，也有传言是被人推下，因此商场把每层中庭栏杆加高了十厘米。

此刻，陶冶在地下二层仰着头，想要穿透厚厚的楼层，看到被自动扶梯与各种商铺包围的九重天庭……可惜，眼前唯有黑漆漆的天花板，裸露在外的各种金属管道，跟所有只装修下半身的其他大型超市一样。

"陶！"一句老外的蹩脚中文，让陶冶回过神来，就像课堂上睡着的小学生，突然被老师点名而惊慌失措。他看到史泰格先生大大的肚子，剥皮老鼠似的粉红色皮肤，电灯泡般的蓝眼睛。世界五百强的卡尔福连锁超市，给中国区每家店指派了本国管理人员，未来梦店更是每个部门都有外籍主管。史泰格先生来中国不到两年，是陶冶的顶头上司。陶冶低头记录起货架商品，耳边飘过史泰格先生的口头禅："Son of a bitch！"

洋鬼子肥硕的背影远去，陶冶重新直起身体，握紧右拳。

超市不停用中英文广播，催促顾客在关门之前尽快去收银台结账。听说外面在下雷暴雨，巨大的地下卖场更显空旷冷清，目力所及不过十来个顾客——有的购物车里放着雨伞，有的鞋底留下湿湿的脚印，有的年轻女子发梢带着水滴。

经过水产柜台，陶冶听到一阵激烈的拍打声，一条滑溜溜的鲇鱼跳出高高的水箱，如同长了翅膀，横飞到他跟前。鱼尾巴带着腥味，重重地扇了他一个耳光，扭动着坠落在地。他摸了摸被打红的脸颊。随后水箱里的活鱼纷纷向外跳。一个顾客大妈尖叫着逃走了。卖鱼的员工跑过来，手忙脚乱地去抓跳到地上的数十条大鱼。陶冶在卡尔福超市三年，从没见过此种场面，这些鱼像吃了兴奋剂，平常被杀的关头都没这么激烈过。

他找了块布擦干净脸和手，准备去更衣室换衣服，免得再被史泰格先生叫住加班。经过图书柜台，书架上最醒目的仍是《黑暗日——世界末日即将来临》，最近国内头号畅销书，欧美日本都趋之若鹜，买下版权全球同步出版。

布满此书封面的书架前，站着一个身着黑西服的中年男人，往脑后整齐梳理的黑发间，夹杂着一绺颇显大师风范的白发，厚镜片后藏着一双目光阴郁的眼睛，让人印象深刻，又有几分眼熟，赫然正是《黑暗日——世界末日即将来临》的作者，书封上印着大师的名字——吴寒雷。

这位经常出现在电视里的大师，多年前早已名震中外的大学教授，曾获荣誉无数，面对公众总会对人类未来忧心忡忡眼含热泪，微博粉丝达上千万，每次签名售书都须出动大批武警维持秩序。可是，今晚，他怎会出现在这里？

陶冶满腹狐疑地靠近，发现他嘴唇青紫，肩膀微微发抖。吴教授似乎有所察觉，立即将眼镜拿下，换上大大的墨镜，像躲避粉丝的明星那样，消失在了几排货架间。

4月1日。星期日。夜，22点09分。

时间不早了，陶冶快步走向更衣室，耳边听到一个温柔的女声，完全听不懂在说什么。不过，对于一个单身打工男子来说——日语，尤其是女人说的日语，恐怕是最不陌生的一种外语了，你懂的。

循着迷人的声音，他漫不经心地转过头去，装作清点货架的样子，其实是想看看说日语的女子长什么样。

第三章

她的名字叫玉田洋子。

4月1日。星期日。夜，22点10分。

她不知道自己为什么在这么一个星期日的晚上，打车到未来梦商场购物，仅仅想给儿子买一件春装？她也不明白自己为什么在这么一个烦躁的夜晚，还流连忘返在未来梦大厦地下的卡尔福超市，仅仅因为家里的日本原产速冻食品快吃完了？她更不理解，为什么在这春寒料峭的时节，却像炎热的盛夏那样下起雷暴雨？

隔着一排食品货架，陶冶有理由多看她几眼。果然是标致的美人，绝不超过三十岁，体形较一般日本女子高。五官中最吸引人的是眼睛，双眼皮显露出几分妩媚。像大多数日本人那样，她有高挺细直的鼻梁，薄而长的嘴唇略施口红，配上天生的白净皮肤，染成棕色略带卷曲的长发，一件窄腰挺括的米黄色风衣，不开口说话也像日剧里的人物。

她正紧张地望向四周，喊出一句日语。

陶冶猜出了大致意思。他看见一个六七岁的男孩——肯定是日本孩子，四月天却穿着短裤，满脸稚气，有一张酷似母亲的脸，肤色超乎寻常地白，几乎有些刺眼。男孩神色慌张，不想回到妈妈身边，在进口食品货架间乱跑，但并不像其他孩子那样伸手乱拿。

"正太！回来！"玉田洋子又用近乎标准的中文喊了一句。她已失去儿子的方向，推着购物车乱跑，娥眉紧蹙，目光焦灼。

陶冶悄悄靠近男孩，一把抓住他的胳膊："你妈妈在找你！"从眼神的反应来看，男孩听懂了这句中文。

"女士！您的孩子在这里。"

玉田洋子正要往另一个方向去找，闻言扔下购物车，惊魂未定地跑过来，一把从陶冶手里夺回儿子，拥在胸前用日语责骂几句。男孩惊恐地尖叫，并用日语大喊："我要出去！"

玉田洋子双手颤抖，有了某种不祥的预感，她抱起七岁的正太，刚要回头去找购物车，却看到一个年轻的中国男子，穿着超市的蓝色工作服，将购物车送回她身边。

"非常感谢您！"她用中文向陶冶道谢，又来了个日本式的鞠躬。

"孩子没事吧？"陶冶尽量放慢语速。

洋子点头用中文回答："多亏您帮我找回了儿子！请问您下周日还上班吗？我一定回来道谢。"

日本人的假客套吗？陶冶不敢看她的眼睛，尴尬地说："不用了，这是我应该做的。"

玉田洋子再次鞠躬，她注意到陶冶的眼睛不大，有股阴郁的气质，很像九十年代日剧里的男主角，可惜干着收入低微而辛苦的工作。忽然，她听到一串粗鲁的英文，来自一个高大肥胖的欧洲人——陶冶的顶头上司史泰格先生，旁若无人地骂陶冶上班偷懒，把他带进超市角落的员工更衣室。玉田洋子看着他狼狈离去，心生几分怜悯。

正太依旧不停哭闹，洋子只能把他放进购物车，快步推向收银台。超市临近关门，收银台前排起长队，她耐心地等待前面一位凑硬币付钱的大妈，好不容易轮到她，地面开始了晃动。

4月1日。星期日。夜，22点19分。

地板从左到右摇摆了一下，又从右往左摇摆回去。她的心骤然狂跳。眼前飘过神户的那个冬天，整个坠落的天花板、声嘶力竭的尖叫声……异常清晰地放映。

一眨眼的瞬间的幻觉，可脚下的晃动却如此真实！

头顶的灯光忽明忽暗，爆出骇人的火花。整个人几乎摔倒，仿佛被送上一艘小小的舢板，顺着洋流漂到波涛汹涌的大海深处。

大地震！

几秒钟的极度慌乱后，玉田洋子出乎意料地镇定下来，弯腰抱紧儿子，躲到收银台下——遇到这种突如其来的情况，应尽量藏身于家具或坚固物之下，就算房屋倒塌，也可形成三角形空间，留有生存余地。救命的三角区！

正太厉声尖叫。预感应验了？玉田洋子拼命用身体护着儿子，以免他被坠落物砸到。她的担心是必要的。仅仅咫尺之遥，超市顶上一盏大灯坠下，砸在一个乱跑的收银员头顶。没等闭上眼睛，那个可怜的中年女人的脑浆已喷溅到玉田洋子脚下。依然有许多人慌乱奔跑，她真想站起来大呼，提醒每个人就近躲藏在坚固的遮挡物下。但她不敢抛下儿子，只能想象那些倒霉的人被横飞的玻璃割断脖子，或被倒塌的货架砸断大腿。

惊天动地的晃动持续了一分钟，似乎整座城市已经毁亡。在日本都没有过这么震耳欲聋的动静，也超过了玉田洋子经历和听说过的任何一场地震。她藏在收银台的金属护栏下，观察濒临崩溃的世界。不断有各种东西坠下：天花板上的吊灯、墙壁上的管道、收银台里的硬币。如天女散花，地面一片狼藉，满是碎玻璃和鲜血，还有一动不动生死不明的人。

洋子身下的地板爆出一道长长的裂缝，倒塌的货架后，墙壁也开裂剥落。更令人绝望的是，她明显感到在迅速下降，像身处一部高速下降的电梯里，从三十楼飞落到一楼。

4月1日。星期日。夜，22点20分。

已不能用沉没的泰坦尼克来形容了，整个地下二层的卡尔福超市——不，是整座未来梦大厦，都像一架急速坠毁的大型客机。忽然，闪烁不停的灯光熄灭，世界坠入黑暗，四下响起一片恐惧的尖叫。

真是今夜吗？

玉田洋子抱着发抖的儿子，急泪迸落——以她在日本出生长大经历过无数次地震，包括阪神大地震和东日本大地震海啸的经验，以及从小接受系统科学的地震教育来看，这绝对是一场震级在里氏10级以上，非常可怕非常致命非常具有毁灭性的地震！

也许，将要毁灭的不仅仅是这座大厦，也不仅仅是这座城市……

第四章

4月1日。星期日。夜，22点10分。

黑夜，无边的黑夜。

新月如钩，挂在黄沙阵阵的天空，月光照亮一棵孤独的大仙人掌，还有那座半塌的木头教堂的尖顶，十字架早已折断在破屋的半腰之间。一条弯弯曲曲的街道，两边的房屋几乎都是二战以前建造的，紧闭的门窗里不见半点灯光。一英里外的荒原，一头公狼仰天发出骇人长啸。

似乎是为配合远方的狼嚎，小镇尽头那间两层的大屋里，同时响起一声令人毛骨悚然的尖叫。随着这些恐怖的声音四处响起，整个小镇幸存的人们，都躲藏在被窝里、窗台下、衣橱内、浴室中瑟瑟发抖。

你，循着声音来到那栋大屋，房门竟自动打开，黑暗的客厅充满腥味，脚底令人恶心地湿滑。不知哪里亮起一线微光，恰好照出一排古老的绿色木楼梯。小心翼翼地走上去，楼梯发出随时要断裂坠落的响声。光线扫过白色墙壁，满是触目惊心的鲜血——不是一摊血迹，而是几乎铺满墙壁的红色，渐渐流淌布满整个楼梯。狭窄的二楼走廊，从天花板到墙壁到地板，全部涂抹着鲜红的血迹。自卧室门缝流出红色小溪，门把手上清晰地印着尚未干涸的血手印。就在这扇门打开的一刹那，你崩溃了。

在这样一个阴森的雷雨之夜，看一部据说在大洋彼岸吓死过人的美国恐怖片，未来梦影城七号放映厅里，五六对年轻男女一起发出惊恐尖叫——免不了让刚开始谈恋爱的男生占了便宜。

只有一个例外，她孤独地蜷缩在最后一排，身边没有小男生或老男人，唯有爆米花和苏打水相伴。

两小时前，莫星儿独自来到未来梦大厦九楼，在影城售票窗口买了一张《血腥小镇》的电影票。未来梦影城拥有八块屏幕，每到周二周三的半价日经常爆满，但今晚显出几分清冷。

售票员看到这个漂亮的年轻女子竟在周日雨夜独自一人来看恐怖片，不可思议地皱起眉头。莫星儿感觉自己被当成了怪物或变态，打肿脸充胖子强调一句："咳！咳！我是专门研究美国恐怖片的。"说完她就后悔了，此地无银三百两，就差在额头上贴两个字——寂寞。

二十五岁的白领丽人，穿着休闲大毛衣、紧身牛仔裤，坐在电影院最后一排的角落里。放映机闪烁的光束从她头顶上方射出，将一座美国西部小镇恐怖血腥的画面投射在前方屏幕上。她回头看着放映窗口，想象射出白光的小房子里，会藏着什么可怕的秘密。

银幕上上演最不恐怖的谈情说爱时，莫星儿却发出震惊全场的尖叫声。其他观众纷纷尖叫起来，影院工作人员也来看个究竟。原来，她感到脚底痒痒的，不知什么在蹭来蹭去，用手机往下一照，才发现是一只硕大的灰老鼠围着自己的运动鞋乱窜！工作人员也吓得几乎摔倒。这只可恶的大老鼠随即窜入黑暗的墙角去了。

再没看电影的兴致了，她厉声责问电影院里怎会有老鼠。而答复则是未来梦影城开张三年，这是第一次发现老鼠出没。她下意识地说了一句："难道是要地震，老鼠蟑螂都跑出来了？"

值班经理为了息事宁人，将电影票全价退还作为补偿。

终于，在对于屏幕上鲜血横飞的美国西部小镇，以及脚底下随时可能出没的小动物的双重恐惧中，莫星儿结束了这场特别的观影。

慌乱地走出电影院，身边都是散场出来的年轻男女。莫星儿斜倚着中庭栏杆，俯瞰底楼，一阵头晕目眩袭来。

影院门口有玻璃幕墙的景观电梯，在其中可以看到大厦中庭全景。她跟着几对恋人挤进去，身边紧挨一对男女，旁若无人地激情拥吻，看得她脸红心跳地扭过头去。

4月1日。星期日。夜，22点19分。

电梯微微晃了一下。其他人还没什么反应，莫星儿却心头狂跳起来，下意识地抓紧电梯扶手。不到两秒钟，电梯又晃了第二下，所有人都叫了起来，仿佛回到刚才电影里美国西部小镇的血腥黑夜。

那对正在狂吻的男女失去平衡，倒在莫星儿身上。她本能地大叫起来，想用后背顶住重压。电梯又往反方向晃动。在七八个人的尖叫声中，她被挤到角落，生怕玻璃幕墙被压碎，自己第一个飞出去。

电梯灯光急促闪烁，整座商场也一明一暗。靠近电梯门的男生想要按下紧急按钮，慌乱间错按紧急呼叫，响起刺耳的啸叫声，一如电影结尾时的恐怖噪音。这部载着多人的电梯，像小孩手中的玩具不停摇摆。莫星儿隔着玻璃看出去，商场中庭和各个楼层，却丝毫没有晃动迹象——只是，七楼杰克·琼斯男装店里，穿着休闲西装和衬衫的高大挺拔的模特假人纷纷倒下了。

虽然被撞得头晕眼花，莫星儿却意识到，并非电梯发生摇晃，而是整栋未来梦大厦在剧烈摇晃！电梯相对大厦并没有摇晃，而是大厦连同电梯相对地面发生了摇晃。

刹那间，电梯内部连同整个商场的灯光全部熄灭，随着电梯内恐惧的呼救声，一团漆黑间，莫星儿的双腿猛冲到地板上——电梯停了。

整座大厦断电。

伸手不见五指的狭小空间内，不断亮起手机屏幕的光，照出一张张恐怖片里死鬼的脸。莫星儿却懒得掏出手机，她安静地闭起眼睛，贴着冰冷的玻璃，流出一滴热热的眼泪。她并不是为自己将要死亡而流泪，而是为来不及做一件事而悔恨莫及。

4月1日。星期日。夜，22点20分。

电梯与大厦的晃动基本停止，这部小小的电梯，将成为活死人的棺材。

突然，电梯飞快降落，惯性使所有人都飘飘欲仙，这下降落不知有多深——照刚才下降的速度，至少又降落了二十几层楼！从电影院到底楼总共才九层，难道电梯直接降落地狱？

就在大家都为不知何时坠落到底而绝望时，电梯突然再次停了下来。

莫星儿始终盯着玻璃墙外，她有一种奇怪的感觉——电梯并不是在商场内部往下降落。虽然外面什么都看不清，但似乎没什么变化，对面还是四楼与五楼，数十米外某部手机发出的光，可以照出劳力士手表的广告牌。就像电梯相对于大楼并未晃动，此时，电梯相对于大楼同样也未下降——而是整栋未来梦大厦在飞速下降！

第二次下降，大家没再发出声音，停下来反而又一片尖叫。

不知是谁触动某个按钮，电梯门竟然自动打开。或许，还有电梯专用的备用电源？人们纷纷往外逃，第一个人却重重地撞上钢筋混凝土，一声惨叫倒在众人身上。

莫星儿的判断是正确的，电梯仍在商场内，但不是正好停在楼层上，而是落在四楼与五楼之间，电梯门打开后正对四楼与五楼之间的楼板。

大家用手机往前乱照一通，发现电梯门中部全被堵死，但上面有约五十厘米空隙通五楼，下面有约四十厘米空隙通四楼。无论四楼还是五楼，从狭窄的缝隙用手机光束照过去，都像深埋地底的古墓，不时传来墙壁倒塌声、玻璃破碎声、慌乱的逃跑脚步声、行将死去者的呼救声⋯⋯

失去动力的电梯悬在半空，随时可能坠落，直接砸到底楼，就算没有粉身碎骨，玻璃幕墙如果砸碎，也会变成锋利的刀片。逃出去是唯一的选择，坐等迟早会葬身于这钢铁棺材。

商场中庭不时闪起星星点点的微光，估计都是幸存者们的手机。莫星儿拿出手机，全无信号。平时这里的手机信号很好，无论移动还是联通，附近都有机站——全城所有通信网络都中断了吗？

有人想要冒险爬出去。选择从底下爬更方便，不过下面是悬空的四楼，黑暗中钻出去不知与地面的距离，很可能摔断脖子。往上面的缝隙爬虽然艰难，但爬上去就是五楼地面。唯一的危险是，那么小的空隙，不可能一秒钟就爬出去，万一电梯缆绳断裂下坠，那么人就会被拦腰切成两段！

谁敢第一个去冒险？

大家用手机互相照着对方的脸，一张张看起来都那么吓人，好像其中混了几张鬼魂的脸。

一个小个子男生自告奋勇，在女友帮助下，手脚并用爬出上面的缝隙。他的女友抓住他伸下来的手，刚想要往上爬，旁边一个男人抢先上去了。电梯里顿时乱成一团，每个人都争先恐后，不时有手机坠落，只听到男人愤怒的咒骂声、女人凄厉的哭泣声，还有厮打时的耳光声与拳头声。

莫星儿独自蜷缩在角落中，闭上眼睛等待他们消失或死亡。

两分钟后，总算有几个人逃出了电梯，可以想象他们鼻青脸肿、血流满面的样子。

不过，电梯轿厢里还留下两个人。两个女人。

莫星儿用手机照亮了她，正是地震前与男友旁若无人地亲吻的女人。这个女人扑到电梯门口疯狂地拍打，大喊着某个男人的名字。可是没有任何回音，那些已爬出电梯的人，恐怕都从逃生通道往下跑了——包括她最亲爱的男人。

"他跑了。"莫星儿在她身后轻轻说了一句，让这刚刚还沉浸在甜蜜幸福中的女人彻底崩溃了。她绝望地哭喊，诅咒那个男人不得好死。莫星儿说了一句："我把你托上去吧。"她惊讶地回过头，满是泪水的脸庞在手机屏幕光里特别吓人。莫星儿真诚地点头，不知在对方手机光束下，自己是怎样的形象。莫星儿半蹲下来，用力托起她的下半身，几乎让她踩着自己的后背。求生的本能使这个女人格外有劲，抓住电梯门上沿，眼看身体的大部分就要出去了……

头顶传来一声清脆的断裂声！

莫星儿的心脏几乎碎裂，刚想大叫一声"快"，电梯就急速地往下坠落了！

可怜的女人，还来不及爬出去，电梯顶部已砸到她的腰上。

血肉之躯无法阻止钢铁，莫星儿头顶的黑暗中，传来某种物质破碎的声音。传来刺耳惨叫的同时，一股又腥又浓的液体喷溅到了她的脸上。

第五章

4月1日。星期日。夜，22点10分。

"哎呀，怎么这些店都关门了啊？"海美没有穿校服，一身在香港买的意大利淑女装，她失望地看着正在打烊的优衣库，拎着空空如也的购物袋。

"都怪你嘛，在三楼看鞋子花了半个钟头，完全忘了时间！"丁紫没提购物袋，但包里装着一条刚花了六百九十九元买的苹果牌牛仔裤。

未来梦商场六楼，所有店铺都已关门，只剩急着打烊的营业员。

"好吧，算我不好，快回家吧，明天一早还要上学，迟到就惨了。"两个月后就要高考了，趁着今天周日，海美才瞒着妈妈跑出来，"丁紫，你爸爸什么时候从美国回来？"

"哦——下个月吧，昨晚他打电话回家，说给我带了一部iPhone 4S手机。"丁紫扬了扬眉毛。她穿着一身日本牌子的运动装，脚上的耐克是与海美在专卖店买的。她们都只有十八岁，在同一所学校读高三。丁紫留着二十五岁女人的发型，直直的长发垂到肩下，常令不同年龄的男人回头。尽管还带着高中生的萝莉腔，双眼却有超出年龄的成熟，若换上一套诱人的衣裙，化上合适的妆容，会让很多年轻女人羡慕嫉妒恨。她和海美经常出双入对，班里有她们同性相爱的绯闻。

学校紧挨着未来梦大厦，几年来附近老房子全拆光了，建起数万元一平方米的高档商品房，学生多是有钱人家的孩子。海美就住在价值千万的豪宅中，尽管她的爸爸只是区政府里一个小小的科长。

"哇，给力！要是我的爸爸能经常去美国就好了。"

丁紫走下自动扶梯，探头俯视六层楼下的中庭，第一次感到头晕。"以后等我们考进大学，就一起去美国玩，我爸爸在加利福尼亚有许多朋友。"她强迫自己打起精神，甩动漂亮长发，抓着海美的手，轻描淡写地说，"你想不想去美国读书？我们一起去吧。"

"老婆，好有爱，亲一个！"

"要死！当心摔下去！"

两个女孩像打情骂俏的情侣，乘着自动扶梯下到五楼。丁紫把头转向外面，看着宽敞的中庭，以及对面那些花花绿绿的商店，默默叹息了一声，却被海美抓个正着："老婆，你好像不开心？有木有？"

"哦，没有啊。"丁紫勉强挤出微笑，却不由自主地抬头看了看楼上，"快下去吧。"

走上从五楼下四楼的自动扶梯，反方向上来一个黑衣黑裤的少年。他在两个女孩视线下方数米，仰头看着迟迟离开的她们。他看起来不过十八九岁，嘴边生了一圈薄薄的绒毛，长而浓密的黑发显示他不会是个好学生，特别是那双凌厉的眼睛，完全不像高中生的样子。可他也不像那种小阿飞，浑身上下找不到半点轻浮之气，看那身黑衣更像是从事艺术工作。

刹那间，丁紫已认定这个少年绝非平凡普通之辈。她忘了自己身在何时何地，连身边的死党海美也忘了，直勾勾地看着少年那双充满阴霾的眼睛。

终于，她的自动扶梯下降到了一半，他的自动扶梯上升到了一半。他和她，面对面，相同海拔的水平线，隔着两道窄窄的扶手，只要把头往中间一侧，就能相互碰到鼻子。

四目相对，擦肩而过。丁紫回头看着少年向上而去的背影。他没有回头。

4月1日。星期日。夜，22点19分。

当丁紫依旧执拗地回头看着少年的背影时，脚下的自动扶梯晃了一下。她听到了海美的尖叫，幸好她紧紧抓着扶手，否则即刻就会滚落下去。

第二下晃动才让丁紫回过神，她半蹲下来抓紧扶手，拉着海美，大喊："小心！"

整个未来梦大厦都在晃动，自动扶梯继续往下运行，她们却不敢往四楼跑，生怕一起身就会被晃得飞出去。

所有灯光开始闪烁，在海美的尖叫声中，脚下的自动扶梯停止了运行。

4月1日。星期日。夜，22点20分。

猛烈摇晃暂停，却又继以飞速下沉。在震动和巨响里，丁紫与四楼的相对位置并未改变，心脏却感觉往上飘浮，连发梢也向上扬起……

难道，整栋未来梦大厦都在快速下沉？整个商场变成了一部巨大的高速下降的电梯？

楼上不断坠落下东西，有吊灯有商品有家具，还有手舞足蹈惨叫着的人！是九楼电影院散场的观众？有的人没直接摔到底楼，而是砸中五楼或六楼的自动扶梯，恐怕比摔到底还惨。

海美挣脱了丁紫的手，踩着停止运行的自动扶梯，自顾自往下跑去。

"别跑！"就在丁紫大喊的同时，脚下的自动扶梯突然断裂！

海美没了命地往下跑，大难不死跑到四楼，回头与丁紫已相隔万丈深渊。

倒霉的丁紫留在自动扶梯上，脚下是悬空的世界，半截扶梯像座断开的吊桥。命悬一线之间,她没胆量站起来,当整个人要滑下去,如风中秋叶摇摇欲坠时,有一只手牢牢抓住了她。

丁紫看到流星般飞过的眼睛。灯光一下子暗了,无法看清那张脸,再度亮起时,她已被往上提了两尺。一只手有力地托住她的腰肢,另一只手缠在胸前。她毫无反抗地贴在他身上,成为他的一部分听凭处置。

少年的手,坚硬如同铁环。

当她再度直视他的双眼时,未来梦大厦所有灯光都熄灭了,四下传来此起彼伏的尖叫声。

可以想象,猛烈摇晃的自动扶梯上,少年回头看到下行扶梯断裂为两截,她处于万劫不复的深渊边缘,便直接翻身跃至下行扶梯。

英雄救美。

黑暗还在持续,晃动和下沉已停止。丁紫躺在陌生少年怀中,闻着他衣领里头发间青春期的气味,听着他胸膛里鼓点般的心跳声,以及沉重的喘息,脑中闪过一个荒唐的念头——要是这一刻凝固直到世界末日就好了。

忽然,缠在她胸口的那只手,下到靠近她臀部的位置,让她产生一丝不安,即便有那些美好的感觉,她却不能容忍……但又担心自己一旦反抗,会不会两个人一同摔下黑暗中的万丈深渊?

很快她的担心变成多余,少年是把手伸入裤兜,掏出手机照亮四周。小小的手机屏幕照不了多远,但这点微光,像暗夜中的一颗星星,令他们确认自己尚活在人间。

手机转向丁紫,她看到北极光的屏幕画面。

他的另一只手揽着她的腰,小心翼翼地转身,带着她一同面朝下趴着。摇摇欲坠的断裂的自动扶梯上,两个人连一个感叹词都没说,心领神会地肩并肩,手脚并用往上爬,稍微多用点力气,就会连人带梯坠落下去。

只要靠在少年的肩上,她就异常安心,相信自己会活下去。

慢慢爬了一分钟,两人才摆脱该死的自动扶梯。少年大口喘着气,倒在五楼走廊上,伸展四肢大吼一声。

丁紫掏出自己的 iPhone 4,除了照亮仰天倒地的他外,还想给海美打个电话——却没信号。

"你……你……还有信号吗?"这是她对他说的第一句话。她后悔连他的名字都没问,直接用"你"显得没有礼貌与教养。

少年没有说话,躺在地上摇了摇头,苍白的脸被笼罩在手机屏幕光里,恍如来自另一个世界。

突然，楼上坠下一个玻璃灯罩，惊得他翻身跳起，若晚半秒钟，脑袋就会被砸得粉碎。丁紫惊魂未定，少年已牵住她的手，往商场深处跑去，大概是害怕靠近中庭栏杆，会被上面掉下来的东西或人砸到。

她依然没有丝毫反抗，被他紧握的手心沁出一层热热的汗珠。

脚下一片狼藉，不时会被什么物件绊倒，还有满地玻璃碴。凭借两部手机无法看清周围全貌，只能如盲人摸象往前走去。

果然，丁紫踩到一个圆球形的物体，身体失去平衡前，闪过一个念头——踩到了一颗人头！

尖叫声穿透整个中庭，引来商场各层不同的回声。她下意识地撑向地面，却摸到一条坚硬的大腿。那不是少年的腿，一动不动，僵硬如铁，更像死人。另一只手，又摸到一个坚硬光滑的肩膀，几乎与那条腿叠在一起——要么是两具可怜的尸体，要么是一个人已四分五裂。

丁紫发出第二声可怕的尖叫。

更让她恐惧的是，整个地面铺满尸体，而且全都肢体残缺，僵硬得就像石头，却几乎摸不到半点鲜血！

终于，一点手机光照出地上一条白白的胳膊。丁紫几乎碎裂的心这才复原——原来是倒下的假人模特，还穿着一身时尚昂贵的女装！

少年把她拉起来，而她蜷缩到他怀中，两个人的手机照着满目疮痍的地面，真像来到了没有血的屠宰场。

这才听到他的第一句话，却是自言自语："这一天，终于来了？"幽幽地说完，他看了丁紫一眼，嘴角微微上扬。

不敢再看他的眼睛，就当她要高声大喊"海美"时，眼角余光里掠过几点光。两人同时转头，手机的光照亮一部敞开的电梯，里面竟依次爬出几个人来。

最后一个男子爬出来时，往电梯里又看了一眼，便惊慌失措地往外跑去。电梯里传来惊恐的哭喊声。丁紫犹豫着跑上去想要帮忙，才发现电梯停在两层楼之间，裸露着梯井内的缆绳，电梯里的人必须从一道狭窄的缝隙爬出来。

缝隙里又探出一个女人的头，丁紫急忙低身抓住对方的手，少年也趴下来一起帮忙。眼看这个年轻女人就要爬出来了，只听电梯井内的缆绳一声响，就在他们的眼前断裂了！

整部电梯飞速下降，那个可怜的女人的下半身，尚留在电梯里没出来。

惨绝人寰的尖叫声，与某种液体喷溅之声，回荡在未来梦大厦里。

几秒钟后，再次睁开眼睛，用手机照亮空空如也的电梯井，以及那具残缺的上半身，丁紫把胃里的晚饭吐了一地。

第六章

4月1日。星期日。夜,22点25分。

玉田正太从妈妈怀里抬起头来,却看不到那几近毁灭了的世界。

黑暗,从地震爆发半分钟后,开始笼罩这些被抛弃在地底的人。

将近一小时前,玉田洋子带着儿子走出家门。她已连续在家工作了好几天,等到明天就可能断粮了,而更重要的原因——她的儿子只能在夜里出门,作为一个母亲,她早已养成昼伏夜出的习惯。看着窗外瓢泼的雷雨,七岁男孩惴惴不安。洋子虽然年轻,却是个耐心的母亲,好不容易把儿子哄得安静下来。

在琳琅满目的超市里,男孩再次有了奇怪的感应——有股充满咸味的潮水,缓慢却不可阻挡地涌上脚面,淹没膝盖与腰间,漫过胸口与脖子,灌入咽鼻令他无法呼吸……正太发狂地吵起来,到处疯跑,妈妈捉小鸡似的跟在后面,还得顺便从货架上拿下各种物品。看到儿子没来由地一反常态,玉田洋子开始颤抖,脑中闪过一年前在日本那个致命的下午……

不,不可能再有第三次了!

极夜般的无边黑暗里,她从倒塌的收银台下爬出来,双手牢牢抓着儿子。而当预感变成现实,正太已变回温顺聪明的小男孩。

忽然,有人打开手电,微弱的光束照过正太,又移到洋子脸上。男孩看不清那个人的模样,只听到一句略带颤抖的中文:"你……你还好吗?"

正太从两岁起就生活在中国,从小由中国保姆带着,只去年回日本住了三个月,汉语说得比日语还好。

"谢谢!我们都没事!"妈妈保持礼貌,向拿着手电筒的工作人员鞠躬,同时摸着儿子的脸,儿子看来并无受伤迹象。

"请等一等!"他找出一支手电筒交给玉田洋子。

"谢谢!"洋子再次鞠躬,打开手电,照亮对方的脸,原来是地震前抓住正太的那个年轻人。

对方转眼不见了,四周响起纷乱的脚步声、哭喊声和呼救声。玉田洋子这才想起拿出手机,却发现信号中断了。

正太感觉脸上湿湿的,他知道这是妈妈的眼泪。

地面还有些摇晃,头顶传来持续的嘈杂声,地下也响起某种令人心悸的声音。超市角落亮起一些灯光，渐渐分布到地下二层各个地方。正太的视力超乎寻常地好，看到远处一点白色的光依稀照亮那个身着工作服的男人。

原来这个年轻男人打开了超市里所有可以安装干电池的电器，虽然每一点光都很微弱，但分布开来就如天上的星辰，稍微适应一下，就可看到超市大部分了。

七岁的正太揉了揉眼睛，在妈妈怀里看着劫后余生的超市——头顶几乎断裂掉落的管道，大半倒地的货架，四处破碎的玻璃与陶瓷，满地乱滚的瓜果。一些尸体躺在地上，鲜血流满地面。有人躲在角落哭泣，有人没头苍蝇般乱窜。

无论多小的孩子，都有天生的恐惧感，天黑会感到害怕。但是，地震前又哭又闹的正太，突然看到这震撼的场景，却显出超乎年龄的镇定，他从妈妈怀中挣脱出来，站在一片布满口香糖的地板上，似乎早已习惯面对灾难。他回头看到妈妈跪倒在地，头发散乱地披下来，双手掩盖住动人的容颜。

这是玉田正太第二次看到妈妈如此绝望的样子。

上一次，大海那边的日本，被突如其来的海水淹没的医院里，玉田洋子看着那片汹涌冰冷无边无际，漂满各种垃圾、家具、电器、汽车甚至四分五裂的房顶的水面，却再也找不到那个人的影子……她爬到医院最高的屋顶，海水几乎已淹到膝盖。在直升机飞到头顶来救他们之前，她是那样绝望，为六岁的儿子，也为年轻的自己。

接踵而来的核电站泄漏事故，让玉田洋子再也不敢留在日本。虽然，那片辽阔的大陆有着问题食品毒奶粉等等危险，但正太已在中国生活过几年，这孩子更适应中国的环境。而她凭着流利娴熟的中文，也足以找到一份养家糊口的工作。终于，她在愚人节的夜晚——正是一年前的此刻，踏上飞离东京的航班，永远告别那个遍布火山，地震、海啸多发，又遭逢核泄漏的故乡。

终于，她来到中国东部沿海这片平坦广阔的河流冲积平原，距离周边所有火山地震带有上千公里，这座史上最高地震纪录仅有4.8级的巨大都市。她以为自己今生今世乃至正太将来一辈子都可以永远摆脱那两度毁灭过她人生的灾难。

正太回到哭泣的妈妈身边，像个成熟的男人，从背后拥抱她颤抖的肩膀，轻声安慰："妈妈，我们很快就会逃出去的。"

她将儿子搂在怀中，抹去眼泪："我们快点走！加油！"

母子二人穿过惨不忍睹的收银台出口，跨过一个被灯罩砸中惨死的人。他们别无出路，只能跨过去后向尸体鞠躬双掌合十。

未来梦大厦地下一层与二层，都属于卡尔福超市，两层之间的自动扶梯，已在地震中断裂。玉田洋子用手电照了一圈，在仿佛被轰炸过的废墟间发现了一条逃生通道，恐怕幸存者们都逃上去了。

穿过四处弥漫的尘屑，来到地下一层。正太还没看清这个混乱的世界，迎面就有一条大狗扑来，七岁男孩丝毫没有慌张——在妈妈的手电筒光束照射下，他发现那是只狗熊般大小的俄罗斯高加索猛犬。

玉田洋子这才想起，卡尔福超市地下一层门口开着一家品牌连锁宠物商店。她本想去店里看一看有没有宠物困在里面，但又想到许多人还生死不明，现在不是管狗的时候。她搂着儿子离开可怕的大狗，身后响起悲哀的犬吠。

在同样遭到严重破坏的地下一层，玉田洋子强迫自己镇定下来，她看到一道宽阔的自动扶梯。正太隐隐看到旁边躺着一个死人，妈妈挡住儿子的视线，快步冲了上去。

未来梦大厦底楼，有个巨大的中庭广场，连通数台直梯与自动扶梯，是进出商场与超市的枢纽。商场中央有个跑车展台，有时也会改成活动舞台，举办奢侈品牌的发布会或明星见面会。此刻，只剩下一片混沌的黑色，其间弥漫着各种奇怪刺鼻的气味。数十道微弱的光束闪来闪去，人声嘈杂。地下两层的人们都逃上来了，楼上数层也逃下来许多人，都想从底楼大门逃出去，这是求生的本能。

玉田洋子到了人群聚集区，手电光照出许多惊慌失措的脸。为什么还不逃出去？手机依然没有任何信号，也没人来维持秩序，想必都已吓晕了，只顾逃命吧。

正太看到有个地方越来越亮，大家手中的光都照向那里。有人打开了带干电池的应急灯，大概是工作人员。晕黄的光下，"Welcome"的广告牌，以及标明楼层和商户位置的铜牌明白无误地说明——这是未来梦商场的大门，最方便也最直接的逃生出口。

可是，这道宽阔的大门已被倒塌的外墙封死了！

有人拿来铲子之类的工具，想挖开废墟，打通一条生路。玉田洋子却摇了摇头，觉得他们都在白费功夫，说不定外面埋得更加厚实。她还有一种强烈的感觉：虽在大厦一楼，但未必处于地面，或许在深深的地底？

正太被妈妈拖回到黑暗中，远离嘈杂焦虑的人群。越来越多的人挤向被封死的大门，数不清聚集了多少人，更看不清挖通了废墟没有。

玉田洋子不指望他们能打通逃生之路，举着手电往商场底楼深处走去，地上布满水泥碎块与各种商品。最后，她找到一处墙角，未被地震破坏过，周围也没有玻璃或灯具等，距离中庭也有距离，不用担心被楼上的坠落物砸到。

4月1日。星期日。夜，22点40分。

正太困得不行了，眯起眼睛倒在妈妈怀里。玉田洋子坐在墙根，双手抱着儿子，为节约电池关掉了手电。隔着一片废墟，她远远看着数十米外那些想要逃出生天的人群。

七岁的男孩失去意识前，耳边依稀飘来一句话："正太，妈妈在你身边……"

第七章

4月1日。星期日。夜，22点26分。

未来梦商场，残酷的地震后，商场景观电梯悬挂于四楼与五楼间。

电梯缆绳已断裂，电梯如同断头台的闸刀迅速坠落。一股又腥又浓的液体喷溅到莫星儿的脸上，她痛苦地闭上眼睛，克制住自己没因恐惧与恶心而大声尖叫，否则那液体会流进口中。同时她全身猛然下坠，长发也往上扬起，宛如从高楼跳下自杀，像一片自由落体的叶子，却没有风影响地心引力——这是多年前曾有过的记忆。

大脑不知转到哪根筋上，不到十分之一秒的瞬间，想起看过的一条微博：电梯突然下坠时该如何逃生？

第一，赶快把每一层楼的按键都按下——但已经来不及了。第二，如果电梯里有扶手，立即紧握它——莫星儿的右手边就是，自然紧紧握住。第三，整个背部跟头部紧贴电梯内墙，呈一条直线，依靠电梯墙壁作为脊椎的防护——幸好她身后已不是玻璃幕墙，而是金属的侧墙。第四，膝盖呈弯曲姿势，因为韧带是人体唯一富含弹性的组织，必须借用膝盖弯曲来承受重击压力。

完成这些动作不过半秒，电梯已撞击到了地底！她感到一记强烈的震动，接着听到大片玻璃的破碎声。耳膜嗡嗡巨响，后背重重地顶到电梯内墙，脚下几乎被震飞腾空起来，内脏也受到猛烈撞击，心脏仿佛被撞出嗓子眼。

电梯完全停止了，心跳却还没有停止，反而跳得更加疯狂。

只要还有心跳！

莫星儿不敢相信自己还活着，但战鼓般急促猛烈的心跳，以及后背与脚底的钻心疼痛、几乎散架的骨骼与关节，让她确认自己尚在人间。

走运的是，景观电梯只到未来梦商场一楼，并不像其他几部直梯通达地下四层。所以，实际上她只下坠了四层半的高度，并有坚固的电梯保护。否则，若再多坠四层楼到地下车库，便很可能全身骨折而死！

眼前依然如同古墓，她忍着浑身的痛楚，艰难地爬起来。虽然，电梯门早就打开了，但看不清外面的情况，生怕一出去就会掉下深渊。她战栗着在地上摸索，发现全是碎玻璃碴，好不容易摸到一件金属物体——她的手机。按下手机的解锁键，屏幕亮起刺眼的光——因为置身黑暗中太久了。

她看到了两条扭曲的人腿。

显然，那不是自己的腿，看起来略有些丰满，黑丝长袜已被污血和排泄物弄脏。两条腿分别散落在靠近电梯门口的位置，还有一片血肉模糊的东西，无法分辨是人体哪个部分了。莫星儿强迫自己镇定下来，依靠手机屏幕的光，看到一双红色的高跟鞋，已从两只可怜的脚上掉下来，几乎完好无损的脚掌上，扎着几片碎玻璃，大脚趾还在本能地抽搐。

这个倒霉的女人以如此惨烈的方式死去，只剩下两条从腹股沟部被切断的腿——上半身还留在五楼。

莫星儿忽然明白，自己脸上那些污秽，不仅有一腔浓黑之血，还有这个可怜女人的排泄物。胃里泛起强烈的恶心感，强忍着没有呕吐在死人的两条残腿上。她扔掉被污血弄脏的外套，用手机照亮敞开的电梯门，大步跨过那摊模糊的血肉，冲入未来梦商场底楼。至此，晚餐连同午餐才一点不剩地吐到了地上。等到吐得胃里什么都没有了，她才一瘸一拐地离开电梯口。远处有纷杂的呼喊声，原来还有不少幸存者。她往通道走几步，就找到了卫生间。

女厕里也是漆黑一团，不停传来流水声，马桶都被地震破坏了。她不敢往厕所深处照，担心看到地上趴着一具尸体，只照着进门处的洗手池。谢天谢地，居然还有自来水！也许是水管里残留的。莫星儿不敢用手机照镜子，看自己一脸血污的模样，她把头埋到洗手池中，用冰冷的水冲洗头发和脸，足足洗了十来分钟，感觉要把皮肤洗破了。

用手机照亮镜子里的脸——黑暗漏水的女卫生间里，微弱的手机屏幕光照着一个长发女子的脸，不由得想起《午夜凶铃》里对镜梳头的女人。她看到一双惊恐不安的眼睛，竟那么陌生可怕，脸色苍白如死人。她细长的十指触摸着自己的脸，紧贴额头湿漉漉的发丝下，隐隐透出一股妖艳。

不，这不是自己！

她痛苦地低头，胳膊与肩膀一阵疼痛，用手一摸又沾满鲜血，难道还没有洗干净？她忽然意识到，是自己在流血，侧过身照照，果然在右侧手臂与肩背上发现许多碎玻璃碴。

原来，刚才电梯砸落下来，玻璃幕墙碎裂，有些碎碴扎到了身上。幸好当时她低着头，下意识地护着脸，否则就要破相了！刚才因为精神太过紧张，没有感觉到，现在却疼得要命。

真是运气超好，如果——哪怕只有一块大片碎玻璃，也可能要了她的命。

莫星儿用受伤的那只手艰难地举着手机照明，另一只手绕过来拔出玻璃碴——每一下都会沾上许多血迹，呻吟声在女厕不断回荡。她惊讶于自己如此胆大，若在平时早就吓昏过去了。

肉眼可以看到的玻璃碴都被拔掉了，她脱下上半身的衣服，赤条条暴露在空气中，反正这种时候这种地方不会有人进来。她仔细检查了一遍身体，俯下来用自来水冲洗伤口——肯定还有许多小玻璃碴残留，必须尽可能清除，否则会受伤更严重。

什么时候能逃出去？什么时候能碰上医生？或者再也逃不出去了？

幸好每处伤口都很细小，很快自动止血结痂。整个过程中，她没有流过一滴眼泪。重新披上满是窟窿的贴身小衣，心里盘算到女装店去找几件漂亮又保暖的衣服，不会再有营业员要开票收钱了吧？

死到临头，怎么还在想这些？能从死亡电梯逃生，说明在冥冥之中，自有某种力量庇佑自己？

浑身湿透跑出厕所，她在一家小店里找到毛巾，躲在黑暗中擦干身体。刚刚回到底楼中庭，脚下就被什么绊到，一个踉跄摔倒在地。

她揉着摔疼的膝盖，惊恐地回头——是一具摔得四肢扭曲的尸体，脑袋隐藏在阴影里看不清，地上流了一摊黏糊糊的物质，不知从哪层楼上摔下来的。后退几步，仰头看着中庭，上面隐隐闪着几点微光。想起十几分钟前，自己就是从九楼影城出来，无论如何想不到，竟会以这种方式来到底楼。

如此短暂的时光。这世界究竟怎么了？

莫星儿看了看手机屏幕，依然信号全无。不时有人慌张地跑过，纷纷冲向同一个地方，因此那处光线很集中。她才明白那是未来梦商场的大门，大家都想第一时间逃出去。

许多男人拿着工具，拼尽全力想把堵住大门的废墟挖开。忽然，她注意到其中一个人有几分眼熟，在应急灯灯光的照耀下，那个三十岁左右的男人正在奋力挖掘通道——莫星儿想了起来，就在地震发生时的电梯里，这个男人正和他的女朋友旁若无人地在她面前热吻。可是，当电梯坠落停在四楼与五楼之间，他却胆怯地抛下女友独自跑了，结果他可怜的女友被突然坠落的电梯切成两段。大概，只有在保护自己的生命时，人们才会表现出英雄般的勇气。

这群心急火燎的男人身后，跟着更多的男人和女人，他们彼此推搡，想要占据一个逃生的最佳位置。

莫星儿没有挤去凑热闹，也自知没这力气。她举着手机往角落照去，看到挂在墙上的固定电话，拿起来听了听，却是一片死寂。

无线与有线通信都已中断，除非有海事卫星电话之类的特殊工具，这栋楼里能找到吗？

沿着墙脚走了十来米，她发现脚下蹲着一个女人，怀里抱着一个睡熟的男孩。莫星儿不敢打扰这对母子休息，绕开走远了。

　　她下意识地抱住肩膀，头发还是湿的，冷得浑身发抖，真想立即洗个热水澡！

　　突然，灯光照耀的门厅处，传来一记震耳欲聋的声响，接着是无数慌张的尖叫声，应急灯立时熄灭。

　　莫星儿似乎听到了自己心脏碎裂成两半的声音。

第八章

4月1日。星期日。夜，22点19分。

今夜，是周旋早已准备好自杀的日子。

未来梦大酒店，顶层，1919房间。周旋站在敞开的窗台上。茫茫雨幕笼罩的城市天际线上，闪起一片绚烂夺目的极光。

随之而来的是整栋楼的摇晃，如同坐在过山车上，越高处越剧烈，要不是紧紧抓着窗框，早已飞身坠下十九层。周旋仿佛置身另一世界，天尽头的白光刺得他睁不开眼，心脏震得几乎要跳出胸口，又随未来梦大厦一同急速下沉。

若无这致命的极光，没有这突如其来的地震，周旋早已闭上眼睛，放下一切杂念，纵身一跃，将生命付诸虚空，只待在亲吻地面的刹那，永久告别人间，摆脱三十多年来各种折磨各种欢乐各种无奈。

可是，当他感到心脏竟如此真实地跃动，感到恐惧统治了每寸皮肤，感到血液几乎冲破毛细血管，感到肾上腺素大量分泌足以跃过任何障碍……这才感到自己还活着。

他还从心里，从无法掩饰的欲望深处，发现自己那么渴望活下去。

周旋从未觉得自己这么有力量，在整个人几乎要飞出窗外之时，竟硬生生做了一个引体向上，奇迹般地手脚并用爬回窗里。

身后响起玻璃碎裂的声音，他已像子弹般蹿到客房门口。

灯光一明一暗地闪烁，电视机砸倒在地，大床也被晃到房间另一头。

周旋打开房门冲进走廊，一个趔趄摔倒在地毯上。当他重新爬起来，在鬼火般的廊灯下，看到对面1918房间冲出一个男人，身后还跟着一条米黄色的拉布拉多犬。

男人扫了周旋一眼，目光阴鸷寒冷，不由得让周旋退后半步。他看起来四十岁左右，高大挺拔，浓密的眉毛下面，是尤显成熟的单眼皮，让人不由得要多看几眼。

凡是人都知道，或许狗也知道，地震或火灾时不能坐电梯。

周旋率先冲下楼梯，那个男人紧跟在后面，接着是忠诚的拉布拉多犬。

人生最痛苦的事，莫过于地震来临时，还在高楼的顶楼。

要从十九层楼飞奔到底楼，还要保证中间不出什么意外，比如大楼从中间断成两截，又比如大火烧起来封住了逃生通道，还比如所有人挤到楼梯间里，结果谁都没跑下去甚至人挤人互相踩死……要排除所有这些可能的灾难，才可能保住这条本该被自己结束的性命。

尚未跑下去半层楼，逃生通道闪烁的灯就熄灭了。两个男人一条狗靠手机照亮道路。

想必酒店各层的人们都往这条逃生通道里来了。跑下去数层，周旋转向冲进旁边一道门，却并非酒店楼层的样子，还能看到一家美国公司的牌子，被砸烂在地板上。他并不知道，未来梦大厦的十层到十四层，是对外出租的高级写字楼。幸好是半夜又是周日，不会再有变态的加班狂了吧？

忽然，他听到一声狗叫，接着响起那个男人的声音："你选择的逃生路线很对！"

对方手里多了个手电筒，是从逃生通道的消防箱里拿的。

"下面两层楼梯挤了很多人，差不多堵塞了，必须换一条逃生通道——跟我来！"他的普通话字正腔圆。他带着拉布拉多犬，往写字楼走廊右侧飞奔而去——看来非常熟悉这栋楼。在走廊间转过许多个弯，经过两个三岔路口，三个十字路口——大概在这里上班的白领都会迷路吧？来到一个不起眼的安全门前，他按下一组密码，阿里巴巴的藏宝洞自动打开了。

"不是都停电了吗？"

"密码系统有独立电源，不受大楼电路影响。"

走进秘密逃生通道，才注意到墙上写着楼层——12。

在狭窄的楼梯间下了好几层，每层楼都要转折两次。跑到差不多九楼，却被一堆废墟阻挡，下去的路被埋得严严实实。

"哎！"男人抚摸着狂叫的拉布拉多犬，"逃生通道应该用最坚固的材料，可惜——"

周旋忍不住问道："你是这栋大楼的设计师？"

"不是。"

他回到九楼走廊，已是一片开阔空间，旁边是电影院售票窗口，墙上挂着数张电影海报。

九楼，未来梦影城，观众和工作人员都已逃光，地上满是各种垃圾。

周旋心想，若不跟着这个男人以及那条怪怪的拉布拉多犬，他定会在这座黑暗迷宫中失去方向，不是坠入深渊地狱，就是被砸得粉身碎骨。

数分钟后，他们从逃生通道来到底楼，耳边响起嘈杂纷乱的人声，发出回旋的共鸣，此地仿佛成了一座巨大的哥特式教堂，就差少年唱诗班与管风琴了。

中年男子迅速绕过几个障碍物，踩着满地碎玻璃和物品，接近底楼正中央的位置。周旋看着空旷的头顶，想象平时的九层楼面，自动扶梯上下人来人往，半小时前还灯光如炬，如今只剩几点闪烁的星光——还有幸存者没来得及逃下楼？

不知从哪儿亮起一道刺眼的灯光。周旋瞬间还以为恢复了供电，或是外面的救援队员赶到。拉布拉多犬剧烈地吠叫起来。

"住嘴！丘吉尔！"男人发出低沉骇人的吼声，英国前首相的鼎鼎大名，已被赐予了这条拉布拉多犬。

这条名叫"丘吉尔"的狗，乖乖地趴到地上，仰头看着主人。

男人阴沉的脸，像一张严严实实的铁幕，完全挡住了他的心。如果世界上真有读心术，无疑会在他的面前遭遇滑铁卢。

应急照明灯氤氲闪烁，上百幸存者聚集骚动。男人们拿着各种工具，正试图挖开被废墟埋住的门厅，似乎即将掘出一线生机。

神秘男却撇下这些渴望逃生的人，带着丘吉尔退入黑暗。周旋随他穿过紧急通道，来到地下一层的卡尔福超市。丘吉尔乱叫起来，不知从哪儿传来一片狗吠，可能附近有一家宠物店。

"丘吉尔！"男人再度大吼，不怒自威，拉布拉多犬不得不恢复安静，很不情愿地跟在主人脚边。

地下二层还是卡尔福超市。继续往地下三层而去，手电光幽暗，他们穿过寂静如坟墓般的地下车库。很多车位空着，几辆车撞到墙上，可能是晃动太过剧烈，或下车前忘了拉手刹。

这栋大厦还有地下四层。周旋像着了魔似的，跟在丘吉尔之后，深入地宫最深处。地下四层还是车库，停着几辆价值连城的跑车，以及迈巴赫与林肯这样的房车，应该属于某位老板或富家子弟。

这一层异常坚固，几乎看不出地震的痕迹。沿着黑色墙脚走了数十米，那男人推开一道宽敞的大门。拉布拉多犬转了几圈却不肯进去。周旋闻到一股刺鼻的汽油味。汽油泄漏？要爆炸了？刚想跟丘吉尔一起逃命，听到那男人的声音："别害怕！是柴油，我们要为大楼恢复电力供应。"

淳厚低沉的嗓音带着些磁性，加上字正腔圆的标准普通话，稳住了惊慌失措的人与狗。周旋看到一间仓库般的大屋，应急灯照亮几台奇形怪状的机器。好几个男人穿着蓝色工作服，排成队接着一条油管，正往机器里灌入刺鼻的液体。

是柴油发电机。周旋心里默数了一下，总共有五台！

当神秘的男人出现，穿着工作服的组长立即恭敬地说："您好，罗先生。"

这时周旋才知道他姓什么。

丘吉尔却还固执地蹲在门口，发出凄凄的哀嚎不敢进去。

这位罗先生低声询问："情况怎样？"

"大厦内部电路基本没有损坏，是外部电源中断了。可以肯定，整座城市全部停电了。"

"多久可以让柴油发电机启动？"

"不知道，这台机器自从运进来以后，就从没真正用过。"

周旋在柴油发电机的外壳上看到数行醒目文字，全是操作说明和安全警告。他注意到在这个房间里，有大口径的进气与排气管道。柴油发电会大量消耗氧气，同时排出致命废气，必须保证空气流通。发电机旁边还有水泵，若无冷却水供应，随时会发生严重事故。

"柴油储备有多少？"

"所有柴油收集放置在地下四层的油库，供应整个大楼电力，即便关闭中央空调，也只能维持不到十二小时。但是，如果控制使用范围，比如单层楼面用电，双层楼面停电，那么就能使用二十四小时——依此类推，就看我们怎么使用了。"

"进气口和排气口都检查过了吗？"男人仔细地看了看安全注意事项，发觉这是一个性命攸关的问题。

"正在检查，必须确认安全才能启动柴油机，否则在封闭的地下空间，所有人会被废气闷死。"这个组长很敬业，到这种关头还面不改色，周旋不由肃然起敬。

"你能确保排气口通到室外吗？"

"如果不能排到室外，在商场三、五、七层楼的中庭，还有秘密的备用排气口。"

"直接把废气排到中庭？"

"罗先生，商场中庭空间巨大，从底楼贯通到九楼，废气很快会被稀释，只要不是持续不断排放，顶多有些异味，不会危害人的生命。"

就在他们研究技术问题的同时，头顶传来轰隆隆的声响，地下四层的墙壁也在震动，工作人员赶紧停止输油。

4月1日。星期日。夜，22点45分。

摇晃的应急灯下，所有人面面相觑，只有罗先生镇定地说："也许，我不该在这个时候说这种话，但我不想骗你们。而且，我也非常感谢大家，在惊天动地的危急关头，还能坚守岗位，你们才是真正的英雄。好吧，我告诉你们我的判断——外面的世界，确实毁灭了！"

"什么？"

"天哪！"

"啊……"

各种惊叹应声而来，周旋却不知是恐惧还是兴奋。对于像他这样半小时前还想自杀的人来说，此时的心情确实难以形容。

"没错，我想我们现在不是在地下四层，而可能是在地下四十层！"

"罗先生，这怎么可能？"

"整栋未来梦大厦可能都被埋到了地下，我只是无法判断距离地面有多远。"

"那我们有没有逃出去的希望？"

"我不知道，但只要还有一线生机，就要努力争取！"罗先生摆出坚定不移的表情，高大的身躯、强有力的眼神都给人们以心理安慰，"这栋大厦有特殊抗震设计，能抵御10级以上地震。虽然被埋入地下，但基本结构不会被破坏，大厦外墙也可承受巨大压力，只要不自寻死路，我们是可以活下来的。"

不知是谁充满希望地喊了一句："肯定会有人来救我们的！"

"根据我的分析，能把这么一栋坚固的大楼全部震到地底，那么这场大地震一定是空前绝后的，可能是地球上最强烈的地震，整个世界都会被毁灭掉！"

此话一出，所有人都沉默了，周旋也低下头，思量选择今天自杀，究竟是幸运还是不幸。

发电机旁响起一个男人的啜泣声，大概是想到了不知家里的老婆孩子是死是活。

周旋靠近神秘男问道："你究竟是谁？"

"我叫罗浩然，未来梦大厦的主人。"

第九章

"Fuck You！"史泰格先生涨红的脖子深处，涌出一句地球人皆懂的脏话。

未来梦大厦地下二层，卡尔福超市员工更衣室。这片狭小封闭的空间内，一排排金属更衣柜仿佛殡仪馆储藏骨灰盒的架子。

陶冶低头站在角落，默默地忍受外籍上司的咒骂，耳中再度灌入一连串肮脏的英文单词——至少他对此还没有麻木。

一分钟前，他悄悄回到更衣室，还没来得及脱下超市工作服，就看到史泰格先生气势汹汹地闯进来，指着他鼻子大骂——无非又是说他偷懒要早下班之类。

史泰格先生平日的最大爱好，就是强迫陶冶半夜加班。至于他管辖的其他员工，要么是给他送礼的男员工，要么是半夜敲他公寓房门的女员工。陶冶既不会请客送礼，也不可能做变性手术，便免不了受这洋鬼子欺负。

此刻，更衣室里只有他们两人，史泰格先生来到陶冶面前，命令他今晚再加班两个钟头。这回陶冶没有再屈服，他早已忍受到了极限，不愿留到子夜零点以后，更不愿忍受那些僵尸和幽灵在暗地里活动的可能。他紧紧握起拳头，肾上腺素大量分泌，血液燃烧着涌上头顶，额头青筋几乎爆裂。

"No！"当陶冶第一次仰起头在史泰格先生面前说话时，地面开始了晃动……

4月1日。星期日。夜，22点19分。

六十秒后。

狂风暴雨惊涛骇浪下的海底，寂静到让人发疯的夜晚。

陶冶渐渐浮出了水面。睁开眼睛，眼前的卡尔福超市更衣室依旧是黑暗的海洋，耳边不断响起巨大轰鸣——难道整座城市已沉没到了海底？

不，海里怎会有呛鼻的灰尘？虽然什么都看不到，但能感觉到四周满是尘埃，背后有沉重的压力，肋骨几乎要被压断，连喘气都极困难——要不是这种几近窒息的痛苦，说不定就会永远昏睡下去，直到变成一具僵尸。

更衣室脆弱的墙壁倒塌了，天崩地裂的刹那间，陶冶正位于一排柜子边，倒塌的墙壁被柜子挡住，没有直接砸到身上，但柜子也倒下来，正好把他压在底下。

五脏六腑要被压出来了！

求生的本能促使他拼死挣扎。幸好双手没被压住，茫然地往前挥舞，抓到几个破碎的水泥块，还有更衣箱里掉出来的衣服和鞋子、打碎了的瓶瓶罐罐……

好不容易摸到个固定物，像是另一面倒塌的更衣柜。陶冶费尽全身力量，想从柜子底下抽身出来。好在这些年做超市理货员，每天不停搬运货品，把肌肉锻炼得超乎常人，一下子挣脱了沉重的柜子。

背后的皮都擦破了，胸口和脊椎关节发出声响。满是灰尘的黑暗中，他大口呼吸几下，接着咳嗽起来，但总比被压住而憋死强。更衣室的墙壁早已倒塌，史泰格先生要么逃了出去，要么被压死在墙下——陶冶丝毫不会同情他。

手脚并用地翻过一堆废墟，地下散布着各种金属物件，他弯腰摸到一个炒锅，是卖场的厨具货架倒了。摸瞎般走了几步，无法想象超市被破坏成什么样子。遭到核武器攻击？还是毁灭性的地震加海啸？抑或外星人入侵？

远远看到几处有微弱亮光，但愿是军方救援的士兵，却又响起尖叫声与呼救声，才明白那是手机的屏幕光。他摸了摸口袋——估计手机还被埋在更衣室里。

几秒钟的沮丧后，陶冶振作精神，暂且忘却背上的疼痛，向右摸去。在卡尔福超市地下二层卖场，他没日没夜地干了三年，无数个恐怖的子夜，独自游荡在迷宫般的货架间，与地底幽灵们玩捉迷藏——没人比他更了解这个超市，就算闭着眼睛，也能从卖场一端走到另一端，凭记忆精确地拿起货架上的商品。

他小心地越过那些锅碗瓢盆，跨过横倒在地上的清洁工具货架，从满地的插座和电线上爬过去，最后绕过几十张折叠椅与小板凳，摸到了一堆手电筒！

电池货架也在附近，他收集了上百只干电池，装进所有的照明设备，正负极几乎一次都没搞错。

陶冶打开几支手电筒，照亮周围的世界——比想象中稍好一些，至少没有残缺的死人尸体，也没有烧焦的爆炸痕迹。不知道何时再来余震，天花板什么时候砸下来，但在顾客和同事们安全撤离之前，自己不能像胆小鬼那样逃跑。他用足力气大声呼喊，看附近有没有求救的幸存者。

收银台旁有手机的光亮，他绕过一具尸体和乱七八糟的商品，照出一对母子的脸。

地震前遇到的那对日本母子。

是她？

虽然，长发早已经零乱，脸色也显得苍白，眼神在手电光束中很是惊恐，这张脸依然令人印象深刻。

陶冶羞涩地问："你……你还好吗？"

"谢谢！我们都没事！"这个年轻母亲的中文很好，但带着日本人的腔调，这种时刻还很有礼貌地鞠躬。同时她借助手电光,仔细检查儿子有没有受伤。

"请等一等!"他将一支手电交到日本女人手中。她再次向陶冶深深鞠躬,打开手电照亮他的脸。她的目光里闪烁着感激,显然还记得他的脸。

陶冶不敢再看她的眼睛。他转身回到废墟中,打开所有的手电,依次放到超市各个角落。他又把干电池装入其他电器,四处亮起微弱的光。那些拿着手机乱转的幸存者,还有几分钟前准备下班的同事们,都借着陶冶带来的光,纷纷逃出墓穴般的地底。

他决定守到最后一个活人逃出去为止。

几分钟后,整个超市地下二层寂静无声,陶冶将几支手电筒绑在一起,照着那对日本母子消失在收银台外。

当他确认这里除自己外再无活人,已变成一个巨大的地下棺材后,又特意从箱包货架上挑了一个背包,塞了些矿泉水和袋装食品,还有不同型号的手电与干电池,又拿了几副口罩和手套。

他背着沉重的旅行包,刚到收银台出口,便听到身后传来一声凄惨的"救命"。

那是一个中年男人的声音,来自不远处的图书柜台。陶冶转身奔过去。所有的书架都被震倒了,地上铺满各种养生书和生活书,手电所照最醒目处却是吴寒雷教授的《黑暗日——世界末日即将来临》。

就在这堆散落在地上的畅销书上,却突兀地多了一只手!

陶冶以为是只断手,这在地震中倒不罕见。不过这只手又动了起来,几根手指剧烈敲打着图书封面,指着封面上气场强大的作者的照片。

他才发现倒塌的书架底下压着一个人,只有后脑勺和一只手露在外面。他急忙去搬书架,卸下残留的书本,减轻重量后勉强移动几厘米。正是这么一点点缝隙,让压在底下的人爬了出来。

那人颤抖着爬上书堆。陶冶的手电照亮他的脸,却发现在哪里见过。

是个中年男人,纷乱的黑发间有一绺白发,刚才的墨镜不见了,已换上原来的眼镜,不过一个镜片已经碎了。陶冶掏出矿泉水递给他,他一气喝了大半瓶,猛烈地咳嗽了几下。

陶冶这时注意到脚下那些畅销书的封面,作者照片与眼前的幸存者,赫然是同一张脸。

"你是——吴教授?"

天下何人不识君!这位声名赫赫的教授虚弱地点头:"是……我是……吴寒雷……"

"啊……真的是吴教授……认识你……你很高兴……"陶冶紧张得不会说

话了,没想到亲手救了吴寒雷教授,当今人气最高的学者。

教授喘了几口气,看了看强拆工地般的超市,口齿清晰地叹息:"唉!世界末日到了!"

第十章

4月1日。星期日。夜，22点22分。

十八岁的丁紫把晚餐呕吐在地上，少年适时地递过几张餐巾纸。她慌张地擦了擦嘴，不敢再把手机对准电梯口——那里趴着一个死去的女人——严格来说，是半个女人，她的下半截已随着电梯下到底楼。

未来梦大厦，五楼。

黑暗空旷的商场走廊犹如墓道，楼上楼下此起彼伏的尖叫与呼救声同时传遍五楼中庭。丁紫把手机往另一边照去，显露出一排大型游艺机，是"汤米熊欢乐世界"，钓鱼机、跳舞机、赛车机……想起几个月前的圣诞夜，陪海美一起来疯玩。

丁紫理了理乱糟糟的头发，尴尬地扭过头去，不想被少年看到自己的狼狈模样。显然，海美不可能在这里，更不指望她会从四楼跑上五楼来找自己。

"我要往楼下去！"她找到最近的逃生通道，少年抢先走在前面，确认楼梯深处没有危险。

丁紫突然问："你是谁？"

"别问我是谁！"少年冷冷地回答一句。

她有了些挫败感，便把语气放得更温柔些："那我该怎么叫你呢？"

由着丁紫的手机光束穿过他覆盖双眼的浓密黑发，照亮一双早熟的瞳孔，他轻轻吐出两个字："小光。"

"哎？"

"你就叫我小光好了。"

"小光？这个名字不错，我喜欢。"

这样的直白让少年产生几分羞怯，他径直推开沉重的安全门，来到商场四楼的走廊。

"你从哪里来的？"丁紫不想把他放走，怕他混入逃难的人群中，就像一滴水掉进大海，转眼就找不到了。

"我不知道。"

"你不知道你是从哪里来的？"

面对她喋喋不休的追问，少年骤然回头，黑暗中射出狼似的目光："不要问得太多！"

她害怕地后退两步："我让你感到讨厌了？"

"没有。"

"那你能带着我逃出去吗？"

"不，我们逃不出去了。"

"你说什么？我们逃不出去了？"

他不再说第二遍，却让前面那句话更为沉重，像石头砸伤了丁紫的心脏。他不像是急着要逃出去的样子，而是在四楼商场柜台间游荡，用手机扫射各个角落，像在搜索可能被困住或受伤的人。她跟着少年一路走着，高喊海美的名字，期望她在四楼等待自己。

逛到楼层另一头，跨过满地的碎玻璃和倒下的柜台，看到地上躺着一个女人——脸朝下趴在地上，穿着一件淑女装，从体形和发型来看都很年轻。不过，她的背后插着一大片玻璃，鲜血把整件衣服染红，十之八九已没命。

丁紫颤抖着奔过去，顾不得会看到什么可怕景象，大胆地把倒地的女子翻过来，用手机照亮对方的脸。她却闭起了眼睛，不敢看高中最要好的同学的脸，不敢看可能是自己唯一朋友的眼睛——如果还睁着的话。

忽然，她听到有人在耳边说："她不是你的朋友。"

小光的声音。他呼出的温热的气流触碰她的耳鬓，从耳根传到脚底。

刹那间，丁紫松开手，任由尸体倒在地上，刚才的勇气烟消云散，再也不敢看死人一眼。

"小光，你怎么知道不是海美？"她第一次叫出他的名字。口上虽问，其实心中已确信无疑，她相信他说的每一句话。

"我第一眼看到你的同时，也看到了你身边的女孩，我还记得她的脸——放心，现在躺在地上的绝不是她！"少年把她拉起来，迅速离开那具可怜的尸体。

"谢谢你！"她长长地出了一口气，手机仍向旁边扫去。

"你还在找人吗？"

小光带着她绕过商场中庭，又把另外一面的商店找了一遍，除了满地的破烂废墟，并无其他人的踪影。确认没有海美，他们通过逃生通道来到三楼，看到下面亮起灰白的灯光。

丁紫兴奋地扑到中庭栏杆边。但愿来了救援人员，至少大楼恢复了供电！她看到底楼商场出口处聚集了密密麻麻的人头，应急灯灯光照射范围内，男人们拿着各种工具挖掘。其他地方依旧被黑色覆盖，灯光不过是大海中的孤岛。但她有了逃出这座坟墓的希望。

地震中所有的幸存者都跑到商场底楼准备逃命，海美想必也藏身其中。丁紫跑下楼梯，小光却远远地站在后面。她大喊道："你为什么不跟我下去？"

"下去有什么用？"少年缓慢地走近几步，在微弱的光里，露出长发底下阴郁的眼睛。

"你想死在这里吗？"

"如果，你真的要下去，我可以陪你一起走。"

这话说得有些古怪，她听着却很贴心，联想起耽美小说里常有的对白。

等到小光走到身边，他们肩并肩地走到二楼，听到一阵刺耳的"救命"声。丁紫惊恐地要往底楼走，小光则停下脚步，推开逃生通道内的一道安全门。

不敢一个人下去，更不想让小光一个人走，丁紫只能跟在他身后。大型商场的公共厕所通常与逃生通道连在一起，"救命"声是从女厕门口发出的。厕所大门已损坏倒地，压着一个不停挣扎的人，身着女清洁工制服。

丁紫的心跳开始加速，与小光一同低头去看。沉重的门板底下，果然有个四十多岁的女人，瞪大眼睛喊道："快救救我！谢谢！谢谢！"

少年抢先去搬沉重的大门，可一个人的力量不够，无法挪动。

"快过来帮忙！"

随着他的呵斥，丁紫才惊慌地伸出双手，脸色吓得苍白，却低头不敢让他看到。

终于，女清洁工爬了出来。两人同时松手，门板砸落地上的瞬间，黑暗的逃生通道里回荡起震耳欲聋的声响。

女清洁工虚弱地倒在地上，嘴里还没忘说声"谢谢"。想是地震发生时正好在打扫厕所，刚要夺路而逃，就被倒下的大门压住了。小光把她扶起来，却被一支手电的光刺到眼睛，下意识地挡了一下。

对面走来一个人，一张二十多岁的脸，还有一身落满灰尘的保安制服。

"是你们把她救了出来？"保安带着浓重的内地口音，一听就是从农村来的。

"是。"小光坦然地回答。丁紫却躲到他背后，把脸藏在阴影中。

保安认识女清洁工，跟她说了几句话，看来并无大恙，只是脚踝有些扭伤。少年也不想引人注意，低头绕开保安和女清洁工，和丁紫一同走下楼梯。

4月1日。星期日。夜，22点44分。

丁紫与小光来到未来梦商场一楼。大部分地方仍漆黑一团，只有星星点点的手机屏幕光与手电光束。数层楼面坠下来的东西堆积在底楼中庭，形成一片废墟。

商场门口围着许多人，在应急照明灯下挖掘逃生通道。丁紫焦急地冲上去，借着灯光寻找海美。晚上十点的未来梦商场,不可能还有她们这样的高中女生。可是,那么多拥挤的男男女女,比晚高峰的地铁还热闹,既有准备下班的商铺店员,也有倒霉的晚走的顾客,或许还有进商场躲雨伤不起的路人。

忽然,人群发出一片尖叫,接着响起掌声与欢呼,大家前呼后拥地挤上去。似乎是奋力挖掘的男人们已挖出了一条出路,或看到了外面的救援人员。丁紫被人流推动着,不由自主地往前走,却感到胳膊被一只手抓住了。

丁紫恐惧地叫了一声,怕被人趁机揩油。她下意识地挥拳向身后打去,没想到手腕又被紧紧握住。她无法控制自己的身体,硬生生被往后拖了十来米,加上大家都往前捅去,就这样脱离了人群。闪烁的应急灯下,她看到一双年轻而冷酷的眼睛。

"小光!"她喊出少年名字的同时,身后发出隆隆的巨响,随着一片更为凄厉的尖叫声——混杂不少男人的惨叫,一阵冷风带着灰尘掠过后背,世界再度陷入黑暗。

不知身后发生了什么,可以说是惊天动地。小光非但没放开她,反而抓得更紧,重重地将她按倒在地。

接着是更多的呼救声,凌乱急促的脚步声,各种物体破碎和断裂的声音。为避免被人踩到,他们摸到一个墙角,蜷缩着紧紧挨在一起。

这里是地狱。

混乱持续了至少五分钟,直到大部分人安静下来——丁紫心想,大概永远地安静了吧。

丁紫和小光重新起身,各自用手机照着对方的脸,看起来都没受伤。不计其数的人乱七八糟地躺着,不少人头破血流,面目全非,还有人发出痛苦的呻吟,更有人僵硬地挺在地上——幸好她的胃里已没有东西可以再吐出来了。

她倚靠在少年的肩上,蹑手蹑脚绕过几具尸体,用手机照亮商场的出口处——门厅彻底看不到了,只有堆积到二楼的瓦砾废墟。在这堆破石烂砖以及扭曲裸露的钢筋之中,露出死人的肢体,显然是刚才拼命往外挖掘的男人们。

根本就没有什么救援队。男人们挖到一定深度,挖空的部分承受不了上部重压,结果发生坍塌。冲在前头的人被废墟吞噬,再也没有存活的可能。那些准备跟着逃出去的人吓得往后逃窜,应急照明灯正好熄灭,漆黑中发生了更大的悲剧——踩踏!

最要命的悲剧!地上的死者都是被身边的人踩死的。这样的死法,肉体上一定非常痛苦,内心里也是悲哀与无奈。

终于,丁紫蹲下来干呕了几下。她擦了擦嘴角,继续大胆地用手机去照地下——她希望不要照到海美的脸,即便照到,也希望没有被踩得血肉模糊。

手机屏幕光太微弱了,看不清死了多少人,有些痛苦的受伤者,多是骨折之类的重伤,也不知去救哪一个才好。他们没有急救知识,只能随便抬起一个伤者,手忙脚乱地搬到旁边。这个人大约三十岁,因为体形瘦削才搬得动。他穿着一件沾满血迹的白衬衫,鼻梁上架着副破碎的眼镜,胸口吊着某跨国公司的工作证,看来是九层以上写字楼里的白领。除了左臂在流血,看起来并无明显外伤,他喘了口气说:"外……外面……外面的世界……外面的世界……已经……毁灭了……"

第十一章

4月1日。星期日。夜，22点50分。

"外……外面……外面的世界……外面的世界……已经……毁灭了……"

陶冶举着两支手电筒，穿过黑暗的底楼中庭，尽量避免踩到尸体，听到角落里传来一个男人虚弱的声音。光线照出一男一女两个年轻人的背影，搀扶着一个穿着血迹斑斑的白衬衫、胸口居然还有公司吊牌的男子。

距离地震发生已过半个小时。

五分钟前，卡尔福超市的理货员陶冶，与《黑暗日——世界末日即将来临》的作者吴寒雷教授，最后撤离了地下二层。刚到底楼，便发生了商场大门坍塌的灾难，幸好两人及时退到墙角，否则非死即伤。

陶冶的背包里装满了手电筒和矿泉水，一边肩膀上还挎着从店长办公室里翻出来的急救包。那对年轻男女回过头来，本能地遮挡刺眼的手电光。等他们将手放下来，陶冶才惊艳于这两人的漂亮——穿着运动装的女生，看来是高中生的脸上有一双过分成熟的眼睛，目光中含着不易察觉的敌意。男生长长碎碎的黑发底下隐藏着乌黑的双目，配上高挺的鼻子、白净的脸颊，看来不会超过二十岁。

"有人受伤了吗？"陶冶大胆地蹲下来，靠近墙角的男人。

"你是医生？"帅到让陶冶也不免多看几眼的少年沉声问道。

"不，但我带了急救包。"

陶冶拿出绷带与酒精，虽没受过专业训练，但这些年看美剧《迷失》与《越狱》，也学会了不少急救手段。那对少男少女帮着他忙活，给受伤男子清理伤口并消毒，小心翼翼地缠绕绷带。

白领男子连声道谢："我叫许鹏飞……在十二楼的美国公司上班……请告诉我……你们的名字……"

"我叫陶冶，在卡尔福超市上班。"老实巴交的陶冶自报了家门。那对年轻男女却沉默不语，互相看了一眼，转身离去。

许鹏飞抓着他的手说："我会报答你的！"

陶冶留给他一瓶矿泉水："不要乱动，我去看看其他受伤的人，有事你就大声叫我。"

他走入伤亡最惨重的地方，四下检查，地上的尸体大多血肉模糊，也有人奄奄一息，仅靠他贫乏的急救知识是肯定救不回来的。

陶冶蹲在一个将要死去的女人面前。她大概三十来岁，衣服已被血浸透，看不出职业和身份，只有左手还有些知觉。他紧紧握住那只手，发觉她正渐渐变冷。他的另一只手抓着手电照亮她的眼睛，仿佛要给她生命最后的光亮和温暖。她感激地眨了眨眼睛，眼角似乎有两滴混浊的液体滑出。她用尽全部力气，挤出无力震动声带的气声——"我……只是……进来……躲雨的……"

说完这句万分悲催的话，她的眼珠便不再转动，慢慢变得暗淡无光。陶冶想抽出手，却发现已被她紧紧攥住，怎么也抽不出了。

难道，这个女人从没真正爱过一个男人，于是把生命中触摸到的最后一个男人，当成唯一爱过的人，直至生命结束也不放走？

冷汗，滴落到刚刚死去的女子脸上，陶冶慌乱地拉扯自己的手，却始终无法从死人手中挣脱。他用力去掰死人的手指，那坚硬无比的感觉就像自行车的环形锁。但他又不敢用更大的力气，害怕会把死人的手指掰断。

忽然，一只手拍了拍他的肩膀。

处于几十具尸体中间，一只手还被死人牢牢抓着，如果背后有人拍你肩膀，你可以想象那感觉……毫无防备的陶冶惨叫起来，战栗着倒在另一个死人身上。

一秒钟内，他恢复了勇气，猛然抬起手电筒，想要照亮某具僵尸的脸。但手电的光晕中心，却是一张美丽而生动的脸。

他记得这张脸，地震发生前后的超市地下二层，两次见到过这张脸。虽然现在每过一分钟都好像过了一天，但这张脸记忆犹新，以至于他确信自己将再也无法忘怀。

"你——怎么了？"

没错，就是她的声音，陶冶清晰地记得她带有日本腔的汉语。

他不想让她发现自己尴尬的样子，更不想让她看到那个死人抓着自己的手不放，低声道："我没事，请不要靠近我，这里都是尸体。"

"我已经看到了。"这个日本女人大胆地跨过一具尸体，蹲下来靠近陶冶。

"不要！"陶冶不知该怎么拒绝她。

而她的双手已伸到他的手上，相比抓紧他的死人的手，她的手是多么温暖。不但温暖，而且有力。她在帮陶冶掰开那几根死人的手指。

陶冶害怕地闭上眼睛，只感到自己的手不住颤抖，他感受到她靠近自己的脸颊的温度，嗅到她长发飘散出的气味。

几秒钟后，他听到一记清脆的骨头断裂声。还好，他没有感觉疼痛。

陶冶的手恢复自由了，而那只死人的手，有两根手指被掰断了。

眼前的日本女子严肃地双手合十向尸体鞠躬，嘴里用日语念念有词，可能是佛教的祈祷词。

无法想象，她是如何把两根僵硬的死人手指掰断的。或许，她从前也做过相同的事？

陶冶颤抖着站起来，手腕还残留死人的指痕。他低声问道："你儿子呢？"

这个大约二十八九岁的漂亮妈妈指了指墙边黑暗的角落，那里闪烁着微弱的手机屏幕光，隐约照出一个男孩的身影。

"快回去吧。"终于，轮到陶冶来保护她了，穿过一路的尸体和废墟。他仔细地看着四周，期待还能发现一两个生还者。

他们来到墙边，陶冶看着六七岁大的日本男孩——不知是心理暗示还是错觉，这孩子的肤色过分地苍白，就像……那些倒在地上的死人！

陶冶皱起眉头，放慢语速向这对日本母子说："你们待在这里别动，我很快就回来。"他给母子俩留下两瓶矿泉水，便举着手电向中庭另一边走去。在地下二层工作了三年，自然对头顶的商场了如指掌，他知道底楼有家店铺专卖各种小礼品，其中有家庭装饰用的蜡烛。陶冶很快找到了——粗大的红蜡烛、细长的白蜡烛，以及高级餐厅常用的小蜡烛杯、家用的大蜡烛台……他从店里挖出一个大购物袋，装了许多。

回到墙角里的日本母子身边，他在地上立起一个金属烛台，将几根白蜡烛插到上面，用打火机点燃。

烛光，先是像几只夏夜的萤火虫，随后如一串夜空下的流星，最后变成几团跳动的火焰。

看着自己亲手点亮的烛光，陶冶忽感难以形容的疲惫，无力地坐倒在日本女人身边。为节约有限的电池，陶冶暂时关了手电，身边的日本女人也关闭手机。笼罩他们的只有那几点烛光，如古老地宫中的长明灯，将要为墓主人守候一千年，直至盗墓贼或考古队员光临。

"非常感谢！"她深深低头致意，烛光照亮她略带湿润的眼睛。

"别客气，我叫陶冶。陶瓷的陶，冶金的冶。"他相信对方可以理解他的意思。

日本女人回答："我叫玉田洋子，这是我的儿子，他叫正太。"

"正太？"陶冶看着这个白到有些可怕的男孩，不禁笑了一声，"果然是个正太。"

"请多多关照。"

没想到男孩的中国话说得比妈妈更好，简直和中国小孩没什么区别，大概是在中国长大的。正太应该也很累了，倒在妈妈怀里，一会儿就不声不响地睡着了。玉田洋子亲吻儿子苍白的脸颊，转头看了看身边的陶冶。

他没说话，怕吵醒刚睡着的孩子。

她的嘴角流露出一丝感激。为那几点温暖的烛光？还是为地下二层超市里给他们以帮助？或是单纯地感激他能在此时此地坐在自己身边？烛火照耀下，玉田洋子的脸颊仿佛涂抹了一层亮亮的又异常柔和的颜料，像一层神秘的轻纱，让人看不清她真实的目光。

忽然，他颤了一下。地板并没有震动，墙壁也没有晃动，附近除了那些尸体以外，根本不可能有人在活动——是他的心颤抖了一下。

他强迫自己闭上眼睛，但仍可看到她那张脸。于是，他再度睁开眼睛，她还是那副表情——藏在朦胧的烛光下的眼睛，依然无法猜透。

他把头靠在墙上，全身放松下来。他暗中期待她也能完全放松下来，慢慢把身体倒向一边——他这一边，慢慢把头靠在他的肩上……仅此而已，他不是那种一下子想要很多的小孩。

可惜，他明白自己终究在幻想。她始终保持原来的姿势，小心翼翼地抱着儿子，偶尔闭上眼睛休息片刻。

烛火跳动了几下。陶冶警觉地将头转向一边，听到几个人的说话声。他相信还有不少幸存者藏在黑暗中。玉田洋子也睁开眼睛。他对她低声耳语："我过去看看，你守着正太不要动。"

陶冶打开手电，带上急救包，沿着墙根走到那些人跟前，听到一个中年男人的声音——"世界末日！"

"什么？"一个二十来岁的女子，身上裹着一件大大的羊毛披风御寒，仍在瑟瑟发抖。陶冶敢肯定这是从底楼的品牌女装店里拿出来的。"你说的是真的？"

"没错。"说话的是个中年男人，《黑暗日——世界末日即将来临》的作者，大名鼎鼎的吴寒雷教授。他的面色严肃冷峻，眼镜的一块镜片碎了，但毫不妨碍他像在电视上那样侃侃而谈。

"什么世界末日？全是骗人的鬼话！"一个穿着保安制服的年轻男人操着一口浓重的乡音，拿着大号手电筒，焦虑地看着外面黑暗的世界。他的身边还坐着一个中年女人，穿着打扮像清洁工，看上去受了些轻伤，皱着眉头不说话。

"不，我们要相信吴教授！外面的世界已经毁灭了！"地上还躺着一个伤者，左臂上绑着陶冶亲手包扎的绷带，是那个叫许鹏飞的白领。

那对容貌俊美的少男少女不知去了哪里。

"我知道,虽然大家都喜欢看我的书,热衷于听我的末日演讲,但真到了世界末日的关头,却又不敢相信我所说的一切!"吴寒雷冷眼看了他们许久,直到许鹏飞加入,才苦笑一声,"这很正常!每个人都留恋自己和家人的生命,即便灾难已到面前,仍然妄想还能化险为夷,不过是可怜的自我安慰。"

"你是说我们已死到临头?"裹着羊毛披风的女孩说话了,她双眼恐惧地看着吴教授。

"未必吧——不过,外面的世界确实已毁灭了!我们不要奢望会有人来救援,现在能够做的,就是在这个地下空间里,尽量地生存下去!"

"不可能!你说世界末日就末日了?是不是《2012》看太多了?"

"关于世界末日的理论,你们可以仔细看我的学术著作——全中国已经有一千万人看过我的书了,如果加上手机版和其他电子版,那么可能超过了一亿人!"

"我相信吴教授书里写的都是真的,那些最权威的数据都不会说谎,就连美国官方最权威的科学家也证实了吴教授的计算结果!"许鹏飞又插了一句,想来是吴寒雷教授的忠实读者。

教授淡定地解释道:"我的论据可不是什么玛雅预言,而是根据最近几年来地球上的反常气候,以及全世界各地发生的怪异地质灾害,加上对地球以及太阳系过去几十亿年来的数据分析的结果。我不相信诺查丹玛斯,也不相信任何邪恶组织,更不相信电影里的胡说八道,我只相信宇宙间唯一正确的标准——科学。"

羊毛披风里的女子不依不饶:"你说的都是些大话空话,凭什么一个钟头前,我还好好地在九楼的电影院里看恐怖片,现在整栋大楼就真的变成了恐怖片中的场景?"

第十二章

4月1日。星期日。夜,23点20分。

烛台上的三支白蜡烛已烧了小半,缓缓流下的烛泪冷却凝结。

黑色的中庭深处不时吹来阴冷的风,烛光在微弱的风中不断颤抖摇曳,背后墙上的影子忽而清晰忽而模糊忽而歇斯底里。

玉田洋子紧抱熟睡的儿子,两眼痴痴地看着三点烛火,想象自己的脸也被烛光笼罩,发出动物油脂般的温润反光——这并不是想象。

她还想象——自己苍白的脸颊,在冬日清晨的暗光中冻得发红。钻出厚厚的被窝,看到遥远的窗外,蒙蒙亮的天际线上,亮起某种美到极致的奇异光芒——到死都不会忘记那个瞬间。

那一年,她十三岁。

寂静的清晨过后,身下的榻榻米剧烈晃动,半分钟后她家变成了一片废墟。她在残垣断壁中恢复意识,庆幸自己居然还能爬行。一道横梁架在头顶,替她遮挡了致命的木石砖瓦。寒冷刺骨的空气中,她面对灰色的苍穹,爬到一堵倒塌的墙边。她看到一个女人血肉模糊的身体,还有一个埋在瓦砾中的男人。泪水模糊了双眼,干枯的喉咙发不出声音。她竭力伸出一只手,穿过一大堆散落的书本,抓住爸爸还能活动的手指。

还记得爸爸看着她的眼睛几秒钟后变得混浊暗淡。她无法抱住被压在废墟下的爸爸。当她听到搜救人员的叫喊声,想要爬出这片坟墓,却发现自己的右手已被死去的爸爸牢牢握紧,无论如何不能动弹,几根弯曲的手指,竟如钢铁般坚硬,不舍得放走女儿。

她知道这也不是想象。

十七年后。

玉田洋子摊开右手,掌心在烛光下发出白得耀眼的反光——刚才为帮助那年轻的中国人,自己这只柔软细长的手,竟掰断了两根死人的手指……

突然,刺眼的亮光在头顶闪起,她下意识地闭紧眼睛,同时没忘记挡住正太的脸。光线闪烁几下,发出蛇行般的"咝咝"声,随后又响起"嘭嘭"声。接着,整个未来梦大厦的中庭亮起各种灯光,包括楼上各条走廊。

被黑暗笼罩了一个小时,与刚才微弱的烛光相比,眼前竟那么明亮,如白昼降临深夜。

谁拯救了地球？

商场底楼各角落都传出欢呼雀跃声，好像死人都已复活，披盔戴甲的救援队员即将从天而降。

正太睁开眼睛，玉田洋子将他抱得更紧了，害怕这突如其来的灯光，只要再亮几度，就会让他灰飞烟灭。她并未注意到，现在灯光的亮度远不及灾难降临之前。最亮的几排灯都没开，并且差不多只有三分之一的灯亮了，均匀分布在商场各处，感觉电力已经恢复，这是眼球在黑暗中过久的缘故。灯光照亮开阔的商场中庭，惨不忍睹的废墟中躺着数十具尸体。玉田洋子似乎已对死亡麻木，只是蒙住儿子的眼睛，不让他看到这一幕。

电路不太稳定，几盏灯的灯光还不时跳动，每次一明一暗，都像打开一扇旋转门。

一些活人从墙根钻出来，灯光照出劫后余生惊恐的脸，如从核爆废墟中走出来的行尸走肉。玉田洋子看到了陶冶的脸，这个比自己年轻几岁的中国男子，穿着一件破烂肮脏的超市工作服，身后带着好几个幸存者。他大声喊道："喂！还有人活着吗？大家可以出来了！"

更多的人从阴影中爬出来，有的不住哭泣与战栗，有的互相拥抱搀扶，有的身上被鲜血染红，还有的只能在地上爬，恐怕受了重伤或骨折。

玉田洋子粗略数了数，总共有三十来个幸存者，包括躺在地上还没死的，看来情况没想象中那么糟糕。除了陶冶，她又认出一个人，就是常在电视与广告里看到的那位著名的吴教授，最近他的名字与照片已登陆日本各大报纸头版，许多相信世界末日的日本人都极度崇拜他。

教授后面跟着几张陌生面孔——裹在披风里的年轻女子，虽然头发和脸上布满灰尘，但眉眼之间不失为美人。穿着保安制服的二十来岁男子，一看就知是从农村来城市打工的。他搀扶着一个看起来受了伤的女清洁工，典型的中国中年妇女，脸上写满沧桑与辛苦。受伤的还有个挂着吊牌的男人，年龄与玉田洋子相仿，从穿着气质来看像个白领，手臂上缠着绷带。

更远处有一对年轻男女。男生细碎的长发遮盖住双眼，很有日剧美少年的感觉，女生紧跟左右，倒像藤井树与藤井树的相配。只不过，当男生想要靠近陶冶和教授那群人时，女生却皱起眉头站定。仍想与男生独处于一角？冷峻的青春少年不再往前动弹一步，目光越过一堆尸骨未寒的死者，撞上玉田洋子的视线。

擅长观察并分析眼前的每一个人，是她从小跟父亲学会的本领，她也有一双时而迷醉时而冷酷的眼睛。

玉田洋子下意识地垂首，下巴抵住七岁儿子的额头，不再看那对少男少女。

商场里的人自各个方向往这里聚拢，大概是看到陶冶的背包最大，手里还拿着包扎用的绷带，怀疑他就是上面派下来的救援人员。

陶冶向洋子和正太挥了挥手，洋子本以为他会快步走来，他却在原地半蹲下去，笨拙地给墙边一个受了重伤的男人包扎伤口。

不知何时，烛火悄悄熄灭了。

明亮的灯光下，她却想着黑暗中跳跃的烛光，还有投在她脸上的影子。

幸存者们大都认出了吴教授，围绕在他和陶冶身边又哭又闹。有的人是吴教授的忠实读者，坚信世界末日说，这样的灾难更验证了他的预言。有人绝望地低头叹息，认为再也没有逃生希望。但大多数人求生欲望十足，想从吴教授口中问出还有一线生机的可能性，即便只是自我安慰。

"教授，快点告诉我！怎么才能逃出去？"

"我，不知道。"吴教授无奈地叹息，他不再像电视里那样风度翩翩口若悬河，而是呆若木鸡地低着头，不敢面对自己的预言竟成了事实。

"教授，你不要藏着掖着，我知道你肯定有逃生绝招，只是不愿说给大家听，因为只有一两个人才能够逃出去，是吧？"追问他的年轻男人身材瘦长皮肤白净，穿着一件紧身休闲西装，虽已脏得看不出颜色，但从剪裁与做工来看，应该是正版的迪奥男装。他手腕上露出一块尚完好无损的手表，可以肯定是瑞士的百达翡丽——虽然中国多出各种山寨奢侈品，但玉田洋子的眼光很精确，那身迪奥与百达翡丽都属正版。她想起大学时代的男友、后来的丈夫，当年也是穿着迪奥戴着百达翡丽的清瘦男生，因为他的父亲是某大商社的社长。眼前的这个年轻人，就是中国所谓的"富二代"。

"你太高估我了。"教授苦笑了一声。

年轻的富二代却对着他耳语了一番，周围的人们愤怒地看着他，却听不清他说了些什么。其实，他说的并非什么秘密："吴教授，只要你告诉我逃生的方法，我可以给你很多很多钱。两千万？美元？一个亿？我爸爸可以把他的上市公司一半的股份送给你！"

吴教授不住摇头，四周响起一片嘘声。穿迪奥的年轻人回头大喝："你们给我滚远点！"

盛气凌人口出狂言的他惹怒了所有幸存者，几只手同时伸过来，看样子要把他暴打一顿。他那细瘦身材，怎是这些憋了一肚子火的拳手们的对手？

陶冶从地上跳起来，拦在富二代身前，大声吼道："你们还是把打架的力气用来逃命吧!"

话音刚落,楼上传来一个洪亮的声音:"喂!有人在顶楼找到逃出去的路了!"

所有人激动地抬起头来。三楼中庭栏杆边上站着一个穿工作服的男人,一看就是未来梦大厦的物业人员。他往上挥了一下手,便转身消失不见了。

大家沉默了几秒钟,随后像小宇宙爆发似的,争先恐后地冲向逃生通道。这一回他们不是往下面跑,而是向着十九层顶楼而去。

既然大楼已恢复供电,救援人员一定会很快赶到。刚才底楼出口的坍塌说明,大楼确实被埋到了地下。但顶楼可能还在地面以上,那是最容易被救援的地方,也最容易逃出去。说不定所有幸存的大厦工作人员都已冲到顶楼逃生了,只留下这些傻瓜还在底楼等死——这不都互相踩死了么多人了吗?

一眨眼工夫,大部分腿脚灵便的人已冲到了楼上。

吴教授还留在原地,富二代也惊魂未定,保安想要跑却必须搀扶女清洁工,结果没跑出几步远,受伤的白领捂着胳膊也只跑到楼梯口。

至于陶冶,他走到玉田洋子身边,向她伸出手说:"跟我走吧。"

她伸出了手,握着这个年轻男子的掌心,被他有力的胳膊拉起来。

她仍蒙着正太的眼睛,将他抱在怀里,吃力地往楼梯走去。常年独自一人带孩子,玉田洋子的耐力也变得惊人,抱着七岁的儿子走了两层楼梯,方才有些气喘。陶冶从她手里接过正太。

两个人抱着小孩都跑不快。前头是受伤的白领,后面是扶着女清洁工的保安。至于裹着披风的年轻女子,似乎故意落在后头,东张西望提心吊胆,不知受到过什么惊吓。最后,是一步一顿的富二代,大概是害怕逃上去以后被那群愤怒的人打下来。教授却不知去哪儿了,更别提那对神秘的少男少女。

当其他人都冲到十几层楼上时,这伙人拖泥带水只到了七楼。大楼再次晃动了一下,大家习惯性地趴倒在地,或就近找墙根抱头蹲下,个个都成了地震逃生高手。

晃动只维持了不到两秒。

"等一等!"亲身经历过两次大地震的玉田洋子,说出一句纯熟的中国话。她从陶冶手中接过正太。七楼有一家户外用品商店,橱窗玻璃大多已经碎了。她抱着儿子走进那店,绕过满地尘屑,在一堆帐篷、睡袋和登山杖间找到一个类似手表的东西,没有表带,只有个仪表盘。

"你在干什么?"陶冶紧跟着问了一句。

她轻声回答:"这家户外用品商店,有许多我们最需要的东西。"

"不是很快就要逃出去了吗?还要这些干吗?"插话的是裹着羊毛披风的

年轻女子，她正好踩在一顶帐篷上面。

玉田洋子不想争论，她毕竟是日本人，中国话说得再好，也不可能说得过中国人。她把儿子交到陶冶手中，低头调了一下那块手表似的东西，很快上面显示出了结果。她怔住了，手中的仪器掉到地上。

"怎么了？"陶冶帮她捡起来。幸好这块"手表"造得结实，看来一点都没损坏。

她为自己的失态鞠躬道歉："对不起。"又仔细看了看"手表"，终于完全死心了，紧蹙双眉说："我们，现在，距离地面——一百五十米！"

"什么？"保安、女清洁工、受伤的白领，还有裹着披风的女孩，几乎异口同声说出这两个字。

"让我看看！"穿迪奥的富二代挤了过来，"啊！我认识这个东西，登山时常用的海拔仪，去年我在阿尔卑斯上就用过这个，能准确测量出海拔高度。现在，这个海拔仪上显示——不，不可能，怎么回事？"

可惜，他没有看错。

海拔仪上显示的是——一百五十米。

这就是他们目前所在的精确海拔高度，低于海平面一百五十米！

鉴于这座城市位于中国东部沿海，未来梦大厦所在地面海拔只有三四米。而这里是大厦的七层，总共十九层楼的建筑物，以上的十二层——就算每层楼有四米高，也不可能超过五十米，这意味着整个未来梦大厦已深深陷入地底，埋葬在比坟墓更深的地方。

假设建筑整体结构还未被破坏，此刻大厦楼顶距离地面至少有一百米。

第十三章

4月1日。星期日。夜，23点25分。

"嘭——嘭——嘭——"周旋听到一阵骇人的声音，原本地宫般黑暗的头顶，突然射出几道耀眼的光芒，几乎刺伤早已适应晦暗光线的瞳孔，让他恨不得钻入水泥地下，埋葬于更深一层的暗与黑的地底。

未来梦大厦，地下四层，柴油发电机室。

周旋挡着眼睛，困难地调整视线焦距，确认头顶的四盏大灯全亮了。耳边响起兴奋的欢呼声和击掌祝贺声，还有大楼主人的喝止声："镇定！"

这个叫罗浩然的男人一言九鼎，几乎要开派对的人们立时鸦雀无声。只有拉布拉多犬丘吉尔，被这突如其来的光明吓得发出"呜呜"哀嚎，躲在主人背后夹紧尾巴。

白色灯光不再闪烁，织成一张透明的网，照亮他的脸庞，并将他高大的影子投射在背后的墙上。他的胡子刮得很干净，鼻尖几乎看不到油腻，目光寒冷，不怒自威："第一，我们还没有逃出去！第二，我们还在地下最深处。"

"罗先生，那我们快点上去吧！"组长代所有工作人员说出了心里话。

"等一等，整个大楼的电力都恢复了吗？"

"没有，柴油机发出的电力有限，只能供应一部分电源，但能保证所有楼层与通道照明。"

他们的主人微微点头："这栋楼设计得很好。"他又转到柴油发电机另一边，脸也随之隐入阴影。

数十分钟前，听到"罗浩然"这三个字，周旋便开始努力在记忆中搜索，包括网络、电视、报纸、纳斯达克、富豪榜、红十字会……甚至财经图书，关于这个本该如雷贯耳的名字、未来梦大厦的主人，却一无所获。周旋已绞尽脑汁，无论是这个并不普通的名字，还是这张令人印象深刻的脸，均令他确信无疑——自己从没听说过罗浩然这个人。

"走。"大厦主人终于发出指示，包括忠诚的拉布拉多犬，大家走出柴油发电机室。他们没有前往电梯口，因为罗浩然命令关闭所有电梯电源。周旋跟着这群人走上楼梯，每个人都背着工作包，并从楼道边的应急工具箱里取出各种逃生用具，甚至有电动冲击钻，看到这吓人的玩意儿，心想还有木有电锯惊魂。

连走了几层楼梯，进入商场三楼逃生通道，组长裤兜里的对讲机响了起来。他慌张地掏出来按下通话键，听到一个颤抖的声音："组……组长……我……我……找到……逃出去的……路……了……"

周围所有人一下子停住脚步，安静地围拢在组长周围，这个看起来淳朴老实的男人，战栗着紧握住对讲机——在电话中断手机信号消失的情况下，已成为未来梦大厦仅有的通信工具——却一句话都不敢说，直勾勾地盯着罗浩然。

终于，主人点头轻声说："问他在哪里。"

组长这才按下通话键说："兄弟，你在哪里？"

"我……我在……在顶楼……十九层……这里……能够……逃出去……"

他在十九层！

组长激动地点头，对罗浩然说："罗先生，我听得出他的声音，是我们组的同事！"

对讲机那头又传来声音："罗……罗先生……跟你在一起吗？"

其实，那边应该听不到刚才组长对罗浩然说的话，却感觉到了他的存在，也可能是因为丘吉尔叫了几声。

罗浩然点头示意，组长才敢回答："对！罗先生在我们身边，还有好多人都在！"

"快点上来……我们……有救了……"

对讲机那头没有声音了，但所有人的表情都很兴奋。罗浩然依然毫无表情，只是轻声说出两个字："上去。"

除了丘吉尔，没有谁敢走到罗浩然前面，基本保持原有队形。最后一个人没忘记冲到三楼中庭边，往下大喊一声："喂！有人在顶楼找到逃出去的路了！"

数分钟后，每个人都已大汗淋漓气喘吁吁，尤其扛着电钻与铁铲的几个，连拉布拉多犬也伸出了舌头。唯独罗浩然几乎面不改色，只有额头微微沁出汗珠，好像衣服里藏着一具钢铁之躯。周旋抬起头来，看到墙上标的楼层数——18。

4月1日。星期日。夜，23点40分。

一个多小时前，他刚从未来梦大厦的顶楼十九层，一路逃难到最深的地下四层。如今却用了更短的时间，再度跨越二十多层楼，几乎回到出发的原点——人生不就是如此？从起点出发，又回到起点，一如刚想从十九层跳楼自杀，却被杀人无数的灾难救了回来。

突然，丘吉尔发出狂暴的吠叫。或许因为这条狗一贯神经质，大家都没理睬它，继续往酒店顶层冲去。只有罗浩然停下了脚步。他低头看着自己的狗，丘吉尔已从狂吠变成了哀嚎，围绕着主人的双腿乱转。他用力拍了拍狗脖子，厉声叫骂道："畜生！"然而，无论主人怎么拖拽，拉布拉多犬倔强地留在原地不动，四只爪子像在地上生根。

其他所有人都已冲上十九层楼，楼顶传来汇合的欢呼声，接着响起电钻钻破墙壁的噪音——《德州电锯杀人狂》第 N 部？

周旋没有跑上去，始终跟着罗浩然和丘吉尔，相信这样最安全。当罗浩然就要放弃他的狗，准备赶上手下，指挥大家从顶楼逃出去时，拉布拉多犬掉头往楼下跑了。

"丘吉尔！"这回叫它名字的是周旋，他紧拧眉毛看着罗浩然，等待这座大楼的主人作出抉择。

罗浩然犹豫了片刻。他的目光照例那样寒冷，让人绝无可能猜出隐藏的秘密。他看着已跑下半层楼的丘吉尔，看着它恐惧地将尾巴夹在股间，发出阵阵哀嚎，仿佛在主人葬礼上哀悼。

头顶的灯光闪了一下。

罗浩然作出了抉择——没有往逃生的十九层顶楼冲去，而是朝相反方向，跟着他的拉布拉多犬，向楼下狂奔而去。至于周旋，连想都没有想，毫不犹豫地跟在罗浩然后头，飞快地往十七楼跑去。

丘吉尔并未跑远，有意等待着主人，看到他来到自己跟前，才继续夹着尾巴跑向十六楼。周旋紧跟在罗浩然身后，重新冲向黑暗的地底，似乎头顶才是地狱。

楼下传来一阵嘈杂的脚步声，冲出许多从底楼来的幸存者。这些人一个个充满逃生希望，虽然浑身都是尘土污垢与血迹，仍能大致分辨出，哪些是今晚来不及离去的顾客，哪些是倒霉的晚下班的工作人员。

周旋和罗浩然识相地各自退到一边，身体紧贴着墙壁，中间让出一条通道。丘吉尔也蜷缩在角落中，以免被狂躁的人们踩到。

人们对周旋和罗浩然视而不见，争先恐后地从他们之间穿过，继续往顶楼冲去。周旋在心底默默数了一下，大约十二个人。周旋与罗浩然对视了一眼。楼道中充满那些人的脚步声，宛如影子紧随着他们的耳朵。

周旋真想把耳朵蒙起来。是怕听到他们顺利逃出绝境的欢呼声？还是怕听到外面救援人员的广播声？他满脸疑惑地看着对面的中年男人。这样背道而驰南辕北辙，是逃生还是自杀？

罗浩然的脸依然如同一片沙漠，没有任何变化。

丘吉尔坚定不移地往下跑去，罗浩然跟着他的狗，周旋也只得被那条狗牵着鼻子走。他们一路穿过酒店与写字楼，逃到九楼的电影院。周旋忍不住又想：

顶楼那些人大概已逃出去了吧？他强迫自己停下来，再也不愿相信一条狗的判断了。

就在这一瞬间，头顶传来震耳欲聋的轰鸣声，脚下剧烈颤抖，整栋大楼就像被送上了按摩椅，并且调到最强的震动档！

周旋下意识地趴倒在地，在天旋地转的刹那，奋力向墙根滚了两滚，确保自己远离中庭。耳边的影子变成拳头，重重捶击他的颅腔，以至于大脑里开了一场交响音乐会：大提琴、中提琴、小提琴、低音提琴、单簧管、双簧管、长笛、短笛等一齐奏响。

第十四章

4月2日。星期一。凌晨，0点01分。

头顶射灯再度一明一暗，脚底再度地震般的颤抖。莫星儿下意识地趴倒在地，身上裹着一件国际品牌的羊毛披风，印着九百九十八元的吊牌还没来得及撕下，若非逃难时路过底楼那家女装店，恐怕要在寒冷的地底冻僵了。背后还有些疼痛，那是在景观电梯坠落时，碎玻璃扎到身上导致的，不知会不会留下疤痕。一个多小时没照镜子了，自己变成什么样了？但愿不要像恐怖片里血流满面的女鬼。头发散乱在眼前，怎么梳理都没用，不过地下大多数幸存的女人都是这副鬼样。

莫星儿暗暗用英文骂了一句脏话。老天被这个女人的气场吓到，整座大楼的摇晃与巨响应声而止。她惊讶地从地上爬起来，将乱发捋到脑后，看着头顶那盏灯恢复正常。

未来梦大厦，七楼，户外用品商店。

她看到那个日本女人抱着儿子爬起来，穿着超市工作服的年轻男子也在，受伤的白领一脸病容，女清洁工与保安互相搀扶。穿着迪奥男装的年轻人，面色苍白地躲在角落发抖。

"刚才……"还是白领打破了令人窒息的死寂，"是……余震……吗？"

"也许是的吧。"日本女人轻声用汉语回答，看来她早已习惯了各种地震。不过，她的神情也颇恐惧，似乎从未遭遇过这么大的灾难，低头抱紧儿子——这个大约七岁、穿着短裤的男孩皮肤像死人般苍白，只有嘴唇是鲜艳的，让莫星儿联想起《暮光之城》。

穿着超市制服的男子满脸灰尘，但那双明亮的眼睛却让莫星儿不由自主地多看了几眼。他大胆地走到中庭栏杆边，往上望了望说："我们上楼看一看吧？或许，楼上已经打通了逃生的路。"

提议虽然冒险，但说到"逃生"二字，即刻获得大家赞同。

这群被困在地下一百五十米深处的人，小心翼翼地离开七楼的户外用品商店，各自带上一些用得到的小物件，走进通往更高楼层的通道。

莫星儿走在队伍最后面。他们很快来到九楼电影院门口。

在被震得面目全非的售票窗口与卖爆米花的柜台前，她想起今晚——不，手机上的时间已到 4 月 2 日 0 点 11 分——那是昨晚，不到两小时前的昨晚，自己刚走出未来梦影城，脑中还残留美国恐怖片《血腥小镇》里种种噩梦般的画面，以及一群老鼠在她鞋子上蹭来蹭去的感觉，便在景观电梯里遭遇地震直接坠入地狱。她不敢去看那空荡荡的观光电梯口。

耳边传来年轻保安充满乡土气的口音："别落下啊，快点往楼上走！"

转眼，前头传来几个男人捶胸顿足之声——从九楼通往十楼的逃生通道全被废墟封住了，其中还有钢筋混凝土，天花板露出纯粹的钢铁架构，就像一个人的血肉都已腐烂，直接露出了森森白骨。

保安再度发出恐惧的叹息："我的老天爷啊，连承重墙也垮塌了！"

"怎么办？"中年女清洁工、手臂裹着绷带的白领，还有戴着百达翡丽的富二代，几乎异口同声地说出了这三个字。

所有人又跟着保安转到九楼对面的另一条逃生通道，仍然是相同的情况——感觉不仅是一层楼梯坍塌了。

回到九楼电影院门口，这里是商场中庭的最高层，再往上就是一个高大宽阔的弧形圆顶，有些像室内体育馆或大会堂的穹顶。看上去还没什么问题，只是差不多所有的灯都掉下去了，阴影中似有几道裂缝……不知是被震的还是压的。

小男孩在妈妈怀里挣扎了几下，遭到一顿日语训斥。男孩发出悲哀的哭声，却不像一般小孩的哭闹，而是成年人那样痛入肺腑的悲伤，仿佛哀悼已化作幽灵的人们。所有人都安静地看着男孩，看着他的眼泪坠落到妈妈身上，莫星儿的眼泪也几乎要被催出来了。

忽然，莫星儿看到地上窜过一群黑色的影子。一眨眼的工夫，一只老鼠从她脚边跑过，长长细细的尾巴扫到了她的鞋帮上。

随着自己的一声尖叫，她听到了急促的狗叫声。她揉了揉眼睛，看到在一张东倒西歪的电影海报跟前，站着一条米黄色的拉布拉多犬，夹紧尾巴向他们乱叫，旁边站着个身材高大的男人。莫星儿远远地就看到了他，以及那双永远看不清瞳孔背后是什么的眼睛……

兔子在尖叫！兔子在尖叫！兔子在尖叫！

在大脑先是空白继而模糊最后清晰的几秒间，她觉得全身僵住了，一种深切的恐惧涌上心口——比老鼠尾巴扫过脚面更大的恐惧。

两个人隔着数十米，但在她身边的灯光照耀下，她的脸庞也清晰地落入他的眼中。虽然，他的目光里什么都没有泄露，可她还是察觉到了什么。她想自己永远不会把那个秘密说出去。

那个人的颤抖转瞬即逝，他让拉布拉多犬安静下来，抬头说："还有一个人需要救援！"莫星儿顺着他指的方向看过去，一家专卖儿童玩具的小店里传出男人的叫喊声。

他们立刻走进玩具店，柜台与橱窗的狭窄空间中紧紧卡着一个男人。他的头朝着外边，双脚被压在底下，无论如何都爬不出来。柜台不知被什么卡住了，保安和超市帅哥一起用力去搬，都没能搬动哪怕一厘米。

"如果可以搬得动，我早就救他出来了！"中年男人发出有磁性的声音，拍了拍拉布拉多犬的脑袋："如果丘吉尔够聪明，我早就让它跳进去按开关了！"

原来，这个柜子之所以无法移动，一方面是可能卡住了，另一方面是柜子底下有个开关，一旦锁死就再也难以动弹，一般是为了防盗用的。

莫星儿看了看被困住的男人，那张略显沧桑的脸，不过三十多岁，却有一双过分成熟的眼睛。这个男人的目光如此特别，绝非祈求别人救他，而是冷漠地拒人于千里之外，仿佛任何接近都会伤害到他。

一般人看到这种目光都会退避三舍，尤其这种困于死地的情况，说不定还会困兽犹斗搞出什么意外同归于尽。不过，他的目光却激起了莫星儿的某种冲动。她又看了看周围所有人，除了七岁的日本男孩，就属自己身材最苗条娇小了。

第十五章

4月2日。星期一。凌晨，0点01分。

天崩地裂的巨响持续了几分钟，周旋不敢睁眼看这个世界，不敢想象自己临死前会看到的可怕景象。不过，身上并未有什么刻骨的痛苦，也没有动脉猛跳血溅五步的惨相。

只是，当他想要站起来时，却发现再也动弹不得了。

天知道是怎么滚到这个地方来的。头顶的橱窗里摆着变形金刚与哆啦A梦，自然是电影院旁边有小孩生意可做。身体被一只沉重的柜子卡住，柜子略微倾斜，与墙面形成三角形，如同坚固的牢笼。他大声呼喊几下，终于听到丘吉尔的回应，接着罗浩然来了，却无法搬动柜子。

隔了数分钟，他看到一群陌生的面孔，其中有一个年轻女子。

几秒钟后，她消失不见了。

当周旋闭上眼睛听天由命时，柜子开始晃动。在狭窄空间内，多了一个猫似的玲珑身体，随后一只手按在他的膝盖上，一个轻柔的女声道："不要乱动。"

似有羊毛流苏摩擦他的脚面，随即柜子底下的开关被打开了。

"OK！"女子的声音从脚边传来。外面众人一齐用力，很快就把柜子搬开，救出了被困的周旋。

他躺在地上大口呼吸。

在哆啦A梦公仔旁边，站起一个裹着羊毛披风的女孩，大约二十五六岁，乱乱的头发下面有双明亮的眼睛。她伸出手要拉他起来。

周旋却没有伸手去接，而是自己撑地爬起来，咳嗽几下说了声："谢谢。"

他没有靠近那群陌生人，长久以来他面对陌生人时都有一种不安全感，何况在生死一线的关头。唯一可以信任的，就是这栋大楼的主人罗浩然，他走到那一人一犬身边："发生什么了？"

"所有上楼的路都被封死了。"罗浩然看了看九楼中庭的穹顶，"为什么电影院要放在九楼？因为这一层的建筑结构最坚固，既可承受中庭跨度，更能容纳多个电影放映厅。这样一个钢铁穹顶，相当于一层牢固的装甲，把未来梦大厦分为两段。"

周旋还是不知道上面发生了什么，但罗浩然让他相信，至少这里是安全的。

大厦的主人依旧仰望穹顶,是否在牵挂已经冲到顶楼的那些人?

其余的人都离他几步之遥,刚才救出他的女孩更是远远地躲到阴影中。

罗浩然没再多看他们一眼,拍了拍拉布拉多犬的脖子,沿着逃生通道往下走去。周旋紧跟在后面,纵然前头是刀山火海。

从十九层逃到地下四层,又从地下四层逃上十八层,再度直线往地下而去,像在旋转门内外转了几圈。之前两次上下爬楼梯,周旋都不明方位一味跟从,这回却熟悉许多,像在自家走上走下——要把这里当作自己的家?活在暗无天日的地底?

来到未来梦商场底楼中庭,丘吉尔再度狂吠。周旋几乎跪倒在地。眼中尽是满地堆积的尸体。无论如何都没想到,刚才那么多渴望逃生的人如今大半已化作鬼魂,只剩残破的躯体,像一堆垃圾。

周旋看着那些死人的脸,每一个都曾有过笑容与泪水、希望与绝望,曾伤害别人或被别人伤害……想象他们的父母为他们的出生而幸福,为他们的长大而烦恼,为他们的死亡而痛苦——如果外面不是世界末日的话。

罗浩然仍旧没有表情,眼神也丝毫没有变化。作为这栋大厦的主人,遇到这样地狱般的场景,目睹那么多人死在自己的地盘,没发疯就已算坚强了。

在商场底楼的墙脚边,还有几个或躺在地上或靠在墙上的人,他们都受了重伤,连爬楼梯的力气都没有。唯独一个人看起来安然无恙,是个戴眼镜的中年男人,其中一个镜片已经碎了,头发梳理得整整齐齐,面孔显得十分白净,不像其他人那样满面尘垢,大概是去哪里洗过脸了。

周旋觉得这张脸有些眼熟,总感觉何时见过——今晚?

哦,应该说是昨晚,现在已是4月2日凌晨。就是两个多小时前,他走进未来梦大酒店的电梯,在液晶屏上看到某本畅销书的广告——最近总是看到那本书的封面,也依稀记得那位学者的大名——吴……他情不自禁地挠了挠头,就是想不起那个红得发紫的名字。两年来他一直计划自杀,并不在乎地球人集体关注的末日话题。

可以想象,十几分钟前,当有人高喊顶楼发现了逃出去的路,底楼所有活人——只要没有缺胳膊断腿,统统激动地冲了上去,唯独这个人留在底楼,居然还有闲情整理形象,还是一身知识分子范儿,难道本来就不想逃出去?就像周旋本来就想死在这里?

他听到几个重伤者凄惨的呼喊:"刚才怎么了?外面来救我们了吗?"

周旋看了看罗浩然,大厦的主人绕过伤者,走向中庭旁边的走廊,身后除了拉布拉多犬,还跟着楼上逃下来的那些人——抱小孩的年轻妈妈,穿着超市工作服的男人，身穿覆满灰尘的迪奥男装的男子，绑着绷带的白领，保安和女清洁工，最后是裹着披风的女子。没想到，那个叫吴什么的"大师"，也跟着他们而去。

进了走廊，罗浩然推开一道大门，门上写着"非工作人员禁止入内"。

里面又有道门，门口贴着"监控室"三个字，罗浩然在密码门上按了指纹，又输入一组复杂的密码才打开。他并不介意身后跟进来一群人，有意要告诉大家发生了什么。

监控室里布满各种高科技设备，令人眼花缭乱。罗浩然坐在一台电脑前，输入几行指令，将大屏幕分隔为数十块小屏幕，但只有下半部分亮着，上半部分显示为雪花，应当是电影院以上各楼层。

除了卫生间与更衣室，整栋大楼几乎各处都有摄像头。不过，周旋没有发现酒店楼层的监控画面，也没有写字楼的，倒是看到了空荡荡的酒店大堂，虽然同属底楼，却在大厦另一边。

罗浩然依旧毫无表情。他身后那么多眼睛齐刷刷看着监控画面——很多个画面里都看到了尸体，从九楼电影院到八楼餐厅，还有七楼到二楼的那些商店，有些尸体和假人混在一起难以分辨。除了宠物店里逃出来乱窜的猫狗，小屏幕里还能动的活人，就是留在底楼的那几个重伤员了。

"我看到他们了！"有人叫了一声，所有人都吓了一跳，说话的是那个一瘸一拐的女清洁工。

保安训斥道："乱叫什么啊！你看到鬼了？"

"是跟你一起救我的那两个孩子！"她指了指大屏幕的左下方。文字显示为地下一层，画面里是大超市，其中有一对年轻的男女。从穿着打扮和发型来看，无疑是90后，他们如幽灵般游荡在废墟般的卖场中，女孩紧挨着男孩寸步不离，男孩步履轻松如闲庭信步。女孩不断顺手牵羊取下货架上的东西，似乎是巧克力之类的零食，好像就在自家似的，拿下来就拆开放入嘴中——劫后余生的地震灾难中，这也不能算是抢劫吧？

罗浩然又对着电脑输入一行指令，大屏幕的画面完全变了，不再分隔为小屏幕，直接出现了酒店楼层——文字显示为十九层走廊。

那是周旋最熟悉不过的地方，两小时前他刚走进那道走廊，开房准备跳楼自杀。不过，他注意到一个容易被忽略的细节，屏幕角落里显示着监控的时间：4月1日23：55。

那是几十分钟前的昨晚——工作人员们跑上十九层顶楼，拿着各种挖掘工具，满怀即将逃生的希望，罗浩然与周旋却在丘吉尔的警告下，紧急下楼撤退的时间!

果然,大屏幕上的十九层酒店走廊里,出现了一群穿着工作服的男人。他们打开一扇小门,发现被水泥碎块堵满了,便用冲击钻和铁铲开始挖掘。也有人不停地回望,也许疑惑大楼的主人和他讨厌的狗为何还没上来。

什么声音都听不到,大屏幕前观看的人们也死寂无声。很快要逃出生天的监控画面中,酒店走廊灯光一明一暗。周旋感到莫名恐惧,就像恐怖片里即将出现女鬼。罗浩然保持着冷静——除了点鼠标的右手食指指尖微微颤动。

终于,监控画面里穿着工作服的男人们突然抛下各自手中工具,转头向摄像头方向逃命,个个露出惊恐异常的表情,就像正在做噩梦的小男孩。

他们看到了什么?

恐惧如同瘟疫,通过监控室的大屏幕,通过每双死里逃生的眼睛,穿越数十分钟的时间距离,传递到这个房间里的每个人心里。

第一个受不了的是周旋。如果不是丘吉尔的疯狂,他也会和那些可怜的人一起,疯狂地冲上十九层楼,然后将自己疯狂的脸映在疯狂的摄像头和大屏幕中。

他回头看到房间里所有人都无声地大睁着眼睛,年轻的妈妈紧紧蒙住儿子的脸。随即大家都有了剧烈反应——保安握紧拳头放在胸前,中年女清洁工闭上双眼,绑着绷带的白领作呕吐状,年轻的超市员工剧烈颤抖,穿着迪奥男装的富二代干脆倒在地上,抱小孩的年轻妈妈后退了一大步,刚救过他的女子厉声尖叫,那位经常露面于各种媒体的"大师"则长叹一声⋯⋯

等到周旋转回头再看屏幕,已变成一片纷纷的雪花。

对于错过了那最可怕的一幕,他表示既追悔莫及又谢天谢地,反正已把自己当成死人。

罗浩然关闭了大屏幕。黑黑的液晶屏模糊地映出所有人的脸庞,一个个面面相觑。

未来梦大厦的主人沉声总结:"各位,不仅是顶楼,九楼中庭穹顶以上的部分,包括所有的酒店客房以及写字楼,都在顷刻间化为了乌有。"

周旋想起后来从十八楼往下逃,遇到从底下上来的一群人。毫无疑问,那些与自己南辕北辙的人,早已葬身于从十九层到十层间的地狱中了。

全灭。

罗浩然说得没错,因为九楼有中庭和电影院,穹顶造得尤其坚固,才能撑住上面坍塌下来的重压,否则这里也会变成坟墓了。

忽然,周旋听到一阵轻轻的哭声。女清洁工蹲在角落里哭泣,倒是裹着羊毛披风的女孩抱着她安慰。

一片绝望的氛围中，那位"大师"说出了更让人绝望的话："根据我的经验，整栋大楼都已深深陷入地下，至少有一百多米的深度。我们生存的这个星球，可能遭遇了人类有史以来破坏力最大的地震！"

周旋发现每个人都认识"大师"，只有自己依然有眼不识泰山。穿着超市工作服的小伙子与抱小孩的年轻妈妈频频点头，似乎"大师"也验证了他们发现的某个事实。

监控室的一角放着本被摸得很旧的书，封面上赫然就是眼前的这位"大师"，书名《黑暗日——世界末日即将来临》，作者署名为"吴寒雷"。

周旋拍了下脑袋，他想起来了。怎么把这个名字忘了呢？这些年最炙手可热的学者，天天都有电视台和网络在报道这位世界末日预言家，把早年"百家讲坛"那几位的风头全给抢了。这本书之所以出现于此，大概是监控室管理员正在看吧，可见早已洛阳纸贵，深入到每个角落。

"不，我不信！"周旋丝毫不留情面，"这确实是一场大地震，但不会到那么严重的地步。"

胳膊上绑着绷带的白领代替教授回答："我们在七楼的户外用品商店已经用海拔仪测量过了，七楼低于海平面一百五十米，意味着大厦楼顶——假设还有十九层楼的话，已被埋在地下一百米深处。如果以每层高四米计算，我们现在所处的底楼，大约埋在地底一百七十米！"

"那你认为外面的世界也遭到了严重破坏，因此不会有人来救我们？"

"不仅仅是严重破坏，即便是最乐观的判断，人类没有灭绝，也是倒退到了石器时代。"吴教授语气平静，就像在作学术报告，"对于地球人来说，这就是世界末日。"

这一结论让在场所有人备感绝望，但也符合最近两个小时来的种种迹象，包括未来梦大厦十楼以上的毁灭。

"我们是人类最后的幸存者？"穿着迪奥男装的富二代几乎要哭出来了。

"是。"吴寒雷教授斩钉截铁地回答，随后低头靠在墙上，他也不愿相信自己的预言竟成了事实。

"教授，你的意思是——外面的人很可能都死光了？"穿着超市工作服的年轻人一边问一边咬破了嘴唇。

"我……很遗憾……"

"爸爸妈妈……"年轻人抱着脑袋，哽咽着跪倒在地，喃喃自语，"不——我的老家离这里有上千公里，怎么可能也……"

"别说上千公里，就算是上万公里也不能幸免。"

这回周旋扮演了打假斗士的角色:"说出理由!不要耸人听闻!"

吴寒雷教授沉默片刻,不慌不忙地解释:"我们所在的这座城市,处于中国东部沿海的冲积平原,自古以来就不是地震高发区,也远离任何地震带,这一点稍有常识的人都知道。"

"没错。"生于斯长于斯的周旋微微点头。他在这座城市从小长到大,就没遇到过什么地震。小时候有一次来了地震警告,大伙都跑到空地上避难,过节似的热闹非凡,结果什么伤亡也没有,房子丝毫未受影响。汶川大地震时,全国有明显震感,当时他正在高层建筑,也仅感到一阵轻微晃动,当其他人奔向楼梯惊慌逃命,他胸有成竹地上网搜索地震消息。

"非但如此,在以本市为圆心半径五百公里范围内,历史上从未记载过任何大地震,最高纪录发生在明朝崇祯年间,也不过里氏 4.8 级而已。"到底是著名学者,吴教授引经据典的功夫一流,"而这场地震的强度,竟能把一栋十九层的异常坚固的大楼,震入地底一百多米,根据我多年来对各种自然灾难的研究,本地的震级至少在里氏 10 级!而日本大地震也不过里氏 9 级。要知道地震震级每增加一级,其释放的能量就会增加三十二倍。"

"什么?"年轻的保安下巴快要掉下来了。

"是这样的。"抱着小孩的妈妈说话了,原来是日本人,"我亲身经历过日本大地震,感觉现在要比当时严重得多。"

"对,我们现在经历的地震,威力起码是日本大地震的三十多倍!但是,不要以为这场地震只是 10 级——"吴教授像一部计算机,冷静分析发生的一切,"刚才我们都已知道,这座城市及其附近几百公里内,从没发生过里氏 4.8 级以上地震。那么如此剧烈的地震,其震源地一定在遥远的千里之外,最有可能就是日本——"

吴教授看了一眼那对日本母子,年轻的妈妈低下头来,默默接受了这个令人绝望的事实。

"不过,我也无法判断到底在哪里。除了日本,震源也可能在太平洋火山地震带的菲律宾、印度尼西亚,甚至太平洋另一端的加利福尼亚。如果,是发生在北美西海岸断裂带上的地震,传到中国已在里氏 10 级,那么美国的震级会到多大?就连上帝也不敢想象了吧!假设这次地震大到这种程度——事实上我已对此深信不疑,整个地球会变成怎样?打个比方来说,就是引爆了埋在地下一万米深处的原子弹!"

教授的这段分析,所有人听得不寒而栗,不少人流下眼泪,既为幸存的自己,也为外面的家人。

忽然，周旋想起地震发生前的刹那，自己打开窗户要跳楼自杀时，看到地平线尽头那绚烂夺目的核爆式的光芒……他改变了刚才的态度："教授，请再说一下具体情况。"

"首先，美国肯定全部毁灭了，北美大陆可能从地球上消失，太平洋与大西洋连成一块大洋，情况绝对要比电影《2012》更为惨烈；其次，地震会波及地球的每个角落，地球另一边达到了这种程度，就没有一个国家和民族会逃过这场劫难；再次，由于北美西海岸断裂带紧挨着太平洋，将产生人类有史以来最恐怖的海啸，正面穿越太平洋最宽阔的部分，正好冲击到中国东部沿海。"

手臂绑着绷带的白领激动起来："教授，你的意思是——半个中国已经被海水淹没了？"

"现在还没有，海啸传递需要时间，太平洋海啸传播每小时两百到一千多公里——我们必须按照最高标准来计算，并且很可能会超过这一速度。中国东海岸到美国西海岸的直线距离大约为一万两千公里，以每小时一千五百公里的速度计算，也就是八个小时！这个速度确实惊人，比坐飞机还快得多，但这就是科学！"

"八小时后？不，是六个小时，就算已发出了海啸预警，那么多人口和家庭，那么大的城市，怎么撤离得了？"

"是，等到今天清晨，很可能我们头顶都已变成了太平洋的一部分！"吴教授摘下碎了一个镜片的眼镜，梳理又已纷乱的头发，"人类上古史有过的大洪水时代，今天重新降临到我们头上。只不过，这回灾难更为严重，在这么剧烈的地壳运动影响下，全世界各地，尤其环太平洋地区，许多巨大的活火山都会产生活动乃至剧烈喷发，不知道富士山会不会——"

"请不要说了！"年轻的日本妈妈抱紧孩子，退到监控室的角落。

"对不起，我只是在推测最糟糕的可能性。但从目前情况分析，这一可能性已达到百分之九十以上。恐怕只有生活在青藏高原上、住在帐篷里的牧民们才能逃过一劫。否则要么淹死，要么压死，要么在接下来的各种核泄漏、化工泄漏、重金属泄漏中被毒死。"

"看来电影里还是很有道理的，可是我们都没办法上船了！"穿迪奥的富二代捶胸顿足。

在大家都变得乱糟糟时，周旋注意到罗浩然——未来梦大厦的主人，始终安静地站在监控电脑旁，不动声色地看着吴教授，听着那些可怕的分析抑或事实。

突然，罗浩然的声音打断了众人的议论——

"好吧，我相信科学的判断，外面的世界已全部毁灭，不可能再有人来拯救我们了,这座大厦内还活着的人,是人类最后的幸存者。"

第十六章

4月2日。星期一。凌晨，0点44分。

只亮了一半的昏暗灯光下，隔着满目狼藉的超市货架，她看到一双细碎黑发下的眼睛。

一双让人无法捉摸的，有几分冷酷的，有时又明亮得刺她眼睛的眼睛。

小光。

她很喜欢这个名字，与他的这双眼睛，以及他这个人在她眼前出现时的感觉，很搭。

实在忍不住了，丁紫给了他一个微笑。在离此不远的高中校园里，她还没给过别的男生这样的微笑。

少年照旧没有表情，只是眉毛扬了扬，绕过货架来到她跟前。十八岁的高三女生丁紫，随手拿起货架上一袋话梅，毫无顾忌地拆开包装，掏出一粒塞到嘴里，酸得几乎要掉下牙齿。但她喜欢这种刺激的味觉，有舌头飞起来的幻觉。她心满意足地托起话梅袋子，放到同龄的小光鼻子底下说："很好吃哦！"

"我们不是来找这些的。"

一小时前，丁紫和小光游荡在未来梦商场底楼中庭。这对大胆的少男少女，在无法计算的尸体堆中，救出几个重伤的人。他们给伤员简单包扎，给每个人喝了干净的水，从超市药品柜台找到止痛药分配出去。丁紫情绪低落，不知这些人能支撑多久，假如外面的救援迟迟不来，说不定会一个接着一个痛苦地死去。

当大家都往顶楼冲上去时，丁紫却看到吴教授平静地留在原地，小光竟也无动于衷，仍蹲在地上照顾重伤员们。

"你，不想逃走吗？"

少年平静地回答："留在这里挺好的，为什么要逃出去？"

"留在这里等死？"

"你觉得出去更好吗？我敢打赌，在这里会省掉你的很多烦恼。"

"凭什么？"

"我猜你不会喜欢外面的世界，还不如留在这里，总比你在外面每天做噩梦好吧。"

"留在这里就不会做噩梦吗?"

"嗯,这是两种噩梦,相比在这里面对死人的噩梦,我敢肯定你更恐惧面对活人的噩梦,难道你以前没有过吗?"

小光的每一句话,几乎都戳中了她心窝里的秘密,让她不禁低头怯生生地回答:"好吧,我承认。"刹那间,她心里闪过一个念头——如果,真的可以,永远留在地下?

他们在底楼悉心照料五个重伤员,但一直没有同吴教授说话,那位著名学者去卫生间洗了脸,又对着镜子仔细梳理头发,就差一间化妆室了。

时间走到4月2日0点01分,再度发生震耳欲聋的巨响,惊天动地的摇晃。小光拉着她趴倒在地上。

再度平复后,看到所有伤员都安然无恙,丁紫皱起眉头:"我还是担心海美,不知她被困在哪里,刚才的余震会不会伤到她。"

随后,他们跟重伤员一一道别,前往地下一层,去寻找她的同学兼死党海美。

进入卡尔福超市前,经过一个宠物商店,只剩几只可怜的猫狗,其余动物都逃散到大楼各处去了。宠物店前的地上,躺着一个脖子被碎玻璃切断的死人,还穿着宠物店的工作服。刚才看过太多尸体,丁紫已经麻木了。

超市地下一层,她看到琳琅满目的商品乱七八糟地洒落在地上,或东倒西歪地陈列在货架上。她控制不住双手,拿起感兴趣的东西,通常是女孩子爱吃的小零食,还有五花八门的小装饰品,光手机贴就往包里装了不少。

终于,小光露出一点无奈,大概这就是男人与女人的区别:哪怕到了世界末日,她依然有逛街购物的欲望。

在这一层超市逛了半小时,其间小光给自己泡了一碗方便面——十八岁男生饿不起,正好到了宵夜时间,就用超市里的电热水壶烧了矿泉水,吃得满头大汗狼狈不堪,完全丢掉了酷哥形象,搞得很是尴尬。

丁紫躺在一张标价三千六百元的真皮按摩椅上,接通电源尽情享受腰背部分的电动按摩,嘴巴里吃着日本进口的糖果,胸前挂着柜台里拿的K金项链,耳边iPod里放着AKB48的音乐,微笑地看着小光吃面的样子。

如果,真的可以,永远留在地下……

最起码商场里那么多吃的喝的用的玩的穿的就随便她享用了,记得两周前还真的做过一个类似的梦。

两人享用完夜宵(丁紫的夜宵就是无数的零食),来到卡尔福超市地下二层,这里跟上面差不多,地上还躺着几具尸体。

在这更加静谧的空旷世界,丁紫听到什么古怪的声音,充满疑惑地走过去,居然是——植物大战僵尸！小光却提高警惕，侧身走在她前面，以防从阴影中跳出一具僵尸。

循声穿过超市最后一排货架，丁紫看到一扇紧闭的小门，植物大战僵尸之声正是从门内传出。

小光重重地敲了敲门，植物与僵尸停战了。他又用力转了转把手，发现被锁住了。丁紫喊了一声："放心吧，我们是来救你的。"

两秒钟后，小门轻轻打开，露出一张少女的脸。

"海美！"

踏破铁鞋无觅处，同学兼死党海美就藏身在这间小屋之内。

两个高中女生抱在一起，各自经历了九死一生，海美忍不住掉下眼泪。丁紫刚要为她擦拭，她却像个小孩破涕为笑，拉着最好的朋友走进小屋。

房间不超过十平方米，堆满各种东西，中间还放着一张充气床垫，上面扔着海美的iPad，刚才是趴在床垫上玩游戏。

"末日生存？"丁紫目瞪口呆地看着死党的小屋——墙边堆着几箱矿泉水，上面有几十支手电筒、麻袋装的干电池、ZIPPO打火机以及大大小小的蜡烛。还有各种衣服，特别是用来御寒的毛衣与羽绒服，大概预感到地下会越来越冷。更让人难以置信的是，地上有十几双鞋子，甚至还有双红色的高跟鞋，以及几打厚厚的短袜与长筒袜，难道要在这里搞末日派对？最后，丁紫的目光落到几件吊着标签的男装上面。

"不要乱想哦，这是留给将来靠得住的男人的——男人也是末日生存的必需品嘛。"海美心满意足地摸着男装，又看了一眼丁紫背后的小光。

"你想在这里住一辈子吗？"

"老婆，我觉得这就是世界末日，我们谁都逃不出去了，只有躲在这里等死，能多活一天就算是赚到了！"

"你说外面的世界都完了？"

"没有人能幸存下来！只有这里才是最安全的。"海美指了指头顶的一道房梁说，"你看，整个地下二层，就属这个房间最坚固，没有一点被震过的痕迹。只要把门锁紧，就算外面丧尸出动，也可以保证安全。"

"所以，你把能吃的能喝的搬了这么多进来？"

海美一边点头称是，一边打开房间角落里的电冰箱："你不知道我把这个家伙从家用电器区搬过来费了多大力气！"

冰箱里塞满了各种饮料与食品，有海美最爱喝的几种果汁，甚至还有新鲜的水果！另外还有腊肉、香肠、巧克力、口香糖……至于大米、面粉、方便面之类可以长久保存的，都直接放在地上。丁紫还看到了青岛啤酒、进口红酒、绍兴黄酒，以及两瓶五粮液，尽管平日里海美滴酒不沾。

"嘿！"海美拿起一瓶五粮液说，"白酒消毒，红酒活血，黄酒可是奢侈品——万一可以炒菜呢？啤酒嘛，万一水喝光了，就喝啤酒解渴，可以再多活一两天。"

"好吧，反正门外就是那么大的超市，所有宝贝都归你了。"

海美拿出一个小木箱，里面装满各种药品，特别是关键时刻救命的抗生素。墙角有两把小铁锹，一是为挖洞逃生，二是碰到色狼还可自卫。在她的气垫床旁边，放着几把瑞士军刀。

丁紫佩服死党的好心情："你还用这个来修指甲？"

"错，你不知道瑞士军刀是万能刀吗？世界末日，人手一把。"

海美说完拿起一台小收音机，却收不到任何节目，连短波也是沙沙的噪音。一来怕是真到了世界末日，地球上所有电台都完蛋了，二来因为在深深的地底，也接收不到地面信号。

墙边还摆着一堆手表和钟，想必为了随时搞清楚自己创造了多少分钟的末日生存纪录。

最后，是海美留给自己的一本书，名叫《谋杀似水年华》，虽已看过好几遍了。丁紫被这书名刺了一下眼睛。

"海美，你是不是整天就盼望着真来世界末日？"

"是，所以我才潜心研究末日生存手册，就为了能比别人多活几个钟头。"

高中三年来最好的朋友，居然是个隐蔽的末日控！

终于，小光说话了："我想到外面透透气。"

"海美，你也出来走走吧。"丁紫跟着少年退到超市卖场，忧虑地看着死党，"你不想跟我在一起吗？"

犹豫片刻，海美走出她的"末日堡垒"，小心地把门锁好。她连钥匙也搞到了，这个老巢绝对不能被别人占据。

"如果外面的世界真的毁灭了，你不担心你的爸爸妈妈？"丁紫问了一句。

海美低头说："是，我很担心，可担心又有什么用呢？如果，他们还活着的话，也一定很担心我吧。"

"假如，你有机会逃出去，还会留在这里吗？"

"不会吧。"海美老实地说出心里话，没再逗能说想一个人留在地底做鲁滨孙，"丁紫，那么你呢？"

这句反问让丁紫不知所措，她转头看了看小光的眼睛，在他那寒冷的目光中，她无法找到答案。

"我，不知道。"

正迷惘自己会如何选择，丁紫听到一阵杂乱沉重的脚步声。小光拉着两个女生躲在货架后。

三个男人闯入卡尔福超市的地下二层——为首的就是那个穿着超市工作服的年轻人，其次是大楼的保安，最后是个穿着T恤的三十多岁的陌生男人，全都戴着口罩与手套，看起来神秘兮兮的样子，使少男少女们不敢出来。

三个男人在超市转了一圈，竟在寻找地上的死人，然后各自拖起一具尸体，往收银口外而去。

难道……丧尸……食人？丁紫下意识地张开嘴，小光伸手拼命堵住，还是没能掩住她发出的凄厉尖叫。

第十七章

又梦到了那个屋顶,寒冷潮湿的空气中,乌云低低地压在头上——这是他第一次看到天空。妈妈的风衣把他全身包裹起来,遮挡住了阴暗的光线,却无法阻止肮脏咸涩的海水打到脸上。年轻的妈妈浑身战栗,卷起被打湿了的衣袖。他能摸到她的鸡皮疙瘩。他想大喊出来,在咆哮的巨浪中,却一丝一毫的声音都发不出来。汹涌而来的海水间,除了自己所在的屋顶,其他全部化作乌有,包括那个在浪涛间浮沉的黑影。

他再也没有见到过那个人。

梦,醒了。

4月2日。星期一。凌晨,1点01分。

七岁的玉田正太睁开眼睛,发现自己仍然躺在妈妈怀中。妈妈困倦已极,支撑不住睡着了,双手牢牢抱着他。他们蜷缩在未来梦商场二楼,远离中庭的童装店角落里,这样就看不到幸存的男人们搬运尸体了。

正太轻轻抬起妈妈的手,从她腋下钻出来,幸好没把她惊醒。灯光打在她的脸上,给她涂抹上一层奇异的色泽,像画里的人物。妈妈很漂亮,虽然最近几年来为了自己,几乎没怎么打扮过,但他想假如自己是个大人,一定会拼命追求妈妈的。他悄悄走出童装店,一边走还一边回头观察,以免妈妈突然醒来,惊慌失措地把他抓回去。

终于,他逃出了妈妈的手心,来到二楼中庭边上。底楼堆积的尸体已经消失,留下乱七八糟的废墟和满地血迹。他听到二楼走廊里响起脚步声,立即躲到旁边一家品牌女鞋店里。隔着各种颜色的高跟鞋,男孩看到两个男人从对面商店里拖出两具尸体。他记得那两个男人,一个是在超市上班的,还有一个穿着保安的制服。他们把两具尸体拖到墙边的电梯口,打开电梯,把尸体扔进去。保安往电梯里按了个钮,但两个活人没有进去,电梯里只有两个死人,迅速关门降落下去了。

正太明白,他们在清理尸体,搬下楼梯太费劲了,索性就让尸体们坐电梯,而活人照旧走楼梯,就算电梯出事也没危险。

正太不敢被大人们发现,尤其不敢被那个在超市上班的男人看到。虽然,正太丝毫不讨厌他,相反还觉得他是可靠的,但只要被他看到,自己就一定会被送回到妈妈身边。

男孩轻手轻脚地来到底楼,发现一个活人也没有,恐怕都像妈妈那样,各自到楼上占据一家商店休息。只有电梯显示灯还在不停地闪,成为上上下下的金属棺材。

当他想要往地下一层去时,身后响起一个声音:"喂,小孩!"正太害怕地缩成一团,刚想要往前飞奔,一个人影已拦在面前。他看到了一双冷酷的眼睛。然而,男孩并不害怕这双眼睛,反而感到几分亲切,大概是这双眼睛与这地底的环境很配。

"你是谁?"七岁的正太直截了当地问道。

对面的男生稍有些意外,撩起遮挡眼睛的细碎长发,半蹲下来说:"我叫小光。"

"小光是谁?"男孩汉语说得非常好,对方应该没听出他是个日本人。

"小光就是我。"

"哥哥,你从哪里来?"

"另一个世界。"小光慢慢地吐出这五个字,神情严肃地看着男孩,一点都不像开玩笑或说谎的样子。

本来,正太的第一反应是:你骗人!毕竟他已不是小小孩,过几个月就要去读小学了。可是,看着小光诚恳的眼睛,他宁愿相信这是真的。

"你为什么来这里?"正太继续盘问小光。

他老实地回答:"我是来这里杀人的。"

"杀谁呢?"

"要是告诉了你,那还杀得掉吗?"小光总算露出一丝微笑,"我是一个杀手。"

七岁的男孩从十八岁的少年眼睛里发现——他并没有说谎。

"哦,那我为你保密,不会告诉任何人的。"

就在正太认真回答时,小光背后又多了两个女孩,不知是否听到了刚才的对话。

男孩感觉她们年纪都不大,便冷静地打招呼道:"姐姐。"

"哇!"其中一个女生很是兴奋,抱住小光亲了一下,"这个正太的嘴好甜。"

估计很多小孩都会管高三女生叫阿姨吧。

"我是正太。"这下他终于单纯了一回,直接说出自己的名字。不过,两个高三女生都没明白过来,只觉得这男孩好会说话。

"你的妈妈在哪里?"另一个女生问了一句。

正太心里一慌，害怕一说出口，他们就会把他送回去。

"在——"男孩往他们身后指了指。三个人都回过头去，正太却一转身跑进黑暗的走廊。

后面传来女孩们的叫声，正太钻进一扇小门，发现有道通往地下的楼梯，便下到地下一层的卡尔福超市门口。

旁边传来一阵"吱吱"声，正太走进超市门外的宠物商店，看到一条米黄色的拉布拉多犬正夹紧了尾巴转圈。地上躺着一条狗，也是拉布拉多，纯白色的，但已不能动了，肚子也丝毫没有起伏，半堵墙砸在狗的头部，已把它活活砸死了。七岁的孩子，明白什么是死亡。他看着地上死去的拉布拉多犬，感到一阵悲哀——更甚于一个小时前在底楼看到尸体堆积的时刻。

米黄色的拉布拉多犬向着地上死去的同类狂吠，口中喷溅无数涎液。它嗅着同类的尸体，又用爪子去挠，用嘴巴去咬，似乎这样就能将死者唤醒。直到它最终确信无疑：地上这条纯白色的拉布拉多犬已走进了死神的花园。于是，它开始真正像人类痛哭那样哀嚎。

这样的撕心裂肺令正太也悲从中来，他第一次看到狗流下眼泪，一年前妈妈也没有哭得如此伤心过。

忽然，正太摸了摸这条米黄色拉布拉多犬的后背。普通人看到如此悲伤的狗，不敢靠近更不敢去摸，这个七岁的男孩却胆大得出奇，似已预知到这条狗绝不会伤人。果不其然，当正太摸着它背上柔顺的皮毛，替它掸掉灰尘，它乖乖地回过头来。没有愤怒，只有眼里悲伤的泪水。男孩也哭了。

正太的眼泪落到脚背。狗转过来，伸出舌头舔了舔他的鞋面，感受着人类的泪水的味道。然后，它把头埋在了男孩的怀里。

男孩紧紧抱着这条狗，就像抱着失散多年的亲人，安慰它在这场灾难中的痛苦，抚摸着它发出气味的皮毛，感受它暖暖的体温，以及胸口快速的心跳。狗伸出舌头，舔了舔男孩的脸，从现在起它可以为他做任何事。

男孩在它的耳边说："别哭了，你的朋友去了另一个世界，它会很幸福的，不用为它担心。"

狗听懂了他的话，对男孩"嗯嗯"了两声，摇了摇尾巴。

"你能带我去其他地方吗？"

拉布拉多犬明白他说的话，回头看了看它死去的同类，发出最后一声哀嚎。

穿过空旷无人的楼道，它来到卡尔福超市的地下二层。正太记得这个地方，正是地震发生时自己所在之处。

他的新朋友又闻到了什么重要的气味，带他经过一条通道，来到未来梦大厦的地下三层。这里是停车场,车位上停着各种车,有的已碰撞在了一起,有的还在发出警报声。他跟着狗在停车场里转了一圈。有条宽阔的车道通往下面更深的地方。男孩心想,会不会通往地心呢?

拉布拉多犬叫了一声,便往下冲去,正太只得紧跟在后面。原来,还有地下四层,依然是停车场。这里比楼上更显空旷阴森,一大半车位都空着。正太一路跟着狗狂奔,听到某种机器运转的声音,并闻到一阵呛鼻的柴油味。

不,不仅仅是这种味道。小孩子的鼻子尤为敏感,他停下来想要呕吐,拉布拉多犬也乱吠一通。

因为,它看到了地狱。

七岁的男孩抬起头来,他也看到了地狱。

第十八章

4月2日。星期一。凌晨，1点19分19秒。

自杀失败转为逃生后，周旋在暗无天日的地底度过了三个小时，走遍了未来梦大厦——十楼以下的残存部分，包括一条隐蔽的通道，通往未来梦大酒店。酒店大门被堵死了，被震碎的窗户铺在大理石地板上。为节约燃料，罗浩然中断了酒店供电。周旋举着应急照明灯，独自搜索可能的幸存者。除了前台有一具被吊灯砸死的尸体，大堂空无一人。周旋手中的强光照亮死者的脸，尽管血肉模糊，却能分辨出一张还算标致的脸。他记得这张脸——给他办理入住的前台小姐。周旋没忘记自己给过她一个微笑，因为他最喜欢"19"这个数字，为得到1919房间作为自杀之地而深感欣慰。

未来梦大厦底楼分为两部分，三分之二是商场中庭，其余三分之一给了未来梦大酒店，专用电梯跳过商场与写字楼，直达十五楼以上的酒店客房。写字楼进出口在商场与酒店之间，总共只有几层楼，也没必要单独再设大堂。可以想象，地震发生时，任何人都没可能乘电梯逃到底楼，而正在酒店大堂的人们，除了这个不幸的遇难者，都逃到了商场中庭——怪不得那一大堆踩踏而亡的尸体中，还有几个穿着酒店制服的。

周旋离开这鬼地方，用尼龙绳拖着那具尸体，像恐怖片里的变态杀手，冷酷无情地处理被自己杀死的人。他感觉自己更像一个熟练的屠夫，在屠宰场里拖着死去的牲畜前往冷库。

他对死人麻木了，亲手搬运了十几具尸体，身首异处支离破碎白骨森森血流遍地惨不忍睹……直接用手搬用肩扛用铲子铲绑绳子拖装麻袋拉（比如那个上半身在五楼，下半身在底楼观光电梯里的女子）……开始戴着一副口罩，但闷得喘不过气来，在看多了内脏、骨头和体液以后，索性把口罩摘了，直面人生的各种惨淡结局。他时常捡到死者的手机、钱包、项链、银行卡，以及断指上的戒指……若在以往遇到地震灾难，遇难者遗物都得妥善保管，但现在谁要这些东西都没用了，就直接抛回死人堆中。

差不多搞清了幸存者的姓名：超市员工陶冶、大厦保安杨兵，还有这座楼的主人罗浩然——他打开电梯电源开关，规定只准死人乘坐，以免再次余震而产生危险。周旋跟着这些还没死的男人，一起挥汗如雨地将尸体搬进电梯。不过，没人让吴寒雷教授去搬尸体,还有那个叫郭小军的富二代,打死他都不愿碰死人,早就逃到楼上没了踪影。

周旋独自来到八楼搜索尸体。这里有一些奢侈品牌,混杂着几家中档的餐厅,还有一家大型健身中心。回廊尽头是"巴黎形象公社"高级美发店,数张发型奇特酷潮的灯箱照片,还在店门口的橱窗上亮着。

不可能再有人了吧?不过,就算是为了找死人,他也得入内检查一下,免得将来尸体发臭,令活人难受。周旋小心地跨进美发店大门,这里受破坏比较严重,椅子倒了一地,镜子大多破碎,发型师拼命向顾客推销的洗发水护发素满地都是。就在他要往美发店的阴影深处走去时,旁边传来一阵细微的哭泣声。

是女孩子嘤嘤的哭声,又像某种小动物的哀嚎。

周旋开灯照出一张小小的惊恐的脸。

这张脸看起来还像个小孩,却涂着淡淡的口红,又沾染不少灰尘和污迹,让人难以分辨年龄。她的眼睛瞪得极大,与女童般的脸盘极不相称,倒是很像日本漫画里的少女形象。

不过,最让周旋钻心的,是她那恐惧到极点的眼神,似乎只要动一动手指,整座大楼就会崩塌化为乌有。她往里缩了缩,身体蜷成一团,双手抱着膝盖,小得就像一只被撑大了的篮球,轻轻一托就可以扔进篮筐。她的头低着,只有眼睛往上盯着他。

死死地盯着他。

周旋不知所措地沉默着,直到她对他眨了眨眼睛。

随着她的上眼皮触碰到下眼皮,两滴泪水滑落下来。他向她伸出了手。

足足半分钟,她才抓住他的手。女孩好轻,还是周旋搬尸体锻炼了臂力?他轻而易举地把她拉起来,一只手绕过她的肩膀,走出店门。

回到商场回廊,他轻声问道:"你是谁?"

对方用蚊子般的声音回答:"阿香。"

"你是这家店里的人?"周旋看她穿着一件黑色制服,头发染成红色,看起来不像顾客,更像店里的洗头妹。

"我是学徒。"

没错,这就是洗头妹的代名词。

阿香说话时不住颤抖,也不敢抬头看他。

周旋回头看了看美发店,随口问了一句:"这里还有没有其他人?"

"没有,老板早就结账回家了,我是店里最后一个下班的。"

晚下班的伤不起。

她的声音还是很轻，带着微微的颤音，周旋几乎要耳朵贴过去才能听到。她还带有明显的乡下口音，似乎刚在哪里听到过。

走过漫长的走廊，空旷死寂的商场六楼只有他们的脚步声。为了节约电源，大多数店铺都在黑暗中，只亮着一列稀疏的廊灯，照出周旋高高的人影，以及小学六年级女生般的阿香。

往下走了几层楼梯，在三楼听到一个低沉浑厚的男声——"丘吉尔……丘吉尔……"

第一声带有君临天下的威严，第二声却藏了些许焦灼。

通道门口的灯光下，周旋看到了罗浩然的脸，照旧阴沉肃穆不露声色——很容易让人联想起八十年代银幕上常见的高仓健。

未来梦大厦的主人已换上一身阿玛尼西服，与他的体形气质特别相配。

"丘吉尔又跑去哪里了？"周旋知道那条拉布拉多犬，虽然忠诚却也很活络，经常眼睛一眨就没影了。

"不知道，我已经找很久了。"罗浩然冷静地说。绝不多说一个字。

"我刚从楼上下来，它应该不会在上面。"

"她是谁？"大楼的主人冷冷地盯着阿香，她仍低头不敢看他的眼睛。

"我在八楼'巴黎形象公社'发现的又一个幸存者，她叫阿香，是——"本来想直截了当说洗头妹的，但为了给她点面子，周旋还是顿了顿又道，"店里的学徒。楼上都仔细搜查过了，无论死人还是活人，她是唯一一个。"

罗浩然并没有多看她第二眼，已从逃生通道下至二楼。

周旋带着阿香跟在后头，却在走廊里撞见了好几个人。打头的是超市员工陶冶，接着是大楼保安杨兵，裹着羊毛披风的莫星儿，还有那个日本女人——她叫什么来着？周旋拍着脑袋想了几秒钟，才浮起"玉田洋子"四个字。这个年轻的妈妈，脸色比死人更白，颤抖着四处张望，对着中庭用日语大喊一个词。听她反复叫了几声，周旋大致已经猜出——那个小男孩的名字。

罗浩然在找狗，她在找儿子，还有谁在找谁？

陶冶简单地说了情况。除了搬运尸体和搜索幸存者的男人以外，其余的女人加老弱病残，大多分散在二楼各个店铺里休息。另有五个重伤员不能走楼梯，被大家用门板当担架，抬到底楼的哈根达斯店休息。陪伴他们的是手臂轻伤的白领许鹏飞，还有行走不便的女清洁工于萍乡。

陶冶、保安杨兵，还有玉田洋子，他们往楼上去寻找正太——不排除男孩从其他的通道跑上去了；周旋与罗浩然则往楼下去寻找；阿香留在二楼交给莫星儿照顾。

周旋与罗浩然快步来到底楼，迎面碰到了三个少男少女。他知道那两个女生分别叫丁紫与海美，至于那个高高帅帅的美少年，却死活不肯说出全名，只抛出"小光"两个字，天知道是真名还是假名是大名还是小名是QQ名还是微博名。几十分钟前，周旋等人在地下二层超市搬运尸体，恰好遭遇这三人，却被当成了丧尸。

"有没有看到过一个小男孩？"

"几分钟前，刚刚跑没影了。"说话的是两个少女中更漂亮的那个，"还有，楼下有狗叫！"

罗浩然立即往地下的卡尔福超市跑去，周旋也紧跟在后头，他们都没听到丁紫又补充了一句："其实，这栋大楼里不止一条狗……"

"还有猫……还有老鼠……还有……"

两个大男人已冲到地下一层，在超市外面的宠物店里，他们确实看到了一条狗，也是拉布拉多犬，却早被压死了——周旋也看到过的，确认它不是丘吉尔。先处理人的尸体，动物尸体下一步再说吧。

又一阵剧烈的犬吠自地穴核心处传来。几乎，可以肯定，丘吉尔的声音！

他们即刻冲下楼梯，来到地下四层，未来梦大厦最底部。

他们，也看到了地狱。

在充满柴油气味的发电室左侧，一处没有任何车辆的空地上，堆积着密密麻麻的尸体。

死者的地狱。

周旋对这个地狱并不陌生，其中许多个死人，是他最近一小时内亲手从楼上搬进电梯再送到此处的。其他几个男人也都参与了清理尸体，包括大厦的主人罗浩然。

这主意是吴寒雷教授提出的——各个楼层，尤其是底楼中庭，躺着那么多死尸，极易腐烂，滋生蝇蛆与细菌，污染幸存者们的生存环境。教授研究过世界各国对于重大地震等灾难的应对方式，若没条件将尸体火化，就应当迅速集体深埋。但是，未来梦大厦已成为巨大的坟墓，如再往地下挖，可能导致建筑整体坍塌。焚烧尸体更加危险，在封闭空间内烟雾会令人窒息，稍有不慎还会引起火灾，到时候就从地狱升级为炼狱了。

罗浩然建议把尸体集中在地下四层，这里与楼上相对隔绝，空气也不太流通，再加上有柴油发电机工作，除了必要的设备维护以外，一般人也不会靠近。集中到大厦的最深处，也差不多接近于深埋，人伦上也算对得起死者，总比暴尸于大庭广众之下好吧。

周旋统计过尸体，总共七十二名死者，女性略多于男性，年龄最大的五十多岁，年纪最小的像是打工的大学生——基本符合晚上十点钟还在未来梦大厦的人群结构。

又一次面对地下四层的地狱，周旋微微颤抖了一下，罗浩然却纹丝不动。

同样面对地狱的，还有七岁的日本男孩与拉布拉多犬丘吉尔。

丘吉尔一看到主人，马上停止嚎叫，夹紧的尾巴摇晃起来，飞奔到主人身边。主人重重地打了它的脑袋，警告它不要再到处乱跑。

穿短裤的小男孩痴痴地停在原地，看着死者的地狱。

突然，男孩被一只大手蒙住了眼睛。

周旋的手。

他将正太抱在怀中，不让这孩子看到死人，跟着罗浩然与丘吉尔离开地下四层。

回到地下三层的车库，周旋终于可以大口呼吸了。刚才的柴油气味和尸体的怪味一下子淡了许多。他放开蒙住男孩眼睛的手。这个七岁的日本男孩，脸色像刚才那些死人般苍白，没有半丝血色，看着让人倒吸一口凉气。其实，只要稍微多些血色，正太是一个眉清目秀惹人喜爱的孩子。男孩的神色不怎么惊恐，一双酷似他妈妈的眼睛放射出成年人似的目光，指向周旋身后的某个地方。

周旋转过头来，同时丘吉尔发出又一串吼叫声，他们都看到了——

一个男人，上身穿着件破烂不堪的厚外套，下身是打着补丁的牛仔裤（不是装饰用的补丁，那一看就是真补丁，带着油腻的污黑肮脏）。蓬头垢面，留着浓密的胡须，黑黑的脸上只有眼睛是亮的，粗看倒有几分神似犀利哥。

男人蜷缩在两辆汽车间的空隙里，啃着一只大大的烟熏火腿，想必是从楼上卡尔福超市的熟食柜台拿的。他没想到自己会被人发现，满脸错愕地看着突然出现的两个男人加一个男孩及一条狗。

周旋小心地问了一句："你是谁？"

看起来像流浪汉的男人抓着烟熏火腿闪到汽车之后，一眨眼就消失无踪了。

至少，在幸存者统计名单上，又加上了一个流浪汉。

第十九章

如果第十九章就是未来梦大厦的第十九层楼,那么周旋本应选择在本章死去。4月2日。星期一。凌晨,1点49分。

七岁的正太回到妈妈怀中;罗浩然给丘吉尔套上了一副狗链;莫星儿依旧裹着羊毛披风;保安杨兵还没换掉制服,陶冶换上了新衣服,却还是超市工作服;富二代郭小军扔了原来的脏衣服,穿着一套从专卖店的假人身上扒下来的新迪奥西装;吴寒雷教授戴着少了一块镜片的眼镜,其他方面都收拾得整整齐齐;最吸引女人眼球的小光,跟丁紫、海美两个女高中生坐在哈根达斯店的柜台后面,仿佛正在给大家做冰激凌。最后是刚被救出的洗头妹阿香,以及早就换上厚外套的周旋。

以上的十三个幸存者,不管男女老幼,至少身体健康没有受伤。

此外,还有两个受了轻伤的幸存者,就是商场的女清洁工于萍乡,还有胳膊上缠着绷带的白领许鹏飞——他上班的办公室已在十楼以上化为乌有了。

用门板做成的简易担架上,躺着三男二女五个无法动弹的重伤者。虽然每个人都被包扎过也吃过一些药,但幸存者中并没有医生,没人能给他们做外科手术,更没人能接上他们断掉的骨头。担架上不时响起哀叹与哭泣声,以及痛恨老天不公的谩骂声。

最后,还得加上一个藏身地底的流浪汉。

周旋做了一张统计表,现在大楼内确认有二十一名幸存者。

除流浪汉外,每个人的名字都作了登记,包括不知从哪儿来的少年"小光"。

当然,除了二十一个幸存的活人以外,还有一些幸存的动物,比如罗浩然身边的丘吉尔。鉴于地下一层有家宠物商店,很多宠物都已逃散出去,不知在大楼哪个角落里,还隐藏着什么猫猫狗狗的。当然,楼上肯定还有许多老鼠!

动物的生命力永远比人类更强大。让周旋备感忧心的是,当人类缺少必要的工具时,在与动物的生存竞争中就毫无优势可言。每当想到这种性命攸关的问题,他总是习惯性地看向吴教授。

"不要对外面抱有什么希望。"吴教授端着一杯热茶,想是幸存者中某位粉丝殷勤地从超市找来好茶叶,以免他在凌晨时分困倦不堪,"因为,我们这些人,已是人类最后的希望,假如还能再活几天。"

"假如还能再活几天？"穿着崭新的迪奥西服的郭小军不禁轻轻抽泣。

"假如，我们能够再活七天，那就绝不只活六天！"周旋想起三个半钟头前，当他打开十九楼酒店窗户时，下定决心能早死一分钟就绝不多活六十秒。此刻的求生欲望却如此强烈，哪怕黄沙埋到了鼻尖，都想打个喷嚏再喘口气！

柜台后面传出几声轻笑——是那个叫海美的少女，看到周旋转过头来，便强忍着不发出声音。

"我们在这样一场世界末日的浩劫中活到现在，已是上天眷顾的奇迹。"教授苦中作乐安慰大家，"虽然，我们在外面的亲人基本没有生还可能，我也很痛苦。你们也都有父母妻子丈夫儿女等深爱之人吧。"

这番话说得催人泪下，又有人轻声哭泣起来。教授坐在哈根达斯店面的座位上，端着茶杯凝神半晌，一下子显得老了许多，更像六十岁的人。

"我老家在内陆山区，说不定洪水淹不到他们。"陶冶还没放弃希望，虽然一边说一边嘴唇颤抖。

郭小军抱头痛哭："今晚，我老爸在游艇上跟他的明星小三开派对，必死无疑了！"

"人生是什么？"周旋想起一本书里看到过的话，"我们生下来，然后又死掉。"

莫星儿坐得离他最近，不禁插话："你在说什么？"

"生与死，本就那么简单，谁都有死的那一天，不要那么悲伤。"周旋嘴上说着这句话，心里却觉得可笑，这种话不该由他这个刚刚自杀失败的人来说。

"各位，我们还能在这里掉眼泪，已经比外面的亲人们幸运多了！"教授在重复他书里的内容，"当地面发生巨大的灾难，比如地震、海啸、火山爆发、核泄漏……暴露在地球表面是极难存活下来的，只有躲藏在地下空间才是安全的。"

"处于地底的未来梦大厦，才是真正的诺亚方舟。"周旋心想自己可以去电视上做广告了。其实，他说每一句话都很虚弱。又想到了另一个严峻的问题——还有二十一个人活在地下，尚不包括动物，每一秒钟都在消耗氧气呼出二氧化碳，地下一百多米的深处，不可能与地面交换空气——就算交换也是被污染的有毒气体。并且，地下四层的柴油发电机也在消耗大量氧气，并且排放有毒废气，全部集中在大厦的封闭空间内……如果氧气耗尽，即便储存再多的食物与燃料——哪儿用得着七天？也许只能活七个钟头，甚至七分钟！

周旋想着想着，脸色发白，转过头，看到罗浩然的眼睛。

终于，他第一次从这栋大楼的主人眼睛里，看到了某种情绪——

恐惧。

第丘吉尔章

4月2日。星期一。凌晨,1点59分。

没错,我也是第一次从我的主人眼睛里,看到了某种情绪。

我的名字叫丘吉尔。

我是一条拉布拉多犬。

我的主人叫罗浩然,他是这座大厦的主人。

我是三岁的公犬,正值一条狗的花样年华,和其他拉布拉多犬一样忠诚又调皮,也像其他成年狗那样对异性蠢蠢欲动,却又不像它们那样多情又滥情。我只喜欢莫妮卡,一条毛色雪白的拉布拉多犬,长得又萌又迷人,是我心中的女王。它住在地下一层的宠物店,每次主人牵着我经过,店主都会把门关紧;如果莫妮卡出去散步,恰遇我也跟着主人溜达,店主就会紧握绳子,不准我靠近半步——晕,难道我脑门上贴着"色狼"俩字?我只能远远看着它销魂的眼神,格格般的身姿,步步惊心走来,又痛苦地甩着尾巴被拖走。我活了三个春秋,从未与异性一亲芳泽,无数夜晚忍耐激情与冲动,只想把那一刻留给最心爱的——但为君故,沉吟至今!莫妮卡,你知不知道,你知不知道,我等到花儿也谢了,等到世界末日也来了!

一个多钟头前,我想去寻找莫妮卡,却被主人强行喝止。当我头一回背叛主人,逃出他的视线,冲到地下一层的宠物店,却发现莫妮卡已被压死在废墟下!

我的生命之光。

我的欲望之火。

我的罪恶。

我的灵魂。

莫-妮-卡:先是唇音,舌尖再向上,最后舌根与上颚深处摩擦。

即便世界末日降临到我的头顶,最终审判打断我的脊梁,我也再不会反抗。因为,莫妮卡死了,我的心也就死了。

回想我的一生,自打出生就跟随主人,住进未来梦大酒店顶楼总统套房。我的主人除了开会与出差,常年居住于此。每个楼层,每个店铺,每个角落,我都了如指掌。每天短暂的放风,就是到大厦外的狭窄绿地,呼吸这座城市肮脏的空气。

悲催的我只有三岁，一生才过去四分之一，就撞上了世界末日。

二十四小时前，我惴惴不安，心跳莫名其妙地加快，烦躁慌乱地夹紧尾巴。我还看到老鼠反常地窜到酒店，惹得我大声吠叫想把那些讨厌的家伙赶走。你知道我们要比你们敏感许多倍，不仅仅是鼻子，而是所有感觉器官，我们能感知即将发生的灾难，而你们还像一群蠢蛋歌舞升平地等死！从清晨开始，我就向老天祈祷，但愿我的预感是错误的，我还想多活几年，还想有朝一日，与我的莫妮卡成就燕好。

可是。4月1日。星期日。夜，22点19分。……

如今，差不多将近四个小时过去，我们被困在暗无天日的地底，无论是幸存者们的科学与理性分析，还是我这条狗天生的动物磁场反应，都已确认——

我靠，世界末日，终于到了。

第2部 罗生门

28:10 耶稣对她们说:「不要害怕,去告诉我的弟兄,叫他们到加利利去,在那里,他们会见到我。」

……

28:16 十一个门徒到了加利利境内,到耶稣吩咐他们去的那座山上。

28:17 他们一见到耶稣,就都向他下拜;可是还有人心里疑惑。

28:18 耶稣走近他们,对他们说:「上帝已经把天上和人间所有的权柄都赐给我了。

28:19 所以,你们要往世界各地去,使所有的人都作我的门徒;奉父、子、圣灵的名给他们施洗,

28:20 并且教导他们遵守我所给你们的一切命令。记住!我要常跟你们同在,直到世界的末日。」

(现代译·节选)

《马太福音》第 28 章

28:1 过了安息日星期日黎明的时候,抹大拉的马利亚跟另一个马利亚一起到坟地去看。

28:2 忽然有强烈的地震,主的天使从天上降下来,把石头滚开,坐在上面。

28:3 他的容貌像闪电,他的衣服像雪一样的洁白。

28:4 守卫们惊吓得浑身发抖,像死人一般。

28:5 那天使向妇女们说:「不要害怕,我知道你们要找那被钉十字架的耶稣。

28:6 他不在这里,照他所说的,他已经复活了。你们过来,看安放他的地方。

28:7 你们赶快去告诉他的门徒:『他已经从死里复活了,他要比你们先到加利利去;在那里,你们会见到他!』要记住我告诉你们的这些话。」

28:8 妇女们就急忙离开了坟地,又惊讶又极欢喜,跑去报告他的门徒。

28:9 忽然,耶稣在路上出现,对她们说:「愿你们平安!」她们上前,抱住他的脚拜他。

第一章

4月8日。星期日。夜，22点19分。

他死了。

咽喉有一道七八厘米长的伤口，横向水平切开，表皮与肌肉组织已外翻，几乎可见气管切口。

可以想象他死前的痛苦——寒冷的空气，汹涌而入裸露的喉管，却没有一丝氧气供应心脏。整个脖子一片猩红。鲜血喷溅得很远，染遍地下那些碎玻璃，沾满肮脏的西装衣领，居然是阿玛尼！在窒息与失血的恐惧中，心脏只挣扎了几十秒，便在无奈与怨恨中停止跳动，大脑陷入永久的黑暗与寂静……

眼睛还睁着。手电强光照射着他的双眼，瞳孔再不会因光线强弱而有变化，渐渐变得混浊暗淡，只留最后一刻的绝望，那是活着时无法想象的绝望，即将坠入冰冷深渊的绝望。

这双死不瞑目的眼睛，必然看到了凶手的脸。是怎样的一张脸呢？是男是女？是老是幼？是狂躁是冷静？是凶恶是善良？

他在死亡的瞬间想些什么？这是十多年的警察生涯中，见过不计其数的各种死状之后，叶萧第一次想起这种让自己也深感不安的问题。

让他坐立难安的，还有房间里的另一双眼睛。

一双混浊暗淡却依然活着的眼睛。可惜，并非人类的。

它就趴在死者身边，差不多也被废墟困住了，露出毛茸茸的脑袋、两只长长的耳朵和一个几乎干涩的鼻头。它的毛色变得乌黑，几乎看不出原来的品种，虽然叶萧断定它是一条拉布拉多犬。

它死死盯着叶萧的眼睛。

叶萧看到了它的仇恨、痛苦、绝望。

剧烈的狂吠过后，它又转为悲伤的哀嚎，宛如荒野流浪的孤狼，对月亮发出的声音。

他知道它在哀悼自己的主人。

第一次听到狗发出狼一般的声音，叶萧不敢再看它已分泌出泪水的双眼。

此刻，这个不到十平方米的小屋，大半已经坍塌，就像被轰炸过的废墟。只有一块小小的空间，露出死者的上半身，以及那条被困住的拉布拉多犬。空气中除了血腥味,还充斥着灰尘,弄脏了叶萧的警服,迫使他重新戴上了口罩。

如果,刚刚死去的人,灵魂还未飘远,也不会看清楚叶萧的脸。

未来梦大厦,九楼,未来梦影城,七号放映厅,电影放映机房。

放映机房,影院最神秘的地方。每当我们坐进电影院,就会回头看观众席的最后,从上方某个小小的窗户里,射出一道闪烁的白色光芒,刺破大屋子里的黑暗,越过所有观众的头顶,在银幕上投射出一个奇异世界。每个小孩都好奇是什么投出那道光,又是什么化作电影里那些巨大的画面。一切的秘密,都在放映厅背后的小房间里。

可惜,价值不菲的数字电影放映机已被砸成了废铁。

拉布拉多犬的哀嚎依旧,叶萧弯腰站起来,退出这危险的房间,打开对讲机:"救援总部!在电影院发现一具刚刚死亡的尸体,以及一条尚存活的狗!"

几秒钟后,对讲机那头传来一阵骚动,随即是混乱的七嘴八舌,最后是市长的话:"请立即展开搜索,务必找到幸存者!"

对讲机的那头在一百多米以上的地面,全世界所有媒体都已聚集此处,等待从地底挖出哪怕只是一条狗的新闻,就可登上《纽约时报》的头版头条。

从愚人节开始,人们已经等待了七天七夜。

直到今晚,复活节。

第二章

七天，七夜。

4月1日。星期日。夜，22点19分。

那晚，整座城市被狂暴的雷雨包围，即便在雨水丰沛的盛夏，也未必有如此的惊天动地。耀眼的闪电如利剑刺破黑暗，每个躲在窗后的人，都害怕突然遭天雷击中。

叶萧已连续加班几周，刚逮到一个变态杀人狂，难得在子夜之前回家，刚要睡觉，却被窗外的雷声搅得难以安眠。他裸着上半身走到窗边。这是一栋高层建筑的二十八楼，从窗户可以清楚地望见未来梦大厦。虽然，十九层楼的未来梦大厦，在这座拥有无数摩天楼的超级大都市中，是个微乎其微的小不点，但在拔地而起的三年来，已成为城市东南角最繁华的商业中心。附近数万上班族与居民，加上每天必须经此换乘地铁的人们，都把这里当作自己的衣橱、鞋柜、冰箱、食堂、约会地……就连叶萧今年看过的几场电影，也都是在九楼的未来梦影城看的。

隔着布满雨水的玻璃窗，以及数千米的寒冷空气，看着那栋狂风暴雨中闪烁着巨大广告牌的未来梦大厦，叶萧感到一阵烦躁。

同时，他看到了一片光。

那是城市的最远端，从钢铁森林伸展枝叶的尽头，亮起一道绚烂夺目的白光，几乎笼罩了整个地平线，宛如天上的闪电全部打到了地面。

叶萧本能地挡了挡眼睛，当他把手放下来，心头蓦地闪过一个念头——

世界末日？

那道惊天动地的白光，已化作核爆式的蘑菇云，冲破狂风暴雨的黑夜，升腾到数千米的高空，与闪电乌云连接在一起。

空中充满震耳欲聋的巨响，叶萧脚下的地板也开始震动，而这声音并非仅仅来自远方——再次让他目瞪口呆的是，他的窗外正前方数千米外，未来梦大厦开始迅速下降。

不管是外星人入侵还是核辐射，都无法阻止叶萧打开窗户。

就在自己的眼前，城市的中心，那座灯光闪烁的十九层大厦，正以电梯运行的速度飞快坠向地底！只几秒钟，他已看不到未来梦大厦的楼顶，再往下则被近处的建筑挡住视线。

大雨，丝毫没有减弱的迹象。

夜空中的闪电更为肆虐，雷声再次取代遥远地平线外的爆炸声。远方那道白光已经消失，变成冲天大火，几乎照亮小半个市区。

叶萧穿起裤子，T恤都来不及穿，光着肌肉分明的上身，披起外套出门。他没敢坐电梯，而是一口气跑下二十八层楼梯，大汗淋漓地冲到雨中——体力竟还像十年前那样出类拔萃。

就像无数盆冷水兜头浇到脚底，瞬间已浑身湿透。幸好自家所在大楼安然无恙，周围几栋楼看来也没问题，地面并未如想象中摇晃。

他跳进停在楼下的警车，口袋里装着手机、零钱、警官证、驾照、车钥匙……但没有枪，他从不带枪回家。

街道除了因暴雨泛滥成灾，没其他什么异常情况。刚才那巨大的爆炸与火焰也没了踪影。这样的雨夜几乎看不到车，叶萧亮起警灯，飞速闯过三个红灯，转眼赶到了目的地。

未来梦大厦消失了。

叶萧把车停在路边，原本人行道的地方已成为一堆水泥废墟。那栋十九层高楼的所在，却化作一个下沉式广场，在对面的街灯照耀下，如同六十多年前的坟地。

他跨过半埋在地下的地铁标志，来到这片空旷的"广场"中间。脚下尽是泥土与废渣，在大雨中形成沼泽，很快淹到了小腿肚子。

哪位魔术大师在表演？几分钟前，还好端端地矗立着的未来梦大厦，却在叶萧的眨眼之间，消失在茫茫的雨夜与遥远的爆炸声中。

但是，他不相信科幻电影中的一切，更不相信这栋大楼瞬间转移到了另一个平行时空。

叶萧半蹲在大雨中，任凭自己像个落水鬼，将手伸入肮脏的水洼，手指没入满是垃圾的泥土，仿佛触摸到一个快要淹死的人的手指——这原是未来梦商场的中庭。

数分钟前，最后一眼看到这栋大楼，飞速下降直至消失，会不会就这样陷入到地底？

手指仍然插在泥土中，想象自己与大地连为一体，也与更深处的地狱连为一体。

警察越来越多，各色制服的人站在路边，却没有一个敢像叶萧那样，走到大厦原本位置的中心——都怕这片土质太过松软，既已吞没了整栋大楼，再吞没一个人太容易了。

两分钟后,三个警察小心翼翼地走了进来,将跪在泥水里的叶萧警官拖了出去。

他被送回警车休息,大量救援人员带着设备正在赶来。日理万机的市领导们,却已赶往远郊的石油化工厂,处理刚发生的化学品爆炸事故……

一夜无眠。

跟这个城市中的许多人一样,叶萧在4月2日清晨,依然瞪着布满血丝的双眼。

天,已经亮了。

暴雨变成大雨再到小雨眼看变成了牛毛细雨。

牛毛细雨一样多的专家教授,以及国家级救援队,凌晨从首都紧急飞来,带来各种高科技仪器,对未来梦大厦"遗址"深入检测。通过地质工程的勘探设备,电磁波深入地底一百多米,发现人类建筑物的踪迹,才确认未来梦大厦并未被外星人劫走,而是整体陷入地下。大厦顶部似已遭到严重破坏,距离地面一百一十米左右,无法判断是否还有人员存活。大部分专家达成共识,判定大楼被埋到如此深的地底,这一过程中已有严重破坏,绝大多数人都已死亡,何况在地下缺乏维持生命的氧气,还有幸存者的可能性微乎其微。

尽管附近几条道路全为警方封锁,仍有成百上千市民涌来。他们并不是来看热闹的,而是怀疑亲属已随着未来梦大厦埋入地底,每个人或紧张或焦虑或恐惧或悲伤,都想知道亲人的下落,无论是生是死是残是伤。还有些人并不确定家人在不在地下,只是当夜在附近逗留没有归家——这部分人虽然每天都在减少,但到七天后仍有几十个。

在失踪者家属强烈要求下,在全世界媒体关注下,救援行动拖延了整整一天后,终于在4月2日晚间正式展开。石油钻探工程师被调来了,只有他们才能打出一条通往地底的深井。不少国外学者和救援人员也来到中国,其中有的来自智利——2010年智利北部沙漠中的一个铜矿发生坍塌事故,三十三名矿工被困地下七百米深,坚持了六十九天后奇迹般地被救出。因此,智利专家坚决反对放弃,认为一百多米的深度不算什么,只要有一个可能的幸存者,就必须全力以赴救援。

全国舆论倾向于救援一方,亿万网民更是把最早一致认为已没有生命迹象的专家们骂得狗血淋头。

差不多同一时间,关于未来梦大厦为何陷入地底,专家组发布了初步调查结果——地面沉降。

这座位于东部沿海地区的大都市，多年前就开始了下沉。未来梦大厦所在地基，恰巧是地面沉降最严重的核心区（居然有网友扯上了当年的荒坟墓地，传说此地风水不佳，未来梦大厦初建时挖出过不少古代墓葬）。根据专家的勘察判断，早在灾难发生之前数月，此处地下就已形成一个巨大空洞，谁都不曾料想到这座大厦竟是空中楼阁。4月1日晚上暴雨，给全市排水系统造成巨大压力，附近有几根排水管发生爆裂，大量雨水渗入地下，严重动摇未来梦大厦的地基，疏松的泥土无法承受大楼重量，最终形成地下塌方。

整栋十九层高的大楼，就这样被无情地吞没到地底百米之下。大厦沉陷后形成的巨大空洞，也被附近地层和泥土填埋。所以，想要穿越这些复杂的地质环境，把救援人员送到一百米以下的地底，绝非想象中那么简单。

至于4月1日当晚，未来梦大厦沉入地下的同时，叶萧从自家窗户所见的那道白光，以及随之而来的剧烈爆炸，并非当时想象的地震光，而是来自本市远郊海滨的一家大型石油化工联合企业。根据政府发布的消息，由于一名无证上岗的临时电焊工操作失误，导致化学品仓库发生爆炸，并引发整个工厂一系列大爆炸。由于石化工厂里有大量的石油及化工产品，爆炸产生的能量差不多超过了广岛原子弹——这也是最初那道白光如此强烈的原因。自然，这次事故造成了巨大的人员伤亡，全部为工作人员，自然也包括肇事的临时工。

许多人会产生疑问，为何这两场巨大灾难几乎同时发生？官方认定纯属巧合，彼此间没有任何关联。但也有网友在微博上分析：当初建设石油化工项目，就涉嫌违法违规，更缺乏环境评估，破坏了本地生态平衡，甚至影响到整个地区的地质结构——比如地面沉降问题，虽与市中心高层建筑有关，但在石油化工厂投产以后，超量抽取附近地下水（具体抽取量始终是个谜，爆炸以后谜底就被带入了坟墓），全市地面沉降速度加快了十几倍。尤其近两年，经常有柏油路面惊现深不可测的裂缝，公园莫名其妙塌陷大坑——都是世界末日行将来临的前兆。

七天七夜的救援过程中，警方全力收集失踪者信息，除灾难发生时的工作人员可基本确定（天知道哪个是否早下班一分钟或晚下班六十秒就此改变命运，其余名单只能是个大概，叶萧推断其中至少有一半是错误的，失踪人员总数浮动在一百到二百之间。

未来梦大厦"遗址"附近的道路始终封闭，许多外国媒体租下周边高楼的民宅或办公室，居高临下拍摄救援现场全球直播。第四天，救援取得重大突破，钻探井进入一百多米深的地底，打开了大厦顶层——与仪器探测结果相同，酒店高层部分已化为废墟。通过深井舱抵达地底的救援人员，在瓦砾中发现了早已粉身碎骨的人体残骸。

然而,电子探测仪器显示——九楼以下仍然存在生命迹象。

这个消息再度振奋人心,也经由各大媒体传遍了全世界。专家们仔细研究了大楼的建筑图纸,认为九楼电影院与十楼写字楼之间的穹顶结构异常坚固,很可能支撑住了上部的巨大压力。

救援队迅速清理上层废墟,同时往下钻探一口直径仅为7.5厘米的深井——这也是智利矿难时用过的手段:要打出能容纳一个人通过的空间极为困难,需很长时间,很可能费了很多天打通地道,才发现底下的人全部饿死渴死了。所以,必须要有一个管道深入地下,尽快输送基本的生存物资,哪怕只是几瓶水几粒药,都可以延续下面的生命。

这口深井在二十四小时内即告打通,深入地下一百五十米。救援队员把食物、水、药品、通讯设备、电池……通过深井输送下去,却始终没有回音。

救援又持续了三天,一条更大的救援通道穿过废墟与泥土,终于在4月8日傍晚,抵达未来梦大厦九楼与十楼之间的穹顶。

这个全钢结构的穹顶极其坚固,除了混凝土出现裂缝以外,钢铁本身没有大问题——生产这些钢材的某国有钢铁集团必然会将之作为重大新闻来宣传。

救援队员制定了慎重的挖掘方案,因为这个穹顶关系到底下九层楼(还不包括地下四层)的安危,一旦穹顶遭到破坏,可能下面所有的楼层都会坍塌。于是,大家采取人工挖掘的方式,找到了九楼与十楼之间的逃生通道,这样就可以避开钢结构穹顶。

就在一小时前,因为救援队员的一点小小疏忽,导致切割钢材时发生了意外,穹顶结构部分坍塌。眼前腾起一团烟雾,叶萧赶紧趴倒在地上,系紧安全头盔。

今晚整个挖掘过程中,他一直跟随着救援队员,作为本地警方的唯一代表,负责处理人与人之间的突发状况——说白了就是镇压地下可能的犯罪。

一分钟后,强烈的电光穿过重重的混凝土灰尘,照出地下一个大口子,依稀可辨是电影院的售票窗口。

打通了!

叶萧没忘记戴上口罩,跟随穿着红衣的救援队员,从缺口进入未来梦影城。

但愿不是地狱。他默默祈祷了一句,在依然弥漫的烟尘中睁开双眼。

没错,真的幸存了下来!在救援队支起的太阳般的探照灯下,展现出奇异的画面,仿佛儿时看过的科幻小说中的场景——地下城,巨大的中庭与天井,头顶是人造的天空,高速电梯载着人们上上下下,每一层都有商店、餐厅、住宅……无数的人们生活在地下，就与我们生活在地面上没什么不同，照样饮食男女，喜怒哀乐，生老病死。

只是，他们看不到黄昏的夕阳，子夜的星辰，后半夜的月光。

叶萧感到一阵眩晕，几乎跪倒在九楼中庭栏杆边。他不敢摘下口罩，空气混浊肮脏不堪，充斥着腐烂的气味。抬头看到穹顶大部分还很结实，坍塌的部分仅限于影院附近。

他的腋下别着一把上了子弹的手枪，防范地下可能出现的各种意外。同事们开玩笑说怕是地底藏着史前怪兽，需要叶萧扮演奥特曼的角色。眼前穿着红色救援服的人们来来往往，他却感觉有什么东西在呼唤自己。这是多年警察生涯中形成的第六感，或是无法被科学解释的超出普通人的听觉、视觉以及嗅觉——有时他觉得自己是一个超能力警察，就像他永远也无法解释清楚，为何在失踪数年后毫无预兆地归来。

他进入电影放映厅外的通道，救援队员们都已往八楼去搜索幸存者了，地面接应人员尚不敢贸然下来。叶萧独自走在迷宫般的道路中，一大半墙壁都已坍塌，一片瓦砾废墟。经过一道不起眼的小门时，忽然传来一阵奇怪的声音——居然，是狗叫！

就算没找到活人，找到一条活狗也是奇迹。叶萧打开房门，进入一个狭小的房间，发现是电影放映机房，屋顶大半坍塌，压住了一条拉布拉多犬，叫声正是它发出的。

叶萧已准备给它改名"狗坚强"，低头却发现了一个人。

一个露出半个身体的男人，他的下半身压在沉重的废墟之中。

他死了。

咽喉被利器割开。

眼睛还睁着。

死者看起来在三十五岁到四十五岁之间，脸上沾着灰尘与污迹，胡须茂盛，额头和脸颊还有些伤痕。但从那眉眼、鼻梁还有脸庞的轮廓，都可看出他的容貌相当不错，年轻时想必是帅哥一枚。

死亡时间应该不久，空气中还残留血腥味，脖子上的血迹也没干透。地上有不少锋利的碎玻璃片，来自墙上被打碎的镜框。杀人的凶器，就是其中一块沾满鲜血的玻璃。

谋杀！

任何人都绝不会想到，在这巨大的灾难之中，还会发生这样残忍的谋杀！可以想象，这个人已在黑暗的地底历经了各种痛苦绝望，度日如年般地熬过七天七夜,最后救援队员已到眼前,即将看到希望的刹那,却被某个人冷酷地夺去了生命。

看来叶萧冒着生命危险,跟随救援队员来到第一线,并非为了作秀或其他什么,而是真的需要一个警官存在!

此刻,他已退出半坍塌的电影放映机房,耳边仍然响着拉布拉多犬的哀嚎。他知道救援队员很快会过来,尽最大可能把这条既可怜又幸运的狗救出去。

继续往放映厅通道走去,没有畅通的路,要从废墟上爬过去。他左手举着强力手电,右手小心地放在腋下,随时准备拔出那把手枪。刚才那桩凶杀案的时间,就在电影院坍塌之后,趁着受害者被压住无法动弹,轻而易举地用碎玻璃割断了他的咽喉——必须赶在救援人员发现之前!

凶手不会跑得太远,很可能也被困于这片废墟。

叶萧喘不过气来,系在脖子上的安全头盔的绳子,几乎要把他勒死。他索性摘掉安全头盔和口罩,只靠腋下那把枪来保护自己。

又往前爬了十来米,他听到一阵哭声,似乎是小孩子发出的。

老天!他再也不考虑是否开枪射击凶手了,立刻开始挖跟前的瓦砾。他没有工具,单凭十指,直到双手皮开肉绽,流满鲜血——他触摸到了一只手。

他的手掌虽然粗糙,并在流血,却能感觉到这是一只女人的手。

谢天谢地,不是死人!五根还带有体温的手指有力地握紧了叶萧的手!

他看到了她的脸。

第三章

公元 30～33 年之间，春分月圆后第一个星期日，耶路撒冷。

三天前，耶稣因被叛徒出卖，戴着荆冠在十字架上受难而死。逾越节安息日后第二个黎明，抹大拉的马利亚跟另一个马利亚，来到耶稣的坟墓前，准备为先知尸身涂抹膏油。她们发现坟墓里是空的，天使降临说耶稣已经复活。当天，耶稣在门徒面前出现，说："上帝已经把天上和人间所有的权柄都赐给我了。所以，你们要往世界各地去，使所有的人都作我的门徒；奉父、子、圣灵的名给他们施洗，并且教导他们遵守我所给你们的一切命令。记住！我要常跟你们同在，直到世界的末日。"

直到世界的末日——将近两千年后，许多人都以为这一天已然降临。

4月8日。春分月圆后第一个星期日。耶稣复活节。夜，22点29分。

叶萧看到了她的脸。

电光穿过蛛网般飘浮的尘土，照亮被一道水泥横梁压住的狭小空间，也照亮了一个女人的眼睛。

她的脸上布满灰尘与污垢，那长长的乱发底下，闪烁的眼神充满希望。这个看起来还年轻的女子，并没有完全被废墟压住。叶萧的臂力超乎常人，把她拉出来却很费劲，原来她怀抱着一个小男孩。

男孩看起来七八岁，面对强烈的手电光线，低头不敢睁开眼睛。

刚才，就是这孩子的哭声救了自己和妈妈。

叶萧也奇怪为何一眼断定这是一对母子。他把手电放到旁边，两只手同时抱起女人和男孩，将他们从废墟中拉出来。男孩抬起头来，即便脸上满是尘土，也无法掩盖苍白得吓人的肤色，还有那双几乎闪烁绿光的眼睛。

叶萧心里闪过某种怀疑：这可怜的孩子早已死在地底，是一具复活的没有血色的僵尸？

当他进而怀疑到那个年轻的妈妈时，却真切感受到了她的体温与脉搏。她的长发可能几天没有洗过了，散发着一股淡淡的怪味，不断拂过他的脸，非但没有让他有任何不适，反而激发了男人的欲望。

她是活的！

至于那个小孩——无法判断。

当叶萧将男孩抱起来时，他的身体居然是凉的！

但愿只是生病或饥饿的缘故。

叶萧并非救援队员，也没受过什么专业训练，不是来负责救人的，相反是负责用手铐和手枪处理地下的突发情况的。当他救出一对母子，反而有些不知所措。

倒是年轻的妈妈赶紧抱住孩子，沙哑着轻声说："里面……还……还有人……"

人到了濒临崩溃的关头，通常口齿不清，但叶萧明显感觉她的口音很怪，似乎不是中国人。

但他不敢贸然往里走了，说不定坍塌面积还会扩大，自己也可能葬身废墟。他打开对讲机与总部联系，呼叫救援人员。

叶萧对母子说道："不要再说话了，也不要乱动，保存体力！很快会有人来把你们送上去的！能听懂我的话吗？点头或眨眼就可以了！"

年轻的妈妈点了点头，面无血色的男孩眨了眨眼睛。

叶萧把随身携带的矿泉水递给这对母子，妈妈先给儿子喂水。男孩居然异常冷静，没像一般人那样大口灌下，而是先抿了一小口，再徐徐喝下半瓶水，中途还停下喘了几口气——有的刚被挖出来的幸存者，就是喝水太急被活活呛死的。

男孩很节制地把剩下的半瓶水递给妈妈，看来他们在地底的七天七夜，早已习惯于节约每一样生存资源了。

等到一瓶水被母子俩分享完毕，救援队员已飞速赶到。发现了幸存者令众人很兴奋，尤其是女人与孩子，更振奋士气，他们小心翼翼地把母子俩抬了出去。医生与护士在十楼翘首以待，升降舱将把这对母子送上地面。

当这个可能是日本人的女子，与看起来不像活人的男孩，时隔七天七夜，再一次看到明亮的月光，在这个复活节的夜晚，全世界的镜头与闪光灯都将对准他们——他们已成为整个地球赞叹生命奇迹的符号。

"复活节之夜的复活"——叶萧给明早《纽约时报》的头版拟好了标题。

此刻，十多名救援队员继续用各种工具往里挖掘，生命探测仪发出强烈信号。

两分钟后，当叶萧重新戴起口罩和头盔，救援队员已从烟雾弥漫的通道深处，抬出了一个年轻男人。他衣服上有多处破洞，能依稀分辨出卡尔福超市的LOGO。队员给他戴上氧气面罩，迅速送往地面施救。

又救出来一个！

叶萧握紧的拳头刚松开，手上的伤口还没止血，队员们又救出两个活人。

这回是两名女性，看起来年纪都不大，也许只有二十出头。她们的身体并无大恙，几乎是自己走出来的。叶萧退到通道边上，两个女子与他擦肩而过，其中一个看起来更大一些，双眼冷冷地扫过他的脸庞。

四目相对的刹那，他的心底微微打了个冷战。

这是第四与第五个幸存者。

叶萧目送她们离开地底，标志性地拧起眉毛，心中浮现起放映机房里被割喉谋杀的男人——他已下令谁都不准动尸体，但要把那条拉布拉多犬救出来，这方面他有绝对指挥权。

还有救援队员在影院通道挖掘，他耐心地等在原地。更多的救援人员下来了，他们分头前往楼下搜索，期望发现更多的幸存者。但他只等在这里。

十分钟后，他等到了。

四个救援队员出现在灯光下，用担架抬着一个成年男人。

第六个！

叶萧冷静了许多。这个幸存者经过他身边时，他的眼皮跳了一下。同时，他听到有人叫了自己的名字。

"叶……萧？"

后一个字带有疑问的语气，可以确定是从躺在担架上的男人——被埋在地底七天七夜的幸存者口中说出的。

叶萧拦住担架，低头直视这个幸存者的眼睛。

他看起来三十多岁，浓密的胡须布满两颊，身上还在流血，双眼有神地看着叶萧，不像那种刚挖出来奄奄一息的样子。

两个人对视了五秒钟。

抬着担架的救援队员们以异样的目光看着他们。

忽然，叶萧的眉头跳了一下，某个名字从记忆的潘多拉盒子里跳了出来。

"周——旋——"这两个字缓慢地吐出嘴唇，对方以满意的眼神作出了肯定的回答。

居然……是他！叶萧下意识地伸出右手，紧紧抓住了周旋的右手。

还是热的。

两个男人的手指紧紧缠绕在一起，带着彼此温热的鲜血。

第四章

4月8日。春分月圆后第一个星期日。耶稣复活节。夜，23点19分。

终于，叶萧摘下口罩和头盔，跟随救援队员的脚步，下到地底一百七十米的深处，未来梦商场底楼中庭。从九楼电影院直到现在的一楼，救援人员增加到上百人，还有数条搜救犬。大家搜遍了各个楼层的店铺、餐厅、办公室、卫生间、逃生通道、电梯……还有未来梦大酒店的大堂、商务中心、会所……

然而，他们没再发现一个幸存者，甚至连一个死人也没看到，倒是有许多动物尸体，都集中在底楼中庭，看起来惨不忍睹。

已得救的三男三女，是目前为止在地下仅有的幸存者，还得加上那条拉布拉多犬——割喉谋杀案唯一的目击证人。

他祈祷还能找到第七个，或者更多。

至于半个多小时前发现的那六个幸存者，都已被顺利送到地面。根据刚刚得到的消息，经过多名医生的检查，幸存者们没有生命危险，也没受重伤。但为保险起见，他们还是被送往了一家医院，这是几天前专门腾出来给可能受伤的幸存者预备的，并配备了一流的医生、护士和设备。

幸存者回到人间，叶萧却还留在地狱。

从电影院到底楼中庭，他没有放过一个角落。在救援队员搜索过的各处，他又粗略地扫了一眼。许多地方明显遭到过破坏，无法判断是七天前地面沉降的灾难所致，还是七天七夜里又发生了什么。有的地板上残留干涸的血迹——这些细节他都拍下了照片。这些血迹属于哪个人？血型是什么？性别是男是女？DNA双螺旋体又是如何？大概是因为警察过分敏感的职业病，总觉得无时无刻没有邪恶的内心与残忍的杀戮……也因为他发现的第一个幸存者，竟然刚被人割断喉咙杀害。

那具已永远留在地狱的尸体，叶萧坚决不让救援人员碰，而是呼叫公安局刑侦大队鉴定科，必须由他们来处理尸体和现场——那已不仅是救援现场，也是一桩刚刚发生的残忍的凶杀案现场。

此刻，救援队员进入未来梦大厦地下部分。

叶萧手上的伤经过简单包扎，几乎不再疼痛了。他紧了紧腋下枪套，跟随救援队员来到地下一层。这里有家已遭严重破坏的宠物商店，楼上那些动物尸体恐怕大多来自此处。救援队员牵着搜救犬仔细巡视，颇为艰难地控制手中的狗绳，因为到处弥漫着一股腐烂发霉的气味。

也许还有尸体腐烂的气味？他下意识地戴上口罩，救援队员引到各个角落的强烈灯光，刺激得他瞳孔缩小，只能手搭凉棚扫视空旷的超市。货架有一半倒在地上，还有不少商品，但都不是生存物资。地板上有暗淡的血迹，电灯刚被挂上的摇晃瞬间，似有某些奇怪的影子掠过。

大部分人员留在地下一层搜索，叶萧跟随先遣队进入地下二层。

超市这一层以食物等生活必需品为主，几乎什么都没留下来，这就是九楼被发现的六个人能生存至今的原因吧？至于那股冲鼻的腐烂气味，比楼上更为强烈，即便大家都戴着口罩。

叶萧没有放过任何一个角落。在他沿着超市墙脚巡视时，一条搜救犬狂叫起来。它并不是对着卖肉骨的柜台，而是向着一扇已经破损敞开的小门。里头看起来早已坍塌，满是水泥碎块与墙灰，其间有几排巨大的金属柜子，颇像员工更衣室。搜救犬冲进这片废墟，对着脚底下的砖块猛叫。队员们纷纷围拢过来，小心地用工具挖掘，期待能发现第七个幸存者。

几分钟后，一具尸体被挖了出来。

这是一具已严重腐烂的男性尸体，从残存的肉身与骨骼来看，此人身材高大肥壮，头发是金色的，穿着超市的工作制服。从腐烂程度来看，很可能七天前就已被压死！

果然，一群蛆虫已从死者的鼻子里爬了出来。

叶萧与救援队员们面对死尸早就习以为常，都很镇定，他们只是遗憾没有发现活人。

虽然死者的脸腐烂严重，仍能看出他与中国人的区别。

这是一个白人，金发、白肤、深目、高鼻、骨架庞大，虽然眼球已被昆虫侵蚀，看不出是否碧眼，虽然以上所有特征都经过了墙体重压以及尸体腐烂的双重模糊。

忽然，叶萧发现了挂在死者脖子上的工作吊牌。他立即戴上工作手套，完全不顾忌死人的恶臭与蛆虫，轻轻举起这块吊牌放到眼前。

果然是卡尔福超市的工作证件，贴着一张典型的日耳曼男人的照片，很像二战电影里魁梧肥胖的纳粹党卫队低级军官。下面除了一行英文，还有几个简单的中文——B2层主管 史泰格。

终于，发现了一个有名有姓的死者。

叶萧记得这个名字，在已被确认的失踪者名单里，他是少数几个外籍人士之一。

虽然他已死了很多天，救援队员仍然小心地处理尸体，因为他是外国人，领导们必然特别重视。

为什么从九楼到地下二层，那么大的商场空间，居然只发现六个幸存者与两个死人——一个可能死在七天前，另一个死了才不到两个小时？叶萧的疑问越来越大，他可以确定，灾难发生时未来梦大厦里至少有数百人，那么多失踪者活不见人死不见尸，难道集体穿越到清宫去改变历史了吗？转眼间，脑中浮现起《生化危机》的画面。

他用力摇了摇头，没等救援队员集体行动，独自一人走下楼梯，来到地下三层车库。

除了楼梯口的光亮，这里是古墓般的黑暗世界。叶萧左手抓着超大号手电，刺目的光芒能照亮数十米外的人脸，右手下意识地靠近左腋下，心脏的左上角，坚硬的手枪正跃跃欲试。

幸好他没摘口罩，否则早就被恶臭熏得昏过去了。

他紧紧锁起眉头，犹豫还要不要往下走。这里停着许多布满灰尘的汽车，有几辆横在车道上。其中有一辆黑色的 SUV，车头霸气地嵌入一辆红色本田车侧面，几乎把对方撞成两截。男人天生对车感兴趣，叶萧靠近那辆车后侧，电光照出"LEXUS"与"GX460"。

雷克萨斯 GX460——这是一款售价在一百万元人民币以上全时四驱的顶级SUV，叶萧干十年警察都买不起。他看着一阵心疼，这么漂亮刚劲的一辆车，窗户大多碎了，车头前部报废，惨不忍睹，应当是以六十公里以上时速正面撞上去的！

叶萧不相信这是正常人会做的事。

电光从破碎的车窗照进去，原以为会在驾驶座上看到一具被压扁的腐烂尸体，却发现车里什么人都没有。

悬起的心暂时放下，他在偌大的车库里转了一圈，空旷墓穴中回荡着他的脚步声。就在他以为不会再有任何生命迹象时，电光尽头的地上穿过一列黑影。他异常冷静地保持原有姿势，用强烈的电光追逐那些影子。

他的视力超乎常人，数十米距离外，一两秒的瞬间，就认出了这种令人战栗的生物——老鼠。

终于，见到活的了！

但这些蠢蠢欲动的小家伙，为何要在这充满腐烂气味的地下车库？叶萧心头又掠过一丝不安，索性跟随这些老鼠的踪迹，来到通往下面一层的楼梯。

那股强烈的腐烂气味，连口罩都挡不住了！

叶萧拿出备用的口罩，两层口罩让他喘不过气来，他几乎扶着墙壁，才走下这层楼梯，来到这栋沉入地底的建筑物的最深处——地下四层车库。

地平线以下一百九十米，地狱的最深处？

电光照出一个布满灰尘的停车场，那些在暗无天日的坟墓中待了七天七夜的汽车，看起来都面目不清宛如僵尸，似乎随时可能变形为汽车木乃伊。他再次看到那群老鼠，光束底下异常肥硕的老鼠们……

硕鼠硕鼠，无食我黍！硕鼠硕鼠，无食我麦！硕鼠硕鼠，无食我苗！

叶萧的双腿似已不受自己的控制，举着手电跟着老鼠们前进。于是，他看到了——

地狱！

第五章

4月9日。星期一。上午,9点19分。

他从噩梦中醒来。

他梦到了地狱。

睁开眼睛,阳光透过窗帘刺疼瞳孔。用力抓着自己的头发,每一发根都连接心脏,他仿佛感受到在地底死去的人们的痛苦……隔着薄薄的窗帘,看着阳光下的尘埃,似仍停留在墓穴里。经过复活节之夜的地狱勘探,以为世界末日降临的七天七夜后,为什么世界依然看上去很美?为什么不像艾略特的《荒原》写的那样——"四月是残忍的"?为什么你听到的只是孩子们的笑声、汽车的喇叭声、树叶在春风中的沙沙声……

他拉开窗帘。想象自己是一个吸血鬼,暴露在春天的阳光下自杀,燃烧成一团悲惨的灰烬。

眨了眨眼睛,叶萧还活着。

刚才做的噩梦,包括地狱,全是真的。

九个多小时前,4月8日复活节的子夜。叶萧,作为救援一线的警官,脱离大部队,跟踪一群硕大的老鼠,擅自闯入深理地下一百九十米的地下四层停车场,看到了地狱。

真正的地狱。

无法估算尸体数量,严重腐烂的死者层层叠叠堆在一起,不知有多少,大概目测至少几十具,弥漫整个地底的腐烂气味,就是从这个地狱公墓散发出来的。叶萧已足够大胆地靠近,临近人类心理与嗅觉的极限,依旧无法看清那些人的面目,要么腐烂得一塌糊涂,要么本就遭到过严重伤害。有些人穿着制服,看来是大楼里的工作人员,有些人连衣服都不完整。更让叶萧难受而非恐惧的是,硕鼠们的目标正是这些尸体,它们毫无顾忌地钻入尸体堆,肆意享受腐尸盛宴。至于蝇蛆虫子之类恶心物,更无法用语言描述,真想一把火烧得干干净净!

一秒钟后,叶萧昏迷了过去。

不是精神崩溃,而是吸入太多腐尸气味,已接近中毒了。

此刻,在医院醒来,脑中嗡嗡作响,似乎还有某段记忆,被一团黑色迷雾覆盖。尽管只有短短几分钟,却再也看不清。他用力拉扯头发,想回忆起地底的一切——却像抓住的那根救命的金属链条突然断裂一截,让他坠入万丈深渊。

叶萧确信无疑,在找回失去的那段记忆前,他将一直停留在一百九十米深的地狱中。

无法打开窗户,外面如监牢般安着铁栏杆。难道是精神病院?受伤的双手已包扎过,手背上有创可贴,大概昏迷时输过液,身上满是消毒水的气味,警服换成了病号服。

他下意识地摸了摸腋下,糟糕——枪没了!

心脏变得冰凉,正待夺门而去之时,他的搭档王警官走了进来。

"我的枪在哪里?"叶萧连一句客套话都没有,直截了当地问。

"放心,是我亲手把你的枪卸下来的,小护士们哪敢动你的枪?"

"我怕是在地底丢了。"

"在地下四层车库发现你时,除了死人就只有老鼠,还会有谁来拿你的枪?"

"好吧,就算我《生化危机》看多了。"

"救援队员立即把你送回地面,再由救护车送到这家医院。他们把你所有衣服都换了,又给你全身喷洒消毒水,再输液。医生说你的身体出乎意料的健康,不要担心!"

听到这里,叶萧拉起裤子看了看,果然连内裤都换了!幸好没给他剥皮剃毛。

"老王,还有没有发现其他幸存者?"

"只有六个幸存者,其余全是死人。"

"让我看看你的表!"叶萧没等老王同意,直接把他的手腕拉了过来,"上午十点了——赶快控制住那个六个幸存者,绝对不要让他们回家!"

"你怀疑他们中有人杀了你发现的第一个死者?"

"没错,我在电影院放映机房发现他的时候,地上的血迹还没干呢,毫无疑问刚被人割喉杀害!而且,死者的双手都被压在废墟里,根本无法自杀。"

老王四十来岁,说话向来沉稳:"这个我也想到了。这六个幸存者已成为全世界的焦点,刚被救到地面就送入这家医院,由官方严密控制起来——不是因为凶杀案,而是救援总部原本的方案。"

"我明白了。领导们看多了《异形》系列,认为地底隐藏某种可怕的史前细菌,一旦传播到人类身上,就会引起真正的世界末日!"

"谁知道呢!总之,你的六个证人也是嫌疑人,他们不可能轻易离开这里,必须分别隔离在这家医院的四楼。就算家属来探视,也必须在防护玻璃后面,严禁身体接触。"

叶萧心想,那不成探监了。若真有什么史前细菌,所有救援队员都不能回来了。而亲手救出幸存者的自己，也早就被传染上只能等死了。

好吧，等死就等死，反正他早就等死过一次，再等死一次也无妨。

"对了，那条在电影放映机房里发现的狗呢？"

他依然惦记着那桩割喉谋杀案，那条忠犬是唯一的目击证人。

"那条拉布拉多犬也是个奇迹，活着被救了出来。军方的兽医对它作了检查，发现它有一条腿骨折了，但伤势不重。这条大难不死的狗已成为国宝级的宠物，有关部门正在给它检疫。检查结果出来之前，除了穿防疫服的兽医，不准任何人和动物接触它。"

"赶快派警员二十四小时看守这条狗，或许在它身上可以找到重要线索。"

"早就这么办了。你平时不是很冷静吗，怎么今天如此心急？"

叶萧不知如何回答。也许，在地狱中行走的经历可以改变一个人的性格？他沉默半晌，走出病房："能再给我一套警服吗？"

第六章

4月9日。星期一。上午，10点19分。

叶萧没有回家，也没有回公安局，只有证人与嫌犯才是他停留某地的唯一原因。

还是在这家医院，各处已被警方严密控制。他换上一套崭新的警服，刚与局长通了半小时电话，用下半辈子的政治生命担保，才争取到调查这桩地狱谋杀案的机会。原本在这个时候，他应作为第一个发现幸存者的功臣，去市里参加救援表彰大会，同时接受国内外各大媒体采访。但他坚决推辞了所有邀请，只有一个理由——凶犯至今逍遥法外。

老王送来一沓厚厚的资料。昨晚救出六个幸存者后，警方初步询问了每个人的情况，结合原来的失踪者名单，以及公安局数据库里的个人资料，基本确认了六人身份——

玉田洋子。日本籍，三十岁，已婚。拥有本市的外国人居留证。职业为自由撰稿人，主要为日本几家报纸撰写专栏。初步检查为局部轻伤，判断为砖块等硬物压伤。此前未列入失踪者名单。

玉田正太。日本籍，七岁，学龄前儿童，玉田洋子的独子。拥有本市的外国人居留证。初步检查未受外伤。此前未列入失踪者名单。

陶冶。中国籍，二十五岁，本科学历，未婚。外地户籍。卡尔福超市未来梦店员工，地下二层理货员。初步检查为局部轻伤，判断为砖块等硬物压伤。此前已由卡尔福超市提供信息，列入失踪者名单。

莫星儿。中国籍，二十五岁，本科学历，未婚。本市户籍。就职于美资BCF公司，普通职员。初步检查为局部轻伤，判断为砖块等硬物压伤。此前已由BCF公司提供信息，列入失踪者名单。

丁紫。中国籍，十八岁。本市户籍。就读于本市四一中学高三（2）班。初步检查为局部轻伤，判断为砖块等硬物压伤。此前已由学校提供信息，列入失踪者名单。

周旋。中国籍，三十五岁，本科学历，未婚。本市户籍。职业为作家、自由撰稿人。初步检查为局部轻伤，判断为砖块等硬物压伤。此前未列入失踪者名单。

这个名单是根据每个人被救到地面的先后排序的。

幸存者资料后面，附有各人证件照——仅仅六个幸存者，居然有三个美女：一个人妻，一个妙龄，一个萝莉。

与叶萧的一贯经验恰恰相反：越美丽的女人在灾难中越脆弱，她们往往习惯于依赖别人，而缺乏独立的生存能力。她们能活到最后，一定有什么故事。

距离发现尸体堆才十个小时，善后工作还在艰难进行。有近一百具尸体，大部分已腐烂，要辨认每个人的具体身份，工作量巨大。一定会有某些死者永远无法查清身份，成为冤死地底的无名鬼。目前除了地下二层卡尔福超市发现的外籍主管史格泰，只有不到十名遇难者身份已确认，因为身上带有证件，并与失踪者名单相符。

已彻底化为废墟的十楼到十九楼之间，也发现许多尸体残骸，但远远不如九楼以下的完整，有的只剩一条胳膊或一块头骨，根本无法统计人数，更别提确认身份了。

多年警察生涯见惯各种残酷的死亡，令叶萧迷惘与痛苦的是——难以确定哪些人死于灾难，哪些人死于谋杀。

也许，很快就会在地底发现新的线索，或更惊人的秘密。警官老王成为叶萧与救援现场间的联络人，有任何新发现，老王都会在第一时间通知他。

第一个被发现的死者，在电影院放映机房，被残忍地割断喉咙的男人——很快确认了身份，与失踪者名单中的001号核对上了。

这份名单是按照失踪者家属或单位向警方报告的顺序排号的，001号就是第一个被报告的失踪者，报告时间是4月2日清晨七点，灾难发生后数小时内，报告者是未来梦地产集团。这家集团拥有未来梦大厦、未来梦商场、未来梦大酒店，以及未来梦影城百分之百的所有权。001号失踪者正是集团董事长——罗浩然。

这位身家亿万的未来梦大厦的主人，在即将被救出地底前数分钟，被人割断了喉咙。

案情必定复杂曲折，背后也必然藏有诸多隐情。只因罗浩然身份特殊，局长才会同意叶萧深入调查的请求，并勒令各部门严格保密，绝不能对外泄露地下发生凶案的消息，这是为了在全世界面前维护本次救援行动的良好形象，不允许出现任何负面新闻。他当然会严守纪律，也从不在媒体前抛头露面——尽管在无数公众心目中，他已被当作神一样的人物，特别是因为几年前那桩事件。

他仰头看了看天花板。楼上曾是传染病人的隔离区，现在清理出数间病房，安置被救出来的六名幸存者。再度照了照镜子，警服形象还算正气凛然，常有坏蛋被他的目光震慑，不由自主地交代罪行。

经过充满消毒水味道的走廊，几名警察对他严格检查，虽然都是他的崇拜者。四楼冷清寂静。问清楚六个人分别住的病房，他低头思考片刻，决定先去倒数第一间。

护士在门口拦住叶萧。虽然心里一万个不情愿，他还是被迫穿上白色防疫服，搞得像个太空人。但他坚持不戴口罩，如果询问对象看不到他的脸，就会降低对他的信任度。

再次经过登记，进入宽敞明亮的单人病房。房里有一道坚固的玻璃墙，按规定必须隔着玻璃问话。但在护士退出病房后，叶萧打开玻璃墙小门，像医生那样来到病床前。

床上的男人睁开眼睛，一眼认出了叶萧。

"好久不见。"

第七章

4月9日。星期一。上午，11点19分。

"好久不见。"叶萧应了一句。他痴痴地看着病床上的男人，忘了自己是来讯问他的。

"很高兴……你还没有……"他还有些虚弱，说到这又咳嗽了一下，"忘记我……"

"周旋，就算忘了我自己，我也不会忘记你。"

"几年前，我以为永远见不到你了……"

"我也想不到还能回来。"叶萧避开他的目光，看向窗外，阳光透过春天的梧桐叶和铁栏杆，在地板上投射出黑白竖条，"休息得怎样？"

"还不错。"

周旋的额头包着绷带，脸上残留几道伤痕，眼圈有明显淤青，手上插着输液针管。他浓密的胡须还未刮去，双目与叶萧同样冷峻，浑身上下充满沧桑的男人味。十年风霜完全改变了一个人——在叶萧记忆深处，他还是戴着眼镜的文学青年。

"这些年过得还好吗？"

"我很好啊。"周旋故作轻松地笑起来，"你怎么样？"

"你怎会在未来梦大厦？"

"4月1日，我订了未来梦大酒店的一个房间，刚刚入住地震就发生了。"他忽然意识到说错了什么，"对了，是不是根本就没有过地震？"

"嗯，没有地震，是地面沉降。"

周旋苦笑了一下："多好的答案，全世界都还在人间，只有我们在地狱中。"

"你平时住哪里？"

"就在本市。"

"干吗住到五星级酒店？"

"我去写小说。"

"在五星级酒店的客房里写小说？看来你现在很成功。"

"不，我只住一晚，只想能找到灵感。我想从酒店高层俯瞰夜色中的这座城市，俯瞰我们小时候住过的地方——虽然早已拆光盖起了未来梦大厦。不过，还是可以看到我们的母校。"

"四一中学？"叶萧也能从自家窗口俯瞰到中学操场，"告诉我灾难发生时的情况。"

"我在酒店顶层的十九楼，看到远方闪起可怕的光芒，感觉整栋大楼剧烈摇晃，便立即逃出房间。当时，就像10级地震一样恐怖，大楼明显下沉，所有的灯都熄灭了。算我走运，遇到一个熟悉大楼结构的人，我跟他逃到地下车库，那里有几台柴油发电机，我们启动机器部分恢复了供电。在那之前，底楼有许多人想挖洞逃出去，结果商场门厅坍塌，又引起踩踏，死了好多人！楼上又传来消息，在顶层找到了逃生的路。但又发生了塌方，幸亏我提前逃下来保住性命。十楼到十九楼全完蛋了，上面死了多少人我也不知道。"

"但九楼影城以下部分还很完整，你们就在未来梦商场的这些楼层中生存了七天七夜？"

"是。"

"你说有个熟悉大楼结构的人，他是谁？"

"未来梦大厦的主人。"

"罗浩然？"叶萧已牢牢记住了这个名字，这也是他到这间病房来讯问的原因。

"是。我们都认为世界末日已降临全球，外面的世界没人能活下来，我们这些被埋在地底的人，是人类最后的幸存者。"

"什么时候？"

周旋闭上眼睛想了想说："4月2日，凌晨一点多，灾难发生后三个小时吧。"

"当时还有多少幸存者？"

"大约二十人左右。"

"地下四层车库里那么多尸体又是怎么回事？"

"为保护生存环境，我们把所有死人都集中到大楼底部，也算是对他们的安葬。但绝不能火化，可能引起火灾，或发出有毒烟雾，在封闭的地底是致命的。"

"可以理解。"叶萧都记录了下来，"后来怎么样了？你们怎么生存下来的？"

"我……"周旋呼吸加快，痛苦地摇头，喉咙里发出含混不清的声音，"我不知道。"

"你怎会不知道？"

"太多……太多……事情了……七天七夜……每一秒钟都像一天……每一小时都像一年……每一天都像一辈子……一辈子……"

"冷静。慢慢地想，不着急。"

"我……我……想……拼命地……想……想不起来！"

"你说在灾难发生后三小时，还有二十个左右幸存者。"叶萧悄悄握起拳头，脸上没露出焦虑，异常沉着地问道，"但是，最后只有六个人被救出来，其余十几人到哪里去了？或者是怎么死的？"

"我不知道。"这回周旋想都没想，条件反射似的回答了。

叶萧死心了，不可能再从周旋嘴里问出任何有价值的线索，也不再指望他还像很多年前那样对自己无话不说。叶萧从病床边后退半步，竖条状的光影烙在脸上，藏起他的失落。

忽然，周旋咳嗽着发出沉闷的声音："叶萧，我有些不舒服，能不能叫医生进来？"

停顿两秒，叶萧什么都没说，也没再看他一眼。

第八章

4月9日。星期一。下午，13点01分。

医院，四楼，曾经的传染病区。非典流行时，隔离过许多重症患者，每天不止一个人被送往太平间。漫长寂静的走廊尽头，叶萧背靠在墙上，看着一尘不染的天花板。

刚在医院食堂吃完午餐，期间却没人跟他说话，并非有意疏远，而是把他当作高高在上的神，尤其在他成为发现地底首位幸存者的英雄之后。

至于六个幸存者，医生根据每人不同的身体状况决定菜谱，由指定的厨师做好，直接送入病房。

不知周旋吃的是什么午餐。浑蛋！叶萧暗自咒骂了一声。为什么还担心那家伙？他那几声"我不知道"，仍像针扎在心头——不是"我不知道"，而是"我不愿说"。平常要是碰到这种"茅坑里的石头"，叶萧自有各种手段对付，短则两三分钟，长则一个通宵，就能从对方的铁齿钢牙中撬出秘密。

可是，当他面对周旋，却无法使用任何一种惯用的方法。

叶萧的父母都出生在这座城市，年轻时响应国家号召参加新疆生产建设兵团。他从小生长在天山大漠之间，小学五年级才来到沿海大都市的父母的故乡，寄居在亲戚家中读书。至今，父母还在沙漠边的绿洲养老，再无回城定居的念头。小学时叶萧颇为瘦弱，很难听懂本地方言，常被欺负，几乎没有同学跟他玩，除了同样常被人欺负的周旋。

也因为是邻居，他们成了最好的朋友。后来两人都考入了四一中学，还是同班同学，各自发育得英武挺拔。叶萧擅长体育，打架时令对方退避三舍，但从不轻易使用武力，只在周旋遇到小流氓敲诈勒索时，才会出手把对方打得落花流水。他们还有一项共同爱好——读推理小说，经常是周旋去图书馆借书，读完后再借给叶萧，那时几乎读遍了福尔摩斯。

临到高中毕业，周旋的梦想是成为作家，叶萧则期望成为一名核潜艇的艇长。周旋顺利考上了重点大学，叶萧则没有通过海军舰艇学院的预选，从而报考了公安大学。

后来，叶萧成了警官，周旋真的成了作家。

他们最近一次见面，差不多在十年前。那时周旋已小有名气，为了某个神秘事件请他帮忙。叶萧为此还专门去浙江沿海寻找过他，却发现周旋就此消失无踪。

一晃十年，叶萧成了人们心目中的神，周旋的名字却越来越难以见到。偶尔看到署名"周旋作品"的推理小说，也是插在书店某个角落无人问津……

没想到还能再见到他。

与老友重逢的喜悦很快消失，那么漫长的岁月，差不多已让周旋变成了另一个人，一个对最好的朋友也充满秘密与谎言的人。

叶萧并不恨他，只感到悲哀——为什么是他？除非，杀死罗浩然的凶手就是周旋。但是，叶萧不相信。

不是他！

这个判断并非来自多年的感情。

中午，警官老王火速作了调查——周旋曾淡出过人们视野几年，有理由相信他一直埋头创作，在各地风景名胜间居无定所。一年前，周旋父亲过世，母亲突发急病，他不得不回家照顾。不久母亲去世，他卖掉房子偿还债务，之后没像从前那样云游四方，而是租了一间破旧公寓。老王走访了周旋的房东，得知房租不过每月几百元，因为几年前发生过凶案才那么便宜。周旋租住凶屋并非为寻找灵感，而是经济极度拮据。查询周旋的银行余额，仅剩219.81元，信用卡还透支5286.19元。

穷得连餐巾纸都买不起了，凭什么在五星级酒店住一晚？叶萧才不相信什么写小说找灵感的鬼话！难道有富婆出钱搞一夜情？

叶萧把所有疑问埋入心底，重新整理警服，去讯问下一个嫌疑人。

他换上防疫服，进了病房，等护士一退出房门，就打开防护玻璃门。

床上躺着个年轻男子，见到叶萧进来有些紧张——若非手背上插着输液管，说不定就跳下来了："你是谁？"

叶萧不理会他的提问："你叫陶冶？"

"是。"陶冶盯着叶萧脚下，对他如此靠近感到害怕。

"我叫叶萧。"

"叶萧？我早就听说过你。医生说是你救了我们。太感谢你了！"

"这是我应该做的。"他来到病床跟前，不想废话，"你是卡尔福超市的员工？"

"是，地下二层的超市理货员。"

叶萧想起那具被压在超市更衣室墙下的腐烂尸体："史泰格先生是你的顶头上司？"

"没错,地震发生时——不,听说没有地震。"陶冶尴尬地挠了挠头,语句顺溜了不少,"灾难发生时,我和他都在更衣室,只有我一个人爬了出来。不知他有没有被压在底下,但后来没再见到过他。我曾经去更衣室看过,全部变成了废墟,他还活着吗?"

叶萧摇摇头:"你知不知道,在你们被救出来前,你们中的一个幸存者刚被残忍地杀害!"

第九章

4月9日。星期一。下午，13点19分。

"我不知道。"陶冶在隔离病房的床上坐直，茫然地回答。

"好吧，这个问题以后慢慢再说。现在，我希望你协助警方调查，告诉我在未来梦大厦沉入地下以后，你们究竟如何生存下来的，在地下发生了什么，跟死者有什么关系。"

"对不起，你说的死者是……"

"罗浩然。"

"他死了？"

叶萧无法判断他的惊讶是真的还是装的。

"你可以从头说起——七天，七夜。"

"七天，七夜——"陶冶复述了一遍，嘴角微微颤抖，"我想一想……想一想……"

"想一想。"叶萧极富耐心地等待回答。

"第一夜。很多人都死了，好惨！可是，还有二十来个幸存者，我们聚集在商场中庭，商量如何在地狱生存下去。关于世界末日，教授是这方面的权威，我们都听他的话。"

"教授是谁？"

"吴寒雷，到处都有他的新书广告，没有人不知道他的。"

叶萧着实意外。大名鼎鼎的吴寒雷教授？又一桩爆炸性新闻！"他也被困在地下？"

"是啊，教授让我们做的第一件事，就是收集所有的食物和水。说来好笑，我是卡尔福超市的员工，却引导大家去哄抢货架上的食品。还好幸存者人数不多，又有几个受了重伤无法动弹，超市里有各种生熟食物，足够我们这些人吃很多天。唯一担心的是保存，那些袋装食品问题不大，可新鲜食物怎么办？为节约电力，罗浩然关闭了所有空调和冰箱。在大家的强烈要求下，他才开了超市里的一台冰箱，储藏必要的食品和药物。"

"等一等，你说地下还有电？是地下四层的柴油发电机？"

"不错，总共有五台，还有不少燃料。不过，柴油发电机如果连续使用一段时间,效率会打折扣,并且,会消耗大量燃料,消耗的氧气与排出的废气也太多,不但维护发电机的人员会中毒,其他人也吃不消。所以,发电机必须轮流使用,最多同时只用两台。我们尽最大努力节约燃料,很多楼层只使用十分之一电源。四十八小时后,我们每天只发电几小时,但第六天还是耗尽了燃料。"

"食物和水在超市里有的是,可是氧气怎么办?"

"这也是大家最头疼的问题。空气渐渐混浊,特别是在下面几层人难以呼吸。幸好周旋在四楼的健身器材商店里找到了十几台家用制氧机,通电就可以制造氧气。我们把这些制氧机分别搬运到商场的各个角落,地下四层也放了一台,为保证操作发电机的人员安全——通常这是罗浩然的活。洋子在七楼的户外用品专卖店里找到了大量登山用的氧气瓶,矿泉水瓶大小,可随身携带,每人都发了两个,万一氧气耗尽,可以多活一两个钟头。"

"洋子是谁?"

"那个日本女人,正太的妈妈,我知道她也获救了,现在母子平安吗?"

"应该没事。"叶萧想起在九楼电影院的通道里,从废墟底下挖出的那只温热的手。

"那就好!在地下最担心的不是自己,而是正太,可怜的是这个孩子。"

"我能不能提个问题?"不待陶冶答复,叶萧已强势地问道,"那个日本男孩,我救他出来的时候,总感觉他有些古怪。"

"你是说正太的肤色吧?确实,我第一眼见到这个男孩时,也感觉他白得太不正常了,并不是白种孩子的那种肤色,而是完全没有血色,就像吸血鬼。"

"没错。"叶萧不会当着证人或嫌犯的面说这种话,但可以诱导他们说出来。

"不过,我敢用人格保证,正太是个好孩子,他没什么问题,你不要怀疑。"

"你多心了!"叶萧脸色沉了下来,不能让审问对象掌握主动,他回到原先的话题,"照刚才这么说,你们已解决了氧气问题?"

"不,这有一个悖论。通过制氧机制造氧气,必须消耗电力,但发电过程中会消耗氧气并排出废气。而且,只要柴油消耗殆尽,电力供应中断,再多的制氧机也起不到作用。"

"所以,最后两天你们非常艰难?"

"是。你发现我们的时候,所有幸存者都在九楼的电影院,因为底下的空气质量太差,充满了腐尸的气味。"陶冶露出恶心的表情,摇摇头,"还是回到第一夜说起吧——吴寒雷教授告诉我们,即使备齐生存资料,也可能充满危险,只有所有幸存者团结起来,互相帮助,合理分工,才能在世界末日中保存人类最后的希望。"

叶萧煞有介事地点头："有道理。"

"因此，教授成了我们的领袖，他能指挥地下所有人，甚至包括这栋大楼的主人。"

"罗浩然愿意听从教授的命令？"

"是，他非常听从也很配合，看不出大老板的架子。他是个沉默寡言的人，永远看不到表情，也搞不清在想些什么。他最熟悉未来梦大厦，经常告诉我们这些幸存者，在什么地方能找到某样东西。我在卡尔福超市上了三年班，从没见过这里的主人，没听说过罗浩然的名字，看来原本就是个神秘人物。"

"你对他印象不错？"

"是，有什么不对吗？"

"没有，继续说。"

"除了吴教授与罗浩然，还能在幸存者中拥有话语权的，就是周旋了。"

现在，每次听到"周旋"，都让叶萧心里不舒服，"周旋"已成为他的敏感词了。

"为什么是他？"

"周旋最积极，无论遇到什么事情，他都冲在最前头。他几乎从不提'世界末日'四个字，好像救援队员随时会从天而降，把我们从地狱中救出去——天哪！你们真的做到了！要知道从第一夜开始，我就再也没指望过能活着回到人间，绝大多数幸存者也是跟我同样的想法，认为外面的世界已彻底毁灭，而我们也会在不久的未来相继死亡，可能几小时，几天，也可能几个月，甚至几年！"

"这么说来，周旋是个乐天派？"

"是，他充满希望与力量。每当有人心灰意冷，或有自寻短见的意图，都是他第一时间出来打气。他对每个人说，无论如何都不要放弃生命，即便在看不到一丝光明的黑暗世界，内心也要有一盏明亮的灯。周旋常拿《肖申克的救赎》来激励大家，说斯蒂芬·金是他最喜欢的作家。他不知从哪台电脑里找到了电影文件，在九楼电影院最小的放映厅里，用投影仪打在幕布上放给大家看——在世界末日的地狱深处，一伙人类最后的幸存者，窝在电影院里看《肖申克的救赎》，看安迪如何用了十九年挖掘地道重获自由，这感觉真是太悲壮太激动人心了！"陶冶越说越兴奋，几乎要弄掉手上输液的针头，好像还身处于地狱电影院。

"看来你很怀念地下的生活？"

叶萧这句话不动声色，却戳中了陶冶的要害，他愣了愣说："也许吧，太刻骨铭心了。我想任何人经历过世界末日，或以为经历了世界末日，这段记忆都永远无法磨灭。"

"我能理解。七天七夜间，以为自己注定将死于地底，以为父母亲朋们都已惨死，一定想到过很多很多，有各种各样的绝望与悲伤，幻想与冲动——没有亲身经历过的人，只能无聊地猜测，对不起。"

"刚才说到哪儿了？"

"周旋。"

其实，陶冶的倾诉欲已被勾了出来，只要叶萧稍加引导，就会说出更多秘密。

"对！周旋跟我还有个共同爱好，就是看推理小说。未来梦商场四楼，有家民营书店，虽然经营惨淡，但也坚持到了世界末日。在地下的七天七夜，不用上班也不能上网更不能看电视，大多数人比较无聊，说白了就是等死！有人带着iPad，还能玩游戏。有人到超市音像区，拆开DVD，打开柜台上崭新的彩电与碟机，享受末日家庭影院——随时可能被罗浩然掐断电源，他最反对把极其珍贵的电力浪费在无关生存的娱乐上。而我这种小地方出来的打工者，就在世界末日泡书店。周旋常跟我各占据半个书店，几次看中同一本书——都是日本推理小说大师松川古月的作品。他把四楼其他电源关了，唯独书店的灯多开几盏，制氧机也放在书店。当我坐在书店地板上看书时，几乎把一切烦恼忘了，好像回到了大学时代，心无旁骛地阅读。"

"够了！"叶萧打断了他的抒情，不想再听这些细节，他要的是幸存者的信息，"说说别的，比如——你们如何处理伤员？不是说还有重伤员吗？"

"一个都不能放弃！这是吴教授、罗浩然、周旋，以及大多数幸存者的统一意见。虽然，也有极个别人主张首先确保健全的人的生命，对于那些垂死挣扎的或者没有独立生存能力的，不应该再浪费宝贵的生存资源。"

"哪个浑蛋这么说的？"

"忘了。反正不是我们幸存下来的几个人。教授在内的大多数人，主张竭力保全每一个人的生命。我们没有医生，只能为伤员简单地包扎处理伤口——药品与绷带倒不缺，但不能解决问题，直到有人开始伤口感染……"陶冶似乎想到某个可怕的场景。

叶萧轻声道："说下去。"

"很惨！地底这种环境，一旦伤口感染，就意味着被宣判死刑，我们没有无菌环境,缺乏有效的药品,只能眼睁睁看着他们的伤口渐渐化脓腐烂生出蛆虫。"

"死了？"

"是的，重伤员接二连三地死亡，最后一个死于两天前。"

"尸体怎么处理？"

"还是跟其他死者一样，集中到地下四层的车库。"

天衣无缝——叶萧在心底赞叹，他注视陶冶的双眼："为什么最终只有你们六个幸存者？除了重伤员，其他人怎么了？"

"哎——"

"你不知道吗？"

"有的人自杀了。我亲眼看到过。第三天，有人跨越九楼的栏杆跳下去，直接砸到一楼中庭——那个位置已经死过无数人了。"

"对于世界末日的绝望？"

陶冶仰头长吁了一口气："是。这让我很失望，最痛苦的是周旋，他鼓励大家不放弃的努力全白费了。第六天，整栋大厦陷入永久的黑暗。食物开始短缺，空气越来越混浊。原来尚抱有一丝希望要在末日生存下去的人们，开始彻底绝望了，自杀的越来越多，我也数不清到底死了几个。"

"都是自杀的吗？"

"还有人失踪了。毕竟加上地下四层，总共有十三层楼面，再加酒店大堂，地下空间非常巨大，要藏几个人太容易了。我也不知道那些人去了哪里，也许出意外死了吧。"

听着陶冶滔滔不绝地讲话，叶萧叹息道："你的回答很完美。"

"干吗用'完美'？"

"我不知道。"

陶冶有些虚脱，躺回床上，闭上眼："对不起，我知道的都已经说了。我觉得我们这六个幸存者，能坚持七天七夜直到最后活下来，也算是一个奇迹。最后，我感激党和国家，把我们从那么深的地底救出来，更特别感谢你！叶萧警官，还有什么要问的吗？"

"没有了，感谢你协助警方调查。我不该占用你这么长时间打扰你休息。"叶萧刚转身要离开，又回过头，"最后，还有一点点疑问——从走进这个病房，看到你的第一眼起，我就感觉你是一个内向的人。"

"为什么？"

"感觉。"叶萧的表情如大海般深沉，让人有些害怕，"不需要理由。"

陶冶睁开眼睛叹了一声："没错，我从小就是这样的性格，沉默寡言不敢说话，大概也因为这种性格的局限，只能在超市做理货员这份没前途的工作。"

"非常感谢。再见。"

第十章

4月9日。星期一。下午，14点19分。

他在说谎！叶萧心底如是说。他走出陶冶的病房，背靠墙壁深呼吸，远远看着医院走廊尽头。午后的阳光洒在地板上，投下摇晃的梧桐树叶的影子。静谧的表象之下，楼梯拐角背后，却是高度紧张的医生护士，以及严密守护隔离区的警察。而在这栋大楼的围墙外，还有数百名记者围观，期待看到第一个走出医院的幸存者。

心底仍在回想刚才陶冶的话——这个刚从地狱死里逃生的人，竟然流畅地说了这么多，还用了许多形容词与比喻句，简直让人身临其境，几乎能触摸到那些人在地底的生活，不去讲脱口秀真可惜了！还有，陶冶说的一切都极其正面，是一出可歌可泣的生命赞歌，人类面对灾难如何不放弃希望与生命，守望相助，真是和谐的主旋律，几乎可以登上今晚的"新闻联播"……

"在世界末日的地狱深处，一伙人类最后的幸存者，窝在电影院里看《肖申克的救赎》，看安迪如何用了十九年挖掘地道重获自由，这感觉真是太悲壮太激动人心了！"恐怕，周旋的小说里都不会有这样的文字，怎么可能从一个内向的打工小伙子嘴里说出来？

第一眼看到病床上的陶冶，就感到他是一个性格内向忧郁之人，沉默寡言很少主动与人说话。十多年的警察生涯，叶萧阅人无数，一眼就能看出对方的性格脾气，甚至内心的阴谋诡计。可他刚才的表现，却违背了其脾性。

他没说真话——在许多关键点上，编织了一大通人们最愿相信、已被歌颂过想象过无数次的情景，也是围堵在医院门口的那些记者最希望听到的话，如果放到美国也值得任何一位总统振臂高呼上帝保佑。

六个幸存者自获救至今，全世界已作了大量报道，几乎每个中国人都知道了他们的名字。可是，竟没有一个家属前来探望，难道这些大难不死的人个个都是天煞孤星？

疑惑关头，警官老王出现在面前，将一沓厚厚的资料放到叶萧手里。

"又有新的惊人发现，要是透露给医院外面那些记者，绝对是一条爆炸新闻！你自己慢慢看吧，我还要去补充其他人的资料。"

借着走廊尽头窗口的阳光，叶萧看完了资料——

地下四层发现的那些尸体，今晨大部分已运到地面，集中在临时设立的法医中心。警方从周边省市抽调大量人员，进行遇难者身份识别。

同时，老王搜集了大厦主人罗浩然更多的资料。罗浩然贵为未来梦集团董事长，掌握这家公司百分之百的股份，个人档案却简单得惊人——籍贯空白，父母信息空白，学历空白，教育空白，工作经历空白……档案里最早的信息，还是十年前罗浩然以个人独资形式创办未来梦地产公司。不知从哪里来的钱，注册资本即达两千万元。其后，未来梦公司迅速扩张，在房价上涨最疯狂的阶段，以低廉价格拿下许多地块，并顺利得到银行巨额贷款，通过商业地产项目，赚得盆满钵满。最近几年，虽然房市各种调控不断，但他未受影响，集团多元化经营异常成功，深入到五星级酒店与连锁电影院行业。与王石、任志强、潘石屹等人不同，罗浩然为人处事异常低调，从不见媒体报道，也不公布个人信息，永远蒙着一层神秘面纱，据说只有个别政府领导以及他公司的高管才有机会见到他本人。

他在三十岁前的人生轨迹始终是一团迷雾。为何档案竟是空白？无人能解释清楚。是被系统误操作删除了？还是他在三十岁那年从天而降？唯一可确认的，是罗浩然的身份证号码，显示他出生在北京，今年正好四十岁。

这些线索或许与罗浩然的死有关，也可能毫无关系。但叶萧想要知道的真相，绝不仅限于此。他整了整警服，来到另一间病房门口。

在换防疫服的同时，低头看了看资料上的名字——莫星儿。

第十一章

4月9日。星期一。下午，14点59分。

阳光从铁栏杆的缝隙间洒到白色病床和被子包裹的身体上。病房里除了消毒水和药物的气味，还有她发丝间诱人的香波味。这头乌黑光泽的长发刚刚洗过，能否洗去地底的七天七夜里的污垢与秘密？

面对这个二十五岁的年轻女子，叶萧没有贸然闯入，而是在玻璃墙外敲了几下，直到听见一个镇定自若的声音"请进"，他才一本正经地走到病床前。

"我知道你是谁。"没等他开始问话，莫星儿抢先说道。她身上没有插输液管，只是脸色稍显苍白，直直的长发披在肩上，一双明眸很是动人。叶萧直勾勾盯着她的脸，心里却一阵悸动，很想转过身去不再看她的眼睛，似乎只要再多看一眼，就会揭开某些早被遗忘的伤疤。

他强迫自己不动声色地回答："护士们跟你说了吗？"

"嗯，非常感谢你救了我们！"

从她肩膀和胳膊的尺寸，以及藏在被子底下的体形来看，她是个很小枝的女子，身材轻盈惹人怜爱，就和她的声音一样迷人。

不过，叶萧不会被这温柔外表的假象迷惑，从莫星儿说话的表情，以及看似友善的目光深处，他发现了这个女子超乎常人的坚硬。

"你也知道我要问你什么？"

莫星儿平静地回答："是，你想知道在地底发生的一切。"

"请你原原本本地告诉我。"

"你知道，我们在地底度过了七天七夜，所有人都以为世界末日降临，觉得自己必死无疑，认定不会再有得救的希望。不过，就算是多活一天，哪怕一分钟，任何人也都会竭尽全力，除了本来就想自杀的人。"

"你们在地下努力搜集水和食物？"

"当然，本能而已。这就算是感动全世界的新闻？我们之所以互相帮助，只为了能多活几天，彼此间并没有什么情谊，纯粹是生存的需要罢了。"

"对不起，我不是记者，我是警察，我要的只是真相，无论是否符合大众的愿望和审美。"

"反正我就是这么想的，活下去是在地底唯一的目的，为了这个我什么都可以做。"

这话从一个美丽女子口中说出，总会让人联想到什么，叶萧拧起眉毛："那你做了什么？"

"生存。"她深深吸了一口气，"你想听到什么？"

"我没别的意思，只希望你说得更详细些。"

"吃——每个人都囤积了一堆，藏在各自栖身之处。地下严禁使用明火做饭，每人搬了微波炉和电饭煲，但使用时间固定，过了饭点就没电了。为节约电力，教授让大家尽量食用不加热的干粮。好在世界末日房价终于降到零了，大家各自找寻一家商铺，通常都有私密空间，作为在地底的家。这些商铺大多位于二楼与三楼，后来地下的空气越来越混浊，很多人搬到七楼以上。除了吃饭，就是睡觉、聊天，要么就是无聊地发呆，反正有的是时间……还要我说怎么上厕所？"

"不用。"叶萧始终与她保持距离，此时干脆后退了半步。

"可以告诉你。刚开始，商场的水管里还残留一些自来水，到第二天就全部用完了，别说马桶无法使用，洗脸也只能用矿泉水。我们到宠物商店，找来大量猫砂之类的东西，堆积在厕所里，暂时可以解决几天卫生问题。"

猫砂？有没有搞错啊姑娘！尼玛也太有创意了吧！不过，人类在极端环境下的生命力与想象力，是永远不能低估的。

"好吧，既然已说到猫砂，那我再问一句——我们发现了很多动物尸体，怎么回事？"

莫星儿脸色微微一变，往被窝里缩了缩，只露出一张脸，神情怪异地回答："你，终于问到要点了。从我们被埋入地下第二天起，大家就开始讨论这些动物的问题，那些从宠物店里逃出来的猫和狗，以及从九楼电影院跑下来的老鼠，到处疯狂地觅食，超市里许多食物都被他们糟蹋了，我们被迫与动物展开食物争夺。我把很多罐头与零食藏在三楼女装店里，结果才睡了两个钟头，就发现大部分包装都被拆开，老鼠们把瓜子话梅吃得干干净净，整包糖果全被拖走了。"

"因此，你们要消灭这些动物？"

"看来男人都是这种思维模式！教授首先提出这个想法，要求大家团结起来清除所有的猫、狗、老鼠，以及其他一切动物。他说这里是人间地狱，不是诺亚方舟，我们不需要保护这些动物。虽然很残酷，但必须为人类留出足够的生存空间和资源。"

"果然，教授是信奉丛林法则的达尔文主义者。"

"我也这么觉得。但是，教授是我们在地下的权威，好几个幸存者都是他的死忠粉丝，没人敢反对他的意见。何况从理智来分析，从每个人的求生欲望来看，大家也都倾向于消灭动物，即便曾经养过宠物的人们。"

"当时，就没有一个人反对吗？"

"有，是那个男人。"

"哪个男人？"

叶萧察觉到她说出"那个男人"时感觉很古怪，就连眼皮也有些轻颤。

"对不起，我总是这样称呼他——他就是未来梦大厦的主人，罗浩然，在地底也穿着一身阿玛尼西装，牵着一条顽皮的拉布拉多犬。他对于消灭动物持保留意见，希望不要发生大规模流血事件。并且，无论如何，必须要保护他的丘吉尔——那条拉布拉多犬的名字。他是大楼的主人，何况据说这条狗救过很多人的命，因此没人反对他。罗浩然还说，他会把自己那一份肉食，省下来留给忠诚的爱犬。"

"接下来呢？"

"男人们开始了残酷的杀戮。有个年轻的商场保安，他老家在农村，常吃狗肉，因此精通各种捕杀狗的方法。在他的指导下，加上教授的聪明才智，很快制作了一批捕杀猫狗的工具。"

"哪些人参与了捕杀？"叶萧盯着她的眼睛，不依不饶地追问，"能说出他们的名字吗？"

"首先，就是那个保安，好像叫杨兵。第二个，是超市员工，他叫陶冶。第三个，是在未来梦大厦写字楼上班的白领，他的轻伤很快痊愈，积极参与灭狗行动，名叫许鹏飞。"

莫星儿说到这里忽然停顿了一下，叶萧从她闪烁的眼神中，发现一丝难以形容的恐惧掠过，虽然只有一瞬间。

"说下去。"

"最后，就是那个三流作家，周旋。"

听到"三流作家"这样的评价，叶萧不禁为少年时代的死党感到心寒。

"你怎么看待周旋？"

这个问题又让她沉默了几秒钟，突然冒出一句："他死了吗？"

"你不知道他还活着吗？他也是六个幸存者之一。"

"哦。"她回答得如此平静，却又摇摇头，"这个人啊，很奇怪。"

"怎么奇怪？"

"我说不清楚，他经常说些不着边际的话，比如：我们如果能一直生存下去，将会改变整个世界，为人类创造全新的未来——哪怕全人类只剩我们这二十来个，至少不比亚当与夏娃更孤独。"

叶萧暗暗点头，这确实是周旋的风格，一个内心深处的幻想家。

"还有呢？"

"你问周旋吗？这个家伙，我不太关心，只觉得他可能有精神病。"

虽然，她说得轻描淡写，叶萧也毫无表情，心里却在咆哮——你在说谎！

莫星儿的上半身探出被子，喝了一大口水："我能继续说捕杀行动吗？"

"请——"

"主要就是他们四个人在动手杀狗杀猫，利用那些可怕的捕杀工具，看着就让我们女人害怕。"

"教授呢？"

"他是军师，从来都是在幕后指挥，根本不用亲自动手。"

听到这里，叶萧心底一阵鄙夷。

莫星儿继续说下去："第二天晚上——虽然地底没有白天晚上，但为了让大家不忘记时间，还是会强迫每个人相互通报时间。保安杨兵抓住了第一条狗，就在超市地下一层，是条可怜的小博美。真是造孽啊，那么小的一条狗，居然……反正我是没有亲眼看到，听说他们四个人共同吊死了那条狗……"说到这里，她再次打住，捂住胸口。

"对不起，你必须说下去。"

"我只是在想象那时的场景，其实我亲眼看到过比这更可怕的画面！然而，就在那天凌晨，在他们费尽心机捕获第二条狗的过程中，那条爱斯基摩雪橇犬拼命反抗，结果咬伤了杨兵。最后，它还是被他们齐心协力吊死了。虽然，杨兵受伤不重，也不担心狂犬病的问题，反正世界末日，早晚都是死，但大家对于他们这种粗暴野蛮的捕杀方式，提出了强烈质疑，尤其是幸存者中的女性。第三天清晨，大家发生了激烈争吵，那个叫小光的男孩坚决要求停止捕杀，几乎与杨兵和许鹏飞打了起来。最后，还是教授作了裁决——捕杀行动继续，但是改变原来武力的方式，一是效率低下，整晚才杀了两条狗；二是过程太血腥残酷，使地下的幸存者内心不安，影响大家的精神状态，也会酿成苦果；三是并不安全，会给捕杀者带来危险。教授与大家商讨后，决定采用最温和的方式——下毒。"

"我已经猜到了。"

"超市里只有毒鼠药，不足以杀死猫和狗。不过，教授运用聪明才智，从超市货架上收集了一些日用化工品，关在一个小房间里调配，制造出了毒性极强的药水。由于原料很多，因此调制出几大桶，别说毒死这些猫狗，就连把所有幸存者毒死也绰绰有余。因此，只有教授才能接触这些毒药，并把小房间用几把大锁关起来。教授亲手把毒药涂抹到肉肠、牛肉干、巧克力、鱼罐头这类猫、狗、老鼠最爱吃的东西上。更让人惊叹的是，这些毒药无色无味，狗鼻子也很难分辨出来。然后，杨兵、陶冶、许鹏飞、周旋，这四个男人把有毒的食物放到大楼各个角落。教授也警告所有幸存者，看到地上的食物千万不要去捡，尤其关照洋子要看住正太，不让小孩子乱跑，幸好这个孩子很聪明，他明白什么是毒药。至于那条叫丘吉尔的狗，罗浩然把它锁在一个房间里，每天带它到确保没有毒药的地方去散步——这条狗简直就是个妖精，很快居然也能分辨出哪些东西有毒了。"

"你们成功了？"

"成功了一半。那天晚上，他们在超市发现了两条死狗，三只死猫，还有几十只死老鼠。到了第四天，我又在六楼发现了一条被毒死的狗。不过，还有一些狗和猫没死，至于老鼠则依然活跃。根据大家的判断，可能是中毒后未必马上能致命，有的大型犬生命力顽强，可能要几十小时后才死亡。也有的猫狗死在某个不为人知的角落，因此有时我们会闻到腐臭的气味，却不知是从哪里来的。"

"嗯，我也看到了那些动物的尸体。"

"不过，如果是这样倒也罢了，最让人意想不到的是，我们因此而大难临头了！"

此言一出，叶萧的眉头一抖，声音却还很镇定："因为毒杀猫狗？"

"听我说——就在第四天晚上，我们发现了保安杨兵的尸体。他死在了商场二楼的男厕所里，整张脸血肉模糊，脖子几乎断了。毫无疑问，他是被狗咬死的！"

"动物的报复？因为他最早制作了捕狗的工具，也是他最早动手杀了第一条狗？"

"两小时后，又发现了第二个死者，就是那个富二代郭小军。他死得更惨，脑袋差不多没了，只能凭着一身迪奥西装认尸——所有幸存者中也只有他穿得下那件紧身的西装。现场留下了许多狗毛，很可能是一只硕大的金毛，我也亲眼看到过这条游荡在地底的丧家之犬。真让人意想不到，金毛不是世界上最温驯的狗吗，怎会突然攻击人类，还造成如此凄惨的结果？不过，回想起杨兵等人对那些猫狗的残酷行为，其实人与动物之间也没什么本质区别。"

"有时候——"叶萧也不得不承认她的犀利观点，"确实如此。"

"当大家看着郭小军的尸体一筹莫展时，楼上又传来一个男人的惨叫声。

大家拿起铁铲木棍之类家伙，我也大胆地跟在后面，冲上三层楼梯——结果，在五楼走廊尽头，至少有三条狗和两只猫，还有一堆老鼠，踩在一个人身上，不断撕咬着那个人！我亲眼看到，一只猫的嘴里叼着一根血淋淋的手指！还有条狗把一根奇怪的绳子拖得很远——后来才知道，那是许鹏飞的肠子。"

或许，也只有叶萧听到这些恶心的描述，才不会有呕吐的感觉。他一边想象这幅画面，一边注意观察莫星儿的表情。很奇怪，她并没有之前流露出来的恐惧，而是越说越亢奋，几乎每个字都可以唤起她的激情，像嗑了药似的——看到一群猫狗杀人的场面，就真的能让她开心吗？尤其，最后说到"许鹏飞"三个字，她脸上喷发出爽快的表情，就像数天便秘后终于顺畅排泄那样。

这才是真正让叶萧恐惧的。

"许鹏飞就这样死了，我想他死得一定很痛苦，不，是非常痛苦！"莫星儿打了个冷战，也许是一个姿势坐着说了很久，不由自主地转动了一下脖子，"男人们攻击了那群动物，他们真的被激怒了，当场就有一只黑猫被谁的铁铲拍死，因为它正在啃许鹏飞的生殖器——抱歉，我直截了当说了这个，因为是我亲眼所见，基本上这个男人变成了太监。许鹏飞应该为自己感到庆幸——他才变成太监一分钟就死了！假如活下来才是更大的痛苦。他的脸基本保存完好，只是身体部分惨得无法描述，所以我们看到他的表情，差不多是求生不得求死不能，只恨自己为什么不立即死掉。"

"够了，你已超出正常范围了！"叶萧打断了她的描述。一个看似柔弱的女孩为何能如此直面残酷的现场？还记得那么清晰，富有感观刺激地再描述一遍？要么是她疯了，要么是听故事的人疯了！

"对不起。"她低下头来，理了理头发，刚才兴奋地连发卡都掉了，"总之，大家都被这场面惊呆了，教授也发觉了事态的严重，他召集所有人尽量集中居住，绝对不允许单独活动，连上厕所也要两人以上同行，而且要带好打狗工具——简直就是一场战争！然而，无论我们如何小心防范，惨剧还是不断地发生。先是一个女清洁工被发现死在三楼的走廊里，然后是那些重伤员，一夜之间遭到了数条恶犬的攻击，他们都是行动不便之人，毫无还手之力，短短数分钟内全部遇害！"

"还有哪些人死了？"

"我记不清楚了，反正又死了许多人，太惨了！"

"在地下后来死去的那些人，都是因为受到了动物的攻击？"

"是，我所知道的就是这些。后来，我们把尸体都埋到了地下四层——虽然没有入土为安，但在地底一二百米之下，也算是坟墓了吧。"

"罗浩然的那条狗呢？"叶萧想起了在地下最早被他发现的生命，那条拉布拉多犬盯着他的目光，"它有没有发狂过？"

"没有。我记得丘吉尔很温驯，它是唯一一只我们大家都可以信任的动物。"

"那么罗浩然本人呢？你最后一次看到他是在什么时候？"

"他？这个人比较离群孤僻，很少跟别人说话，整天都跟他的狗在一起。他是大楼的主人，负责维护地下的发电机，还有大楼的监控室和电源系统。也只有他最清楚这栋迷宫般的大楼的结构，反正我就算再待上七个月，恐怕也搞不清楚。最后两天，我们几乎没怎么见到他，完全神出鬼没。他也不太害怕那些恶犬，可能是他的气场太强大了，只要随身带根铁棍，就没有动物敢接近他——除了丘吉尔。"

"在你们被救出来之前，也没看到过他？"

"最后，大家都冲向九楼的电影院，预感可能会得救了，然后我们都被压在电影院的通道里。"可能因为这段记忆还不到二十四小时，她闭上眼睛摇摇头，"但我没有看到罗浩然。"说罢，她露出疲倦的神色，打了个哈欠，暗示叶萧不要再打扰她休息了。

叶萧就此结束了调查："谢谢你的配合。"

走出病房前，他转头对正要睡觉的莫星儿说："知道吗？你让我想起一个人。"

第十二章

4月9日。星期一。下午，15点59分。

医院四楼越发阴暗，只能借助于头顶的灯光。叶萧背靠着墙壁，迎接老王的到来，接过一沓厚厚的资料。

老王略显疲惫地说："专案组已经成立了，我刚汇总好这些信息。不过，局长也给了我们时间限制，如果二十四小时内没有重大突破，案子就要移交给安全局处理。"

"为什么？"

"这件事太重大了，不是我们这些地方上的警察能处理的，要考虑到全球影响，不能出半点纰漏，更不能传出任何负面消息。"

"二十四小时？他们真以为我是神吗？"

老王拍了拍他的肩膀："我会很快回来的。"

叶萧独自留在走廊中，看着自己投在地板上的影子。

打开资料第一页。关于莫星儿——今年二十五岁，出生于本市，母亲在她十八岁那年病故，不久父亲自杀身亡。叶萧从她眼里发现的内在坚硬的东西，大概就是特殊家庭背景养成的。她毕业于本市某大学，最普通的专业。虽在美资企业工作，但属初级职位，月薪也就三四千元。莫星儿的同事反映，因她长得漂亮像明星，常有男同事追求她，但都吃了闭门羹，也没听说过她的恋爱状况。她是有故事的人——叶萧已作出判断。至于她说的人与动物的战争，周旋与陶冶竟然一字未提，显然有人在说谎。

随后，他看到莫星儿说过的一个名字——郭小军，加上"富二代"、"迪奥西装"这些字眼，毫无疑问是失踪名单里的那个人。资料显示，这个郭小军虽然年轻，名下却有数辆千万级豪车，常与男明星出入夜店。其父是与高层有亲戚关系的权贵，听说独生子被压在地下，疏通关系务必要救出来，并且私下悬赏一千万元。若警方确认郭小军已死亡，而且是被狗和猫咬死的，不知会有什么后果。

此外，又有新的重大发现。在地下四层尸体堆已开始腐烂的死人中间，有一具基本保存完好的尸体，为年龄在五十岁左右的男性。法医感觉这名死者很面熟，怎么看都酷似频现于各档电视节目中的吴寒雷教授。通过DNA比对，确认死者正是吴寒雷。法医判断他的死亡时间不长，距离救援队员进入地底的九楼不过十多个小时。虽然，目前尚未查明死因，但叶萧认为这是第二桩凶杀案——不，从杀人的时间来看，是目前发现的第一桩！

老王是个细心的警察，在教授的尸检报告后面附了详细资料——

吴寒雷，四十九岁，毕业于国内最著名的某大学地质系。二十二岁公费留学剑桥，师承斯蒂芬·霍金攻读理论物理学。他在霍金指导下发表了一篇震惊全球学术界的论文，获得博士学位，三十岁即被剑桥聘为教授，被西方认为是最有可能获得诺贝尔物理学奖的中国籍学者。近年回国主持研究世界上各种自然灾变，在国际权威学术期刊《自然》发表论文，预言地球将于今年发生史上最强烈地震，全人类无可幸免。论文发表后引起广泛争议，也不乏支持他观点的知名科学家。两年来，他辗转于世界各地，调查研究各种奇异现象，探测各大活火山变化，成为学术界最有影响力的人物，许多欧美民众甚至学者纷纷成立支持吴寒雷预言的组织，举行数场十万人以上的集会，呼吁世界各国政府正视末日问题，尽早为人类最后时刻作准备。更有宗教人士也相信吴寒雷的预言，专门与罗马教皇交涉。梵蒂冈当局既不支持也不辟谣，含混不清的暧昧态度更令全球天主教信徒忧心忡忡。几个月前，吴寒雷出版个人第一本科普著作《黑暗日——世界末日即将来临》，声称这是人类最后的预言书，迅速在全球范围内畅销。虽然，还有无数专家学者强烈批判吴寒雷，称其预言为耸人听闻的异端邪说，但鉴于不少"砖家"屡屡脑残，这些指责反使民众产生强烈逆反心理，根据半个月前的民意调查，已有百分之三十的网友相信世界末日之说。

究竟有没有世界末日？至今仍无答案。对于从地底救上来的六个幸存者而言，虽然这次逃过一劫，但在一个月后？两个月后？或者半年后呢？纵使大预言家已被杀死在地狱。

六个幸存者被救到地面以后，发现其中一个高三女生口袋里有张工作证，上面有"未来梦商场保洁部"字样，看照片是个中年妇女，名字叫于萍乡。失踪名单上有这个名字，今年四十岁，外地农村户口，独自在本市打工为生，现在未来梦商场做清洁工。幸存的高三女生叫丁紫，出生于本市普通家庭，父母于几年前因车祸离世。丁紫就读于四一中学，距离未来梦大厦仅百米之遥，学校将她报入失踪者名单。学校还报告了另一名失踪者，是丁紫的同班同学，名叫海美，目前尚未找到尸体。

又到讯问时刻，叶萧来到一间病房门口，护士为他换上防疫服。跟前几次相同，他关上房门，打开玻璃防护门，来到病床前。

这里采光充足，阳光穿过铁栏杆，洒到十八岁的丁紫脸上。叶萧看到一个悲伤的少女，整个人蜷缩在被窝中，眼眶红红地盯着不速之客，香腮残留泪痕。她用手背擦了擦脸颊，把上半身支起，理了理纷乱的头发："你就是叶萧？"

"你怎么知道？"

"我知道是你救了我们。"丁紫却全无感激表情，只是努力压抑情绪，稍微控制不住，泪水就会夺眶而出，"你想问什么？"

叶萧暂时压下准备好的问题，直勾勾对准她的双眼："你为何悲伤？"

这个问题让她愣了片刻，却生硬地顶了回来："这与你无关。"

"你不愿配合我吗？"他没想到这女孩年纪轻轻却如此嘴硬，是个难缠的角色，"好吧，我会知道原因的。"

"没人能明白的。"

叶萧不想跟她绕来绕去："资料显示，你正在四一中学读高三？"

"是，那又怎样？"

"很荣幸，我们是校友。不过，我毕业十七年了，恐怕没我认识的人了。"

叶萧如此套近乎，十八岁的丁紫却不为所动，突然压低声音："你相信鬼魂的存在吗？"

第十三章

4月9日。星期一。下午，16点49分。

"你相信鬼魂的存在吗？"

做警察十多年来，无论什么样的人，也无论什么样的鬼，叶萧早已见识过了，却被这女孩的话惊了一下。就在说出这句话的同时，她原本苍白的脸色一下子发青发紫，似乎有团黑色烟雾瞬间笼罩在她身上，双眼也仿佛蒙上一层薄薄的黑纱。窗外的阳光突然消失，整个病房暗淡无光。

他强迫自己不在讯问对象面前失态，心底却掠过一个荒唐的念头——这女孩是不是早已死在了地下，因某种原因复活过来，但很快又会变成一具僵尸？

"不相信！"他不想给对方以蔑视自己的机会，斩钉截铁地回答。

"不管你信不信，我反正是信了。"

丁紫的脸色渐渐恢复正常，叶萧的警惕却加强了。若像之前那样笼统地问，绝不会有结果，这女孩定会避重就轻，说些不着边际的话。必须抓住要点，让她没有回避余地，或许能找出破绽。

"好，你只需要回答问题！"不等少女回答，叶萧已连珠炮般提问，"在地下的幸存者中，有一个叫郭小军的年轻男子，你知道吗？"

"就是整天穿着迪奥西装的富二代？"

"是——我想知道他怎么死的，如果他真的死了的话。"

"在我们这些人中，郭小军是第一个死的。"丁紫的语气一下子变得成熟，"在地底的第三天，就发现了他的尸体，在四楼的员工更衣室。那场面太血腥了，他身上被捅了几十刀，脸上也被划得惨不忍睹，到处溅满鲜血，引来了苍蝇。"

"谁干的？"

"大家都被吓住了，我只看了一眼，就差点晕过去。那个叫周旋的三流推理小说家，作了一番不知所云的推理，居然说这是典型的密室杀人案——真TM扯淡！对不起，我是不是太粗俗了？可惜，你不在现场，否则就能立刻查出真凶了。"

"你也瞧不起周旋？"

"还好吧，只是觉得这个人完全不是写推理小说的料嘛。不过，后来我还是发现了是谁杀了郭小军。"

"谁？"

"干吗那么着急？我很快就会说的。"

叶萧真想抽这丫头一耳光！他强压怒火："好吧，继续说。"

"嗯，虽然发生了那么残忍的凶杀案，但大家都只有恐惧，没有任何悲伤或同情——我唯一遗憾的是，郭小军那身标价几万块的迪奥，被捅成筛子又被污血弄脏实在可惜了！"

"你的想法真让人震惊！"大叔忍不住说出了对这个十八岁萝莉的看法。

"这不是我一个人的想法，困在地底的每个人都这么想的。"丁紫的神情异常认真，一字一顿，"郭小军，是第一个该死的人。他住在拉斐尔家具专卖店里，享受的据说是意大利原装进口的席梦思与沙发，天天去健身器材商店躺在按摩椅上，每晚装逼地喝一小口法国红酒。除了教授是总指挥，地下所有男人都各司其职，或检验电路开关，或搬运重要物资，或照顾受重伤的人，唯独这个富二代整天躺着，什么活都不干，当然更不需要他脑力劳动。可是这栋大厦的主人，却还整天辛苦地干这干那，除了阿玛尼西装，根本看不出他是大老板。"

"明白了。"

"不是仇富心理，是这小子真的欠揍。除了教授，他瞧不起地下所有人。每当我发现他用蔑视的目光看我，就给他个白眼，或者干脆两个字：傻逼！郭小军最傻逼的事，就是不愿自己收集食物，有时去超市拿几个面包，有时周旋会给他带些吃的——所以我说周旋脑子也有病！结果不到两天，别人过得好好的，郭小军就开始挨饿了。等到他再去超市觅食，却发现可以吃的早被拿光了，剩下的要么被猫狗老鼠吃了，要么变质发臭生蟑螂了。他只能再去找其他人要，拿出几十张信用卡——他说这些卡可以刷出上千万元，但在世界末日的地下，现金都一文不值，堆在各个商店收银台的钞票再也不用担心会少一分钱。他早就惹得大家不爽，没人给他食物，哪怕一盒方便面。开始他硬撑了一夜，次日早上就放下少爷架子，跪倒在我们面前，一把鼻涕一把泪，恳求分点残羹剩饭，日本女人才给了他几包饼干充饥。"

这段描述让叶萧提起精神，抱着胳膊听得饶有趣味。

"好了，说说其他人——你们学校向警方报告，除了你，还有个学生可能在地下失踪，她的名字叫海美，是你的同班同学。"

"是，海美是我最要好的朋友。星期日晚上，我们正在未来梦商场购物，刚想回家就出事了。我们经历九死一生，总算捡回小命。海美是个末日控，也是吴教授的忠实粉丝。她看到世界末日真的到了，不但没有恐惧反而异常兴奋。她在超市地下二层找到个封闭的小间作为末日生存室，囤积了大量东西。"

"那么你呢？我感觉你在地底也如鱼得水。"

这句一针见血的评价让丁紫有些尴尬："我——你想想，一个女孩子，没有自来水，几天不能洗澡洗头有多痛苦！每天用一点点矿泉水洗脸，刷牙只有泡沫——虽然在超市收集的牙膏足够我刷几辈子。不过，所有商品可以随便拿，我把楼上楼下所有女装、女包、女鞋的店铺都扫荡了一番。在我住的三楼女装店里，除了食物和瓶装水，堆满了 ZARA、VERO MODA、Ochirly……对不起，我想你一个大男人是不知道这些牌子的。"

"完全没有概念。"

"真像一场梦！我疯狂地收藏一切女孩喜欢的东西，几百件各种牌子的当季新款，一百双 StellaLuna 鞋，五十个 GUCCI 包，整整一编织袋的 CHANEL 香水。至于那些动不动几万块的一线奢侈品，就留给郭小军吧。"

"打住！说回海美吧。"叶萧终止了她充满幸福感的回忆。可以想象，在世界末日，偌大的无人管理的商场里，任何东西都可以不要钱随便拿……

"海美……"她的嘴唇抖了几下，"她死了。"

"怎么死的？"

"4月4日，星期三，我记得很清楚，那天是清明节。我一大早去找海美，来到地下二层她的末日生存室，发现她倒在门口的血泊中。"她捂住眼睛，浑身战栗，"太可怕了！她的太阳穴开了个洞，地上有个打碎的花瓶，肯定就是凶器。我最好的朋友啊，当场我就吓得瘫软在地，直到哭声惊动了周旋。"

"周旋又说是密室杀人？"

"他真要这么说，就是个白痴！不过，我发现了一些蛛丝马迹。在距离凶案现场数十米的地方，躺着一具橱窗模特，就是摆在服装店里穿衣服的假人。那个假人是男性，只穿着一条西裤，裸露着上半身，光头，看起来还很英俊。我看了看它的裤子，发现它是楼上迪奥西装店的橱窗模特！"

"楼上的模特？怎会跑到地下二层的超市？"

"没错，不可能谁吃饱了没事干，把那假人搬下来。我盯着假人的眼睛看——虽然眼睛也是假的，却有种奇怪的感觉——似乎，他也在看着我！这让我极其恐惧！你能想象那样的场景吗？我充满怀疑，却不敢说，只能跟大家一起把海美埋葬到地下四层。结果那天晚上，我独自回到超市地下二层，发现那个假人已不见了！"

"你怀疑……"叶萧倒吸一口凉气，他怀疑这女孩是否在地下恐怖片看多了。

"没错。当天凌晨，我带着防身用的铁棍，还有一把锋利的匕首——既防野狗，也防恶鬼，潜伏到迪奥男装店门口。三点钟，我看到一个人影走进迪奥店里，站到橱窗的位置一动不动。我大着胆子靠近，打开手电对准那人的脸，却发现真的是橱窗模特！那个在地下二层，海美被杀现场附近半裸上身的假人！当手电对准他的脸，他竟然一下子睁开了眼睛！"

听到这里，叶萧感到眼前这个女孩瞬间变成一个女性橱窗模特，穿着淑女装，瞪着无神的眼睛！

"我吓得惊声尖叫，往楼上逃去，身后响起沉重的脚步声，回头一看，竟是那假人！它像个身手矫健的大活人，快步向我冲来。我大喊救命，往上跑了一层楼梯，而它几乎要抓到我的脚踝。这时一个男人出现在我面前，原来是商场保安杨兵，他听到声音冲了过来。他也是第一次看到橱窗模特居然活了，吓得要逃跑。假人抓住了他，将他从中庭栏杆边推了下去。我听到杨兵的惨叫声，还有砸到底楼的碰撞声。又有几道电光向我射来，几个男人各带家伙来了。假人闪入旁边的小门。等我们跑到底楼，发现杨兵已活活摔死，而楼上迪奥男装店里，那个橱窗模特依然无影无踪。"

"你觉得假人为什么会动？还会杀人？"

"所以，我一开始就问你，相信鬼魂的存在吗？"

叶萧承认被她打败了："你认为是死在地底的鬼魂附体，让这些橱窗模特动起来杀人？"

"这是唯一的解释！"

"动机呢？"

"郭小军的死就可以解释！迪奥橱窗模特的上半身裸着，郭小军身上穿的那件迪奥，很可能就是从它身上扒下来的！所以，假人对郭小军充满恨意，再加上它跟我们一样，看着富二代很不顺眼，就从超市拿了利刃，把郭小军杀死在更衣室里。"

"好吧，你的想象力很丰富，那么海美呢？"

"我不知道，大概是海美太享受末日生存了吧，激怒了这个游荡在黑暗中的假人，使用花瓶砸死了她。"

"接下来呢？你们抓到这个假人了吗？"

丁紫的脸色变得煞白："接下来——你无法想象的。第二天，所有人戒备森严，我也再不敢睡觉了，抱着手电和铁棍，蜷缩在角落里。等到凌晨三点，我看到维多利亚的秘密店铺里有个黑影动了起来。"

"维多利亚的秘密？"

"哦,你不懂的。"高三女生一脸绯红，"那个黑影的体形比昨天的假人娇小，从背面看明显是女人。为找到地下的恶鬼，我们把一些灯彻夜开着。当她转过身来，我才看清又是一个橱窗模特！这回换成年轻女子，穿一身维多利亚的秘密比基尼，性感惊艳地走向对面店铺——那是LAMPO男装店，仅着内衣风情万种的女假人，打碎了LAMPO店的玻璃，来到男橱窗模特跟前，踮起脚尖亲吻他的嘴唇。"

"哇，这也太浪漫了吧！"

世界末日——连假人也要在一起，更别说真人了，叶萧忽然想到了什么。

"不过，当时我看到这一幕，只觉得太恐怖了！果然，被比基尼女假人亲吻的LAMPO男假人，似乎被赋予了生命，真的走出了商店橱窗。两个假人手拉着手，卿卿我我地走向黑暗深处——或许去造小假人了吧。"

"丁紫同学，你确信你的精神状态没问题？"

"我的每一句话都是真的，如有半点虚假，天打雷劈！那一夜，等到我有胆量再睁开眼睛，发现商场走廊里多了十几个人影，有男有女有高有矮。我还以为大家都出来了，小的估计是正太。可是，他们走路的姿态都不正常，原来是从各个服装店里出来的橱窗模特！最小的来自楼上的童装店，穿一身鲜艳的外套，像七八岁的外国男孩。有的假人手里拿着锋利的刀！这时，我听到楼上传来女人的惨叫声，声音越来越近，直到我在的楼层，是那身材娇小的洗头妹阿香。她浑身是血地往前跑，身后三个橱窗模特追着她，两女一男，都拿着杀人的武器，直到男假人一刀刺中阿香的后背，就这样三个假人把她乱刀捅死了。"丁紫说到这里，忍不住流下眼泪。

"你的意思是说，半夜里未来梦商场所有的橱窗模特都活了过来？"

"是。"

"这些假人开始了对真人的大肆杀戮？"

"不错，好多人都死在它们手里，有的是我亲眼所见，有的是听说的。我也说不清还有哪些人，反正在世界末日，这里真的变成了地狱。"

叶萧拧起标志性的浓眉："最后一个问题，当你被救出来时，口袋里有一张工作证，属于未来梦大厦的女清洁工，怎么回事？"

"哦，我快忘记那个清洁工了。差不多第六天，许多人都已被假人杀了，剩下最后七八个人惶恐不安。那几天我不敢住在固定的地方，每晚换一个地方躲藏，比如餐馆、写真店、美甲店、玩具店——总之是没有假人的地方。当我躲进一家床上用品商店时，发现地上躺着一个浑身是血的女人，就是那个女清洁工。当时，周围没有任何假人，我大胆地上去救她。她抓住我的手，说有个女假人袭击了她。然后，她把工作证塞到我手里，拜托我如果能逃出去，就把那个交给她的亲人。"

"不是大家都认为世界末日来临,不可能再逃出去了吗?"

"是啊,我也觉得奇怪,可能她失血太多,临死前脑子不清楚吧。她很快就死了,我把她的工作证一直放在口袋里,要不是你提醒我一句,都快要忘记了。"

叶萧沉默了半分钟:"后来,那些假人怎么样了?"

"不知道,反正我活到了最后。谢天谢地,也要谢谢你。"

"现在我相信鬼魂的存在了。"

第十四章

4月9日。星期一。下午，17点19分。

叶萧走出丁紫的病房，靠着走廊墙壁深呼吸。刚才高三女生的叙述，确实在某些瞬间，让他的心脏剧烈跳动，仿佛回到世界末日的地底，面对一群嗜血、会动的假人，尽管完全没有表现在脸上。

头疼欲裂。除了要从幸存者心底挖出秘密，还要找回某些只属于自己的记忆，可是他想不起来……想不起来……

再次睁开眼睛，看到从一间病房里走出来几个男人，穿着黑色西装，从外貌和气质看像日本人。叶萧疑惑地跟在那几人身后，直到在楼梯口被警察拦住。

叶萧刚要提问，值班警察就先说道："叶警官，那几个是日本领事馆的外交官，来探望那对日本母子。他们已向中国政府提出要求——立即解除对日本公民的隔离，将他们转移到日方指定的医院。"

"不是检疫结果还没出来吗？"

"嗯，但涉及外交，就不是我们能决定的了。"

"无论有什么决定，你们尽量拖延时间，绝不能轻易让日本人离开！"

最后还未被审问的幸存者，就是玉田洋子与她七岁的儿子正太。虽然筋疲力尽，真想一头栽倒在地睡一觉，叶萧还是强打精神翻开资料——

玉田洋子，三十岁，生于日本神户。本姓松川，父亲松川古月，为日本著名推理小说家。十七年前，松川古月与夫人在神户大地震中遇难，只有女儿洋子死里逃生。次年，松川古月的遗作《地狱变杀人事件》出版，大获成功，也引起巨大争议，甚至有个别书迷读完后自杀身亡。

洋子在京都大学读了两年中文，又到中国学习了两年。二十二岁，她结婚成为家庭主妇，丈夫玉田英司，比她大五岁，出身于日本世家大族，担任一家大型日企的中国区总经理。婚后她跟随丈夫住在本市，很快有了儿子玉田正太。去年三月，玉田夫妇回国探亲，恰逢日本大地震海啸，洋子与正太爬上屋顶逃生，玉田英司则被海浪吞没，至今生死不明。不久，玉田洋子带着儿子回到中国定居，以撰写报纸专栏为生，自然还有丈夫留下的丰厚遗产。

叶萧也读过松川古月的作品，二十年前曾风靡日本一时，多部改编为电影与日剧。现在，他换上一身防疫服，走进玉田母子的病房——说不定今天晚上，他们就会被日本领事馆接走,这是一场与时间赛跑的审讯。

房间里有两张病床,七岁的孩子必须要在妈妈身边,本来几乎已睡着了,突然抬头看着不速之客。

"谁?"玉田洋子紧张地喊了一声,慌忙整理头发,扣好上衣扣子——叶萧心想,日本女人并非想象中那么开放嘛。

"对不起,我是叶萧警官,能问你几个问题吗?"

"哦,麻烦你能不能等我几分钟?"

叶萧不明白什么意思,虽然她的汉语很流利。考虑到对方是女性,又不是中国人,他还是友好地点头,先退出房间。他在门外焦虑地等了十分钟,走廊里任何脚步声,都会让他联想到日本领事馆那些人——千万不要是来接她走的!

当他重新推门进去,玉田洋子已整理好床铺,一身病号服整整齐齐,头发在脑后扎成马尾,她向叶萧九十度鞠躬:"您救了我们!非常感谢!"

她给叶萧倒了一杯温开水,又拖出沙发椅请他坐下:"对不起,没有茶叶。等我们出院,一定再登门拜访。"

叶萧第一次遇到如此礼貌的讯问对象,一时语塞不知该问什么。他还注意到一个特别之处:现在只有下午五点半,外面的天还很亮,这个房间却严严实实拉上了窗帘。别的病房都只是蓝色的薄窗帘,这里的窗帘是深黑色的,极其厚重,遮挡了所有光线,若不开灯几乎伸手不见五指。

他也注意到了七岁男孩的脸,很是清秀,双眼大而明亮,肤色却白得吓人,不见一丝血色——他在地下四层地狱见到的那堆尸体中,不少尚未腐烂的死人脸色就是如此。

男孩不敢看叶萧的眼睛,躲到妈妈身后。玉田洋子用日语呵斥儿子,让他在客人面前要有礼貌。她皮肤白皙,眼线很长,鼻梁高挺,身材不错,有日剧女明星的风姿,只是脸颊还有淤青,手上好几块护创贴——想必在电影院通道废墟中,用身体掩护正太,结果儿子毫发未伤,她却受了很多外伤。

叶萧想到了一个问题:"你相信鬼魂的存在吗?"

第十五章

4月9日。星期一。下午，17点39分。

"我——相信。"玉田洋子脸色微微一变，回头抱起七岁的儿子，放到床上盖好被子，又说了一连串日语。正太乖乖地闭上了眼睛。

"对不起。"面对小孩子问出这种问题，叶萧也有些歉疚。

"为什么，"年轻的妈妈压低声音，"要问这个？"

"这是你们六个幸存者中的一位问我的问题，她认为你们在被困地下的七天七夜，遇到了无数可怕的鬼魂。"叶萧也将声音压得极低，轻手轻脚地坐上椅子，与洋子相对而坐。

"我不知道……"她说话总是在停顿，也可能因为身为日本人，说中文要不断转换思维语言，"当我以为世界末日的那几天，并不关心其他人，我只想着保护儿子，不让他受到任何伤害。"

"所以，你没有注意到其他人身上发生的事情？"

她沉默半晌，却低头没有回答。

"好吧，我相信你有些秘密不愿说出口。"考虑到病房里还有小孩，叶萧尽量让语气柔和一些，"那么，你知道教授的下落吗？"

"教授？他后来失踪了，大概是地下的第六天还是第七天，我再没见过他。"

盯着她的眼睛，叶萧相信她没有说谎。他看了看床上的正太，七岁男孩似乎真睡着了。

"有个问题，也许不太礼貌，但我必须问。正太，他的肤色为何那么白？"

"他是日本人，父母双方都是，没有混血的成分。"怕是以前遇到过这种误会，玉田洋子作了特别说明，"我知道你们的疑问，他只是有病而已。"

"什么病？"

"我不能说。病症属个人隐私，即便警察也无权过问。"

"好，你可以不说，但我可以去问医生。"

"我也没有告诉医生。"

叶萧很少遇到这样的情况，又看了一眼睡着的正太，他那惨白的肤色就像长眠的死人。"对不起，你这是对孩子不负责任。"

"没有人比我更了解他关心他，你们这些人怎么可能明白？也只有我能给正太以安全。"

"但是,不管你说不说,每个人都会有这样的看法——正太不是一个普通的孩子。"

"是,他很特别,他具有别的孩子,或者说普通人,所不具备的一些能力。"

"是什么?"

"预言力。"

这短短三个字,即刻激起叶萧的兴趣,他刻意压低音量:"他能预知未来?"

"从正太三岁起,我就发现了他的这种能力。有天晚上,我们走在外面,他突然停下来说'妈妈,我们等一会儿再过马路',可是,路口明明是绿灯,所有人都在往前走,正太当时也明白红绿灯了。我非常疑惑,但正太拼命抱住我的大腿,不让我过马路。就在这时,对面有辆大卡车闯红灯开过来,后来查明是酒后驾车,一下子撞飞了正在过绿灯的好几个人。那个瞬间,我惊呆了,立即抱紧正太,是他救了我们的命。"

"他能预知即将发生的灾难?"

"几年前,在中国,'5·12'那天下午两点,正太一反常态地哭喊,十几分钟后我感到地面晃动,之后听说遥远的四川省发生大地震。日本大地震海啸发生前,我们正在距海岸线十多公里的一家医院里,正太忽然发出可怕的尖叫,几乎震破我的耳膜,他拉着我的手往楼梯上跑,我完全没意识到灾难即将来临,跟着他跑到医院顶楼。我看到巨大的黑色海浪汹涌而来,转眼淹没了大片陆地,方圆数公里内全成了大海,我们藏身的屋顶成为孤岛。而我亲眼看着我的先生,因为没有及时爬上屋顶,就这样被海水吞没……至今还在失踪名单里。"

"真的,很特别。"叶萧看着拥有"预言"超能力的男孩,却有了更多疑问,"4月1日晚上,正太有没有预知到未来梦大厦的灾难?"

"对不起,我儿子不是预言家,他对未来灾难的预感,最多只能提前十几分钟。而且作为一个小孩,平时有些哭闹也很正常。有时我也无法分清楚,哪些是真的预言,哪些只是他在捣乱。那天晚上,当我们来到卡尔福超市地下二层,正太确实开始乱跑,我没想到会发生那么大的灾难,以为只是哪里又要出什么事了。因为,我带着他在这座城市定居,就是认为相比于日本,这里永远不会发生大地震。"

"可以理解。那么,正太预言到世界末日了吗?"

"不,他只是个七岁的孩子,不可能也没有必要去预言那么大的命题。"

"如果你说的一切都是真的,那么等他长到十七岁,最多二十七岁,我相信他将会成为一个大预言家。"

玉田洋子摇摇头：“如果是这样的话，我宁愿不把他生出来——生活对他来说，还会有什么意义？他不会因为预言而掌握自己的命运，反而会因这个特殊能力，成为被人利用的工具，这才将是他最大的悲剧。如果祈祷有用，我会向上帝祈祷，让正太的超能力消失，让他再也无法预言任何一件事。"

"你是一个了不起的妈妈。"

"我想，每个妈妈都会这么做的。"

"你没有其他要说的了吗？"叶萧不想再谈正太了，他从侧面看着洋子的脸，黄色灯光晕染在她的鼻尖，如同一幅有质感的油画，"比如，那些人是怎么死的？"

"叶警官，我说过了——我不关心这些，也不清楚。我知道在地底的七天七夜里，是有很多人死了，但我一心保护儿子，并不去过问其他人，因此一无所知。"

"你在说谎。"时间不多了，叶萧必须直截了当地提出质疑。

"好吧，既然你怀疑我，那么在我的律师到达之前，我有权保持沉默。"说完，她向叶萧点头致意，实际要赶他出去。

叶萧吃了小小一惊，他讯问过那么多人，却鲜有人提到律师，因为在中国根本没有"你有权保持沉默"这一说。不过，玉田洋子到底不是中国人，如果引起投诉就是外交事件，说不定连局长也罩不住。他后悔多说了一句，大概是因为对方中文说得太好，几乎忘记她是日本人了。

"好吧，最后一个问题，你的父亲是著名推理小说家——松川古月？"

"是。"

"很高兴认识你，玉田洋子，再见。"

叶萧起身走到病房门口，她则保持礼节送到门口。

等她鞠躬后抬起头来，他在她耳边低声说："我非常喜欢松川先生的作品，尤其是遗作《地狱变杀人事件》。"

第十六章

4月9日。星期一。夜晚，21点19分。

天黑黑。

叶萧准备在医院度过通宵，他站在四楼走廊，看着灯光下自己的影子，又细又长，像棵枯树，顶着一头乱发。

明天上午，六个幸存者的检疫结果就会出来，如果并未感染病菌，就可解除隔离。为满足媒体的要求，也因为国际社会的压力，领导一定会把他们都放出去。至于罗浩然的割喉凶案，只能留待以后侦破了。要是这六个人获得完全的人身自由，叶萧就再没理由去讯问，更无从知晓地底的真相。他的时间不多了。低头看了看时针，仅剩下十个钟头。

大脑又剧烈疼痛起来，最近一年常有这种感觉，像是有块抹布来回抹擦，连同记忆也变得一团模糊⋯⋯

几分钟前，警官老王带来了新的消息——

深入地底的未来梦大厦灾难现场，救援人员在清理底楼中庭时，发现除了许多猫狗尸体，还有明显属于人类的残骨，零星分散在地下各个角落，就像被吃剩下的肉骨头！无法判断死者情况，无论性别、年龄、体征，还是属于同一个人或几个人都不得而知，难以想象发生过什么可怕的事情。叶萧祈祷不要发展为"人骨拼图"。

此外，在商场八楼的"巴黎形象公社"，还发现了一具藏在小房间里的尸体。因为房门非常隐蔽，而且四处堆满了各种染发药水，且瓶盖大多已被打开，发出强烈的气味，因此掩盖了尸体腐臭，也躲过了第一轮清理和搜救犬的鼻子。死者为年轻女性，身上有明显的勒痕，现场遗留有绳索等物，生前明显有被虐的迹象。法医判断其死亡时间为4月5日到4月6日，身份尚有待核实。

第三桩地下凶杀案。

叶萧凝思良久。之前在对五名幸存者的审问中，已挖掘出不少残酷的秘密。虽然，他们的描述大多自相矛盾，却能列出"郭小军"、"许鹏飞"、"杨兵"、"海美"、"吴寒雷"、"于萍乡"等真实的姓名。但这个藏匿在美发店里的女尸又是谁？似乎，还没有一个幸存者提到过她。

忽然，走廊里有扇房门打开，露出一身护士的白衣。虽然灯光有些昏暗，但只要是个男人都能看出，那小护士长得年轻貌美，身材也属一流，竟向叶萧招了招手。他纵已修炼得百毒不侵，却下意识地走向制服诱惑。小护士紧张地对他耳语："那个日本小孩要跟你说话。"

小护士打开病房，门口站着一个小小的黑影，外面的灯光照在他的脸上，宛如《咒怨》中的小男孩。

病房里黑漆漆的，想必玉田洋子已经睡熟，七岁男孩才敢溜出来。为他们传信的小护士必是叶萧的崇拜者，她知道这对日本母子对他极为重要，才敢违反纪律把男孩放出来。他对小护士感激地点头，又做出嘘声手势，以免惊醒病房里的母亲。他带着男孩来到走廊尽头，这里不会被值班警察发现，也不会影响四楼其他病房。

"你刚才在房间里跟我妈妈说话的时候，我一直假装睡着了，其实在偷听你们说话。"

玉田正太的中文比他妈妈更流利，完全听不出是日本人，显然是在中国长大的孩子。这番话让叶萧刮目相看，七岁就晓得假装骗人，长大了还不成人精？

"那么，你一定藏着什么话要告诉我，又不敢让你妈妈知道？"

"是。"

"那么，你现在可以放心大胆地告诉我了，我不会向你妈妈告密的。"叶萧盯着男孩的脸，还是感觉他的肤色让人很不舒服，即便五官很像漂亮的妈妈，再过几年就会长成美少年。

"我知道地下那些人是怎么死的。"

第十七章

4月9日。星期一。夜晚，21点59分。

"正太，希望你说的每一句话都是真实的。"

叶萧的视线从男孩苍白的脸上转移到医院寂静的走廊彼端，灯光下晃动着一些奇怪的影子，但愿不要有人来打扰他分享惊人的秘密。

"叔叔，你相信复活吗？"

"死人复活？"叶萧摇摇头，倒是感觉眼前的男孩已死去很久了，"你发现了什么？"

"什么都没发现。"正太的目光忽然有些游离，"但是，我做了梦。"

晕，这孩子就是来说他的噩梦吗？

正太全神贯注地盯着叶萧的眼睛："在地下的时候，我总能梦到一些尸体。"

"你明白尸体是什么吗？"

"就是再不能动的人，他们很快就会消失，再也看不到了。"

"你不害怕吗？"

"我害怕，但不敢说出来。"男孩眯起了双眼，似乎正在面对尸体说话，"我梦见各种各样的死人，全都像我在地下看到的一样。"

"你也看到了地下的尸体堆？"造孽！叶萧回想起地下四层的地狱，连自己这个心脏无比坚强的大男人，也刹那昏迷了过去，何况小孩！"哪个白痴让你看到的？"

"是我自己发现的。"

叶萧同情地抚摸他的肩膀："你是一个坚强的男孩。"

"我梦见了他们，梦见那些已经死掉的叔叔阿姨在地下突然睁开眼睛。"

"那只是噩梦。你自己想象出来的。每个小孩都会做噩梦，我小时候也做过这种噩梦。"

说实话，很少有小孩会梦见过尸体，除非真的见过——叶萧怀疑自己不该说这些。

"不，我的梦和别人不一样，我梦见过的事情，都会变成真的。"

最后一句话让他心里一颤，想起玉田洋子说过的——正太具有预言灾难的超能力。

"我不相信。"

"在你跟妈妈谈完离开后,我在床上睡着过一会儿,刚才醒过来,因为我做了一个噩梦。"男孩有些羞怯地把头低下来,声音低沉,"我梦到了你。"

"我?"叶萧苦笑了一声,"小预言家,未来我将怎样?"

"我梦见你被压在了废墟底下,浑身是血,快要死了。"男孩异常严肃地说出这几句话,双目射出寒光。

叶萧不由自主打了个激灵,却强打精神道:"我敢打赌,你的预言一定会落空!"

"可是,我在地下做的那些梦,都变成了真的。"

"你见到死人复活了?"

"是,第三天还是第四天,等到妈妈睡着以后,我偷偷走出来,在黑漆漆的走廊,看到那些商店里的假人,就像一个个真人站在那里。"

"你看到假人动了?"叶萧有些激动,终于可以证实丁紫的话了。

"没有。我倒是希望假人可以动起来,这样就可以跟我玩躲猫猫——在地下只有我一个小孩,那些大人都很无聊,我觉得很没劲。"

"你是个顽皮的男孩吗?"

"不是,我只是有些奇怪而已。"正太指了指自己的脑袋。没错,他太奇怪了,无论是外表、性格以及超能力。

"那你看到了什么?"

"我偷偷跑到五楼的汤米熊,那是整个商场里我最喜欢的地方,我想找到游戏机的开关。"

"等一等,什么是汤米熊?"

"你真土!"七岁男孩对叶萧流露出鄙视,"就是汤米熊欢乐世界,所有小孩都喜欢去那里,玩各种有趣的东西。"

叶萧这才明白。其实,不但小孩喜欢那个,成年人也会上瘾。有时感到工作压力巨大,他也会跑到类似的游艺中心,坐上一辆模拟竞技摩托车,在街头飞速狂飙直至撞得车毁人亡。

正太入神地回忆:"当我一个人走进汤米熊,忽然听到哪里传来欢快的音乐声,我想,难道突然有电了吗?这可把我高兴坏了。当我靠近那台跳舞机,才看到四周全是黑的,只有那台机器的屏幕是亮的。一个阿姨站在机器前面,跟着音乐在欢快地跳舞。"

"阿姨?"叶萧无法判断小孩子眼中的阿姨多大,"能说得再详细些吗?"

"看上去要比我妈妈小一些,她的身上没有穿衣服。"

裸女？

"你看清她的脸了吗？"

"是啊，我就是想要看清她的脸，所以绕到了她的面前，才发觉她是一个死人。"

"你怎么知道她是死人？"

"死人与活人的脸，我可以看出来不一样的。"正太面无表情地回答。其实看看他自己的脸，再看一下叶萧的脸，就是很明显的对照了。

"然后呢？"

"没反应。虽然她的眼睛是睁开的，但是她好像没有看到我。"

"你梦见过她吗？"

"是，前一天晚上，我梦见了她，梦见她躺在尸体堆中间，忽然睁开了眼睛。"

"就算你看到了死人复活，当时你有没有吓得乱叫？"

"没有，我胆子很大，我知道她不会对我怎么样的。她突然关掉了跳舞机，又走到墙边拉下一个开关，大概是整个汤米熊的电源开关。这时，我看到一个男人从厕所出来，个头小小的，穿着西装，我一直叫他郭叔叔，可大家都很讨厌他。那个死人阿姨跟在郭叔叔背后，不发出一点声音。他们一前一后，走了没多久，死人阿姨就从背后抓住郭叔叔，对准他的脖子咬了一口。郭叔叔倒在地上，一声都没喊出来。死人阿姨继续咬他脖子，满嘴是血，很久才站起来，又没有声音地离开了。我走过去用手电照了照郭叔叔，他已经变成了死人，那张脸就跟我一样白。"

听到"他已经变成了死人，那张脸就跟我一样白"，叶萧不敢看男孩的脸了。

"你没被吓哭？"

"没有，我又回到妈妈身边，躲进她怀里睡觉了。第二天，其他人发现了郭叔叔的尸体，看起来每个人都很害怕。"

"他们认为是丧尸杀人？"

"我不懂这些，总之，保安叔叔、陶冶叔叔、小光哥哥，他们三个拿着武器，去楼下寻找凶手。"

"小光哥哥是谁？"

"他是个杀手。"

这更让叶萧困惑，幸存者中还有一个杀手？为什么不说那些死人都是被这个杀手干掉的呢？

正太说到兴头上了，瞪圆了眼睛："那天晚上，我又趁着妈妈睡着跑出去了。"

"怪不得你妈妈那么担心你，你这个小孩太不听话了。"

叶萧并不认为是玉田洋子粗心大意,而是正太确实极不正常,任谁都难以管好他,除非五花大绑锁在家里。

"其实,我是出去找小明玩的。"

"小明是谁?"

晕,怎么又多出来一个"小明"?叶萧觉得自己要被这个七岁的男孩玩死了。

"哎呀!"正太露出一副说漏嘴的后悔表情,搔搔头说,"小明——是我的一个朋友。"

"什么朋友?我第一次听到这个名字!"

"一个神秘的朋友,别人都不知道,只有我跟他在一起玩。"

"是你想象出来的吧?"

"不是哦!"

叶萧不想再跟一个小孩纠缠这些问题了,切回正题:"你刚才说保安、陶冶、小光怎么了?"

"我躲在这三个人后面,直到他们进入地下四层,堆死人的地方。"

"你还不害怕?"

"我怕!"正太这才露出惊恐的表情,"可是我还是想看看,我梦到的事情有没有成真。"

倒!叶萧心想你妈生你出来真是倒霉!

"当我刚走到地下车库,就看到保安叔叔向我跑来。而在他身后,跟着一群奇形怪状的人,要么脸上全是血,要么身上爬满虫子。我知道那些都是死人,是我梦中见到过的。我也向楼上逃命,后面响起一阵惨叫声,回头看到保安叔叔被那些死人围住。他想要跟那些死人打架,却被压在地上,每个死人都咬了他好几口。等到我跑到超市,就听不到保安叔叔的声音了,我想他肯定也变成死人了。"

"正太,你有没有看过一部电影——《生化危机》?"

"没有。"

"玩过这个游戏吗?"

"妈妈不准我玩电脑游戏。"

深夜,医院四楼的走廊尽头,叶萧的嘴唇在发抖:"你知道什么叫丧尸?"

"不知道。"

"好吧,接下来你看到了什么?地下四层所有的死人都活了?活人都被那些复活的死人杀了?然后那些被杀的活人,又变成了僵尸?"

"不是的。"正太依然镇定自若,视线焦点对准某个遥远的地方,"我看到的是——"

突然，一声女人凄厉的尖叫打破了医院坟墓般的寂静。

大事不妙，玉田洋子跑出来了，这个日本女人疯狂地喊着正太，小护士也被推倒在地。

正太刚想要逃跑，却被叶萧一把揪住。他抱起七岁的男孩，心想大不了记大过处分，径直走向玉田洋子。

"对不起，正太有些话想单独跟我——"

话还没说完，玉田洋子就扇了他一个耳光，飞速夺过正太，回到病房锁住门。

这女人手劲真大！叶萧的脸颊就像被开水烫过，火辣辣地肿了起来。

第十八章

4月10日。星期二。清晨，6点19分。

叶萧又梦到了地狱。

不但梦到了地狱，还梦到了一张脸——罗浩然临死前的脸。

那张地狱深处的脸上的表情，既非痛苦，也不是恐惧，更不是绝望。

叶萧睁开眼睛。他蜷缩在医院四楼走廊上，冰冷的地板上垫着厚厚的棉衣，不知哪个有心的小护士，给他盖上一床厚厚的被子。幸好只睡着了不到一个钟头，否则在这春寒料峭的四月，多半会冻得一把鼻涕。外面是灰蒙蒙的晨曦，早起的麻雀在梧桐枝上鸣叫，提醒他漫漫黑夜或已退散，一切即将回到太阳下。

总感觉还梦见了什么。似乎还有一张脸，非常遥远的一张脸，几乎已发出腐烂气味的青春女子的脸。

一个小时前，医院迎来了幸存者们的第一批家属。

是玉田洋子的公公婆婆，也是正太的爷爷奶奶，坐了数小时红眼航班，直接从东京飞来。玉田家乃日本显赫世家，江户时代是东海道三十万石谱代大名，明治维新奉还版籍后弃武从商，成为显赫的家族企业——话说小正太身上还流着德川旗下与武田信玄、织田信长等战国英豪纵横驰骋的名将之血。玉田洋子的丈夫作为长子，担负继承家业重任，被派遣至中国区担任总经理，熟悉中国市场与人脉，也是企业未来发展大计。去年他在海啸中失踪后，洋子带着儿子到中国定居，一度遭到爷爷奶奶的反对。但毕竟洋子才是孩子的监护人，身为社长的爷爷也无可奈何，只能照常每月寄来巨额生活费，每隔一到两周与孙子通一次视频电话。因此，他们并不知道洋子与正太陷入地底，日本领事馆更不知情，玉田母子才未被列入失踪名单。昨晚，正太的爷爷在NHK新闻上看到"中国大楼沉入地底"事件的六个幸存者名单，才发现儿媳与孙子死里逃生，老夫妇连夜登上飞机，在日本外交官陪同下来到医院。

这些都是叶萧事后才知道的。

凌晨五点，他无权阻止爷爷奶奶看望儿媳孙子，焦虑地等候在门外。半小时后，老年夫妇走出病房，低声说着一连串日语。让人诧异的是，他们并不太悲伤，老社长目光里有一丝欣慰。日方外交官还是措辞强硬，希望天亮后转移到日方指定的医院。

送走这对日本老夫妇,又来了一对中国老夫妇。与刚才穿着昂贵洋装的富贵老人不同,他们一看就是从乡村或小镇出来的,衣着朴素神情紧张还提着大包小包——结果被拦截在楼梯口,规定禁止家属探视时携带任何物品。叶萧猜对了,他们是陶冶的父母,坐了一天一夜的 K 字头火车,从西部赶来探望儿子。

虽然,叶萧断定陶冶没说真话,但他没有为难这对老夫妇,探望期间也没有在旁边监视。大概十来分钟,陶冶的父母就走出病房,表情轻松了许多,因为儿子并无大碍,反而因为这场劫难,还能获得政府给予的补偿金。

最黑暗的黎明时刻,叶萧目光呆滞地送走他们。原本准备在医院熬个通宵,无论用什么手段,也不能让别人带走一个幸存者,可他还是熬不住连续数晚的劳累,直接坐倒在地上睡着了。

叶萧趔趄着站起来,瞪着眼睛发呆,有个小护士走到跟前说:"叶警官,病房里有一位幸存者想要见你。"

"谁?"

"周旋。"

第十九章

4月10日。星期二。清晨，6点29分。

"你找我？"叶萧走进黑洞洞的病房，去窗边要拉开窗帘。病床里发出沉闷的声音："别动窗帘！"

"为什么？"他疑惑地回头看着病床。没开灯，看不清对方的脸，也可能在跟一具僵尸说话，"你也被那个日本小男孩传染了，与他一样见不得阳光？"

"不，我喜欢躲在黑暗里。"

"在地底过了七天七夜，不适应地面的生存环境了？"

"也许吧。我发觉自己就像卡夫卡那篇没有结尾的《地洞》里永远生活在地底的恐惧的小动物。"他的嗓音越来越低沉，低到了地板下面。

叶萧看着黑糊糊的病床说："你能不能把灯打开？我不知道是否在跟你说话——如果你是周旋的话。"

床头阅读灯亮起，微弱的灯光照亮病床上方，露出一张男人沧桑的脸。第一眼几乎没认出来，叶萧拧起眉毛凑近他，才确认是少年时代最好的朋友——周旋。

可是，昨天上午第一次讯问时，他绝非现在这样子。过了不到二十个钟头，他脸上多了数道皱纹，两颊胡须增加不少，白发也冒出来许多。这一夜受了怎样的煎熬？

"你怎么了？"叶萧回想起二十年前，那个梦想成为中国的柯南·道尔的风华正茂的少年。

他转身要去开病房的大灯。周旋喝止道："不要！我不要太亮的光！"

"你以为你还活在坟墓里吗？"

"是。"

这简短有力的一个字，让叶萧转回头来，盯着他布满血丝的双眼："你想对我说什么？"

"我要自首。"

作为警察，这四个字听到过无数次，可从周旋嘴里说出来，却让叶萧很不舒服——他几乎可以接上后半句话了。

"很好。"停顿了几秒，叶萧却接了毫无意义的两个字。

"我就是杀死罗浩然的凶手。"果然,周旋平静地说出了叶萧刚刚猜想到的话。

清晨阴暗的病房,仿佛停留在地底未来梦商场九楼的电影院,放映机房的废墟中。除了叶萧与周旋这两个男人,还躺着另一个浑身血污的男子,以及狂吠不止的拉布拉多犬,人和狗绝望地看着他们,祈求他们恩赐某样东西,直到那男子的咽喉被一片锋利的碎玻璃割开,鲜血如香槟喷溅到数米之外,涂满阴影下的病房地板。

"为什么昨天没有说?"叶萧的表情纹丝未动。

"对不起,我不想被你亲手抓住,昨天那些不知所云的回答,一定让你很失望。"

"我知道你没有说实话。"叶萧后退半步,不敢再面对他的眼睛。

周旋依然能猜出他的心思,凭的是二十年前两人一同在学校操场散步一同在放学路上啃冰棍一同跟踪女同学写小纸条……

"不敢相信自己还能活着出来。昨天醒来后,我感觉自己尚留在地底,只不过在绝望中做了一场美梦。我一夜未眠,回想七天七夜在地下发生的一切,感觉那才是噩梦一场。"

"梦里不知身是客?"叶萧暗暗骂了自己一句:你怎么变得跟周旋一样酸了?

"是,你发现我一夜之间好像老了几岁么?我就是这场梦里的不速之客。你问过我为什么到五星级的未来梦大酒店住一晚,我回答是为写小说找灵感。"

"显然是撒谎。"

"没错。我这么一个穷困潦倒的三流作家,怎么可能住得起五星级酒店?不过是透支信用卡罢了。"

"连你也说自己是三流作家?"

"你觉得呢?你以为我将会熬过那么多年的苦日子,最终功成名就,成为中国最有名的推理小说家吗?那不是我的命,不过是幻觉罢了。"

叶萧越听越感凄凉,便打断了他的自嘲:"你还没有说你入住未来梦大酒店的原因。"

"我是去杀人的。"

"杀谁?"

"未来梦大厦的主人——罗浩然。"说到最后三个字,周旋的嘴唇微微有些颤抖。

"杀人动机是什么?"

"复仇。"

"为谁复仇？"

"自己。"

叶萧看着他的眼睛，无法判断真假："罗浩然与你结了什么仇恨？"

"他有罪。"

"什么罪？"

"杀人罪。"

"他有没有罪，"这段斩钉截铁的对话令叶萧也有些喘不过气，"应该由警方来调查，由法官来判定。"

"不需要判定，他自己承认了。"

"在哪里？地下吗？"

"是。"

"那么，在入住未来梦大酒店，发生地陷灾难之前，你只是怀疑他杀人？"

"我不怀疑，确信无疑。"周旋仰起头，毫无畏惧地面对叶萧的双眼。

"那么，他杀了谁？"

"杀了我这一辈子最爱的人。"

"女人？"

"难道还会是男人吗？"他暴怒地狂吼起来，似乎叶萧侮辱了他的性取向。

叶萧用沉默来安慰他的愤怒，直到他从狮子变成绵羊，虚弱地平息在病床深处，发出可怜的声音："对不起。我是个杀人犯，双手沾满别人的鲜血，没有权利对警察大吼。"

"没关系，你不能说出那个女人的名字？"

"我不想说。"

"这样你的自首是不完整的。"

"我不想让你知道我的秘密，这也是我昨天不能对你说出真相的原因。"

面对这样的铁板一块，叶萧不想使用某些手段，只冷冷地抛出一句："好吧，我会查出来的，如果真有这么一个人，真有另一桩谋杀案的话。"

"请不要用如果，那是对她的羞辱。"

"好吧，我向你道歉。你入住未来梦大酒店，就是为了谋杀罗浩然？"

"我知道他常年住在未来梦大酒店顶层的总统套房，便想方设法住到他的隔壁，想找个机会把他杀了，比如冒充服务生敲开房门，然后用电源线勒紧他的脖子，这样很快就能让他断气。"

"你不知道他有一条狗吗？"

"那条狗不会咬人，最多叫唤几声，就算能把保安引来，罗浩然也早就变成尸体了。"

可怜的拉布拉多犬，居然被人一眼看穿了。

"那你就不怕被抓住吗？无论是酒店的摄像头还是住宿记录，都让你难以逃脱。"

"我不怕。既然要杀他，就抱有必死之心。"

"为什么直到最后时刻，你们将要被救出来了，你才匆忙地杀了他？"叶萧闭上眼睛，上下眼皮只接触了不到一秒便分开，"如果再晚几分钟，说不定就被我撞上了。"

"问得好！我原想在4月1日当晚杀死罗浩然。可突然发生了灾难，我出于本能逃出了顶楼客房，正好在走廊撞见罗浩然，还有他的那条狗。兵荒马乱的逃命关头，正是杀人的好时机，但我毕竟不是职业杀手，当时的情境，根本无暇杀人，反而跟着罗浩然从逃生通道往下走。"

"接下来？"

周旋露出复杂的神情，缩回被窝："接下来，我们共同度过了七天七夜。我没忘记自己为什么要来到这里，只是感到万分沮丧，因为每个人都认定世界末日降临，外面的人类已彻底灭绝，而我们这些在地底苟延残喘的人们，早晚将死于非命，唯有祈求再多活几天，或死得不那么痛苦和难看。"

"你是觉得——即使你不动手，罗浩然一样活不了几天？"

"是。这才是我最痛苦的地方，杀了他又能怎样？除非用尽最残忍最恶心的手段，否则不过是帮他早日脱离苦海。何况，到了世界末日，每个人都会不知所措，不知自己该做什么。于我而言，仅仅只是复仇与杀人？难道没有其他想做的事？"

"那除了杀人，你还想要做什么？"

"我不知道——"周旋闭上眼睛，思考了差不多一分钟，"很多……很多……我想要做太多的事了，在封闭的地底这个特别的环境里，在世界末日这个特别的时间里，在周围这些二十来个特别的人之中。可我的每一种想法都失败了，就像我的写作与生活一样。也许，我生来就是一个注定失败的人。"

"那么在这七天七夜里，你就和罗浩然和平共处？"

"基本是这样吧，我没显露杀他的意图，也没让他知道我的仇恨。地底发生的许多事件中，我甚至是站在他那一边的。虽然，偶尔我也会对他充满杀机，想要悄悄拿一根尼龙绳，从背后勒紧他的脖子直到他断气，或幻想他的咽喉被割开浑身是血……可在地下那种环境，虽然每天都可能面对残酷的死亡，乃至于对尸体麻木不仁，我却依然没有勇气杀死罗浩然。"

"你有没有想过,其实,你已经放下了仇恨,你已经宽恕了他。"

"不,我永远不会宽恕这个人!"周旋又有些激动,双手捏紧被子的一角,"因为他夺走了我生命中最珍贵的东西。"

"爱?"

"不是,而是我的希望,我在这个黑暗的世界中唯一的希望。"他盯着床头的那盏灯,也是这个房间里仅有的光源。

"为什么,最后又杀了他?"

"我原以为到了世界末日,即将再没有人类这种动物,没有一切痛苦与烦恼,可以暂时放下杀人计划。可当最后一天来临,4月8日傍晚,九楼电影院上的穹顶,发出持续不断的震动——我意识到,要么穹顶即将垮塌,要么有人来救我们!七天七夜,关于世界末日的妄想,一下子被抛弃了,我强烈相信:世界并未毁灭,大部分人类安然无恙,正尽一切努力想把我们救出来。"

"没错,从4月1日晚上十点开始,我看着未来梦大厦沉入地底,又看着他们在地面上钻探救援,全世界都在看着你们。"

"这不是我的错。"周旋轻描淡写地说,端起杯子喝了一大口水,"总之,最后我鼓动大家往楼上逃,尽量靠近九楼的穹顶。"

"你有没有想过这样也最危险?"

"那时只剩下求生本能,哪想得到那么多?大家都跑散了,罗浩然与那条狗在最前面,我紧紧跟在后面,心里只有一个念头——不管自己能不能逃出去,必须先把他杀了!"

"你怕自己没有逃出去,反而让他获救了?"

"是。即便我和他都获救了,可在众目睽睽之下,我又如何有机会杀人?将来,他肯定搬去别的地方,我更没机会杀他了。当时,是我杀死他最好的也是最后的机会。"

"可以理解。"

"电影院的天花板开始陆续坍塌,罗浩然和他的狗逃进了放映机房。但我听到放映机房里发出巨响,接着是狗的狂叫声。隔了半分钟,我才小心翼翼地爬进去,发现罗浩然已被压在了废墟中——这是老天爷的安排,一定要我亲手杀了他。"

"他说了什么?"

"什么都没说!我拿起地上的碎玻璃,爬到他的背后,双手绕过他脖子,割开他的咽喉——这样他喷出来的血,就不会沾到我身上了。"

叶萧托住下巴,盯着他的眼睛:"你说得好冷静。"

"是，越到这种时候，我越从容不迫。割开他脖子的时候，我连手都没抖。看来我不去做职业杀手，而选择作家这份没前途的职业，真是入错行了。"

"然后，你就逃出了放映机房？"

"是，我拼命往通道尽头跑去，直到四面墙壁倒了下来，把我压在废墟下——不知过了多久，有人把我挖了出来，然后，我握住了你的手。"

"够了。你还得省点体力，在笔录的时候重新说一遍。"

周旋从兴奋转为满足与轻松，如释重负地说："现在你可以把我关进看守所了。"

"不，真相还没有大白，你哪里也不准去。"

"其他几个幸存者呢？"

"必须留在这里。还有太多疑问没搞清楚！"

"叶萧，他们是无辜的，别再怀疑。"周旋直起身子，盯着他的眼睛，"如果，我告诉你，在地下的七天七夜，所有死去的人，都是被我杀的，你信不信？"

脸庞毫无表情，心里却是狂风暴雨。叶萧目光冰冷，对曾经最好的朋友说——

"我不信。"

第二十章

4月10日。星期二。上午，7点19分。

狗与猫？假人？丧尸？还是——周旋？

宛在迷宫。

叶萧回到医院四楼走廊，脑中依次响起六个幸存者说过的话——每个人说的故事各有不同，只有少数细节可以对照——到4月2日凌晨，总共剩下大约二十个人，幸存者中的大多数，在地底的七天七夜接连死去。其中，富二代郭小军、白领许鹏飞、保安杨兵都属于惨死型，每个人却有几种不同的死亡版本。他把头靠在冰冷的墙上，眼前看不到真相，只有一团黑色迷雾，弥漫在深深的地底。

一只手拍了拍他的肩膀。

他惊慌地回过头来，右手下意识地伸向腋下，在看清是警官老王的同时，也意识到自己并未佩枪。

"上午八点整，指挥部将公布所有幸存者的检疫结果。你好自为之吧。"老王贴在他耳边轻声道，随后若无其事地离开，找值班的小警察聊天去了。

清晨走廊的幽暗光线下，叶萧摊开手心，老王给他留下一张小纸条，写着一家军方兽医院的地址。

一秒钟后，他已把地址记在心里，紧紧握起拳头，将纸条揉成一团。

他冲出了医院，门口还有不少记者，困倦地守了整整一宿，见到叶萧出来纷纷举起镜头，还有人拦到面前将话筒伸到他嘴边。他粗暴地推开记者，跳进警车打起旋灯，摆脱所有纠缠。

警车开到兽医院楼下，7点50分，来不及了！

他三步并作两步走进兽医院，却被警察一把拦住。检验证件后，叶萧来到四楼，在戒备最为森严的一个房间里，看到了那条拉布拉多犬。

就是它。

米黄色的皮毛富有光泽，不再像在地底那样肮脏污秽，鼻子也显出健康的湿润，双眼有神地看着窗外的天空。

一条仰望天空的狗。因为在地狱待了太久？

除了左前腿的夹板，它看起来一切正常，有专业的兽医照顾，给它喂食治疗。再过几天它就会出现在全世界镜头前，成为好莱坞式的动物英雄。

叶萧没有换防疫服，隔着玻璃墙看它，看着他在地底发现的第一个幸存者，罗浩然最心爱的宠物，唯一逃过地底动物大杀戮的狗，也是罗浩然被杀害时唯一的现场目击证人。

忽然，这条劫后余生的拉布拉多犬转过头来，看到了玻璃墙外的叶萧。

它还认得他的脸。

于是，拉布拉多犬开始狂叫，它像被注射了兴奋剂，双眼通红，龇牙咧嘴，如果有任何人敢靠近，说不定就会尝到狗牙的厉害。

兽医走到叶萧身边，疑惑地说：" 昨天完全恢复了正常，刚才还好好的，怎么又发狂了？"

叶萧盯着这条狗的眼睛，轻声说道：" 告诉我，是谁杀了你的主人？"

第丘吉尔章

4月10日。星期二。上午，7点59分。

我的名字叫丘吉尔。

我是一条拉布拉多犬。

我的主人叫罗浩然，他死了，我看着他被杀。

在这个阴冷的清晨，我惊讶自己还能活下来，从坟墓般的地底回到人间，看着天上的白云变成像我一样的苍狗。我只是感到一阵孤独，再也无人伴我走过黄昏，无人看着我老僧入定，更无人倾听我的彻夜悲鸣。当我从四十五度角仰望天空中醒来，回头却看到一双犀利的目光。

是那个警察！把我救出地底的警察。我知道他的名字，知道他的故事，也知道他正在调查我的主人的死，更在为挖掘七天七夜间地底的秘密而痛苦。因为，他已经问过了六个幸存者，而每个人都给了他不同的答案，让他走入一个致命的迷宫。

或许他已明白，那些回答问题的人，死里逃生的幸存者，每一个都在说谎！

所有的真相，只有我知道。

汪！汪！汪！

我该怎样才能让你知道呢？

汪！汪！汪！

你这个笨蛋听不懂我的话吗？

汪！汪！汪！

真相，永远只有一个——

第3部
亡灵书

第一章　杨兵

"真相，永远只有一个——"

对不起，我并不相信这句话。

我活到现在的二十五年间，经历过许多谁也不知道真相的事。十五年前下着大雪的一个夜晚，崇山峻岭间的小村子，破得透风漏雨的瓦房里，我爸将我妈压在炕上，用一条皮带缠住她的脖子。十岁的我蜷缩在角落，雪花透过窗户缝隙落到鼻尖，我看着妈妈的两颗眼珠子突出眼眶，舌头伸出紫黑的嘴唇，直到身体与双眼最终一动不动，一股尿臊味从她棉裤里传出。我亲眼看着爸爸杀死了妈妈，因为他抓到了妈妈偷人的证据，怀疑我不是他的亲生骨肉。确实，我长得一点都不像他，也不知像隔壁张木匠还是邻村王书记。虽然生我的男人只有一个，但我不知道是哪一个。也许那几个人也不知道？也许我妈也不知道？不久，养育我长大的爸爸被警察抓住，在法院被判了死刑，枪毙在黄河边的法场。

直到现在，我也不知道我是谁生的。

我叫杨兵。在我妈被我爸杀了以后，我被外婆养到十八岁，便离开山村来到城市。我不只是出来挣钱，也为躲开村里人像看狗一样看我的眼神。我干过各种差事：在小饭店里端盘洗碗，在洗浴中心给人搓澡，骑电动车为麦当劳送外卖……

四年前，我来到工地，参与建造未来梦大厦。打地基时我发现泥土很软，常有陷下去的感觉。我们从地下挖出许多棺材，甚至发现一座古墓。文物部门要求停工，听说送了红包才重新开工，明朝坟墓也被粉碎在混凝土中，大致就是后来的地下四层。

大厦落成后，我应聘为商场保安，换上精干笔挺的制服，似乎就要出人头地。相比还在工地卖苦力的同乡，我自认为高人一等，再有人拉我去夜排档喝酒，我就回答："瞧你那乡巴佬的熊样！撒泡尿照照，不要脏了我的衣服。"

干了三年保安，银行卡里只攒下万把块钱，但除了经常值夜班巡逻，也没干过什么脏活累活。我不指望主管给我加薪，更没有回家讨老婆生娃的念头——村里没有姑娘愿意嫁给不知亲爹是谁的野种。我只能每天上班下班，每一个漫长黑夜，从商场一楼走到九楼，听自己像鬼一样的脚步声——有时也会遇到鬼。

好吧，你不会相信我的。反正我也说过，真相从来不止一个！我看到的就是真相，悄悄对着你的耳朵说——

假人！凌晨三点后，它们真的会动！但我装作没看见，平静地在黑暗中走过，更不敢看它们的眼睛。曾有个值夜班的保安，向主管报告半夜里假人会动，主管当他有精神病，而隔天凌晨三点，他就从七楼中庭掉到底楼摔死了，警察鉴定为自杀——我才不信呢！那是假人们的报复，严禁泄露秘密！你问我为什么现在倒敢说出来？因为，我已经死了，还有什么好怕的？

抱歉绕了那么多弯子，接下来就要说真相了——不过，我的真相，不一定是你的真相。

4月1日。星期日。夜，22点19分。

我如此坚信这就是世界末日。

天崩地裂的几分钟里，我亲眼看着主管死去，被一块从天而降的玻璃削去了脑袋，鲜血喷到我的脸上。不是自我表扬，我是个优秀的保安，短暂的慌乱与恐惧后，就恢复了镇定。我找到几支手电筒，帮助幸存的人们逃下楼梯。大多数人聚集到底楼中庭，想从商场出口挖一条逃生的路。我却在照顾受伤的女清洁工——不要乱想，人家是四十多岁的阿姨，平时对我挺友善的，不能丢下她不管——因此才从后来的踩踏中捡回性命。

凌晨，只剩二十来个幸存者，吴寒雷教授成了领袖，而不是大楼的主人罗浩然——对了，你一定会问到他。说实话我以前对老板一无所知，灾难发生后才知道他的名字。反正世界末日谁都不鸟谁，就算是美国总统也是等死的可怜鬼。但作为公司员工，我依然毕恭毕敬喊他罗先生。他多数时间维护地下四层的发电机，很少与人说话，基本是孤家寡人。

有一个人是我最讨厌的，就是永远穿着迪奥的郭小军。

半年前，我在地下车库值班，看到一辆红色保时捷跑车如赛车飞驰过来。我大喊停车，没想到那辆车停在电梯口。我过去客气地请他把车停好，别堵住进出电梯的通道。开车的是穿迪奥的郭小军，旁边还有一个帅哥，像哪部偶像剧的男二号。这孙子明显喝了酒，重重打开车门，几乎把我撞翻，搂着男明星往电梯走去。我知道有钱人不好惹，但让主管看到有车停在电梯口，肯定会扣我工资。我忍痛追上去拦截，义正辞严要他把车停好。他冷冷地抛出一个字："滚！"这个字反而刺激了我，无论如何不让他走。没想到郭小军掏出一沓人民币，直接扔到我脸上，少说也有好几千块。他是故意侮辱我，以为我会弯下腰去，低三下四捡起这些钱，然后满脸堆笑送他进电梯。可他看错了我，我满脸通红，一句话都说不出，我想我目光里已有杀意了。娘娘腔的男明星拉着他说："小军，算了吧，别跟这种人计较，我们今晚不住这间酒店了。"郭小军却甩开他,眼皮都不眨地扇了我一耳光。这傻逼手劲很小,而我皮糙肉厚,没感觉到疼。他又连续扇了我好几个耳光,直到我下意识地后退半步。正好电梯门打开,郭小军拉着男明星进了电梯,丢下一句:"贱种!只配一辈子做保安!"

那一晚,因为那辆停在电梯门口的保时捷,我被主管扣了两百块钱的工资。

后来,我好几次在地下车库遇到郭小军,他有时开保时捷,有时开宝马Z4,还有一次开法拉利。每次我都退到阴影里,但他把车停到电梯门口时,我又不得不硬着头皮过去,低声下气地说:"老板,能不能麻烦您把车挪一下,谢谢!"他照旧用嘲讽的目光看着我,直到我给他九十度鞠躬,他才把车挪到泊车位上。郭小军不记得我的脸,他觉得天下保安都一个样。

不仅是我,地下所有人都讨厌他,包括大厦的主人罗先生——老板从不流露表情,但每次遇到他都背过身去,就是离这种人越远越好的鄙视。

不到两天,郭小军这傻逼开始挨饿了,死皮赖脸哀求大家。有一次他求到我面前,完全忘了扇过我耳光。我把以前的屈辱压在心底,只是露出冷漠的目光,在他像狗一样在我身后跟了几百米后,我把几块饼干扔在地上,他立即捡起来吃了。我忽然有些可怜他,甚至产生了原谅他的念头。

怪只怪他不争气。第三天凌晨,我在四楼走廊巡逻,听到员工更衣室有动静——那是我储藏食物的地方,竟然发现郭小军在偷我的东西!那可是我留给自己度过世界末日最后几天的救命粮。我怒不可遏,提起他的迪奥西装领子,立时将他瘦弱的小身板提到半空中。

几小时前,我刚在地下一层超市吊死了一条狗,就因为那条狗偷吃了我私藏的德国香肠!

郭小军非但不求饶,反而骂道:"下辈子,你还是穷鬼!"

刹那间,我摸出藏在裤腿里的匕首,这是对付疯狗的防身武器,没再跟他多说一个字,就把匕首捅入他的胸口。鲜血喷到我的脸上,我丝毫不觉恐惧,反而有爽快的感觉。我浑身颤抖,那是激动与兴奋,脑子快要涨开,双手已不受自己控制,连续不断捅了十几刀。我并不可怜他,只可惜他那身迪奥。最后,我在他脸上划了几道,用匕首挑开他的嘴角,让他变成一个满脸污血只会笑的傻逼。

当他躺在地上一动不动,我才感到深深的恐惧,浑身变得冰凉,从皮肤直到骨髓。虽然这幕场景早在我脑海中反复演练过无数遍,真的呈现在眼前,却不知所措——也许,十五年前我爸杀死我妈时,也是同样的感受?

四楼更衣室以及门口都是监控死角。我又悄悄爬上五楼的更衣室,小心避开了全部监控,将自己被鲜血浸透的制服锁在箱子里。我仔细清洗身体,确保没有留下血迹,又重新换上一套新制服。至于杀人的那把尖刀,被我丢弃在电影院的角落里。

但有样东西没有被我丢掉——郭小军被杀的过程中,他的口袋里掉出一把车钥匙,有雷克萨斯的标志。我逃跑前忍不住拿起这把钥匙,犹豫再三,还是将它擦干净藏在身上——这不是我梦寐以求的吗?我真是白痴,都世界末日了,还分什么你的我的?完全不需要杀人,也能得到一把好车的钥匙,哪怕是去地下四层的尸体堆里去翻,保不准就有奔驰或凯迪拉克。

我做过车库保安,对各种车辆非常熟悉,经常上汽车网站关注每一款新车。两年前我考取了驾照,但穷得连轮胎都买不起,只能在汽车BBS里默默潜水,看车主们交流或炫耀。有时面对车库里那些好车,常有拉开车门一百八十度转动方向盘的冲动!我曾经半夜里躲在监控死角,抚摸一辆酷似《2012》里的宾利的车头,仿佛只有它能带我逃出世界末日。

郭小军死后一整天,我穿着制服装模作样地调查凶手——如果办案的警察就是凶手,那么案子就永远也破不了。

其实,我不过是代替大家完成了一件心照不宣的事,死了一个只会浪费资源而没有任何贡献的恶心家伙,毫无疑问是对所有幸存者都有益的事情,就算有人猜到是我干的也不会说出来的。只有周旋那个死脑筋的家伙,还在一门心思要找到凶手,有时候我觉得他单纯得像个孩子。

晚上,我独自来到地下三层车库走了一圈,不断试着按下车钥匙的遥控按钮,结果打开了一辆雷克萨斯GX460——天哪!末日礼物?我最喜欢的一款SUV!

颤抖着拉开车门,坐在宽大舒适的驾驶座上,我想象郭小军坐在这辆大车里的样子,简直就是无人驾驶!我手忙脚乱了好一会儿,才弄清楚怎么把车发动。这辆价值一百多万的四驱车,就算干几辈子保安都买不起的进口车,现在成了我的玩具——像一个心仪已久的女子,终于拜倒在我脚下,温柔地叫唤:"主人,我是您的女奴,请让我为您服务。"

车子一启动就几乎撞上对面墙壁,我用尽全力打方向盘转进车道。加油门两三秒钟,时速到了五十公里。坟墓般寂静的地下车库,响彻车的轰鸣与呼啸。再度急打方向,车身重重地擦到立柱上,我在撞击与震动中热血沸腾,像玩赛车游戏那样刺激!转到通往下一层的斜坡,踩着刹车开到地下四层。我打开车里的CD,没想到郭小军还听迈克尔·杰克逊。

当我把时速加到六十公里,兴奋地叫嚷时,却看到车前灯的光芒尽头,站着一个黑影。

不管是人是鬼,我下意识地猛踩刹车!

地底响起急刹车刺耳的啸叫声，我把头伏在方向盘上，闭起眼睛想象撞到的是有生命的血肉之躯，还是一具复活的僵尸，或是某个虚幻的鬼魂。

睁开眼睛，灯光笼罩着一张脸，她在车头前痴痴地站立。

阿香？

这张孩子般的脸上丝毫没有惊恐，只是一片茫然。她距离车头不过几厘米，只要我晚刹车零点一秒，就可能被撞飞出去。

第一次看到她这样的表情。

我跳下车，抓住她的胳膊："你怎么了？干吗半夜下来？你不害怕堆在这里的尸体吗？"

同时，我闻到了一股腐烂的气味。

她什么话都没有说，像个即将留级的初中女生。她向车窗里看了看，我趁机紧紧抱住她，在她耳边说："这是我的车，你喜欢吗？"

阿香没有反抗，任我抚摸她的身体，从脸颊到脖子到胸口——只有这里不像小女孩，藏在衣服底下，结实而圆润。我把她拉上车，让她坐在副驾驶位置，肆意地亲了亲她的耳根。

我知道她是个古怪的女孩，也不想深究她为何在此，就像无法深究为何有世界末日，我只要能拥有她就可以了。我一只手摸着她的胸，另一只手握着方向盘，再度踩下油门飙出去很远，绕过那一大堆可怕的尸体，回到通往地下三层的通道。

轰起油门上坡的时候，我用眼角余光看了看阿香，她的眼角闪过一道亮光。

她的眼泪在飞。

我的车子也在飞。

一年前的春夜，我巡逻经过八楼的美发店，看到一个穿着工作服的女孩挽着袖子给客人洗头，额头沁出汗珠。她就像我小学时同村的秋妹，那是我喜欢过的第一个女孩——眼前的她，正是当年秋妹的模样。我开始怀疑她小学刚毕业，后来才知她已二十岁了。我掌握了她下班的时间，每到那时就上八楼，陪伴她乘一段电梯。但阿香不怎么搭理我，虽然我们口音极为接近，恐怕也因此而让她自卑，进而看不起我？我几次提出送她回家，都被她冷淡地拒绝。每当我用家乡话与她套近乎，她就把普通话的标准程度又提高一点，看来是我自作多情。后来，我不敢跟她说话了，只是每晚十点远远望着她，十三岁女孩似的背影，渐渐消失在灯火通明的夜色中。

没想到，她能跟我一起在世界末日幸存下来，她是上天恩赐给我的又一份末日礼物。

我的礼物在飞。

既是这辆车子在飞,也是旁边任我抚摸的女孩的眼泪在飞。

忽然,她飞快地抓住了方向盘。

我一下子还没反应过来,刚要大喊"你想干吗",方向盘已被她剧烈地扭动——车子立时急转向另一边,我感到完全失去了控制,无论是这辆车,还是我自己的身体。

车子在飞,眼泪在飞,我也在飞。

没系安全带的 Hold 不住!

随着一阵猛烈的撞击声,GX460 将一辆红色本田车撞成了两截,而在安全气囊打开的同时,我并没有本能地把车头转向副驾驶一边,而是让方向盘直接嵌进了我的胸口。

我什么都看不见了,整张脸被安全气囊压住,我想我的头部大概完好无损。

不过,我的心脏却被方向盘抵碎了。

我死了。

第二章 阿香

真相，永远不止一个。

这是那个叫杨兵的商场保安的口头禅。

我想，他错了。

我叫阿香，今年二十岁。很多人说我像十三岁，差不多也是这样吧，除了胸部和某些器官以外，我十三岁以后就不再发育了，身高停留在一米四六，让我看起来还像个小丫头。

其实，我已经是一个女人了。

4月1日。星期日。夜，22点19分。

在世界末日降临之前的几分钟，我正在八楼的"巴黎形象公社"，店里只剩我和最后一个客人了。发型师与老板刚下班，客人是在十二层写字楼上班的女白领，她早结完了账，却要我给她按摩。要是她没那么多事，说不定我就下班离开了——这么说来她倒是救了我的命，反正世界末日出去也是死，在这里还能多活几天。

给年轻漂亮的女白领按肩膀时，我的手指不小心缠上她的一根头发，大概是她头发烫过几次伤了发根，被轻易拔了出来。她劈头盖脸骂了我一顿。我是个害羞老实的人，只能低头由她骂各种难听的话。当她要站起来离开时，地震发生了。

一块吊顶整个坠下来，将我与女白领压在下面。谢天谢地，我并没有受伤，地动山摇的几分钟后，我拼尽全力爬了出来。至于刚才臭骂过我的客人，则在吊顶底下昏迷了过去。整栋大楼都停电了，黑暗中我不知道该怎么办。我没有力气把她拖出来，我也不知道该往哪里逃，只有坐在一把躺椅旁边，抱着膝盖流眼泪。

就这样过了两个多钟头，直到一个男人出现在我面前。

我喜欢这个男人。

没错，这个三十多岁的男人，一脸严肃和紧张，双目直勾勾盯着我，惊讶还会发现幸存者，或者疑惑怎么会有我这样发育不良的女孩。

而我喜欢他在我最绝望的时刻出现，就像我无数次幻想的那样，当世界末日来临，将会有一个男人突然出现来拯救我。

"你是谁？"

"阿香。"

"你是这家店里的人？"

"我是学徒。"

"这里还有没有其他人？"

"没了，老板早就结账回家了，我是店里最后一个下班的。"

对不起，周旋，我对你说谎了。店里还有一个人，我知道那个人还活着，只是被压在吊顶下面，她昏迷了过去。我明明可以救她的，只要我多说一句话……刹那间，耳边响起了地震发生前，那个女人骂我的那些话——于是，我决定让她永远烂在这里。

她不配被你看到。

世界末日，我成为人类最后的二十多个幸存者中的一个。不过，谁都不知道八楼的美发店里还有一个幸存者——如果她还活着。

接下来的几天几夜，除了保安杨兵以外，很少有人主动跟我说话。而这个杨兵实在让人讨厌，尤其是他那与我极为接近的口音，让我想起自己憎恶的故乡。我恨我的爸妈。为什么把我生在那个地方？为什么穷得连初中都不让我念完？为什么我十三岁后再没有长大？为什么我只能活在别人的眼色里？我从来不敢大声说话，不敢在别人面前哭或者笑，总是像做错事的小孩低着头，即便无缘无故挨骂甚至挨打，也得忍气吞声当作家常便饭。

周旋，我总是想要摆脱杨兵，而有意无意地出现在你面前——当你黑夜里独自巡逻时，当你坐在四楼的书店阅读时，当你在底楼照顾重伤员时，都有一双眼睛看着你。我相信你肯定看到了我，可你却对我视若无睹。

我知道你喜欢别的女人，就在我们这些幸存者当中。

我嫉妒她。

但我并不恨你，我只是个洗头妹，看上去还像十三岁，你不会对我有兴趣的。我自作多情，像个花痴。我愿为你而死。可是，就算真到了那一天，你恐怕也不会多看我一眼。

所以，我开始跟杨兵聊天，很多次都是故意在你面前。

你跟杨兵的关系不错——这是你最蠢的地方，每次看到我跟杨兵在一起，你就不好意思地躲开了，我真想抓着你后背的衣领，把你拎回到我跟前——但我必须再长高三十公分。

对不起，我把自己给了杨兵。

他差不多是强迫我的，但我没有反抗。因为我想让你知道，想让你对我有些在意,想让你感到一丝惋惜,想让你对我有一点点怜悯。

不知道你有没有这样想过。

我和杨兵藏在酒店大堂的一个小房间里,度过了差不多一个钟头。但我没什么感觉,只是像完成了某件任务,倒是他非常满足,指天发誓要保护我。我假装很高兴,仿佛是被他的真诚感动,才会改变对他的态度——其实,无论男人怎么改变自己,女人对他的态度是不会改的,要么就是勉强和伪装。

反正杨兵也不是我的第一个男人。我刚来到这座城市的第一个月,在我打工的足浴店,老板就把我压到床上抢走了第一次,他就是为这个才把我招进来的。后来,我换过许多工作,也遇到过很多男人,但没有一个能让我喜欢的。

你是第一个。

周旋,我并不爱慕你的才华。当然,每个人私下都叫你三流作家。我只是喜欢你的眼神,你的那种气质。我没有读过几天书,不知道怎么告诉你,总之我就是喜欢你,没有任何理由。不管你有没有看我几眼。

第三天,我们发现了郭小军的尸体,他死得很惨。

大家都很惊恐,周旋与杨兵一起调查。但是,我知道是谁杀了郭小军——没错,我能看穿杨兵的眼睛。他与我有过身体的接触,我盯着他的眼睛看过,在他最没有防备的时候,他没有什么能瞒过我。可我不会告发他,因为我也讨厌郭小军。

这天晚上,我依然像之前两天那样,偷偷从商场三楼的店铺出来,到地下四层的坟墓去。我可不是去上坟的,虽然明天就是清明节。独自来到幽暗的地下四层,我拿着手电接近死尸堆,同时还戴上一副口罩,以免在腐尸的气味中晕倒。

我来到那些发绿发黑的尸体中间,看着一具具可怕的尸体,有的肚子鼓了起来,有的长满尸斑,有的残缺不全……但我没有恐惧,而是蹲下来掰开一个女尸的手指,要把她无名指上的一枚钻戒摘下来。可死人手指硬得像木头,我怎么也没法把它脱下来,索性用尽全力把这根手指掰断。从死人指间偷下来的钻戒,在电光里闪烁耀眼光芒。不知道这是真是假,也不知道什么牌子,只觉得很好看,应该很值钱——尽管在世界末日最不值钱的就是钱。

你是不是觉得我疯了?为什么要偷死人的东西?死到临头,就算抱一堆金砖又有什么用?像你这种在大城市长大的人,不会理解一生下来就穷得饿肚子的人的想法。我就是喜欢这些东西,因为这是我一辈子都不可能得到的,就算我每天从天亮到天黑都在给别人洗头,也永远洗不出一枚这样的钻戒——若是真货的话。在这个世界末日的地下,只要我不害怕死人,就能轻而易举得到所有东西。在把钻戒攥在手心的刹那,我感觉自己很幸福,即便明天就会死去!

我把钻戒戴在手指上,我这根又细又小的手指,可以戴上所有的戒指。可是,我只戴了三秒钟,又把它摘了下来。

身后响起了脚步声。

就当我惊慌地要回头时,一只冰凉的手蒙住了我的嘴巴。这才是真正让我惊恐的。我的眼前是那堆死尸,而那只手给我的感受,就像一具恐怖的僵尸!我无法抵抗。随即另一只手摸到了我的胸口,将我拖进旁边的角落。

那只冰凉的手扯开我的上衣拉链,很快又扯开内衣。不知是谁的两片嘴唇,吐出沉重的气息,在我的身上啄来啄去,还流下黏黏的口水——比那些死人的尸液更为恶心。

我看不清那个人的脸,因为他用一块黑布蒙住了我的双眼。在地狱般的黑暗中,我的上半身裸露,下半身的裤子也被褪了下来。我的挣扎是那么无力,因为自己实在太娇小了,我只有八十多斤,对方的体重可能有我两倍。

好疼……

十分钟?二十分钟?我记不清了。

总之,我自己的重量消失了,眼前黑茫茫的,一丝光都见不着。

解开绑在眼睛上的黑布,双腿依旧麻木。这里只开着两盏微弱的灯,我在地上寻找手电,好不容易才找到,对准自己的下半身。我感到深深的屈辱,眼泪早已布满脸颊。艰难清理自己的身体,却竟不知是谁强暴了我。至少,这个人不会是杨兵,他不需要这样做。更不可能是周旋。除了那些肮脏的东西,他没有留下痕迹,自始至终都没发出声音。没人敢到这个地方来,只有罗先生会每天下来维护发电机,难道有人一直在跟踪我?

摊开右手,那枚钻戒仍在掌心。不晓得为什么,在被强暴的整个过程中,我一直紧握着它——如果没有下来偷死人的东西,我大概也不会遭这样的罪了。

我想到了死。

要是以前被人这样欺负,我还会自认倒霉,就这样忍受下来。可都已经世界末日了,我也躲不过自己的命运吗?

我将衣服穿好,把头发整理了一下,我不想让别人发现一具被强暴过的女尸。我的右手仍然握着那枚钻戒,并不是我那么喜欢它,而是我的手指已不受大脑控制了。我茫然地走在黑暗的地下四层,等待被僵尸或野狗杀死的时刻……

忽然,我听到一阵汽车的轰鸣声。凌晨时谁会在地库里开车呢?

转眼间,一辆汽车亮着灯向我飞速开来。索性就让它撞死我吧!于是,我镇定地站在车道上,闭起眼睛。

急刹车。

当我再次睁开眼睛，看到车里有一个男人，居然是杨兵。

他跳下车跟我说了些愚蠢的话，可我什么都没有回答他。他把我拉上了副驾驶座。这真是一辆好车啊，不知道他怎么打开的。我一辈子都没摸过这样的车。他一边开车一边摸着我的胸。但是，我没有力气砍断他的手，我的鼻子又酸了起来，因为我想到了你——周旋。

我的眼泪在飞。

杨兵很快开进了地下三层。我转头看着他的脸，果然是很兴奋的样子，他的手还在摸着我的胸，我很想让他去死。

跟我一起死吧！

我悄悄地把钻戒放到口袋里，在他把车速加到飞快的时候，我用力转动方向盘。

哈哈！他一定很意外也很恐惧，但他反应不过来了，方向盘被我转了一大圈，车子彻底失去了控制，向旁边飞了出去。

一阵剧烈的震动，整个挡风玻璃全都碎了，安全气囊重重地压在我脸上，浑身的骨头似乎都断了。

坟墓恢复了安静，而我仿佛躺进了棺材……

不知过了多久，我醒了。

我并没有被撞死，也没有想象中的粉身碎骨，我的身下一片冰凉，头顶亮着一盏昏暗的灯。奇怪，我怎么没有在车里，而是躺在地下车库的地上？难道我已经死了，灵魂飘到了地上？或者很快又要坠入地狱？可是，我清楚地感觉浑身痛楚，还有额头与肩膀在流血，这些都提醒我，自己还活着。

我为什么还活着？

不但没有死，我还能艰难地站起来，摇摇晃晃走几步。眼前就是那辆大汽车。没错，刚才就在这个地方，我用力转动方向盘，让车飞一般撞上旁边的汽车。那辆可怜的红色轿车，已被撞成了两截。大车也撞得惨不忍睹，副驾驶车门扭曲成一团，完全脱落了下来。杨兵还在驾驶座上，安全气囊压着他的脑袋，方向盘嵌进了他的胸口，鲜血溅满整个座位。我身上那些干涸的鲜血，恐怕大半都是他的。

他死了。

幸好我的体形像小孩，要是跟杨兵一样大必死无疑。不过，我仔细看了看地上严重变形的车门，发觉它并不是自己掉下来的，而是被人用工具拆下来的。不错，我在地上发现了扳手与螺丝刀——否则我现在还被困在车里。

有人救了我？

肯定不是车里的死人，难道是底下的那些僵尸？

我并不感激那个人，反而仰头发出孩子般的尖叫："为什么让我活下来？"反正除了下面一层的死人，没人听得到我的声音。

我怔怔地走上楼梯，穿过卡尔福超市，到了底楼中庭。身上还在流血，脸也被玻璃划伤——无论怎样伪装自己，都会被他们发现的。我已无处可逃，你一定会认为是我杀了杨兵，而我又该如何解释，你才会相信其实我是想自杀呢？

可是，我是想要杀了杨兵，而我也确实杀了他。

在世界末日的第三天晚上，我不再是原来的我了，我变成了一只恶鬼。

没错，我就是一只恶鬼。从父母把我生在那个穷得鸟不拉屎的地方开始，从我十三岁那年再没有长大过开始，从我初中没有读完就离开了学校开始，从我走进这座城市受人白眼被人欺负开始，我就成了一只恶鬼。

其实，不管有没有世界末日，我都是一只恶鬼。

大概是凌晨了吧，我走进底楼的哈根达斯店。我听到均匀的鼾声，来自五个伤员，有男有女有老有少，因为骨折等重伤无法动弹，只能集中在底楼休息。有个中年男人伤口发炎化脓，散发着刺鼻的臭味，再过几天伤口就要生蛆了，要救他，唯一的办法就是截肢。可是地下没有医生，没有必需的药物，更没有任何医疗工具，就算有人敢砍掉他的大腿，他肯定也会很快失血而死。这个可怜的人一直都在呻吟，就像在忍受满清十大酷刑。他每天都想要自杀，乞求周围的人们给他一瓶安眠药，或者直接割开他的手腕也行。周旋像个牧师一样安慰他，希望他珍视生命不要放弃希望——我觉得你真像个单纯的孩子，大概这也是我喜欢你的地方吧，到了他妈的世界末日，你还要想有什么希望？

现在，我就站在这个男人的面前，痛苦让他彻夜难眠，睁着双眼看着昏暗中的我。他紧紧抓住我的手，发出凄惨的哀求："杀了我……不要再让我受罪了……求求你……积点阴德……杀了我……"

我静静地看着他，微弱的光线里，我看到他的眼角含着泪水，这个四十多岁的男人，竟然这么懦弱。

如果他不去死，那么我就应该去死了。

我的手里多了一把刀，这是我从超市的地下二层拿上来的。

在这个痛苦的男人持续的哭泣声中，我最后给了他一个微笑，然后用刀割开了他的脖子。

我感觉刀子割破了他的喉管，鲜血喷溅到我的脸上，热热的腥腥的，我一点都不喜欢。

他什么声音都没有发出，只是最后的眼神更加痛苦，表情很快凝固在这个狰狞的瞬间。

他死了。

这是我杀的第二个人，虽然我只是帮助他完成了自杀。

虽然，我不喜欢他喷到我脸上的血，可是我却很喜欢杀他的感觉，或者说帮助别人完成心愿的感觉。

我给了自己一个微笑，又转到第二个重伤员身边。她是个三十多岁的女人，躺在从四楼搬下来的席梦思上。她的胳膊与肋骨都折断了，脸上也受了重伤，浑身上下都缠着绷带，看起来像个木乃伊——女人像她这样活着也真是受罪！我想就算没有世界末日，她能够活下来，这张脸也毁了吧，不知道她还有没有勇气活下去。不如，不如就让我替她结束一切的痛苦吧。

我把刀放在了她的胸口，感受着她的心跳，直到她迷迷糊糊地醒了过来。

不知道你出生在哪里，不知道你的爸爸妈妈爱你吗，不知道你是贫穷还是富有，不知道你爱过怎样的男人或被怎样的男人爱过，也不知道你有没有结婚有没有孩子，更不知道你是想死还是想活。总之，我想对你说："再见！"

我将刀尖捅进了她的心脏。

又是一腔鲜血喷到我的脸上，我差不多已经对血麻木了。

她没有发出声音，只是身体抽搐了一下，便睁着眼睛死了。出于怜悯和人道主义，我替她合上了眼皮，但愿她没有堕入地狱。

第三个。

我的心情已经很平静了，我并不觉得自己有罪，反觉是在造福这些痛苦的人。

死人的血模糊了我的视线，我拿起一块毛巾擦了擦脸，才发现我的伤口也停止流血了。虽然我的骨头还是很疼，但人真是一种生命力顽强的动物，也许我真的能在世界末日活下来，即便这里的所有人都死光了。

但愿，那时候只剩下我和你。

凌晨四点，底楼中庭的哈根达斯店。我来到另一个重伤的男人身边，他是个二十来岁的胖子，浑然不知刚才有两个人被我杀了，一直打着沉重的呼噜。他的头上缠着绷带，身上盖着被子，不知伤在哪里。不过，看到一个男人年纪轻轻，居然胖成这个样子，就让我生气！这身肉实在是罪过，即使不是世界末日，像这样的人也不该活在世上。要知道天底下有多少人吃不饱肚子！就像我，从小吃肉就是一件奢侈的事，偶尔吃上几块放了半年的发黑的咸肉，就已是天大的幸福了。没错，我讨厌胖子，他活该躺在这里。还有，我讨厌他发出的鼾声，这样的噪音绝对污染环境，重伤员里最该死的就是他了！

再见！胖子。

我连一秒钟都不曾犹豫，就用刀割破了他的咽喉，就像随手切开一个西瓜。

随着鲜血的喷溅，死胖子居然睁开了眼睛，发出惊恐的呼叫。我吓得蜷缩到了一边。幸好他的气管已被切断，他的声音仅限于痛苦的干嚎，无法发出更响亮的呼救声。虽然他的体形庞大，因此发出的动静也很大，但他已受重伤无法移动，只能躺在被子里挣扎，直到全身连同周围地板都被染成了红色，方才彻底断气，变成一具肥胖的死尸。

此时，我听到旁边响起一声尖叫。

该死的！另一个重伤者被惊醒了，她是个中年女人，刚刚发出一声尖叫，我就慌张地扑上去，一刀扎进了她的心窝。

干脆利落！

她没有再受更多的痛苦，双眼几乎突出眼眶，生命终止于惊讶与恐惧中，安息吧。

一口气连杀了四个人，我差不多已经虚脱了，趴在死去的女人身上喘息片刻，没忘记还有第五个重伤员。

于是，我转头看着哈根达斯店的最里侧，那里躺着一个六十多岁的老头，黑暗中目光闪烁。

我从没见过一个老人的眼神如此吸引人，便踉踉跄跄地扑到他身边，用滴血的刀尖对准他的咽喉。

手电照亮了老头的塌鼻梁，但他既不惊恐也不慌张，严肃地对我说："孩子，我不想死，请让我活下去吧。"

忽然，他的声音让我想起了我的爷爷。

我抬腕看了看手中的刀，才发现刀刃都已经卷了，这也是连杀四人的正常结果。

天意不让我杀他吗？

"请让我活下去，无论任何原因，无论任何时候，无论任何地点。"老头还在顽固地说着。

而我摇摇头："世界末日了，反正大家都要死的，还活着干什么？"

"为了活着。"

好简单的话啊，我听不懂其中的道理，但我已放弃了杀他的念头。

我把卷刃的刀丢弃在地上，飞快地逃离了哈根达斯店，留下四个死人与一个活人。

穿过黑暗的楼道，下到地下一层超市。浑身衣服都被染红了，可以想象自己的样子,大概像个精神病人。

妈的,我很讨厌这个形象,还不如死了呢!

我在卫生间里脱下所有的衣服,从角落里找来最后几瓶开过封的矿泉水,就着干净毛巾擦拭全身,特别是那被蹂躏过的地方。我换了包括内衣的所有衣服,虽然不管穿什么都显得很大。现在,我重新面对镜子,面对一个女童似的女人,苍白的脸上镶嵌着一对无神的眼睛,就像一具尸体。

然后,我听到楼上响起了急促的脚步声,就像电影里坏人出现时的声音。我明白那是人们发现了底楼的四具尸体,唯一活下来的老头,肯定向他们告发了是我杀的。

毫无疑问,他们是来杀我的,为了避免被我杀掉。

我又找到了一把尖刀,藏在超市的一个角落里。我从口袋里掏出从死人手上偷来的钻戒,无声地戴到左手无名指上。不知道自己还能活多久,也许活到最后,把他们全都杀了——但愿不包括你,周旋。

很快,我看到了周旋,以及在超市工作的陶冶,看起来像高中生的小光,这栋大楼的老板罗先生,还有他的那条狗,我想就是狗鼻子把他们引过来的。

还有——那个女人。

他们举着手电和棍棒,粗略地在超市扫视了一圈,又往下一层去了。看来这些人想要逐层地搜索我。而他们将会在地下三层,发现两辆撞坏了的车,还有死在车里的杨兵。

果然,五分钟后大家回到了超市,打开了这里所有的灯,每个人的面色更加凝重。

那条狗叫唤了两声,它又闻到我身上的血腥味了。

周旋开始向大家作动员:"就在这一层搜索。注意,尽量不要伤害她,要抓活的!"

"那还得在她把我捅死之前!"陶冶隔着很远抱怨了一声。他最熟悉超市的地形,很快逼近了我。

而我悄悄转移了位置,幸亏我体形娇小,几乎没发出声音。当我躲藏在一个货架背后,却发现那个女人走过。

我要杀了她!

除了那个伤害我的男人以外,她是地下这些人里我最憎恨的!

我突然从斜刺里冲出去,一把将她扑倒在地,刀尖扎向她的心脏。没想到她的反应相当快,双手抓住我的胳膊。还好她是个女人,没有力气把我推开,而我小小的身体却爆发出巨大的力量,刀尖依然直指她的胸口。

就在距离杀死她只剩下两厘米时，你出现在了我的身后。

周旋，为什么又是你？

你把我推倒在地上，奋不顾身地保护那个女人，哪怕我的刀尖对准你的心脏。

没错，我的刀尖已经划破了你的衣服，就差刺入你的胸腔了——而我的手却停住了。

我不能杀你，因为我喜欢你。

就在停顿下来的瞬间，你立即抓住了我的手，跟我扭打在一起。我们都失去平衡倒地，我也不知道刀尖朝着哪个方向，直到一阵钻心的疼痛传来。

没错，刀尖刺破了我的胸口，钻入了我的心脏。

好疼，好疼，疼得让我大脑麻木，疼得让我视线模糊，只剩下你的脸，剩下你惊恐的双眼，似乎不相信这把刀会刺进我的心。

周旋，亲爱的，请你不要自责，你不是故意要杀我的，这只是一场意外，在我们扭打的过程中，刀子刺中了我的心脏。

心，碎了。

人，还能活着吗？

第三章　许鹏飞

人，还能活着吗？

自从世界末日降临以来，我就一直在思考这个问题。

4月1日。星期日。夜，22点19分。我正在未来梦大厦写字楼的十二层加班。

我今年二十九岁，是一家美资公司的业务员，公司总部位于纽约——相信此刻早已沉入海底。我早已习惯了每晚加班的生涯，为了在网上与客户们联络，为了完成那些复杂的报表，也为了在子夜无人的时刻，用公司十兆的宽带下载苍井空或小泽玛利亚。但灾难发生的那晚，我真的是在加班干活，赶着完成三月份欠下的指标。

周日晚上，只剩我一个还在辛苦加班，剧烈的晃动突如其来，我拼命地逃了出来，跑下楼梯逃至商场底楼中庭。我加入在门厅挖掘通道的人群，结果发生了坍塌与踩踏事故，我被许多人压在地上，胳膊被某种利器划伤，一下子血流如注。我真的庆幸自己还能活下来——当我再次抬起头来，发现周围全是尸体。

我痛苦地爬到角落，遇到一对年轻男女，看起来像高中生——真羡慕那男孩，天生一副让女孩着迷的容貌，与一头连男人都为之动容的细碎长发。至于那个漂亮女生，趁着她检查我伤口的机会，我偷偷盯着她的胸部，脑中浮现一幕销魂画面。又来了一个年轻男子，穿着超市工作服，给我清洗和包扎伤口，还给我留下了水。后来，我见到了吴寒雷教授，他说外面的世界已经毁灭，我们是人类最后的幸存者，早晚要死于非命。我常看吴教授参加的各种电视节目，对于他的世界末日观点深信不疑，但没想到这么快就实现了。为什么不让我痛痛快快死了，还要留在地下受罪？

不过，我很快就改变了想法。我发现地底二十来个幸存者中，竟有不少姿色可人的美女，其中有两个清纯的高三女生，不免令我联想起刚出道的苍井空与吉泽明步。有一个二十多岁的女白领，长得巨像明星。那个带着小孩的日本女人，哇，真的可以出镜演人妻或未亡人了。对了，还有个看起来还是幼齿的女孩，我猜她其实已不小了，正是我喜欢的类型。在这个世界末日的地狱里，这是老天恩赐给我的礼物吗？

没错，我是个宅男。虽然我长得并不丑，收入也不算低，只是工作辛苦了一点。我每天下班后就待在家里玩游戏看AV，从没正经谈过女朋友。大学毕业前有过一个初恋，相貌普通了一些，家境贫寒了一点，但是身材真的超棒。谈了差不多一年的恋爱，即便每夜疯狂地幻想她的身体，却从没真正得到过她，直到她提出分手——原来早就有了新欢，每次都去校门对面开一百块两小时钟点房的新欢。我只恨自己为什么不先下手，为什么不把她骗到某个角落……

从此以后，我又经历过几次相亲，都以失败告终。我不敢面对那些女子，无论美若天仙还是令人作呕，我连说话都会结结巴巴。公司来了漂亮的女同事，我也会忍不住跟她搭话，却总是遭受白眼和嘲笑。最近两年，我干脆推掉了所有的相亲安排，安心做起宅男，似乎只要拥有了硬盘里那些女优，就等于拥有了无数个火辣的女友。

在世界末日，我向老天祈祷，让其他男人都死光吧，只剩我最后一个雄性动物，陪伴这些干渴的女人们。

第二天，夜里，我开始悄悄盯住阿香。这个看上去长不大的女孩，鬼鬼祟祟地来到八楼，在美容店的门口转了一圈。我知道她就是这里的洗头妹，可不晓得她还要回去干吗？一个洗头妹也不可能有什么贵重物品，何况到了世界末日又有何用？阿香只是站在美容店门口，哆哆嗦嗦了很久，才低着头离开。出于强烈的好奇心，我在她走后摸进了美容店。这里已被地震严重破坏了，在浓烈的洗发药水气味中，我隐隐听到一阵哭声。

天哪，这里有人！

我不敢发出任何声响，循着哭声爬到倒塌的天花板下，那里果然压着一个女人。她像是受了重伤，发出虚弱的声音："救……救……我……"

我的伤势已基本好了，立刻把她拖了出来。微弱的手电光里的这张脸，我竟然认识，几乎脱口而出——纤蓉？

"救……救……我……"

她的左腿骨折了，右手关节也严重受伤。黑暗中她看不清我的脸，更不可能认出我来，而我抱着她软软的身体，凝神沉思片刻。我浑身颤抖热血偾张。

于是，我没有到下面去呼救，也没有将她抱出去，而是走向美容店的更深处。我发现了一个小房间，可能是员工的更衣室，从外面看非常隐蔽。我气喘吁吁地将她抱进来，又用抹布之类的塞住门缝。

现在，我放心大胆地用手电对准她的脸，又从口袋里掏出一瓶矿泉水，一点点滴到她干渴枯裂的双唇中，就像浇灌一朵即将枯萎的花。她的表情稍微轻松了一些，终于能发出连贯的声音："谢谢！"

我满意地微笑道："纤蓉，是我啊。"

"你是……"

"你忘记我的声音了吗？"我说罢用手电对准自己的脸，"你还认识我吗？"

"许——鹏——飞——"她简直要喜极而泣了，"太好了！快救我出去！"

"出去？去哪里？"

"外面啊，你是来救我的吧，谢谢你！"

"没有地方可去了，你相信世界末日吗？就是现在，我们是最后的幸存者。"

"你……"她的声音再度颤抖，"你不要吓我！"

"这是真的！我干吗要骗你！我也差点没命。全世界都完蛋了，只剩下我们两个。"

我随身带着饼干，塞了一些到纤蓉的嘴里。这是我为防万一，比如被困在什么地方备的。她看起来已经饿极了，幸好左手还可以动弹，便就着矿泉水吃光了饼干。看着她像条母狗似的趴在地上吃食，脸上沾满灰尘如同黄脸婆，头发乱作一团散发臭味，我产生了一阵从未有过的满足感。想起两天前的下午，她还趾高气扬地穿着套装，化着漂亮的妆容，发丝间散发出诱人的香气，引来所有男人贪婪的目光与女人嫉妒的眼神。没错，纤蓉是我的同事，刚来我们公司一年，却已成为中心。她家庭出身良好，虽然没有男朋友，但常有人开着奔驰宝马来接她下班。因此，她在公司总是盛气凌人，除了美国老板以外，没人被她正眼看过。但我就是贱啊，跟其他男同事一样，经常殷勤地为她端茶送水，顺便偷看她低胸的领口。但我有自知之明，像我这样的宅男，无房无车无背景，属于被美女彻底无视的路人甲，断无一亲她芳泽的机会。

天哪！我的心狂跳不止！

"许鹏飞，你别跟我开玩笑了，我的腿和胳膊疼得要命，快点去打120找医生！对了，你的手机还有信号吗？"

"世界末日，哪来的手机信号？别说120，就算你打110、119都没用！"

"不！怎么可能？"

"那你说说你是怎么被困在这里的？"

她痛苦地把身体蜷缩起来，喘着气说："我不知道我昏迷了多久。我只记得周日晚上，我到公司来加班，九点多钟出来后，到八楼的这家美容店来吹头发。我让洗头妹给我按摩肩膀，那笨丫头还弄下我一根头发，就在我骂了她一顿准备离去时，感到一阵剧烈震动，接着我就什么都不知道了……"

"那是毁灭世界的地震！你已经昏迷了一天一夜。你应该庆幸，能跟我一起活下来。"

"你骗我！"纤蓉紧紧皱起眉头，已感觉到了我的恶意，"带我出去！"

"亲爱的，我们没有地方可去了。"

"Shit！你不怕我报警吗？"

我把自己的手机塞到她手里："那你打110试试看啊！"

她低下头看了看我的手机，突然张开嘴就要大喊，幸好我眼明手快，用一块破布堵住了她的嘴巴。看她拼命挣扎的样子，我只能又拿出随身携带的胶带——这些都是用来救自己命的——封住了她的嘴巴，让她不能发出任何声音。

纤蓉的眼球几乎爆出来，目光里既有仇恨又有恐惧。我非常享受地看着她这个样子，回想着她在公司里的形象，热血冲上了脑门。

不过，我还是控制住了自己，从角落里找了一根绳索，将她浑身上下都绑了起来，确定她既不能动弹也不能出声，才放心地离开了这里。

这一夜，我没有睡着。

当我黑着眼圈醒来，发现大家都围拢在四楼的更衣室，原来郭小军被人残酷地杀死了。我的祈祷应验了？老天听到了我的话，接下来要让一个又一个男人死去？我强压内心的兴奋，装作十分恐惧的样子，也跟着大家一起搜索凶手的线索。

这天晚上，我以去电影院巡逻为名，悄悄来到八楼的美容店。打开那扇隐蔽的小门，一股刺鼻的洗发药水味扑面而来，此外还有屎尿的气味。我小心翼翼地把门关上，用手电照醒了被我捆绑囚禁的纤蓉。我撕开她嘴上的胶布，给她灌了一些水，又把饼干塞到她嘴里。她出于生存的本能，依旧像条母狗那样吃完了。

她的脸上发满了包，大概是被药水熏得过敏了。她颤抖着看着我，几乎是抱着我的小腿说："许鹏飞，谢谢你！谢谢你救了我！我要告诉你一个秘密——其实，我一直很喜欢你！我想要跟你在一起，跟你过一辈子，只要你能救我出去。"

"然后，你立即报告警察把我抓起来，或者找个机会把我杀了——可惜，这两种可能性都不存在。纤蓉，你撒泡尿照照自己，现在这个鬼样子，你看了自己都想死！"

在她大声尖叫之前，我重新封上了她的嘴，并拿出早已准备好的道具——皮鞭、蜡烛、打火机、面具、制服……虐待只持续了十分钟，她就已经半死不活了。而我也有些手忙脚乱，毕竟以前都只是看AV，从来没有亲自实践过，何况视频里那些都是假的，真的SM并不容易。

看着浑身鲜血的纤蓉，我胆怯地退到了门口。我本来想完全占有她，那是我一年来无数次梦到的事，也是上班时隔着几张办公桌的邪恶幻想——但看她现在这副尊容，却一点兴趣都没了。我把她扔在了小房间里，任由她发出低低的哭泣声，匆匆回到八楼走廊。

但我再也睡不着了，总觉得体内热血沸腾，刚才没有发泄出来，此刻已然憋得难受。我沿着楼梯一路往下走，到底楼中庭的时候，发现一个娇小的影子，脑后挽着马尾，半低着身子走在前头。

阿香。那个看上去像十三岁，实际大约二十岁的女孩。她鬼鬼祟祟地来到地下四层，我一路悄无声息地跟着，直到她走进死人堆中。她在干什么？老天，她在偷死人的东西！这女孩胆子真够大的！

老天派我来惩罚这个冒犯死者的坏丫头。

我忍受着死尸的恶臭，从背后接近了阿香。在她刚刚反应过来时，我蒙住了她的嘴巴，将她拖进旁边的角落，并拿出早已准备好的黑布蒙住她的脸，让她无法看见我的脸。摸着她孩子般的后背，又摸着她成年人的胸口，我的血液冲上头顶，几乎要爆炸。我像条饥饿的狗，啃着她的上上下下，只想要撕开她的身体。然后，我将她扑倒在地上……

十分钟？二十分钟？我记不清了。总之，我感觉自己的重量消失了，眼前变得一片黑茫茫的，一丝光都见不着。

我也不知道是怎么离开的。等到恢复意识时，我已回到二楼走廊。直到一阵寒意贯穿全身，就像酒醒后的寂寞，才意识到自己做了什么。

突然，一阵强烈的悔意充满心底。

我是个畜生！

抓着头发，冲进卫生间，用手电照着镜子里的自己。果然是乌黑的眼圈，散乱的眼神，鬼一样的脸。我赶紧出去换了身衣服，又用矿泉水洗了把脸，然后蜷缩在一家服装店里，好像自己刚刚被强暴似的。

不久，我听到底楼中庭的喧哗声，许多盏灯被打开，楼上楼下响起纷乱的脚步声。

原来底楼的哈根达斯店里有四个重伤员被人用刀杀害了！还剩下最后一个幸存者，说杀手就是阿香——我的脸色变得煞白，似乎那个孩子般的女人，就拿着刀站在我跟前。这一切都是我造成的吗？

半小时后，我听说阿香死了。她在超市的地下一层，持刀突袭周旋等人，结果在扭打过程中，尖刀刺进了她的心脏——谁都搞不清楚是周旋刺的，还是她误杀了自己。听到这消息，我从头到脚都凉透了。

其实，杀她的人是我，也是我杀了那四个重伤员。

从这天凌晨开始，直到晚上十点多钟，我把自己关在一个黑暗的小房间里，等待世界末日拿走我的生命。但最后，我还是耐不住饥饿，跑出去吃了很多东西，又忽然想起了纤蓉。

于是，我带了些食物和水，摸到八楼的美容店里，打开充满药水味的小房间。她的生命力可真顽强，虽然是一地的屎尿，却还在不停地蠕动着。我撕下她嘴上的胶带，又给她吃了一顿饱饭。

然后，她将一口痰吐在我脸上。

我平静地用手帕擦掉了那团黏黏的液体，重新封住她的嘴巴，把捆绑她的绳子扎得更紧了。我不想看她那张已经浮肿的脸，也不想去碰她那被弄脏的身体。我只是用手电照着她的眼睛，她的眼睛在说话——没错，我能看懂，她在说："杀了我吧！"

"我不是天使。"轻轻地说出这句话，我离开了泪流满面的纤蓉，将她留在黑暗、绝望、冰冷的世界里。

一夜无眠之后，迎来了世界末日的第五天。

我盯上了那个叫莫星儿的白领。我发觉我已经无法控制自己，心底持续燃烧着一团火，也不知是缺水还是什么原因，我的嘴唇起了许多泡。我暂时忘却了昨晚的痛苦与悔恨，强压着欲望等待夜晚——虽然地底永远都是黑夜。

第五夜，子时。

一身白衣的莫星儿终于出现了，她来到四楼的日本料理店。这里散发着一股腐烂的鱼臭味，来自断电的冰箱里各种刺身。我悄无声息地跟在后面，却不敢趁黑摸进去，因为听到里面还有个男人的声音。我紧张地躲在店门招牌后面的黑暗中，虽然听不清他们说了什么，却能听出男人带有沧桑感的独特声线——罗浩然！靠，莫星儿半夜里摸到罗浩然身边干吗？

这真的让我心如刀割。那个穿着阿玛尼西装的男人，是整栋未来梦大厦的主人。而我不过是十二层写字楼里微不足道的打工白领，月薪四五千块，买不起房也买不起车。我只能失落地躲在外面，直到十来分钟以后，莫星儿仿佛白衣女鬼飘出日本料理店。她独自走进逃生通道，却在转弯的地方蹲了下来，抱着脑袋低声哭泣起来。

罗浩然对她做了什么？不过，看她的衣服与头发还算整齐，应该不是我猜测的那样。

她哭得那样伤心，却又不敢发出声音来，以至于没有察觉到我的逼近。就在她毫无防备的关头，我从背后紧紧抓住了她，并用一块毛巾堵住了她的嘴巴。尽管她拼命地挣扎，却没有办法逃出我的手心，也无法发出求救的声音。我不知从哪来的力气，双臂似铁夹住她，感觉她不会超过九十斤。我把她拖到五楼走廊，进了一间最为封闭的店铺，同样用一块黑布蒙住她的眼睛，很快就褪下了她的衣裙。

我想，我还是个畜生。

今晚你是我的女人，你躺在地上任我蹂躏，像一堆印着最漂亮的花纹，却已被洗烂的破布。我知道这是一种羞辱，对你的肉体与精神的双重羞辱，但我感觉很舒服。你哭吧！没有人会来救你的。

我想，我确实是个畜生。

当我最终意识到了这一点，当我看清身下的女子，将要从她身上离去之时，绑在她眼睛上的黑布，却突然掉了下来——她看到了我的脸！

我在旁边放了一支打开的手电筒，她肯定看到了我的脸。刹那间，我在她的眼睛里看到了泪水，看到了惊讶、恐惧、屈辱、愤怒……如果她手边有一把刀，肯定会拿起来戳穿我的肚肠。

我拿起手电落荒而逃。我不敢往下面去，罗浩然就在四楼，周旋等人都在二楼与三楼。我只能继续向楼上跑，一路冲到八楼的美容店，躲进那个充满药水气味的小房间——我相信没有人能发现这里。

浓重的臭味更加刺鼻，在封闭的小房间里，我用手电照着纤蓉的脸。

她睁开了眼睛，却不再是恶狠狠的表情，而是充满祈求与卑微，就像一条摇尾乞怜的狗！我阴沉地冷笑了一声。几十年前的中国历史早已证明，无论任何人曾经多么高傲，到了这种环境受了这种痛苦，都会把自己的尊严降到最低，甚至完全不在乎任何的耻辱。

我撕开她嘴上的胶布，同时用刀子抵住她的咽喉说："不许叫！否则就杀了你。"

"杀……杀……杀……了……我……快……杀……了……我……"

囚禁了三天三夜，纤蓉总算一心求死。看着她虚弱的样子，恐怕连自杀的力气都没了。我也不想再给她喝水了，最后一瓶宝贵的水是留给自己的。我怔怔地看着她的脸，看着她受过折磨后的身体，无论如何都无法跟那个办公室里的美人联系在一起，看了只感觉恶心，既为自己也为她。

"杀……了……我……"

这是她能用出的最后的力气。这声音似乎有催眠的力量，促使我用双手圈住她的脖子。我不敢看她的眼睛，只能闭上双眼，手指力度慢慢加重，掐住她柔软而长满红斑的喉部。她再也不能发出声音了，只是从咽喉深处传来奇怪的声音，就像打开一扇破烂的木门，或是风吹过古老的寺院窗棂。闭着眼睛的我不知深浅，从小心翼翼到用尽全力。

忽然，我感觉什么东西断了。

但我的手还停留在她的脖子上，直至我感觉她在变冷。

于是，我睁开双眼，看到她瞪大的眼睛。

她死了。

死去的纤蓉的目光里，带着一种满足与感恩——她感激我杀死了她，从而终止了她所有的痛苦。

到这时我才明白，为何许多人在受尽苦难之后，还会把加害者视为救世主，还会为强盗扔出来的半根骨头而感恩涕零。

我知道我对阿香，对莫星儿，都做了不可饶恕之事，对纤蓉也犯下了令人发指的罪行。可是，对刚才对她所做的这件事，我却丝毫没有愧疚之心，反而心安理得地看着她的尸体——我只是替她完成了心愿而已，用一句老话来说将功赎罪。

不过，既然已经世界末日了，就算犯罪了又怎样？这里没有警察，没有法院，没有监狱，没有军队，只有十来个可怜的幸存者，他们为了如何生存下去而苦恼，为了不知自己何时死去而惶惶不可终日，为了看不到明天而绝望至极。

但我不敢离开这里，因为莫星儿看到了我的脸，她肯定告诉那些人了，而他们除了惊讶与愤怒，也会组织起来四处搜索我。说不定他们已经约定好了，只要看到我就乱棍打死！妈的，这些早晚要死的家伙们，我不会那么轻易被你们逮住的。

然而，我只在这里忍耐了十分钟，就再也受不了这里的恶臭了——洗发药水混合着人类的大小便再加上死人的尸臭……虽然，我是一个畜生，但我想连畜生都无法忍受下去！

我冲出小房间逃了出去。八楼仍一片黑暗，底下却响着许多脚步声，从中庭栏杆往下看去，六楼与七楼的灯都亮起来了，他们肯定在找我还要杀了我！

你们都去死吧！

我像个孤魂野鬼似的在楼层间穿梭，八楼的灯光也亮了起来。我知道大事不好了，急忙躲入一条常人不走的通道，这里隐蔽地通往楼下。我匆匆地穿过七楼到二楼，一直逃到了底楼中庭。远远听到一阵犬吠，他们居然出动了那条拉布拉多犬？接着传来似是周旋的声音——"大家听好了！抓到许鹏飞，格杀勿论！"

靠，周旋，平时看你是个三流作家，没想到你妈的也太心狠手辣了！

不过，他们大概不知道我已经逃下来了，还在上头拼命地搜索。但我也没有再往地下超市逃，而是摸黑穿过底楼的走廊，通过一道隐蔽的小门，来到未来梦大酒店的大堂。我想那条狗也不会搜索到这里，因为底下有许多腐尸的气味，肯定会干扰它的嗅觉。

我躲藏到酒店前台后面的小房间,那是寄存旅客行李的地方。我打开一个大拉杆箱,发现一大堆发臭的衣服,浓烈的男士香水味扑鼻,估计是刚从酒店退房的外国客人留下的,真他妈倒霉!我蜷缩在几个行李箱中间,找了条毛毯裹起来,手里抓着防身的刀子,渐渐失去知觉。

永远的黑夜。七点,没有晨曦没有天空没有鸟鸣的清晨,我醒了。

我是被一个女人的哭泣声惊醒的。

谁?

当我慌张地跳起来,却发现有个女孩闯进了小房间——为什么是高三女生丁紫,而不是拿着棍棒刀枪的男人?这个十八岁嫩模般的可人儿,脸上还留有泪痕,突然看到小房间里有人,吓得魂飞魄散,刚要回头逃走,被我一把紧紧抓住。

我将刀架在她的脖子上,手堵着她的嘴巴:"不许出声,不然杀了你!"

杀千刀的!我真是个畜生,居然还有心情亲吻她的耳根!而她已浑身战栗,从耳根到脖子涨得通红,双腿几乎软下来了。我把她压到地上,把刀子放到一边,腾出一只手来,肆无忌惮地抚摸她的身体。

年轻就是好啊!乖乖!十八岁⋯⋯

就当我即将完全变成畜生时,后面响起一声女人的尖叫:"住手!"

我打了个激灵,回头看到那个女清洁工,她疯狂地向我冲了过来,而我下意识地拿起地上的刀子。

她叫什么来着?晕,谁会记得一个女清洁工的名字呢?

就在我分神的一刹那,感到右手震动了一下,同时,一片热热的液体洒到我的手上。

什么情况?

靠,我不是想杀你啊。

我看到我的右手已沾满鲜血,尖刀深深扎入女清洁工的身体,刀柄已几乎没入!

随着丁紫的一声尖叫,我松开了握着刀柄的手,飞快地冲出小房间。清晨的酒店大堂,如同子夜一片黑暗。我这才发觉自己身上也全是血,心跳剧烈。我穿过狭窄的通道,回到未来梦商场的底楼中庭。

我不敢往楼上逃跑,可能那些人还在彻夜搜索我,只能逃到地下一层。面对空旷的卡尔福超市,忽然想起两天以前,阿香就是死于此地。我躲到一个货架后面,颤抖着闭起眼睛,想象那个十三岁女童般的身体。

一分钟后,感觉眼前有什么奇怪的东西。当我睁开眼睛,却看到了阿香的脸——这回轮到我发出骇人的尖叫了。

可是，我却发不出任何声音，因为在四分之一秒内，我的脖子被什么卡住了——该死，我受不了了，我想我快要窒息了！

掐着我脖子的，是一只女人的手。此时一盏灯从头顶照了下来，才让我看清了那张脸。

莫星儿。

六小时前，她刚被我残忍地强暴。

而今，我变成了可怜的兔子，而她变成了恶鬼般的猎人。

她小小的手竟如此有力，如同钢铁陷入我的筋骨。我还听到一阵机器的噪音，好像是手持的小型电钻——Fuck！我必须要用英语骂人了，你他妈的敢用德州电锯来报复？

不……不……对不起……我不该骂你……莫星儿……是我错了……请不要……不要！

电钻飞速旋转着，渐渐逼近我的眼睛。我拼命地往后退，背后是沉重的货架，脖子已后退到了极限，而电钻始终在眼前发出狰狞的声音。

除了这恐怖的电钻，我还看到了莫星儿冷酷的表情，那不是一个女孩的眼神，甚至不是一个人的眼神，而是一只从地狱爬出的恶鬼的。她依然穿着那身白衣，被我强暴时穿的衣服，头发似乎刚刚梳理过，自然地散在双肩，就像从古画里出来的魂魄。她的手仍然掐紧我的脖子，我全无力气反抗。而她拿电钻就像拿发卡似的轻松，一毫米一毫米地向我逼近……

妈妈，妈妈，你听到了吗？你快救救我啊！妈妈，你看到我哭了吗？靠，我真的哭了，我的眼泪，该死的，不要啊……

最后一毫米，我看到莫星儿嘴唇动了几下，我明白她在说什么——"去死吧！"

终于，电钻占满了我的左眼。一阵钻心的疼痛，只剩右眼能看到世界，一个被鲜血覆盖的世界，热热的我自己的鲜血。

在莫星儿的电钻刺穿我的大脑之前，心脏已提前停止了跳动。

我不是被电钻杀死的，而是被自己吓死的。

第四章　海美

世界末日，人真的会把自己吓死。

但不会把我吓死，因为我早就日夜盼望这一天到来。

你们大概觉得我身世凄惨，过着有一顿没一顿的苦逼日子，只愿解脱出这悲惨世界。

其实，你们错了。

我叫海美，来到世上的十八年来，顶多就是打游戏打到手指发麻，吃海鲜吃到急性肠炎——如果这也算是吃苦的话。虽然我的爸爸只是个微不足道的科长，这职位却是区政府里掌握关键图章的肥差，家里常有生意人来访，留下一条鼓鼓囊囊的中华烟，或一只沉甸甸的廉价皮包。不到几年，我家就在市中心买了豪宅，在郊区添了独栋别墅，更为我去澳大利亚准备好了移民条件。在闲得没鸟事的文化局上班的妈妈，已经开上了奥迪 A6。她知道爸爸在外面有别的女人，但从不吵架，我也就装作什么都不知道。我不在乎爸爸有小三，只要每个月照常给我零花钱，我就可以买好看的衣服，换 iPhone 手机，去机场追五月天……有时我也会想，如果没钱了，如果爸爸锒铛入狱（可能性几乎为零），如果爸爸妈妈不要我了（除非亲子鉴定确认我是在医院被抱错的孩子）……甚至，如果世界末日来临。

就像吃不饱饭的农村孩子天天想着怎么挣钱养家糊口，给我家打扫的钟点工整日想着怎么从东家揩点油带回自家，学校门口扫大街的外地人时常期望捡到一个手机或钱包——因为他们一无所有，而我生来就不缺这些东西，我缺的只有一样——冒险。

爸爸把我十年后的人生也安排好了。高考全砸了也没关系，反正肯定要被送去国外读书。大学不毕业也没关系，他会把我安排到一个旱涝保收的企业上班。上不了班也没关系，他会把我的老公也提前预定了——女孩子嘛，嫁得好就 OK 了。

我讨厌这样的未来，却没有能力改变。我无法离开爸爸给我的钱，无法离开他给我的舒适生活，甚至无法离开因为爸爸的权力而得来的别人对我的羡慕。我生怕一旦失去这些，一无所有，会被所有人无情地嘲笑，终日背负那些轻蔑的目光——因为我也以这样的目光看待别人。

如果我变成了穷光蛋，丁紫这个富商千金小姐，会立即从骨子里瞧不起我。虽然我们是高中三年最好的死党，平时互称老婆，我相信她表面上会百般安慰我，信誓旦旦无论贫穷富有都一定要与我做朋友——可她又能坚持几天？说不定隔一两个礼拜，就会渐渐冷落疏远，嫌我身上的衣服廉价，嫌我用的手机山寨，嫌我吃不起哪怕是最普通的餐厅，嫌我不陪她一起去买演唱会的票，接着就以厌恶的目光看我，最后干脆把我从她的世界里删除，即便我就站在她的眼前，也只当我是悲催的路人甲或死尸乙。

4月1日，星期日，夜，22点19分。我跟丁紫一起逛未来梦商场，正在乘自动扶梯往下走，对面上来一个跟我们同龄的少年。

看到他的第一眼，我就喜欢上了他。

这是我除了五月天的阿信之外，第一次爱上一个男人。

该死的，我从没想到过自己会对谁一见钟情！

可是，我盯着他的眼睛，他却在看丁紫的脸。

这让我怎样的无地自容啊，虽然只有短短的几秒钟。丁紫却也只顾着看少年的眼睛，没有注意到我变得苍白的脸。

突然，大地震发生了——要是早走一分钟，说不定我俩就死在外面的世界末日了。自动扶梯断裂成了两截，我本能地跑到四楼，丁紫与少年却被留在了扶梯上。当时乱作一团，再回头扶梯上已空无一人。我也不知道去哪里找他们，甚至不知道他们的死活，只能随着逃难的人群到了底楼。很多人在挖掘逃生之路，但我毫无兴趣，我已想到了世界末日的可能性，或者说希望这个想象成为现实。于是，我开始未雨绸缪地寻找末日生存的空间。

当底楼中庭发生坍塌与踩踏，无数人瞬间死于非命时，我却在地下二层的超市深处，找到了理想中的末日生存室。太完美了！就跟网上说的一样，这样的结构和环境，加上超市里那么多东西——如果人类还能多活二十四小时，我绝对会撑到最后一秒。

我不关心上面那些人的死活。如果真如我希望的那样，整个世界都已陷入末日，那么无疑我的爸爸妈妈也都死了——确实有些悲伤，我还很爱他们，不仅仅因为他们也爱我。但这并不怪我，不是吗？难道我是上帝？难道我说我想要世界末日，地球就立马Game Over？总之，我也是个受害者。虽然既有些悲伤，也有几分兴奋，大概我天生就有斯德哥尔摩综合征。

我按照末日生存手册的指示，独自守着这个小房间，不断储藏各种食物和必需品。当我确认这些囤积的物资至少可以够我生存一个星期，便放心地拿起iPad，玩起了植物大战僵尸，直到丁紫带着那个少年找到我。

与好友重逢的喜悦只维持了半分钟，就被满腹忧伤取代，虽然我脸上丝毫未曾显露。小光——我是多么喜欢这名字啊，我才不管这是不是真名，也不管他到底姓什么，我只在乎他喜欢的女孩是谁。可地震发生时，他与丁紫在一起逃生，两个人亡命天涯的冒险，多半会产生爱情最起码也是好感吧。而我呢？一个可怜巴巴地躲在末日生存室里的精神病人——小光会这样想吧？

　　当大家都努力在末日活下去，丁紫和小光替我保守了秘密，没有让别人知道我在这里有个秘密基地——否则到了危急时刻，那些SB们肯定会抢占我的新家，就像住在破房子里的穷鬼们，整天做梦都想搬进我爸买的豪宅与别墅。不过，丁紫还是邀请我住到三楼去，她说有一家女装店宽敞又干净，很适合我们两生花居住。我却拒绝了她的邀请，虽然这样也就更难以见到小光了，但那本来不就是奢望吗？我无法离开我的末日生存室，我给自己搭建的末日里的天堂。

　　世界末日的第一个凌晨，我在地下二层的小屋安然度过——我没有梦见爸爸妈妈，但愿他们在天堂里安息，我只梦见了小光，梦见他细碎黑发下的眼睛。

　　第二天，丁紫与小光一起来找我。我不知道他们之间发生过什么，我也知道就算我悄悄地问丁紫，她也不可能对我说实话的。

　　小光说他并没有选择某个餐厅或店铺住下，而是整夜都在未来梦商场四处闲逛，因为他已经习惯了昼伏夜出的生活，即便世界末日也没办法调整过来。我盯着小光的眼睛，相信他所说的一切，因为这是我凌晨梦中出现过的情景。

　　我们三人一起闲逛，主要在超市"采购"食品。我顺便把超市里所有的口香糖都囤积到了地下堡垒。口香糖是我从小的最爱，但妈妈说吃口香糖会把牙齿弄坏，爸爸说只有坏女孩才嚼口香糖，要是让同事看到会丢尽面子。他们没收了我所有的口香糖，每次回家都要检查我的书包，口香糖是唯一的违禁物品。我只能在外面大嚼一顿，实在吃不完就送给丁紫。现在，我拥有了几年都吃不完的口香糖，各种品牌各种味道，我一口气嚼了三条，这是末日里唯一幸福的事。

　　虽然，我有了自己的末日生存室，但不可能二十四小时都在里面，我还是要被迫与许多人相处。二十来个幸存者当中，必然有我喜欢的人，也会有我讨厌的人——比如那个叫郭小军的富二代，第三天就被人乱刀捅死，至死还穿着他的迪奥西装。

　　死得好！是哪个好汉为民除害？我真想送给凶手一面锦旗。

　　不过，小光却在一边叹息，我从他的眼神里发现一种寒彻骨髓的悲哀。我真想悄悄对着他的耳朵说：为这种人渣，值吗？

　　就在这天晚上，洗头妹阿香不知为何发疯了。她在底楼的哈根达斯店连续杀死了四个重伤员，之后逃到地下一层的超市持刀顽抗，结果被正当防卫的周旋杀了——这种从山沟沟里出来的人，从小没受过教育的野蛮人，不就天生擅长干杀人放火的勾当吗？就算是个女人也不例外。同时，人们在地下三层的车库，发现一辆撞毁的雷克萨斯SUV，保安杨兵死在车里。男人们艰难地搬出他的尸体，扔到了地下四层。

一夜之间，连死六人！幸存者人人自危，并很自然把杨兵与阿香的死联系在一起。不过到底什么原因，大概只有看过地库监控录像的罗先生才知道，反正我是到死也没挖出什么八卦。

我发现一个奇怪现象，丁紫身边除了小光，经常会出现另一个人——女清洁工。这个女人四十来岁，一看就是乡下人，她为什么总是要接近丁紫呢？我了解死党的脾气性格，丁紫平时也最看不起穷人，尤其是打扫卫生的女人，似乎接近她们就会被弄脏。然而，当她面对这个女清洁工时，脸上却有复杂的表情。我不相信世界末日会让人转性，定有某种隐情。因此，只要离开地底堡垒，我就会悄悄地观察丁紫，偶尔也会跟踪一下女清洁工。

这是从前做梦都想不到的事。我居然会去跟踪这么低贱的人！在我的辞典里，女清洁工就属于第四等人。

什么？你问我的辞典里，第一等人又是什么？

当然是未来梦大厦的主人罗先生，在他永远冷漠的眼神里，我发现了一种高贵——骨子里血管里的高贵，起码几代人才能养成，岂是郭小军这种暴发户能比拟？他有内敛、沉静、坚忍的气质，我打心底尊敬甚至崇拜这个男人。如果我爸站在他跟前，必然感到无地自容。不错，罗先生才是真正的贵族。

吴教授也可算作第一等人，他来自大名鼎鼎的学术世家。要不是因为他的理论，我也不会迷恋上末日生存。虽然，他的财富与权力无法与罗先生相比，可话语权不是更大的权力吗？他能一呼百应，微博上短短几句，就引来全世界上千万关注。从这个角度而言，他也是一个权贵。

第二等人，就是我这样的——父母条件不错，虽没有腰缠万贯，但至少这辈子吃喝不愁。丁紫也是如此，她爸爸做进出口生意，在世界各国飞来飞去，每做一单就能净赚一辆保时捷。虽是高中三年死党，我却从没去过她家，听说是每平米十万元的房子——与真正的豪宅相比，我家只能算农民房了。跟父母都是普通上班族的同学们相比，也只有丁紫才配跟我一起玩。我常对她羡慕嫉妒恨，因为她比我漂亮，家里比我有钱，但我必须跟她交朋友，否则会被这个社会淘汰。

第三等人，比如那个三流作家周旋。我从没听说过他的推理小说，与我们家小四相比，他简直就是一块废柴！不过，他到底还是出生在本市，听说在这附近长大，多年前毕业于我正就读的四一中学。念在学长旧情，我将其归入第三等人——白领也属于这个等级，比如那个叫许鹏飞的猥琐男。还有莫星儿也是这样。

第四等人，超市员工陶冶、保安杨兵、洗头妹阿香、中年女清洁工。不仅穿着、打扮、气质、肤色，我相信城里人与农村人连基因都是不同的，就算脱光了混在一起，也能一眼分辨出来。陶冶读过些书，整天跟周旋泡在四楼书店，可每次他经过我的身后，虽然什么都没闻到，我心里却总泛起一股大蒜味，不敢让他靠近一寸。想起小学时坐公共汽车，每逢春运就挤满了提着大包小包甚至扛着扁担的农民工，我快要被那些人的气味熏晕过去——陶冶、杨兵、阿香、女清洁工，从哪来回哪去吧！

其实，还有第五等人，却没人记得住他！好吧，我也懒得说，免得脏了我的嘴。

幸存者中还有一对日本母子，不在我列举的这几等人中。玉田洋子身上有股特别的气质，对儿子照顾得无微不至，大概我以后做了妈妈，也不会有她这么细心认真——白痴！世界末日还想这些干吗？没有以后了！在坚固的末日生存室中，我抚摸着我的小腹，十八岁的小腹漂亮而紧绷，它再没有机会隆起孕育宝宝了。泪水不禁从双颊流下，是不是又想太多了？再说说玉田洋子的儿子正太，我觉得他像吸血鬼！没错，虽然长得还算可爱，但苍白的脸庞，还有奇怪的眼神，都让人很不舒服。

最后，我还漏了一个人，我是故意要漏掉的。

小光，我不知道他应该算哪一等人，但我相信，世界上所有人都可以被归到某一个等级中，他也一定有自己的归属——希望是我尊敬并羡慕的那一等。从他那忧郁深邃的目光来看，我相信自己的愿望会是真的。

是，我喜欢他，可我不能接近他，因为我的死党也喜欢他。我只能远远地看着他，偶尔趁着丁紫不在，跟他套近乎说几句不着边际的话。而他总是心不在焉的样子，视线的焦点不知道放在哪里，也不晓得有没有听见我的话。我也试探着问过他的来历，而他只说自己是个杀手——真他妈的酷！

在地底的第五夜，我头一回没待在我的堡垒里睡觉，而是一路跟踪着小光，直到四楼的日本料理店门口。不知道这里是谁住的，但里头亮着灯光。小光远远地缩在一个角落里，而我躲在更远的一个柜台后面。不久，日本料理店门口走出一个年轻女人，但是又远又黑看不清楚。

小光蹲在原地不动，我只能远远看着他。一分钟后，日本料理店里又出来一个男人，在门外抽烟——红色的火点亮起，却照不出他的脸。显然，他违反了罗先生的规定——严禁吸烟，为防止任何可能的火灾。小光一直盯着他，直到那个人又接连吸了好几根烟，每根烟头都被塞入一个容器，估计是他带出来的烟灰缸。就这样过了大约半小时，那个男人又回到日本料理店里了，小光依旧潜伏在外面——难道他要这样耗上整个通宵吗？

我撑不住了，正要下去睡觉，却撞到楼上冲下来的一个人。对方发出悲伤的哭声，还是个女人的声音。我以为撞到女鬼了，赶紧转身逃跑，却被一把抓住了。我感受到了她的体温，还有剧烈的颤抖，这才打开手电，发现居然是莫星儿。她满面泪痕，头发散乱，眼圈发红，衣服也不整齐，像从集中营里逃出来的。

"我……我……被……强……暴……了……"

一开始我没听懂，但再看看她的样子，立刻明白了——我不是小女孩，我知道这是女人最悲惨的遭遇。

扶着她下到三楼，大部分人都住在这层楼面，我大喊起来："有人在吗？"几分钟后，差不多所有人都出来了。玉田洋子帮助莫星儿清理身体，男人们则各自抄起武器，上楼去追捕可耻的强奸犯——听说竟是那个叫许鹏飞的白领。怎么可能是他？看他那副萎靡不振的衰样！

我吓得逃到地下二层，躲进我的末日生存室，祈祷不要再见到那个色魔。再也睡不着了，熬到清晨六点多钟，我悄悄走出堡垒，经过地下一层时，却意外地撞见了莫星儿——她的头发重新梳过，脸庞虽被擦干净了，肤色却苍白得吓人，眼眶红红的，目光呆滞。我不敢跟她说话，也不知道她为何下来，只能从她的身边绕过，独自来到底楼大堂。

仰头看着中庭上的九层楼，隐约传来男人们的声音，看来通宵都在搜捕许鹏飞。忽然，我又听到一个熟悉的声音，就在底楼的某个角落。我无声无息地过去，在女厕所的门口，看到丁紫与那个女清洁工——靠，怎么又跟这个下等人在一起？

我发觉丁紫脸色憔悴，嘴唇在发抖，眼角还挂着泪滴。乡下女人欺负她了？

"你不要管我！"丁紫向女清洁工吼了一声。

那个四十来岁的中年女人跌跌撞撞地后退两步："我做不到。自从被困在地下以后，我每天都在担心你。"

"滚！你给我滚！"

"对不起，我知道，我不应该出现在你面前。"

女清洁工委屈地低头，丁紫却报以更猛烈的回击："你为什么不早点在地震中被压死呢？"

"你……你……居然……说出……这种话……"

终于,她也忍不住掉下了眼泪——其实,丁紫也说出了我心中的话,这种人在世界末日活下来干吗?还要浪费地下有限的空气、水和食物,早点死了才干净!

没想到,女清洁工的这番话居然刺激到了丁紫,她的眼泪止不住地流,飞快地冲向走廊另一端,通过一道小门,跑到未来梦大酒店的底楼。女清洁工在后面追赶着,但因为她刚刚受过伤,所以跑不快。我更不敢被她或丁紫看到,只能跟在她的背后。

来到酒店大堂,女清洁工举着手电向黑暗中照射。这时,前台后面的小房间传出某种奇怪的声音。她立即冲了进去,不到几秒钟的工夫,里面便响起一阵尖叫声,我听得出那是丁紫的声音。转眼间,一个男人从小房间跑出来,竟然正是许鹏飞!这个强奸犯浑身都是鲜血,惊慌失措地飞奔而出,从我隐藏的大花盆旁边经过,逃回了未来梦商场的底楼中庭。

我当然不敢去跟踪强奸犯,径直冲入酒店前台的小房间,只想知道丁紫怎么样了。

地上滚落着一支手电,照亮了尸体——我确信女清洁工已经死了,这个中年女人死不瞑目,至死还看着丁紫。胸口插着一把刀,鲜血已染红全身,也包括丁紫的双手。我注意到一个奇怪的细节——丁紫手里握着一张吊牌似的卡片,像是女清洁工的工作证。我也发出了尖叫。丁紫却完全无动于衷,尽管衣衫凌乱,似乎被那个变态欺负过,却像一座雕塑跪在地上,痴痴地看着女清洁工,大滴泪水从眼眶滑落,滴在死去的女人的脸上。

当我那长达两分钟的断断续续的尖叫停息下来,丁紫这才抬头看着我的脸,而她沾满鲜血的手,却将那张女清洁工的工作证塞到了自己的口袋里。

也许是我的尖叫声太过惨烈,引来了周旋和陶冶,小光也跟在他们的身后。他们都被这场景震惊了,小光紧紧搂住丁紫的肩膀——我的眼前像多了一个玻璃罩,再也不敢靠近曾经的死党。

其他人将女清洁工的尸体拖到地下四层去埋葬。几分钟后,听说他们在经过地下超市时,意外发现了许鹏飞的尸体,一把电钻还留在他的眼睛里,估计钻头已戳穿了他的大脑。

我和小光仍然留在原地陪伴丁紫,可她始终低着头掉眼泪,一句话都不愿意跟我们说。还是我告诉了小光——当女清洁工刚进小房间时,强奸犯许鹏飞和丁紫都在这里,显然杀人凶手就是许鹏飞。

忽然,我觉得自己有些卑鄙。我是故意要让小光知道,强奸犯曾与丁紫单独在一起过，而丁紫看上去衣服又不整齐——邪恶的暗示。

果然，这句看上去漫不经心实则不怀好意的话，让小光产生了强烈的反应，他猛然回头盯着我的眼睛，迫使我心虚地后退半步，又低着头说："我没有说谎。"

没错，我是没有说谎，小光也相信这是真话。他又看了看丁紫，微微叹息了一声。然后，他竟然当着我的面，毫不嫌弃地亲吻她的嘴唇！

终于，丁紫把头埋到了他的怀里——我感觉她一直不敢看我的眼睛。

这一幕深深刺激了我，眼前这个迷人的少年是我唯一爱过的男子，却丝毫不顾忌我的感受，只当我是空气吗？

我无地自容地退到旁边，就在我抹着眼泪要逃出去时，身后却响起他的声音："海美，麻烦你再照看一下丁紫，我去拿些水和食物，还有毛巾和衣服来。"说罢，一阵风般地冲了出去。

我走到丁紫身边，看着这个坐在地上的悲伤的女孩，仿佛刚刚失去了对自己极为重要的人——我隐隐猜到了一些。我与她之间已生隔膜。我感到深深的羞耻，既为自己也为了她。死党？闺蜜？金兰？还能有什么词汇？我只觉得自己被欺骗了，被欺骗了整整三年，就像个傻逼被人耍了！

"丁紫，我问你一个问题。"

她却低着头不敢回答半个字。

我紧追不舍："你跟那个刚才死掉的女人是什么关系？"

丁紫有了反应，颤抖着抬起头，目光怨恨地盯着我，还是不说话。

"你不敢回答是吗？"我向来得理不饶人，今天非得问出个结果，"三年来，我们是最好的朋友，你也知道我最讨厌哪种人了！一种是穷人，另一种是骗子。告诉我，你没有骗过我！"

她还是不回答。

"高中三年来，你一直说你们家很有钱，你也一直刷信用卡买各种值钱的东西，经常给我送贵重的礼物。可是，你从没带任何一个同学去过你家，我也从没见过你的爸爸妈妈，连你家的车也没见过。所有的一切，都是你编造的，是不是？"

丁紫依然双唇紧闭，沉默地战栗着，怔怔地看着我，似乎眼睛里要迸出血水。然而，她的这种从未有过的眼神，却更激起了我的愤怒——

"你一直在骗我！其实，你是一个出身低贱的下等人，竟敢冒充有钱人跟我交往！人怎么能无耻到这种程度？"

最后一句话还没说完，我看到丁紫一声不吭地抄起什么东西，等到接近我眼睛，才看清是原本在地上的玻璃花瓶。

根本没有躲闪的机会，花瓶已砸到了我的头上。疼……

玻璃花瓶重得出奇，撞击到我头骨的瞬间，化作无数坚硬的碎片。其中，最锋利的几片，如同刀尖深深扎入太阳穴，又钻进我的大脑……我眼睁睁看着自己的鲜血，如同红色香槟，飞溅到对面冷酷无情的脸上，那是丁紫十八岁的脸。

红色，淹没了我的眼睛……

地狱是红的。

我死了。

第五章　吴寒雷

当你们看到这段文字的时候，我，已经死了。

我的死要怪谁呢？

世界末日？可怜的幸存者们？最近发生在地底的最黑暗最残酷的事？对不起，关于那些可怕的事件，是我不能说的秘密，因为一旦让你们知道，会对人类这个物种丧失最后的信心。

也许，只能怪我自己。

4月1日。星期日。夜，22点19分。

大雨之夜，我在未来梦大厦地下二层，卡尔福超市图书柜台前，那里堆着我的最新著作，畅销书榜上第一名的《黑暗日——世界末日即将来临》。我叫吴寒雷，快五十岁了。我看着封面上自己的照片，惶恐地站在即将关门的卖场中。今晚超市顾客不多，各自匆忙地从我身边走过，没有一个人来找我要签名。因着孤独，我越发恐惧，低头闭眼，默默向老天祈祷——世界末日快点降临。

果然，当我抬起头来，大楼开始剧烈晃动，飞速往下沉没，灯光忽明忽暗，四处响彻人们仓皇的哭喊声。

我仿佛看到了柴达木盆地荒野上那道耀眼的光芒。

黑暗的地底，尸横遍野之后，我决定站出来说话，拯救人类最后的幸存者。我的话最具权威性，经过强有力的论证，他们完全相信了我的判断——世界末日降临，地球人已基本灭绝，沉入地底的未来梦大厦，成为了最后的诺亚方舟，尽管我们终将在数天后陆续死去。

我成为当之无愧的领袖，就连大厦主人也要听我的。我们一起制订地下生存规则，除了让每个人尽可能搜集食物，还由我、罗浩然、周旋负责管理公共生存资源——电力维护、厕所卫生、上百具尸体的处理、合理分配有限的氧气与燃料。你们不会意识到这些工作有多难。不晓得要供二十多个人生存，要消耗多少资源。就像在管理一个微型的国家，国民们只知道怨天尤人，政府首脑却还要考虑到每个人的生老病死，以及整个社会能否正常运转。

今夜无人入眠。

只有一个人不相信我的观点，就是那个年纪最大的重伤员，六十多岁的塌鼻子老头。我私下里跟他有过一次对话——

"我不相信什么世界末日，中国人经历了五千年风风雨雨，到现在不还是好好的吗？全世界那么多国家，你看人家美国多强大啊，怎么可能说完蛋就完蛋？"

面对他的质疑，我平静地回答："你要相信科学，人类历史上的许多文明，也都是在瞬息间毁灭的，事先谁也不敢相信。"

"你们这些'科学家'都是吃饱了撑的，整天胡说八道，要不是这样还有谁来重视你们？谁会来关心你们关在实验室里拼死拼活一辈子的成果？除非告诉大家——地球马上就要毁灭了，你们没有一个人能逃得了，才会成为举世瞩目的中心。"

"好吧，随便你怎么想，请努力地活下去吧！"

对不起，我至死都没记住他的名字。

接下来的两天堪称完美。大家都严格遵守秩序，幸存者们井井有条，重伤员也受到很好的照料。总体来说还算正常，没人有什么过激行为。唯一美中不足的是，人可以听话，动物却不守规则，出现了猫、狗、老鼠与人类争夺食物的情况。

虽然，所有食物迟早会被吃完，无论我们怎样节约，燃料也将在几天内消耗殆尽——那时每个人都将忍受饥饿、干渴、寒冷、黑暗、孤独、绝望，还有腐尸的恶臭……我却有一种奇怪的感觉——只要有我在，就能带领这些人一直活下去，直到末日的末日。

末日的末日？这听起来有些古怪的说法，正是我在自己书中结尾提到的，那是地球上最后的人类，因为饥饿、疾病或衰老而不得不面临死亡的时刻。那是在七天后？还是七个月后？抑或七年以后？当我们都成为食尸的怪物。

我与周旋严肃探讨过这个问题，假设食物都吃完了，动物也被幸存者捕杀殆尽——就像史前人类捕猎野兽那样，最后连猫肉、狗肉甚至老鼠肉都吃完以后，我们还将依靠什么生存下去？最终，饥饿会不会迫使我们吃尸体的腐肉？我的答案是：Yes。周旋却说："我宁可活活饿死，也不会吃死人的肉！"

"那你只能选择早点自杀了。"

"不，我会选择饿死，但不会自杀。"

看着他坚定冷酷的眼神，我感觉自己更像一具僵尸，依靠吃腐肉生存下来的最后的活物。

第三天，郭小军惨遭杀害，我感到自己可能活不到吃死尸的那天了。

我和周旋询问了罗浩然，他能看到所有监控录像，罗浩然却说杀人现场是监控死角，无法找到凶手。

这天晚上，发生了更严重的事件——洗头妹阿香杀死了四个重伤员，在她攻击周旋等人时，被正当防卫的周旋杀死。然后，在地下三层车库，发现了死于车祸的保安杨兵。

一夜之间连死六人，所有人都惶恐不安。

第五夜，莫星儿被强奸了，她指认色魔就是白领许鹏飞。

好遗憾啊！我对这个女孩产生过性幻想，她长得酷似电影明星，或许还会生下健康漂亮的后代。为此我差点与人翻脸——可那仅仅只是幻想，我没有勇气做这些事。

次日一早，许鹏飞在强奸高三女生丁紫未遂后，持刀捅死了女清洁工于萍乡。不久，人们在超市地下二层发现了许鹏飞的尸体，有人用电钻钻入他的眼中，异常残酷地杀死了他。当我们处理完所有尸体，却发现高三女生海美失踪了。

紧接着，更大的灾难降临——最后一滴柴油耗尽。

整栋大楼的剩余部分，全都陷入沉沉的黑暗，大家只能点起蜡烛，行动时用手电筒，干电池成为最珍贵的物资。没人再来理我了，各自寻找安全的所在，拼命保护有限的食物和水。有人开始屠杀猫和狗，用酒精锅来烹饪，通过吃肉保持热量——白痴，你们也在消耗最后的燃料！

我孤独地游荡在黑暗里，触摸虚无的空气——实际是日渐稀薄的氧气，越来越多来自地底的腐尸之气。我睁大眼睛，什么都看不到，仿佛绝望的瞎子……

忽然，眼前闪过亮光，如同一万个太阳般明亮，那是世间最美最奇幻的景象，转眼让亘古寂静的盐化荒漠，变成月球般的彻底荒凉。我躲在观察掩体深处，举着沉重的军用望远镜，观察数十公里外的核试验。当周围所有人欢呼成功时，我看到父亲的眼里含着泪水。很多年后，我一直试图搞清楚当时父亲的泪水究竟是因为喜悦还是悲哀，如果属于后者，是为了自己，还是为了妈妈，或者其他什么原因。

为什么会看到这些？我不是身处一百余米深的地底吗？不是在世界末日人类最后的幸存者之中吗？可是，无论我怎样揉眼睛，始终看到这幅将近四十年前的景象，被大脑掩埋如此之久的记忆——那是柴达木盆地最荒凉的中心地带，地球上真正的不毛之地。

父亲，我依然那么爱你！即便我年近半百。我有一种强烈的感觉，你没有在世界末日中死去，你仍然好好地窝在躺椅里，头脑清晰地回忆着四十年前，那个美好寂静的夜晚，在清澈得几乎透明的荒野星空中，为我指出哪一颗是最亮的恒星天狼星，哪一片又是遥远依稀的猎户座星云。

我的儿时记忆中很少有父亲，他总是躲藏在某个邮政信箱背后——没有地址也没有单位，只有一个特别的号码，如果给他写一封信，要两个月后才能收到，在几千公里外的新疆或青海。当时没有电话，连发电报也不可能。有一回，父亲给我回了一封信，上面明显有被人涂改的痕迹，显然担心他泄露国家机密。

其实，父亲这封信只是告诉我，我家祖先是《西游记》的作者吴承恩。他的子孙默默无闻，直至乾隆年间有人进士及第才飞黄腾达。道光时我家先人做到翰林编修，四兄弟皆以诗词闻名。我的祖父曾留学日本，参加过辛亥革命，后来经商致富。父亲抗战后赴美攻读理论物理学，是爱因斯坦的得意门生。五十年代，父亲怀着一腔爱国热情，放弃了美国的高薪职位，追随钱学森先生归国，参与研制中国第一颗原子弹。自从我出生以后，他一直隐藏在沙漠中心，记录与研究每一次核爆炸的数据。至今，两弹一星元勋功臣名单里，还可以看到他的名字。

那一年，我的母亲自杀了。

我的外公是著名历史学家，我的母亲是北大历史系教授，研究中国上古文明起源。母亲的研究与众不同，她关注国外的考古发现，尤其是在非洲发现的古人类化石。当时中国学术界认为，北京猿人、蓝田人、元谋人是现代中国人直系祖先，我们单独在中国本土进化为人类。但母亲大胆地提出新观点，认为中国人的祖先与其他种族一样，无论白种人黄种人黑种人，都来自十几万年前的非洲。而北京猿人早已如尼安德特人般灭绝，与现代中国人并没有亲缘关系。她的观点震惊了学术界，被定性为洋奴哲学、中国文明外来说翻版。她也被打成反动学术权威。北大学生告发她是苏修特务或美帝间谍，是帝国主义及社会帝国主义消灭中华民族的急先锋。母亲在被自己的学生殴打几小时后，爬到寒冬腊月的未名湖上，破冰溺水身亡——我亲眼看到妈妈的尸体从冰冷的湖水中捞出来，像永不醒来的睡美人。

那一年，我十岁。

我独自离开了北京，偷偷爬上一列运货的火车，饿了三天三夜，撑到了西宁。几个月前，数千公里外的父亲，突然被调离了氢弹项目，奉最高统帅的指示，深入柴达木盆地的荒漠，参与名为"101工程"的神秘项目——这是父亲邮政信箱的编号。

在寒冷的高山与草原间，我沿路乞讨求生，几次饿得昏过去。一户蒙古族牧民救了我，他们不知道什么"101工程"，只知道在荒野彼端，常有解放牌卡车出入。我跟随着他们，沿着卡车深深的辙印，穿越只有藏羚羊的无人区，来到一片真正的不毛之地，传说中的永久性地堡。荷枪实弹的士兵将我抓到地下指挥部审问，这才见到了父亲。

他没认出我来，我却认出了他。当我说出他和妈妈的名字，他惊讶地把我抱在怀中——他不知道妈妈已经自杀了。

父亲温热的泪水打在我脸上，从此我就住在"101工程"基地。

这里距离核爆试验场最近，有一个警卫连，父亲是唯一的研究人员。荒漠里有大把空闲时间，父亲不像其他人那样热衷于猎杀藏羚羊，他成为了我的老师，除了最擅长的数理化，还教授我语文、历史、地理。我在十二岁时，几乎已达到了物理学研究生的水平。父亲从不说他的研究内容，每到天黑就强迫我睡觉，而他钻进可以防御核辐射的实验室，一熬就是整个通宵。

有一次，父亲破例允许我参与观察一次核试验，他给我穿上全套防护服，戴上厚厚的眼镜，藏在坚固的掩体里，通过一个狭窄的口子，用高倍望远镜近距离观测核爆。核试验相当成功，第二天震惊全球，据说克里姆林宫的主人目瞪口呆，撤销了本已拟定好的毁灭中国的计划。永远不会忘记那巨大的光芒与火焰，似乎只要再等几秒钟，就可席卷到我脸上，进而摧毁整个世界。当我擦着父亲脸颊上的泪水，回想刚才那道光芒——就像新年焰火般绚烂夺目，忽然闪过一个念头：只有等到那一天，才是地球最盛大的节日。

那天以后，父亲开始向我开放他的研究成果，包括最新的地球物理勘探数据。怪不得每隔几天，荒野上就会响起巨大的爆炸声，并感觉脚底剧烈震动。核爆不可能如此频繁，肯定有其他原因——他们在用炸药引发人工地震，通过地震波向下传播，勘探地球深处的秘密。许多矿产资源就是用这种方法找到的，但他们并不找矿，而有更重要的目标。父亲制造的人工地震威力强大，可以达到自然地震的烈度。幸好方圆数百公里内渺无人烟，否则再坚固的建筑都会倒塌，而我们也只能住在地堡里。

有一夜，核辐射没有超标，父亲不穿任何防护装备，独自带我走出地堡。我们躺在一块高丘上，仰天看着清澈的星空，在海拔三千多米的高原，亘古荒无人烟之地，所有星辰都近在眼前触手可及。

"爸爸，这些星星将永远存在下去吗？"虽然身下是坚硬的岩石，气温冷得让人直流鼻涕，但我依然十分享受。我想，那是我人生中唯一感到幸福的时刻。

"不，虽然叫恒星，但也不是永恒的，跟我们每个人一样，有出生也有死亡。"

"星星会死吗？"不知为何，我的脑中浮现起了妈妈的尸体，从结满冰块的未名湖里捞起的妈妈。

"是的，偶尔运气好的话，这里还可以用肉眼看到超新星的爆炸——恒星死亡过程中的爆发。"

"我怎么看不到？"

"总有一天,你会看到的。"父亲微笑着摸摸我的头。

他的手好大好暖和,暖到了我的心窝里。可是,我悲伤地问道:"如果,连恒星都会死亡,那么地球也会死亡吗?"

突然,一串流星划破夜空。

父亲异常严肃地回答:"是,太阳必将死亡,地球也必将死亡,人类也是如此。"

"爸爸,我害怕。"

十二岁的我真怕了,比亲眼看到妈妈的尸体还要害怕,比流浪在饿狼出没的荒野还要害怕,我是害怕到了所有人都将死去的那一天,那些害死我妈妈的坏人,和所有的好人同样死去,死得没有任何差别!

父亲把我抱入怀中,口中呵出大片热气,自言自语道:"人生是什么?我们生下来,然后又死掉。"

不久,我从父亲口中知道了他的秘密——所谓"101工程"的研究对象,并非核武器或洲际导弹,而是地球将于何时毁灭。不是毁灭于美苏核战争,就是毁灭于万恶的资本主义对环境的破坏,或是毁灭于自然灾难本身。只不过,到时候不分什么东方社会主义阵营,或西方资本主义阵营,也不分什么一小撮帝国主义垄断资产阶级,或是世界上四分之三挣扎在水深火热中的劳苦大众,反正是一起灰飞烟灭。

父亲在观测核爆数据的同时,也发现最近十几年来,地壳活动越来越反常,各种灾变也因此不断,甚至预言到了几年后的唐山大地震。虽然,"101工程"只是最高统帅不经意间的一个指示,父亲却彻底迷恋上了这项工程,以至于数年间再没离开过柴达木盆地,日夜与人工地震和密密麻麻的数据,以及让人孤独到绝望的星空为伴——要不是有我陪伴,他早就走火入魔了。

父亲的研究不但深入地底,还指向了天空——上头给他配备了最先进的无线电设备,可以直接将信号发射到太阳系以外。他坚信自己接收到过神秘的电磁信号,只是限于技术障碍无法破译——简而言之就是外星人的信息。

那年,我十三岁。

也就是在那一年,中国发生了很大的变化。投入巨大的"101工程",以及父亲的世界末日研究,都被当作荒诞不经的胡闹而被撤销。父亲不愿离开地下研究所,在所有人员都撤离以后,我们父子又坚持了一段时间,他还想继续整理那些令人震惊的数据,直到消耗完所有补给,在大雪中等待死亡降临,才有一队军人把我们救了出来。父亲被强制送回北京,继续从事核武器研究,而他数年来艰苦采集来的数据,却被轻而易举地销毁了。

他疯了。

我本以为父亲活不了几年,没想到他在精神病院里活了三十多年,至今依然坐在躺椅里,从早到晚为病友们描述核爆炸的情景。半个月前,我专程去看过父亲一次,他差不多已认不出我了。我紧紧抓着他的手,看着他混浊的双眼,仿佛回到柴达木盆地的荒野,看着他遥望星空的目光——很遗憾我无法抱着老父的骨灰去墓地,因为他必将活得比我长久。

我的时光已所剩无多。

今年一月,我在美国参加世界末日学术研讨会时,晕倒在万人瞩目的讲坛上。美国最好的医生为我作了诊断,确认我的脑中有一个恶性肿瘤——运气好还能活半年左右。

最初的愕然过后,我从容接受了这个结果,嘱咐医生将病情绝对保密。我放弃了治疗,只是随身携带一些止疼药片。医生无法判断我得病的原因,而我自然想到了那片骇人夺目的光芒——是我十二岁那年,近距离观测核试验的结果?因为遭到核辐射而突患脑癌的病例很多,比如切尔诺贝利核事故中的救援人员,有人在几十年以后突然发作,但也不排除一辈子都安然无恙——比如观测过多次核爆,却健康活到八十岁的老父。

我并不遗憾生命如此短暂,也不遗憾没有家庭与孩子,甚至连真正爱过的异性也没有。令我自豪的是,从没有一个中国学者,能像我在全世界范围获得如此高的知名度——诺贝尔物理学奖我本就不在乎。我可以掀起一场影响数亿人精神深处的运动,各种肤色各种国籍各种阶层的人们,都对我崇拜得五体投地。他们尽力安排好自己身后之事,呼吁和平反对战争弘扬人类大同,这何尝不是我们对未来社会的憧憬?

在末日审判到来之前,我,便是他们的神。

我唯独有两个遗憾,一是无法为父亲送葬,二是不知能否看到世界末日的那一天。就像我等了一辈子,都没有凭肉眼看到过超新星的爆发。

对不起,相信我并崇拜我的读者们,这么多年来我一直等待这一天,无比强烈地期盼世界末日到来——自从母亲的尸体从未名湖中被捞起来的那个雪天以后,自从亲眼目睹核爆的一万个太阳的光芒以后,自从与父亲躺在黑夜的荒野里讨论恒星的死亡以后……

在真正的世界末日到来之前,我想选择一个最具有潜质的地方。我不想选择地震高发区、活火山口附近、地质灾难易发地……他们会说我是故意挑的,我想找到一个熙熙攘攘的闹市,一个最不可能发生灾难的地方。

未来梦大厦。

我调查了中国东部沿海所有城市的地质结构，发现本市最近数十年来地面沉降严重，尤其是这座大厦附近的区域。我私下里作了监测，确认这座大楼正在严重下沉，再加上市郊的化工厂近年大量抽取地下水，导致市区地底出现了一个巨大空洞。如果有一些外部条件，就会发生严重的地质灾害。于是，我选择了这一天，愚人节，大雨之夜，独自来到未来梦大厦，进入卡尔福超市地下二层——这样就有了回到地下避难所的感觉，站在摆满我的作品的书架前，祈祷灾难发生……

是我感动了上帝吗？如果，你存在的话。

4月1日。星期日。夜，22点19分以后，我相信了。

我还让地下所有的幸存者都相信了世界末日的到来。那些人都深信不疑，并把我视为最后的救星。

这是命运给我的最后机会？我将在世界末日死去，带着所有的荣誉与赞美，在我的大脑被恶性肿瘤侵蚀之前。

可惜，到了第七天，我所勾勒的这个世界彻底崩塌了。

上帝没有站在我这边。

当我独自依靠在墙边——这是整栋大楼的承重墙，能感到一阵轻微的震动——那不是来自地下，而是从上头来的。我隐隐察觉到了什么。反正也没有人再听我的话了，这个伊甸园已变成了人间地狱。我悄悄来到九楼的电影院，用大号手电扫向黑暗，虽然穹顶基本完好，裂缝却增加并扩大了。我特别注意各种管道，比如下水管与通风管，七天前全被废墟瓦砾堵死了，而今却有空气流通——有人打通了这些管道！如果没有自这些缝隙和管道透进的新鲜空气，可能昨晚我就会因缺氧而窒息死亡。

果然，我在一个管道中发现了一瓶矿泉水。只是最小的那种瓶子，外面包着一层塑料纸，用加粗字体印着几句话——

地下的幸存者们，请不要恐惧与绝望，全世界都在关注你们，亲人日夜盼望你们回家。我们很快就会打通最后几十米，将你们救回地面。请一定要保存体力，维持好秩序，我们会不断输送水和食物。坚持到底，就是胜利！

若是其他幸存者，看到这瓶水以及这些文字，必定会欣喜若狂，静待救援人员到来。

可是，我却掏出打火机，烧掉了塑料纸，又把矿泉水一饮而尽。

世界末日，真的，还没到。

说不定再过几天或几个小时或几分钟，就会有人从天而降把大家都救出去——那不是我想要的结果！

对于你们而言，世界末日过去了，而对于我来说，世界末日终于来临了。

我会被救到地面，无数镜头将对准我——有人会对我吐唾沫，骂我是个跳梁小丑，骂我是个无耻的骗子，甚至说我是个贩卖伪科学传播迷信的神棍。地球上所有追随我的人，都将在一夜之间作鸟兽散。

被救出来的幸存者会指着我的鼻子说："全是因为你吴寒雷的言论，才导致我们对世界绝望，不再抱有被救出去的希望，最终导致了那些无比可怕的事件！"那些确实是无比可怕的事件，连我都不敢说出来，担心会让地面上的六十亿人更绝望。

当我被全世界抛弃以后，或许用不了几个星期，就会一个人躲在某个小医院里，躺在肮脏的病床上，被脑子里的肿瘤折磨得痛不欲生，直到变成一具僵尸。

我不想忍受这样的耻辱以后再死。于是，我想办法堵死了这个管道口子，继续让这里变成坟墓吧。

迅速离开九楼，戴上口罩回到地下四层——尸体大部分都已腐烂了，满是能让活人晕倒的恶臭。可我仍然走近那些尸体，虽然一个个都已面目全非，却都还像我昨天的朋友。我丝毫都没有害怕，推开几个肚子鼓胀的死人，又拉起一堆分散的肢体，直到自己整个人钻进了尸山深处。

现在，我的眼前除了尸体还是尸体，我想起许多年前柴达木盆地的寒夜，父亲在神秘的星空下对我说过的话："人生是什么？我们生下来，然后又死掉。"

哈哈，不过是如此嘛，死亡不过是所有人生的结局，谁能够逃过这一天呢？只不过他们略微悲惨了一些，没有被烧成骨灰落个干净，而是在地下成为老鼠与蝇蛆的盘中餐。果然，几条蛆虫从我的脸上爬过，滑滑的痒痒的，就是感觉不到害怕。

等一等——我想我看到了什么。

虽然，没有光。

那……那……不是人……我可以肯定……它不是人……

是什么？不，不要啊！它到了我的身上。哦！滚开！不！

可惜，我无力抗拒，这是地狱里才有的生物吗？

不知道妈妈投身在冰封的未名湖里后有没有后悔过。此刻，我真后悔要躲到死人堆里自杀——就因为我不想让别人看到我死去以后的脸！

父亲，如果你现在还能听到，如果你还在精神病院跟强壮的男护工吹核武器的牛皮——我爱你，父亲！

我会在另一个世界等你，但愿那里的星空与柴达木盆地的一样迷人。

第六章　小光

我来自另一个世界。

很遗憾，从出生的那一天起，我就没见到过父亲。我不知道他长什么样，不知道他姓什么叫什么，也不知道他是如何认识我妈妈，又是如何离开她的，更不知道他如今是生是死。如果，外面真是世界末日的话，他是活不到今天的。

没错，我说过，我是一个杀手。

我叫小光，因为我没有父亲，所以也不必有姓氏。

时间：4月1日。星期日。夜，22点19分。

空间：未来梦大厦。

我唯一确认的是，我选择这一时间与空间的坐标点，来杀一个人。

但让我完全意想不到的是，这一时间居然是世界末日，而这一空间竟是人类最后的幸存者的避难所。

我更没有想到的是，我会在这一时间与空间的坐标点上，与一个女孩相遇并陷入地底。

然后，爱上她。

有部电影我看过至少一百遍，就是吕克·贝松的《这个杀手不太冷》，我既喜欢娜塔莉·波特曼演的小女孩玛蒂尔达，更爱让·雷诺演的杀手里昂。我希望在十五年以后，我能变成第二个里昂——但在此之前我需要杀掉至少一百个人。

而在未来梦大厦四楼与五楼之间的自动扶梯上，擦肩而过又被我救起来的丁紫，让我想起了那个叫玛蒂尔达的小女孩。

我看着她的眼睛，她也看着我的眼睛，从灯光下的未来梦商场，到黑暗中的世界末日。作为杀手这个高危行业中的一员，我本就没有活着逃出去的奢望。我带着她到处逃亡，躲开底楼的踩踏灾难，陪伴她在超市的地下二层，找到了她的高三同学海美。

丁紫十八岁，而我的实际年龄才十七岁。只是我遮住双眼的细碎长发，还有过分早熟与冷酷的目光，让我看起来更像一个叛逆的大学生。从她的穿着与手机，还有她对于商场里奢侈品牌的熟悉度来看，显然是家境优越的富家女。物以类聚，人以群分，她最好的朋友海美，也是有钱人家的女儿，却是个性情古怪的末日控,每夜都窝在地下二层的堡垒里。不过,这个海美看我的眼神有些古怪——就像许多女孩初次看我的眼神一样,我明白她们的心思,却从没理睬过她们中的任何一个人,除了丁紫。

不仅仅因为她的眼神与气质,酷似爱上里昂的玛蒂尔达。她很享受世界末日,常孤独地坐在栏杆上——在四楼或五楼的商场中庭,稍晃一下就会摔下去。每次我都悄悄接近她,以迅雷不及掩耳之势将她从栏杆上拽下来。我会劈头盖脸骂她一顿,她则满脸无辜地说:"我只是想一个人发呆而已。"

"以后一定要叫上我。"我看着她的眼睛,帮她撩起额际乱发,"我可以陪你一起发呆。"

丁紫平静地看着我,忍不住笑起来。

这回轮到我坐上中庭栏杆,在悬崖边缘晃动着两条腿,看着从一楼到九楼的昏暗灯光,轻声问她:"如果,现在有人告诉你,并没有什么世界末日,救援队员就在我们的头顶,马上就要打开九楼的穹顶,来把我们所有人救出去,你会怎么做?"

"不可能,整个地球都毁灭了。"

"只是假设。"

"好吧,如果真的没有世界末日的话,那么就是我的末日了!"

"为什么?"

她的脸色变得异常阴沉,语气也沉闷了下来:"我告诉你,就算没有世界末日,我也不会出去的!我要永远留在地下,最后死在地下!"

"可是,你家里很有钱,你的父母会给你衣食无忧的未来,如果没有末日。"我羡慕地看着她,尽管她这身名牌衣服是从二楼女装店里拿的,"不像我,穷小子一个!"

"小光,你从没有说过你的过去。"

"我没有过去。"

"每个人都有过去的,包括现在地下的每一个幸存者。"

我固执地摇摇头,仰头看着黑暗中的穹顶,就像夜空中的大气层:"我没有,我的过去,只是我现在的职业的一个铺垫。"

"你是说——你的过去,让你成为了一个杀手。"

"可以这么说。"

"好吧,你来杀谁?"

"我不能说——至少不是你,也不是你的朋友海美。"

丁紫苦笑了一声:"如果是我呢?你会不会杀了我?"

"不会！因为，我喜欢你。"

我是说真的，不开玩笑，也不是甜言蜜语，我从不说谎，就像我告诉别人我是杀手那样。

突然，走廊音响里传出一段音乐，这熟悉的旋律越来越响，直到震耳欲聋的地步……这首歌叫什么来着？谁在控制商场的广播？丁紫也陶醉其中，她坐在栏杆上，闭起眼睛，把整个身体交给了我。只要我的胳膊稍微松一下，她就会向后倒下去，摔死在底楼的中庭。

我承认我吻过其他女孩，但只是逢场作戏。现在，当我拥着她的身体，看着她正等待我的嘴唇印上，我却仓皇地把她拉下栏杆，在她睁眼之前，独自退入黑暗角落。

对不起，丁紫。我不是身体有什么缺陷，也并非如你暗自揣测的那样——我确实是喜欢女孩的，不要把我想成耽美小说里的小攻或小受。不敢触摸你，是因为我还没完成任务。

我的任务是杀一个人。这也是我来到未来梦大厦，并被困在世界末日的地底的原因。

在愚人节的夜晚之前，我确信这个人就在未来梦大厦，只有深夜潜入这栋大楼，才有可能完成我的杀手任务。

果然，在二十来个幸存者中，我看到了他的脸。

我有一种冲动，穿过不知所措的人群，来到他的面前，拔出我藏在裤脚管里的尖刀，直接捅入他的心窝。

我会很享受双手沾满他的鲜血，让他倒在我的肩头，在断气前问我究竟是谁。而我冷冷地说出那个名字，终于能让他死个明白，并为曾经的所作所为追悔莫及。

可惜，我没有勇气在那么多人面前杀人，更没有勇气在丁紫的面前。虽然，我口口声声告诉她：我是一个杀手。

也许，我没有杀手最基本的素质——勇气。

我恨自己。

是什么是让我失去了勇气？让早已铁石心肠的我，变得进退维谷左右为难？既因为在世界末日，我爱上了一个女子；也因为在世界末日，所有人终将先后死去，也许明天，也许一周，也许……没人能长久地活下去，燃料终将耗尽，食物终将被吃完，氧气终将渐渐稀薄，最后一个地球人，终将孤独而绝望地走向死亡。

是的，那个人也终将死去——我作为杀手的猎物。

只是,我不希望我死得比他早——我想要看着他死去,即便不是我亲自动手。只有在那个时刻,我的内心才能感到安慰,我对他的仇恨才会一笔勾销——当他真的成为了一具尸体。

无法想象我死以后,他仍然活着的样子。我已做好准备,如果遇到什么意外,或到山穷水尽的地步,一定会在自己死前,先把他杀了。

所以,有时我也祈祷,让他因为某种意外而死,这样也就不用弄脏我的手了。

你们肯定很好奇,究竟是怎样的仇恨,使我一定要将这个人置之死地?这个人又是幸存者中的哪一个?

后面一个问题,我想我可以说,他的名字叫罗浩然。

虽然,我暂停了杀死他的计划,但我一直在监视他。罗浩然常带着他那条狗,去地下四层维护发电机。在水泵干涸以后,他还负责收集幸存者的小便,规定大家要尿在油桶里,再用人尿去冷却发电机。他是个认真细致又敬业的男人,在散发着柴油味与死尸味的环境中,毫无怨言地承担这项艰苦工作。如果没有他,整栋大楼会陷入黑暗。尽管,我从来没有饶恕过他,但为此我还是尊敬他的。

罗浩然平时很少说话,除了跟吴教授与周旋,他们三个常聚在一起开会,制订大家在末日生存的规则,并处理一些突发事件。他永远都不会露出什么神色,那双眼睛就像深沉的大海——有时我会用望远镜隔很远偷窥他的脸。偶尔,我会产生一种错觉——怎么可能是他?确定没有搞错吗?

不,我是一个杀手,杀手绝不会弄错猎杀的目标!

为了尽可能准确地监视罗浩然,我可能是地底所有的幸存者中唯一居无定所之人。他时常半夜举手电到处巡逻,在老鼠出没的地方安置粘鼠板,把捕获的老鼠用铁榔头敲死——他的动作如此冷静老练,让我不再怀疑自己的目标。

如果他在大家都看得到的地方,我就陪伴丁紫坐在栏杆上发呆,有时也会找两台电脑,通过内网联机打 CS 游戏——绝对不能被周旋发现,否则肯定会被掐断电源。我说过我是一个杀手,CS 就是我最好的技术训练。你可千万不要小看我,我是 CS 游戏联盟里的顶尖高手,每次游戏都会杀人无数,而且被我干掉的也都是顶尖高手。好吧,如果你经常混迹于 CS 论坛,肯定不会对我的名字陌生,我就是传说中的 CS 杀人之神——"地狱光"。

每次跟丁紫玩游戏,我都会注意到有个女清洁工在附近,有时会跟她悄悄说话。我实在想不到她们会有什么交集。丁紫向来很看不起穷人,这也是我不敢吻她的原因之一。

我出生在普通的人家,是一个没有父亲的孩子,从小只能仰望摩天大厦,看着坐在私家车里上学放学的孩子们,但我从未因此而自卑。但当我独自面对丁紫，会觉得我们是两个世界的人，虽然有时我也会怀疑这是一种错觉。

第四天清晨，我们发现一夜之间竟死去了六个人。我越发不安，为了丁紫，也为了罗浩然——我改变了主意，我不想让他被别人杀死。

隔了平安无事的一夜，我在第五夜悄悄溜到四楼罗浩然住的日本料理店外。我远远躲在角落里，看着店里灯光亮着，有两个人影晃动。忽然，一个人影走出店门，暗淡灯光照出莫星儿的脸，她跑进了逃生通道。

随后，又有一个人走出日本料理店。明显是罗浩然，他点起一根香烟。我不敢让他看到我，只能缩在角落一动不动，看着他的烟头火光闪烁。是否出事了，所以才会用吸烟来麻醉自己？

凌晨，我听说莫星儿被人强暴了，强奸犯竟是那个叫许鹏飞的白领。

莫星儿于我而言，有一种特别的意义。当我第一次在地底见到她，就有种穿越的感觉——真的太像了！我抄起一把铁铲，加入了捕杀许鹏飞的队伍。

清晨，当我跟随着周旋与陶冶搜遍了所有楼层，一无所获之后，却隐隐听到楼下的尖叫声，周旋喊了一声："该死！我们把酒店大堂漏了！"

很快发现了那个小房间，也发现丁紫与海美，以及刚死去的女清洁工。我冲到丁紫身边，却发现她衣衫凌乱。看着她茫然落泪的样子，我忍不住把她抱在怀中。周旋和陶冶抬起女清洁工的尸体，送去地下四层埋葬了。

丁紫在我怀中哭泣，我问她发生了什么，但她不肯开口说话。

倒是海美告诉我——是女清洁工发现了强奸犯许鹏飞和丁紫在这个小房间里，估计许鹏飞随后杀死了她。

这句看似漫不经心的话却深深刺激了我，强奸犯和丁紫单独在一起？而她的衣服看起来……

这不是我想听到的话！我回头盯着海美的脸，我知道她是丁紫最好的同学，也几次向我暗送过秋波，可她为什么要这么说？

她慌张地低头："我没有说谎。"

不错，我分明闻到丁紫的头发里残留着一丝男人的气味，一种极其肮脏令人作呕的气味。我狠狠握起拳头——不管许鹏飞有没有欺负过丁紫，我都想亲手杀了他，别让我玷污了"杀手"这两个字。

但我放不下她，我当着海美的面，毫不嫌弃地第一次亲吻了丁紫。

随后，我嘱咐海美照看好丁紫，便飞快地离开这里，跑回未来梦商场。我搜集了水和食物，还有衣服与毛巾，我要让丁紫看起来仍然纯洁无瑕。

五分钟后，当我回到酒店大堂的小房间，发现海美已经死了。

她的头上和地板上全是鲜血，太阳穴扎入几片碎玻璃，死不瞑目地看着天花板。丁紫脸上也溅满了血,雕像般站在原地,手里拿着碎花瓶的剩余部分。

什么都不用问了——丁紫用花瓶砸死了自己最好的闺蜜!

Hold 不住了!

丁紫依然什么都不肯说,我只关心她有没有受伤。擦去她脸上的血污,还好并无大碍。

"别害怕!丁紫,不管发生什么事,只要有我在,就能 Hold 住!"我把水和食物还有衣服毛巾全都留给丁紫,"你留在这别动,等我回来!"

我找来一个大箱子,将海美的尸体塞进去,推入酒店大堂的厕所,这样不会留下血迹。

当我回到小房间,丁紫已换上新衣服,头发也整理过了,不知从哪弄来香水,喷在身上掩盖气味。

"听着,如果有人问起海美的下落,你就说她自己离开了,不知道去了哪里。"我抓着丁紫的肩膀,希望她能有反应,"明白吗?"

丁紫微微点头,我想她应该可以骗过其他人。我陪她回到商场楼上,一路上没再问她。虽然心里还有无数疑问,比如强奸犯许鹏飞对她做了什么,女清洁工又为什么救她,与她到底是什么关系,而海美又如何触怒了她,结果引来杀身大祸。

该死的,我作为一个杀手,还从没杀过任何人,丁紫却先于我破了这个纪录。

我想起里昂对玛蒂尔达说过的话:"相信我,复仇不是好事,最好是忘记。"

玛蒂尔达:"忘记?当我看到弟弟尸体旁的粉笔线后,你以为我能忘记?我要杀死那帮狗杂种,打爆他们的脑袋!"

里昂:"你杀了人以后,一切都会不同。你的生活就从此改变了,你的余生都要提心吊胆地过活。"

玛蒂尔达:"我不管将来如何,里昂,我只需要爱,或者死。"

我无数次为这段对白落泪,到今天才明白——其实,我一直是玛蒂尔达,而不是里昂。

不久,我听说许鹏飞被人用电钻杀死了。我很高兴他以这种方式死去,而不是被我们用棍子打死或用刀子捅死,如果还有末日审判,他应在地狱里受更多煎熬。

半天后,我把海美的尸体拖到地下四层。我戴着厚厚的口罩,忍受死尸恶臭,将她藏进尸体堆中——树林才是隐藏树叶的最佳地点。

这天下午,才有人注意到海美消失,但大家已无力搜索。最后一滴柴油耗尽,发电机停止运转,整栋大楼被黑暗吞噬。空气混浊不堪,越往下腐臭味越重,也易遭动物攻击，大家都搬到了七楼以上。在接踵而至的寒冷与绝望中，每个人都在想象自己会以何种方式死去。

我在很小的时候就想过自己什么时候死、会不会感到痛苦。当我第一次看到死去的妈妈——实际上已无法分辨，她变成了一具枯骨，只能凭借现场残留的衣物，还有牙齿等某些特征来确认。几年来，我一直默默感受着妈妈临死前的痛苦。每一个夜晚，每一个清晨，当那种被淹没的窒息袭来，我就会从梦中惊醒，发现泪水已布满脸颊。

现在，这个时刻已近在眼前，而我已丝毫不惧怕痛苦了。

我相信，死后会有灵魂，还能像在梦中那样，再度看到妈妈。对此我深信不疑，所以才不怕死亡。我想，妈妈还是那样迷人，有一双星星般的眼睛，让人看一眼再也无法忘记。对啊，既然是世界末日，我会在那里看到所有人，也包括我的父亲——我想知道他长什么样子，他曾经是怎样的人，我还能知道自己究竟姓什么。但愿，他不是个浑蛋。

因为，有这种对死后世界的期待，我平静地面对着黑暗、寒冷，还有绝望。

何况我也不孤独，我还有丁紫——这天我们一直在一起，藏在八楼的一个店铺里，用微弱的烛光点缀四周。

其实，没有光也无所谓，因为我就是光——这是丁紫对我说的话。

"光，谢谢你，在世界末日陪伴在我身边。"

在彻底黑暗的地底，她已经直接叫我"光"了。好吧，我也乐意接受这个叫法。

"我也谢谢你，因为有你，我才会发亮。"

哎哟，这句怎么说得那么肉麻？连我自己都不好意思了。丁紫却整个蜷缩到我怀中。她抚摸着我的眉毛与眼角，自言自语："我在想象光的样子。"

"光？"

虽是自己的名字，我却从来没有想过，光是什么样子。

"就像你这样的。"她不停抚摸我的脸，就像盲人必须靠触觉和嗅觉才能分辨一个人，"你为什么不问我的秘密？不问我杀死海美的原因？"

"每个人都有自己的秘密，甚至足以导致杀人的秘密。虽然很不幸，但我不想知道。"

有一句潜台词没说——因为，我也有这样的秘密。

"光，从我出生的那天起，我就没有感觉到过光。我的世界全是暗的，因为我自己就是暗的，只能想方设法把自己装作是亮的——但这没有用，不过是一截短短的蜡烛，遇到一点风就会熄灭，再也不会有人看到我。"

"你想被耀眼的光笼罩，让全世界的人都能看到你，不愿被人遗忘，是吗？"

"是，可是我又很害怕，一旦被所有人看到，那就是我死的那一天。"丁紫的呼吸越来越虚弱，"所以,我喜欢在地下,不会再有那么多人了,永远的黑夜。而且还有你，光。"

不知道该如何回答，因为我实在不知道，还能再给她多久的光。

我有一种预感，我活不到明天早上。

虽然，在地下的每一个人，都看不到明天早上的太阳。但我不想让丁紫孤独地死去。如果，我还有灵魂，请让我照亮她的眼睛。

地下那么多早晚要死去的幸存者中，最可怜的，莫过于那个叫正太的七岁男孩。他是地底唯一能与我做朋友的幸存者。他惨白的肤色让人不敢靠近，而我就喜欢这样特别的人。正太的眼神很有杀手气质，能在昏暗的灯光下秒杀所有人。也许再过二十年，他会成为下一代让人闻风丧胆的杀手——对不起，我忘了世界末日，这孩子可能连明天都过不去。

正太一直对我的杀手身份深信不疑。虽说小孩子是不能骗的，他们对任何事都会当真，但这件事我并没有骗他。

我是一个杀手，我来这里的使命，就是杀死某一个人。

我想，那个人也逃不了的，他也很快会被黑暗与寒冷吞噬——在此之前，我必须杀了他。

没有人会关心他的死活。每个人都只顾着自己能否再多活一天，就算再死几个人，也不会引起多一分的同情。

第七天，凌晨四点。

我终于在七楼的走廊发现了罗浩然。他罕见地没带上丘吉尔，大概那条狗也已挨饿了，只能在什么地方休息。我从背后袭击了他，一根木棍砸到他头上。

力道拿捏得恰到好处，既不会太重将他砸死，也不会太轻让他能反身回击。我将罗浩然拖进一个小房间，非常隐蔽，不会有人经过，用早已准备好的尼龙绳，将他浑身上下牢牢捆住，成为任我宰割的猎物。

几分钟后，罗浩然醒了过来。他稍微扭动了几下,就在手电光线里安静下来。他很聪明，知道无谓的挣扎只会消耗体力，在饥渴与寒冷中加快死亡的速度。

在看清我的脸以后，他轻声问道："为什么，要对我这么做？"

"因为，我是一个杀手。"

"谁派你来的？"

"死神。"

罗浩然的表情丝毫没有变化："好吧，死神也有原因的。"

"我问你——你还记得一个人吗？"

"你是来复仇的？"

"是。"

"我没有杀过人。"

"她叫楚若兰！"

他的眉毛跳动了一下，盯紧我的眼睛。这是我第一次看到他有了表情。没错，他记得这个名字！

"你是他的儿子？"

"是。"

看来他的反应相当快，这也等于承认了他的罪行。我早已预想好了许多种方案，特别是当他要隐瞒抵赖狡辩时，我会用九种手段来折磨他，足以让他求生不得求死不能。我相信一定能够撬开他的嘴。这也是他的聪明之处，明白只要落到我的手里，就绝不会有什么好下场，索性直截了当承认，免得枉受皮肉之苦。

"好吧，看在你认罪这么痛快的分上，我会让你死得快一些，虽然这已经便宜你了！"其实，我很不情愿作出这样的承诺，眼前又浮现起妈妈死后的样子，"你有没有想过，我妈妈被你害死的那年，我才不到十四岁。你知不知道，这些年来我过的是什么日子。每日每夜每时每刻，都盼望着今时今日！我才不管世界末日，只要能杀了你，为妈妈报仇，我可以彻底改变自己的人生，可以从此做一个职业杀手。"

"小光，"未曾想已到了这个地步，他的语气依然不紧不慢，似乎还对我越来越亲切了，"这是一个意外，我从没想过要伤害你妈妈。"

"意外？你们意外地拆迁我家房子？意外地在我家的废墟上建起了未来梦大厦？意外地因此让很多人被赶进郊区的破烂公寓？意外地深夜打电话到我家？意外地说要跟我妈妈谈一笔巨额的补偿金？意外地让她就此一去不回？意外地让她失踪了整整一年？意外地让她坐在一辆没有牌照不明来历的汽车里？意外地让这辆车沉入郊外的湖底？意外地让她从水里捞出来时已变成了一具枯骨？"

终于，罗浩然脸上的肌肉微微抖动了一下，思考一分钟才回答："我承认，四年前，未来梦公司恶意拆迁了你家的房子。这是我亲自挑中的地皮，这个地方对于我有特殊的意义，我必须要在这里建起一栋大厦，这是我多年来的梦想。因此，我开出了很高的拆迁补偿价格，可是以你妈妈为首的几户，拒绝接受我们的补偿条件，作为钉子户要抗争到底。于是，我雇了一家有黑社会背景的公司，对你们实施了一些非法的手段。"

"因此，你杀了她？"

"不，我说过那只是一场意外。我是派人半夜打电话到你家，用一笔巨额补偿金作为诱饵，并派我的专车把你妈妈接到一家宾馆——但我并不是想要杀她，而只是——真的只是，想要跟她谈谈。"

"可你怎么解释她的死？"

"我不想解释，你妈妈是在我面前死的，但我并不是故意的，我也感到很遗憾。"

我紧紧握起拳头，但我不想先痛殴他一顿解气，那会减弱我复仇的力量："罗浩然，不管你怎么回答，我已经对你作出了判决——我判你死刑，立即执行！"

"等一等，小光，我想问你——我们在世界末日的相遇是巧合吗？"

"不是，我说过，我是一个杀手。"虽然不想再跟他废话，但还是让他死个明白吧，"杀手行动之前，必须要做好各种准备工作。我早就认定你是凶手，虽然警方找不到任何证据。这些年来，我疯狂地查找未来梦集团的资料，学习了最牛的黑客技术，终于突破了未来梦集团总部的电脑，窃取了许多机密资料，包括有关神秘的你的！"

"你知道我多少？"

"不多，我只知道你的名字，还有极为罕见的几张照片。你就居住在未来梦大厦最顶层的酒店总统套房。我从高一起就辍学了，一个没有父母的孤儿，没有亲戚愿意照料。我在这座城市到处流浪——你不可能尝过那种滋味的！你试过十六岁时连续三天都吃垃圾桶里别人丢弃的食物吗？"

"如果，我尝过呢？"

才不信你的鬼话！

"整整一年，我在未来梦大厦外面监视你。我发现你向来深居简出，一旦出门就会带上大批保镖。而且你行踪不定，谁都不知道你会突然去哪里。"

"没错，我不想让人摸清我的规律，即便是自己公司的高管。"

"只有深入到未来梦大厦，潜伏在你寝室的门外，方有可能杀死你！七天前，我来到未来梦大厦，准备好了各种杀人工具，就等天黑以后潜伏下来……"

罗浩然却摇摇头，双目直视我说："小光，你不要说下去了。其实，你不适合做杀手。"

这句话真正激怒了我，为了成为一个里昂式的杀手，我已准备了整整三年，谁敢侮辱我未来的职业理想，我就真的要杀了他！

于是，我从裤腿管里掏出了匕首。

一把长长的带有血槽与倒钩的锋利的匕首，捅入人体可放出大量鲜血，拔出时更会带出许多肌肉组织以至内脏。更重要的是，这么一刀下去未必马上致命,但会让人疼得要命,然后迅速失血乃至飙血,看着自己的胃或大肠掉到地上,在无限恐惧与痛苦中死去。

我没有把刀尖对准他的心脏,而是先对准胸口的正中心,这样还可以让他多活一两分钟。

该死的,我是不是很残忍?但跟罗浩然对我妈妈的所作所为相比,已经极度仁慈了!

刀尖在他的胸口摩擦,敞开的阿玛尼西装里面,是一件白色的衬衫。当我闭上眼睛,深呼吸着,浑身战栗,准备用足浑身的力气,将锋利的匕首推入他的胸膛,等待鲜血溅满我的双手,甚至喷到我的嘴唇上……

怎么回事?我没听到罗浩然的惨叫声,也没听到刀尖刺破肌肉与肺叶的声音,我听到的却是一记清脆的金属落地声。

等到我睁开眼睛,罗浩然依然看着我,他波澜不惊,脸色如常,目光安详。

对不起,妈妈,他还活着。

而我的匕首已掉到地上,那刺耳的坠地之声,分明是对我的嘲讽!

我不由自主地后退半步,看着罗浩然的眼睛,这双如此平静的眼睛,完全没有我想象过的慌张、恐惧、绝望……

恰恰相反,慌张、恐惧、绝望的人,是我!

不得不承认,我已经输了。

一个声音在心底响起:为什么要杀死一个必死之人?

没错,在世界末日,任何形式的杀人、杀死任何人,都已毫无意义!

是否可以这样说——在末日审判之下,人与人之间的仇恨,都将变得微不足道?

我,又后退了半步,越来越远离掉在地上的匕首。

对不起,妈妈,我不是里昂,我没有杀人的勇气,我不能为你报仇。

于是,我放弃了我的判决,放弃了我的权利,放弃了死刑的执行。

我不是杀手,只是一个可怜虫,一个没有妈妈也没有爸爸的孩子。

看着罗浩然沉默如海的眼睛,我乖乖地绕到他身后,解开那捆绑住他的绳子。然后,我低着头离开,甚至连一句"你自由了"或"我饶恕你"都不敢说。

我只想找一个地方躲起来,大哭一场。

对了,丁紫还在楼上等着我——我会告诉他,我不是杀手,然后抱紧她,一起等待死亡。

当我要走出小房间时,忽然背后微微一凉,接着是一种奇怪的感觉,什么东西深深地搅入了我的心窝。

我一点都没有感到疼痛，只是有种充实感，同时又有一种空虚感——好像我的鲜血正从背后喷溅出去。

背后传来男人沉重的呼吸声，我能猜到他是罗浩然，他的手里握着我刚扔下的匕首。而这件我精心选购来的杀人武器，已刺破我的心脏。那完美的血槽正放尽我全身的血，倒钩嵌入我的胸腔组织，随时会把肺叶拉出来，而我的鲜血已染红了他的阿玛尼。

同时，我听到一个男人凄惨的叫声——却不是罗浩然的声音！

晕，我真的不适合杀手这份职业，连附近还潜伏着第三个人都没察觉到。

但我麻木得再也感知不到什么了，如陷入一片沼泽深处，又渐渐沉入冰冷的坟墓。我的心被自己买来的匕首分成了两半，一半属于早已死去的妈妈，一半属于终将死去的丁紫。

丁紫，你还能听到我说话吗？

"如果还有明天……"

第七章　无名氏

我没有明天。

因为，我已经死了。

你无情地看着我。

求求你！不要杀我！我还想活下去，无论忍受多大的痛苦，请让我活下去吧！活着多好！能呼吸空气，哪怕混浊不堪！能喝水，哪怕已被污染！能吃饭，哪怕是转基因的！就算活着受罪，在这个世界上，也总有比你更惨的人。

我能喊出你们每一个人的名字：周旋、莫星儿、陶冶、洋子、正太、小光、丁紫、吴教授……可是，你们没人记得我的名字，也记不清我的脸，除了我那显著的塌鼻子。

对于你们来说，我不过是个无足轻重的无名氏，一个六十多岁的等死的老头。

在这个冷酷的世界上，我没有亲人——两年前，市区一幢高楼发生了火灾，我出门打麻将，回到家门口看到整栋楼烈焰翻腾，我的老婆和女儿、女婿，以及尚未出生的外孙，都被这场大火活活烧死了。

很多人担心我会自杀，但我从没想到过死，如果我也死了，在天上的妻女一定会很伤心。她们会保佑我活下去，无论遇到多大的疾病与困难，直到一百岁寿终正寝。

两年来，我每天去公园晨练，直到遇见一个退休女子。年轻时我的塌鼻子遭人讨厌，现在倒成了可爱的标志。她的老公很多年前就死了，她问我愿不愿和她交朋友。

七天前，我打电话约她出来逛街。

当我们经过未来梦大厦，突然下起大雷雨，便到大门口的玄关下躲雨。她的兴致越发高昂，似乎这样更浪漫。而我有些担心，想问街头小贩买把雨伞送她回家。她说雷阵雨来得快去得也快，临时买把伞多浪费啊。

我的心跳越来越快，按捺不住买了把伞，刚要拉着她往外走，地面开始剧烈摇晃——

4月1日。星期日。夜，22点19分。

当我从刺骨疼痛中醒来，就再也爬不起来了，血污模糊的视线里，看到了她的尸体。

对不起，我不该叫你出来逛街，更不该拉着你到商场门口避雨，如果早点买把伞冲出去，现在恐怕已在你家里了……

我，以及另外四个重伤员，或是骨折或奄奄一息，集中在底楼哈根达斯店。难以置信的是，我们这五个必死之人居然都活到了第四天。

这天凌晨，有个声音把我惊醒，又是那个伤口发炎的男人，每晚都发出痛苦的叫唤。

他的身边站着一个女孩。

是那个叫阿香的洗头妹，体形看起来像十几岁，总让我回忆起女儿刚读初中的时候。

短短几分钟，她依次杀死了四个重伤员，我是剩下的最后一个。

我乞求她让我活下去。

"世界末日了，反正大家都要死的，还活着干什么？"

"为了活着。"

就这最简单的四个字，让她丢掉了手中的刀，逃出了弥漫着血腥味的哈根达斯店。

不久，大楼的主人罗浩然带着他的狗巡逻到底楼发现了凶案现场。随后许多人都围拢过来，目瞪口呆地看着这残酷景象，我如实地供出了阿香。

一小时后，我听说阿香死了。

重伤员只剩下我一个人，孤独地躺在底楼的哈根达斯店里，看着黑暗中的天花板，看着地上永远也擦不干净的摊摊血迹，闻着从自己伤口里发出的臭味——已经发炎化脓了，一堆白色蛆虫爬进爬出，吞噬着肌肉与血液。再过几天也许它们会变成苍蝇，从我的嘴里飞出来。

我将会以最痛苦的方式死去，但只要能多活一天，或者一个小时，哪怕一分钟，我也要活着。每时每刻都是折磨，我单纯地消耗食物、水和氧气。人们遗忘了这个地方，把我抛在这寒冷寂静的地底，只有莫星儿偶尔来照顾我。

真正让我害怕的是饥饿的猫与狗，它们把食物全吃光了，又开始自相残杀。好几条狗围绕在我身边，不时来嗅我的伤口，它们闻到了化脓的恶臭，还有行将死去的腐烂之气。我想等到我死以后，如果没人把我埋葬，肯定会成为它们的美餐。

终于，我看到了那头像熊一样大的猛犬。

它迈着可怕的步子走来，露出白森森的牙齿，一路淌着充满腥气的口水。从这畜生凶恶的目光来看，它是想要把我吃了。我躺在地上无法反抗，对它说一切人类语言也是徒劳，只能闭上眼睛，等待被咬破肚子，挖出内脏的时刻。

"不要碰他！"突然，有个男人的声音响起。

我猛地睁开眼睛，那头狗熊似的畜生掉头离开了。

是谁救了我？仔细回想那个声音，不属于任何一个幸存者。就当我为还活着而庆幸时，整栋大楼的灯光熄灭了。

我平静地接受了这个事实，谁都无法逃脱死亡降临。喝完莫星儿留给我的最后半瓶水，剩余的食物已被一群狗抢光了。伤口的蛆虫在快速蠕动，就快变成一群小苍蝇。

不知什么时候，我被一群打架的狗的叫声惊醒，眼前亮起手电的光芒，是大楼的主人罗浩然，还有他的那条米黄色的狗。

"求求你！给我口水喝！"顾不得自己这把年纪，我向这个中年男人哀求。他的手中还有半瓶水，却拧开瓶盖送到他的狗面前——狗舔着瓶口把水喝光了。

"你还记得我的脸吗？"罗浩然摘下口罩，用手电往自己脸上照了照，我眯起眼睛看了许久："不，不记得。"

"十七年前，我们见过，就在这里。"他的脸上看不出表情，只有眼里微微放出一丝寒光。

十七年前？我们见过吗？不过，当时我就住在这个地方，未来梦大厦建造之前，这里是一片破旧的老房子。而我是一个下岗工人，整天在家里无所事事，打打麻将炒炒股票……

"对不起，我忘了，你是——"

我还没问完，罗浩然已抓住我的手。

我看到鲜血从我的手腕上飞溅出来，要是我再年轻二十岁，肯定会喷得更高。

他用一把利刃割开了我的腕动脉，之后把刀丢在地上，装作我自杀的样子。他拿出一个杯子，盛满冒着热气的温水，浇在我被割开的动脉上。那条狗坐在地上，漠然地看着就要死去的我。

直到最后一刻，我也不想放弃。

不过，这个世界上总有某些事情，是你无论如何也做不到的。

对不起，让大家笑话了，我是多么想活着，一直活到世界末日的最后一刻。

我的血就要流尽，既感觉不到手腕的痛，也感觉不到长满蛆虫的伤口。我的眼前渐渐模糊，再也看不清罗浩然与他的那条狗了。

十七年前，我有没有见过他呢？

该死的，我可不想就这么死得不明不白！

我死了。

我并没有往上飘浮，而是被什么往地下拖去，经过无数层的地狱，直到最深的那片冰冷黑暗的海底。

相比较死后的世界——活着，真好！

所以，请你们活着，我最亲爱的朋友们。

啊！对了！在与死去的妻女重逢之前，我突然想起来了！

十七年前……十七年前……我见过……见过罗浩然！

居然——是他！是他……

第八章　X

我坐在冰冷黑暗的地狱中，只剩下最后一个愿望，就是希望那个孩子活得再久一些。你们知道，就是那个面无血色，很容易让人联想到僵尸的男孩。

他叫正太，而我叫X。

我有过自己的名字，但没人能记住，不但没人记得我的脸，也没人记得我的存在。我是一个无足轻重的流浪汉，每天在街头在公园在桥洞下在地下通道过夜，夏天躺在能遮雨的地方即可，冬天却要寻找厚厚的棉被，实在没有就用废报纸与厚纸板。什么？你说收容站？对不起，我至少可以捡破烂养活自己，不需要去那鬼地方受罪。

几个月前最寒冷的雪夜，我躲藏到未来梦大厦。地下三层有个角落很暖和，正好有根暖气管道通过，披条毛毯就可以舒服地过夜。我把保安与摄像头的位置都摸清了，保证可以安全地避开。白天，我在大楼外面捡垃圾和乞讨，逛街的人们大多揣着零钱，常有人大方地给我钞票。等到晚上零点以后，借着保安换岗的机会，我就从车库边小门溜进来，来到地下三层我的温暖小窝。这个小窝是我多年的流浪生涯中找到的最好住处。我以为它能陪伴我很久。

可惜，世界末日来了。

4月1日。星期日。夜，22点19分。

这天下着雷雨，我早早收工回到车库，感到整栋楼在迅速下沉。到处响着汽车报警声，还有忘拉手刹的直接撞到墙上。当灯光重新亮起后不久，地下四层已堆满尸体。

我摸到卡尔福超市，从狗嘴边抢下一只烟熏火腿，又搜集了几瓶饮料，以及我最爱的白酒——冬天驱寒必备之品，以前只喝过最劣质的兑了水的或工业酒精的山寨货，从没机会摸过五粮液。我拎着丰盛的战利品，在地下三层饱餐一顿，爽啊！

忽然，我见到一个男人带着一个男孩还有一条狗。狗叫了几声。男孩有张毫无血色的脸。那个三十来岁的男人问我："你是谁？"

看看我这身破烂的衣服，还有满头乱发与拉茬的胡子，就知道答案了。我不跟他说话，担心他会叫人把我抓起来——许多人不都这样吗？把无家可归的流浪汉当作可怕而危险的人，看到我们就感到恶心与肮脏，最好立刻从眼前消失。于是，我抱着烟熏火腿逃跑了。

暖气管道彻底冰冷了，我从超市找来被子御寒。又囤积了一点食物，以我忍饥挨饿的能力来看，大概够吃五六天。

第二天，我在小窝里休息，听到外面有什么动静，随后发现有条狗熊般的大狗趴在一辆跑车的车窗上，车里是那个像僵尸的小男孩。

我立刻抄起一根棍子，猛砸到大狗的腰上——俗话说，狼是"铜头铁脚麻秆腰"，这狗也是同样道理，再厉害也经不起腰眼上一记。它怒吼着转过头来，我又用棍子打在它脑袋上，但对它丝毫不起作用。

不过，我吃叫花子这碗饭的，如果被狗欺负那还怎么混呢？这条大狗向我瞪了瞪眼珠子，而我也向它瞪了瞪眼珠子，瞪得比它还要凶恶！

它也许被我的眼神吓住了，也许以为我手里就是传说中的打狗棒，夹紧尾巴滚蛋了。

从此以后，正太成了我的好朋友。这个男孩想给我起个名字，一开始叫我"小明"，但我坚决不肯，后来我说："那叫我 X 吧。"

为什么我是 X？一年前，当我住在河边的桥洞里时，有个喜欢偷书的流浪汉告诉我，要提防突然帮助你的陌生人——有本书里写过一个变态，为保护一个犯下杀人罪的女人，把一个流浪汉骗出来，给他一份体面工作，再给一笔钱，送他一身好衣服去住旅馆，最后就杀死了他！非但如此，变态还把他的脸砸烂，指纹也烧掉，让他做替死鬼，让警察以为面目全非的他就是那个被害者。

真他妈变态！凭什么你就是天才，而我就要给你做炮灰？凭什么流浪汉消失了也不会有人记得？至少，我妈还记得我，她生下我又把我养大，她如果还活着，肯定会不时念起我。就算你们城里人记不住流浪汉，但那些野狗野猫都认得我。我睡过的每个桥洞每个地下通道，都留下过我的尿的气味，我怎么会平白无故消失？虽然我认字没你多，腰包没你鼓，衣服没你新，住的地方没你暖和，但我站起来不比你矮，躺下去不比你短，吃的饭不比你少，跟女的睡觉也不会比你差，你说你是天才的嫌疑人 X，那么我也是一个 X。

还有，你是为了你喜欢的女人不错，但我就没有我喜欢的女人吗？

或许你们心想，像我这种生活在黑暗的地方，靠捡破烂要饭为生，流浪四方居无定所，死在街头都无人可怜的下等人，怎么会有女人来喜欢呢？

不错，十多年来，确实没有任何女人愿意靠近我。

你们不要觉得像我这种人会变成强奸犯或杀人狂——虽然不是没有，但那是流浪汉中的极少数！我们最多就是偷些没人要的东西，不会去做那些伤天害理的事，因为头顶有老天爷在看着每一个人。

我承认，我依然喜欢女人，时常面对街头广告牌里穿着暴露的女明星，兴奋得整晚睡不着觉。有时遇到走夜路的漂亮女人，也会悄悄尾随一段路——但我不会打扰她，而是护送她安全到家。

比如，那个叫阿香的女孩。每个夜晚，我都会看到她走出未来梦大厦，扎着马尾拎着山寨名牌包，体形还像个十来岁的小女孩。我不知道她是做什么的，但肯定是从农村来城市打工的，我猜她的实际年龄应该有二十岁吧，有时她化着淡妆从我面前走过，带着一股洗发水的气味，扭动着小小的身体，那真是把我迷得灵魂出窍了！但我从没跟她说过话，只知道她是在未来梦大厦上班的——直到世界末日，才知道她的职业是洗头妹。

有一晚，她回家经过一条昏暗的小巷，一个小混混拦住了她，她高声呼救，却无人搭理。我冲上去把小混混打得落荒而逃。她正要向我道谢，我却溜走了——我这么一个蓬头垢面的流浪汉，还是不要吓着人家小姑娘了。

阿香能在世界末日活下来，我很高兴。希望她能一直活下去，如果她没有食物，我会把自己最后一点吃的留给她。

可我还是不敢出现在她面前，只远远躲在阴影里看着她。

那个保安总是纠缠她，几次我都想揍那家伙。有一晚，我看到保安带着阿香进了一个小房间，而阿香并没有丝毫抗拒。一两个钟头后，他们一起走出小房间，保安的手还在阿香身上乱摸——虽然我只是个流浪汉，但也知道他们之间发生了什么事情。我很难过，但也只能难过。

就算是个保安，也比我这个流浪汉强吧，希望他能对阿香好一些。第三天，凌晨，我被一阵汽车呼啸声惊醒，一辆大车从车道上飞驰而过，开进了地下四层。隔了几分钟，这辆大车又开回地下三层，速度要比之前更快。

突然，车库里传来一阵重重的撞击声。我赶去时发现这辆大车已撞得一塌糊涂，车头挤成一团，把旁边一辆红色轿车撞成两截。车子前排坐着两个人，各自被两个大气球顶着，其中一个男的已经死了，方向盘整个压破了他的胸膛，驾驶室里到处是他的血。旁边坐着一个女孩，仔细分辨竟是阿香！她还活着，胸口在剧烈地起伏，只是失去了知觉，身上还在流血。小孩般的体形救了她的命，如果她像大人那样坐着的话，肯定也会被撞死的！

可是，她这边的车门已经严重扭曲变形，无论从里从外都无法打开。我着急地绕着车子转了一圈，结果打开了车子的后备厢，找到了一箱修理工具。于是，我用扳手与螺丝刀好不容易才打开破损的车门，然后把阿香从车里抱了出来。

这是我第一次触摸她的身体，轻轻的，就像一个孩子。我随手擦了擦她脸上的血污，看清了她那张清澈的脸，我真的好喜欢她。忽然，我有一种冲动，想要亲吻她的嘴唇。

不！我有什么资格？一个被所有人瞧不起的流浪汉，一个谁都记不住的X。何况，阿香现在昏迷不省人事，我这不是乘人之危的揩油吃豆腐吗？

我查看了一下她的伤势，幸好都是些皮外伤，她的昏迷应该只是暂时的。我有些犹豫，要不要就这样守着她，直到她睁开眼睛？

突然，她的眼皮微微颤动，眼看就要醒过来了，我悄悄躲进黑暗角落里。

阿香醒了，看着车里的死人、被卸下的车门，她明白了。

"为什么让我活下来？"

车库里回荡着她孩子般的尖叫，她并不感激我救了她。

她那小小的身体摇晃着离开这里，走上通往超市的楼梯。而我蜷缩在角落中，低头落下眼泪。——我好后悔，为什么没跟她上去？我明知道她一心求死，明知道她已近疯狂，为什么不跟着她以防不测？是因为不敢再看到她的眼睛？

不久，她死了。当人们抛下她的尸体离去后，我从黑暗中钻出来，重重跪倒在她跟前，哭得像个孩子。

后来，我偷听幸存者们的谈话，才知道阿香犯下的罪孽。我也不恨杀死阿香的那个人，因为她已是必死之人了。我只恨我自己，不能给她任何帮助，更无法改变她的命运，只能一个人躲在地下看着她的尸体……

两天后，正太来找我玩。我劝他快点回去，他妈妈肯定很着急吧。这时，我听到一阵脚步声。我和正太躲在货架间，看到那个叫陶冶的超市员工下来了。他没走几步路，就被那条狗熊般的大狗扑倒，眼看就要被咬死了。

我上前直接一脚蹬在大狗腰上。它翻滚到地上，发出一声大吼，刚要再扑过去，我瞪着眼珠子高声叫骂："畜生！滚！"虽然它可以眨眼咬断我的脖子，却露出害怕的眼神，很快夹着尾巴逃跑了。

我会动物的语言——从一位老叫花子那里学来的，他已流浪了八十多年，经历过南京大屠杀，见识过三年自然灾害人吃人。他不但去过中国每一个地方，还去印度、前苏联、欧洲多国要过饭。他在重庆见过蒋委员长，在开罗见过罗斯福总统，在莫斯科见过戈尔巴乔夫。他最早学了狗话，后来学会猫话，最后竟学会说老鼠话。无论他走到哪个角落，身后都跟着一大串野猫野狗。我是老叫花子的关门徒弟，当他传授给我这些动物语言后，就坐在地上睡着再没醒来。我半夜里把他拖到街心公园埋了，也不枉师徒一场。

我可以跟地底所有动物说话，让它们听从我的命令，尤其那条狗熊般的大狗，尽管它有时还会自行其是。我还控制了那群老鼠，让它们不要去地下四层——只有老鼠不惧怕腐尸，但我不想让它们去吃可怜的死尸，那里有我的阿香。只有一个小动物,成为与我平等的朋友——它一直住在地下四层,很特别也很聪明,我相信它会活得比我更久。

我知道,我将会死在地底,并会被你们大多数人遗忘。

是啊,无论亡灵还是幸存者,你们说到过我的死吗?

这天夜里——反正永远都是夜里,还有许多猫狗陪伴我,要不是我严加管束,哈根达斯店里最后一个重伤的老头,肯定会被饥饿的它们吃掉。现在,这些可怜的动物自相残杀,留下一团团模糊的血肉。

那个老头还没有死,顽强地呼吸着,即便他身上很快会孵出小苍蝇。

忽然,手电光照亮了他,原来是大楼的主人,还有他的那条狗。

大楼的主人杀了那个老头。

要不要上去救他?反正老头肯定要死的,这么死说不定还解除了他的痛苦……不,这不可能是老头的意愿!

终于,我冲到他们跟前。米黄色的狗向我叫了几声,我狠狠瞪了它一眼,它立时发出老鼠般的叫声,躲藏到主人身后。

老头死了。

"为什么杀他?"

"对不起,我只是为了节约氧气。反正他早晚要死。每一点氧气都是珍贵的,不能被他白白消耗。"

这句话激怒了我——那么我也应该死吗?流浪汉活在这个世界上,不也被许多人认为是白白消耗氧气吗?

"你会死得很惨的!"我对他诅咒了一句,便转身向那群猫狗走去,突然感到后背心一阵剧痛。

以前我不是没挨过刀子,但从没像这一回如此疼痛。刀尖从背后捅破了我的心脏。

我死了。没有一丝挣扎与反抗,无声无息地倒在地上。虽然,我是那群猫狗的主人,但饥饿的它们仍会把我作为夜宵——如果我的肉能让它们免于饿死,也算是某种功德吧。

不过,你们不会记住我的。

我是 X。

第4部
幸存记

第一章　陶冶

你们会记住我吗？

"如果还有明天，你想怎样装扮你的脸？如果没有明天，要怎么说再见？"

这是我最喜欢的一首歌——薛岳的《如果还有明天》，他在三十六岁唱这首歌，也在三十六岁离开人世，那是1990年的秋天。

今年，我二十五岁。如果还有明天？很遗憾，我的世界只有昨天。

我的父母是种地的农民，后来进县城做些小买卖，至今无法还清一身的债。

我从一所普通大学经管系毕业，来到这座东部沿海的大都市，想成为一个令人羡慕的白领，无数简历投出石沉大海，几次面试半途而废，只能靠贴小广告为生。

我放弃了白领梦想，应聘成为卡尔福超市理货员，在这地下二层的坟墓干了三年。

我的"家"不过是三夹板组成的棺材——不敢奢望异性睡到身边，尽管梦中常与下载至硬盘里的女孩们一起躺在床上。

我沉默寡言呆若木鸡，在巨大拥挤的城市里，在群租的蚁族同伴之间，找不到一个可以做朋友的人……

昨天，4月1日，星期日，夜，22点19分。

"Fuck You！"

这是我第N次听到这句话，从"剥皮老鼠"嘴里——我暗中给史泰格先生起的外号。如果你看过剥了皮的老鼠，再联想一下日耳曼人种粉红色的皮肤就会明白。

史泰格先生的脸和脖子涨得通红，两只蓝灰色的眼睛紧盯着我，肥大的手掌撑在墙上，他那二百斤的身体本身就是一堵墙，将我困在更衣箱的角落里。他再一次大声斥责我偷懒，命令我继续加班到子夜。而在最近的两年里，作为我的顶头上司，他已把骂我当作一种习惯——我敢打赌，在他自己的国家，他绝不敢对员工动一个指头，骂半句脏话。

"No！"我第一次对他说出这个单词。

剥了皮的粉红老鼠未料到我会反抗，扇起熏火腿般的手掌，重重打在我的脸上。

可是，我感觉不到疼痛，肾上腺素大量释放，伴随大声狂吼——像公司年终尾牙在卡拉OK唱《死了都要爱》，几乎把喉咙扯破，声带撕裂，每次我都让全体同事逃出包房。

剥皮老鼠第一次对我感到了害怕，眼里泄出外强中干的恐惧，硕大肥胖的身躯竟后转逃跑。我是出膛的子弹，无论如何回不去了。我无法控制自己的双手，抓起挂在更衣箱外的一根皮带，从背后套住史泰格先生的脖子，用尽吃奶的力气收紧。

虽然，剥皮老鼠一米八五，两百多斤，我只有可怜的一米七四，一百二十五斤，我全身却爆发出一辈子没有过的力量，连上辈子与下辈子的力气一起使出来了。

他的双手拼命往后抓，可我完全躲在他背后，他的身体成为我的盾牌。我的双手越收越紧，皮带深深嵌入他脖子。狂吼震撼着他沉默的挣扎，我想他的耳膜要被震碎了，他一定对侮辱我而追悔莫及。

第十九秒，他就像一堵地震中的墙，终于因最后一击轰然倒塌。

没错，不但史泰格先生倒了下去，更衣室里的那堵墙也真的一同倒了。

在跟他一起倒下去的瞬间，灯光熄灭前的最后刹那，天崩地裂的时刻，我看着他瞪大而混浊的蓝灰色眼睛、暗淡的粉红色皮肤、伸出牙关带着唾液的舌头、裤裆里失禁尿湿的深色，突然感到同样的追悔莫及……

我成了杀人犯。

还没来得及考虑是否该连夜潜逃还是打110自首，我就被埋在了大地震的废墟中。

幸好，我逃了出来，将史泰格先生的尸体留在更衣室的瓦砾下。

太好了！居然是世界末日！在我亲手杀死外籍主管剥皮老鼠史泰格先生的同时！他妈的真心太好了！简直像贺岁档电影似的好！世界末日没有警察，世界末日没有法院，世界末日谁还管你杀人？剥皮老鼠的尸体还埋在更衣室，不会再有人看到了。何况到处都是死人，谁会在乎一个被埋在废墟下的死人？就算他是个粉红皮肤剥皮老鼠似的外国人，要在平时一定备受重视，可到了世界末日连美国都没了，谁他妈的又会在乎？

还有，都到世界末日了，在地下最后的避难所里，再多的钱也等于废纸！而一无所有的穷光蛋，终于可以扬眉吐气，不必再向任何人卑躬屈膝！就算是这栋大厦的主人，也不过是跟我们一样的幸存者，早晚等死的可怜虫罢了！相反，我这熟悉地形的超市理货员，年纪又轻还没受伤的男人，简直就是这群老弱病残里的中流砥柱。我可以参与地下的各种事务，配合保安杨兵一起巡逻，呵斥那些滥用电源的脑残。有时吴教授都来问我关于超市的情况——更有人悄悄来向我献媚，打听超市还有哪里藏着食物。

从出生到现在的二十五年间，我第一次得到别人尊重，第一次感受到自己作为人的价值，更不再活得那么憋屈与绝望——即便没有明天。

唯一让我悲伤的是远在西部县城的父母，不知他们有没有能逃上高山，躲避横扫欧亚大陆的洪水。不过，纵使无法幸免于难，也算摆脱了人世间的苦恼，不用再为还债和支付妈妈的医药费终日犯愁。

吴教授安排我与保安杨兵一起巡逻，他是个没文化的保安，而我毕竟是正规的大学生，打心眼里瞧不起他。尽管在城里人眼中，我和杨兵都是农村里出来的下等人。

第二天起，地下聚集了许多狗与猫，扫荡所有未被储藏起来的食物。看着那些被猫狗糟蹋的火腿肠、午餐肉、排骨、肉圆，就好心疼！好像从前歉收饥荒时，农民们对于蝗虫和麻雀的仇恨。

我和杨兵在地下一层超市捕获了一条狗——嘴里叼着杨兵藏起的德国香肠，愤怒地用绳子将它吊死了。杨兵说这里是监控的死角。当这条狗在绞索里挣扎，我不禁想起了史泰格先生。我们躲在小房间里，剥掉狗皮，处理内脏，用酒精炉生火，烧了一大锅狗肉——吴教授与罗先生严禁使用明火，可他们又不是警察，反正烟雾很快会散去，至于狗毛与骨头，可以轻松地藏起来。十年没吃过狗肉了。现在，在世界末日寒冷的地底，狗肉让我浑身充满热流与力量。我与杨兵约定好保守秘密，要是让那些女人们知道，肯定会把我们视为衣冠禽兽，何况罗先生还养着一条拉布拉多犬。

当我们舔着嘴唇走出超市，迎面出现一条硕大如狮子的黑狗——不能用"狗"来称呼，更确切地说是野兽。它的体形超过藏獒，全身炭一样乌黑，体重绝对超过我与杨兵，四只脚像老虎爪子，龇着雪白锋利的牙齿，流着腥臭的口水。

我认得它，原本在超市一层的宠物店，纯种俄罗斯高加索犬，店主刚买入准备出售。在宠物店里并没觉得它可怕，也有好奇的同事打听过，得知高加索是看家护院的绝佳好犬。

不过，现在若有人再这么说，我要是相信就等于自杀！

从这条高加索的眼睛里，我看到了杀人的欲望。不错，它已经发现了，我和杨兵刚才杀过一条狗，它能嗅出我们身上的狗肉味！

世界末日死了那么多人，也死了很多的动物，这样巨大的灾难，已让它改变了习性——说不定它吃过死人的肉了。

当这头野兽夹紧尾巴,要向我们冲过来,杨兵举起一把尖刀,而我抄起地上一根铁棍,砸出重重的声响,告诉它这铁家伙的厉害!

它果然识相,没有向两个武装起来的男人挑战,而是低沉地嘶吼几声,便退入黑暗深处。我和杨兵都已吓出一身冷汗。

次日,那个叫郭小军的富二代死了。

又隔一天,四个重伤员被洗头妹阿香杀害,而阿香被正当防卫的周旋杀死,杨兵死于地下三层的车祸。

我坐卧难安,却不敢告诉大家——我怀疑杨兵的死可能与我们杀狗有关。我更担心那条硕大的高加索趁着黑暗从背后将我扑倒,咬断我的脖子,将我的内脏掏出来……真想马上拿到一把猎枪,把地下所有的动物打死!

杀狗的经历,于我并不是第一次。

我的老家在穷乡僻壤的山沟沟里,杀狗是稀松平常之事。就连自家养的狗,也常会被主人杀了打牙祭,毕竟那里的孩子吃猪肉都难得,吃狗肉就属大餐了。常有人偷走邻居家的狗,在林子里吊死剥皮煮了吃——对不起,这种事我也干过,当时差不多一个月没吃过肉。

十二岁那年,村外布满灌木丛的山上,有一条巨大的猛犬出没,偶尔会把上山采药的人咬死。尸体从山上被拖下来,往往残缺不全露出内脏,所有村民处于恐惧中。村里组织了民兵队,配发猎枪与大量子弹,还有多年前猎人用过的捕兽夹,进山猎杀那条恶犬。他们在山里转了十来天,结果连大狗的影子都没看到,倒是有一个人在山上迷路失踪了,后来发现被那条恶狗吃得只剩骨架!

它成为了全村人的噩梦,每家每户日夜都锁住门。没人敢单独外出,即便下地干活,也要带着防身工具。更有人传说:它是1949年被枪毙的土匪头子转世,成为恶狗下山来向村民们复仇,因为正是村民们的上一辈人,将战败的土匪头子灌醉了,捆起来送给解放军,只为领取几块大洋的赏金。

那年冬天,我妈突然生了急病,只有山上的一种草药能救她。但因为有条恶犬出没,村里没人敢上山采药,我爸也不敢冒险。我偷偷跑上山,踏着漫山遍野的大雪,采到埋在地里的草药根茎。当我急着下山回家救母时,正好撞见那条恶犬。

在一片大雪的荒山上,那条浑身长满黑毛的大狗,像神一样面对着我。

许多年后,当我在福尔摩斯探案集中读到《巴斯克维尔的猎犬》,立即回想起了童年的这段经历。

然而,我却认出了它——实在太像了,虽然个头变大了几十倍!

两年前,我家养过一条母狗,全黑色的,就是眼前这条恶犬的模样,不过只到人的膝盖,性格也极其温驯,从没咬过人。那条母狗刚生完一窝小狗,就被邻村的人偷去杀掉吃了。那窝还在吃奶的小狗没了妈妈,自然也大多饿死,只有一条小狗不知所踪——据说有人看到过,一头饿极了下山到村里偷玉米的黑熊,将我家那条小狗带走了。后来我想那一定是头母熊,恰好处于哺乳期,小熊崽被养熊取胆的人抓走了,母熊就把这条小黑狗带走,当成自己的孩子,用熊奶喂大,结果小狗竟长成了熊的个头!

这条黑熊般大的狗轻易地将十二岁的我扑倒在地,在我的肩膀上咬了一口。当它的第二口要咬断我的脖子时,我喊出了它的小名——"二毛!"

它的牙齿在我的喉咙前停住了,它居然还记得这个名字!居然还记得我!

冬天的大雪卷过它的眼睛,带着模糊与迷惘的眼睛。我从它的利齿下逃了出来,手里还攥着给妈妈救命的草药。

至今,我的肩头还有一块明显的伤疤,带着狗牙的印迹——很多人都说像是被老虎咬的。

这年春节,为了让大伙安心过年,村支书从县城请来了武警,用带夜视装备的狙击枪击毙了那条大狗。

当人们从山上抬下它的尸体,全村人都载歌载舞,摆了三天的宴席来庆祝。而肩膀上还裹着绷带的我,却流下了眼泪。

几年后,我的父母离开了小山村,进县城摆摊做些小买卖。我也转到县城念书,虽然一直都是农村户口。

但我一直没有忘记过二毛。

这些天来,我一直在想——如果二毛活到现在,就在世界末日的地下,它会不会攻击我?也许,这个疑问将伴我到世界末日的最后一刻。

生命中的最后几天,我把大多数时间留给四楼的一家民营书店。我常与周旋各自占据半个书店——大家都叫他三流作家,但我不这么认为。他被这个脑残的时代低估了。我相信在二十年后,他的推理小说会成为真正的经典,不但占据畅销书榜的第一名,还会走进纯文学的殿堂,评论家们会争先恐后地拍他马屁,大把的文学女青年会为这个老男人主动献身,说不定官方还会给他崇高荣誉并奖励他一套别墅。

哦,对不起,周旋,我忘了已到世界末日,没有二十年后——可能连他妈的二十天后都没有。我们能再多喘气二十个小时就感谢老天了。

在周旋几经努力争取来的灯光下,我经常坐在推理小说的书架前,阅读日本推理小说大师松川古月的作品。记得大学里读得最多的书就是松川古月的推理小说,比如具有历史背景的《武田信玄屏风杀人事件》,描绘中产阶级恶趣味的《东京塔杀人事件》，还有经典本格推理的《十九时十九分杀人事件》……我从书架上取下一本新书——说这本书新，只是说它刚被翻译为中文，因为松川古月已去世十几年，死于著名的阪神大地震。这是他最后一部作品，也是在去世一年后才出版的遗作——《地狱变杀人事件》。我坐在书店的地板上，用了一天时间，读完了这本书。

然后，我做了一夜的噩梦。

我读过松川古月所有译成中文的作品，这本果然是典型的松川氏风格。主人公风度翩翩，配角彬彬有礼，侦探聪明绝顶智慧超凡，情感线索饶有趣味，心理描写细腻动人，确实是大师级别，将推理与市井温情完美糅合。唯一让人意外的是，上半部分的文笔，仍不失成熟老练，犹如川端康成语感。下半部分却笔锋一转，非常口语与生活化，许多句子完全不加修饰，读来更让人印象深刻——相比于一如既往的上半部，我更喜欢全新风格的下半部，让人畅快淋漓。是否大师有意突破自己，挑战整个日本推理小说界？

《地狱变杀人事件》结局令人震惊，所有令人尊敬与同情的人物都是伪装的，每个人都有不可告人的龌龊秘密，翻动书本同时，仿佛就有鬼魅站在身后。原来人生那么黑暗，一点光亮都没有，就连唯一被读者寄托希望、看似最无辜的少女，竟也隐藏着恶魔般的心！我不愿看到这样的结局，但情节发展极其自然，书中人物不得不落到如此下场，作出如此卑鄙恐怖的选择。

读完最后一字，我有种接近窒息的感觉，趴在地上干呕了半天，几乎要把胆汁吐出来。幸亏是朝不保夕的世界末日，否则我真要被这黑暗气氛吞噬，找个没有痛苦的自杀方法，趁早脱离尘世的苦海——以前并非没有过这种念头。

脑中回想《地狱变杀人事件》中的人物，其中一个年轻的女主角，被迫出卖身体的美丽的十三岁少女，无论从外形还是气质上，都酷似玉田洋子——书中这个人物杀死了自己的父亲。

就当我坐在书店地板上，开始对她的性幻想时，玉田洋子却出人意料地来了。她拖着七岁的正太，礼貌地向我鞠躬。我慌忙把《地狱变杀人事件》藏到屁股底下。不知她有没有看过。我害怕让她知道我正在看这本书，会因此怀疑我的内心是否与书中所写同样黑暗。

地底下那么多幸存者中，玉田洋子对我最为亲近。而从她的穿着打扮与气质来看，起码也是个中产阶级的阔太太。

上班时常在超市遇到美女，而我穿着肮脏的蓝色工作服，推着沉重的手推车，搬运着货架上的商品，总不敢让她们看到我的脸。我害怕会撞上蔑视的目光，或者干脆被视而不见。只要低头看看自己这身低贱的装扮，手上干的低等辛苦的工作，再看看对方或是外资公司的女白领，或是有钱人家的千金小姐，便再无颜多看她一眼。

玉田洋子没有对我这个穷光蛋避之唯恐不及，我已感激不尽。她还是第一个让我敢于正视的美女，从第一眼看到她的那刻起，我就不停地幻想她的身体——对不起，这只是一个处于长期压抑中的蚁族宅男正常的生理与心理反应。

我站起来与她说话，正太却绕到我身后，捡起地板上的《地狱变杀人事件》。玉田洋子眼睛很尖，立即用日语高声呵斥，正太只能把书交还我手中。

"你在看这本书？"

"你看过吗？我很喜欢松川先生的作品。"

"我——"她的目光闪烁了一下，"很多年前看过。"

"真是一部让人绝望的作品，我相信很多人看完这本书后，会产生自杀的念头。"

"对不起，我不想跟你讨论这个，尤其在正太面前。"这是她第一次用直接生硬的语气说话。

我尴尬地后退半步。

玉田洋子严肃了不到半分钟，又微微一笑："陶先生，我吓到你了吗？"

这个女人笑起来的样子真迷人，简直让我晕倒。我心跳加快，脸颊泛红，强迫自己矜持地回答："没关系，是我考虑不周。"

"陶先生，我想说，自从我们被困地下以来，多谢你的关照。"

玉田洋子又向我鞠躬。地下几个幸存的女人中，她最注重形象，即使不能洗澡，也把头发梳得很整齐，衣服干干净净。她从没说起过丈夫。无疑，她的丈夫已死于世界末日，她却没有任何悲伤——连正太也没提过，我知道日语里爸爸的几种念法。

我有把这个女人抱在怀里的冲动。

可是，直到她转身带着正太离开，我的脚步才往前挪动了两厘米。

第四夜，我没有拿着棍子参与巡逻，而是缩在三楼店铺里彻夜难眠。下一个死去的会是谁？那两个女高中生？女清洁工与男白领？还是——我自己？反正早晚要死的，不是饿死就是渴死，或是因为地底的氧气耗尽而闷死。

我还是恐惧得要命，担心那条高加索猛犬，也担心那些披着人皮的狼——不知道哪一个才是。也许每一个都是？这才更让人害怕。

当然，难眠也为了隔壁的玉田洋子和正太。

不知她现在在干什么。哄小孩睡觉？还是跟我一样寂寞难耐？人生快要结束，我却从没尝过女人的滋味。谁也看不上我，我也不敢跟她们说话。如今，就这么死了，无声无息地，死在世界末日的地底，真他妈可惜！

忽然，外面有些奇怪的声音，我走出去，看到走廊里坐着一个颤抖的人影。她在哭。

看着她哭得梨花带雨的样子，我情不自禁地伸出手。她没有躲闪，我的指尖触摸到她的鼻子，还有脸上的泪水，温热的女人的眼泪。我心里生出许多植物的根，痒痒的。我的手指继续在她脸上滑动，触摸到她的嘴唇，她却张嘴咬住我的手指。她咬得恰到好处，既让我的手指无法逃脱，又没让我感到很疼。我的中指与无名指已深入她的口中，被温暖的液体包围。女人湿滑抖动的舌尖，缠绕着我的两根手指，奇妙的感觉从指尖传递到心脏，又到全身每一根毛细血管，纵然我是一尊雕像，也会被融化成一汪水。

终于，她松开了口，我把手指从她口中抽出，将她抱了起来。

玉田洋子开始挣扎，但这太迟了——就像我对史泰格先生说出那个"No"时，程序已经启动，无法取消及更改。

黑暗的三楼走廊里，我牢牢堵住她的嘴，她的挣扎与反抗越激烈，我征服她的欲望就越强。我把她抱进一家男装店的更衣间，没有转身腾挪的空间，将她重重地压在墙上。她的眼泪继续在流，但已经不可能再让我停手。一团炽热的火焰燃烧了我的全身，也卷到了她的嘴唇上。这滋味真是奇妙，我还是第一次吻女人的嘴唇。我丝毫不顾她的反抗，即便随时可能被她咬伤。

该死的！在紧紧拥抱玉田洋子的同时，脑中却浮现起了波多野结衣！我真是个畜生！却还是撕开了她的衣服，我期望能听到一些日语单词，那些熟悉且让人兴奋的声音。

终于，耳边响起一声"呀蔑代"！

太棒了！这句日语让我获得了极大的满足与快感——我觉得自己飞了起来，冲出一二百米深的地底，飞到世界末日的上空，俯瞰整个被洪水吞没的世界。一丝阳光都看不到，四处如西伯利亚般冰冷。浓烈的蘑菇云覆盖地球表面，灰尘与石头如大雨倾盆而下，留下满目的废墟与人体残肢。

不知过了多久，恍惚地睁开眼睛，看到玉田洋子眼底的泪光。

不，刚才那个不是我！那个是畜生！不是我！

可是，她还在我的怀里，紧紧贴着我的身体，汗水交融在一起，从肩膀直流到脚下。

我想要逃跑，却又不敢放开她，只能怯懦地说了一声："对不起！我不是故意的！我……"

这样的解释真他妈愚蠢，我真想抽自己几个耳光！正当我悔恨交加之时，玉田洋子却用力抱住我，在我的额头、脸颊、下巴、脖子、胸口亲吻起来。

于是，我也疯狂地吻起了她，最后一丝罪恶感消失了。

激情退去，她整理衣服，梳好头发，恢复年轻妈妈的端庄姿态，回隔壁陪正太睡觉了。我蜷缩在狭小的更衣间里，鼻息间全是她身上残留的气味，久久无法平静。

数小时后，我在三楼看到玉田洋子，她跟儿子坐在星巴克里吃早餐。我坐到他们旁边。洋子见了我还是客气地鞠躬，只是，她不太敢看我的眼睛，每次我盯着她的时候，她总是低头与正太说话来回避。

七岁的正太却以一种异样的目光盯着我。这个肤色如吸血鬼似的男孩，那双黑幽幽的眼睛分明在说话："就是你！不要跑！"

下午，当我和周旋坐在书店里，讨论生存资源还能维持多久时，玉田洋子突然跑进来，面色苍白地说："正太不见了！"

果然，这个孩子又一次趁着妈妈不注意溜了。虽然这样的事情已发生过好几次，我还是非常认真地与周旋作了分工，我负责往楼下去找，周旋负责往楼上，玉田洋子留在三楼与四楼寻找，莫星儿也跟随周旋上楼去了。

我带上手电筒和铁棍、刀子——当然是为了防范恶犬。经过二楼走廊，我看到好几只猫与狗的残骸，几乎只剩下骨头与毛皮了，估计是自相残杀的结果。我小心翼翼地来到底楼，远远看到丁紫与女清洁工在一起说话，她们看起来情绪都有些激动。在底楼搜索了一圈，没看到正太的踪影，我又下到了卡尔福超市。

在地下一层的货架间，我只看到满目狼藉。所有的食物都消失了，就算那些发霉变质的，几乎也被动物们吃完，地上有成群结队的老鼠窜过——这些家伙肯定能比人类多活几天。我慢慢走向玩具柜台，那可能是正太喜欢的地方。

忽然，我也意识到这里是我和杨兵吊死那条狗的位置。

耳边似乎响起狗被吊死时的哀嚎，那不是凶狠的吠叫，而是自喉咙深处发出的呜咽。

心跳骤然加快起来，当我转身想要逃离这里，一阵腥风从侧面袭来。

完全看不清那个东西。不到半秒钟，我就感到两只巨大的手掌，以无法抵挡的力量，将我重重压倒在地上。

不！不仅是两只手掌，而是四只——高加索犬攻击了我！

在它几乎要咬烂我的下巴之前，我脑中却突然闪过昨晚的温存——紧紧拥抱着洋子的身体，仿佛那是世界末日唯一的温暖，互相交换口鼻间的呼吸……好吧，经历过这些再死，我也算值了。

然而，这条大狗却停住了，我几乎毫发无损地站起来，只见跟前站着一个男人，大声喝道："畜生！滚！"

让我万分诧异的是，高加索看起来竟很怕他，接连向后退了几步，眼神就像一只温驯的宠物狗，晃着尾巴落荒而逃了。

他救了我的命，而我居然不认识他！

这个神秘人消失在货架之间，我刚要追赶，便与一个男孩撞个满怀。

正太！我紧紧把他抱住。男孩表情平静，看来并没什么意外。我抓着他赶紧往楼上跑。

惊魂未定中一路狂奔，我同时问正太："你怎么会在那里？"

"我找我的朋友玩。"

"你的朋友？就是那个把恶狗赶走，救我命的人？"

"是。"

"他是谁？"

"X。"

"X？"

"是。"正太微微笑了一下，惨白的脸色让我害怕，"你们不会注意到他的。"

将男孩送回时，玉田洋子抓着我的手连声感谢。我趁机抚摸她光滑润泽的手腕。她不动声色。我得寸进尺地抓紧她的手，直到她用力抽回。

这天晚上，我迷迷糊糊要睡着时，身上却温暖了一片，同时有对湿湿的嘴唇贴上我的脸颊，从耳根吻到下巴，直到被我的胡楂扎疼。闭着眼睛享受这样的温柔，双臂环抱她的后背，好像要把她嵌入我的身体，融合为同一个人。

翻身将她压在底下，再次听到了"呀蔑代"……

当她离去后，我才发现后背正在流血，是被她抓破的，可我丝毫没感觉到疼。我找来一面镜子，给伤口止血。外面传来女人的尖叫："有人在吗？"

等我慌忙穿好衣服，冲到三楼走廊，发现许多人围着莫星儿，包括头发有些凌乱的玉田洋子。

原来，莫星儿刚才在楼上被人强暴了，色魔居然是那个叫许鹏飞的白领！

洋子用毯子裹着莫星儿，搀扶到她的房间里去——莫星儿在楼上被强暴的同时，她却在与我疯狂地缠绵，是否会产生负罪感？

我抄起铁棍与刀子，跟随周旋与小光，上楼去搜捕许鹏飞。整个后半夜，我们都在五楼至九楼搜索，周旋的脖子涨得通红，不停地拿铁棍敲打栏杆，发出吓人的声音，还有火星四溅。他向全体幸存者发布命令——对许鹏飞格杀勿论！

看来莫星儿被强暴这件事，对周旋刺激很大。如果强奸犯落到他手里，说不定会被阉割，再用酷刑折磨至死。

清晨，没看到许鹏飞，倒是在酒店大堂的小房间里，发现了丁紫与海美，还有刚被利刃刺死的女清洁工。我和周旋抬着死者去地下四层，把她埋葬在尸体堆中，隐隐听到楼上传来什么声音。

冲到地下一层，在超市的一排货架后面，我看到了许鹏飞的尸体——电钻依然停留在他脸上，大概直接戳烂了大脑。整片地面流满鲜血，引来好几只猫狗，贪婪地舔着死尸身上的血，一只猫还叼走了许鹏飞那只完好的眼球。

我刚想用铁棍赶走它们，却被周旋拦住，他冷漠地说："把许鹏飞留给它们吧。现在吃得饱一点，至少今天不会来偷我们的食物了。"

"你不是一贯主张要尊重尸体吗？"

"是，我尊重的是人的尸体。"周旋的声音越来越冷酷，看来他对自己没能亲手杀了许鹏飞十分遗憾，"可是，这家伙还算是人吗？他与那些动物没有本质区别，不配埋葬到地下四层的公墓！"

半天以后，我与罗先生、吴寒雷一起来到超市。许鹏飞已经消失，只剩下一堆破碎的衣服。我在超市角落里发现几块碎骨，残留着血肉，一群小苍蝇叮在上面。几条狗在为一大块骨头而打架，彼此咬得到处是毛和血。有条大狗蹲在旁边啃着一根长长的骨头。

许鹏飞就这样消失到了动物们的肚子里，就连一点骨头渣子都不会剩下。

如果我死在这些动物之前，恐怕也会同样尸骨无存吧。如果我手里有一把枪，我会先把所有的动物都干掉。就算让虫子把我吃了，也不能让狗和猫还有老鼠把我吃了！

这天下午，最后一滴柴油耗尽，整栋大楼陷入无边的黑暗。

罗先生和吴寒雷都消失了，我大声呼唤他们，却没人理我。我用手电照亮前方的道路，恐惧地在黑暗中奔跑，幸好我对卡尔福超市了如指掌，否则肯定被困在迷宫般的货架之间。

在漆黑一团的背后，我总感觉有一双眼睛，幽幽地盯着我——那不是人类的眼睛。果然，我听到一声狂怒的狗吠，几乎像黑熊般的嚎叫。

就是那头差点吃掉我的高加索犬！想必它并不屑于吃死人的肉，还在盘算着怎么吃掉一个活人，比如独自在黑暗中的我。

除了四处弥漫的腐尸恶臭，我又闻到那股腥味，几乎直接扑到我的脸上。我恐惧地大叫起来，用手中的铁棍四处挥舞，若有哪个人靠近我，肯定会倒霉地被我打死！

我冲上了楼梯，飞快地回到三楼。昏暗的走廊里亮着一点手电光，靠近了才看到是洋子与正太！他们真的在等我！我什么也顾不上了，紧紧地将她抱在怀中，而她也疯狂地亲着我的嘴唇——差点以为我回不来了！

三楼也有一股腐尸味，而且氧气稀薄。我们立刻搬到了八楼，这里的空气相对干净些。最后几只幸存的猫狗一路跟着我，我恶狠狠地盯着它们，用铁棍驱赶这些可恶的动物——说不定我就会死在它们爪下。

第六夜，无边的黑暗中，我真希望在最炽热的时刻死去，死在最心爱的女人身上，无声无息地化作一汪水。

世界末日，谁都躲不过去——没有电，没有光，快要没有水和食物了，连氧气都即将耗尽。

我多么希望自己睡着，再也不用担惊受怕。可是，楼下不时传来大狗的吼声——高加索犬，随时可能咬断我喉咙的野兽。

邪恶的念头越发强烈，不仅为了自己，还为洋子和正太，那些恶犬同样也威胁着他们母子！不，必须彻底消灭那些祸害。无论怎么死，都不能被狗吃了！

我想到了那把枪。

那是三天前，我独自在地下三层巡逻时，经过那辆被撞坏了的雷克萨斯GX460。杨兵就是死在这辆车上，但我已经不太惧怕死人了，反正尸体也被拖走了，出于对高档SUV的好奇，我打开了这辆车的后备厢，在一个极其隐蔽的夹层里发现了一把手枪。

虽是沉甸甸的铁家伙，但开始还以为是仿真枪，仔细查看却大吃一惊——这是一把真枪！弹匣里有二十发实弹！我是个军事爱好者，订阅了专业的枪械电子杂志，真的假的总能分辨出来。我确认这是一把军用手枪，保养得相当出色，不久前还擦过油。

握着这把真枪，我非常害怕，这辆车的主人是什么来历？干吗要藏一把军用手枪？

然而，我却不想把这把枪放回去。

我悄悄地把枪带走，放在一个黑色的旅行袋中，藏在八楼男厕干涸的马桶水箱里，这样绝对不会有人发现。

在世界末日的地底，没有法律与正义的时候，有这样一把枪，就是最后的主宰——从这个角度而言，我也是死神。

此刻，我不想用这把枪来杀人，但可以杀狗。

我从男厕的马桶水箱里翻出旅行袋，那把手枪还好好地躺在里面。我检查了一下枪膛与弹匣，确保不会出现意外。

清晨，我戴着口罩来到底楼中庭。

哈根达斯店里，重伤的塌鼻子老人已经消失，只剩下那些抢夺人肉残渣的动物们——这些畜生真的吃掉了活人!

猫狗也在自相残杀,恐怕这是最后剩下的几只。我找来一盏应急照明灯,把附近照得颇为亮堂。它们并不惧怕,依然聚集在灯光下。我躲藏在一根立柱后面,一只手举起枪,另一只手拿着铁棍,脖子上挂着一条用来把狗吊死的皮带,看来像古代的刽子手。

我对准一条大狗扣下扳机。三点一线,非常准确,子弹打爆了这条狗的头。

妈的,枪声几乎震聋了我的耳朵!

随着狗血飞溅到地上,其余猫狗纷纷逃窜。我跟在它们后面追杀,接连射出六发子弹,弹壳四处飞溅,至少有一只猫与一条狗被我击中。

为节约有限的子弹,我没有上去补枪,隐藏到附近的阴影中。果然,那些饿极了的猫狗再次来到哈根达斯店,抢夺同类的尸体——看着这些愚蠢的动物,我只有苦笑。人类不也是如此吗?互相残杀了几千年,即便眼睁睁看到同类死去,却因利欲熏心,不停地重蹈覆辙。

我稳稳地举起枪,再度射出三发子弹,这回打死了两条狗。

最后剩下的两只猫与一条狗,没隔两分钟就又回来了。既然是来送死的,就别怪我不客气了。我先开枪打死了一只猫,又追杀了一条狗。最后那只猫躲到了一个柜子里,我便用铁棍捣进去,直到鲜血淋漓……

等一等,还有条狗没死。它拖着被打烂的后腿,艰难地逃到二楼,一路发出凄惨的呜咽,看来它比我们还要怕死!我追上楼梯,跟在它身后补了一枪,结束了它的痛苦。

酷!

我为自己喝彩!妈的,我不做杀手真是可惜了。哈哈哈,真是爽啊!要是早点拿到这把枪,我早就把那只剥皮老鼠一枪爆头了!还有那些平时看不起我的人,骂我是外地人,让我滚回去的傻逼们,你们怎么不去死呢?对了,哈哈哈,你们已经死了,全都在世界末日中死了,要么被烧死,要么被淹死,要么被活埋。死得好啊!我真开心啊!你们要是不死,我就拿枪打爆你们的头!

就在我亲吻还发烫的手枪时,一股骇人的腥味向我袭来,竟然穿透了我的口罩。

我还是感到了一丝恐惧。

在那只巨掌拍到我后背之前,我转身连开了两枪。随着枪声在地底回荡,我被重重打了一下,整个人飞了出去。

幸好,枪还在手上!

那头凶猛无比的高加索正向我猛扑过来,尽管它的胸口已血流如注——至少有一颗子弹打中了它。

就在它扑到我脸上之前,我开枪打中了它的脑袋。巨大的后座力让手枪弹起,几乎撞破我的鼻子。高加索脑门开了个大洞,鲜血直往外涌。但它的生命力真是顽强,四肢还在抽搐着想要站起来。

我的额头也被狗爪打破了,流了些血,但无大碍。我走到这只硕大的动物面前,看着它两只渐渐混浊的眼睛,忽然想起十二岁那年,大雪覆盖的那片荒山……我忍不住流下眼泪,不顾各种恶臭摘下口罩,对它轻声说:"二毛!"

灯泡般大的狗眼里流出了两行泪水。

然后,它死了。

那条叫丘吉尔的拉布拉多犬,成为了全世界最后一条狗。

我擦干净身上的血,重新戴上口罩,把手枪藏在身上,缓慢拖着脚步,像得了一场大病,回八楼去保护洋子与正太。

上楼时遇到丁紫跑下来,她焦虑地问我有没有看到小光,我摇摇头说没有。

世界末日第七天,我把所有食物留给洋子与正太。我饿极了就到底楼,把死狗剥了皮,煮成汤大快朵颐一顿,也只有我这注定要下地狱堕入畜生道的人才有这个胆量。

晚上,当九楼穹顶发出惊天动地的声音时,才意识到可能有救了!

我和洋子、正太冲进电影院,手电依稀照出前头有几个人影挤进了影院散场通道。他们看起来不像是在逃命,更像在互相追逐。逃跑的过程中,我的手枪不知丢到哪里去了。

天花板塌了下来。

为了给洋子与正太探路,我冲在他们前头,结果被埋住了。我不知道他们的情况如何,废墟压得我根本无法动弹,只有些缝隙可以呼吸到充满灰尘的空气。

我很幸运,救援人员赶到,而我还活着。

不过,最让我悲伤的是——居然!居然!没有世界末日!

真他妈给我开了个天大的玩笑!吴寒雷教授啊,你现在到底是死是活?你不是口口声声说地球已经毁灭了吗?不是我们才是全人类最后的幸存者吗?当我被救回到地面上,看到天上还闪烁着星星,周围的大楼照样亮着广告牌,无数穿着救援制服的人们走来走去,还有数不清的闪光灯和摄像机对准我的脸。

原来,只有未来梦大厦沉入了地底!只有我们这些人才是最倒霉的!除此以外,不要说地球人安然无恙,就连马路对面都没有受到影响!

我看到了洋子与正太。但我们没有机会说话,只能远远地用眼神交流。

在戒备森严的医院,我接受了很好的治疗,其实没什么严重的伤,说起来随时可以出院。

第二天，那个叫叶萧的著名警官来向我询问。

当然，谁敢把地底发生的那些事说出来呢？就算我说了也没人相信。何况，灾难降临的同时，我还在更衣室里杀了史格泰先生！叶萧竟还特地问到了他——警方已发现了洋鬼子的尸体。会不会验尸？但愿他烂得再彻底一点。

其他人怎么回答的？总之不可能说实话。我在叶萧面前编了一套主旋律谎言，把每个幸存者都塑造成好人，特别是周旋与罗浩然，简直可以上新闻联播。媒体如果相信我说的一切，我也会成为地下生存的英雄——说不定还会彻底改变命运，不用住在群租房里做悲惨蚁族了。

我的父母坐了一天一夜的火车赶来，看到我没事很高兴，听说还会有政府发放的抚恤金，就盘算着怎么偿还老家的债务。但愿他们不知道从前我在这里过的是怎样的生活。

不管警察会不会发现是我杀死了史泰格先生，也不管他们有没有发现被我遗失的那把枪——在地底发生的那些残酷的事件，是永远不可能被人们知道的！既因为死无对证，也因为没人敢说出秘密。所有这一切，都将烂在我们几个人肚子里，最终带入坟墓。

我还活着，其实，已经死了。

第二章　正太

很多人见到我都会怀疑我已经死了。

其实，我还活着。

我只是不能见到太阳，哪怕皮肤上沾到一点点阳光，都可能使我立即死去。在我并不漫长的记忆中，没有白天，只有黑夜。

永远的黑夜。

无论春夏秋冬，也无论在中国还是日本，家里一直挂着厚厚的黑布窗帘，所有窗户都用铁条封锁。若非担心空气混浊与潮湿，我想我更适合住在地下室。

曾经有客人说我家像殡仪馆，如果他们近距离观察我，会更确信自己的判断。

不错，是因为我的肤色，完全不带一丝血色，白得就像涂抹着牛奶。但我从没被自己吓到过，即便独自面对卫生间的镜子。我会咧开嘴巴露出牙齿，故意露出呆滞的目光，恐怖片导演一定会想请我去拍电影——可惜，我也受不了片场打出的强光，妈妈说如果我去拍电影，演到一半就会死掉。

因为某种不可告人的秘密埋藏在我的血管深处——我并不是人类。我跟你们天生不同。你们都是些奇怪的生物，忙忙碌碌地活在世上，从小就要学习各种无用的知识，等到长大成人以后，必须每天说着言不由衷的假话，嘴上不住地夸奖别人，心里却想着要欺负对方的妈妈。

就像我的爸爸。

我想，他已经死了吧。但我并不怎么难过，我知道他在外面有别的女人，我知道他对妈妈说的话十句有八句不是真的。我想妈妈也不喜欢他，或者说只是装作很喜欢他的样子，尤其当有外人在场，比如爷爷奶奶——其实，我也不怎么喜欢他们，尽管在中国的时候，每隔一到两周，我就会跟他们视频通话一次。我装作很想念他们，装作身体很好心情愉快刻苦学习——天知道有哪所学校敢收我这个不能见太阳的孩子！

我只是个七岁男孩，但有时我又觉得自己已经七十岁了。

4月1日。星期日。夜，22点19分。

当这个刹那降临，我以为自己只能活到七岁了。

妈妈带着我来到未来梦大厦，进入卡尔福超市地下二层，突然我的心跳扑扑地加快，那种熟悉的感觉再次出现，就像一年前日本地震海啸的前夕。我已经看到了——地面剧烈地摇晃起来，货架全部倒下，玻璃砸下来把顾客的头切成两半。我还听到许多人的呼救声，到处都是鲜血和尸体，那些真正的死人的脸——就是我刚才走进超市时，看到的那几个顾客与保安，他们都将要悲惨地死去，就在几分钟或几十分钟后。而整栋大楼也在迅速下降，带着最后二十来个幸存者，直到很深很深的地下……

突然，一个穿着超市制服的年轻男人抓住了我，将我交还到妈妈手里。

妈妈非常感激地鞠躬道谢——我从妈妈的眼睛里看出，她对这个中国年轻人有几分同情与怜悯，也许还有其他什么东西。

而我从这个中国人的眼睛里却看到："真漂亮……很像……不……她是日本人……不要胡思乱想……"

随后，一个高大的西洋人走过来，痛骂了这个中国人一顿，虽然我一句都听不懂。我从这个中国人的眼睛里看到了一句话："我要杀了你！"

不过，这种心里话我见得多了，不见得就真的会杀人。

一分钟后，妈妈带着我去收银台排队，此时发生了毁灭世界的大地震。

妈妈拼命地保护我，而我不用睁开眼睛，就能知道身边发生的一切——就是数分钟前我所看见的。我又一次准确地预言到了灾难，只不过这回是世界末日。

第一次剧烈震动过后，穿着超市制服的中国人来了，他给了我们手电筒——他不愿被人看到自己的眼睛，而我已看到了他的秘密。

他居然真的杀了人，就在不远处的更衣室里，他用皮带勒死了那个高大肥胖的西洋人。

是，我能看到别人眼中的秘密，人们通常称之为读心术。

这一点，也是我的秘密，妈妈也不知道。

我喜欢世界末日，喜欢深埋地底一二百米的这栋大楼，因为这里永远是黑夜。

你们明白了吧？我是一个不能见到太阳的男孩，只要活在地面上，总有遭遇危险的可能。我只能白天躲在家里睡觉——在厚厚的黑色窗帘的保护下，到了晚上才有机会出门，数着城市里被污染的夜空中模糊的星星。妈妈被迫养成了白天睡觉、夜里工作的习惯，每晚趴在电脑前将中文翻译成日文直到天亮——我只能想象黎明，紫色的东方渐渐亮起红色的天际线，直到白光渐渐笼罩大地，鸟儿在树上欢快地鸣叫，初升的太阳的光芒刺破我的皮肤，夺去我的生命。

不，其实小孩子很怕死的。我不想被太阳晒到！哪怕只是一厘米的阳光。

只有在世界末日的地底，只有在这个暗无天日的地方，我才是彻底安全的，妈妈也终于不用再为我而担心了。

在地下我有了朋友，比如陶冶，他跟我妈妈关系不错，每次遇到什么问题，他总是第一个过来帮忙。嘿嘿，他为我做过的一件最好的事，就是在五楼的汤米熊欢乐世界！

你们会觉得我总是以大人的口气在说话，听起来过分成熟——但我毕竟是个七岁男孩。在世界末日的第二天，我拖着妈妈来到五楼，闯进这个布满各种游艺机的世界。我最喜欢玩"狙击手三代"，往投币孔里扔下两枚代币，拿起一把狙击枪对准屏幕，干掉所有的坏蛋！

可惜，吴教授与周旋掐断了汤米熊的电源，我只能眼巴巴看着"狙击手三代""时光战士二代""丛林探险车""疯狂牛仔"……

我哭了，像所有小孩子一样哭了，满屋的玩具与游戏机堆在面前，却不能玩，那还让不让人活？我求妈妈给我开电源，但被严厉拒绝。我盯上了陶冶，因为我从他眼里发现——他喜欢我妈妈，每次在她身边，他既喜悦又紧张。虽然，我知道他刚杀过人，但他不是坏人。

我对陶冶死缠烂打，钻到他怀里发嗲，与他做了些交易——制造他跟我妈妈见面的机会，把妈妈的喜好告诉他，还有几次我故意消失，让陶冶带着我回到妈妈面前，这样他就更为妈妈所依赖。

终于，陶冶破例帮了我一次。轮到他在楼上巡逻，偷偷打开了汤米熊欢乐世界的电源，并搞来一些游戏币——哈哈！那晚我可玩疯了！拿着狙击枪消灭了一百多个坏蛋，用球砸死了几十具僵尸，从"移动城堡"里抓出了十来件玩具，从没玩得那么开心过！

除了陶冶，我还有一个杀手朋友。

他叫小光，经常偷偷跟我玩 CS 游戏，他是绝世高手，每次开枪打死那些坏蛋，都让我浑身舒服，这是所有男孩子的天性吧。

小光私下告诉我，他潜入未来梦大厦，是执行一项杀手任务，要杀的人就在我们这些幸存者中间。我盯着他的眼睛，他说的都是真的。我喜欢杀手这两个字，听起来又酷又厉害。把所有的坏人消灭掉！耶！就像迪迦奥特曼！

在地下三层，我还有一个好朋友，他叫 X。你们都不知道他是谁，陶冶和小光也不知道，但他确实存在。

有一次，我半夜从妈妈身边溜出去——因为我早就习惯了白天睡觉、晚上行动的作息习惯。妈妈很快调整了过来，而我只能装作睡着了，等到确信妈妈睡熟以后，我就获得了自由。

如果人类没有毁灭，如果地球依然照常转动，我就还被关在家里，关在安了铁栏杆的窗户与厚厚的黑色窗帘后面，就像一个关在地牢的囚犯。

对我而言，没有世界末日就没有自由。

我独自在昏暗的大厦里游荡,躲开晚上巡逻的人,来到地下三层的停车场。角落里停着一辆法拉利跑车,车窗被水泥块砸碎了,我可以轻松地爬进去。虽然不能把车开起来,但握着方向盘的感觉很爽——每个小男孩都喜欢汽车,我暗无天日的小房间里,摆满了几百个玩具车,还有经典款的变形金刚。

忽然,一阵浓烈的腥味从车窗外传来,我可以忍受腐臭味,但受不了这种气味。我眼前冒出一只硕大无比的狗熊,张开嘴巴就向我咬了过来,看来小男孩是它最喜欢的夜宵。

就在它要把我撕成碎片时,一个人影出现在狗熊背后,一根棍子打在它腰上。它怒吼着钻出车窗,却又挨了一棍——并不是什么厉害的铁棍,而就是一根普通的破烂竹竿。狗熊一下子愣住,看清眼前拿着棍子的人,随后夹着尾巴逃跑了。

X,我的好朋友,他救了我。

他把我从车窗里抱出来,摸摸我的脑袋,告诉我不要到处乱跑。跟其他人第一眼看到我的反应相比,他没有被我苍白的肤色吓到。他还告诉我,那个动物不是狗熊,而是一种大狗。我居然没有预言到这场危险,大概命中注定会被X拯救。

X是一个好人,我保证!

嗯,除了你们不知道的X,我还有一个更隐蔽的朋友,也是我在世界末日玩得最刺激的一个游戏的伙伴。

但他是一个真正的鬼魂。

所以,我不能把他的存在告诉任何人,包括妈妈。

在世界末日的第三天,我又一次从妈妈身边逃出来,游荡在七楼的众多店铺之间。我来到一个卖汽车与飞机模型的店铺,这里有我最喜欢的遥控直升飞机。但橱窗里的样品没安电池,我在店里找了很久,看到一处坍塌的废墟,旁边还有许多纸箱子,突然从中传出一阵奇怪的声音。

我吓了一跳。那原本是个小房间,在地震中塌了,被水泥块压得严严实实,只露出几道黑糊糊的缝隙。

里面有鬼魂!

当我确定就是从这里发出的声音,便小心翼翼把耳朵贴上去。

"救命!"

真的是里面发出的声音,虚弱而含糊不清,似乎是男人的声音。

我对着其中的一道缝隙说:"你是谁?"

隔了大约半分钟,才听到回音:"天哪!终于有人来救我了!快救我出去!

求求你了！"

"我想知道你是谁。"

"孩子！我是坚强叔叔，你快救我出去吧！"

他听出来我是小孩，而我只有把耳朵贴着废墟，才能听清楚他说的每一个字。我不紧不慢地回答："好的，你现在饿吗？"

"饿极了！但我想先喝点水！"

水？我身上倒是有一瓶，不过怎么给他喝呢？想了半天，终于找到几根吸管，把吸管的一端拉大，将几根吸管连接成一根长长的吸管，我想这样就能塞进缝隙，运气好的话能送到他的嘴边。

我拧开矿泉水瓶盖，把这根超长的吸管一端放进去，另一端塞到废墟的缝隙里。

半分钟后，明显感到手上开始颤动，瓶子里的水正在慢慢减少，通过吸管进入废墟深部……

耶！成功！我甭提有多高兴了，要不是手上还捧着水瓶，立马就要手舞足蹈。

哈哈！一眨眼的功夫，整瓶水被吸了个干干净净。我把耳朵贴到废墟上，静静等待鬼魂的回音。

又饥又渴过了三天，估计消化需要点时间？果然，好几分钟后，我才听到一个幽幽的声音："谢……谢……请把我救出去……"

"好的，先让我们做个游戏好吗？"

"什么？"

我兴奋得连遥控直升飞机都忘记了："你一定会玩过家家吧？"

"你——"

"陪我玩嘛，我会再给你拿些吃的，你喜欢吃什么？"我看了看废墟上的狭小缝隙，胸有成竹地说，"嗯，你吃过 Pocky 吗？"

"小孩，你几岁？"

"七岁。"那可是我最爱吃的哦，已经从超市拿了十几包，藏在三楼的店铺里了，"你不爱吃 Pocky 吗？"

"我已经……饿了三天……"

"但除了 Pocky 以外，好像没什么能给你吃了。"

对啊，只有那又细又长的巧克力饼干条，才有可能通过缝隙塞到他嘴里。

"你的爸爸妈妈在吗？"我的朋友已经失去耐心了，"去找他们，让他们把我救出来！"

"我没有爸爸了，只有妈妈。"

"外面怎么了？地震吗？"

"世界末日。"

"别……别开玩笑……"

"真的！没人会来救你，除了我。只要你愿意跟我一起玩过家家。"我愉快地对着一道缝隙说，"我叫正太。"

"好孩子，你先给我吃点 Po——"

"Pocky！"

"对，给我吃点这个东西，我就陪你玩过家家！"

"太好了！"

我兴奋地跑回到三楼，幸好妈妈还在睡觉，我悄无声息地拿出两包 Pocky，偷偷回到了七楼。

过家家！哈哈！终于能玩过家家了！

我从来没有玩过过家家——不管在中国还是日本，我连一个朋友都没有。因为我是夜间动物，有谁家的小孩半夜还在外面玩呢？偶尔几次去夜间游乐场，我想跟中国小朋友一起玩游戏，他们看到我的脸就吓哭了。于是，我只能一个人打游戏，玩植物大战僵尸，或者孤独地看着月亮。

哎，我是多么想要有一个小朋友跟我玩啊。

当我一个人被关在家里时，我就幻想出了一个好朋友——他叫小明，和我同龄，是中国人，长得比我略微高些，当然脸色比我红润得多，看起来就是个健康阳光的小男孩。虽然我还是不能在太阳底下与他一起玩耍：踢足球、玩飞机模型、揪女孩的小辫子……但我至少可以跟他一起打游戏机，一起在家里捉迷藏，一起玩变形金刚，一起看 Tom&Jerry……

现在，你就是我的小明！

世界末日最幸福的时光，就是每天半夜从妈妈身边溜走，带着一瓶水与两包 Pocky 巧克力饼干条，去七楼模型店的废墟，找我的小明玩过家家。

小明似乎很喜欢我，他说："自从我出生以来，从没有人真正把我当作过朋友。"

他还说自己三十多岁，职业是"自由财产借贷师"，为此他蹲过十几次牢房，被打掉过四颗牙齿，打断过两次鼻梁骨，三次折断肋骨，敲断过一次腿，被砍掉过一根小指头，脖子上还被人强行刺过字……但他坚强地活了下来，没有什么能让他放弃生存的欲望。

没错，"自由财产借贷师"，也就是你们通常所说的小偷。

电闪雷鸣的夜晚，小明选择了未来梦大厦，坐电梯来到七楼，藏身于模型店内，等到保安巡逻过后，就可以大胆地出来，盗窃商场里的宝贝。至于逃出去的路径，他早已察看过了，通过一条秘密的通道，能轻松进入未来梦大酒店，换上一身体面西装，拎着装满赃物的大行李袋，就可以正大光明地出去了。

4月1日。星期日。夜，22点19分。

当小明躲在模型店的墙边，静静等待黑暗到来，真正的黑暗就把他压倒了……幸运的是，废墟没有压实，还留有几道小小的缝隙，否则早就被活埋窒息死了。

呵呵，以上的一切你们不要相信哦，我们在玩过家家嘛。我当然是扮演警察，而小明必须扮演小偷——我们的过家家就是警察审讯小偷的过程。

他一直哀求我去找其他人，或用铲子之类的工具把废墟挖开，但我总说："玩好这次再说嘛，小明。"

然而，我从没跟人说起过他的存在，就连妈妈与陶冶也对此一无所知。

我明白要是他被救出来，不再被埋在废墟里，我就永远失去了这个最好的朋友。

对不起，我是一个腹黑正太。

我还知道许多你们不知道的秘密，但是我并没有说出来，有的只是因为我懒得说，或者觉得跟我毫无关系。

比如，那个叫阿香的洗头妹，看起来像十几岁，其实是个大人。我能看穿她眼睛里的秘密——她喜欢周旋，却不敢说出口，她害怕周旋看不起她，或者遭到所有人嘲笑。

还有商场的保安杨兵，幸存者们都把他当作警察般信任，实际上是他杀死了郭小军。但我不愿向周旋或陶冶告密，因为每个人都讨厌那个死者，杨兵只不过做了一件大家都想做的事。

白领许鹏飞也有秘密——他在八楼美发店里藏了一个女人，就像我把小明藏在七楼的模型店里。他还盘算着怎么欺负其他女孩——只要他不靠近我妈妈就行，否则我会让陶冶打断他的腿。

只有一个人的眼睛，我完全看不出任何内容，如一片黑暗海洋般看不清，他就是这栋大楼的主人——罗浩然。因此，我非常怕他。

第四夜，当杨兵、阿香，还有许多重伤者都死去以后，我也感觉到了恐惧。那一晚，我没有从妈妈身边溜走，她却悄悄离开了我，躲在外面的走廊哭泣。我爬到柜台上偷看妈妈，却看到了陶冶。他把手指伸到妈妈嘴里，将妈妈抱到了他的房间里。

我没有敢跟进去，蜷缩在角落里。等了很久很久，妈妈才弯着腰摸回来，身上带着一股特别的气味。她重新睡到我的身边，特地看我有没有睡着，还好我装睡的本领一流。

第二天，我们在星巴克吃早餐，我注意到妈妈看陶冶的眼神——她喜欢这个中国男人。

如果，妈妈可以高兴的话，我也会为她高兴的。

这天下午，我趁着妈妈不注意，又上七楼跟小明玩过家家去了。其实，我也是担心昨晚没去给他喂食，到今天会不会饿死或渴死。

幸好，我的小明还活着，只是这回吃起来特别快。

他说他不会放弃逃生的希望，作为一名职业神偷，自然随身携带不少工具：螺丝刀、尖头钳、扳手……小明不断地用螺丝刀钻面前的砖头，他还说起一部电影，一个人用小小的工具挖开监狱墙壁逃生的故事。

小明真是个会幻想的人。

跟他玩好过家家后，我又想起了另一个朋友——X。

嘿嘿，有两天没看到他了。我穿过逃生通道，来到地下一层。在超市货架的最后面，X正在和一群猫狗玩游戏。我开心地加入他们的游戏，直到有脚步声靠近。

隔着两排货架，我看到陶冶走了过来，肯定是妈妈叫他过来找我的。突然，一条高加索犬冲了出来，一下子扑到了他的身上，就在我也几乎要尖叫时，X飞快地冲过去，只喊了一嗓子，就把大狗赶走了。陶冶吓得面无人色，正好我也到了他眼前，他立即抓着我逃回到了楼上。

这天夜里，妈妈悄悄摸进了陶冶的房间。

我猜她要很久才会出来，便大胆地又一次逃上七楼，带着Pocky与水，找我的朋友小明玩过家家了。

小明的情绪有些不佳，但还是配合地跟我完成了游戏。最后，他恶狠狠地说了一句："刚认识你的时候，我把你当作了小天使，现在才知道你是一个小恶魔。"

我感到一丝害怕，便扔下他逃跑了。

奇怪的是，眼前浮现起一幅画面——许多穿着红色制服戴着头盔的人，正试图使一个钻探头深入地下……

下意识地抬起头，看着黑暗中的九楼穿顶，我奔了上去。

来到九楼的电影院，某个声音一直回响在耳边，带着我穿过一条窄窄的通道。头顶透进一阵微弱的风，我用手电仔细照着天花板，发现几道深深的裂缝与缺口。

突然，从一个狭窄的缺口里掉下来什么东西。

是一瓶矿泉水！外面有一层塑料纸，用加粗字体印着三行中文——虽然我的中国话说得比日本话还流利，但毕竟只有七岁，只认得最简单的几个汉字，看不懂上面写着什么。

又有什么掉了下来。我捡起来一看，是一个小塑料罐子，里面有几包药片、一个微型对讲机，还有一支电子体温表。

那个微型对讲机不停地闪烁红灯，大概只要一按下去，就能与某个人通话了。我把这个对讲机重重地砸在地上，又搬来钢筋水泥块用力砸下去，直到它彻底稀烂。

筋疲力尽地倒在地上，才明白我看见的预言是什么——地球没有毁灭，人们正在尽全力救援我们，甚至已经快要接近九楼了。地面上的救援队员们把食物和水通过管道送了下来，以为我们都快要饿死渴死了。而那个微型对讲机，就是要我们与救援人员取得联系。

根本就不存在什么世界末日，我们全被吴教授骗了！

我哭了。一想到我还会被送回到地面，还要过着被囚禁在黑屋子里的生活，还是要担惊受怕被阳光照到，还是没有人愿意跟我做朋友——我就已经 Game Over 了。

不，我不能让其他人知道这件事，更不能让救援人员发现我们。最好是他们中途放弃。挖了很多天还是挖不出半个活人，最终结论是地下所有人都死光了，没有必要再让救援队员冒着生命危险往下挖了。

不错，我宁愿饿死在地底，也不愿意被他们救上去！

我把矿泉水全部喝完，把被砸烂的对讲机、那些药和体温表，以及有文字的塑料纸全都放进那个小罐子，然后扔到九楼厕所的马桶里。

我想没有人会到马桶里去找食物的。

回到三楼的房间，我刚刚睡下来，妈妈就匆忙回来了，真的好险！

没过多久，外面响起了哭喊声。妈妈穿好衣服，出去了片刻，便扶着一个人回来了。我继续装作睡着的样子，睁着一只眼睛偷看——好像是那个叫莫星儿的女人，浑身不停地发抖。妈妈脱下了莫星儿所有的衣服，用一块毛巾仔细擦拭她的身体。啊，这还是我第一次看到女人的身体，可黑糊糊的什么都看不清。

就这样折腾到清晨，莫星儿谢绝了妈妈的挽留，独自离开了这里。

整晚都没有睡好，我这才迷迷糊糊地睡着了。我做了一个梦，梦到自己被人救上了地面，却正好暴露在阳光下面。我第一次看到了太阳，灼热的光芒刺瞎了我的眼睛，让我全身燃烧起来，转眼化作一团灰烬……

当我从噩梦中醒来时，整栋大楼已陷入黑暗，到处充满刺鼻的恶臭，让人呼吸困难。陶冶和妈妈陪伴在我身边，我们一起搬到了八楼。他们说燃料耗尽，食物和水也快没了，那些猫狗也在自相残杀——妈妈不敢再说下去了。她以为我还不懂什么是死亡，但我很清楚，死亡就是变成一具尸体，不能动也不能说话，什么都感觉不到，直到彻底从世界上消失。

我知道死亡在逼近我们。

不过，生存的希望就在头顶。如果我愿意带他们去九楼的电影院，说不定还能发现新的东西，比如微型对讲机。只要发出信号，就能让救援队员确认我们的位置，就能早一点把我们救出去。

可是，我不想逃出去，我想永远留在世界末日的地底，我不会告诉他们这个秘密的。

这天晚上，妈妈与陶冶在我的面前不再回避了，他们紧紧拥抱在一起，两个人就像要融合为一个人。而我识相地装作睡着了。

第七天，清晨，妈妈熟睡着，陶冶却不知道去了哪里。

我想起了我的好朋友小明——千万不能让他饿死啊！我拿起最后一包Pocky，以及最后一瓶矿泉水，悄悄下到七楼的模型店。

然而，我刚用手电照亮黑暗的店铺，扫过那些汽车与飞机模型，就产生了一种奇怪的感觉。刹那间，眼前闪过某个可怕的画面，促使我立即转身要往外面逃去。

一只手已经抓住了我的脚踝！

我摔倒在地上，无论双手怎么用力地往前扒，还是感到自己正被一只手往后拖——就像恐怖片里经常出现的场面，一个小孩被恶鬼从地板上拖走。

"救命！"我忍不住高声喊了出来，紧接着又用日语喊了一声。

手电早就不知道飞到哪里去了，在整个七楼的一团漆黑中，我被拖到了模型店的最深处。有两只手抓住了我，从我的两条腿到腰部，又沿着后背一路往上走，最后掐住我的脖子。

"小明！不要！"我的喉咙已被掐住，什么声音都发不出来，只能在心里呼喊最好的朋友，祈求他不要伤害我。

小明说他每天都在用螺丝刀挖掘，原来不是我们玩过家家的幻想，而是真的！他终于挖通了最后一块砖头，就像他总是说到的"安迪"。

我想他是要杀了我吧。

就在我几乎要昏迷过去时，手电光亮了起来，随后听到一声男人的惨叫。接着，我被妈妈抱到怀中。

她浑身都在颤抖，慌张地摸着我的脸，连声用日语说"对不起"，同时也将鲜血沾到我的脸上。我明白，那既不是我的血，也不是妈妈的血。不敢再回头看小明的尸体，我最好的朋友被我的妈妈杀死了，为了救我的命。

她把我抱回到八楼店铺，没人来帮助我们了，每个人都只想保住自己的命。妈妈没有像过去那样责骂我，大概觉得我们都快死了，没有机会再好好爱我了。她为我擦去脸上的血迹，流着眼泪亲吻我的脸。

在黑暗、寒冷、饥渴、气闷之中，我们熬到了晚上，听见楼上发出了巨响。陶冶带着我们冲上九楼的电影院，天花板却整个坍塌了下来。妈妈拼死用身体护住我，将我几乎完好无损地压在底下。

当我被埋得快要窒息时，忽然想起了小明，真想有一根吸管送到嘴边，最好还有一根长长的Pocky。

我们被救了出来。

唯一让我庆幸的是，现在是黑夜而不是白天，当我被救出地面时，看到的不是太阳，而是夜空下的灯光。妈妈尽力遮挡着我的脸，不让我的皮肤受到闪光灯刺激。

在我们接受治疗的医院里，我和妈妈住在同一个病房。她特别要求装上厚厚的黑色窗帘，绝不能透进一丝阳光。有个叫叶萧的中国警官来询问情况。妈妈没有说实话，也没有把我的真实情况说出来。而我更不想让他们知道地下发生的事，尤其不想让警察知道小明的存在。

于是，我瞒着妈妈悄悄走出病房，对叶萧警官说了一通关于僵尸杀人的鬼话。不管他信不信，至少有人会信。

今天，凌晨五点，爷爷奶奶从日本飞来看我了。他们当然非常喜欢我，而我也装作很喜欢他们的样子，其实我很讨厌他们两个。爷爷奶奶跟妈妈说了一些话。他们离开病房后，妈妈却变得像个雕像，一动不动地坐在床上，指甲深深地嵌进床单。

我知道她如此害怕的原因。

因为，我知道妈妈所有的秘密。

不仅仅是那个叫陶冶的中国人。

还有一个更大的秘密——她杀了我的爸爸。

第三章　玉田洋子

我杀了我的丈夫?

一个刚满七岁的男孩,整天关在黑屋子里幻想,认为存在一个叫"小明"的好朋友——这个孩子说的话,你信吗?

我是玉田正太的妈妈,我叫玉田洋子,今年三十岁。很多人都说我看起来像二十五岁,但我分得清哪些是真心话,哪些又是恭维话。客观公允地说,当我每次洗完澡面对镜子,仔细端详身体的每个细节,看着皮肤上的水珠,更像一个还没生过孩子的二十七岁少妇。

其实,我叫松川洋子。

但我已经习惯于玉田洋子这个姓名——第一,这是我儿子正太的姓,是他永不更改的姓氏,尽管我并不爱我的丈夫玉田英司;第二,我讨厌松川这个姓氏,于我而言,松川绝非什么荣耀,而是耻辱。

你们知道,我的丈夫去年被日本大海啸卷走,我独自带着儿子正太,生活在中国东部沿海这座城市。我的生活来源是丈夫留下的存款,以及身为大企业社长的公公每月从日本汇来的津贴。我还给日本的报纸写关于中国社会与文化的专栏,我已在中国生活多年,汉语水平称得上一流。最近半年,我每夜埋头翻译一部中国悬疑小说,希望明年能在日本出版。

4月1日。星期日。夜,22点19分。

这是一个春天的晚上,却在打雷下雨,我带着正太来到未来梦大厦,地下二层的卡尔福超市。你问为什么要到晚上超市快要关门才来购物?因为,我的儿子只能在夜间出没。

所有人第一次见到正太,都会被他苍白的肤色吓到。有人会联想到僵尸,也有人联想起吸血鬼,偶尔也有缺乏常识的白痴认为他是混血儿。正太当然是纯粹的日本人,也是我的丈夫玉田英司唯一的儿子,继承了日本战国名将与幕府时代三十万石谱代大名的血统,未来还将成为玉田家的家督。

七年前,我回日本生下正太时,就发觉这个婴儿肤色不正常。出于对遗传的担心,我不敢抱着儿子出门,家里拉着厚厚的窗帘,直到丈夫强行把孩子送去检查。

果然,检查结果是正太患有先天性红斑狼疮。

这种病听名字就很可怕吧？一种自身免疫性疾病，通常脸上在红斑基础上发生萎缩、瘢痕、素色改变，像被狼咬过一样，因此得名。系统性的红斑狼疮还会损害身体各系统及脏器。红斑狼疮病人不能晒到太阳，因为紫外线会使皮肤的脱氧核糖核酸变性，造成对身体的严重损害。有些病人甚至都不能照月光，因为月光也是太阳光的反射。

医生给正太判决了无期徒刑——这孩子一辈子都不能照到阳光，否则很可能引发脏器衰竭猝死。

正太得的是极其罕见的红斑狼疮的变种，身上不但没有通常的红色斑块，相反下来就呈现毫无血色的惨白，如同人死后的肤色。

这种病在母女间遗传几率很高，但正太的红斑狼疮，是从他外公那里遗传下来的。

我的父亲，日本推理小说大师——松川古月，是一个秘密的红斑狼疮患者。

这件事除了最亲近的家人，没有任何外人知道，连我的丈夫也一无所知。父亲的肤色没有正太那么苍白。他从不参加签售之类的公众活动，向来只在夜间出门，每次与出版社编辑见面、接受记者采访，都在半夜的小酒吧里。无论昼夜，他都必须拉着厚厚的窗帘，在家里点着蜡烛写小说。

但是，红斑狼疮不一定会遗传，通常家族患病几率在百分之五到百分之十二。我就完全没有被遗传，一度认为既然我是安全的，那么我的孩子也不会有问题——却忘了自然界还有隔代遗传这回事。

儿子降生以后，丈夫开始冷落我，大概觉得玉田家这样的名门贵族，到正太这一辈竟患上如此怪病，罪责全在于我这个妈妈。丈夫作为家族企业的继承人、中国区总经理，必须常年在中国工作。正太也是在中国长大的，但他成长在一个没有阳光的世界，家里不分白天黑夜，永远拉着厚厚的黑色窗帘，窗外还装了铁栏杆。

刚开始丈夫还能忍受，后来就有越来越多的抱怨。他是一个喜欢运动的人，每年都会去夏威夷或巴厘岛度假，享受热带阳光与海滩。但只要跟我和正太生活在一起，他就只能过着暗无天日的生活。因此，他总是以各种理由住在外面，比如去中国各地的工厂视察，去美国或者欧洲开会。

一年前，我听说日本有家私立医院开发出最新的治疗红斑狼疮的技术。我拖着丈夫带儿子回国看病。医院位于太平洋沿岸的风景区，距离海岸线有十几公里。当医生为正太检查时，这个孩子预感到了灾难发生，拉着我爬上医院屋顶，果然海啸汹涌而至，将整个医院淹没。我的丈夫在洪水中失踪了，这家医院也被毁灭了，加上日本发生了核泄漏，我迅速带着儿子回到中国。

我想这座城市应该是最安全的。当然,如果遇到世界末日,那就另当别论了。

当卡尔福超市陷入黑暗,整栋大楼飞速沉入地底,四周响彻惨叫与呼救声……在我短暂的三十岁的生命中,遇到过三次特大地震灾难:第一次是十七年前在我老家的那次大地震,夺去了我父母的生命;第二次就是去年的地震加海啸,让我的丈夫至今生死不明;第三次就是这一回的世界末日——唯一能让我安慰的是,我不可能再遇到第四次了。

如果,只对我自己而言,也会坦然接受——虽是人生中第三次遭遇大灾难,但这一次无人能幸免,整个日本列岛恐怕已沉没到太平洋底了。

可我的儿子,正太,他只有七岁,人生才刚刚开始——不,从小被关在黑屋子里的他,从未见过阳光的他,人生还没有开始!

一个男人走到我面前,用手电照亮了我的脸。

很多次在梦中出现过的情景——世界末日的寒冷与黑暗中,当我孤独绝望地低头哭泣时,眼前出现一个男人,他用一束光将我照亮,然后抓着我的手逃出地狱。

这个递给我手电的年轻男人,穿着超市制服的中国男人,有一张与我梦中所见的那个人相同的脸。

他叫陶冶,比我小五岁,卡尔福超市的理货员。

陶冶住在我们隔壁,他知道我的心思,经常关心帮助我。每次正太从我身边溜走,总是他帮我找回来。

有一次,我带着正太去四楼的书店,那是陶冶最常去的地方,果然看到他坐在地上看书——《地狱变杀人事件》,那是我的父亲松川古月的作品。

他不想让我发现他正在看这本书,我能猜到他这么做的原因。而我也不愿让别人知道,我就是松川古月的女儿。

父亲最崇拜的作家是芥川龙之介,最喜欢芥川的短篇小说《地狱变》。父亲年轻时立志要获芥川奖,却阴差阳错走上推理小说之路,有幸于八十年代名噪一时,毫无争议地荣膺直木奖——可他至死都为无缘芥川奖耿耿于怀。

于一个与世隔绝的红斑狼疮患者而言,写作是改变命运的唯一机会。父亲常跟我说起他悲惨的童年,因为不能见到阳光,没办法正常上学,从小没有任何朋友,总是一个人孤独地待在家里。幸好家里有数百册藏书,尤其是祖父特别爱读小说,除了夏目漱石、芥川龙之介这些大师,就是江户川乱步、横沟正史、松本清张的推理小说。我想,这样一个孤独而沉闷的童年,在暗无天日的黑屋子里看芥川龙之介,要么成长为天才,要么化作恶鬼。

我想,我的父亲,就是天才与恶鬼的合二为一。

而制造这样的天才恶鬼合体的，除深埋在我们血管里的红斑狼疮基因，就是我的祖父了。

记忆中祖父是个沉默寡言的男人，永远穿一身和服，住在日本式房子里。他喜欢看书、读俳句、下围棋，带着浓浓的关西口音，一把年纪颇为好色，经常逛风化区。祖父最爱看的小说，恰恰也是芥川龙之介的《地狱变》。

我十二岁那年，曾听祖父说，他年轻时在中国参加过二战。有一次，他的中队攻占一座寺庙，开始他们对僧人很尊敬，后来发现寺庙里藏有抗日游击队，队长下令杀光所有僧人。祖父用刺刀捅死了其中三个。他说这事并非忏悔，因为叙述的语气相当平稳，就像吟诵俳句般轻松。重点是在这座千年古刹内，日本兵意外发现了一幅精美绝伦的壁画。祖父自小痴迷于古物，辨认出那是地狱变图——画中景象极其残忍，他绘声绘色地用关西话向我描述：恶鬼们将人们赤身裸体地肢解成数十块，将滚烫的铁汁灌入女人的嘴里，把人放到密集的刀尖上戳成筛子……

祖父说地狱变图本是佛教画，专门描绘地狱的景象，曾盛行于中国古代，在许多中国的古壁画与洞窟雕刻里都能看到。平安时代传到日本，又演化为配文图卷的"地狱草纸"。芥川龙之介笔下的《地狱变》，写的就是这种传自中国古代的地狱图。年逾古稀的祖父不禁神往，躺在榻榻米上越说越兴奋，竟不可自拔……十二岁的我只感到恐惧，蜷缩在屋角不敢看他。片刻过后，我闻到一股尿臊味，惊慌地扑到祖父身边，发现他已浑身冰凉。

我想，在父亲的童年时代，单独被关在黑屋子里读书时，祖父一定也跟他说过这个故事，详细描述当年在中国古寺中的大屠杀，还有沾满鲜血的地狱变壁画——大概也就是这个原因，父亲才会终身不移地迷恋于《地狱变》。

给祖父举办葬礼并整理遗物时，我发现一沓厚厚的日记，是祖父参加日中战争留下的。我瞒着父亲把日记藏起来，读了其中一些段落。日记里描述的才是真正的地狱变！祖父屠杀过许多无辜的中国人，包括老弱妇孺，而他在日记里毫无悔恨之意，相反还得意洋洋——我确信祖父就是恶鬼。恐怕父亲早就知道了一切，而他遗传的红斑狼疮，或许也是一种报应。

后来，我选择学习中文，一方面想要了解中国及其文化，另一方面也有一种赎罪心——尽力弥补祖父曾经犯下的罪恶，虽然注定无法偿还。

父亲三十岁时出版了第一本推理小说，立即引起轰动。他开始有了自己的社交圈，认识了我的妈妈——她是爸爸的读者，因仰慕而爱上了他，不顾他患有红斑狼疮和特殊的生活习惯，以及娘家人的竭力反对，没办婚礼就嫁给了他，两年后生下了我。

那是妈妈一生最错误的选择，仰慕作家的文学女青年们啊，千万不要委身于自己崇拜的那个男人！

没有人想得到，推理小说大师——松川古月，有着种种令人发指的怪癖。

他养了许多只猫，每动笔一部新小说就会抓一只来用榔头敲死。家里的十几只猫全被虐杀，除了最后两只小猫被我抱出去放生。他还不满足，又养了一窝仓鼠——这种小动物的特点是繁殖快，很快养出了一百多只。他把这些仓鼠养在书房里，每逢落笔就闷到水杯里淹死一只。

父亲还迷恋于我的身体。

那一年，我刚刚开始发育。每夜追看电视剧《人间失格》与《金田一少年事件簿》，更迷恋于 KinKi Kids 的堂本兄弟，想必也是同为近畿人的缘故。每天早上醒来，我都感觉似乎有人闯入过我的房间。我还不至于怀疑到父亲，直到有一次洗澡，外面有些动静，我没来得及穿衣服，迅速拉开门，发现竟然是父亲在偷看！他若无其事地走开，我蹲在地上哭了。其实，妈妈知道他的这些秘密，但她是个逆来顺受的女人，只能经常到我房间睡觉，以防范父亲的种种变态行为。

不久，神户大地震。

我奇迹般活了下来。我先摸到妈妈的尸体，又摸到了一息尚存的父亲。他握住我的手，死了。

我想，他还是爱女儿的吧。

在我被救援队员挖出来前，我发现自己的手无法动弹，被死去的父亲牢牢抓住了。寒冷的空气里，父亲死后的手指僵硬如铁，我用尽全力去掰，直到把他的四根手指全部掰断。

我在救灾帐篷里住了半个月，后来被亲戚接到乡下老宅里。不久，之前出版父亲小说的出版社找上门来，说父亲早已签给他们一本新书，不知是否已经完成。我才第一次听说《地狱变杀人事件》。

于是，我回了一次神户，从化作瓦砾的我家废墟底下，挖出了一本残缺不全的手稿。

很遗憾，我只找到了父亲的遗作《地狱变杀人事件》的前半部分，后半部分也许被野狗叼走了，也许本来就没有写过。

读完这部推理小说的前面一半，发现书中竟有个人物以我为原型！无论是年龄长相还是性格爱好，都与我几乎完全一样。不得不佩服父亲刻画人物一流，就像画家素描那样把所有细节准确描述出来。就算没有见过我的人，看完本书也可以想象出我的样子。

我明白了父亲迷恋于我的身体的原因。

因为他的生活圈子极其狭窄，平时不可能了解其他少女，也只有把自己的女儿当作目标。

让我悲愤的是，父亲居然把这个以我为原型的十三岁少女，写成了被迫出卖自己肉体的悲剧人物！

我恨他。因此，我决定用一种特殊的方式来报复他。

十三岁的我读过父亲所有作品，熟知他的风格和语言特点。他的许多小说都有雷同之处，差不多摸准模式，就可以照此推演，只要最后那个诡计不重复。不过，我可不想把这部父亲的遗作写成他那种老套的作品。我要通过这本书，塑造一个真正的松川古月，一个永远不见天日、内心极端变态、具有暴力倾向、认为世界全然是黑暗的人。而不同于他的那些看似诡异实则温情脉脉、一唱三叹的作品，令读者以为作者是一个本性善良、渴望纯真的好丈夫与好父亲！我要揭开松川古月的真面目，让全日本的读者都知道，他绝非你们想象中那个文如其人的完美的推理小说大师。

半年后，我把完整的《地狱变杀人事件》交给了出版社。没人知道这本书的后半部分其实是我写的。

编辑读完之后大吃一惊，但既然是松川古月大师的遗作，还是决定一字不改地付印。

在父亲去世一周年祭日的追思会上，《地狱变杀人事件》举行了隆重的首发式。本书很快成为松川古月一生中最具争议的作品。有的人非常厌这本书，认为其黑暗风格会造成读者心理阴影。也有人对这本书赞不绝口，都是些重口味的年轻读者。也有人指出本书前后文风差异很大，以及与松川古月的一贯风格有天壤之别，怀疑有代笔之嫌。

几个月后，日本各地都发生了特别的自杀事件，死者决绝之时都随身携带这本《地狱变杀人事件》，有的还留下遗书说，看了松川古月大师的这部遗作，对人类这种动物彻底失去了信心，不如早早一死了之免得再受煎熬。书中最让人争议的情节，是那个十三岁就被迫卖身的少女，为了得到一扇中国古代的地狱变屏风，竟处心积虑地杀死了自己的父亲——虽然也有部分报复的原因。

不错，这就是我对父亲的报复！

《地狱变杀人事件》的秘密，已在我心里埋藏了十七年，到死我也不会说出去的。

如今，在世界末日的书店，看着中文版《地狱变杀人事件》，但愿陶冶是最后一个读者。

他看我的眼神有些紧张，当然他每次都是这样，特别当我靠近时，尤其偶尔触碰到他的手指，他的脸颊都会泛红。他可能还没尝过女人的滋味。我忍住跟他说话的冲动，忍住不靠近他闻那股男人的气味。陶冶就像一张白纸，我害怕只要在上面留下一笔墨迹，就是一种莫大的破坏与罪过。而且，经历过去年的海啸以后，我觉得自己再也不可能真正去爱一个男人了。

我的意思并不是说我只爱我的丈夫。

其实，我是需要男人的。最近的一年来，许多个孤独的夜晚，我躺在床上辗转难眠，某种欲望在身体里燃烧得越来越强烈。

世界末日的第四夜，我等到儿子睡着，忍不住流下眼泪。最近两天，幸存者中死了七个，大多被残忍地杀害——听陶冶说起这阿修罗般的情景，我的脑中就浮起地狱变图。我相信每个杀人者都有自己的原因——对于必死的绝望？或某种无法抑制的仇恨？还是没有警察也没有法律的环境里，人可以为所欲为想杀就杀？

我不想吵醒正太，便躲到走廊独自哭泣。一个人影靠近了我，我知他是陶冶，因此不恐惧。他蹲下来，触摸我的脸，擦去泪水。我没有反抗，任泪水流淌。当他的手指从我唇上划过，我大胆把它咬住。我用舌尖包裹他的指尖，感到咸咸的。

陶冶把我抱了起来。

我下意识地挣扎，而他牢牢堵住我的嘴，将我抱入一个黑暗的小房间。他将我重重压到墙上，泪水也无法阻止他的动作，他粗鲁地把嘴巴贴到我的唇上。

"呀蔑代！"刹那间，脑中无法再转换中文了，直接用母语喊了出来。

真后悔，这一声喊出来让他更兴奋了……

不知过了多久，我从陶冶的身上起来，整理好衣服与头发，回到隔壁的正太身边。

第二天，我们彼此有些尴尬，没多说什么话。可是，正太看陶冶的眼神有些奇怪，让我隐隐不安。

夜里，我辗转难眠，回想昨晚的疯狂，纵然自己也很吃惊，却渐渐兴奋起来。我走到隔壁房间，扑到二十五岁的中国男人的身上。他只是个超市理货员，从内地乡村到大城市，被所有人看不起——但我不在乎，我只在乎他是个男人，一个眼神还清澈的男人。

我的生命剩不了几天了，在我不断压抑自己的短暂人生里，这是最后一次放纵的机会。但我依旧绝望，那是无法摆脱的宿命，当我亲吻着陶冶的身体，却想起了我的丈夫。

我在京都大学读书时认识了玉田英司。那年他正准备接管家族企业的中国分公司，经常来拜访我们学校的中文教授，从此开始对我的追求。我对他的第一印象并不怎么好，虽然他的清瘦外形很像时尚明星，一身穿着又都是名牌，开着宝马Z4跑车出入校园，常引起许多女生尖叫，但我并不在乎。父亲遗留下来的财产，还有每年作品再版的版税，都足够我过上不错的生活了。

我缺少的是爱。

十三岁那年起，冒充父亲写完《地狱变杀人事件》，我就陷入内心的恐惧——这才开始理解父亲，一个人要写那么多可怕的杀人事件，又要装作世界依然美好，那要多么扭曲心灵。何况，我是带着怨恨写完了《地狱变杀人事件》，这种怨恨与阴暗的情绪，无疑也会带入我的人生，永难磨灭。

我希望能有一个男人让我疯狂地爱他，带我离开埋在我心里的父亲的黑屋子。

玉田英司是我的第一个男友，等我大学毕业以后，成为了我的丈夫。

我的祖父在二战时只是个陆军士兵，英司的祖父则是联合舰队的将军，看起来我们两家的地位相差甚远，好在我的父亲是著名的推理小说家，还获得过大名鼎鼎的直木奖——大企业家的儿子娶大作家的女儿，也不失为美事一桩。

婚后不久，正太就出生了。

因为正太患有先天性红斑狼疮，丈夫很快便不再宠爱我，公公婆婆也开始对我冷淡了，经常暗示玉田家是武士之后，世代弓马娴熟身体健康，从没得过奇怪的毛病。

很快，我发现丈夫在外面有了别的女人。

我容忍了下来，就像从前我容忍父亲那样。虽然，我也想到过自杀，了断父亲遗留给我的罪孽。可是，只要想到永远不见阳光的正太，我就强迫自己必须要活下去。

然而，有件事让我对丈夫彻底绝望了。

三年前，玉田家在中国的一家工厂发生了火灾。事发当晚，丈夫接到日方厂长打来的电话。我在床上偷听到几个数字，不禁毛骨悚然。十分钟后，丈夫匆忙出门，告诉我几天后回家。

次日，我在电视上看到日资工厂火灾新闻，九名中国工人遇难。可昨晚我听到的遇难人数分明是三位数！恰好那几天正太回国，由东京的爷爷奶奶照顾，我决定独自去了解真相。

我包了一辆商务车，在高速公路开了四个小时，抵达中国内地的一座城市，发生火灾的日资工厂就在市郊。现场有许多警察封锁，包括记者在内任何人不得进入。我看到了丈夫的助理，谎称他在家里落下重要资料，要我火速送来。我混进火灾现场，发现员工宿舍窗户都安着铁栏杆，防止员工晚上离厂。结果大火烧到宿舍，许多人就这样被活活烧死在了窗边——还有不少尸体未及清理，烧焦的人体炭一样乌黑，缩成孩子般大小。有的双手伸出栏杆，身体却被烧成了灰烬。从被烧死的尸体脸上，我看到了绝望的表情……

这是任何一幅真正的地狱变图都无法呈现的场景，任何绘画大师都将黯然失色，包括芥川龙之介笔下的良秀。

我当场呕吐，在别人发现之前，翻墙逃出工厂。

九名遇难者？拜托！我亲眼看到的尸体就不止几十具！加上已被运出去的，还有完全被烧成灰的，至少一二百名中国工人，成为了这些铁栏杆的牺牲品！

我的丈夫熟悉中国市场，尤其善于跟地方官员打交道，他使了许多卑劣手段，花钱买通当地官员，隐瞒了伤亡惨重的真相，真不愧为玉田家精心栽培的继承人。

可我什么都做不了，我不能告发我的丈夫。如果因此与玉田英司离婚，日本的法官会认定我是婚姻过错方，是我背叛了丈夫的家族，出卖他们，导致重大利益损失。何况，玉田家在政界很有影响力，出过多位国会议员，法官的天平也会向他们倾斜——正太的监护权肯定会被判给男方。

患有先天性红斑狼疮的儿子，如果失去妈妈该如何活下去？这个孩子说不定会自暴自弃，说不定会意外晒到太阳，然后……

我只不过再也不跟丈夫睡同一张床了，他也不介意，反正可以从别的女人身上获得满足。

一年前，我们回到日本，在太平洋边一家私立医院寻找治疗红斑狼疮的方法。之后发生的事情你们都知道，洪水汹涌而至，整个医院淹没，只留屋顶还可避难。正太第一个逃上去，我紧跟在他后面。丈夫慢了半步，当海水淹到顶楼，我及时抓住了他的手。英司的求生欲望非常强烈，抓着屋檐拼命往上爬，当他即将爬上屋顶，我却松开了抓住他的手。

我是故意的。

寒冷的海风吹起我的头发，模糊了我的视线，我想我的目光一定很冷漠——这是我的丈夫最后一次看到我的脸，也是第一次看到我这种无情的眼神。毫无疑问，他会为我的这种表情而无比恐惧，坠入冰冷刺骨的肮脏海水。

对不起，开头是我在说谎！

正太说得没有错，我就是凶手，是我杀了他的爸爸，我的丈夫。

当我站在屋顶上看着丈夫被洪水吞没，回头却看到六岁儿子的眼睛，他的目光居然跟我一样冷酷。

在我为他亲眼目睹我杀死了他爸爸而恐惧之前，我先用自己的风衣盖住了他的上半身。正太绝不能在白天暴露在外，即便没有一丝阳光。我宽大的风衣就像帐篷一样，罩着不能见光的孩子。

我们被直升飞机从屋顶上救走以后，我私下里跟正太解释过，说妈妈不是故意要让爸爸掉下去的，而是妈妈不小心失手意外造成的。

然而，我在向警方以及英司的父母解释时，却从没提到过我已经抓住了他的手，只是说丈夫是直接被洪水卷走的。

从儿子的眼睛里看得出来，他完全不相信我苍白的辩解，他的心里非常清楚——就是妈妈杀死了爸爸！

可是，正太却从没戳穿过我的谎言，他单独与爷爷奶奶在一起时，也没说起过屋顶上发生的秘密。

这个孩子很聪明，他知道自己没有了爸爸，更不能再失去妈妈了。

我欠他的爸爸一条命。这算是什么？复仇？解脱？还是，刹那的冲动？

就像此刻，世界末日的地下，我与这个叫陶冶的中国男人，疯狂地享受最后的缠绵。

我不会忘记我的丈夫玉田英司，他将变成恶鬼永远跟随着我，也许就飘在我的头顶，看着我和另一个男人在一起。

这天夜里，莫星儿被人强暴了。出于一个女人的同情心，我给她清洗擦拭了身体，但她拒绝更换原来那身白衣。清晨时分，她固执地一个人走了。我对莫星儿也感到了害怕。

下午，所有的电力供应都中断了，整个商场陷入了无边的黑暗。陶冶陪伴着我们，一起搬到空气相对干净的八楼。我抓着他的手，努力不去想象自己死亡的景象。

入夜——虽然早就不分什么白天黑夜，我们再也不回避，只要等到正太睡着，我就把自己交给陶冶。

每一次都那么疯狂，那么愉悦，这是我结婚八年来从没有过的经历。

可惜，我们都活不了多久了。

凌晨时分，我用微型手电照着陶冶的身体，我是多么喜欢这个身体啊，能给我带来安全与快乐的身体。我发现他的肩头有块可怕的伤疤，他说是小时候被狗咬伤的，但我怎么看都不像是狗牙的痕迹。

唯一可以确认的是，这是一个无论在身体还是心灵上都受过伤的男人，或男孩。

当我沉沉地在黑暗中睡去,不知隔了多久,忽然听到刺耳的声音。

我立即警觉地跳起来。不知道是几点钟,但是陶冶并不在我身边,就连正太也不见了!我慌忙抓起手电筒冲出去,那个声音就从楼下传来,居然是日语的"救命"!

"正太!"我也尖叫了一声,飞奔着从逃生通道跑到七楼。天哪,到处都是一团漆黑,正太你在哪里啊?终于,我听到了奇怪的声音。循着声音冲过去,在一家大概是卖汽车与飞机模型的店里,手电照出了两个人影。

下面一个小孩无疑是正太,上面则是一个成年男人,浑身都是灰土碎渣,散发着难闻的恶臭,正掐着正太的脖子!

我毫不犹豫地从腰间抽出尖刀——昨晚陶冶给我防身用的,他说这里的动物非常危险,对准那个人的后背刺了下去。

一刀,两刀,三刀,四刀……

当鲜血溅满我的双手,他终于被我杀死了,变成一具尸体。

除了我的丈夫以外,我又杀了第二个人。

这又算得了什么?我是为了保护儿子,何况在世界末日每个人终将死去,我只是为了让可怜的正太能再多活一会儿而已。

来不及分辨被我杀死的人是谁,我先把正太从地上抱起来,我不想责怪这孩子到处乱跑,怪只怪自己没有看住他。我连声说着"对不起",却把死人还残留余温的血,抹到了儿子的脸上。

这时,楼下传来一阵骇人的枪声——哪来的枪?

我飞快地把正太抱回到八楼,替他擦去血迹,互相搂抱着蜷缩在角落里。

十几分钟后,陶冶摇摇晃晃地回来。我问他哪里来的枪声,他却没有回答。而我也没有说出刚才杀人的经过。

整整一天,我们三人都在绝望中等待。偶尔看到几次周旋与丁紫,他们浑身上下装备武器,杀气腾腾地经过楼上。我能确定莫星儿还活着,但她不搭理我们。至于吴教授与罗先生以及他的狗,都从这个世界上消失了。

晚上九点,楼上传来明显的震动!

我盯着正太的眼睛,就像每次灾祸来临之际,都能感受到他的某种变化!

难道……我又惊又喜,却又恐惧,吻着陶冶的耳朵说:"如果,能活着逃出去,我就和正太一起跟你生活!"

他感激地点点头,拉着我和正太的手,一口气冲到了九楼。

前头还有几个人在跑,我们跟在后面,冲进电影院的散场通道。陶冶径直冲到前面去探路,没想到天花板掉了下来。我用全身护住正太,所有重量压在我身上。

终于，当我要窒息时，天使来了。

剩下的事情，你们都知道了——我和正太是第一批被救到地面的幸存者，成为了无数镜头的焦点。

晚上，睡在隔离病房，我还在想念陶冶，想念在地下的七天七夜里，与他在一起的每个瞬间，带给我的每一秒钟的激动，真想现在就紧紧抱着他！

孤枕难眠……

第二天，那个叫叶萧的警官来讯问过我，但我绝对不会告诉他任何秘密。

我不想让自己背负杀人的罪孽，更不想让警察知道其他残酷的死亡。

几个小时前，正太的爷爷奶奶从日本飞来看我们了。他们的出现让我尴尬，我的丈夫还登记在失踪人口名单上，所以在法律上他仍然活着，他们也依旧是我的公公婆婆。我仍然非常有礼貌地接待他们，并且说在地下一切正常，大家都很团结，渡过了难关。

之后，正太的爷爷激动地说："正太！你的爸爸没有死！他很快就会回来！"

刹那间，我的心石化了，却还要伪装出惊喜的笑容！

公公婆婆告诉我，最近日本警方在一家医院找到一个失去记忆的病人。一年前，人们在海啸退去后的海滩上发现了他。但是他的头部受到重创，失去了大部分的记忆，无法确认他的身份。而且他被发现的地点，距离玉田英司出事时所在的医院相隔遥远。直到几天之前，他的身份终于得到了确认，他们已去看望过他，毫无疑问他就是正太的爸爸。

正太听到这个消息，只是淡淡地点了点头，继续低头玩爷爷从日本带来的玩具。而我装作极度高兴的样子，简直要滴下眼泪。

正太的爷爷告诉我：英司正在逐渐康复，但医生也无法断定他何时能恢复记忆，可能需要等待十年，也可能明天就突然全都想起来了。

公公婆婆离开医院以后，我浑身冰凉地倒在床上——我必须要带着正太回日本，照顾失去记忆可能要疗养一辈子的丈夫。

我的丈夫一旦恢复记忆，就会想起一年前的医院屋顶上，我松开手让他掉下去的一瞬。

他知道我是故意的。

看着儿子苍白如死人的脸，我绝望了——宁愿正太已获救，而我还留在世界末日。

有句话说得没错：一切都会不同。

第四章　丁紫

"你杀了人以后，一切都会不同。"

这是里昂对玛蒂尔达说过的，也是小光对我说过的。

现在，我的一切都已经变了，永远变了。

"老婆，你说明年会不会是世界末日？"我最好的同学兼死党海美，趴在未来梦大厦九楼的中庭栏杆上，看着从一楼到九楼的各种有着"Merry Christmas"字样与赶着驯鹿的圣诞老人的灯饰。

"我不知道。"

几乎把半个身子探出栏杆，低头看着底楼巨大的圣诞树，只要稍微踮一踮脚尖，我就会翻出栏杆，自由落体，坠下九楼，撞在套着圣诞老人衣服不断打着哈欠盼着早点下班的商场员工面前的地板上血溅五步。

你有没有过这种感觉呢？当自己站在很高很高的地方，俯视着百米之下的万丈深渊，看着蟑螂般的汽车与蚂蚁般的人们，突然产生纵身一跃的欲望。

"如果真有世界末日的话，你会害怕吗？"

我停顿片刻，闭起眼睛深呼吸，想象自己飞出了栏杆："不，我很高兴。"

"我也是。"海美笑了，拎起沉甸甸的购物袋，搂住我的肩膀，"亲爱的，在整个班级，不——是整个学校，你是唯一想法与我相通的人，我们是天生的姐妹，是不是？"

"是。"

"我们去看看新款的包包，快点！"

以上是去年的圣诞夜，我和海美到未来梦商场购物，玩了五楼汤米熊欢乐世界里的各种游艺机，又看了一场电影后的对话。

三个月加一周后，当我们两人再次来到同一个地方，竟被海美不幸言中。

4月1日。星期日。夜，22点19分。

未来梦商场，五楼下到四楼的自动扶梯上，我和海美在讨论去美国读书的问题，反方向上来一个黑衣黑裤的少年，细碎长发底下，有一双寒光闪闪、阴霾密布的眼睛。

这双眼睛也在看着我。

擦肩而过。

一想到未来的若干年里,我都可能要在茫茫人海中寻找他,并且可能再也觅不到他,我忍不住回头看他的背影。

世界末日,接踵而至。

我愚蠢地作过假设——如果,当时只要我憋住不回头看他,是否世界末日就不会发生?或者未来梦大厦就不会陷入地底?

他救了我。

一明一灭的灯光中,我看着他星星般闪耀的目光,已确定不会再把他放走了。

他叫小光。

这是我对他仅有的了解。我不知道他姓什么,在哪个学校读书,是优生还是差生或是不良少年,为什么出现在这里,从前有怎样的故事。

不过,我为什么需要这些答案呢?我只需要知道——他是小光。

有时候,我也这样问过自己——为什么别人要知道你的过去?你的父母从事什么职业?你的家庭每年收入多少?你家住多大的房子?你爸爸开排量多少价值多少的车子?

我真的很讨厌这些为什么!讨厌那些刨根问底的人!如果这是世界末日,就让他们先去死吧!

什么都不知道,不是更好吗?就像我眼前的他,这个十八岁的少年,我对他一无所知,他也对我一无所知,我们只知道对方的性别、年龄、身高、长相,还有眼神里透出的气质。

Oh my God!知道这些就已足够!

在天崩地裂的地下,他似乎不想逃出去,反而觉得留在这里挺好。

如果真是世界末日,我也愿意留下来,不仅仅为了他。

我叫丁紫,今年十八岁,是四一中学高三(2)班的学生。海美是我的同班同学,也是学校里唯一的朋友。她的爸爸只是区政府的一个科长,却在市中心买了豪宅,还在郊区拥有一栋别墅。她总是不停地更换从香港带回的手表,在学校里展示她的 iPhone 4 手机,周六晚上请同学们去钱柜唱歌,私下里给班主任老师送 SPA 会所的 VIP 卡。她从骨子里瞧不起班级里的任何一个同学,无论对方的父母是小公务员还是小老板或在垄断国企上班。

唯一能让她感到自卑的人——就是我。

不仅因为我长得比她漂亮,也因为我每次出现在她面前时,会穿着比她更素净但更好看的裙子,踩着更低调却更昂贵的鞋子,喷着更寡淡可更诱人的香水,听着更小众但更高雅的音乐,读着更晦涩但更经典的小说——她差不多只读郭敬明而已,但我已经开始读安妮宝贝了;就像当她还在玩 iPad 1 的时候,我已经开始用 iPad 2 玩摄像了。

因此，在班级里引领女生时尚潮流的，永远是我。

刚开始，海美也对我羡慕嫉妒恨过，但她很聪明地向我靠近，拖着我一起出去购物游玩，每次都把我夸得像朵花似的。我虽然成为女生们的偶像，但也是被嫉恨的对象，能有个官二代女生做小跟班也不错。她开始纠缠着问我：父母做什么？家住哪里？私家车是什么牌子？

我告诉她：我的爸爸是一家国际贸易公司的董事长，常年在世界各地飞来飞去；妈妈是影视公司制片人，几乎每个月都要外出拍戏。因此，父母没有时间开车到学校来接我。而我家住在市中心某个顶级豪宅，任何人出入都要严格检查证件，所以不方便同学串门。

海美相信了我所有的话，成为我最好的朋友。当我们两个出双入对，就更让周围同学黯然失色。连老师也来讨好我们，比如考卷上明明应该扣分的，却留着打了个问号，或在未成年人不得进入的娱乐场所撞见我们，也装作没看到。

没想到，世界末日，也是我们两个幸存下来。那些被我们蔑视的同学，全家都死光了吧？最喜欢跟有钱的家长搭讪的班主任老师，不知道她是被压死还是烧死的？

一想到这些，我就无法形容自己的情绪，是难过还是幸灾乐祸。

唉，其实我还是同情他们的，不知道海美会怎么想。

还有一点让我绝望——即便到了世界末日的地底，我依然每晚都会做一个相同的梦——进入高中以后，无论我睡前背英语单词，还是看周星驰的片子，或默念《圣经》、佛经、《道德经》，都难以避免那个噩梦。我会梦见许多张熟悉的脸，向我投来鄙视的目光，发出刺耳的嘲笑……梦中的我通常有两种大结局：一是拔出刀子把他们全都捅死，二是到学校楼顶跳下去——在我飞速撞击地面之后，我会浑身大汗淋漓地尖叫着醒来。

该死，为什么都到了这个时候，我还是没办法走出这个梦？因此，我每天都会坐在中庭栏杆上，回想前一晚的噩梦，却发现梦中那些同学与老师的脸，都已替换成了地底这些幸存者。

小光以为我真要自杀，几次把我拽下栏杆，指着我鼻子臭骂一顿。

有一天，却是他先坐上中庭栏杆。然后，他说他喜欢我。

这一刻，耳边奇迹般地响起了《今夜无人入眠》，歌剧《图兰朵》里最经典的一首咏叹调！天哪！是哪个人知道我的心思，潜入大厦广播室放出了这首歌？我心旌摇荡地闭起眼睛，等他吻我的唇，十八年来，从未被异性吻过的唇。

等待良久，《今夜无人入眠》唱完最后一句，小光却逃跑了。

我开始怀疑他是不是喜欢男人，就像许多耽美小说里常见的美少年。

第三天，那个叫郭小军的富二代死了。我看到他的尸体，心里大为爽快，是哪位义士"为民除害"？我敢说，等到弹尽粮绝的最后，这浑蛋一定会成为大家的累赘，早点死了干净！

隔了一天，竟然死了六个人！其中有四个重伤员，是被洗头妹阿香杀死的。于是，每个人都开始担心自己身边的那个人，会不会突然变成杀人恶魔。

四十来岁的女清洁工开始不断纠缠我。她搬到我的隔壁，每天早晚要从我门前经过。但我不想跟她说话，走到面前也扭过头或干脆视而不见。海美问我女清洁工是怎么回事，我若无其事地回答："大概在世界末日受到刺激，变成精神病了吧。"

女清洁工几乎与我形影相随，尤其我独自一人行动时，我忍不住回头破口大骂："你有精神病啊？不要老是跟着我！"

这个中年妇女早已习惯于逆来顺受，唉声叹气道："哎，我只是担心你，前两天死了那么多人，你一个人——"

"Shut up！拜托不要说这些不吉利的话！"

她低下头没再说什么，继续像尾巴一样跟着我，直到我冷冷扔出一句："你去死吧！"

没想到她真能忍，低下头说："我不能死，因为你还活着。"

一天以后，她真死了。

我想，如果那两天，没有她寸步不离地跟着我，或许被强暴的人不是莫星儿，而是我。

清晨六点，我睡得很死，并不知道凌晨发生的事，更不知道周旋与陶冶等人正在气势汹汹地追杀强奸犯许鹏飞。我被楼上的喧闹声吵醒，梳了头走出店铺，发现蹲在走廊边的女清洁工。

又是她！

我忿忿地向楼下走去，她跟在后面，一直跟到底楼厕所，我重重推了她一把。她摔倒在地，顽强地爬起来："你忘了你的出身了吗？"

她点中了我无法逃避的死穴——真他妈倒霉，到了世界末日，大家快要死光了，这件事怎么还没完？我要撑到哪一天才算到头？每个夜晚袭来的噩梦，全都化作泪水滴下来。

"你为什么不早点在地震中被压死呢？"

当我说出这句话后，已听不清她的回答了。眼泪不停地流着，我只想赶快摆脱她，再也不要见到这张脸！

我像个没头苍蝇，冲向走廊另一端。小光带我走过那条路，直接通往未来梦大酒店，就像推开一扇门，就到了哈利·波特的魔法世界。

当我一路哭着闯入黑暗的酒店大堂，慌不择路地推开前台背后的小门，没想到小房间里居然有人！

冰冷的金属架在我的脖子上，只要稍微动弹一下，就会割破气管。

"不许出声，不然杀了你！"

忽然，我想起了那个叫许鹏飞的白领。

这个畜生！他居然开始亲我的耳根！我已吓得腿软，连反抗的念头都没有。他把我压到地板上，开始乱摸我的胸口。我恶心地只想呕吐，盼着快点死去，结束所有的羞辱。

"住手！"

谁的声音？女清洁工！她一路跟来，听到了小房间里的动静。

快来救我吧！求求你了！

当我感觉身上的压力消失，正要从地上爬起来，却听到一个声音——刀尖刺进人体的声音。

我看到许鹏飞手里拿着一把刀，但我看不到刀尖，因为已全部没入女清洁工的身体。

我本能地发出一声尖叫。这个畜生松开刀子，慌乱逃出小房间，女清洁工已倒在地上。

到处都是她喷涌的鲜血，整张脸变了颜色，双眼还瞪着我。

她是为了我而死的！是她为我挡了一刀！

是她……是她……是她……

对不起，我认识你的，我知道你是谁，我也知道我自己是谁。只是，我从不愿意承认，不愿意对别人承认，甚至不愿意向自己承认，我宁愿相信，我就是我想象杜撰的那个自己。

我是世界上最无用最卑鄙最可怜的高三女生。

三年前，我的父母因为车祸去世。我的爸爸不是什么富商，而是一个普通的出租车司机，他载着在二十四小时便利店上夜班的妈妈回家，遇到一辆土方车翻车而被双双压死。我一个人孤苦伶仃，没有亲戚来照顾我——后来才有人告诉我，原来我不是父母亲生的，在刚出生不久就被领养。

我不愿意相信这是事实。随后更难以置信的事发生了——有个中年女人来到我家，告诉我，她就是我的亲生母亲。

她的名字叫于萍乡，从农村到城市打工的女人，未来梦大厦的清洁工，主要负责打扫厕所——我只回答她一个字:"滚!"

但她拿出养父母领养我时留下的字据,还有她当年抱着襁褓中的我的合影,甚至于还有我的出生证明的复印件。而我在整理养父母遗物的过程中,也确实发现过"于萍乡"的名字,以及她留给我的那件小衣服——她说,那件小衣服是在怀孕时自己亲手做的,并准确地说出了上面绣的图案是朵紫色的花。

没错,她是我的亲生母亲,虽然我从没承认过,虽然我更愿意相信:这个中年女清洁工的出现,完全是我悲伤过度产生的幻觉。

于萍乡说我是一个私生女,我的亲生父亲认识她时,他们在同一家餐厅打工,他是送外卖的,她是服务员——我真想一把火烧了那个餐厅!

那一年,她二十二岁,当她发现自己怀孕,他已换了一个地方打工,茫茫人海中再也找不到了。她原本准备把我打掉——要是我能穿越回去,一定借她五百块钱,送她去女子医院把我打掉,保证是无痛人流!可她思来想去舍不得,最后竟把我生了下来,听到这里我就大骂她不负责任。而她委屈地流泪说,其实她是想把我养大的,哪怕受再大的罪。可是,当时她生了重病,眼看母女都要活不下去,只能找个好人家把孩子送了。

她遇到了我的养父母——他们才是我这辈子最爱的人,结婚十年却没孩子,正寻觅一个健康的孩子领养,欢天喜地把我接走了。但他们保持联系,约定将来她有权来看我。

一晃十五年过去,她仍在这座城市打工,却再没结过婚。她没有正式来看过我,但许多次悄悄躲在我家门口,看我第一次穿上红裙子出门,看我第一次学会幼儿园的儿歌,看我第一次得到班里的小红花,看我第一次有男生守在楼下等候……其实,她一直在我身边,我却从没注意过她。

我还是把她赶出了门。

那晚,我哭了整整一个通宵,比养父母死时哭得还要悲惨。

同一年,我考进了四一中学高中部。

养父母死后留下二十万元存款。他们活着的时候对我非常宠爱,简直到了溺爱的地步。从小学到初中,无论我提出什么要求,都会答应,让我活得如同公主一般——我决定在高中三年里将这笔钱全部用完。

我出手阔绰地购买名牌衣服,邀请同学们吃饭唱歌,让班里最有钱的海美相形见绌。我成为大家羡慕的对象,连老师也被我骗过了。每次开家长会,总有一个男人以富商面目出现——鉴于我尚未成年,必须有个监护人,养父的弟弟自然担负了这个责任,包括参加我的家长会。而这个一贯吃喝玩乐的败家子,最擅长的就是吹牛皮——条件是养父母留下的使用权房,必须转到他的名下。

刚到高二下半学期，我发现存款已所剩无几。当我面临绝境，正准备离家出走时，于萍乡来到我面前，给了我一袋沉甸甸的现金。这是她打工十几年来存下的钱，几乎一分都没舍得花过，为了将来留给我。我一声不吭地把钱收下来，又冷漠地把她赶走了。

到上个星期为止，她给我留下的这笔现金，差不多只剩下两百块。

我从没叫过她一声妈妈。

愚人节的夜晚，当我和海美一起走在未来梦商场，内心充满着恐惧。我已无钱可花，明天就将从公主变成丫环！如果我还要请海美和同学们去餐厅或钱柜，就要卖掉身上所有名牌衣服——假如能换回当初买来所花价钱的十分之一的话。我不知道自己的伪装还能再撑几天，还能瞒过包括死党在内的同学老师们几天。三年来那个噩梦从未停止过，似乎明早醒来就会变成真的。

当我绝望地想要从商场五楼跳下去，我不但看到了我的小光，还盼到了梦寐以求的这一天——世界末日。

地球毁灭了，我们是人类最后的幸存者，听到这一消息，我实在太高兴了！再也不必担心自己的秘密被人知道，再也不用为"在加利福尼亚有许多朋友"的爸爸而圆谎，再也不用为噩梦中的一切而担惊受怕，再也不用考虑下一笔钱要从哪里去弄或者用什么去换。

一切都结束了，太好了，我的表演也结束了，你们这些白痴的欣赏——或者说是被欺骗也结束了。一切都回到原点，再也没有什么官家女、富家女、民工的私生女，反正全都要同样难看地死去！

我唯独担心的，是女清洁工于萍乡。以前每次逛未来梦商场，我都有些忐忑不安，担心会不会突然在厕所里撞见她。所以，每次我都硬憋着不去上厕所，幸好也从没碰到过她。不过，若非海美一定要拉着我来这里逛，我绝不会踏进这里半步，更不想靠近于萍乡半步。

然而，她就在这里，这个赐予我生命、怀胎十月、吃了无数的苦头、将我带到这个世上的女人。她就在这里，这个一直默默地看着我、为我付出了全部积蓄的女人。她就在这里，陪伴我一起度过世界末日，并且为我免受侮辱挡了一刀。

她快要死了。

可是，当她一息尚存，当她还屏着最后一口气，睁着濒死的眼睛看着我，等待我喊出那两个字——我却什么都没有说，就像过去那样，就像几分钟前那样，依旧冷漠地面对她，无法说出那两个字。

对不起，应该早点在地震中被压死的人是我！

妈妈，终究没有听到我叫她"妈妈"，终究没有守住最后一口气，充满遗憾地死去了。我看着她的眼神渐渐混浊，摸着她的身体缓缓变凉，感受着她的脉搏再无反应。

我的妈妈死了。

她为了救我而死，胸口还插着那把被染红的尖刀。我却连喊一声"妈妈"都如此吝啬。

我的泪水夺眶而出，再也无法抑制地滑落，滴到她已经死去的脸上。

可惜，她到死都没有看到我的眼泪。

我发现她的手中攥着一张卡片，大概是被刺中倒地后，屏着最后一口气从口袋里掏出来的——这是一张工作证，虽已沾上斑斑血迹，仍能看出"未来梦商场保洁部"字样，还有一张中年妇女的照片，底下是她的名字：于萍乡。

这就是我的妈妈，未来梦商场的清洁工，她每天挂着这张工作证，在这栋楼的厕所里清扫污秽之物，把这样辛苦赚来的收入，供养我最近一年来公主般的"富家女"生活。

她是想要在临死以前，将这张写有她名字与职业的工作证，塞到我的手里，让我永远记住她，记住我是谁的女儿吧。

我浑身颤抖。手电筒掉到地上。我从她渐渐变冷的手中，接过这张工作证。

忽然，有人闯入这个小房间，发出一声尖叫。

听得出来那是海美的声音。

不，我不要让她看到！

可我什么也做不了，只能痴痴地坐在地上，任由同学兼死党看着自己，也看到了死去的女清洁工，以及我手中的她的工作证。

海美的尖叫持续了大约两分钟。

终于，我抬头看着她，将工作证塞入自己的口袋。

真想拿起一团破布塞住海美的嘴巴！

因为，她的尖叫声又引来了其他人——周旋、陶冶，还有，我的小光。

我很想大声喊出来，喊出"妈妈"这两个字，但旁边有海美，还有我最爱的小光，我没有勇气发出声音，我不想被他们看不起……

周旋和陶冶确认女清洁工死亡后，抬起她浑身是血的尸体，要去地下四层将她埋葬。

我能说些什么呢？说我差点被许鹏飞强奸？说女清洁工为救我而死，因为她是我的亲生母亲？而我所谓富家女的身份，全是出于虚荣心的谎言与伪装？

海美却说了一番让我也震惊的话。

她告诉小光——女清洁工发现强奸犯许鹏飞与我在这个小房间里，因此才被他杀死。

卑鄙！

我知道海美也暗中喜欢小光，可她为什么要用这种方式？她是唯恐小光不知道，我险些被许鹏飞强奸，还是在向小光暗示——我已经被强奸过了？

小光猛然回头盯着海美的眼睛。她继续无耻地说："我没有说谎。"

我真想钻到最深处的坟墓里去，为什么被许鹏飞一刀捅死的人不是我？

然而，小光却抱住我，毫不顾忌海美的存在，亲吻了我的嘴唇。

这是他第一次吻我，也是我第一次被男人亲吻。我再也无法伪装坚强，把头埋到他的怀里痛哭。

小光要去给我拿些毛巾和衣服。我不舍地抓着他的指尖，他抚摸了一下我的头发，飞快地离开。

这个还充满着血腥味的小房间里，只剩下我和海美两个人了。

"丁紫，我问你一个问题。"

她从没有用这种语气跟我说话过，这是她对情人节街头卖花的小女孩才有的口吻。

"你跟那个刚才死掉的女人是什么关系？"

海美发现了吗？不！我剧烈颤抖了一下，无地自容地抬起头，看着死党冰冷的脸。

我想，我必须要回答了，但又无法用语言来回答。她说的都是真的，我确实是一个穷人，也确实是一个骗子，确实是她最讨厌的那种人，其实也是我自己最讨厌的那种人！

我只能用一样东西来回答——我的右手，还沾着妈妈的血迹的右手，在身边胡乱地摸着，摸到一个冰凉的东西。不知道那是什么，但也许是我的答案。

海美继续指着我的鼻子骂道："你一直在骗我！其实，你是一个出生低贱的下等人，竟敢冒充有钱人跟我交往……"

最后一句话，我已听不清楚了，血液冲上我的大脑，堵塞了耳道，也蒙蔽了我的双眼，甚至模糊了意识。

我沉默着站起来，右手呈抛物线抡起那冰凉的东西，等到它重重砸到海美头上，发出与骨头碰撞的声音，化作无数坚硬锋利的碎片——我才看清这是一个玻璃花瓶。

同时，我也看到一腔鲜血从海美的太阳穴里喷出来，溅入我的眼睛，将我的世界彻底涂抹成血红色。

地狱是红的。

她死了。

在这个红色的世界里，海美的双眼依然睁着，太阳穴上插着几片碎玻璃，流出一团红白相间的液体。

我感到了疼，既是海美的疼，也是我的疼。

不知道过了多久，当小光回到这里时，他看到的就是这幕场景，只是我如雕像般静止，手上握着花瓶残留的部分。

我什么也没有说，也完全无需辩解，他已知道我杀了人。

小光出人意料地冷静，终于露出了杀手本色，又不知从哪里找来一个大纸箱，就这么把海美装进去推走了。

我擦去眼睛里的血，世界从红色恢复为灰色。

全身的衣服都换了，没忘记把妈妈的工作证放在口袋里。头发重新梳理了一遍，又打开小房间里的一个行李箱，随便找了一瓶香水洒在身上，掩饰满身的血腥味。

小光匆忙回来，带着我离开这个地方。

没人注意到海美的消失。唯一让我欣慰的是，小光告诉我——许鹏飞已被人用电钻杀死了，这个杀千刀的强奸犯肯定死得很惨，不知道杀死他的人是谁。

杀人通常是一种罪过，但有时也是一桩功德，不知该如何感谢杀死许鹏飞的那个人。

这天下午，最后一滴柴油耗尽，整个未来梦大厦陷入永久的黑暗。

为躲避混浊的空气，我和小光逃到八楼的店铺，在微弱摇曳的烛光里，等待死神吻上我们的唇。幻想中的世界末日世外桃源，已变成荒凉冰冷的坟墓。虽然，食物和水都很短缺，而海美在地下二层有间密室，囤积了大量生存物资——可是，那是海美的东西，我不想去拿，哪怕饿死在这里！

我唯一不感到害怕的，就是黑暗。

因为，我有了我的光。

让我万万想不到的是，仅仅短暂的一夜之后，我生命中唯一的光，便熄灭了。

那是在世界末日的第七天，清晨时分，当我在八楼的店铺中醒来，恍惚地睁开眼睛，抚摸身边的那个少年，却只摸到一团冰冷的空气。

光，你在哪里？我怎么看不见你？就算打开所有的手电，我还是看不到你！

此时，只听到遥远的楼下，传来一阵阵可怕的枪声，伴着此起彼伏的狗吠……

我打着最大号的手电，急冲冲跑了下去，不顾肮脏混浊的空气，摘下口罩呼喊着小光。

刚跑下两层楼梯，我撞见了陶冶，他浑身鲜血，目光呆滞地往上走。我拦住他问小光的下落，他却说没看到。

来到底楼中庭，我被迫重新戴上了口罩——这里已变成了屠宰场，全是猫与狗的尸体，许多脑袋开花，污血流了一地，引来无数的苍蝇与老鼠。我几乎要晕过去了。

经过地下一层的超市，我看到黑暗中有一个摇晃的人影。

这人影看起来非常臃肿，绝非修长矫健的小光。不管是假人还是僵尸，我大胆地冲过去，拦在那人的身前，用手电照亮对方的脸。

那个人的脸上戴着口罩，只露出一双让人恐惧的眼睛。

我摘下口罩的同时，也一把扯下了他的口罩。

周旋！这个三十多岁的男人，苍白的脸上已爬满胡须，毫无表情地瞪着我。

不，他不是一个人，他还背着一个人！

我抓住周旋的衣领，推起他肩上那个人的脑袋——乌黑细碎的长发底下，是我生命中最后的光。

十八岁少年的眼睛闭着，安静地趴在周旋背上，只是脸庞变得冰凉，无论我怎样抚摸亲吻他的嘴唇。

他死了。我的心，也死了。

周旋像块木头站在原地，不肯把小光的尸体放下来。我拼命打周旋耳光。直到嘴角淌下鲜血，他才怔怔地说出一句："不是我杀的他。"

"谁？是谁干的？"我几乎已经疯了，尖叫声穿透坟墓。

"罗——浩——然。"他一字一顿地说出这个名字，带着地狱里才有的语气。

"真的吗？"

"相信我。"

其实，在他说出这三个字的时候，我已经相信了。

我哭得像一个小女孩，泪水涟涟地转到周旋背后，将自己贴在小光身上，才发现他的衣服已被鲜血浸透，后背有个洞口——居然有如此卑鄙的人，给了他背后一刀！

"罗浩然？"我重新回到周旋的面前，握起双拳，"我要杀了他！"

"戴上口罩，不然随时会被毒死。"

周旋继续背着死去的小光向前走，我想象他还活着，活着趴在周旋的背上，我握着他的手，一起走向坟墓，一起走向永恒的地狱。

地下四层。

上面的猫狗开始吃死人了，但在这个死人最集中的地方，只有老鼠苍蝇敢来光顾。因为此处腐尸气味最重，散发带有尸毒的气体，即便猫狗也无法忍受。只有把小光埋葬在这里才是最安全的。

我帮着周旋一起把死去的少年放在尸体堆边缘，手电光扫过那些腐烂的人体，却丝毫没让我恐惧。我倒是想起了《红与黑》的结尾，玛蒂尔达抱着于连的头颅去埋葬——我愿做这样的女子。

完成对小光的安葬，我和周旋默默站了一会儿，直到恶臭的空气穿过口罩，再也无法坚持下去。

接下来，整整一天，我和周旋都在世界末日的地底搜索罗浩然的踪迹——遇到就格杀勿论。我们各自准备武器，从铁棍、匕首、绳索、毒药到电钻……我不敢照镜子，但我想起了《生化危机》中的米拉·乔沃维奇。

而我也在心底幻想了一千种杀死罗浩然的方法——每一种方法都惨绝人寰，我都怀疑我是不是天生适合去做刽子手。但最最残忍的杀法，都不足以抵消他杀死小光的罪恶！他为什么要杀小光？

对了，小光说自己是杀手，来这里执行一项杀人的任务，难道他就是来杀罗浩然？管他是不是呢，我要杀了罗浩然！

我和周旋分头搜索。我独自在黑暗中游荡，除了复仇别无他想，哪怕杀死罗浩然后马上自杀。

直到晚上九点，都没发现罗浩然的踪影，包括那条叫丘吉尔的拉布拉多犬。

当我又累又渴即将窒息时，听到头顶传来巨响。我又看到了周旋，他飞快地冲上来说："快点往九楼电影院跑！"

于是，我们一起冲到九楼，果然有一人一犬的影子窜过。

罗浩然！

杀了他！周旋跑得比我还快。

在迷宫般的电影院散场通道里，我很快追丢了他们。我茫然地大声呼喊，只听到身后其他人的脚步声。正当我手足无措时，头顶的天花板掉了下来，把我埋在了废墟中。

快要闷死的时候，我听到一阵阵对讲机的声音——真的是救援人员！

刹那间，我的脑子里闪过许多东西。唯一清楚的是，自己身上有许多凶器，不能被他们发现！于是，我趁着一只手还能活动，把身上的刀子、绳索与毒药，都塞到了废墟里。

有一样东西没舍得扔，那就是我的亲生母亲的工作证。

当我被救出来，穿过一百多米深的地底，来到星空下的地面，才发现世界原来安然无恙！四周的大厦仍在闪烁灯光，全世界的镜头与闪光灯都对准了我，我情不自禁掉下眼泪——我不是为自己得救而激动，而是为了这七天七夜来的经历，为了小光没有与我一同见到今晚的星空，为了我在地下永远失去了妈妈，也为了我不久前亲手杀死了自己最好的朋友。

周旋也被救了上来，他看到了我，在亮如白昼的灯光下，被送进救护车前，他对我做了一个表情，我居然一下子看懂了。

罗浩然已经死了！我们的复仇成功了！

苍天在上，大仇得报，为什么不让我立刻死去呢？

不错，此时此刻，我躺在医院的隔离病房内，仍在思考这个问题——我还有什么理由活下去？警察已在我的口袋里发现了我妈妈的工作证。他们知道海美与我一同被困在地下，为什么只有我一个人逃了出来？海美的官员爸爸肯定会用尽一切方法，要找到他的宝贝千金——他迟早会找到的，她女儿的尸体，被我用玻璃花瓶砸烂了脑袋的尸体。

我是一个杀人犯。

昨天叶萧警官来问我时，我编造了一通鬼话骗他，什么橱窗模特杀人——我确实是恐怖片看多了！可是，他不会相信我的，我从他的眼睛里看得出来，他有坚强的意志，没有任何困难会让他退后，他一定会追查到底。

他会不会去调查我的家庭背景？甚至向我的班主任、我的同学们去询问？对啊，他不也是我们学校毕业的吗？答案显而易见，我所有的伪装和秘密都会被他轻易戳穿——说不定他们已经知道了！我成了四一中学有史以来最大的骗子和笑柄！同学们每天都在嘲笑我，说我一个穷光蛋，扫厕所的外地清洁工的女儿，居然还敢装富家女？

昨晚，我又一次做了那个可怕的噩梦。

无论检疫结果如何，我都不想出院，宁愿留在这里，做一个囚犯，做一个精神病人，甚至做一个死人！只要，别让我再回学校！

等一等，这个病房里有没有什么能帮助我的东西？比如剪刀？比如药片？比如……

不，我们这些幸存者，都是叶萧警官眼中的犯罪嫌疑人，他不会给我自杀的机会。

小光，你在天上有没有听到？我是多么的想你！我只要跟你在一起……在一起……

就像玛蒂尔达对里昂说过的——

"我只需要爱，或者死。"

第五章　莫星儿

我不想要爱，只想要死。

在死的时候，我希望自己能大声尖叫，就像那只兔子一样尖叫。

你听到过兔子的尖叫吗？

十二年前的冬天，记事以来最冷的一个冬天，难得飘起漫天遍野的大雪。清晨，十三岁的我还躲在被窝里，被一声凄厉的尖叫惊醒。睡得迷迷糊糊的我，仿佛心脏被刺了一下，全身每根汗毛都竖立起来。恐怖的尖叫声还在持续——那绝对不是人类所能发出的声音！

凄惨到无法形容，几乎没有通过耳膜，而是直接穿越皮肤，渗透到大脑和心脏。我的心要崩裂了，裂成无数碎片。我掀开温暖的被窝，在异常寒冷潮湿的空气中，穿着内衣就跳下床。在尖叫声的阵阵催促下，昏暗的光线下，我打开卧室房门，穿过堆满玩具熊的走廊，闯进声音来源的厨房。

尖叫声已永远停止了。

我看到爸爸拿着一根沾满鲜血的铁棍，他的身上和脸上也溅了一些血。厨房地上放着一个砧板，一团模糊的血肉躺在砧板上，还在微微抖动。我认得这团血肉，虽已面目全非，但从那身白色的皮毛、一对长长的耳朵还有短短的尾巴来看，那是我的小白。

我的小白。它是一只兔子，两天前，爸爸从菜场把它买来。那么可爱的一只小动物，十三岁的我还拿来菜叶喂它，还起劲地清理它黑豆般的粪便。

天哪，我还以为它是爸爸给我的宠物！

这才知道爸爸从菜场把它买来，是为了在最寒冷的时节，吃一顿新鲜的兔子煲！我家祖传有兔子的烹饪良方。

它就这么死了，被我爸爸用棍子敲死了。

爸爸看到我脸色突变，担心我在这么冷的天着凉，催促我回到被窝，然后道歉："对不起，星儿，是爸爸下手太轻了，没有一棍子就把兔子打死，让它又叫了几声，把你吵醒了。"

兔子在尖叫……兔子在尖叫……兔子在尖叫……

我叫莫星儿，今年二十五岁。

今天，耳边仍会听到这尖叫声——在人类最后的避难所，我总怀疑除了猫、狗、老鼠之外，或许还藏着一只或一窝兔子。

4月1日。星期日。夜，22点19分。

当我在老鼠与恐怖片的交替袭击下发出兔子般的尖叫后，走出未来梦大厦九楼影院，后悔不该独自来看这部名叫《血腥小镇》的美国恐怖片，慌忙挤进观光电梯，只想早点逃出这栋大楼。——世界末日来了。

我目睹一个女人被坠落的电梯拦腰切成两段。我在电梯中坠落至底楼，背后扎满玻璃碎片。我忍着疼痛，清理伤口，又扯了一条宽大的羊毛披风，像阿拉伯人那样把自己裹起来。

听说楼上找到了逃生的路，我急匆匆跑回九楼，看到了罗浩然。

耳边响起兔子的尖叫，原来那场梦还没有醒来。

他，还记得我！

几分钟后，我救出了另一个男人，他叫周旋。

吴寒雷教授成了世界末日的领导者。大厦的主人——罗浩然格外低调，他最熟悉这栋大楼，负责电力供应。他从不主动说一句话，只有教授询问时，才简单说两句，几乎没有形容词与副词。除了他俩，第三个能起到领导作用的，就是周旋。

他们共同制订了一系列生存规则，强制大家必须严格遵守。鉴于在世界末日的地底，食物、水和空气等资源非常有限，如果有谁不守纪律，就可能危害所有人的生命。我发现了两个害群之马——穿着迪奥西装的郭小军，这个富二代显然是弯男，他瞧不起所有人，幻想他的有钱老爸会雇超人蜘蛛侠蝙蝠侠穿破地狱来救他；还有个叫许鹏飞的受伤白领，总用眼角余光向我瞟来，我能感到他目光里隐藏的色情含义，猥琐得令人作呕！

我已习惯了男人们的目光，平时在公司就有好多猥琐男盯着我，连美国老板也会借加班名义，单独留我在公司直到深夜，而当他建议我们换个地方去喝一杯，我就说男朋友正在楼下等我，扔下脸色难看的他跑了。

所谓"男朋友"是子虚乌有，至于男同事们的殷勤暗示或明示，以及亲戚朋友们的相亲介绍，更是被一概拒绝。

我讨厌男人。

在地底幸存的雄性动物中，唯一不让我讨厌的，只有周旋。

对不起，我漏了正太，但他还不能算是男人。

忙碌绝望的第一夜过去，地下世界出人意料地平静。我趴在二楼中庭栏杆上，看着从一楼到九楼的商场，每一层都亮着微弱的光。有的幸存者已出来觅食，有的还在睡觉美其名曰保存体力，大概觉得像狗熊冬眠那样减慢新陈代谢就可以活得更久——如武侠小说里那样练习"龟息大法"岂非更妙？

"早安。"

一个男人的声音从背后响起，我警觉地回过头来，看到了周旋的脸。

我情不自禁微微一笑。

可惜，我已记不得了，上一次发自内心地笑是什么时候？十年前？十五年前？

我发现，只有在这个男人的眼睛里，才看不到那些肮脏的污秽。

周旋也露出难得的笑容，虽然看得出是强迫自己的，假装既高兴又轻松——但这个样子的男人也很可爱。他是为了鼓励每一个灰心丧气的幸存者，即便在世界末日也不放弃。

"谢谢你，昨晚救了我。"他没忘记我钻到柜子底下去救他一事。

我摇摇头："小事一桩，你去哪里？"

"大家都在超市里搜集食物，我想去楼上餐厅看看，也许餐厅冰箱里还藏着许多吃的。"

"有道理，我们一起吧。"

在这个没有太阳的世界末日的上午，我和周旋结伴检查所有餐厅的冰箱。虽然处于断电状态，我还是找到了许多尚未变质的食物，分配给底楼哈根达斯店里的重伤员，以及那对日本母子。冰箱里有不少饮料，周旋节制地一口都没喝，全都集中到三楼小房间，规定每人每天只配给一瓶。我眼巴巴地望着那大罐果汁，他识相地递给了我一瓶。

我畅快地大口喝完，跟在周旋身后，直到四楼民营书店。

我指着密密麻麻的书架说，"其实，我也喜欢看书。"

心里却在说——得了吧，莫星儿，你不是只看晋江耽美闲情吗？什么时候见你进过书店？

"这年头愿意逛书店的不多。"周旋自言自语了一句，默默地在书店里走了几步，但他并不拿起书架上的书，只是仔细地扫视着书脊，似乎在寻找某一本重要的书。

我随手抽出一本郭敬明的书，立刻又放回了书架，接着又抽出一本盗墓书。

他走到书店最深处，在最不起眼的书架角落里，艰难地抽出一本黑封面的书。我凑在后面瞄了一眼，书的封面上印着几个字——若兰客栈周旋作品。

"这本书是你写的？"我从周旋手里抢过书，翻到前勒口有作者的照片，果然就是眼前这个人——照片上比现在年轻很多，看上去更像讨女孩子喜欢的文艺青年。

"这个——是的。"他表情尴尬，把书抢了回去，双手摩挲着书说，"不好意思，写得很烂，没什么人看。"

"这是什么小说？"

"推理小说，但是推理很差劲。其实，我是想写客栈女主人公的命运，写她悲惨的一生，遇到过的几个不同的男人，她叫若兰，所以才起这个书名。"

"你是作家？写了很多年吧，可为什么我从没听说过你？"

这个愚蠢的问题让周旋脸红了，他后退半步："哦，是啊，我只是个三流作家，无名小卒而已，过着朝不保夕的生活。"

"让我看看你的书吧。"

"你不会喜欢的。"他勉强笑了笑，把书藏在衣服里，匆忙离开书店。

当我再到书架上去找这本书时，却发现整个书店几千本书里，再也看不到周旋这个名字。

我失望地转回头来，发现有个人远远看着我，那个人有着小女孩般的体形，却穿着成年人的衣服，是那个洗头妹，叫什么来着？阿香？

这个女孩的目光有些哀怨，一看到我看她就转身离开了，我感到一丝恐惧。

第二天，晚上。

我与周旋一起为哈根达斯店里的重伤员们送餐，有的人无法自己动手，就由我来喂他们。

年纪最大的幸存者是个六十多岁的老头，因为骨折而无法动弹，躺在我们为他找来的睡袋里。他说："谢谢。你们良心真好，肯定能逃过这场劫难的！"

我苦笑了一声回答："老伯，承你吉言，谢啦。"

"哎，只是我这把老骨头，不知道还能活几天。"

"我会尽自己的一切力量保护你们！"周旋就像是指天发誓。

"其实，我好想再多活几年啊。"这个老人鼻梁很塌，呵呵笑着，"还没觉得活够本，真不好意思啊。"

他笑了几下，又有几分伤感，我看不下去，只能安慰说："我们都会活下去的。"

说罢，我拉着周旋跑出哈根达斯店。要是再晚几秒钟，我就要掉下眼泪了，几乎可以肯定，这些重伤员将是最早死去的人。

对不起，我到现在都不知道这老头姓什么叫什么。

周旋看着我的眼睛，平静地说："我不会让一个人掉队的。"

不想再继续这个让人绝望的话题了。虽然地下是永恒的黑夜，我还是想让自己感觉活在地上。四十五度角仰望，依稀看到九楼闪烁着几点微光，而穹顶就像真正的夜空般黑暗——视线越模糊，就越像真正的星空，自欺欺人也好。

周旋轻轻靠近了我。他是想闻我两天没洗澡的气味，还是想看清我脸上有没有粉刺？我没有逃跑也没有抗拒，继续抬头仰望"星空"。虽然他拼命憋着气，但我还是感受到了男人的温度，直到他一口热热的呼气喷到我的耳朵上。

痒痒的，我喜欢。

就在我几乎要浑身放松之时，身后突然响起另一个男人沉闷的声音——"好像猎户座星云啊。"

我和周旋都吓了一跳，慌张地转回头来，才发现是吴寒雷教授。

他皱起眉头看着我们："对不起，打扰你们了。我刚才产生了一种错觉，仿佛在西部的荒野上看星星。"

"我也是。"

"但终究是错觉。"吴教授拍了拍周旋的肩膀，"今晚陶冶和杨兵巡逻，你好好休息。"

吴寒雷走后，周旋恢复冷峻的神色，好像换了一个人似的，再也不多说半句话了。他与我保持距离，独自走到黑暗中去了，我也不知道他睡在哪里。

我独自窝在三楼的女装店里，从没有过的寂寞感竟一下子涌上心头。要是现在有手机信号，有他的电话号码，一定给他发条短信，只需要三个字——"睡不着！"

没错，昨晚还睡得挺熟的我，这晚却辗转反侧，直到清晨，听到外面一片骚动。

郭小军死了，在四楼的更衣室里，身上被捅了许多刀，惨不忍睹。

虽然，没有人同情他，却让大家都感到了危险——就在我们这些幸存者中，竟然隐藏着一个杀人恶魔！

世界末日的第三天，周旋忙着仔细查看现场，与保安杨兵一起分析，研究谁的犯罪嫌疑最大。

整整一天，我跟在周旋后面折腾，毫无结果。对不起，他真的不适合做侦探，完全纸上谈兵，竟在分析密室杀人的可能性，简直弱到爆了！他那套东西只存在于小说里，不可能发生在现实当中。

令我奇怪的是，洗头妹阿香几次靠近我们，有种说不出来的意味，让我再也不敢看她第二眼——我相信她看我的目光带有敌意。

恰逢清明，周旋建议幸存者们到地下四层去祭拜死者，众人却对此嗤之以鼻——没人愿意靠近那堆尸体，何况已发出令人作呕的腐臭。结果，只有周旋独自一人前往地底去"扫墓"了。

晚餐后，我坐在三楼星巴克的沙发上，想象自己是在周末的晚上，穿着宽松休闲的裙子,独自坐着喝咖啡,无忧无虑地消磨时光——但这只是幻觉,现实远远比想象残酷一万倍,说不定再过几天,我就会饿死或冻死或被杀死在世界末日的地板上。

周旋从地底扫墓归来,身上还带有尸体的气味。

我看着他单纯得让人怜悯的眼睛问:"你觉得我们还能活多久?"

"不知道。"他摆出哲学家的姿态,"也许一天,也许一个月,也许一年,也许永远……"

"我想活到七十岁就够了,我可不想做吸血僵尸。"

"但在世界末日,要实现这个心愿,恐怕难度不小。"

看到他说起话来一本正经的样子,我忍不住又要笑了,强迫自己正襟危坐:"那么,我们就只能在这里等死了?"

"要是你放弃希望,那就真的离死不远了。但是,只要你还有信念,不管遭受多大的苦难都坚持下去,我想你会一直活下去的!请相信人类的生命力是最顽强的,许多人被埋在废墟下没吃没喝十几天都能活下来,谁说地面上的人类都死光了呢?我们现在有那么多的食物,甚至还有电,真是老天给我们的恩赐!不管用任何方法,我们都要活下去!"

"所有食物吃光了怎么办?"

"吃一切可以吃的!"

"动物?"我正好看到中庭的对面,有一只白猫优雅地走过。

"那是必须的。"

"你太残忍了。"

"总比饿死强!必要的时候,甚至可以吃——"

"你吃过兔子吗?"

"兔子?"他可爱地搔了搔头,一点都不像三十多岁的样子,更像个乳臭未干的高中生,"没有。"

"你听到过兔子的尖叫吗?"

"兔子也会叫吗?"他露出不可思议的表情。

是啊,人们听过猫叫狗叫鸟叫甚至老鼠叫,但几乎没人听到过兔子叫。

"我听到过。"我的肩膀微微颤抖,又回到那个寒冷的清晨,耳边响起刺耳的尖叫,"兔子只会尖叫,如果你听到过,便会永生难忘。"

"哦,还好我们这里没有兔子,我想地球上的兔子已经因世界末日灭绝了吧——伴随着人类灭亡时的尖叫,兔子也在尖叫吧?"

"最好不要听到!"

周旋盯着我的眼睛，靠近我轻声问道："为什么要说这个？"

"我怕我们在这里等死，早晚都会发出临死前的尖叫。"

"你真的那么绝望吗？"

"你以为呢？"我真不知道再说什么好了，最不现实的人就是他，"你太天真了吧！不单单是我，其实，所有人心里都是这么想的！"

周旋低头沉默片刻，然后拉着我的手说："跟我来。"

他的力道很大，让我无从挣脱，我也不想逃跑，跟着他走下两层楼梯，来到底楼走廊深处，一个靠近监控室的小房间里。

房里有几台电脑，还有颇为专业的麦克风和录音设备，这是所有大商场都有的广播室。他拉着我坐在椅子上，打开电脑调出 CD 库，拉出一串长长的点歌单。

Nessun Dorma——我果断地选了这首歌——普契尼的歌剧《图兰朵》中的《今夜无人入眠》。

周旋心领神会地点头，打开整栋大楼所有的喇叭，看着我的眼睛，按下播放键。

Nessun dorma! Nessun dorma!

安德烈·波切利的版本，我没有选择帕瓦罗蒂或多明戈或卡雷拉斯或是他们三人合唱的，因为安德烈·波切利是盲人，永远活在黑暗中，就像我们将永远活在世界末日的地下，永远都将是夜晚而没有白天，永远都是无人入眠的今夜。

几秒钟后，安德烈·波切利的嗓音，通过上下十几个楼层走廊间的喇叭，播送到整个地底的未来梦大厦。

开头两句就让我闭上了眼睛，周旋渐渐调高音量，达到演唱会般的效果。

突然，他大胆地抓起我的手腕，将我硬生生拽出广播室，来到底楼中庭的中央。从这里往上直到九楼，仿佛全世界最豪华的音乐厅，充满安德烈·波切利的歌声，如同一万个天使在耳边齐声合唱。

没人能逃过《今夜无人入眠》。地下所有的幸存者，除了重伤的不能动的，全都聚集到中庭，二楼与三楼的栏杆边，挤出男男女女的人头，寻找这让人心颤的歌声来源。

周旋紧紧抓住我的手，从冰凉变得温热的手，我没有抗拒，把头搁在他肩上，闭起眼睛，听咏叹调的高潮，卡拉夫王子已胜利在望——

Dilegua, o notte!

Tramontate, stelle! Tramontate, stelle!

All'alba vincero!

Vincero! Vincero!

最后，热血沸腾的爆发时刻，两片嘴唇吻上我的额头，湿润温柔的感觉，让人想要倒下，永不醒来。

《今夜无人入眠》的旋律停息，但整个地下的未来梦商场似乎久久回荡这天籁之音。二楼与三楼的观众们鼓起掌来，就像看着安德烈·波切利在我们面前演唱。

谁说今晚世界末日？

周旋把我拉到走廊，我无力地倚靠在他身上，贴着他的耳边问："你要带我去哪里？"

他默不作声，沿着走廊往前走，穿过一道小门，用手电照亮一片黑暗空间。

"这是哪里？"看着陌生的环境，我有些害怕。

他咬着我的耳朵："未来梦大酒店，你明白了吗？"

我明白了。可是，世界末日的地下，还有情侣套房吗？我什么都看不清，要去找电梯时，他把我拉进一个小房间。地上摆着几个大行李箱，酒店住客寄存的，没人会想到这里。

周旋关掉手电，亲吻我的嘴唇。我已作出决定，把自己交给这个男人。

我不知道他是不是我命中注定的那个人，我只知道现在是世界末日，我未必能再见到明天早上的太阳、呼吸到明天早上的空气，过不了多久我也会死去，被埋葬在深深的坟墓中，无人悼念也无人记得。如果，此刻错过了他，那将不只是错过了一辈子，而将是错过整个宇宙的时空，错过无数个前生与来世。

今夜无人入眠……

后半夜，我隐隐听到一阵奇怪的声音，警觉地睁开眼睛，推醒旁边的周旋。

不到凌晨五点，我们整理好衣服冲出去，一路听到激烈的狗吠声。到达底楼中庭，闻到一股血腥味，罗浩然牵着他的狗，狗正对着哈根达斯店狂吠不已。

罗浩然看到我跟周旋一起从酒店方向跑出来，神色有了微妙变化——而这只有我才能发现。

我回避他犀利的目光，低头冲进哈根达斯店，发现满地鲜血。周旋一把将我扶住。发现最后一个幸存者——年纪最大的老伯，其余四个重伤员都已死了，被人用利器捅死了！

"谁干的？"

老伯的神志出人意料地清楚："是那个看起来像初中生，其实已经不小了的女孩。"

"阿香？怎么可能？"

不过，我想起这两天她看我的眼神，才意识到那是一种杀意！阿香也想要杀了我？

"她为什么要这么做？"

"她疯了。"

陶冶与小光也应声赶来。小光差点吐出来。

"必须要抓住阿香！"周旋握起拳头，"大家各自准备好工具，她已连杀四人，持有凶器，很可能精神有问题，非常危险！再说一遍，非常危险！"

罗浩然牵着丘吉尔在底楼转了一圈，丘吉尔直对着地下一层叫喊起来。

它终于起到了作用，大家跟着它往楼下走去。也许是尸体气味太重，丘吉尔看起来没头绪，在超市里草草走了一圈，又下到了地下三层。

我看到一辆雷克萨斯 GX460 被撞烂了，一个人浑身是血地倒在方向盘上——杨兵死了。

今晚连死了五个人！因为我给大家选择了《今夜无人入眠》？

回到楼上的超市，打开所有电灯，丘吉尔又开始叫了，对准超市某个角落。

"就在这一层搜索！注意，尽量不要伤害她，要抓活的！"

周旋话音未落，就响起陶冶的抱怨声："那还得在她把找捕死之前！"

我始终紧跟在周旋身后，手里还抓着一根铁棍防身。当我转过一个货架，有个人影蹿了出来，一把将我扑倒。我闻到了血腥味，也看到刀尖的寒光，就在利刃要刺破我心脏时，我用力抓住了对方的手。

阿香！

我看到了她的眼睛，布满血丝的红色的眼睛，疯子的眼睛。

突然，周旋替我推开了阿香，而她的刀子向他捅去。在我的尖叫声中，阿香奇怪地收住手，没有一刀刺破他的胸膛。

周旋与她扭打在地上。我刚要拿起棍子打她，一腔鲜血喷了出来。

天哪！周旋！

我还以为他被阿香一刀刺死，没想到他站了起来，虽然沾满鲜血，但并未受伤。

刀子留在阿香的身上，这个看起来永远十三岁的女孩，刀柄插在她心口的位置。

她死了。

血红的眼睛瞪着超市的天花板，死不瞑目。

其他人围过来，要不是罗浩然死死抓着狗绳，狂吠的丘吉尔要去咬死去的阿香了。

他们先盯着阿香,又转到浑身是血的周旋身上,他目瞪口呆地后退两步,摊开自己的双手——也全是血!

"不!"周旋痛苦地仰天大叫起来,"不!我不是故意的!我没有想要杀她!"

我冲到他的身边,毫不顾忌那些血迹,抓着他大声说:"我全都看到了,我可以为你作证!你是为了救我的命!你当然不是故意的,不是你杀死了她,而是在你们扭打过程中,她拿着刀子误刺中了自己!"

"不,刀子已从她手里抢了回来,可她拼命抓住我的手——是我……是我……"周旋跪倒在地,给阿香磕了一个头。

"有什么好内疚的?这个女的刚杀了四个人!四个重伤员,手无寸铁,坐以待毙——太凶残了,碰到我早就一刀捅死得了。周旋,你是为民除害,干了一件大好事,否则留着这个祸害,迟早会把我们大家都杀光!"陶冶激动地说了一大通,要把周旋从地上拉起来,却被他重重推开。

"我相信阿香不是故意要杀人的,她只是精神出了问题,她不应该死的。"

"够了,现在是世界末日,不是法庭辩论有没有精神病的时候!"陶冶大吼起来,"我们困在这个鬼地方,家人全在上面死光了,每晚睡下去不知道能不能醒来。我想我也要变成精神病了!"

还是我把周旋拉了起来,陶冶和小光抬着阿香的尸体去地下四层埋葬,顺便还要葬掉死在车里的杨兵——估计把他的尸体弄出车子会费很大劲。

抬走阿香的时候,我注意到她的左手无名指上戴着一枚硕大漂亮的钻戒。

看着自己光秃秃的十指,我心底莫名空虚与遗憾。在末日的地底,再不可能有机会戴上戒指了,尽管阿香的那枚肯定不是她的。

我拉着周旋进入几家男装店,替他从里到外换下沾满血污的衣服,穿上崭新的衣服,看起来像是在相亲,周旋仍然怔怔地看着地板,仿佛阿香的尸体还躺在那里。

"我杀了人。"

"真没想到,你的胆子那么小!你不是写推理小说的吗?肯定经常会写到杀人。"

"那不一样,小说只是小说,全是编出来的。也许,我无法成为优秀的小说家,就因为我的故事并不真实,或者天性过分软弱,无法面对真正的死亡与杀戮。"

我抚摸他的嘴唇,心疼地看着他苍白的脸,轻声说:"你知不知道,自从来到这里,我每天都想要杀人!"

"杀谁?"

面对周旋疑惑的双眼，我犹豫良久却说不出口。

还是他打破了尴尬："每个人都有一个不能说的秘密，我也有！所以，你可以不说。"

看着他善解人意的眼睛，我感激地说了声："谢谢！"

"只是，我希望你能克制住自己，不要再去犯阿香那样的错误。千万不要杀人！一旦你杀了人，你的生活就完全变了。"

"但在世界末日，我们都只有今天，没有明天，谁还在乎这些呢？"我又想起了死去的阿香，以及她手指上那枚硕大的钻戒，"我们的生活，早就被彻底改变了。"

"你相信审判吗？"

"我……"

看着我不置可否的表情，周旋斩钉截铁地回答："我相信。"

我不想继续跟他争论，只会徒劳消耗能量。我把早餐留给他，他说想独自安静一会儿。

他是一个活在自己的世界中的人。单纯地以为只要坚持原则，就可以独善其身；以为只要不伤害他人，就会得到公正的回报；以为只要还有一点畏惧之心，就不会做出伤天害理之事；以为只要保持最后的希望，就会等到天使挥着翅膀来拯救。

虽然我喜欢这样的男人——在这个世界上几乎绝无仅有，但我不能跟他一样天真到愚蠢的境地！

从二十来个幸存者汇聚以后，到目前为止已死了七个人！

四个重伤员是被阿香杀死的，郭小军又是被谁杀的？有人说他也是被阿香干掉的，但我觉得不太可能。杨兵的离奇车祸也是一个谜。

还会有其他人接着死去，被各种各样的方法杀死，甚至凶手也是不同的——地下的每一个幸存者，都可能是一个杀人狂魔，就像谁都想不到阿香会突然发疯连杀四人！

我也会随时死去的吧？如果，我死了的话，谁还能去惩罚那个人？

那个人的名字叫——罗浩然。

我想杀了他。

从世界末日的第一夜，见到他的第一眼开始。我每时每刻都在想象——用利刃割开他的咽喉，寒冷的空气涌入他的气管，让他在窒息与失血的巨大痛楚中充满悔恨与恐惧地死去……

不知为什么，我始终没有动手。每当我充满杀人欲望，总会极力克制自己。

因为世界末日？因为周旋？还是对自己的放弃？

假如大家都要死，罗浩然一定是活到最后的那一个！

理由很简单，好人不长命，祸害遗千年。理智地分析，他是大楼主人，自然可以找到最安全的避难场所。谁都不知道他还藏了什么。就在地下四层的底下，说不定还有一个空间。或许在某个秘密的房间，隐藏着大量的食物与水甚至氧气罐。还有，发电机所需燃料全都掌握在他手里，将来他说用完就用完了，谁能保证他不会私藏几桶柴油！只有他能进入监控室，通过摄像头看到所有秘密。说不定他早就知道杀死郭小军的凶手是谁，却以监控死角为由搪塞。对，说不定郭小军就是他杀的。他也看那个富二代不顺眼，那么懒惰而骄傲，激起大家公愤，不如杀了干净。

杀了干净！杀了干净！杀了干净！

耳边又响起兔子的尖叫……

我堵着耳朵缩在角落，如同打摆子般颤抖，眼前又浮现出罗浩然的脸。

不错，我认识这个人，永远不会忘记，哪怕他烧成灰烬。

漫长的七年过去，刻骨的痛楚却延续至今，将我撕裂成碎片再重新缝合又再度撕裂，就这样周而复始。

那一年，我还在读高三。爸爸在未来梦房地产公司上班，是普通的业务员。有一晚他加班到深夜，没来得及吃晚饭。妈妈正患病卧床，我自告奋勇给爸爸送饭，来到他上班的大厦。晚上十点，偌大的公司一片黑暗。当我在迷宫般的格子间里寻找爸爸时，突然迎面撞到一个男人。

我连忙说对不起，同时走廊的灯光亮起，对面是一双深沉如海的眼睛。

坟墓般寂静的时刻，我害羞地低头，那人沉默了一会儿才说："你是谁？"

我小心地报出了爸爸的名字，他用低沉淳厚的嗓音说："我看到销售部还有人在加班，大概就是他吧。"

然后，他将我领到了爸爸的办公室。而当爸爸看到他的出现，立刻惊讶地说不出话来。

"你早点回家吧，不要让女儿担心。"他淡淡地说了句，便离开了公司。

爸爸这才告诉我，原来那个神秘的男人就是公司的董事长，大家都叫他罗先生。平时老板极少在公司出现，员工只在公司年终大会上才能见到他，今晚也不知是何原因，居然半夜到公司来巡逻了。

一星期后，爸爸被提升为销售部经理，让同事们羡慕不已。原本正为妈妈的医药费发愁，这下也可以解决大半了。这之后没几天，爸爸就在一个周末的晚上带着我参加公司高管聚会。我根本不想参加这种无聊饭局，但爸爸说老板下了指示，必须带上家属，妈妈重病无法出门，只有带我才能交差。为保住爸爸的新职位，我被迫换上一身漂亮衣服出门。

那是一家郊区的五星级酒店，女人们戴着昂贵的首饰，男人们吹着不着边际的牛皮，而我的爸爸看起来像个可怜的穷光蛋。我没经历过这种场面，低着头不敢说话。爸爸并不擅长饮酒，但为给足老板面子，被人灌了好几杯白酒，醉得不省人事。

本想打辆车带他回家，但公司已给酒醉员工备好客房，何况远离市区，晚上交通不便。我搬不动醉酒后死沉的爸爸，只能由他的几个同事把他抬上楼。电梯太小挤满了，我被迫换乘另一部电梯，按照别人给我的房间号，敲开顶楼的一个套房。

我看到的不是爸爸，而是他的老板罗先生。

第一次看清他的脸，那时还是三十岁左右的样子，有点像某个电影明星，必须承认他是有魅力的男人。在我要转身离去时，他抓住我的胳膊，迅速将门锁住。我十八岁了，知道这意味着什么。我无法把门打开，只能大叫"救命"。

"整层楼只有我们俩，不会有人上来的。"他的声线醇厚磁性，丝毫不像想象中的坏人。

我让自己冷静下来："你要干什么？"

"我们能聊天吗？"

"不可以。"

"只需要聊一会儿。"他的语气照旧平静。

而我也照旧固执："不，请把我放出去，我要去我爸爸的房间。"

"你不要担心他，有人很好地照看着他。你要知道，他是高兴地喝醉了，有多少人想要坐上销售部经理的位置！这是他事业的重大转机，你应该体谅一下他。"

"代价是什么？"我直截了当地问道，"是我吗？"

"现在的女孩果然早熟，为什么你会想到这个？"

"我又不是小孩子！放我走吧，求你了！"

终于，我露出小孩子的怯懦与无助，他却更为放松："你不想让你爸爸的事业有更大发展，不想让家人生活得更好吗？我知道，你妈妈身体一直很不好，每年需要巨额医药费——我都可以满足你们的需要。"

本已准备好大骂一顿，临到嘴边又咽了回去，我低头看着双脚，虽然身上衣服还算漂亮，这双鞋子却是旧的——如果，爸爸能多给我一些钱，我想去买一双最新款的淑女鞋。

"坐下吧。"看到我一时语塞,他又靠近半步,"你的梦想是什么?"

我不由自主地坐下来,坐在这间总统套房的真皮沙发上。许多年后,当我在电视上看到"中国达人秀",每次听到评委问"你的梦想是什么",就会由衷地恶心。

当时,我一阵茫然,十八岁,还没想过这个问题,只希望顺利考上好大学,妈妈的病可以早日康复,爸爸也不用再那么辛苦。

"我想成为一个作家。"大概是那年刚开始看《哈利·波特》的缘故。

"很好。我会帮你实现梦想的。"

"怎么实现?"

虽然看起来谈话已趋轻松,但我心里还是充满警惕。

"好,我们可以就这个好好谈谈。"他从冰箱里拿出两罐饮料,打开放在我面前,"渴吗?"

"谢谢。"我真的很渴,拿起一罐喝了一大口。

"你知道吗?"他没有动另一罐饮料,而是单拳托起下巴,"以前,我也有过一个梦想,就是让我的妹妹幸福。可惜,后来她死了。"

"对不起,我是独生女。"

"我知道,但你不知道的是,你长得很像我的妹妹。"

看着他幽幽的眼神,我才明白他盯上我的原因——就是因为我的这张脸。

"哦……"我没来得及说出"既然如此,请把我送回爸爸的房间吧,明天我们还可以继续聊天",就感到一阵头晕目眩……

等我醒过来的时候,已是第二天清晨,套房里只剩我一个人,身上却没有任何衣服。

刹那间,耳边响起了兔子的尖叫。

他拿走了我的第一次。

我哭到几乎虚脱,再没力气尖叫了。房间里只留下我的衣服,却没有他的痕迹,连那两罐饮料也消失了——他就是用这个卑鄙的手段,使我失去知觉。

我痴痴地穿好衣服,看着镜子里自己苍白而漂亮的脸,看着这个已不再是少女的女人,我的一生就这样被毁了。

平静地打开窗户,站在窗台上眺望郊外的田野,我跳了下去。

可惜,没死。

从七楼摔到四楼的平台,只是普通的骨折,双腿打了三个月石膏,居然连后遗症都没留下!

那一天,当我被送到医院,爸爸也终于醒了酒。他把医生护士赶出病房,跪在地上求我饶恕他——尤其是求我不要报警！他说就算打了110，也不可能定案，老板有雄厚的背景，无论哪方面都可轻松搞定。他还说，如果真的闹到那一步，他的工作就会丢失，妈妈的医药费又怎么办？只要我们不声张，老板还会给他更多补偿，把他提拔到更高的位置。

爸爸还没说完，脚绑石膏头缠绷带的我，就把一口唾液吐到他的脸上。

然而，我却没有报警。

爸爸的每一句话都是对的。就算报警又能怎样？现场没留下证据，连我的身体里都没留下什么，仅凭一面之词如何告赢他？他甚至可以说我是自愿的！那罐饮料早已消失，而我要检验血液里有没有药物成分，也过了新陈代谢的有效期。这样做的唯一结果就是自取其辱，还会断送爸爸的前程，或许还有妈妈的生命！

我忍了下来，决定继续活下去，为了父母也为了自己。

我打着厚厚的石膏，努力复习准备高考。可是，每个夜晚都会听到兔子的尖叫，每个清晨都会从泪水中醒来。

就在妈妈被转到最好的医院，用上最贵的进口药三个月后，却因并发症去世了。

妈妈头七那天，爸爸从公司楼上跳了下来——四十九层，直接坠地。

亲手埋葬爸爸的骨灰以后，我打消了对他所有的恨。他只是一个懦弱的男人，他所做的一切都是为了妈妈，为了我能有更好的未来。他没有能力也没有胆量反抗大人物，认定自己在权贵面前不过是渺小的牺牲品，一切的挣扎都是徒劳无益，只有顺从命运安排，还能从狮子脚下分到一块肉。可他无法面对女儿，对我的愧疚一辈子无法消除。如果妈妈活着，他还有让自己活下去的理由，可当妈妈不在之后，他就只能选择自我毁灭了。

那一年，经历了被人下药迷奸、自杀未遂、骨折三月、妈妈病故、爸爸自杀，我的高考分数一塌糊涂，只能去上一所外地的野鸡大学。

当然，我也想要离开这座城市，离得越远越好，因为这座城市里有那个男人。

大学毕业后，我回到这里工作，渐渐淡忘过去的伤痛，虽然偶尔还会听到兔子的尖叫。有时我会来到未来梦大厦，买件新衣服或独自看场电影，纵然我知道这栋楼的主人是谁。

七年过去，我再也没有见到过他。

要不是世界末日，不知自己还能再活几天，我恐怕不会接受任何男人——即便周旋。

兔子还在耳边尖叫……无法闭上眼睛，无法忘记过去，随时随地充满羞耻，仇恨一次比一次强烈地涌上心头。

　　我要杀了他！

　　趁着自己还没死，没被饿死渴死闷死或被杀死，就算我是一只温驯的兔子，在将要死去的时候，也会作出最绝望的反抗，如果不能用身体，那么就用尖叫。

　　在此之前，我想再与周旋共同度过一个夜晚。

　　我们蜷缩在三楼的一个小房间里，共享了一顿简单的晚餐。我抚摸他的头发，还有越来越硬的胡子，想象他十八岁时，肯定是一个忧郁的美少年，每天愁眉苦脸地写着诗，或一个人发呆为未来而担忧。

　　周旋用手电照着我的眼睛，看得出他很爱我，就像珍爱自己的生命。

　　"答应我，星儿，我们要永远在一起。"

　　他说出这句话，就像十八岁的高中生！但在世界末日，还有谁敢说永远？

　　"好吧，如果还有明天。"

　　当我们相拥着一觉醒来，已到了世界末日的第五天。

　　这一天，我始终盯着罗浩然，无论他带着丘吉尔到哪里。我也学会了隐藏自己，在最远的地方看着他，装作是为了其他事，有时还会拉着周旋作掩护。

　　入夜，罗浩然没有再带狗巡逻，而是回到四楼日本料理店的住处。正好轮到周旋去巡逻，我一个人守在四楼，身上藏着一把锋利的尖刀。我很有耐心地等待，反正已等待了漫长的七年。直到子夜，我确定那条狗也熟睡时，才悄悄摸进那个充满腐烂鱼腥味的地方。

　　果然，拉布拉多犬正在打呼噜。我把手电光线调到最弱，看到罗浩然——但他并没有睡觉，而是坐在一张椅子上，睁着眼睛。

　　他看到了我，刹那间便明白了我是来干什么的。

　　我掏出刀子，抵在他脖子上。他并未反抗，只是按下墙边开关，灯亮了。

　　拉布拉多犬抬起头来，刚想大声吠叫，罗浩然却训斥道："丘吉尔！继续睡觉！"

　　这条狗不解地看着我和他的主人，但它是聪明的狗，知道我手里的刀子意味着什么，立即跑到主人脚边。罗浩然说："别动！趴下！"

　　它只能乖乖趴在地上，用凶狠的目光看着我。我并不惧怕这条狗，哪怕它咬我一口。我的双腿因为自杀摔断过，什么样的疼痛都能忍受。只要它胆敢叫一声，我就一刀割断它主人的气管！

　　"你要杀我？"他冷静地看着我的眼睛。

　　我微微点头，刀尖已然颤抖："是，你还记得我，对吧？"

　　"我永远记得你这张脸，如果不是这张脸，我也不会伤害你。"

"伤害？你也知道你伤害了我？"

"对不起，我承认我做过的一切。七年前，我第一次看到你，就想起了我死去的妹妹——她是我这辈子最喜欢的人，你就像她十八岁时的样子。我提拔了你的爸爸，又特意安排高管聚会，让人把他灌醉，又骗你到我房间。但我确实很想和你聊天，只要能找回一点点感觉，很多年前与妹妹在一起的感觉。"

罗浩然仍然直勾勾地看着我，好像要从我的脸上看出什么端倪。我也是第一次从他的眼睛里，看到了某种特别的悲伤。

"你这个变态！"但我不会饶恕他的！想起那个夜晚，就心如刀绞，"你怎么解释那两罐饮料？你有没有下过药？"

"我承认，那是我手下人安排的，因为他们知道我从来不喝饮料。"

"那你有没有对我——"又一股羞耻感油然而生，再也说不下去了，若控制不住情绪，刀刃就要割破他的喉管。

"是的，我做了。"

他居然如此坦白！我咬住嘴唇，不想让自己心慈手软："你知不知道？我差点因此而自杀身亡，我的爸爸后来自杀死了！"

"我知道，也是这个原因，我再也没去找过你，我不想给你带来更大伤害。"无法想象的是，他的目光竟那么真诚，"对不起，一切都是我的错，我给你和你的家人造成了无法挽回的伤害。从世界末日的第一晚，我见到你并认出你的那一刻起，我就想要向你忏悔。对不起，虽然现在太迟，但我还是要忏悔。"

该不该杀他呢？也许，我的仇恨积累了七年，并不是为了杀死他，而只是为了听到他的忏悔。

我依旧虚弱地喊道："我要杀了你！"

"你杀吧。"罗浩然闭起眼睛，等待我的刀子落下。

刀子却无法再向前哪怕一厘米！低头看到拉布拉多犬，它的眼里似有混浊的泪水。

天杀的狗眼！刀子从我手里坠落。

强忍着要夺眶而出的眼泪，我埋着头冲出日本料理店，跑进通往五楼的逃生通道，蹲在拐角抱头痛哭。

七年来，无法言说的痛苦与屈辱，如同烙印永难磨灭，却为什么不敢下手？真的饶恕他了吗？

"一旦你杀了人，你的生活就完全变了。"

我找到了理由——周旋对我说过的。

突然，有人从背后抱住了我，又有一块毛巾堵住了我的嘴。我拼命挣扎，却抵抗不了那双胳膊。那绝对不是罗浩然,更不可能是周旋,而是……

许鹏飞?是他吗?我闻到一种浊臭的味道,听到野兽般的喘息——刹那间,想起他向我投来的猥琐目光。

我想要大声呼救,却什么声音都发不出,他把我拖到五楼走廊,黑暗深处的一个店铺里。

一块黑布蒙住我的眼睛,漆黑一团的同时,有只手扯下了我的衣裙。

他真是个畜生!

天哪,谁来救救我啊?不要……不要……不要……

尽管用力扭动身体,我却无力反抗,只有泪水肆意横流。为什么到了世界末日,这种事我还会经历第二次?七年前跳楼死掉算了!前世造了天大的孽,地狱里还要还债?

兔子在尖叫……兔子在尖叫……兔子在尖叫……

我想死。

眼前黑布忽地掉了下来,在地上滚动的手电光里,我看到了那个畜生的脸。

许鹏飞!

这张脸是如此恶心腥臊,距离我不过几厘米,又臭又腥的口气喷到我的脸上。

真想大喊一声:"你现在就把我杀了吧!"

他胆怯地后退,抓起手电逃跑了,听脚步声像跑到了楼上。

我浑身酸痛,站不起来,好久才摘下堵住嘴巴的毛巾,艰难地穿好衣服。我几乎爬出了走廊,扶着栏杆走到四楼,却撞到了一个人。

对方发出了一声尖叫,是个女人,就在她要逃跑时,我一把抓住了她。

是那个叫海美的女高中生。她把我搀扶到三楼,喊出大家来帮我。我说许鹏飞就是强奸犯,已逃到了楼上,男人们纷纷拿起武器去追捕——尤其是周旋。

玉田洋子是个好人,她为我擦去身上的污垢,找来干净的衣服。但我拒绝换上新衣服,固执地穿着那身被弄脏的白色衣裙。洋子照顾我到清晨时分——但我没有睡着过,却再也流不出眼泪。

六点钟,我推开玉田洋子,独自走下楼梯。

男人们还在搜索许鹏飞,楼上不时传来他们的声音,但看来毫无结果。我独自经过昏暗的底楼,找到监控室——平时这扇门都是锁着的,只有罗浩然用指纹开锁才能进入。我想要找件工具把门撬开,这扇门却自动打开了。

罗浩然就在门里,冷峻地说:"我看到你想要进来。"

原来,头顶就有一个摄像头。我平静地说:"你知道发生了什么吗?"

"我已经知道了,我很抱歉——"

"让我看一看监控，我想知道他在哪里。"说完我就推开罗浩然，径直走进监控室。拉布拉多犬吠了两声，却被主人制止。

"你从监控里看到那个畜生了吗？"

"我看到了。"罗浩然坐下来按了两下鼠标，屏幕上出现一段夜视画面——许鹏飞从一条隐蔽的通道逃到底楼，穿过一道小门进入了酒店大堂。

"他去了酒店？"想起两天前的晚上，我与周旋在酒店大堂的小房间里度过的那个美好夜晚，"你告诉周旋了吗？"

"没有。"

"为什么？"我揪住了罗浩然的阿玛尼西装的领子。

他淡淡地回答："周旋的情绪已经失控，他不适合担负领导或组织者的角色，他现在只会让大家都失去理智。"

"我去杀了他！"说罢，我飞快地冲出监控室。

我没有直接去酒店大堂，因为手无寸铁，必须找一样合适的武器——我想到一种特殊的酷刑，绝对惨无人道，正好用在许鹏飞身上。我跑到地下一层超市，从家用工具货架上找到了一台便携式电钻——许多安装工人的必备工具。

我找到插座为它充电，直到它发出骇人的呼啸，足以穿透墙壁与金属，更何况人肉与骨头？

我拿起电钻正准备上楼，超市里响起一阵慌乱的脚步声。我躲到货架背后，看到昏暗的灯光下，身上带血的许鹏飞出现了。

我悄悄接近了他，努力屏住呼吸，没想到如此冷静——不如说是冷酷，大概我才是天生的杀手。

突然，我用右手卡住了他的脖子！第一次爆发出如此强大的力量。

许鹏飞涨红了脸，一点反抗的力气都没了。我用左手打开旁边的电灯开关，一盏灯从头顶照亮了我的脸。

我是要让他看清我的脸，还有我这身白色的衣裙，被他强暴时的衣裙。

我左手抄起电钻，按下启动按钮，电钻立即发出世界上最可怕的转动声——怪不得许多恐怖片里都有这样的道具出现，哪怕在电影里看到都让人汗毛直竖！许鹏飞吓得一个劲往后退，电钻一点点接近他的眼睛。

"Fuck！"他本能地骂了一句。

不过，就算用日语、韩语、德语、法语、俄语、意大利语、西班牙语、阿拉伯语、古希腊语、上古汉语、火星语一起骂出来都没有用！

这怂货开始求饶了，而我的左手丝毫没有停顿，一毫米一毫米地精确推进。

看着许鹏飞的眼泪狂飙，我的心里真是爽死了！

"去死吧！"我狂怒地吼了出来。电钻飞速旋转着，刺入了许鹏飞的左眼。

兔子在尖叫……兔子在尖叫……兔子在尖叫……

这畜生的鲜血覆盖了我的视线，还有从他的眼睛里迸裂出的玻璃体组织。

差不多钻头全部进入他的眼睛，估计有十厘米左右，我才关掉电钻开关。

我一下子失去了所有力量。许鹏飞满脸是血的尸体倒在地上，电钻还插在他的眼睛里！

这时，一群猫狗嗅到了血腥的气味，贪婪地围拢了上来。

"你们的早餐来了！"我忿忿地说了一句，扔下这具脸上插着电钻的尸体逃跑了。

"一旦你杀了人，你的生活就完全变了。"

整个上午，我的耳边充斥着周旋的这句话。我躲在底楼角落里，给自己换上一套新衣服，把血迹清理干净。

血腥味还飘在鼻尖。

中午，心急如焚的周旋找到了我。他抱住我，用手电照亮我的眼睛。原本早已止住的泪水又如泉水涌出。他用手帕替我擦拭，轻声耳语："没事了。乖，一切都结束了。"

"是我杀了他！"我也贴着他的耳朵说。

他点点头："我知道！我知道！"

"我做错了吗？"我开始怀疑自己是否做错了，声音越发颤抖，"你让我不要杀人的。"

"你没错！他不是人，是畜生！你只是杀了一条疯狗而已，一点错都没有！"

我相信这并非安慰，而是周旋的肺腑之言——人真正感到疼痛时，总会不顾一切地为复仇与杀戮寻找理由。

"你不要碰我！"我把他从身边推开，蜷缩到黑暗的角落里。

"星儿，你怎么了？"

"我被人强暴了，我的身体是脏的,而你那么单纯而干净,不要弄脏了你！"

"那不是你的错! 那个畜生已经死了，他受到了惩罚,你不要再为难自己了。"

刺眼的手电光线中，我发现了他的言不由衷。

"不，我是为了你好。"

"星儿，我会永远爱你的。"

周旋说出这句话的时候，他的嘴唇都在微微颤抖。

"在世界末日，没有明天，更没有永远。"

"不，因为世界末日，刹那就是永远。"

天哪！他说得那么漂亮，那么完美，那么富有逻辑，那么无法辩驳……但我不相信！

就在此时，整栋大楼陷入了黑暗，楼上响起一片骚动声。周旋似乎早有预料地说："最后一滴柴油用完了。"

"我们快死了吗？"

"不会的，我还有一部分食物储备，前几天刚从冰箱里拿出来的那些，肯定还有一些可以吃的。"

"你总是想到最好的结局，但世事无常。"

"世事无常……"手电光束里的周旋面色凝重，他再也说不下去了。

世界末日的第六天，最黑暗的时光——从冰箱里拿出来的那些食物，大多被猫狗偷吃完了！周旋只剩下了几瓶水，他从小光那里找来一些饼干，填充我们饥饿的肚子。

虽然，他一直陪着我，却再没吻过我一次。我也没去吻他，更没像过去那样抚摸他的头发与嘴唇，看着他单纯的眼睛。我蜷缩起来，既为抵御寒冷，也是不愿他再碰到我。而他几次想对我说什么，却欲言又止，直到我昏昏沉沉地睡去。

这一夜，一定发生了很多事情。这也是我自从世界末日以来，睡得最久的一次。

第七天。

清晨，我被一阵枪声惊醒，已看不到周旋了——我慌忙走到八楼栏杆边，低头往下看去，只见一片黑暗的大海。我不敢下去，害怕又遇到什么可怕的人或动物。

无比漫长的等待后，周旋拿着铁棍回来了，他的腰里别着刀子，肩上挂着绳索。

"你是不是要去杀人？"

"是。"

"杀谁？"

周旋停顿了许久，冷冷地吐出一个名字——"罗浩然。"

"为什么？"

刹那间，我以为他知道了——知道了七年前发生的事。可我从来没有流露过半句。

"与你无关。"他的语气异常冷酷，仿佛与昨天换了一个人。

空气越发混浊，即便在八楼，也能闻到地底涌上来的腐臭味。我独自坐在地上，闭着眼睛等待死神降临。

晚上九点，头顶传来震耳欲聋的声响。

但我不敢上去，直到日本母子与陶冶急匆匆往楼上跑去，我才跟在他们后面，冲进九楼电影院的通道，也不知前头出了什么事，为何大家都要往里跑。当我跑到一半，整个天花板砸了下来。

我被埋进废墟，不知过了多久，救援队员把我挖了出来。

接下来的事，你们都已知道——没有世界末日！

被送到地面后，无数镜头与闪光灯对着我们。而我只担心周旋的生死，直到看见他最后一个被抬上救护车。

他用眼神告诉我——罗浩然死了。

此刻，我孤独地躺在医院的隔离病房里，回忆地底的七天七夜，自己与其他幸存者发生的一切——那是不能说的秘密，如此黑暗与残酷，没人会相信那是真的！

我对叶萧警官说了谎，什么动物杀人——不过是我在杀人以后，看到那些猫狗时的想象。在我的回答里，许鹏飞是死得最惨的一个。

我知道，再也不能回到周旋身边了。纵使所有秘密都被埋葬，无人知晓我们杀过人，很快将重获自由，还可以在同一个城市生活——但我还记得他看我的眼神，那是在我被许鹏飞强暴以后。我是一个有污点的女人，无论有多么无辜，我还是被人弄脏了。

由此而来的那道无形的墙，是男人永远不敢坦承的，他们的心里会有一个结，永远不可能解开。

我想，当我与周旋再度相逢，也不过是形同陌路吧。

还有一件事，是我两天来一直担心却又不敢面对的。几分钟前，我向医生要了早孕试纸——其中一款最新产品，能在受孕二十四小时后验出结果。

此刻，我恐惧地拿起试纸条，看到上端与下端都有色带出现。

我怀孕了。

奇怪的是，我没有眼泪，从被救回地面的那一刻起，就再也哭不出泪水了。

或许，莫斯科不相信眼泪。

直到世界末日也不相信。

第六章　周旋

世界末日？

我是所有幸存者中最后一个相信真有世界末日的。

4月1日。星期日。夜，22点19分。

中国，本市，未来梦大厦。

这不是上帝为人类选定的时间地点，而是我为自己选定的末日绝地。

为何要选择这个时间？这也是我为何会听着张国荣的《倩女幽魂》走进未来梦大酒店——在这个愚人节的夜晚，以一种相同的方式自杀……或许，人们会把我记住。

现在想来，这真是愚蠢的念头啊！作为一个小说家，本渴望自己的作品被全世界的人们阅读，自己的名字流传在文学史上为子孙后代景仰。然而，我是一个极不成功的三流小说家，我写了十年的推理小说，累计出版了九本书，加起来总共印刷了不到五万册，其中将近二分之一还躺在出版社的库房里，或者已被送入废纸回收站打成了纸浆。

当我实在缺钱的时候，就会为某著名畅销书作家代笔写作，署名为他的那些动不动卖上百万册的书，不少出自我的手笔——可那与我又有何关系？

没有人记得住我！即便买过我的书的读者，也很快会把作者名字忘记。我怀疑在十年后，可能关于我的所有信息都会在泛滥的网络中被淹没，我就像个泡沫从这世界上消失。

既然活着不能被大家所知，不如就以死来实现愿望！如果我留下天才作家怀才不遇轻生早逝的叹息，说不定会引起媒体关注，社会公众包括文学圈都会来读我的文字，意外发现我一直自诩不凡的闪光点。就像卡夫卡活着时默默无闻，死后委托好友烧掉所有遗稿，却不想被好友背叛将之发表，竟然引起巨大轰动。

因此，我把最新完稿已发给出版社的长篇小说取名为《卡夫卡的愚人节》。

我期望，我的自杀身亡能将这部遗著造就为今年最热卖的畅销书，能将我的名字烙印在文学殿堂中。

我选择死在未来梦大厦，是因为这是我少年时生活过的地方——尘归尘，土归土，殒命于此，也算落叶归根。

时常回想起十八岁,那一年,邓丽君去世了,张雨生还活着,马景涛开始在电视上咆哮,很多人都记得《东京爱情故事》……

那一年,我还在读高三,我的学校就是附近的四一中学——世界末日的地底,当我得知高三女生丁紫与海美居然就是我的校友,不免产生几分亲切,只是她们看人的目光颇为势利,让我感慨当今世道!

那一年,我最好的同学是叶萧。他和我同样狂热地喜爱推理小说,除了从学校图书馆借福尔摩斯以外,我们看的多是街边小书店里的盗版书。他身材挺拔英武,体育课成绩优良,偶尔几次打架都令人生畏。每当我被小流氓欺负之时,总是他神兵天降解救我。我的梦想是成为一个推理小说作家,他的梦想是登上核潜艇走遍五大洋。

那一年,我们一起追的女孩怎能忘记?我学习成绩不错,外形很像小虎队的霹雳虎,不少女生暗恋我,但没一个能让我动心——直到她出现。她是当时常见的知青子女,跟叶萧一样,虽是本地人,却从小在遥远的外地长大。当她转学来到我们班,害羞地低头走进教室,坐在我的课桌前面,我痴痴地看着她脑后的长辫子,情不自禁把它在椅背上打了个结,下课铃响大家都要冲出去时,她却尖叫着把整个椅子带了起来。

那一年,我家住在这片老房子里,砖木结构的三层楼房,狭小逼仄却有人间烟火,我几乎能喊出每个街坊邻居的名字或绰号。我家有个小小的阁楼,推开窗就能看到屋顶,密密麻麻的瓦楞上长满青草。那时还没这么多高楼,在屋顶上可以看到整片天空,邻居家养的鸽群不时带着哨声飞过。

许多年后,市中心这一带的地价成为天文数字,这片老房子被强行拆迁,居民们几次上访毫无结果,被赶到遥远郊区的破公寓里。短短几年,离开祖传老宅的父母相继含恨离世。漂泊多年的我,写作毫无成就,生活朝不保夕,反而欠了一屁股债,被迫卖掉唯一的房产。我租了一间破旧的小房子,那里曾经发生过残忍的凶案,但我也只够付这点租金。

愚人节,我的银行账户仅剩 219.81 元,信用卡透支了 5286.19 元——我的最后一次透支,是为自己买了一套新衣服,为的是跳楼自杀时体面一些。我电话预订了未来梦大酒店的顶层客房,到前台用信用卡做了预授权。

当我跳楼自杀后,还欠着一晚五星级酒店房费,这也会是媒体关注的煽情元素。

但是,当我正要从未来梦大酒店十九层的窗户跳出去时,遥远的地平线上亮起了绚烂夺目的光芒。

随之而来的剧烈摇晃与下降,让我想起传说中的地震光。

倒霉啊，老天不让我死！当我看到这天崩地裂的景象时，不禁后悔选错了时间。

如果全世界的人都死光了，还有谁会在乎我这个默默无闻一心求死的三流小说家？一切算盘都将落空，所有计划付诸东流，就连那本酝酿已久的新书，也将如人类的未来胎死腹中。

于是，我有生以来第一次如此强烈地想要活下去！

如果全世界的人都死光了，只有我还活着，运气好的话还能带领一群人活下来，那么，我的名字同样将被记住，即便只是人类最后的幸存者。

万人景仰的吴寒雷教授告诉大家——世界末日降临了。

有人相信也有人怀疑，随着教授越来越深入的解释，用各种科学方法证明，逐渐打消了大家对于获救的期望。

而我是最后一个才相信世界末日的人。

在此之前，我是坚定的怀疑论者，像吴教授这种有影响力的公共人物，往往最具有欺骗性与煽动性。

其实，对世界末日与其说是相信，不如说是期望——如果没有世界末日，如果还有机会回到地面，重新过起原来的生活，那么我仍然会选择自杀。

正是可能的世界末日拯救了我，让我有了继续活下去的渴望，有了挑战生命极限的可能性，甚至给我一个伟大的机会。

不错，看着眼前这些幸存者，不同性别、年龄、职业、出身、性格，甚至国籍，每个人必然有自己的秘密，也都有七情六欲喜怒哀乐，如果还能在这里活下去，就像回到十万年前的东非高原上，人类的祖先——Y染色体亚当与线粒体夏娃，赤手空拳衣不蔽体饥寒交迫，终日面对吃人的野兽、无情的疾病、残酷的大自然，稍有不慎就可能灭绝。我们没有豹子的敏捷，没有老虎的利爪，没有犀牛的厚甲，没有乌龟的长寿，连食草动物都有犄角来保卫自己！人类的基因之所以传递至今，是因为我们的祖先团结在一起，凭借集体的力量战胜困难——许多男人的手一起消灭凶猛的猎物，无数女人的手同时采集野外的浆果，互相照顾，彼此扶持。

世界末日，我们虽然只有二十来个人，其中不乏老弱病残，但至少还有文明与科技，除四楼民营书店，仅仅电子书就相当于人类文明五千年传承……

当其他幸存者或在悲伤哭泣，或忙着寻找食物、收集各种生存物资，或如同行尸走肉，我却无比激动，心潮澎湃，脑中勾画出一幅人类最伟大的图景——不是乌托邦或太阳城，而是柏拉图的理想国。

因为我们力量弱小，缺乏食物、水、燃料甚至空气，就必须团结起来，绝不能各自为政，单打独斗只会自取灭亡。我要在地下建立完美的秩序，各自如同一个零件，维持这部机器运转。要制止一切罪恶，把生存以外的欲望压制到最低限度，才能节省出更多资源。这个社会没有压迫，没有官僚，没有专制，没有暴力——我不管你从前是老板还是教授，是千金女还是富二代，是农民工还是洗头妹，在我眼前没有任何区别。

简·爱不是说过吗？就像我们的灵魂都经过了坟墓，我们站在上帝面前是平等的！

在世界末日的地底，我们每一个人，无论死人还是活人，都已在坟墓之中，或许离上帝只剩下一步之遥。

接下来的数小时内，我与吴教授、罗浩然共同制订了在地底生存的规则。

罗浩然虽是大厦主人，也最熟悉环境，却极少提出意见。我与教授有分歧，常为某个细节而长时间讨论。吴教授研究世界末日多年，积累了大量末日生存理论，而我是从人类社会与心理角度出发，要规范大家的行为准则。

不错，地底的生存环境极其恶劣，必须防止无政府主义，一旦有苗头就要掐灭。

人类总共只剩下二十来个，没有政府没有军队没有警察没有法院没有任何国家机器，也没有任何可以用暴力手段来维持秩序的方法，每个人都可能不自觉地陷入无政府主义。反正没有警察来管。想杀人就杀人！看到美女就可以强奸！看谁不顺眼就可以打他一顿，只要自己还有力气！哪怕多一块饼干就是权力！

这真他妈的可怕！

这样的世界不是世外桃源，而是弱肉强食适者生存的丛林——从本质上来说与动物没有区别，比如流浪在地底迟早要自相残杀的那些猫狗。

世界末日开始的两天，所有人都严格遵守地下生存的三十九条准则，哪些不能做哪些可以做哪些必须做！这也是为自己能活得久一点。只有那个叫郭小军的富二代，看起来不屑于跟我们共存亡——也许他会是第一个死去的人。

我慢慢了解每一个幸存者的情况，从他们的眼睛里行为中还有语言上，基本可以摸清他们的性格脾气，以及背景与出身。

所有的男人中，我最感兴趣的自然是罗浩然。我常单独找他聊天，而他很冷淡，绝不多说一句话。

女性幸存者中，年轻的日本妈妈固然让我印象深刻，被我救出的洗头妹阿香也很特别——她总是悄悄跟着我，尤其是看我的那种眼神，让我有几分不安——但最让我着迷的还是莫星儿。

当我被困在玩具店里，她突然出现在眼前，我瞬间产生了某种穿越的感觉，这张脸已在我的记忆中凝固多年，从没忘记或模糊过。

我故意主动与莫星儿说话，而她对我的态度不错，对其他男人却冷若冰霜。我们一起去各个餐厅搜索冰箱里能吃的食物，我还破例允许她喝了一罐果汁。

在四楼书店，不知有意无意，我当着她的面找到了我的书——《若兰客栈》——你们很快会明白这个书名的涵义。这让莫星儿对我更感兴趣了。

除了每天的例行巡逻，以及跟吴教授与罗浩然开会，我大多数时间与她在一起。有天晚上，我们一起在底楼中庭仰望"星空"，却被教授撞个正着。然后，我单独找到教授聊天。

"我想知道你的想法。"

"显而易见，你要爱上莫星儿了，而她也将爱上你。"

"是的，我很害怕。"

这是我真实的想法，虽然每一刻都渴望与她在一起，不仅因为她的脸，更有其他许多化学反应。但我害怕自己会彻底地爱上她，在地底失去冷静与理智——我必须保持头脑清醒，如果连我也昏头了，将无人能熬过世界末日。

"怕什么？这是好事！"教授露出阴冷的笑容，截然不同于他在公众前的形象，"我没有结过婚，也没真正爱过一个女人，活到五十岁还没有后代，你不觉得我的人生很遗憾吗？"

"都世界末日了，这些又有什么价值呢？"

"周旋，你有没有想过，假设，我们都可以在地下生存下去，不是一年两年，而是十年二十年，乃至于永远。"

"永远？"每次在世界末日听到这个词，都让我汗毛直竖，"你是说——我们每个人，都有可能在地底寿终正寝？"

"这当然是我们最好的结局，但即便如此，等到我们死后，人类不就真的灭绝了吗？"

"教授，你是说？"我瞪大眼睛，不敢相信还有这种可能。

"是！等到五十年后，我们都已经死了，老死病死被杀死或者自杀死……最后一个活下来的人会是谁？"不等我作答，他自言自语道，"正太！这个可怜的孩子，将会是最后一个人类，孤独地活在黑暗的地底，陪伴他的除了坟墓与僵尸，就是一群自行繁衍的猫狗。他将变成一个孤老头，这辈子都不会得到爱，没有机会尝到异性滋味。你想想他有多可怜，多么生不如死！因此，如果我们还能活下去，就必须想办法生儿育女，担负繁衍人类的重任！"

"你是要把地狱改造成伊甸园？"

"不错，这才是真正的诺亚方舟，我们会成为第二批亚当与夏娃，虽然只有二十来个人，但当初最早一批智人恐怕也不过就是这个数量。"

真是一个疯狂的计划！我刚在脑中憧憬，就产生了担忧："即便我们这些年轻男女，可以生下后代并养育成人。可过两代或三代，会因为种群数量过少，陷入近亲繁殖的危险。"

"不，你要相信Y染色体亚当与线粒体夏娃的存在，无论人类抑或其他什么物种，最初的族群都是非常少的个体，最终繁衍成庞大家族的。"

"你要怎么做？"

"在地下，选择合适的异性，结为伴侣，制造人类的下一代。"

"如果有人真心相爱想在一起，那么谁都无法阻拦。"我的眼前总浮现起莫星儿的脸，"可是，在当下的困境中，每个人都不知道能否活到明天，还有生育的可能吗？"

"我们会保护每一个怀孕的女性，用最好的资源来供给，直到她生下健康的孩子。"

他疯了！

"我们有妇科医生吗？有助产士吗？有消毒卫生的环境吗？有合格的新生儿食物吗？就算能够把孩子生下来，可以养得活吗？教授，请你现实一些！"

"妇科医生？助产士？消毒卫生？新生儿食物。"教授毫无表情地摇摇头，"一万年前的人类有这些吗？我们是怎么繁衍到今天的？"

"不，让我们的孩子生在世界末日，让他们一生下来就面临死亡，太残忍了！"

"如果我们可以活下去，总有人会忍不住发生男女之情，也自然会诞下地狱之子。"

"地狱之子？"

这几个字令人毛骨悚然，我正要拂袖而去，教授却在我耳边说："如果你愿意，可以跟莫星儿……"

"你说什么？"

教授的眼神立马变得猥琐："你们都很健康、聪明、漂亮，可以培育出优秀的人类后代。"

"对不起，在你的眼里，我与配种的公狗没有区别吧？"

带着强烈的屈辱感，我转身离开。教授在背后跟了一句："如果，你不想要她的话，能不能让给我？"

我愤怒地转回头来，一把抓住他的衣领，将他抵在墙上，把两个字连同唾沫星子吐到他脸上："做梦！"

这天凌晨，郭小军被人杀死在四楼的更衣室，到死还穿着那身迪奥。

我猜得没错，他是第一个被死神带走的人，可这结果来得如此之快，让人措手不及！恐惧迅速弥漫在大家心头——如果不能抓到凶手，迟早还会有第二个死者。

　　无法判断谁是凶手。每个人都讨厌郭小军，谁都有杀人动机。罗浩然说更衣室连同附近楼梯，都是监控死角。而当晚巡逻的陶冶与杨兵说没有发现特殊情况。我连凶手是男是女都搞不清楚。虽然凶杀现场十分残酷，但女人疯狂起来丝毫不逊于男人。我只能装模作样地研究杀人现场，不着边际地说些密室杀人的法则，引来其他人鄙视的目光。

　　对不起，我毫无实际的推理能力，我的作品至今无人问津，恐怕也是这个原因。

　　今天，还是一个重要的日子——清明节。

　　我提议全体幸存者到地下四层哀悼。虽然根据规定严禁明火，不能像以往那样烧纸钱，但至少可以洒酒祭奠。然而，大家听到这个建议直摇头，包括与我一同把郭小军尸体搬下去的陶冶。

　　"你们不仅是在给地下四层那些陌生的死者上坟，也是在给世界末日中毁灭的全人类，包括我们死去的家人们扫墓！"

　　"能让我们多活一天吗？"不知是谁问了一句。

　　我本想回答——"是！死去的亡灵，会保佑我们这些活着的人，只要我们对死者有足够的尊敬与怀念！"但是，真的会有亡灵来保佑我们吗？那些陌生的死者，他们难道不会在地狱里嫉恨生者，挖空心思要把我们也拖入永远的黑暗与寒冷？不是有人说吗，杀死郭小军的凶手，并非我们这几个幸存者，而是来自地下四层的僵尸！

　　犹豫再三，我平静地回答："我不知道。"

　　"喊！"

　　"除了洋子与正太，你们不是中国人吗？没有在清明给家人给祖先上过坟吗？那么多人死去了，我们却还活着，难道不感恩吗？"

　　"周旋！"吴寒雷教授面色冷峻而不屑地说，"在严酷的地下生存，首先要尊重科学，请你不要用迷信来干扰大家。"

　　"这怎么是迷信？这是中国人千年来的信仰和风俗！即便没有像穆斯林、基督徒那般虔诚，至少可以表达我们对于亡者的哀思，表示我们仍然保存着文明，而没有堕落为野蛮的生番！"

　　"生存就是最大的文明！"

　　"道不同，不相为谋！"我抛下了其他所有人，包括面露愁容的莫星儿，独自往坟墓走去。

清明节,我在超市里找到好几瓶白酒,从二锅头到五粮液,带到地下四层的尸体堆前。

腐尸之气已盖过发电机的柴油味,我看着那些发白发绿的尸体,不幸被尸气胀破的肚子,还有本来就残缺不全的肢体,丝毫没有害怕或恶心的感觉。只有作为一个活人的幸运,以及对死难同胞的悲伤。

我尽量靠近尸体,或者说是残骸,几乎不足一尺之遥,才把酒瓶打开,将那些散发着浓郁的粮食与香料气味的酒精,沿着尸体堆的边缘均匀地洒下去,画出阴阳两界的界线。

不知哪里吹来阴冷的风,也许是从更深的地狱之下。我孤独地站在无数死尸与亡灵之前,作为生者感到无限惭愧,热泪从脸颊滚落。如果,活在地底只为生存,那跟流窜的猫与狗有何区别?唯有信仰才能唯系我们的内心,保留最后一丝为人的希望。否则,迟早会陷入自相残杀的局面。

眼看要被腐尸的毒气与恶臭熏倒,我匆匆离开坟墓。转到地下四层的另一端,角落里亮起一线微弱的光。

我小心翼翼地向那道亮光走去——地狱之下还有地狱!

地下四层最不起眼的墙角开了一扇小门,需凭指纹密码验证,现在却是打开状态。门内有道往下的楼梯,灯光就从通道深处发出。好像只要穿过这条通道,就可以到达一千年前的另一个世界。

我沿着台阶走了数米,突然,脚底变成平地,我进入了一个黑暗的空间,闷得让人喘不过气。

打开最大号的手电,缓缓往四面照射,金黄色的光束里,跳出一片五彩缤纷的壁画。

心跳几乎要停止,这画面让人惊叹,却无赏心悦目,让我从骨头中发出战栗。

手腕也剧烈颤抖,好不容易才抓牢手电,对准墙上的画。那些人物——不,是地狱中的恶鬼,青面獠牙,白骨森森,还有穿着官袍的阎王与判官。手电向左侧移动几寸,照出一片冲天的火海,烧灼着宽袍大袖的文人、青丝长裙的贵妇,更有披盔贯甲的将军、道貌岸然的僧侣、衣衫褴褛的乞丐、深目高鼻的胡人……一群丑恶的牛头马面抓住其中几人压在地上,用锯子将他们活生生锯成数段。

这画面迫使我的手电转向别处。我又看到空中有一辆牛车坠落,底下竟是挂满尸体的刀山。而在牛车的帘子后,有个容貌绝美的女子,露出羊脂般的肌肤,头发在火焰中高高扬起,简直是惊心动魄!

画中这个即将被烧死的女子,容貌竟与莫星儿酷似!

刹那间，手电坠落到地上，应声砸碎熄灭。地狱陷入黑暗，壁画中的火焰，已烧到我的身上——我感觉身上发烫，好像皮肤要被烧焦了。

当我慌乱地摸索，想要找到进来的小门时，一盏灯在头顶亮起，照亮一张沉默的脸。

罗浩然！

原来，他一直站在我的身后，当我的手电掉落以后，才打开密室中唯一的灯。

"第一层：拔舌地狱；第二层：剪刀地狱；第三层：铁树地狱；第四层：孽镜地狱；第五层：蒸笼地狱；第六层：铜柱地狱；第七层：刀山地狱；第八层：冰山地狱；第九层：油锅地狱……"他的声音如电台主播般醇厚，却在说这些令人毛骨悚然的话，我慌张地看着他的眼睛："你……你……在说什么？"

"第十层：牛坑地狱；第十一层：石压地狱；第十二层：舂臼地狱；第十三层：血池地狱；第十四层：枉死地狱；第十五层：磔刑地狱；第十六层：火山地狱；第十七层：石磨地狱；第十八层：刀锯地狱，"罗浩然却自顾自地说下去，直到最后一句，"第十九层——你看到了吗？"

"是那个牛车里的女子吗？"我感到额上的汗珠正在滑落："这是什么？"

"地狱变。"

"哦？"

"四年前，未来梦大厦开始建造时，从地底不止挖出了明朝古墓，还发现了一座宋代的古寺遗址，名字叫'兰若寺'。"

罗浩然的声音就像是从地狱中传出的，把音线特点发挥到了极致，而我却想起了张国荣，想起了我在自杀之前听的《倩女幽魂》。

"这里就是兰若寺？"我还没说出下半句——聂小倩在哪里？就是壁画中要被烧死的美丽女子吗？

"不错，刚发现这座古寺遗址时，我和文物部门同时赶到，一起查看了这幅深埋千年的壁画——文物局说这是国宝级文物，必须立即停工进行保护性发掘。可是，这块地皮是我花了几十亿买来的，怎能白白损失？文物局又提议搬迁寺庙遗址及壁画，可能会让大厦工期拖延几个月，也被我否决了。"

"你想私自将壁画原封不动地藏匿在大厦地下？"

"是。我花重金买通高层关系，让文物局删除所有发现遗址的原始记录，就当谁都没有看过。而我自行建造了这座微型博物馆，秘密雇了一批文物局的专家，把这幅壁画完美地保留下来。因此，未来梦大厦建造得极为坚固，部分是为保护这幅壁画。这间密室可以抵御史上最强大的地震等灾害，纵使上面全部垮塌也不用担心。"

头顶柔和暗淡的灯光肯定是精心设计的，使光线对壁画的损伤降到最低限度。虽然墙上已布满被地震破坏的裂缝，但一千年前的壁画却仍旧色彩鲜艳，震撼人心，摄魂夺魄。

"你那么喜欢这幅壁画？让国宝级文物变成了你的私人收藏？"

"这是《地狱变》，不属于国家也不属于个人，属于纵观千年的历史。也只有在这个地方，这幅壁画才能永远完美地保存下去，否则我怕它会受到无法修复的损伤。"

"我想起了芥川龙之介的《地狱变》。"

"所谓地狱变，本来就是中国的佛教题材画，唐朝吴道子画过三百多幅佛教壁画，最有名的就是《地狱变相图》。"罗浩然走到壁画跟前，闭起眼睛深呼吸，似乎能闻到一千年前画师头发上的气味，"吴道子是有名的画圣，而画出我们眼前这幅《地狱变》的作者，便是被历史遗忘的无名的画圣。"

无名的画圣？这五个字让我心头一疼。我曾经认为自己的小说有一种特殊气质，许多年后才会被人们认可，一如这幅从来不为人知的《地狱变》杰作。

"你是故意让我看到的？"

"在世界末日的清明节，只有你敢到地下为亡者扫墓，我觉得你是这幅《地狱变》的有缘人。"

无缘千金难买，有缘分文不取？

我并不认为幸运，而是倒吸一口凉气："谢谢！不过，我想告诉你一件事，当我知道你是这栋大厦的主人，我就开始厌恶你了。"

"因为，你也曾经住在这个地方，住在未来梦大厦建造之前的老房子里，住在《地狱变》壁画与古老的墓地之上。"

他像个邪魔说出这些话来，让我退缩到壁画角落里："你怎会知道？"

"在地下世界，我无所不知。"

"罗浩然，你以前见过我吗？"

"是。"

"什么时候？我不记得你。"

"你当然不会记得我，但我绝对不会忘记你，周旋。"

这更让我糊涂了，低头绞尽脑汁，短短数十秒间，在记忆里这辈子乃至上辈子遇到过的所有人中搜索，却依然没有眼前的这张脸。

"不，我想不起来，你不要吓我！"

"何必吓你？你要是知道所有的真相，一定会对人生充满绝望。"罗浩然几乎要隐身到壁画里，成为其中的某个人物，"周旋，我还是要说声对不起。

我承认，是我买下这个地块，把你出生成长的家园拆迁，让你们搬到了郊外的公寓，又没有给予你们期望的补偿，自然会被你们深深地厌恶。但即便不是我，也会有其他开发商来这样做，你们这些老百姓注定在劫难逃。"

世界末日，连整个地球都被拆迁了，何必再纠缠这些呢？当时拆迁我就没当回事，照旧云游四方写作，仅回来代表父母开过一次会。

我想，我已经不厌恶他了吧。

"可以离开了吗？我们说话过程中呼出的湿气，会影响壁画的保存。"

"等一等！"罗浩然关掉电灯，陷入黑暗中说，"有件事想请你帮忙，地下这些幸存者中，也只有你能为我做这件事！"

"什么事？"

突然，他的手搭上我的肩头，死人一样冰冷……

数小时后，我的手腕颇为酸痛，中指上还残留墨迹，很多年没有这种感觉了。

那一晚，我把莫星儿带到广播室，看着她的眼睛，想起壁画中被烈火灼烧的女子。

她为自己点播了一首《今夜无人入眠》。

安德烈·波切利的歌声中，我的欲望变成愤怒的小鸟，竭力扑扇着翅膀，纵然南墙也要一头撞去。

我亲吻了她的额头，带着她进入未来梦大酒店，存放行李的小房间……

莫星儿把自己交给了我。

最疯狂的时刻，我突然看到了一张脸——那张酷似她的迷人脸庞，却是在地底最深处的壁画上，被一团火红色的光焰照亮，她坐在燃烧的车里向我呼喊，那是最后的挣扎，可我看着她无能为力，因为自己也被绑在火刑柱上……

后半夜，短暂的激情退潮，欲望如同一个缩小的皮囊，心里空白了一大块。我还能给她什么，除了瞬间的欢愉？未来会怎样？是否还有明天？我不能给她未来，在世界末日谁都做不到！于是，耳边响起了那晚教授跟我说过的话——如果我们在地下生儿育女？我与莫星儿？

听着黑暗中她沉沉的呼吸，我只剩下无尽的悔恨……

忽然，传来什么声音。莫星儿也醒了，我装作刚刚醒来，穿好衣服冲了出去。

接着是最恐怖的发现——哈根达斯店里的五个重伤员，有四个被人残酷地杀害了，唯一幸存的塌鼻子老头，说凶手竟是洗头妹阿香！

我与莫星儿、罗浩然，还有应声而来的小光与陶冶，组成一支搜索队，带着各种武器去寻找阿香。我们先发现杨兵因车祸死在地下三层，又在丘吉尔的帮助下，在地下一层接近了阿香。

她主动攻击了莫星儿，我奋不顾身地冲上去，在扭打的过程中，我抓着她的刀子刺入了她的心脏。

她死了。

希望这一切都只是幻想，或是昨晚还未曾醒来的噩梦。可是，我看着自己手上的鲜血、插在阿香胸口的刀柄、围拢上来的小光与陶冶、莫星儿惊恐的眼神……什么也不用说了！

我仿佛失去知觉，浑身麻木地跪在地上，向死去的阿香磕了个头。每个人都不该轻易地死去，即便刚犯下了深重罪孽。

他们都耻笑我，包括莫星儿，笑我这个三流作家写了许多关于谋杀与死亡的推理小说，却无法面对真正的杀人——也许绝大多数写犯罪的作家，在生活中都谨小慎微，我们只能在文字的想象中，把杀人描写为一项精致而富有艺术气息的工作，就像文艺复兴的大师们在创作《蒙娜丽莎》或《大卫》，但那只是小说！

一旦你杀了人，你的生活就完全变了。

最奇怪的是，阿香明明可以刺死我的，却为何突然停下？刀尖在刺破我的心脏前收回，我才有机会抓住她的刀。若非如此，她也不可能死于刀下。

从阿香临死前的眼里，我看到了些什么。可我不敢回忆，只要回想起她的那张脸，就头痛欲裂。

这是世界末日的第四天，我幻想中的理想国正在渐渐倒塌，就像我自己也因为杀了人而变得千疮百孔。

莫星儿整晚都伴着我，但我不知道这样的时光还能有多久。

如果，还有明天？

这天夜里，我很早就睡着了，直到凌晨，才被三楼走廊的吵闹声惊醒。我披着衣服冲出来，见到莫星儿一身肮脏的白裙，玉田洋子正用毛毯将她裹住。

莫星儿看到我就闭起眼睛，低头剧烈颤抖，我强行把她的脸转过来，抚摸着她带着血痕的脸颊，却没意识到我自己也在不停颤抖。她不愿回答我的提问，甚至不肯让我触摸到她，一直往玉田洋子怀里钻，直到那个日本女人将我推开。

"到底发生什么了？"我狂暴地怒吼起来。

不知是谁轻声地插了一句："她被强暴了。"

这句话像一把铁锤，重重砸在我的脊梁上，让我几乎跪倒在莫星儿面前。

沉默片刻，她说出了那个人的名字："许鹏飞。"

我要杀了他！

用铁棍敲破他的脑袋？用刀子捅烂他的肚肠？用匕首挑出他的心脏？用锯

子分割他的四肢？用钢丝绞断他的脖子？对了，别忘了用瑞士军刀将他阉割掉！

杀了他！杀了他！杀了他！

一分钟后，我跟陶冶、小光准备好武器，把莫星儿托付给日本女人。我们依次检查所有走廊和店铺。罗浩然也听说了莫星儿的事，第一次露出愕然的表情。我希望罗浩然能带我们去监控室，因为整栋大楼只有他一个人可以进去。但罗浩然拒绝了我的要求，理由是没有任何有价值的发现，何况他还要保护大家的隐私。我为此勃然大怒，差点到了动手的地步，但他毫不退让。

"大家听好了！抓到许鹏飞，格杀勿论！"我把上半身探出七楼的中庭栏杆，对楼上楼下的搜索队员高喊。我亲自搜查了未来梦影城的每一个放映厅，幻想用利刃割开强奸犯的脖子，用他的鲜血洗刷我的双手。

我想，我已经疯了。

搜索持续了几个小时，所有楼层全都找过了，却依然没有许鹏飞的下落。丘吉尔原本跟着我们搜索，但不听从我的指挥，又回去找它的主人了。

第六天的清晨，楼下传来了尖叫声。

该死！我们把酒店大堂漏了！

我第一个冲到底楼，穿过那条黑暗的走道，来到未来梦大酒店的大堂，尖叫就是从寄存行李的小房间里传出的。

为什么偏偏是这里？我们抄着家伙冲进去，看到了丁紫与海美，还有倒在血泊中的女清洁工——第八个死者。

凶手已证实是许鹏飞！

小光留下来守着两个高中女生，我与陶冶抬着女清洁工的尸体去埋葬。

地下四层，尸体堆散发出来的腐臭几乎让我们晕倒，将女清洁工安葬以后，楼上似乎又传来了声响。

当我们来到地下一层的超市，发现了许鹏飞的尸体。

我开始还为没能亲手宰了这畜生而遗憾，但看到停留在他眼睛里的电钻以后，不禁由衷地赞叹这个杀人的创意真他妈好！既富有艺术性，又结合了电能与机械，最重要的是让死者痛苦到极点，不仅是肉体的痛苦，更有临死前心理上的恐惧。

更给力的是一群饥饿的猫狗，正把这个畜生的尸体作为早餐，我阻止了其他人的干预，这是一个强奸犯所能得到的最好的下场。

然后，我躲到了卫生间里，看着镜子前自己的脸，如同死人般苍白，脸颊上爬满了胡须，头发根根直立，就连眼袋也更为明显。

我知道其他人在用怎样的目光看我。我完全变成了另一个人——不再是那个谦逊有礼冷静理智厌恶暴力尊重生命以德报怨的男人，而是一个嗜血暴戾独断专横凶残霸道的变态！

数小时后，我找到莫星儿。

她已换上新的干净衣服，我抱着她想尽一切努力来安慰，可是当我靠近她，总有一种恶心的感觉。我知道这只是心理作用，以为还会闻到那个强奸犯的味道，残留在她的身体表面或者里面。

"星儿，我会永远爱你的。"

这句话说出口的时候，其实我对自己毫无信心，我觉得自己是那么软弱和虚伪。

不错，我已不再是我，她也不再是她了！她不再是我心目中洁白无瑕的女子，不再是与我共同在世界末日仰望星空聆听《今夜无人入眠》的女子。

对不起，这不是你的错，而是我的罪责。

总有一个声音在耳边响起：她是一个被别的男人强暴过的女人！周旋，你清醒一下吧，她的身体已经被别人占有过了，你触摸到的她的每一寸肌肤，都可能是那个肮脏的男人触摸过甚至是舔过的！

我为什么会这么想？想得如此龌龊与下流！肮脏的人不是她，而是我自己！真想跑出去扇自己一百个耳光。

可我终究没有再吻过她。

我想，在我与莫星儿之间，已竖起了一道看不见的墙，无论我们还能活多久。

就在我对自己绝望的同时，这座地底的大楼也开始绝望了，最后一滴柴油耗尽，彻底的黑暗笼罩世界末日，动物们开始自相残杀——我们这些幸存的人类又何尝不是如此！

"我们快死了吗？"莫星儿痴痴地问了一句。

而我嘴上的答案恰好与心里想的相反。

几天前，我精心规划的地下世界，被寄予厚望的理想国，一下子礼崩乐坏，变成了真正的地狱。

我失败了。

我高估了他们的纪律感、道德心、团结力、忍耐度……

同时，我也低估了他们的自私、残暴、肉欲、疯狂、报复心……

我也错估了我自己！

所有规则都失效了，纪律全部作废，只剩下最后一条规则——活着。

为了遵守这条规则，人们可以做一切可怕的事。就像现在的我，等到莫星儿睡着，独自漫游在世界末日的茫茫黑夜。我必须拿着铁棍与刀子，否则就会有野狗来袭击我，底楼中庭响彻着狗吠，它们也在进行一场生死存亡的战争。

我戴着口罩穿过那些危险的动物，其中有头特别巨大的高加索，我相信此刻的它绝对是会吃人的。我提着一盏应急照明灯，不时露出藏在腰间的利刃，这头野兽也不敢轻举妄动。

来到地下四层，这里弥漫着地狱的气味，如果不戴口罩就会当场被毒死！尸体堆跟前，我意外地看到了吴寒雷教授。虽然也戴着口罩，却一眼能认出他来。他的目光与我同样绝望，死死盯着那些尸体，手里还有一把刀子，那不是防身的武器，而是厨房里的切肉刀！

转瞬，我明白了他的意图。饥肠辘辘的我冒险来到这里，竟与他想到了一起。

我想要看看是否能吃死人的肉。七天时间不可能全部烂光，肯定还会留下一些可以吃的，只要清理地足够干净，煮得久一些就可以了。

我变成动物了吗？

我和吴教授彼此对看了一眼，羞愧地同时放下手中刀子，低着头离开了末日公墓。

回到楼上的过程中，我感到强烈的倦意，每走一步都很困难，随时都可能晕倒。真的中了尸体的毒气？不知道走了几层楼，应急照明灯掉在地上熄灭了。我摸瞎般走入一个小房间，倒在一大堆纸箱子里，昏昏沉沉睡了过去。

又不知过了多久，我被声音惊醒。小房间里有人在说话。

先是听到一个年轻的声音，仔细分辨确认是小光，然后是罗浩然在回答。

一束微弱的手电光，照出被捆住手脚的罗浩然——怎么他的拉布拉多犬不见了？

我屏住呼吸不发出一点声音，把自己也当作了空气。在黑暗里躲在纸箱堆中，他们应该不会发现我的。何况，小光的全部注意力都放在了罗浩然身上——他对这个中年男人充满了仇恨，就差用酷刑来使罗浩然招供了。

然而，他们谈话的内容却让我毛骨悚然。

十几分钟过去，我的心脏就要停止跳动。藏在距离他们只有一米远的地方，清楚地听着小光与罗浩然说出那些秘密——我想我已不是血肉之躯，而是一尊没有生命的雕塑。但不是麻木，而是震惊。

最后的审判。

我看到小光掏出了匕首。

刀尖抵着罗浩然的胸口，我在想象利刃刺入他的心脏，鲜血喷溅到少年脸上的刹那。

这个十八岁男孩的双手却在颤抖，刀子丝毫都无法前进。我真想爬起来，从背后推小光一把，帮他把刀尖捅进去，立即执行死刑。

不！

小光手中的匕首掉到了地上，他恐惧地后退两步，看着罗浩然的眼睛——他认输了。

不要啊！我想要爬起来，捡起那把匕首塞回到他手里。但或许在黑暗中藏得太久，我竟已习惯沉默扮作雕塑。

我眼睁睁看着小光为罗浩然松绑，低头转身离开。

罗浩然却从地上捡起匕首。

天哪！

几乎同时，我从纸箱堆中跳了起来，但罗浩然冷酷敏捷得像一只豹子，还不容我眨眼的瞬间，就把匕首扎进了小光的后背。

非常准确，心脏位置！

"啊！"我发出这辈子最凄惨的叫声，即便隔着一层口罩。

就在我扑到罗浩然身上之前，他已飞快地转身，逃出黑暗的小房间。我颤抖着扑回到小光身上。他浑身是血，倒在地上，背后还插着那把匕首。我从地上捡起手电，看到他苍白的脸，无神的眼睛。

抽搐了几秒钟，小光的最后一丝光熄灭了。

他死在我的怀中。

无边黑暗的世界末日，四周拂来阴冷的风，不时响起野狗的狂吠。我抱着俊美的少年，看着他紧闭的眉眼，画出来似的完美嘴唇与下巴，足以迷倒任何少女的细碎长发。他的身体渐渐冰凉。

我从他背后拔出那把匕首——本应刺破罗浩然心脏的匕首，几乎放尽了少年的鲜血。必须让它回到它本应停留的地方去。

接下来，我疯狂地在各个楼层寻找罗浩然，包括那条拉布拉多犬。我明白这是一场猫捉老鼠的游戏，何况我这只猫绝对是只瞎猫！既然他能在地下四层底下建造一个微型博物馆，就能在大厦各个角落修建秘密空间——狡兔三窟。

在底楼的哈根达斯店里，我发现重伤的塌鼻子老人已经死了——尸体被咬得残缺不全，几条疯狗一边互相厮打，一边拖出死人的内脏，叼着人骨到处乱跑。

在几乎要被吃光的老人附近，还躺着另一具尸体残骸，已经被猫狗啃烂了，很快会变成一堆支离破碎的骸骨。

他是谁？

当我准备把这两具尸体埋葬到地下四层时，想起一个可能性——那些猫狗会不会去吃死去的小光呢？

我抛下这两个可怜的死者，回到七楼。我将死去的小光背上肩头，尸体当然沉重，但我没感到吃力。

背着他走过地下一层超市，我忽然停下，让小光平躺在地上，静静地看着他的脸。

两小时后，我仍旧保持这个姿势，直到楼上传来骇人的枪声。但我的双腿已麻木，肌肉钻心地疼痛，挣扎许久才站起来。我担心那些猫狗还会靠近他，整个世界末日的地底，只有地下四层是安全的，猫狗们一旦靠近那堆尸体，就会被腐尸之气毒死。

趁着小光的关节和肌肉还没有僵硬，我艰难地把他驮到背上，往地底的坟墓走去。他的脸就靠在我的脸颊边，细碎长发扫着我的脖子，整个人冷得如同一块冰。

这时，我遇到了丁紫，四一中学的高三女生，算起来还是我的学妹。

丁紫哭着亲吻死去的小光，还抽打我，直到我嘴角出血，我这才告诉她——杀死小光的人不是我，而是罗浩然。

她发誓要杀了他。

我继续背着少年的尸体，少女握紧他垂下的手，一起走到地下四层。我们把小光埋葬在死尸堆中，再没有什么可以来伤害他了，除了大自然。

第七个末日，也是人类最后一个耶稣复活节。

我和丁紫全副武装，分头在各个楼层搜索罗浩然。我发现底楼的动物全死光了，其中不少是被子弹射杀的。这把枪必定在罗浩然手中。

七楼的模型店门口，我发现了一具男性尸体，看起来死了没多久，因为有一股血腥味。他的特点是灰头土脸瘦骨嶙峋，而且散发着屎尿的恶臭，无论如何都分辨不出他是谁。

恐怕又是一个陌生人。或许，当我们这二十来个幸存者自以为是最后的人类而挣扎时，在这偌大的地下空间里，还藏着许多人沉默地看着我们。

犹豫片刻，还是决定送他去埋葬。但我没力气把死人背上七楼，找来一捆尼龙绳，将一端系在尸体上，又把尸体从中庭栏杆外抛了下去。

底下传来一记沉闷的声音。

缓缓走到底楼中庭，这个倒霉的男人并未支离破碎，我抓着绳子将他拖向地下四层。幸好他不像其他尸体那么沉——会不会生前已饿了许多天？

来到地底的坟墓，我匆匆把他往尸体堆边一放，没敢再看小光的尸体。

一整天，除了喝过两口发酸的水，我再没吃过东西，仅有的食物留给了莫星儿。我没再看到过罗浩然与他的狗，吴寒雷教授也已失踪，只能确定陶冶、玉田洋子、正太，还有丁紫依然活着。

晚上，九点。

我相信，我们中的大多数人，都不可能活到明天早上。

突然，头顶的穹顶发出惊天动地的声响。

要么就是我们将全部同归于尽，要么就是——不，难道还有天使吗？在那么多人死去以后，在我也尝到了杀人的滋味以后，在人类的幸存者们作了那么多罪孽之后……

不要！特别是不要让罗浩然也逃出去！

我用最大的应急照明灯对准头顶的穹顶照了照，果然看到不断有裂缝出现。

"快点往九楼电影院跑！"

刹那间，我看到一个人和一条狗窜进了电影院的通道。

杀了他！

我在摇晃中摔了几个跟头，武器只剩下那把匕首了——小光准备用来杀死罗浩然却反被他杀死的匕首。

那一人一狗跑在前面，而我跟在后头，用手电仓促地照射着他们的背影。我的身后还跟着其他人，大概都已想到了求生的可能性。

但我不想求生，我只想求死，与眼前那个男人同归于尽！

忽然，罗浩然带着他的狗钻进了通道旁边的一个小房间。

几乎就在同时，头顶的天花板砸了下来，把我埋到了废墟底下。

不过我的反应非常机敏，立刻全身缩到墙角。虽然也被压得不轻，但并没有被深埋在下面。我努力挣扎了几分钟，听到外面响起拉布拉多犬的吠声。终于，我艰难地挣脱枷锁，活着从废墟中爬了出来。

我刚要往小房间走去，眼角闪过一道手电光。我本能地躲藏起来。那个人的手电异常光亮，照亮了他的一身黑色警服，还有着"救援"二字的红色头盔。

他是所有幸存者的天使——除了我。

没错，是从地面来救援我们的警察，说不定后面还跟随着大队人马——并没有所谓的世界末日，只是我们这栋楼遭遇了灾难，我开始后悔为什么七天前没有从十九楼的窗户跳出去。

那个警察几乎走到了我面前，而我完全藏身于黑暗中，屏住呼吸未被发现。

我认出了他的脸。

叶萧！

这是老天爷和我开的玩笑吗？那么多年以后，我们这对少年时最好的朋友，又回到了这里，却在地底的深处重逢。

他是兵，而我——是贼。

我不能跳出来，现在还不能让他知道我的存在。

因为，我还要杀一个人。

不要啊！——小房间里响起了一声狗叫！我眼睁睁看着叶萧循声而去，弯腰钻进罗浩然与他的狗藏身的小房间，如果那个男人还没被压死，必定会被叶萧救出来。

但我不敢跟在他后面进去，无论罗浩然是死是活，叶萧都会阻止我的任何行动。

何况，就算我手里拿着匕首，对叶萧来说却不过是小儿科，我根本不会有机会。

我在小房间门口徘徊了几分钟，却始终没有看到叶萧出来，附近也没有其他救援人员出现，只有对讲机的噪音不时从电影院外传来。

怎么回事？罗浩然是死是活？还是叶萧正在抢救他？

我已心急如焚，实在无法等待下去了。这个小门里就是放映间，那么肯定还有一个放映窗口——看电影时从头顶掠过的那道白光，就是从这个窗口射出来的。

于是，我悄悄地转到最近的一个放映厅，这里大部分已经坍塌了，但放映窗口还没有被堵塞。我蹑手蹑脚地爬上废墟，踮着脚尖往小窗口里看去，但愿就是罗浩然藏身的放映间。

果然，我听到了一阵激烈的狗吠。

我感觉自己像个隐身的幽灵，已融化在空气中，没有任何人能看到我。

我看到了罗浩然。

那小小的窗口就像数码相机的屏幕，手电的强光照出一个古墓般的狭窄空间。这还是我第一次看到电影院的放映机房，大部分都坍塌变成了废墟，只有靠近门口的一块还算完好。

罗浩然全身都被压在一堆瓦砾中，只有双手无力地伸在外面，污血染红了他的脖子，沾满了地上的那片碎玻璃。他仰头挺直着脖子，露出一道长长的横切伤口，肌肉组织与气管也暴露在空气中。

他的眼睛还睁着，绝望地看着前方——不，罗浩然的视线正对着放映机房的窗口，他如果还活着的话，一定会清晰地看到我的脸。

他死了。

我的这张冷酷无情的脸，将出现在他死后的世界里，毫无疑问那将是冰冷的地狱。

4月8日。星期日。夜,22点19分。

未来梦大厦,九楼,未来梦影城,七号放映厅,电影放映机房。

我唯一遗憾的是,没有亲手割断他的脖子。

死去的罗浩然身边,那条拉布拉多犬也被困在废墟里,只露出头,在疯狂地嚎叫。

还有一个人,怔怔地站在死者面前,穿着被灰尘弄脏的警服,戴着红色的救援头盔,还戴着一副口罩,用手电照亮这幕凶杀现场。

他是叶萧,他没有发现我的存在,只是像尊雕像一样站着,用冷峻的眼神看着死者。

不是我杀的,那又会是谁?我想起罗浩然刚逃进放映机房,外面的通道就发生了坍塌,大概就是救援队员打穿九楼的穹顶造成的。同时,我也被压在了废墟里,当我幸运地爬出来,其间已过去了五六分钟,然后我才看到叶萧走进这个小房间。

就是这五六分钟的时间差,有人冲进放映机房,用刀子或者就是地上的碎玻璃,割开了被压在废墟里无力反抗的罗浩然的脖子。

这是谁干的?谁替我杀死了他?丁紫?还是莫星儿?甚至是陶冶或玉田洋子?这里的每一个人,都可能对他充满仇恨。

而且,我也无法确定,当通道坍塌的时候,我身后的那几个人是否被压住了。对了,这里的影院通道四通八达,如同迷宫一般,叶萧并不是从我们逃亡的方向进来的,如果他从反方向进入,就不可能发现我们这些幸存者。

不,我不能站在这里被警察看到!

我立刻跑出了放映厅,爬过已成废墟的通道,直到尽头最深的地方。我扔掉了准备用来杀死罗浩然的匕首,又把自己埋进砖石瓦砾堆中,故意把头上和手上弄得全是伤痕。整个过程我用了十分钟,必须拼命地挖开许多水泥块,还得有足够的耐心,否则埋得太浅一看就是假的。同时外面响起喧闹声,无疑救援队员已经开始挖掘了,说不定已救出了其他几个幸存者。但愿莫星儿能尽快被救出来。

当我刚把自己全部埋入废墟,感到呼吸困难的时候,头顶就响起脚步声,有人说:"生命探测仪有反应了!"

两三分钟后,我被救了出来,抬上担架送出通道。

身上还在不停流血,我睁着眼睛,直到叶萧把我拦了下来。

他看着我,我也看着他。

"周——旋——"

他还记得我，我感到欣慰。他激动地伸出手来，紧紧地抓住了我的右手。还是热的。

然后，你们都已经知道了，我顺利得救被送到地面——不但没有世界末日，连所谓的地震都不曾发生过，在复活节之夜的星空下，只有未来梦大厦变成了一片陷落的平地，而周围所有的摩天大楼全都安然无恙。

无数镜头对着我。我看到其他人也被救了上来，包括莫星儿也还活着。

我用眼神告诉她，也告诉了丁紫——罗浩然已经死了。

子夜时分，我们被送到了医院，住进隔离病房，得到了最好的治疗和照顾。

病房干净整洁，每天有护士来消毒，可我仍能闻到一股死尸气味——据说无论怎样清除，尸臭都可以持续数月不散，或许这尸臭就附着在我的表皮上毛发里。

虽然从想象的世界末日中捡回一条命，也算亲眼看到了罗浩然的尸体，我依然整晚没睡着。我在想，叶萧以及救援队员们还会在地底发现什么？我们努力生存过的痕迹？那些猫与狗的尸体和骨头？动物吃剩的人体残渣？地下四层的坟墓？

叶萧只能发现这么多了，他不可能知道那些可怕的秘密，绝不能让任何人知晓的真相——除非我们这几个幸存者中，有人愿意把自己的罪孽公之于众。

不，这不可能，没人愿意说出来的，大家会不约而同地保守秘密，甚至会各自编造不同的谎言。说不定他们都没有睡着，都在焦虑地打着腹稿，还要背得滚瓜烂熟，以免回答询问时露出破绽。

第二天，我仍没有想好，无数种方案都被一一推翻。你想想，要把七天七夜里发生的事大部分加以虚构，又不能自相矛盾，要比写最复杂的小说都困难。

中午之前，我等到了久违的叶萧。

我们已有十年没见过面了，再度相逢竟是在地狱深处。忽然，我很想跟他聊聊过去，十五年或二十年前，我们都是男孩的时候，那些一起幻想一起白痴一起追女孩的日子。

可是，当他严肃地问我，关于七天七夜里发生的一切，我却什么都不能告诉他。

大脑拼命转动，想要说些什么谎话，却无法说出口，只能说："我不知道。"

叶萧明白我拒绝配合他的询问，我也能从他的眼睛里看出对我这个曾经最好的朋友的无限失望。

对不起，叶萧，对不起。

一整天，我躺在床上思考如何过关。因为叶萧最关心的，就是他所发现的罗浩然的凶案现场,只要把这个问题解决掉,他也就没有必要追根究底了。

思考一夜之后,我主动要求与叶萧谈话。

"我就是杀死罗浩然的凶手。"

这算是我向警方的自首,我还准备宣称,地下所有被他人杀害的死者全都是我杀的!

如果警方相信我的自首——他们会相信的!求之不得早点破案呢!法院一定会判处我死刑,那么多条人命都背在我身上,不杀我不足以平民愤,也不足以给家属一个交代。其实,只要我承认杀死了郭小军,他那背景有势力的老爸,立马会让我死无葬身之地。

反正,在愚人节的夜晚,来到未来梦大厦的十九层,本来就是准备自己结束生命的,现在不过多了一回波折,让我更深地了解人类也了解自己,也算是临死前颇有些收获,不如再回到当初的原点,让死刑判决来帮助我完成自杀吧。

自首还有另一个原因——保护莫星儿,或者丁紫,或者陶冶,或者其他什么人。

无论是谁杀死了罗浩然,我都必须竭尽全力保护那个人,不能让那个人落到警察的手中。

尤其是莫星儿,我欠她太多太多了。

丁紫还那么年轻,只有十八岁,我不希望她的人生刚刚开始就结束。

最后,只要想到在法官面前,慷慨激昂地陈诉自己杀死了罗浩然,就仿佛了却了一桩心愿,那么就算马上吃枪子儿也不会遗憾了。

叶萧对我的自首不太满意,悻悻离去。他不相信没关系,我还会向其他警察自首的,总有人会相信我说的一切——因为他们愿意相信。

这天上午,医院对我们的检疫结果出来了,所有幸存者都没有感染病菌。

除了作为嫌犯的我,其他所有人可以自由离开医院。

然而,包括玉田洋子在内,竟然没人愿意离开。他们都以各种理由,比如身体还没有康复、还需要治疗等等,继续留在病房里面。而医院也会无条件地一直照顾我们。

大家在医院里又赖了两天,玉田洋子与正太率先离开了,他们选择在凌晨天还没亮的时候。我透过病房的窗户可以看到楼下,这对母子在日本领事馆外交官的陪同下,坐进一辆黑色的皇冠车,不知是立即前往机场回国,还是被送往本市的日资医院。

早上,陶冶走出医院大门,有政府工作人员陪着他,还会给他提供住处与津贴。他被记者团团围住。他拼命挡着脸,坐上了政府提供的商务车。

中午出院的是莫星儿，戴着厚厚的口罩与帽子。她粗暴地推开那些记者，同样坐上政府的车离开了。

丁紫还赖在医院里，一直说头痛脚痛。四一中学校长来看她，却吃了闭门羹。听说海美父母也来找过她，想知道海美是怎么死的，却被警方拒绝了。

一个中年警官走进我的病房，用厌恶的目光看着我说："我姓王，叫我老王就好了。"

"王警官，你是来宣布逮捕令，押送我进看守所的吧？"我的心头一阵激动。我早已脱下病号服，换上了一身便装，连皮鞋都穿好了。

"警方作了详细调查，已确认你在自首中描述的细节全都是假的。"

"什么？不可能！"我的脸色已变得煞白，"这是谁调查的结果？"

"你去问叶萧警官吧。"

"不，所有人都是我杀的！我就是凶手，你们为什么不把我抓起来！"

我开始吼叫了！只盼着被戴上手铐，送进监狱，或者直接拖到刑场枪决。

"周旋，你可以回家了。建议你去精神病医院检查一下，我们还保留起诉你作伪证和企图包庇的权利。"老王异常严肃地说完，重重地摔门而去。

我全身冰凉地愣在病房中，就像愚人节之夜正要跳楼时，却看到远方亮起绚烂夺目的极光。

十分钟后，我孤独地走出医院，抬头看着蓝天与阳光——虽然还是那么污浊灰暗，却总比那暗无天日的地底好些。

对面涌来无数记者，还有两个出版人，准备把我过去的书再版。我冷漠地躲开他们，径直走到马路对面。

叶萧，正用无情的眼神看着我。

第六章　地洞生物

"这我非常清楚,我的生命如今正处于其巅峰,可即使如此也几乎没有完全宁静的时刻。我会死在深色地衣下面的那个地方,在我的梦中,常常有一只贪婪的鼻子不停地在那里嗅来嗅去。"(卡夫卡《地洞》)

我的家在地下四层最深处,钢铁与水泥之间的夹缝里。每晚我爬出地洞,沿着通道的阴影,窜到黑暗的超市中觅食。通常每周只去一次,每次囤积足够多的食物。你们知道我不需要吃太多东西,多数时间都在地洞里思考人生。

4月1日。星期日。夜,22点19分。

晕,我干吗要记你们人类的时间呢?

地洞里已塞满食物,我在修建更牢固的防御工事——老鼠是我的敌人。

那种烦躁不安是从未有过的。我一度想逃出地洞,穿过下水管道,到另一座大厦底下另觅新家。可我已用了几年时间,费尽心机挖掘了这地洞,每一个转角与台阶,每一个迷宫般的出入口,都含有我的心血,我怎么舍得抛弃自己的家园?

果然,灾难发生了。

事态并没有想象中严重,我最熟悉大楼的结构,无论地基还是承重墙都没问题,这么一栋坚固的钢铁大楼,怎会在一夜之间倒塌?

很多人来到地下四层,在我的地洞出口附近,堆满人类的尸体。楼上发生了什么事情?

不,我绝不离开地洞,离开这里我将是一无是处的废物,暴露在人类与猫的面前任其宰割。

我讨厌人类。

只有一个例外。住在地下三层的流浪汉,怎么说也是楼上楼下的邻居。他常怔怔地瞪着我,说出我的语言——他对我说起他暗恋的女孩,我说你不要白费心思,就像公老鼠只能找母老鼠交配,任何物种都只能寻找自己的同类,你这辈子都别想泡上人家。比如像我这样的可怜虫,终日生活在地洞里,那就永远别想找到心爱的异性。

我羡慕野外的同类，它们可以自由自在地觅食，选择心爱的对象——但也冒着很大风险，比如乡村的野猫、天上的老鹰、农民的捕鼠夹，还有专爱破坏我们地洞的小屁孩们，每天过着朝不保夕提心吊胆的生活，哪像我现在这么舒舒服服，只要守住洞口就没有危险。

什么？你说我是老鼠？可不要侮辱我！

三天后，我看到一具新的尸体被扔下来，是个穿着西装却被捅满窟窿的年轻人。

这天晚上，当我在地洞里睡觉，头顶响起乱糟糟的声音。我把头探出地洞一看——有个男人压在女孩的身上，还用黑布把女孩的眼睛蒙了起来。

我已成年，知道这意味着什么，可我无能为力。

几小时后，眼前多出六具新尸体，其中四个身上绑着绷带，另有个女孩胸口全是血，最后一个年轻男人的胸口几乎被压扁了。

又过两天，有人搬来一具中年女人的尸体，被刀子捅死的。

不久，有个年轻人背着一具女孩尸体下来。

地下四层的发电机停止了运转，再也不用闻那刺鼻的柴油味了，但尸体的腐臭越发强烈。我终年在地洞里生活，必须不断与各种腐烂尸体打交道，渐渐也就对毒气免疫了。只是囤积的食物越来越少，担心有一天终将要饿死。

隔天清晨——虽然没有光，但我的生物钟却能清楚地知道地面上的每个时段——有个年轻人的尸体被放在我面前，他的容貌是那样俊美，细碎黑发下是挺拔的鼻梁，要是睁开眼睛一定能迷倒许多少女。

可惜，他成为了一具尸体，伤口在后背心位置——他是被人从背后刺死的。

还是这一天，我看到一个男人拖着一具尸体扔进了尸体堆。那个死人真臭，不是腐烂的臭味，而是身上的屎尿味——我都不想去看他是怎么死的。

最后，我看到一个五十岁左右的男人，戴着口罩，独自来到尸体堆前。

出乎意料的是，他直接走进尸体堆，推开那些爬满蛆虫的尸体，钻到尸体堆的中心。

他疯了吗？

终于，好奇心战胜保守，促使我钻出地洞。我只想爬到这个活人身边，看看他的眼睛，看看他在想什么。为什么要钻到死人堆里？是不是有某个不可告人的阴谋？还是伟大的哲学家要体验死后的世界？哇塞！你太牛逼了，我一定要到你的面前，知道你这么做的原因是什么。

于是，我爬到了他的身上。

这个男人惊慌地喊了起来，为自己的举动而追悔莫及，真没劲！

我爬到他的脸上，他的眼睛再也闭不上了。

他死了。

抱歉，你是被我吓死的吗？唉，我长得有这么吓人吗？怪不得许多乡村的恐怖传说里都有我们的影子。

我回到地洞，继续忍受饥饿与沉闷的空气。不知上面怎么样。或许空气会好一些，还有食物可吃，甚至可以逃出这栋充满死亡的大楼。可我什么都不愿做，哪里都不想去，只想默默守在这里，守着我最心爱的地洞，直到死神或某个贪婪的鼻子将我带走。

一群老鼠跑了下来——该死！它们饿疯了？我恐惧地缩成一团，这些恐怖的家伙，有足够多的对付我的办法。我正准备把地洞口堵住把自己闷死时，尸体堆前却出现了一个男人。

那个男人穿着警服，上上下下沾满灰尘，戴着厚厚的口罩，露出一双冷峻的眼睛。

他的身上带着一股地面的气味，久违了的来自人间的气味。

然而，他恐惧地看着眼前的一切，直到昏迷在死人堆的跟前。

我有一种危险的预感——他的背后会跟来更多的人，而那些人将会仔细清理这里的一切，从而让我再也无处藏身。

不，我必须要逃出去，再也不能留恋这心爱的地洞。我不想被那些家伙抓住，成为他们展示给公众的标本，满足地面上那些愚蠢的人的猎奇心。

趁着这个警察还没醒来，我匆匆钻出地洞。果然，商场里到处都是穿着红色衣服的男人。我找到一根管子，爬到九楼，藏到临时升降机的平顶上。

嘿嘿！你们再也看不到我了！

我自由了，但没有逃离这是非之地，而是在塌陷的平地周围重新打了一个精致的地洞。我每天钻出来，抬头就能看到天空，还能借着草丛掩护观察升降机里进进出出的人们。他们不断抬出许多尸体，每一具都用白布盖着，有些明显只剩下一半甚至更少。这些人不分白天黑夜地工作，我发觉他们的神色都异常凝重，似乎每个进入过地底的人都患上了严重的抑郁症。

终于，我看到了那个男人。

第一次看到他，还戴着厚厚的口罩，但只要他还穿着警服，那双冷峻的目光没有改变，我就能一眼把他认出来。

他的脸颊上已爬满胡须，现场每个工作人员都对他很尊敬。当他独自一人坐进升降机，即将重新深入地底时，我看到了他目光里的恐惧。

你在恐惧什么？

第5部
审判者

第一章

4月13日。黑色星期五。下午,16点19分。

我在恐惧什么?叶萧暗暗问自己。

穿着一身崭新的警服,他来到未来梦大厦废墟现场,孤独地步入升降机,最后望了一眼难得清澈的蓝天。

转眼之间,黑色覆盖了他的眼睛,他穿越一百多米深的地底,直到永恒的黑夜。

一年多前,他背着沉重的旅行包,头发纷乱胡子拉茬,如同街头流浪汉,来到公安局门口,立时被警卫拦下。他自称在此工作的警官,当然无人相信。就在看门的警卫掏出手铐,要把他抓起来时,恰巧警官老王路过,被叶萧一把拖住。老王诧异地辨认了几分钟,才确认他就是叶萧本人——距离上一次见到他,已过去了好几年。

所有人,包括叶萧的警察同事,都以为像那本书里所写的,他被困在一个遥远的地方,要么永久失踪,要么死于一场巨大的爆炸。不久前,他已作为失踪人口被宣告死亡注销户口。

叶萧的回归引起全局震惊,人们有数不清的疑问,但他无论如何也说不清,自己失踪的几年里发生了什么,在哪个神秘之地,又是如何逃出来的。

他强烈希望重新成为警察,局长拒绝了这个请求。然而,不断有人来给他求情,包括搭档过多年的同事,强烈关注此事的媒体,甚至包括警界高层。

最终,念在叶萧曾立功无数,局长决定留用察看半年。数月后,他破获一起震惊全国的连环杀人案,荣立公安部一等功,方得恢复原职。

一小时前,叶萧刚参加完公安系统荣誉表彰大会,因率先深入地底救出幸存者,再度荣膺一等功。整个颁奖仪式,他始终一脸严肃,直到老王送来一沓厚厚的资料——地底最新的清理报告。

此刻,升降机停在海平面以下一百四十二米,未来梦大厦九楼的电影院。

时隔五天,叶萧第一次重返地陷灾难现场。绝大部分楼层都已清理干净,发现若干钱包、现金、银行卡、珠宝首饰、证件……仅手机就找到一百多部,三分之一是iPhone,三分之一是山寨机。还有各家店铺的收银柜和货品,都已送到地面,再由各店铺派出人员清点核算,光这就连续三晚动用了数百武警。

留在地下的只剩已损坏的商品、无法搬运的货架、厨房设备与桌椅餐具，以及价值不大的橱窗模特。

他冷冷地盯着一具女性橱窗模特，"她"的身材可称火暴，穿着一件暴露性感的内衣，只比充气娃娃坚硬些罢了，即便是假的也会让男人微微心跳。叶萧倒很想半夜留下来，偷偷观察那些假人，是否会真的动起来，杀人或干些别的什么。

叶萧快步走下楼梯，从九楼走到底楼中庭，仰望人去楼空的巨大穹顶，就像身处被盗墓贼挖掘一空的坟墓。

底楼中庭发现过大量猫狗尸体，并有宰杀烹饪动物的痕迹，还有人类的骨头与残骸，据法医对骨头碎片的分析，至少有一名老年男子死在这里，死因无法判断，死亡时间距离发现残骸不超过二十四小时。

这具尸体是被动物吃掉的——该怎么跟死者家属交代呢？你好，对不起，你的家人死后喂狗了？

几只猫狗尸体里发现有子弹头，经检测属军用子弹。二楼有一头特别巨大的高加索犬的尸体，被人近距离射杀。可以想象，到最后两天，幸存者们开始大规模猎杀动物，也很可能发生了饥饿的动物攻击人类的行为。

在八楼发现了一把军用手枪——5.8mm×21mm型92式半自动手枪，弹匣容量二十发，只剩最后五发子弹。在底楼哈根达斯店，有几枚射入座位与墙壁的弹头，地上有十多枚弹壳。这些弹头，加上在猫狗尸体里找到的弹头，可以确定就是从这把枪里射出的。手枪上提取到了明显的指纹，经过与六个幸存者的比对，结果与陶冶完全符合。不过，在地下发现的所有死者，没有任何人死于枪弹射杀，可排除陶冶用枪杀人的可能性。

对于在地下出现这种军用武器，警察们都捏了一把汗，他们的警用手枪，无论携弹量还是杀伤力，都无法与军用的92式手枪相比，要是真有人藏在地底与警方枪战，可能会酿成重大伤亡。

清理搜索的当天，就发现底楼监控室被锁住了，需要罗浩然的指纹密码。而监控室内的摄像资料，是极其重要的证据。警方从罗浩然的尸体上提取了指纹，没想到还要输入一组复杂的密码。这个密码除了罗浩然本人，只有已死亡的大厦保安主管知道。警方开锁专家也无法打开门锁，只能用破坏性工具撬开监控室。结果在破门而入的同时，监控服务器与硬盘全部自动爆炸！

原来，罗浩然设置了一个特别程序，只要非正常打开监控室大门，都会引爆服务器从而毁灭一切监控资料——就算把硬盘送去修复也没用了。

为何一个商场的监控要如此绝密？在进一步清理中发现，大楼有两套监控系统，第一套能用肉眼看到，也是许多商场里常见的那种普通摄像头，缺点是存在监控死角。第二套隐藏在秘密的地方，基本涵盖大厦每个角落，甚至包括卫生间与更衣室——还自带备用电源的夜视系统。

显然，第二套系统只有罗浩然本人可以看到——地下所有的幸存者中，他能看到最不可告人的隐私与秘密，以及所有凶残的杀人场景。

叶萧平静地扫视四周，继续走到地下超市。偌大的空间什么都没剩下，只有一排排杂乱无章的货架。他走进地下二层的一个隐秘小间——最不起眼的角落，隐藏一扇坚固的金属小门，被救援人员强行撬开。这里堆积了大量生存物资，大部分没被动过。而楼上明显食物短缺，尤其最后两天，猫狗也开始与人类争食，为什么他们不吃这间密室里的食物呢？

就像第一次来到这里，他独自走进地下三层车库。所有车辆都停在原地，永远无法回到地面，交还到车主或其遗产继承人手中了。保险公司会派专员下来评估，天知道会按照哪个险种来赔偿。那辆被撞毁的雷克萨斯 GX460 停在原地，属于富二代郭小军。交通事故鉴定专家到过现场，确认车祸造成驾驶员当场死亡，而死者尸体已在楼下找到。副驾驶一侧的车门，是在车祸扭曲变形后，被人从外部拆卸打开的。由此判断，撞车时副驾驶座上还有人。警方从车里提取到两个人的血迹样本，一人是死于驾驶座的男性，另一人则是副驾驶座上逃生的女性。

进入地下四层之前，他戴上了口罩。虽然尸体已清理干净，来自地面的新鲜空气，源源不断送到地底，却无法消除腐尸之气——也许已随着死者的冤魂，深深潜伏在墙壁与地板的深处。

他看到了地狱。没有一具尸体，但只要闭上双眼，那腐烂的尸体堆就会清晰逼真地浮现，仿佛伸手就能触摸死人的头发，就像戴着3D眼镜看3D电影——如果真有人拍过这样一部恐怖片的话。

戴着口罩的叶萧后退半步，几乎跪倒在地要呕吐出来，幸好胃里空空如也。

曾经堆放过八十多具尸体的地上，显露出一大摊奇特的深色，那绝非血的颜色，而是人体腐烂过程中流出的分泌物，几经清洗冲刷仍无法清除——莫非是鬼魂的颜色？

大部分死者的身份已确认，除了罗浩然与吴寒雷教授，失踪名单里最被重视的，无疑是权贵子弟郭小军——让警方备感头疼的是，这小子果然是被乱刀捅死的。局长亲自陪同郭小军的爸爸检验了尸体，那位背景深厚的大人物，看到至死还穿着迪奥西装、已开始腐烂的儿子，不禁失声痛哭。昨晚大人物放出风声，私下悬赏五百万元，要拿到杀人凶手的项上人头。

死于地下三层雷克萨斯GX460中的男子，是未来梦商场的保安杨兵，现年二十五岁，来自西部农村。

还有一具女性尸体，被人从正面刺破心脏而死，又是一桩确定无疑的凶案。死者是八楼"巴黎形象公社"的洗头妹，郝香，大家都叫她阿香。她体形娇小，法医发现她有被强奸过的痕迹。她的手指上戴着一枚价值二十万元的钻戒——无法确认这枚钻戒的来源，估计是从其他死者手上摘下来的。

丁紫身上的那张工作证所属人——商场女清洁工于萍乡的尸体也已找到，被利刃从正面刺死，但叶萧不相信这是丁紫干的。

至于丁紫的高中同学，同在失踪名单上的海美，在尸体堆边缘被发现，死亡时间跟于萍乡差不多，为灾难发生后的第五天到第六天。她的太阳穴被砸烂，脑子里残留许多碎玻璃。她的爸爸是区政府官员，看到女儿尸体当场晕了过去。事后他通过关系找到局长，要求务必抓到凶手。当他听说丁紫幸存下来，便强烈要求与她见面，想知道女儿在地下几天发生了什么。叶萧给看守的警察下令，绝不能让海美的爸爸见到丁紫。

同样在尸体堆边缘，还发现一具年轻男性的尸体，死者不超过十八岁，像个帅气的高中生，遭人从背后刺破心脏，死亡时间估计为4月8日凌晨——叶萧已知道他是谁了。

另有一具尚未查明身份的尸体，三十多岁，男性，瘦骨嶙峋，背后全是窟窿，四肢与躯干骨骼大多粉碎或折断，身上还有粪便与渣土，腿上绑着一根绳子，遭到过严重虐待，已确认于4月8日当天死亡。

尸体堆里有四具明显是伤员的死者，生前有过简单的包扎，其中一人全身缠满绷带，想必是踩踏事故造成的骨折。四名伤员被人用利器杀害，有的被割断喉咙，有的被刺破心脏，杀人手段极其残忍，死亡时间约在第三天或第四天，已有两人身份被确认。

至于其他七十多具尸体，都经过初步检查，基本排除他杀可能。

此外，还有一些失踪者至今未曾找到，比如莫星儿提到过的许鹏飞——失踪者名单上有这个人，今年二十九岁，本市人，在未来梦大厦写字楼里的美资公司工作，灾难发生时怀疑正在加班。联想到底楼发现的大量人骨碎片，有些失踪者应当早已尸骨无存，只能到猫狗尸体的肚子里去找了。

叶萧越想越觉毛骨悚然，加上又快要被尸腐之气熏倒，匆匆向楼上跑去，却听到有人叫他："叶警官！"

没想到地下四层还有活人，两个清理队员在角落里，灯光照亮一扇不起眼的门。这道门早就被发现了，但有指纹锁无法打开。他们刚刚强行破坏门锁，发现有一条地下通道。

地狱之下更有地狱？

地底浮起一片白色烟雾，两个清理队员都不敢下去。只有叶萧胆大包天，独自走进通道，踩着台阶下到另一个世界。

终于，在大号手电的光照之下，他看到了一片堪称金碧辉煌的地狱。

拔舌、剪刀、铁树、孽镜、蒸笼、铜柱、刀山、冰山、油锅、牛坑、石压、舂臼、血池、枉死、碓刑、火山、石磨、刀锯……

太震惊了！这是未来梦大厦的地底，随之而一同陷入深深的地狱，似乎已有千百年历史。

第十九层在哪里？当叶萧把光束定格在一处画面上，刹那间感到剧烈疼痛，把手放在火焰上的疼痛。他看到了火海中的那辆牛车，正在被烈焰灼烧的美丽女子——他认识这张脸！

地狱变。

几分钟后，叶萧慌张地跑出地道，在两个清理人员搀扶下，用对讲机通知地面指挥部，迅速请文物专家来地下现场，就说有重大考古发现。

一个钟头过去，叶萧始终没离开地底，守在这小小的门口，直到专家戴着头盔与口罩赶到。

专家只看了壁画几眼，又用工具挖了一小块颜料，就摇头说："对不起，这不是什么国宝级文物，而是最近几年才画上去的。"

"什么？山寨的？"

"是，你看这颜色如此鲜艳，颜料也是现代产品，怎么可能是文物？只是画风与技巧模仿了宋代佛教壁画，内容是常见的'地狱变相'，也称'地狱变'，顶多算是工艺美术品。"

专家说完匆匆离去，唯恐多一秒就会沾上地狱的冤魂，虽然他们经常出入古墓与白骨堆，但是面对千百年前的死人与面对刚刚发生过的屠杀，感觉还是截然不同。

叶萧痴痴地留在壁画前，仰头看着《地狱变》，看着牛车中洁白无瑕的女子，那张美丽得无法形容的脸庞，却即将被烈火烧成灰烬——她一定很疼，很疼……

没错，他认识她，他也很疼……

第二章

4月13日。黑色星期五。下午，18点19分。

叶萧坐在接近海平面下二百米处，恍如古墓壁画的《地狱变》壁画跟前，痴痴地用手电照着烈火中女子的脸庞。

如果这不是地下文物，那就是罗浩然雇画师完成的私人壁画。或许，这个地方对他具有某种特别意义，因此才会盖起这栋未来梦大厦，并将之作为自己的常住之地，还处心积虑地修建了这座密室。

罗浩然才是真正的地狱狂人？

上午，未来梦集团召开了一个简短的发布会，证实董事长罗浩然死亡，随即宣告破产。全国多个城市的未来梦商场突然停业，公司高管作鸟兽散，还欠下员工巨额薪水。给未来梦集团大量贷款的银行如坐针毡，数十亿资金成为坏账，只得抢先查封集团资产，实际早已资不抵债。审计部门已介入此案，发现未来梦集团账目混乱，还有大量黑色交易记录，可能涉及多名地方及部委官员。

未来梦大厦灾难发生前，任何媒体上都看不到罗浩然的照片或影像资料。几天前，未来梦公司高管向媒体出卖了罗浩然的照片，引起亿万网友的人肉搜索。

何况，这些年开发商祸国殃民的社会形象，早已激起网友要调查其发家秘史的公愤——十之八九与某权贵有着密切关系，或者干脆就是官二代？就连方舟都在微博上向未来梦集团及罗浩然发难，怀疑其十年前的工商注册资质有假。

大量八卦被翻了出来，包括罗浩然年轻时代的部分经历。当事人不过一介中年民工，声称二十年前曾与其共处一室数月，不敢想象如今的罗浩然已是商业巨头。

南方某著名媒体集团在今日报纸的头版预告：经过记者发动的人肉搜索，终于获得重大突破，掌握大量确凿证据，包括证人口述、影像资料，以及曾被篡改的个人档案信息，通过精心拼接与整合，将在二十四小时之内向全国公布罗浩然真实的身世以及巨额资金的来源，预告中有"绝对让人意想不到，堪称传奇的惊人秘密！"之语。

其实，无论罗浩然的秘密是什么，想到这谜底竟然由网友与媒体来发布，而不是被警方挖掘出来的，就让叶萧无限羞愧。

必须要抢在明天媒体发布之前，揭开一切秘密，包括杀死罗浩然的凶手。

今夜，就在黑色星期五的今夜。

叶萧触摸着眼前的壁画，总觉得那些裂缝有些奇怪，不像是被震裂的，更可能是人为造成。他敲了敲墙面，感觉里面是空的！他大胆地把手指伸进裂缝，居然生生地撕下了一截壁画，露出一道暗门。

不过，这截壁画还可以原封不动地粘回去，除了原本就有的裂缝以外，丝毫看不出破绽，仍然是一幅完美的《地狱变》。

打开暗门，有一道螺旋形上升的楼梯，不知道通往什么地方。叶萧刚往上走了一步，脚底就被什么绊了一下。

手电往地下照了照，发现一个白色盒子，外面用红色记号笔写着一行文字——
留给未来的幸存者

他怔怔地看着这个盒子，似乎看到了罗浩然生前的脸。

叶萧揭掉盒盖，就像打开潘多拉的盒子。里面是十几张写满了钢笔字的纸，当他轻轻触摸这些文字，耳边依稀响起那条拉布拉多犬的吠声。

第一页的第一行是这样写的——
但愿你还活着，但愿你不是鬼魂，但愿你已离开地狱……

第三章

但愿你还活着，但愿你不是鬼魂，但愿你已离开地狱，但愿不要在千年以后，但愿不是外星生命，但愿地球还安然无恙。

谢谢你，来到地底世界；谢谢你，打开这个盒子；谢谢你，阅读我的生命。

我叫罗浩然，这是我的遗书，在我生命的最后几天写下。

四十年前，我出生在北京。

我的父亲是中央的高级干部，当我还没出生的时候，他就被造反派打倒，剥夺一切权利与待遇。全家从北京搬到唐山，住在郊外荒山脚下的一个军工厂里。我在那里住了四年，与爸爸妈妈还有三个哥哥，直到妹妹出生。

那是个异常炎热的凌晨，出生才一个月的妹妹彻夜吵闹，我实在睡不着，走到妈妈床边。在微弱的灯光底下，我看着襁褓里刚出生的女婴，轻轻触摸她光滑的脸，她长得好像妈妈啊——那也是我这辈子的第一次记忆。紧接着，我听到一声无比凄惨的狼嚎，我和妈妈都向窗外望去，看到黑夜中亮起一道刺目的白光。

几秒钟后，大地震爆发了。

等到我再度醒来的时候，只听到一个婴儿的哭泣声。我从瓦砾堆中爬了起来，浑身上下都在流血，却几乎没有感到疼痛。整个军工厂化作了废墟，所有的房子都消失了，到处都是残缺不全的尸体。我茫然地走在这片地狱中，直到在一根坚固的大梁下，发现妹妹的襁褓——她居然还活着，就在妈妈的怀抱中，发出充满生命力的哭声。

妈妈为了保护妹妹，把她紧紧压在身下，自己却被房梁压死了。

我从她冰冷的手中抱起妹妹，摇摇晃晃地寻找爸爸与哥哥们。在妹妹声嘶力竭的哭声中，我看到了他们的尸体——三个哥哥都已经死了，只剩下爸爸被压在地下，尚留一口气。

忽然，背后又响起一声狼嚎。我慌张地转过头去，看到一只狼在吃尸体——那座荒山上常有野狼出没，偶尔有小孩被狼拖走吃掉，听说军工厂组织捕杀过，没想到还会出现在这里。

那只狼疯狂地撕咬着死尸，或许已经饿了许多天，而我的双腿已经僵硬，不知道该往哪里逃。直到它抬起头，眼里放射出幽幽的绿光——许多年后，我都会做梦回到那个凌晨，回到那条孤独的野狼跟前，看着它的眼睛，还有那夜天上的月亮。

当那条狼向我走来之时，妹妹却不哭了。它绕着我们转了一圈，巨大的尾巴扫过地面，散发出一股骇人的腥臭味。它走了，也许是吃饱了吧。

天亮以后，解放军来到这里，救出了废墟下的爸爸，将我们一家转移到了安全的地方。

至今，我的妈妈与三个哥哥依然葬在唐山的公墓。

妹妹奇迹般地活了下来，与我和爸爸相依为命。那些日子我们流离失所，从一个城市搬到另一个城市，我直到九岁还没有开始读小学。因为没有妈妈照顾，爸爸又从来不会照顾人，吃不到什么好东西，营养不良的我个子瘦小，一年四季都穿着邋遢的旧衣服，经常被其他小孩欺负。但是，只要谁敢欺负我的妹妹，我就会冲上去不顾一切地揍对方，也不管自己会不会被打得鼻青脸肿。我想，在大地震的那个夜晚，如果没有妹妹的哭声，我可能再也不会醒来，将永远睡下去。也是我从废墟里抱出了妹妹，否则她很可能会被狼吃掉——我绝对不会让她受到一点点伤害，看到她就像看到了妈妈的脸，尽管在我的记忆中只有一瞬间。

八十年代，在高层领导的关照下，父亲回到北京官复原职。

我们家可算是红色世家，我的祖父参加过五四运动，火烧赵家楼有他一份，后来作为地下党员，直接受周恩来的中央特科指挥，潜伏在国民党特务机关，提供了许多重大情报，对几位无产阶级革命家有过救命之恩。祖父在顾顺章叛变后被出卖，最后死在国民党的监狱里。我的父亲在延安长大，被送去前苏联留学过，不到四十岁就成为副部级干部，全赖那些老人的报答之心。

从此，我们一家过上优越生活，每天都能吃到特供食品，出入有专车接送，还有专人照顾生活起居。我有幸就读最好的小学，还在第二年跳了一级，以使我与同学们相比不要太高——我的个子也长了起来，初中时已鹤立鸡群，有不少女同学暗恋我。

但我从未喜欢过任何一个女孩，因为我有妹妹。

她真的、真的非常迷人。我看着她一点点长大，从可爱的女孩变成花季少女，又成为浑身散发魅力的女人。我每时每刻都想着保护她，生怕她遇到什么危险，更怕她会被别的男人骗走。我和她没有妈妈，爸爸整天忙着在外面开会或出差，也没有机会跟我们在一起，差不多只要在家里，就是我和妹妹两个人。

我想，我喜欢她吧，可我不能说出口，那是多么难以启齿之事啊。

在我大学毕业那一年，妹妹也考进了大学。那是一所全国闻名的重点大学，她成绩优秀，长得又漂亮，自然成为学校里的焦点。我常常去学校里找她，以防范的眼神看着她那些男同学，不知道的人都会以为我是她的男朋友。有时路过大学的湖边，看着水面上倒映着的两个影子，真像是一对般配的情侣。

但我没想到，妹妹真的有了男朋友，并非我日夜提防的那些男同学，而是一个在大学食堂打工的小伙子。不但是我，还有我们的父亲，以及她的老师，都强烈反对她的恋爱。可是，从没真正恋爱过的妹妹深深迷恋于他。在父亲的压力下，学校开除了那个男人，妹妹就跟着他私奔了。

我和父亲用了各种方法找她，直到一年以后，我在南方的海边看到她的尸体。

据说，妹妹与那个男人流浪了一年，因为找不到合适的工作，两人饥寒交迫前途渺茫。她不敢向人求助，因为一旦被知道在哪里，父亲肯定会通知当地警方，把他们两人控制起来，并把那个男人投入监狱。最终，走投无路的两个人，跳海殉情自杀。

我抚摸着死去的妹妹，抚摸着她苍白的脸，被海水浸泡得松软的皮肤，缠绕着海藻的黑色长发，亲手把她送进殡仪馆的火化炉，直到她诱人的身体变成一堆骨渣与灰烬。

我知道这辈子不可能再爱上任何女人了。

妹妹死后不久，父亲因病去世了，他的葬礼在八宝山举行，许多大人物送来花圈，但我没有流过一滴眼泪。

我并未如父亲安排的那样，进入某中央部委工作，而是带着父亲留下的遗产，开了一家进出口贸易公司。那年头只要有点后台背景，就可轻松赚到许多钱，我在两年内完成了原始积累。在与不同的人打交道的过程中，我越来越冷酷无情，前一天还在酒桌上称兄道弟，第二天就可以让他倾家荡产，锒铛入狱，为的就是侵夺他的资产。

十年前，我将所有产业合并为未来梦集团，趁着房价开始上涨的机会，从各地政府大量拿地。因为我家的特殊背景，我从不敢让人知道我的底细，异常低调地隐藏在幕后，以至于十年来除了集团高管和总部少数员工外，几乎没人知道我的名字，也没流出过我的照片。

四年前，我买下未来梦大厦的这块地皮，当时周围都已建起高楼大厦，唯独中间有一大片老旧的住宅区。为什么一定要选在这里？何况，多年前这里曾经是墓地。

对不起，我有我的原因，这是我一生中最重要的地方，而我想要把这个原因带入坟墓。

拆迁与动工持续了一年，直到未来梦商场、写字楼、五星级酒店同时开张。

我把集团总部迁移至此，并把家也安在了顶楼的总统套房。集团高管们肯定觉得我是个怪人，放着郊外价值上亿的别墅不住，要住在闹市中的酒店套房里。

因为，我想每天从顶层的窗户看出去，看着底下那片已被水泥与柏油覆盖的土地，那里曾有我永远无法磨灭的记忆。

我希望一直住在这里，直到死去的那一天。

4月1日。星期日。夜，22点19分。

世界末日。

宿命？多年以前，我本应该在唐山大地震中死去的。

我知道等待我们的无非也是死亡，只不过是谁死到临头，谁又能撑得久一些罢了。但是，我想活下去。

我掌握着大厦的电力系统，虽然剩下的柴油不多，只能维持几天时间。我还尽力维持良好的空气，不让氧气太快耗尽，也不能让尸体的腐臭把活人毒死。但我并不想做什么领袖，我只希望让自己活下去而已。吴教授自然成为核心，还有一个天才的小说家周旋。

而我知道自己必死无疑。或许几天，或许一周，但绝不超过一个月。我深深地唾弃自己，每次面对镜子都不敢看自己的眼睛，害怕看到幽灵般的绿色目光。我知道自己活不了多久，而其他那些幸存者，也将不久于人世。

当我看到那头狗熊般的猛犬，就会想起唐山地震后的荒野，那头在废墟中吃人肉的狼。耳边传来骇人的狼嚎，穿过布满尸骨的城市，直到月光下的山野。三十多年来，那个噩梦从未离我远去。

此刻，我写下这封遗书，交代我的人生，以及在世界末日的地底发生的一切。你们会相信这是真的吗？或者因此而怀疑人生的意义？

如果，还有明天？

我不知道。

未来，如果还有幸存者，无论是一千年还是一万年后，或是外星来访的生命，发现地球这片死亡的废墟深处，还埋葬着一座坟墓般的大厦。你们小心翼翼地通过楼梯，一直下到地下四层，发现那一大堆早已烂透的残骸，又会发现一道通往地狱的暗门。你们当然有技术打开这道门，接着来到《地狱变》跟前。当你们被这地狱的景象，被燃烧的牛车中的女子震撼，就会意外地发现壁画背后的秘密，发现这个潘多拉之盒。

如果，你有勇气打开……

而我早已经化作幽灵，躲藏在你背后，看着正在读这封遗书的你。

第四章

4月13日。黑色星期五。夜，19点19分。

"而我早已经化作幽灵，躲藏在你的背后，看着正在读这封遗书的你。"

叶萧拿着这封遗书，耳边感到一阵阴冷的气流，似乎罗浩然正站在背后，把一只冰冷的手搭到他的肩头……

胃里一阵强烈的恶心感，让他战栗着松开手指，让这沓纸飘散到了地上。他狂吼着转过头来，掏出手枪对准背后，却只有《地狱变》的壁画，那些刀山火海中的恶鬼，与身首异处的末日人类。

叶萧有这样一种感觉——罗浩然就算被割断了喉咙，被法医开膛剖肚，在冷柜里变成一具僵尸，却始终没有离开这里，或者说他不愿离去，他长久徘徊在地底，化作幽灵嵌入《地狱变》——也许会在壁画里找到他的脸。

他捡起罗浩然的遗书。字迹漂亮，也很干净，没有多少涂改痕迹——不过笔迹看起来有些眼熟。

叶萧依然坐在地上，眼看着壁画，从包里掏出一个透明袋，这是用来保存小型物证的，里面有一张小小的照片。这是在清理尸体过程中，从遭人背后刺死的年轻人身上发现的，藏在他贴身衬衫的口袋里。照片里是一个刚刚发育的少年，以及一个年轻漂亮的女子。

叶萧认得那个女子，就算烧成灰也认得，可惜早已化作幽灵。

虽然十多年过去，他仍怀念初恋女友雪儿。他也是为了死去的雪儿，才会在另一个世界中被困了五年。但是，雪儿并不是他第一个爱过的女子——如果暗恋也算爱的话。

三天前，叶萧刚拿到这张照片，一眼就认出了照片中的女子，继而查出了少年的身份——照片拍摄于四年前，女子名叫楚若兰，少年是她的儿子，名叫楚小光。

照片中的楚若兰有一张冰雪般的脸庞，原本明亮如水的眼睛却仿佛被一层纱遮挡。与十七年前的她相比，并没有太多变化，却多了一番成熟魅力，不像刚转到四一中学，低着头走进教室，坐到叶萧隔壁座位上，像个害羞的小女孩。自那一刻，叶萧喜欢上了她。

他们都只有十八岁，在四一中学高三(2)班。若兰出生在新疆生产建设兵团，跟着父母返回城市，住在爷爷奶奶留下的老房子里，就在未来梦大厦旧址之上。叶萧经历与她相似，只不过早回来几年，父母却还留在新疆。从遥远的沙漠回到大城市，她几乎听不懂本地方言，也就找不到女生做朋友，又因长得好看遭人嫉恨，常有女生暗中使坏欺负她。每次看到这种情形，叶萧就会站出来为她出头，反而更让若兰难堪，使她成为全体女生的公敌。因为都来自新疆，叶萧与若兰有许多共同语言，时常坐在操场的树荫下，回忆收获瓜果的季节，或是漫天风沙时的恐怖景象，还有深入洞穴寻找两千年前壁画的历险……

那年是最可怕的高三，他上课总心不在焉，悄悄瞥向隔壁座位的她。她不像别的女生那样整天无聊地转笔，或在课桌底下偷看琼瑶书，而是认真地看老师板书，期望能考上一个不错的大学，这也是她的父母千辛万苦回城的目的。她还是叶萧的邻居，两家几乎只隔一条巷子，步行两分钟就可到达。每次上学与放学，他们总是结伴而行，一路上的小流氓就不敢接近。

每次靠近若兰，都能闻到她发丝间一股淡淡的薄荷味，说不清是洗发水的味道还是天生的。叶萧忍不住把头凑过去，又在她转过头来的瞬间，像弹簧一样飞快躲开。

有一次，他们走在春天的夜晚，同样也是四月，那时天空还没怎么被污染，她深呼吸了一下说："叶萧，你觉得，我们能活多久？"

"不知道——"她在看星星，他在看她，"我想，七十岁，就够了吧。"

"可我有一种感觉，我好像只能活到三十岁。"

"不会的。"

若兰将视线拉下来，从星星转向他的眼睛："你相信世界末日吗？"

"我不相信。"

她苦笑了一下，理了理脑后马尾："你信不信世界末日就在十七年以后？"

"如果，真是这样的话，我会陪着你一起死的。"叶萧没有意识到，自己说出这句话的时候，双腿都在剧烈颤抖。

"真的吗？"路灯下她的脸如此迷人，叶萧不由自主地低下头，生怕再多看她一眼，就会控制不住自己。而她随即摇摇头淡淡地说："不会的——因为，那时我早已经死了。"

"不。"

"如果有一天，我突然消失了，你会怎么样？"

"我会不停地找你，直到找到你的那一天。"

若兰甜甜地笑起来，她明白这只是男孩子惯常的甜言蜜语，便对着他的耳朵说："我要回家了，再见。"

他第一次明白了书上写的"吹气如兰"的意思。

"明天见。"

"世界末日再见吧。"

黑夜里响起她银铃般的笑声。

春天的星光下,叶萧看着她的身影消失,从此再也没有见到过她。

几个月后,叶萧考上公安大学,认识了一个叫雪儿的女孩。

她们都已经死了。

4月13日。黑色星期五。夜,19点29分。

坐在深深的地底,《地狱变》壁画的背后,叶萧拿起对讲机,向地面指挥部询问:"总部,我是叶萧,老王在吗?"

一分钟后,传来警官老王的回答。叶萧急促地说:"老王,立即通知周旋、陶冶、莫星儿、丁紫、玉田洋子,让这五个幸存者来现场。"

"现在吗?不会吧?"

叶萧吼了起来:"必须全部到场!因为——我已发现所有真相!"

第五章

4月13日。黑色星期五。夜，21点19分。

老干带着所有幸存者也是嫌疑人来到地下。

陶冶第一个走进来，目光恐惧地瞄向四周，他本已买好了离开本市的车票，却被警方强行控制了。这两天他住在政府提供的宾馆里，几乎没有出过门，并谢绝了所有媒体采访的要求。

丁紫借口肚子疼赖在病床上不走，因此是直接从医院过来的。四一中学已闹得沸沸扬扬，老师与同学们都知道了她的秘密——这个故事或许还将在校园中流传多年。

让人没有想到的是，玉田洋子带着七岁的正太一起来了。他们本已在日本领事馆的保护之下，警察不能随便将他们带走。洋子却抛下外交官，带着孩子坐进警车。这个日本女人一路上心神不安，比起坐上飞机回日本，似乎更愿意回到地底。她并不介意在夜间行动，正太也只有这时才可以出门，依然是一副吸血鬼的苍白面容。

当莫星儿穿着一袭白色风衣出现在底楼中庭时，叶萧暗暗吸了一口气，不敢看她的眼睛。

最后一个到场的是周旋，没有刮去满脸的胡须，头发野草般丛生，他将双手伸到叶萧面前说："请给我上手铐！我杀了所有的人！"他的双眼布满血丝，转身看了看其他人，却唯独避开了莫星儿。

叶萧大声喝道："各位死里逃生的幸存者！警方在地下发现的众多尸体中，有多人明显是被人杀害，有的杀人手段极其残忍，说明在你们被困的七天七夜里，发生过非常可怕的杀戮与犯罪。在此前我对你们的询问中，显然各位都在撒谎。我也不指望你们会说出真相，因为我已经发现了所有的秘密。"

"不要！"丁紫已瘫软在地。

叶萧摇摇头："你，我的四一中学的校友，你的秘密已人尽皆知，我查过你的身份背景，也走访过你的叔叔和舅舅，知道你并非你父母的亲生女儿。你的母亲是一个清洁工，她的工作证是在你的口袋里发现的，她的名字叫于萍乡。"

"对不起！我骗了你们所有人！"

就在她几乎要低头认罪时，叶萧话锋一转："我先说死人！根据你们的描述,也根据尸检报告,除了灾难发生当晚死去的人以外,幸存者当中最早遇害的人,是那个叫郭小军的富二代——至今,他的老爸还在悬赏五百万要买杀人凶手的命。我已经查清楚了,杀他的人是保安杨兵。尸检结果显示,杨兵死于地下三层的雷克萨斯 GX460 撞车事故,而这辆价值百万的车属于郭小军所有,车钥匙上也检验出了郭小军的血迹。警方在五楼更衣室一个锁着的箱子里,发现一套沾满血迹的保安制服,编号属于保安杨兵,血迹的 DNA 与郭小军相符。以上证据非常充分——杨兵杀死了郭小军,拿走死者的车钥匙,开出了那辆雷克萨斯。"

这声音似能穿透中庭直抵九楼穹顶,叶萧继续盯着众人说:"杨兵为什么出车祸?当时,他的车上还坐着一个人,那个叫阿香的洗头妹,我相信你们都还记得她。在车上提取到了她的血迹,方向盘上还有她的指纹。交警部门做了精确的技术分析,认定阿香在汽车高速行驶过程中,突然转动方向盘导致失控,造成了杨兵的死亡。"

六个人都没表情,叶萧确信他们并不知道这些情况。但接下来的真相,是他们每个人都清楚,却不敢说出来的:"阿香侥幸没有死在杨兵的车上,但她下车后可能发疯了,接连杀死了四个重伤员。因为在她的尸体上分别发现了那四个人的血迹。还有,带着她指纹的凶器,完全与四个人的伤口吻合。"

"从此以后,地下变成了杀戮的世界!"他来到原先哈根达斯店的位置,抚摸着残留血迹的墙面,"那个叫许鹏飞的白领,你们都没有想到,他是个残忍的变态,还是一个牲畜不如的强奸犯!"

莫星儿默默地躲藏到玉田洋子身后。

"对不起。"叶萧降低了声调,"根据阿香的尸检结果,可以肯定她被许鹏飞强奸过。在八楼的美容店里,他还秘密囚禁了一个年轻女子,警方已查出其身份,跟他在同一家公司上班,名叫张纤蓉,二十七岁。死者有明显被虐待的痕迹,现场还找到了许鹏飞的毛发。此外,许鹏飞杀死了女清洁工,证据就是那把匕首。"

他走到丁紫跟前,冷冷地说下去:"杀死小光的人,就是罗浩然。"

"你怎么知道?"十八岁的少女瞪大眼睛,泪珠几乎要滚落。

"我是警察,我知道一切。"

其实,叶萧是在一把匕首上既发现了小光的血迹,也发现了罗浩然的指纹,何况他的阿玛尼西服上也满是小光的血。

"罗浩然不但杀了小光,还杀了一个重伤的老人,以及你们都没提到过的一个流浪汉。"

叶萧看到正太的眉毛跳了一下，显然这男孩记得流浪汉。他接着说："至于吴寒雷教授，法医已确认他死于心脏麻痹，他可能是幸存者中唯一没有死于他杀的人。"

看着六个哑口无言的幸存者，叶萧满意地点头："我的所有推理都是正确的，是不是？"

突然，周旋沉闷的嗓音接话道："不错，他们都是这样死的。但是，阿香、海美、许鹏飞、罗浩然，还有那个七楼模型店里的男人，这五个都是我杀的！"

"错！"叶萧严厉地盯着他的眼睛，"周旋，你没有杀过人，一个都没有杀过。杀死阿香的人是小光。你们发现四个重伤员的尸体之后，一定对她展开了全面搜捕，结果可能是误杀。"

"不！不是这样的！"

周旋还要争辩，叶萧却喊道："闭嘴！杀死海美的人，则是清洁工于萍乡。因为海美发现了丁紫的秘密，于萍乡出于保护女儿的目的，杀死了欲对丁紫不利的海美。"

他成了一个暴君，警官老王也连连摇头。

"那么杀死许鹏飞的人又是谁？虽然警方并没有找到他的尸体。也许，你们中的每个人都想要杀他？"

"是我亲手将电钻钻入了他的眼睛，然后把这个畜生的尸体喂狗了。"

叶萧抽了周旋一个耳光："叫你不要说话！杀他的人已经很清楚了，就是罗浩然！还有，那个浑身沾满自己粪便的无名男子，他很可能是被吴寒雷杀死的，什么原因我不知道。"

他喘息着靠着墙壁，坐在哈根达斯店的座位上说："这里发现过很多弹头，也是动物尸体最密集的地方——都是陶冶干的吧？"

"我……"陶冶的嘴唇颤抖着，被迫低头承认，"我是从那辆雷克萨斯上找到手枪的。"

"你打死了很多动物，但没有杀过人。"

陶冶跪倒在地上："是的，我没杀过人，他们也没杀过人，我们只是害怕，把这些事说出去会被当作嫌疑犯，就算澄清事实后放出来，下半辈子也彻底完了，没有人会相信我们的。"

"好吧，现在我可以证实，你们六个幸存者，都是无辜的！"叶萧依次扫过每个人的眼睛，包括莫星儿的，这双酷似若兰的眼睛——自救出她的那一刻起，他就怀疑是否救出了若兰，虽然她们的年纪相差十岁。

"但是，警方保留追究你们涉嫌作伪证的权利。现在，你们可以离开了。"

叶萧转头对老王说，"麻烦把他们送回去吧。"

警官老王疑惑地走到他身边，耳语道："你确信自己没问题吧？"

"没问题，把他们送走。"

叶萧跟随他们，从底楼走到九楼，每上一步楼梯，眼前都仿佛飘过许多画面。

一路上没有人说话，都像行尸走肉一般，给人某种奇怪的错觉——其实这六个人都已经死了，从地下四层的尸体堆中逃了出来。

九楼的电影院门口，叶萧目送他们坐进升降梯，由老王陪同飞速上升，再也看不到踪影。

这辈子还会看到这些人吗？

深夜，清理人员也都回到地面了，偌大的地底世界，只剩下叶萧独自一人。

他走进迷宫般的电影院，散场通道的废墟已被清理过了，勉强容纳他走过去，穿过一片墓道般的漫长空间，来到那个半塌的放映机房。

罗浩然就是在这个小房间里被人割断了咽喉。

重新回到五天前的案发现场，叶萧用手电照着原来死者的位置，底下露出一个深深的坑，那是为了把尸体弄出来挖的。旁边还有一个较小的坑，是为了救那条拉布拉多犬。

耳边似乎听到了一声剧烈的狗吠。

心跳莫名加快。

叶萧感到地面剧烈摇晃起来，四周发出惊天动地的巨响，头顶原来塌了一半的天花板，这下整个掉了下来。

地狱的世界也崩溃了。

废墟将他牢牢压住，活埋似的无法动弹，只露出几道缝隙，勉强呼吸几下，满是呛鼻的灰尘。他的胳膊大概是断了，额头与大腿都在流血。剧烈的震动持续许久，那是来自地壳深处的躁动，还是毁灭来临的前奏？

绝对的黑暗覆盖双眼，直到绝对的坟墓般的寂静。

4月13日。黑色星期五。夜，22点19分。

真正的世界末日来了。

第六章

叶萧开始相信世界末日了。

还是丝毫都不能挪动,鲜血夹带着尘土,从额头缓缓滑落到眼中——反正什么都看不到,如果还有一点光的话,想必是一团模糊的红色。

地狱是红的。

所有声响都消失了,寒冷从四面八方袭来,包括压在后背的重量。如果不是常年锻炼,有着良好的体能与耐力,恐怕已被压得胸腔碎裂七窍流血。剧烈的震动过程中,就像坐电梯飞速降落,或许又往下沉了几百米。这是到了地壳的哪一层?或许已不在这座城市,而被震到几百公里外太平洋的海底。或许这才是真正的大地震,地面上一切已荡然无存,包括那些刚被释放的幸存者。他们还以为就此摆脱了杀人嫌疑,可以自由地走在月光下,却又一次被毁灭世界的灾难吞噬——他们会不会后悔,后悔为什么不早点死去?相信世界末日在愚人节来临,在七天七夜的自相残杀中相继灭亡——叶萧知道这些人都有杀人嫌疑,但所有一切都是推理,缺乏有力的证据,他们打死都不会承认!何况这一切并不是他们的错,而是……

他已感觉不到疼痛了,静静地等待死亡,在电影放映机房的废墟中——五天前,叶萧第一次深入地底,随着打穿九楼穹顶的救援队员,进入被封闭了七天七夜的未来梦大厦。他独自穿过半坍塌的通道,被狗叫声引到这个小房间,发现一条可怜的拉布拉多犬,还有全身被埋住的中年男人,只露出双手与头部。

这个男人还活着,叶萧用手电照亮了他的脸,布满灰尘与污垢的脸,还有沾着血迹的阿玛尼西装的领口。

他认得这张脸!

叶萧半蹲下来,距离这张脸咫尺之遥,反复辨认,与记忆中的那些照片对比,虽然看起来狼狈不堪面目模糊,但那双冷酷无情的眼睛,却分明是任何人都不会混淆的。

"罗浩然?"在拉布拉多犬的狂吠声中,叶萧轻轻说出了他的名字。

"是的。"这个中年男人略显痛苦,"外面的世界,还存在着?"

"是。"

"没有世界末日?"

叶萧斩钉截铁地回答："没有。"

他死死盯着罗浩然的脸，心里却狠狠地说——"为什么不把他压死？为什么要让这个人活到现在？"

一年多前，叶萧从另一个世界归来，回到公安局继续做警察，偶然从老王嘴里听到一起未破的命案——两年前，郊外湖底打捞起一辆汽车，没有牌照的黑车里有具尸骸，早已高度腐烂变成白骨。经过检验科与法医的分析，确认死者是三十岁左右的女性，死亡时间在一年前，汽车并非死者开入湖中，而是在死后被抬上汽车驾驶座，连人带车推进湖底。警方调查了大量失踪人口，最终确认死者身份，是一个叫楚若兰的女子，死亡时三十一岁，职业为服装店营业员，家住市中心老住宅区——已被拆迁建造起未来梦大厦。

叶萧刚看到"楚若兰"这三个字，当即失手把桌上的茶杯打翻了。

心中默默祈祷只是同名同姓，可是全国叫这个名字的人实在太少，接着他看到了卷宗上的照片——虽然只是刻板的身份证照片，虽然已过去了十六年，却还是四一中学高三（2）班邻桌的那个女孩。

当晚，叶萧指天发誓，要亲自将凶手绳之以法。

死者的儿子曾向警方报告，认为是未来梦集团绑架了楚若兰，只因他家是拆迁"钉子户"，为全体街坊邻居拼死守护老房子，拒绝开发商提出的拆迁补偿方案。拆迁办曾以谈判为名，深夜将楚若兰带走，从此音讯全无。警方调查过拆迁项目负责人，对方却矢口否认。

由于尸体高度腐烂，许多证据都已消失，至今仍是悬案。

楚若兰出事前，她的父母都已去世，户籍资料显示她仍是"未婚"。叶萧去找过她的儿子，却发现那个孩子从高一开始就辍学失踪了。叶萧走访了当年的拆迁户，其中不少还是他的老邻居，大家都反映在拆迁过程中，开发商雇用地痞流氓，使出许多卑鄙手段，等到楚若兰神秘失踪，大家才知道未来梦集团心狠手辣，被迫在拆迁协议上签字，被赶出了世代居住的家园。

叶萧进一步查到未来梦集团的底细，秘密跟踪调查董事长罗浩然，使用了一些无法摆到法庭上的手段，确定他就是杀害楚若兰的幕后凶手，但这些证据全属非法而无效，必须找到直接的人证。

警方再度对抛尸汽车作了调查，发现这辆车曾经失窃。叶萧从失窃车着手，锁定了一个劣迹斑斑的帮派分子，此人参与过对拆迁户的暴力胁迫，打断过一个老街坊的肋骨。叶萧费了好几个月，终于查到那家伙的下落。

他布置了严密的抓捕计划，带着众多警察包围嫌犯住所。不想此人警惕性极高，居然跳窗逃跑。叶萧在黑夜里追过三条马路，终于将他逼入一个死巷子。

暴徒掏出一把弹簧刀顽抗。本可开枪将其击毙，但叶萧明白他不过是卒子，真正的凶手还隐藏在幕后。所以，无论如何不能让他死，必须抓到活口作为证人，才能把罗浩然咬出来。然而，嫌犯利用他不愿开枪的弱点，不顾一切举刀刺了过来，叶萧不肯为他让出逃路，就这样硬生生挨了一刀！

就在他鲜血喷溅的生死关头，警官老王气喘吁吁地赶到，毫不犹豫地拔出手枪，一枪击中亡命之徒的眉心。

"不！"叶萧扯开嗓子大吼。他胸口还插着一把刀，看着眼前的浑蛋被一枪爆头。

他紧紧抓住那个人的尸体，不让他就这么倒下去，对着已被打烂的脸喊道："告诉我！是谁让你害死楚若兰的？是不是未来梦集团的老板罗浩然？"

等到数名警察冲到身边，叶萧已同尸体一起倒地，他痴痴地看着黑色天空，任由鲜血从胸口流淌。老王抱起他送往医院抢救，否则马上就要没命。

"为什么要开枪！不是说好了只准朝天鸣枪，必须要留活口的吗？"叶萧虚弱地反复说这几句。

老王摇着头说："你真的疯了，不开枪你就会被杀死！"

他在昏迷之前，心中暗暗地想——只要能抓住罗浩然，就算死了也值得……

三个月后，叶萧才出院。楚若兰案件的线索全部中断，就连当初打电话骗她出来谈判的那个人，也莫名其妙地自杀身亡。

至今，叶萧胸口还有一道可怕的伤疤。

最近几个月来，每次从自家眺望窗外，他都死死盯着未来梦大厦，盯着顶楼的某个窗口。他还买来高倍望远镜，可以清楚地看到上千米外的动静。他已确定罗浩然常住的总统套房，偶尔能从窗户里看到他的脸——就是此刻被压在废墟里的这张脸。

罗浩然是异常小心之人，绝大多数时候都拉紧窗帘，只有晚上才打开一半，通常房间里并不开灯。叶萧知道他就躲在窗户里，却是一片黑暗，那个男人就像一个隐身的恶鬼，透过窗户俯瞰这个世界，一点点吸干人们的血肉……

不能就这么放过了他！

叶萧偷偷搞来了一把军用狙击步枪，从自家窗口可以瞄准罗浩然。

他已做好周密计划——在愚人节的子夜，用这把超远射程的步枪，无声无息地射杀那个男人。

当罗浩然被远距离的子弹打穿脑袋以后，叶萧将代表警方前来调查，自然永远不会查出凶手，最终就以罗浩然树敌过多，被竞争对手请来职业杀手干掉结案。

没想到，就在愚人节的晚上，未来梦大厦竟沉到了地底一百多米深处。

他等待了七天七夜，希望知道罗浩然的生死，默默诅咒他在地底粉身碎骨，永世不得超生。

这也是叶萧主动请缨，要跟随救援队深入一线，冒险进入穹顶以下的原因。如果罗浩然还没有死，叶萧绝对不会让他活下去。

他真的还活着，就在这间半坍塌的放映机房里，只有一条也被半埋着的狗陪伴他。

罗浩然并不认识叶萧，只是绝望地瞪大了眼睛，盯着这个穿警服戴头盔的男人。

"是你杀了楚若兰？"叶萧缓缓摘下口罩，不容迟疑地问道："回答！是？或者不是？"

"是。"

他如此老实地交代，倒让叶萧感到奇怪，他本以为这个男人会百般抵赖。

"算你还是个男人。"

叶萧决定让罗浩然以男人的方式死去。

地面上散落着许多块碎玻璃，他拿起一块最锋利的，在剧烈的狗吠声中，渐渐逼近罗浩然的脖子……

他没有丝毫反抗，任由叶萧绕到他背后，抓住他的头发，用玻璃片割开了脖子。

整个杀人的过程中叶萧都戴着手套。

罗浩然的气管被锋利的碎玻璃片割开，鲜血如喷泉涌出，他抽搐了半分钟就彻底断气了。

叶萧回到死人的面前，颓丧地坐在黑暗的放映机房里，耳边仍然充斥着狗叫声——拉布拉多犬用凶恶的目光盯着他，如果现在就把它救出来，一定会扑上来咬断他的喉咙。

4月8日。星期日。夜，22点19分。

罗浩然的眼睛始终睁着，手电光线里渐渐混浊的眼球，似乎映出叶萧的脸。

终于为她报仇了！可叶萧心中丝毫没有畅快，反而是无尽的悔恨与怅然……

他重新戴上口罩，走出杀人现场的小屋。肯定还有其他幸存者，不可能只有罗浩然一个人。

果然，他救出了一对日本母子，而救援队员很快救出了其他四个幸存者。

最让他意外的是，居然还有周旋！

他越来越疑惑，在地底的七天七夜，包括罗浩然与周旋在内的这些人，究竟发生过什么事情？

　　接着便是那些动物的尸体，让人不易察觉的弹孔，直到他进入地下四层，面对地狱。

　　虽然，叶萧戴着口罩，依然在腐尸的毒气中昏了过去……

　　当他在医院里醒来以后，却失去了一段重要的记忆——在放映机房里的那段记忆。

　　他不确定罗浩然是被谁杀死的！

　　也许是自己？也许是其他人，比如周旋？还是莫星儿？她长得太像若兰了！

　　叶萧之后紧张急促的调查和讯问，就是为了找回这段记忆，让自己相信是某个幸存者杀了罗浩然，以及在地下发生过极其残酷的事件。

　　其实，这样的间歇性失忆，一年多前归来后就经常发生。叶萧也去医院检查过，他的大脑在另一个世界受过机械性损伤，遇到刺激就会短暂失忆，又不知何时会回想起来。

　　原来如此，是自己杀了罗浩然，也算是亲手实践了誓言，为若兰成功报仇——叶萧被埋在深深的地底，他知道自己很快就要死去，变成一具枯骨埋在废墟间。鲜血从眼睛又流淌到嘴唇，他尝到一股特别的滋味……那是十七年前，他幻想中跟女孩接吻的滋味。

　　不，不仅是鲜血，还有热热的眼泪，一同流进他的嘴唇。

　　若兰，你看到我了吗？

　　十七年前，那个春天的夜晚，我微笑着对她喊道——

　　"明天见！"

　　"世界末日再见！"

第丘吉尔章

世界末日再见！

妈的，五天前，当我从地底被救出来的时候，我用吠叫表达自己抓狂的心情——原来没有世界末日，原来地球还好好的，只有未来梦大厦沉到了地底！

我在军方的动物医院受到 VIP 待遇，我受伤的腿上了夹板，很快就会生龙活虎。我怀念我的主人，他可怜地死于地底。每个夜晚，我都会长长地哀嚎，医生们也为我感动。也许，这辈子我无法再忠于第二个人了吧。

没想到，五天以后，世界末日真的来了！

我被埋在动物医院的地底。所有的人与动物都死了吧？我是世界上最后一条狗吗？或许，我只能再活几分钟，因为我的肋骨都已经断了，体内的鲜血正在渐渐流失……

我已经"汪"不动了。悲啊！

你们这些看书的鬼魂，还在想些什么？为那警察而哀叹？以为是他杀死了我的主人？

错了！真相还没有大白！

只有我知道答案！我是现场唯一的目击证人！我知道是谁杀死了我的主人！你们可以不相信人说的一切，但必须要相信我。

请记住一点——人是会说谎的，但狗不会！

总而言之，你们又一次被欺骗了，凶手绝不是那个叫叶萧的警察。

可是，你们能听到我的话吗？

真相永远只有一个……

第6部
掘墓人

"罗浩然?"

"是的。外面的世界,还存在着?"

"是。"

"没有世界末日?"

"没有。"

五天后,我已化作幽灵,躲藏在你的背后,看着你。

你倒在我被埋过的地方,身负重压,一团漆黑中,确信世界末日降临,唯有等待死亡。我知道你心里想的一切,也知道你正在编织一套杀人的幻想,弥补你面对我时的犹豫与怯懦。你以为我从未见过你,你以为我还寄希望于你来救我,却没想到我会祈求你杀了我。

你错了,我认识你。

但你永远都不会记起我。

时间,倒回到五天前……

那时我还活着,还在呼吸地底混浊的空气。除了双手和头部还能活动,我全身被埋在瓦砾废墟中。我心爱的丘吉尔也如此,它无助地狂叫,期望将人引来救我们。

突然,一道电光射入这黑屋子。

你来到半坍塌的电影放映机房,用手电照射我和丘吉尔的脸,刺得我睁不开眼睛。

你认出了我。

而我也认出了你——叶萧,一个出色的警官,你一直在追查我,想要将我绳之以法。

但你不会知道我的过去,不会知道楚若兰的真正死因,那是任何人都无法靠近的秘密,隐藏在一个坚固到极点的核壳深处。

即便你发现那封遗书,也仍然会被我编造的记忆而欺骗。

比如我的年龄,在户籍档案资料里,我今年四十岁,实际上我只有三十六岁,今年是本命年。

没错,我的所有身份信息,包括家庭出身以及教育背景,全都是在十年前伪造的。我之所以看上去像四十岁,是因为我的青少年时代在悲惨世界中度过,因此显得过分成熟,面孔被苦难刻满沧桑。

我不知道自己出生在哪里,也不知道生日是几月几号。当我刚开始记事,就在全国各地流浪。我有一对养父母,他们没有姓名只有外号——我的养父叫"馒头",我的养母叫"蛋花",这是他们最爱吃的奢侈品。而我叫"大叉",因为我最爱用手指在沙地上画大叉。养父母是一对流浪者,他们操着标准的北京口音,这让我后来说一口流利的普通话。

少林寺脚下的深山中,我们从郑州去洛阳,当然买不起火车票,便抄近路走山间小道。在大雪覆盖的松林间,我们吃着少林寺和尚施予的窝头。养父母烤着火告诉我——他们是在唐山把我捡到的,在郊外的一片荒山脚下,完全倒塌的军工厂里,传出一阵婴儿的哭声。当时,有一条野狼徘徊在月光下,循着哭声想要来叼走婴儿。养父母出于同情心,用棍子赶走了那条凶狠的狼,从废墟里救出了濒死的男婴——那年养母刚生下个儿子,没几天就夭折了,她看着襁褓中啼哭的我,流着眼泪解开衣服。我本能地咬住乳头,顽强地活了下来。我没有资格成为地震孤儿,因为有人怀疑我本就是流浪汉亲生,因为养不活才塞给政府。最后,养母实在舍不得离开我,就把我当作自己的孩子,带在身边踏上流浪旅途。

我几乎去过中国的每个地方,跟着养父母靠捡垃圾为生,收集各种废纸箱与瓶子,去回收站换些钱来买吃的。通常十多天才能吃到一块馒头与一碗蛋花汤。养母经常带着我坐在废玻璃前照镜子,她说我天生是一个漂亮男孩,长大后会有许多女孩喜欢我——她说着说着会掉下眼泪,不知是想起死去的儿子,还是想到将来我不可能讨到老婆。小时候我很聪明,养父教会我认识了几个字,但他自己只读到小学三年级。有一年我们路过浙江的农村,替乡镇工厂回收工业废料,我总是趴在乡村小学的窗下,偷听他们上课。为此我经常挨打,有时头破血流,养父母也不敢找人要个说法。后来,我遇到一个城里来的支教老师,他让我坐进课堂,送我一套旧课本。就在那一年,我学会了一千多个汉字,并在小学六年级的考卷上,拿到了学校的最高分——但我没有资格继续读书,当我的同学们升了初中,我却跟着养父母去了南方。

十三岁那年，我们在深圳的建筑工地上捡垃圾，养母被倒塌的吊车砸中身亡。养父抱着我哭了几天几夜，直到被强制关进收容所，塞进大卡车遣送出广东。

五年后，那个寒冷的冬天，我和养父再也找不到可以捡的废品，饥肠辘辘地饿了好几天，沦落到沿街乞讨。我们不幸遇上了城管。我被城管踹了一脚，养父愤怒地上去理论，结果被一群城管拳脚相加，当场死在白茫茫的雪地里。我抱着他的尸体，看着白雪上鲜红的血，再也流不出一滴眼泪——十多年后，我派人到那座城市查出当年带头打人的城管，然后制造了一场交通事故，让那个畜生被一辆卡车轧死了。

养父死后，我孑然一身，扒上一列运煤的火车，来到了东部沿海的这座大城市。

那一年，我见到了她。

"是你杀了楚若兰？回答！是？或者不是？"

"是。"

"算你还是个男人。"

"你想杀我吗？"

"我……"半坍塌的电影放映机房里，叶萧戴上手套，从地上捡起一片碎玻璃，锋利的破口发出寒光，耳边响彻拉布拉多犬的狂吠，"为这一天，我已等待将近一年了。"

那一年，我十八岁。

我穿着一件洗得发白的夹克衫，白条纹的蓝色运动裤，一双垃圾桶里捡来的旧球鞋。透过街边理发店的橱窗，我可以清楚地看到自己的脸，有一双大而沉默的眼睛，原本白皙的皮肤稍稍晒黑了些，乌黑的头发因为经常用冷水冲洗，并非杂乱无章也没有散发臭味。我的个头比许多城里孩子更高，虽然从小没吃过任何有营养的食物，就连牛奶的滋味都没怎么尝过。矮小瘦弱的养父母，一直猜想我的亲生父母肯定是身材高大、形象俊美，说不定还是"艺术工作者"。

那是个深秋的下午，阳光穿过梧桐树叶，洒在理发店的玻璃门上。当我痴痴地看着"镜子"里的自己，摆出街边广告里吴奇隆的表情，那扇门却突然打开，走出一个少女。她刚理完头发，似乎只是稍微修剪了一下，扎着长长的马尾。她穿着一件白色的大毛衣，冷冷地看着我的眼睛。几秒钟后，我才意识到自己挡住了她的路。我害羞地低头，退闪到一边轻声说："对不起。"

"没关系。"

她看起来很有礼貌与教养，匆匆打我身边走过。等到我抬头看她，没想到她也回头来看我，两个人的目光撞到一起，我看出了她心里的疑惑——这个人怎么穿得像个乡巴佬，可长得倒挺像城里人？干吗要站在理发店门口照镜子？是不是变态？不过，他挺帅的……

她并未走远，而是来到一家街边的租书店，摸了半天口袋，才发现所有的钱都在理发店用完了。老板说那是最后一本，很快就会被别人借走。当她失望地要离去时，我冲到她面前，从兜里掏出最后一枚硬币，结结巴巴地说："我……我……借给你……"

她警觉地后退半步："你是谁？"

"我……不是……坏人……"

我那一口标准普通话在这座城市颇为罕见，这么漂亮的少女为此而害怕也很正常。她盯着我看了片刻，大概是从我的眼里发现了某种异常的单纯，她接受了："谢谢。明天会还给你的。"

于是，她借到了那本《七龙珠》。

那天晚上，我连半块大饼都买不起了，饿着肚子在桥洞下过了一夜。

第二天，同样的时间，我又来到租书店门口，特别把头发整理了一下，把衣服清理干净，装作玉树临风地站在那里。

她来了。

还是那么漂亮，头发不再扎成马尾，而是披散在肩上。但她不是一个人。

她的身边跟着两个男生，看起来像她的同学，都是高高瘦瘦惹女孩喜欢的样子。其中一个男生掏出一块钱，塞到我手里说："谢谢你。"

随后，另一个男生用异样的目光盯着我，一半出于怀疑，一半又出于同情。

他轻声对那个男生说："叶萧，你说这个人奇不奇怪？"

"嗯，是住在桥洞底下的人吧。"

而少女拉住他们的手说："周旋，叶萧，你们陪我去游戏机房好吗？"

他们三个人肩并肩走了，而我永远记住了这两个名字。

那一年，这座繁华的大都市里还有许多老房子，还能看到开阔的天空下飞过的鸽群，还有小巷间里坊中屋檐下放学的高中生们。这附近没有垃圾场,每天都有环卫工人来收垃圾。而我如果要收废品,起码要有十几块的本钱,可我连废纸箱都收不起。我原本准备离开,去郊外的废品场生活,却决定无论如何都要留下来——为了每天都能看到那个少女,看她天蒙蒙亮就背着书包去上学,看她跟那两个男生一起放学,看她回到家亮起灯复习功课,看她半夜熄灯前窗帘后的身影。

我很快知道了她的名字——若兰。

可是,我仍然没有赚到一分钱,每晚忍着饥饿睡觉,去饭店后门捡吃剩下的也越发困难。直到有一天,我饿得实在无法忍受,悄悄摸进一个忘记关门的人家。这家的门口沿着巷子,墙外有块水泥墩台,躺在屋檐下可以不受风吹雨淋,我时常躲在这里,痴痴地看着天空。我发现这户人家房子很小,但有个超大的冰箱,拉开门掏出一堆熟食,蹲在墙边狼吞虎咽起来。然而,主人听到动静跑了出来,将我拎起来一顿暴打。

他是个四十多岁的下岗工人,整天无事可干待在家里,才会大白天开着门。但是,在我的连声哀求之下,他很快放下拳头,反而给我倒了一杯水。我忍着没有流下眼泪,跪在他面前道歉。他动了恻隐之心,相信我说的一切,干脆就让我露宿在他家的屋檐下,偶尔把吃不完的剩饭剩菜留给我。而我保证绝不会再闯进他家,不会弄脏他家的外墙,肯定到公共厕所去解手。为帮助我维持生计,他还借给了我二十块钱。

于是,我开始在附近以收废纸为生,挨家挨户走过,捧着一堆废报纸,还有一杆市秤,人家一眼就能明白。我的价格比别人更公道,反正我不是贪心的人,只要赚到吃大饼与馒头的钱就够了。我很快还清了二十块钱,穿上了廉价的新衣服,去澡堂把自己洗得干干净净,大胆地出现在若兰家门口。

我还是不敢跟她说一句话,即便她身边没有那两个少年。有时她也会看到我,眼神相对时会微微一笑,她似乎对我并无戒心,因为我浑身上下收拾得还算不错。

有一次,我与她几乎肩并肩走路,当我按捺不住地想要跟她说话时,她却抢先说道:"你为什么一直跟着我呢?"

我羞涩地摇摇头。"没有,只是凑巧吧。"

"你就是跟着我,晚上还躲在我家楼下。"

"对不起!"我不是一个会说谎的人。

而她甩了甩马尾说:"幸亏我没把这件事告诉我的两个男同学,

否则他们一定会来揍你的。"

"哦，谢谢。"

"我叫若兰，但我还不知道你的名字呢。"

"我——"我从小到大都没有名字，只有一个外号"大叉"，就连养父母也这么叫我，"我没有名字。"

"没有名字？"

"是的，我没骗你。"

虽然，我相信自己的表情是诚恳的，但若兰的眼睛里分明写着——你就在骗我。

"让我想想。"正好路过一家音像制品店，她指着橱窗上罗嘉良的海报说，"你就姓罗吧。名字嘛，我昨晚在背语文课本里李白的《赠孟浩然》，你就叫罗浩然吧。"

"罗浩然？"

"这个名字不错哦，听起来就像是个大人物。"

"我？大人物？"想到这里，我自己都扑哧一声笑了出来。

当我们两个一起笑起来时，头顶一户人家的窗户打开了，一个家庭主妇伸出头来喊道："喂！收废品的！到我家来收旧报纸！"

我的脸色一下子变了，羞于让她知道我的职业。而她慢慢后退两步，轻声说："你去吧。"

我给了楼上女人一个白眼，回头若兰已经不见了。

"连警察都要杀我？"

"罗浩然，你杀了人，就应该偿命。"

"是的。"

"可就算我把你抓住了，他们也未必会判你死刑，说不定很快就会把你放出来！"

"也许吧。但我从没想过要杀若兰。"

"不要抵赖！"

"你们每个人，都想要杀了我！"

那年冬天，满大街都是张学友的歌。

四一中学的高中生放了寒假，我每天都看到若兰与周旋在一起，却没看到叶萧。我有一次蹲在墙边，远远听到周旋跟若兰说，叶萧回新疆的父母家去过年了。

　　除夕夜，我躲在下岗工人家门口的屋檐下，盖着一床捡来的破棉被，又加上几层厚厚的纸板箱，再压上几块石棉瓦，以阻挡家家户户燃放的鞭炮。当我被爆竹声吵得难以入眠时，却听到窗里传来激烈的争吵。下岗工人还有老婆和女儿，她们都极其讨厌我，觉得墙外住着一个收废品的流浪汉，既不吉利又很危险。从此，下岗工人再也不敢跟我说话了，他的老婆还去找了居委会，要把我从她家外面赶走。但是，她家的墙外属于公共场所，谁都无权把我赶走。我不想回到桥洞底下住，那里阴暗潮湿又总是发生命案，我只想躲在这条小巷子里，可以每天都看到若兰经过。

　　大年初一，下起了漫天遍野的大雪，我穿着一件捡来的军大衣，脚上蹬着塞满破棉花的跑鞋，走到若兰家门口。

　　她正在自家门前堆雪人，我静静站在雪地里看着她，不敢靠近，仿佛我身上有什么脏东西，只要往前走一步，就会把这干净的雪人弄脏，或者让它瞬间融化。雪花渐渐布满我的头发与衣服，远看起来我自己更像个雪人。

　　她向我走过来喊道："你冷吗？"

　　常年流浪，我已习惯在冬天穿着单衣裹着棉被露宿街头，并不怎么惧怕寒冷。

　　"不。"

　　"你为什么不说话？"

　　面对若兰的问题，我低下头，真的不说话了。

　　"过来陪我堆雪人好吗？"

　　她的主动让我意外，我缓缓走到她面前，掸去自己头发与眉毛上的雪。

　　半小时后，我和她一起堆起了堪称完美的雪人。

　　当我们各自抓起雪块放上去，四只手凑巧碰在了一起——摸过雪的手看起来冰冷，其实自己感觉很热，我的耳根子红透了，赶紧把手缩回。

　　看着这个漂亮的雪人，若兰摸了摸它的眼睛说："谢谢你，罗浩然。"

　　没想到她还能记得这个随手给我起的名字："你还记得？"

　　"当然，你这个每天盯着我的跟踪狂！"

　　"对不起。"我害怕地后退两步，生怕她喊别人来抓我。

"但你不是坏人——对吗？"

"你怎么知道？"

"因为。"她缓缓靠近我，"我相信你的眼睛。"

"眼睛？"我摸了摸自己的眼睫毛，抚去一片刚刚降落的雪花。

"再见，我要回家吃午饭了。"若兰露出一个迷人的微笑，向我挥了挥手，"加油，大人物！"

她回家了，白茫茫的雪地中，只剩与我一同亲手堆起来的雪人。大人物？那究竟是希望还是嘲笑？

接下来的几天，我都看到周旋来找若兰玩，他们一同出去放鞭炮，去其他同学家里串门，坐公交车去更远的地方。每当他们在一起，我就不敢出现在她面前，看着自己身上肮脏的军大衣，再看看周旋穿的崭新的羽绒服，实在没有脸走出来。

每天晚上，我在水泥墩子后面睡觉时，都会听到下岗工人家里的吵闹声。有时，他的老婆故意往外泼一脸盆冷水，将我从头到脚浇得湿透，只能去流浪汉聚集的桥洞下面烤火换衣服，要不是我年纪轻身体好，早就冻得生病甚至死掉了。

年初四，这天晚上迎财神，到处都是烟花鞭炮。下岗工人虽然没几个钱，也在自家门前放起高升，还把我的棉被扔进了垃圾桶。这下我彻底无家可归了，只能沿着墙根四处游荡，来到那栋传说中的"鬼楼"。

这栋三层小楼在巷子最深处，传说几十年前里面的人家集体自杀，从此留下各种闹鬼传闻，就再也没人敢住进去了。我也怕鬼，否则早就搬到这偌大的空宅里了。

我痴痴地坐在"鬼楼"底下，感到阴冷的风嗖嗖地从地底吹来，抬头却发现三楼窗户上亮起一盏幽幽的灯——这栋楼早就断了电，哪里来的灯呢？除非是蜡烛。

那三楼窗户布满灰尘，多少年没人住过了。但在窗里的烛光照映下，却有鬼魅般的人影闪过。我吓得逃到"鬼楼"外面，听着此起彼伏的爆竹声，给自己壮胆。

忽然，我看到"鬼楼"里走出来一个人，穿着白色的羽绒服，还戴着连衣的风帽，让人看不清她的脸——是她？

我凑近了要看清楚，却听到她一声尖叫，原来真的是若兰！

她没有看到我的脸，只是转身向另一个方向逃去，直到再也看不到她的身影。

我又回头看了看"鬼楼"，三楼窗户里的烛光熄灭了。她来这里干什么？不会是来捉鬼的吧？

冬天很快过去了。叶萧从遥远的新疆回来，他们进入最艰苦的高三阶段，遇上若兰独自一人的机会更少了。

我只能每天清晨看着她出门，而她每次见到我，都会送来一个微笑。但在春暖花开之后，我再也见不到她的笑容了。偶尔几次单独相处，不过是她周末出门打瓶酱油，正好撞到我在收旧货。看到她总是愁眉不展的容颜，我很想问她发生了什么，可是，我怕我跟她越说越多，就会忍不住说出心里话——我很喜欢她。

不，我不可以说出来，我只是一个收破烂的流浪汉，任何一个正常女孩都不会喜欢我，何况是那么漂亮的若兰。不要再异想天开了，更不要尝试自取其辱。说不定她还会告诉家长，接着我会被赶出这片街区，而她很快将把我遗忘，包括我的脸和我的名字。

春天，我回到那个下岗工人家门口过夜，尽量远离他家的墙根与窗户，却还是不断听到他老婆的谩骂声。直到一个晚上，当我正在熟睡，突然有人来到身边——像我们这种流浪汉，每天睡觉必须保持警觉，否则被人杀了都不知道。我一把抓住了那个人的手，却发现是下岗工人。他说今晚降温，看我这么睡觉担心着凉，就给我加一条厚毛毯。我感激地向他道谢，继续睡了过去。

天还没亮，巷里响起一阵急促的脚步声。我感觉到某种危险，翻身跳起准备逃跑，却被几双大手牢牢压在地上，同时一把手铐挂到了手上。

我看到了三个警察，还有下岗工人和他的老婆，那个女人对警察说："就是他！半夜闯进我家偷钱！"

"我没有！"

我大声为自己辩解，但一切都是徒劳。警察从我的口袋里搜出了写有下岗工人名字的存折，里面有几百块钱下岗工资——昨晚，他不是来给我加毯子的，而是对我栽赃陷害，把存折悄悄塞进我的口袋，就是为了把我从家门口赶走，永远不要见到我这个祸害。

我在这片街区收废品已经半年，从没做过一件坏事，街坊邻居对我的印象也不错。可自从被警察抓住，却没人替我说过一句好话。警察甚至告诉我，巷子里的每户居民都说我不是好东西，一看就是小偷小摸的社会渣滓，强烈建议警方对我严肃处理。

我受到劳动教养一年的处罚，被送到劳动教养管理所，跟一群地痞流氓无赖关在一起，还被几个畜生残忍地强奸过，因为他们说我又嫩又漂亮——后来我想要找到并杀了他们，可茫茫人海中，再也无法寻觅。

一年后，我伤痕累累地从劳教所出来，容貌发生了很大变化，我想我已经不是人了，而变成了一只恶鬼。

但是，我被放出来的当天，还是去了市中心的那片老房子。

我想要见到若兰，大声地告诉她，我喜欢她——虽然我是一个可耻的"两劳人员"。

然而，若兰消失了，连同她的父母。

我问了很多人，才得到答案——就在我被警察抓起来的第二天，若兰一家就离开了这座城市，举家搬迁到南方某个地方。那栋房子属于若兰叔叔一家，而她婶婶是个恶毒的长舌妇，很快把丑闻传了出来。

原来，就在那年春天，若兰的父母发现女儿怀孕了。她始终没有说出孩子的父亲是谁，也拒绝去医院把孩子拿掉。她说自己功课很差，估计考不上大学，还不如把孩子生下来，早点出去找份工作养家。她的父母为此以泪洗面，但无法改变女儿心意。最终，父母也无颜见人，悄悄给若兰办了退学手续，一夜之间举家南迁。这年秋天，若兰在外地生下了一个男孩。

我恨他们！恨住在这片老房子里的人们！有朝一日，我要把这片房子全部拆光，盖起一栋大楼，让这些看似高傲的城里人，世代住在这里的居民，蔑视我欺负我抛弃我的人，也尝到跟我一样无家可归流浪的滋味！

我更恨那个下岗工人一家，他们卑鄙地对我栽赃陷害。他有一个显著的塌鼻子，让我在很多年后一眼就认了出来——而他直到在地底被我杀死，也没有再记起我的脸。

"不！不要！"

"罗浩然，我是警察，我代表法律，我不能杀死你。"

眼看着叶萧放下碎玻璃片，罗浩然大声吼道："你怕了？你不敢杀我？你怕被人发现真相？你害怕被关进监狱？"

"不是。"

"你真的不用怕，这里的每个人都想杀我，任何一个幸存者都可能是杀死我的凶手，没有人会怀疑到你！"

"你那么想死吗？"

"叶萧，我知道你想杀我，你的眼里早已写满仇恨——请你杀了我吧。"

从二十岁到二十六岁，作为"两劳人员"，我受尽各种苦难与屈辱，身上与心里多了许多伤痕。我依然过着漂泊四方的生活，经常为了一个肉包子而与狗打架。我也曾经用收破烂赚来的钱创业，开过路边的小饭馆与杂货店，但每次都被城管、工商、卫生这些部门以非法经营为名而取缔告终。我这才明白，一个"山上"下来的人，没有背景与本钱，无论多么努力与聪明，想要创业成功的可能性几乎为零。

十年前的春节，我在北方沿海的一座城市。我再一次被城管暴打，抢去身上最后几十块钱，走投无路地来到海边，准备踏入冰冷的海水，结束这卑微的一生，却发现海水里有个人在挣扎。我立刻把那个人救了起来，差点搭上自己的性命。那是一个年轻女子，容貌普通但不丑陋，从衣着来看是个体面人。她已呛入许多海水，奄奄一息，我用了各种方法，终于让她醒了过来。

她睁开眼睛，看着我的脸，第一句话是："你是天使吗？"

我明白天使是什么意思，我眨了眨眼睛，说："不，我是恶鬼。"

差点死掉的她面色一下子恢复了，从痛苦变成微笑，接着哈哈大笑："好吧！我不想自杀了。"

我把她从海滩上抱起来，直到公用电话亭，向路人借了一块钱打电话。几分钟后，一辆奔驰轿车开到路边，把我们接到一家五星级酒店。她开了一个豪华套房，洗澡换衣服，还给我买了一套阿玛尼西装。为答谢我的救命之恩，她又请我吃了一顿西餐。

饿了两天的我一口气吃了四块牛排，她惊讶地看着我说："你是饿死鬼吗？"

"是。"我真的没有说谎。我强忍着不打饱嗝，猛喝一口红酒问道："为什么要自杀？"

"为了等一个人。"

"谁？"

"你。"

她紧紧盯着我的眼睛。我虽然穷，没见过世面，但我也不是白痴，我知道她喜欢上了我。

"好吧。"

"我还不知道你的名字呢。"

"我叫——"本想说"罗浩然"这三个字,我却想起若兰的脸,便随口说出另一个名字,"唐山。"

"好奇怪的名字啊。"

"因为,我是在唐山生的。"

"我也是。"

随后,她将自己的故事娓娓道来。她比我大两岁,出生于有名的红色家族,爷爷是我党打入国民党特务机关的地下工作者,后来被叛徒出卖,牺牲在监狱里。"文革"时期,她的爸爸从高位上被打倒,全家被下放到唐山郊外的一家军工厂,就在那里遭遇了大地震。她的妈妈与三个哥哥遇难,刚出生的弟弟下落不明——听到这里,我的眼泪忍不住落了下来。

她握着我的手,轻轻地在我耳边说:"你就是我的天使。"

几年前,她的父亲去世了,追悼会上来了许多大人物。因为有这层关系,她开始下海经商,年纪轻轻便有了亿万资产。父亲生前好友给她安排过多次相亲,都被她拒绝了。她也遇到过疯狂追求她的男人。终于有一次,她坠入情网,一个男演员发誓要爱她一辈子,最后发现他只是为了她的钱与权力。

受过这次打击,她决定自杀。

我看着她的脸,不禁越来越感到亲切。这天晚上,她把我引入她的房间,而我坚决不碰她的身体,反而逃了出去。

我逃出去并不是因为害怕,而是我知道一旦上了她的床,就再也不可能被她瞧得起了。

还有一个原因——唐山。

但是,我们仍然保持着密切来往,她给我在她的公司里安排了一个职位,让我学习怎样管理公司与经营业务——我学习任何事物都非常快,甚至超过专业出身的人。她说我是一个天才,送我去学习英语、财会、金融……许多人要多年实践才能掌握的才能,我只需短短几周便了如指掌。

我开始习惯于每天穿西装打领带,看到镜子里自己高贵的模样,像个电影明星更像"成功人士",而她小鸟依人地靠在我的肩头,往往让我羞怯地侧身。

她向我说出了自己的秘密——她有先天性心脏病,发病时如果不立即吃药,就会有生命危险。

而我也坦陈自己的过去。那一切并没有让她蔑视我,反而充满同情与关怀。她为我去相关部门走关系,抹去了我的一切耻辱经历,又给我重新撰写了一份优秀的履历,甚至包括一个红色家庭背景。

几个月后,她主动提出与我结婚,而我还没有真正触摸过她的身体。她已认定我是一个正人君子,是值得托付终身的男人。

在我们登记结婚之后,她把董事长与法人代表的职位让给了我。她说她到底是一个女人,最讨厌的就是经商。她退出一切公司事务,专心做全职太太。从此,我掌管了整个公司,以及她所有的个人财产,那是当时无法想象的一笔天文数字。

婚后三个月,我们去蜜月旅行。在南非的一座小岛上的度假村,她突然心口剧痛,让我从她的包里把药拿出来,而我却故意把药片撒到地上。她眼睁睁看着这一幕,还来不及说一句话,就死了。

我继承了她所有的财产——也许这笔财产本来就是属于我的。

我不想让别人知道这一切,不想让人觉得我所有的财富都来自于一个女人。于是,我再一次动用她的社会关系,不但更改了档案资料,删除了之前的所有信息,还把我的名字更改为"罗浩然"。

"这个名字不错哦,听起来就像是个大人物。"

耳边总是回响着若兰的声音。

最短的时间内,我把原来的公司清算关闭,利用套现的巨额资金,重新注册了一家新公司——未来梦房地产开发有限公司。我在许多地方打通关节,以低价购入大片地皮,当别人在开发住宅物业时,我却着力发展商业地产,在全国建造了数栋未来梦大厦,发展成为大型商业地产集团。

现在,你该明白为何查不出我过去的经历了吧?

无论是悲惨的流浪童年,还是劳动教养的耻辱经历,抑或与官二代富婆结婚致富的历史,都是绝对不能让人知道的。我必须删除所有这一切,还要永远保持低调,不能出现在镜头前,更不能有媒体报道。只有公司高管及总部少数人员才能见到我的庐山真面目。我不需要任何商业炒作,只需打通关节,就可以悄无声息地把钱赚了。

十年间,我的财富翻了好几个十倍。

"就这么杀了你岂不是太便宜你了？罗浩然，我要让你所做的一切恶事，都在法庭上公之于众，让你在监狱里度过后半辈子。"

"法庭？对不起，你这个警察也做得太天真了吧？我不可能上法庭，甚至都不可能被起诉。原因嘛，你懂的。"

"住嘴！"

"叶萧，你要报仇的话，除了现在杀掉我，没有其他办法。"

"不，我不会杀你的！"

叶萧，我不知道你是怎么想的。

不过，那么多年过去，我从未忘记过若兰。

我曾经派人寻找过她，希望能再见到她一面。可是，她连同她的父母以及儿子，全都音讯渺茫。有人说她举家移民国外了，也有人说她早就死了。

七年前，我偶然地遇到了十八岁的莫星儿。

她长得很像若兰，如果她还活着，你一定会对她产生特别的感觉。

对不起，我用了一些卑鄙的手段占有了她。

可惜，我得到的只是无尽的悔恨。

从那个夜晚开始，我再也不敢见到那个无辜的少女，听说她跳楼自杀未遂而骨折，不久她的爸爸也自杀身亡。

四年前，我终于回到这座城市。

我兑现了誓言，买下了市中心的这片地，要把这片给了我悲伤记忆的老房子全部拆光，造起未来梦大厦的总部，让居住在这里的冷漠自私的人们，全都被赶到遥远的郊区，让他们变成自己也瞧不起的"乡下人"。

其中，有个"钉子户"带头抗拒拆迁，有人把那人的资料传给我看，我发现竟是若兰！

她回来了，却是一个单身妈妈，带着十三岁的儿子。

深夜，我派人给她打电话，表示愿意给予全体居民要求的高额补偿金。然后，我派车把她接到一家郊区的宾馆。

果然是她！

多年过去，从少女变成了少妇，但还是那张脸，无数次在我梦中出现过的脸。

当然，她一开始没有认出我来，有时候我也认不出自己的脸。

我凑到她的跟前,提醒了一句:"你还记得罗浩然吗?"

可惜,若兰连这个名字也忘记了。

"你忘了那个借一块钱给你租《七龙珠》的少年了吗?忘了跟你一起在大年初一堆雪人的收破烂的人了吗?你忘了……"

"是你?"她露出了我意想中的惊讶,皱起眉毛摇摇头,"你真的——变成了大人物?"

"你好吗?"

"我很好。"

听到她的回答,我心里很是酸楚:"你没有说实话,这些年你怎么过来的?"

"你知道我怀孕的事吗?爸爸妈妈不想让这件事传出去,就替我办了退学手续,悄悄搬家到南方。我在那里生下儿子,做小生意积攒了一些钱,中断了与这里的所有联系。直到一年前发生了一场车祸,我的爸爸妈妈去世了。正好叔叔婶婶移民去了国外,我便带着孩子回来,继承了祖传的老房子。"

"孩子的爸爸是谁?"

"我不能说。"

"我可以帮你抚养他。"

我的目光如此真诚。

刹那间,她的眼睛里流露出一丝犹豫,却又坚决地摇摇头说:"不,我要回家了。"

我一把牢牢地抓住了她。十多年前就让她无声无息地走了,这一次绝对不能再错失了。

"放手!"

"哪里也不要去,你不用担心你的儿子,我会像对待亲生儿子那样对待他。"

话音未落,一记重重的耳光扇在我脸上,我忍不住松手,若兰已爬到窗台上,打开窗户大喊:"你不要过来!再靠近一步,我就跳下去!"

"若兰,你忘记了吗?我们堆雪人的时候,你是不是喜欢过我?"

"没有,真的没有,你不要自作多情了!这怎么可能?一个收破烂的小子?睡在别人家门外的流浪汉?我不可能喜欢你,一切都是你自己的幻想——过去不会,现在更不会!"

"不!"

我伸手去抓她，而她本能地往后一缩，却没想到脚底踩空，意外摔了下去。

　　这真的是个意外！

　　她死了，头部着地，颈椎折断。

　　我杀死了若兰？

　　泪水，多少年都没有流过的泪水，打湿了我的脸颊与衣领。

　　我抱着她痛哭许久，亲吻她的嘴唇，直到她变得冰凉而僵硬。

　　当然，我必须掩饰这里发生的一切。我找来一个帮派分子，给了他巨额酬金，让他弄来一辆没有牌照的黑车，把若兰的尸体装进车里，开到郊外的湖底——如果找不到尸体，也就不可能以杀人罪来起诉我。

　　若兰死了，我变成人的最后一丝希望也破灭了。

　　不久，当年那片老房子全部拆光，盖起了我的未来梦大厦。打地基的过程中，确实发现了一些明朝的墓葬，但并没有所谓的宋代寺院和《地狱变》壁画。那是我在大厦建造过程中秘密修建的一个密室，重金聘请了一位日本的传统画师，按照我的想象画出了地狱的景象。至于燃烧的牛车里的女子，就是按照若兰的形象描绘的——当你看到这幅壁画，一定会觉得似曾相识吧。

　　最近三年，我住在未来梦大酒店的顶层，住在少年时流浪过的那片老房子之上，住在若兰住过的老屋的空中。每个夜晚，我仍然会梦见她，梦见那片白茫茫的大雪，梦见那个雪人渐渐融化。

　　其实，我很害怕。

　　住在十九层楼，每次看着窗外的世界，都有一种要倒塌崩溃的感觉。只有我的丘吉尔才能让我得到片刻安宁。我身边的那几个高管都是些唯利是图的浑蛋，平日里个个唯我马首是瞻，不过是看在钱的分儿上，还有我那点权贵阶层的关系。我从不对他们说起我的过去，但总是暗示自己在北京有人，只是不方便说出来，让高管们产生无限联想，最终认定我的后台贵不可言。

　　那么多年来，除了梦到若兰，我还常常梦见自己悲惨的童年，梦到跟随养父母四处流浪的生活，每个人都瞧不起我，他们打我骂我侮辱我，把我像条狗一样看待。

　　如果，我突然没有钱了，也没有了任何权力，一切就会回到原点，回到二十年前……

　　而我的神秘也是靠砸钱来维持的。如果未来梦集团崩溃，上万人一夕之间失业，全国多出许多烂尾楼，必定成为万人瞩目的焦点。媒体与公众不会放过我，擅长人肉搜索的网友也不会放过我，连方舟子都会来打我的假学历与假背景……全世界很快都会知道我的过去，知道那些可耻的往事，甚至翻出我劳动教养时的狱友！

不错，你现在可能已知道了，早在一年以前，未来梦集团的运营状况开始极度恶化。既因为国家宏观调控，也因为买地成本越来越高，而全球经济形势又不好，我在海外的投资严重亏损。我只能在集团财务报表中做假账，但到上个月资金链都已断裂，还欠下银行与供应商数十亿债务。高管们将会集体辞职，所有员工薪水也无法发放……

于是，我决定自杀，避免活着遭受屈辱，时间就定在愚人节之夜。

4月1日。星期日。夜，22点19分。

我在未来梦大酒店十九层的总统套房，打开窗户跨了出去。

奇怪的是，我看到隔壁房间的窗台上，也有一个人爬了出来，他也要自杀吗？

这时，我看到远方亮起一道绚烂的极光。

"叶萧，你真的不敢杀我？好吧，能否帮我一个忙，把那块碎玻璃放到我的手上。"

"罗浩然，你想干什么？"

"放心，我现在被压在废墟里，不可能伤到你，更不可能逃跑。"

"你想干什么？"

"求求你！把那片碎玻璃给我！你后面肯定还有其他人，如果他们闯进来，就再也没有机会了！"

"你想干什么？"

"替你完成你不敢做的事。"

叶萧沉默了半分钟，在剧烈的犬吠声中，捡起地上的碎玻璃片，缓缓放到罗浩然手中。

"谢谢！"

世界末日？

接下来，我在地底度过了七天七夜。

我本以为外面的世界都毁灭了，不可能再有人发现我的秘密，也不存在未来梦集团破产这回事。我可以放心地活在地下，无论活一天还是一年！我的求生欲望如此强烈，不但要自己活下去，还要帮助其他人共渡难关。我认出了莫星儿，知道她想杀我，却一直没动手，我也不去招惹她。甚至，当我认出那个塌鼻子老头就是当年对我栽赃陷害的下岗工人后，也放弃了杀他的念头。

　　叶萧，你不是看过我那封遗书了吗？你相信我写的一切吗？你又一次被我欺骗了吗？不错，关于我的身世以及妹妹，都是过去几年我脑中不断累加的妄想。我强迫自己相信，乃至于几乎忘记真实的过去。我想象自己出身于红色世家，爸爸曾经位高权重，妈妈与三个哥哥死在大地震中——或许都是真的，可惜无法证实。我把若兰替换成妹妹，一个对我冷漠的小市民的女儿，在我想象中变成与我青梅竹马朝夕相处的亲人，又最终在湖底成为一具枯骨。

　　叶萧，你忘了中学时代请周旋为你代笔写过情书吗？你忘了自己最好的朋友的笔迹吗？我可写不出那么漂亮的文字！

　　你明白了吗？这回也是周旋代笔！在《地狱变》壁画的注视下，由我口述人生——我的"妄想人生"，由周旋记录，亦不乏作家的润色加工，这将是他的最后一部作品。

　　当然，若是让他知道我的秘密，恐怕当场就会把我杀了。

　　第五夜，莫星儿摸进我的房间，重提旧事要杀了我。但她没有胆量杀我。她流着眼泪离去时，我本有机会杀了她——但我会杀死若兰吗？只要她还长着这张脸。

　　丘吉尔蹭着我的大腿，也许正是它混浊的泪眼救了我的命。

　　就在我违反自己制订的规则，在门外点起香烟时，我并不知道莫星儿正在被人强奸。我早就从监控里发现了强奸犯的秘密，却没说出来——我的沉默造就了姑息养奸。

　　最后一天，凌晨。

　　我杀了两个人。

　　对不起，我只是替他们解除痛苦。比如，那个重伤的塌鼻子老头，他的伤口里都长出蛆了，时刻被刺骨的疼痛折磨，与其这样活着不如死了痛快。我想他到死都没有想起我来，没有为十七年前的栽赃陷害而忏悔。

　　至于流浪汉，就算世界好端端地没有毁灭，他也是忍饥挨饿活受罪，没人会多看他一眼——我敢打赌，其他幸存者根本就没有注意到他的存在。我毫无愧疚之心，反而觉得自己是个拯救者。

当我独自在七楼游荡时，被小光绑架了，我才知道他竟是若兰的儿子。

当小光下定决心要杀我时，却犯了与莫星儿同样的错误——不敢杀人。

他没有长着那张我无法忘却的脸。留下他会是更大的危险，毕竟他不是女人，随时可能重新拾起杀人的念头。

对不起，若兰。

我杀了小光。

没想到被周旋发现，他开始了对我的追杀。当然，只要我躲藏在秘密通道里，他的一切努力就都是徒劳。

我把周旋代我写的"遗书"放在最深处的《地狱变》壁画之后，静静等待死亡降临。

可是，你为什么要出现呢？叶萧，你的出现就意味着没有世界末日，只有未来梦大厦沉入了地底。政府还在全力营救，说不定已宣布未来梦集团破产。各家媒体深入调查，特别是针对一直神秘莫测的我。那些无孔不入的家伙，肯定会抓住我的许多把柄，发现我那悲惨的童年和少年经历，让我被关进监狱，接受公众的羞辱，在网络上被暴民们问候家人——那样活着还不如死了！

不如死了！不如死了！！不如死了！！！

就当世界末日来了！就当我们你们他们全都死了！就当什么都没有剩下！就当落得个白茫茫一片大地真干净！

男人为什么活着？

为了尊严。

你不杀我，就让我来杀我。

永别了！

叶萧，周旋，若兰……

罗浩然还能活动的右手，抓着锋利的碎玻璃片，割断了自己的喉管。

鲜血溅到很远的地方，电影放映机房充斥着恐惧的吠声，罗浩然睁大双眼抽搐几下。

他死了。

叶萧远远看着他自杀，不曾沾到一滴血。

拉布拉多犬丘吉尔是另一个目击者。

看着罗浩然死去，看着他渐渐混浊的眼睛，叶萧罕见地战栗起来。

地下究竟发生了什么？又是什么让他这样的人如此绝望，只求一死？在叶萧的逻辑中，世界上所有的人都有自杀可能，唯独罗浩然这种大奸大恶之徒不可能。

于是，叶萧决定把这桩自杀案伪装成他杀。

叶萧将罗浩然的双手埋进废墟——这样就没有自杀的可能性了。而罗浩然手上的血，因他本已受伤，亦属正常。

在拉布拉多犬的狂吠声中，叶萧痴痴地坐在半坍塌的黑屋子里。

耳边响起十三岁那年，他与周旋结伴走过老街，听到录音机里放出的歌——

"如果还有明天？你想怎样装扮你的脸？如果没有明天，要怎么说再见？"

真正绝望的，并不是困在地底的人们。

尾声

城市上空吹着猛烈的风,周旋牢牢抓着脚手架,好不容易爬上这栋建造中的大楼。

大概是十九楼,差不多了,不用再往上爬了,让一切回到原点吧。

周旋爬到脚手架的边缘,看着马路对面一大块空地,正是未来梦大厦的旧址,也是自己童年时生活过的老房子的所在。

深深吸了口气,闭上眼睛,纵身一跃……

他死了。重重地砸在未来梦大厦旧址前的马路上。如果十三天前他从未来梦大厦顶楼跳下来,恐怕也是摔到这个位置。

周旋并没有感到疼痛,反而觉得身体轻了许多,被马路上浓烈的尾气一喷,高高地飘了起来。

他看到了地面上自己的尸体,被许多汽车与行人围绕着,那些或惊恐或冷漠或看热闹的人。在围观的人群中,他看到了莫星儿的脸,美丽苍白的面容,两行眼泪缓缓流下。

他还看到了玉田洋子与正太,妈妈抱着儿子要坐进出租车,但七岁的男孩始终看着天空——没错,这个具有超能力的孩子,看到了周旋飘在空中的幽灵。

还有蹲在街边哭泣的丁紫,这个女孩再也不敢回学校了,盘算着怎样才能流浪天涯。

陶冶已经背上行囊,却不知去哪里。他茫然地站在街边,以为出了什么交通事故。

一只来自地洞的小动物藏在草丛中,发出惊恐绝望的尖叫。

死去的周旋越飘越高,渐渐超过十九层楼,再也看不清他们的脸了。

天上的云有些奇怪,令人产生一种不祥的预感。

他想起了若兰。

十七年前,高三下半学期,春寒料峭的三月,若兰悄悄告诉他——她怀孕了。

周旋就是她腹中孩子的父亲,虽然,他自己也还是十八岁的孩子。

他害怕了,不愿承担作为父亲的责任,他跪在若兰面前,恳求她不要说出去,还说愿意出钱陪她去医院做人流——那时街头还没有"无痛人流"的广告。

这对少男少女秘密地去过医院,但她独自逃了出来,因为目睹护士把引产后的死婴扔出来。她呕吐了几天几夜，不想自己腹中的孩子被人杀死，那无异于草菅人命。最终，她决定把孩子生下来，不管有多苦。

她再也不想见到周旋，但为了这个男生的大好前程，她从未说出过周旋的名字，即便被父母痛打耳光。

当若兰全家在一夜之间消失，周旋才追悔莫及，但他到底没敢把秘密说出来。

此后的十多年，周旋一直活在深深的内疚中，之所以选择在愚人节自杀，也是为了当初自己的怯懦。

老房子拆迁的过程中，周旋找过若兰一次，仅仅是街坊们开会商议赔偿金。若兰私底下承认，为他生下了一个儿子，已经读中学了。她问周旋要不要见儿子一面，周旋犹豫再三，却没有选择见面，理由是现在穷困潦倒，没有颜面见他们母子。

从此，他再没见过若兰，连她死了的消息都不知道。

直到世纪末日的第六夜，他躲在七楼的废纸箱间，才知道小光就是自己的亲生儿子。

然而，随即他就眼睁睁看着儿子被罗浩然从背后刺死。

周旋发誓要杀了罗浩然。

这辈子他都无法完成心愿了——事实上他这辈子没有一桩心愿完成过。

哦，他飘到更高的空中了，超过这座城市所有的高楼，俯瞰这座巨大的恶魔般的都市，彻夜通明的摩天轮，还有东方黑暗无边的大海。

4月13日。黑色星期五。夜，22点19分。

忽然，天边闪过一道绚烂夺目的极光。

比十二天前那道光更加可怕，几乎笼罩了整个太平洋的光芒，让他再也无法看到脚下的世界。

眨眼间，周旋已飘入了黑夜的云端。

他以为自己会看到世界末日，真正降临到这个地球的末日，没想到却看见了两个人。

一个是若兰，另一个是小光。

他们都那样漂亮，无忧无虑，在天堂的转角处等着周旋。

可是，他不敢看她的眼睛，颤抖着问道："你已经不恨我了吗？"

"我从来没有恨过你。"

从来没有恨过我？

突然，眼前的云朵与极光都消失了，满脸的胡楂、皱纹与污垢全部不见，就连发型也恢复成高中生的模样。周旋穿着一件厚厚的羽绒服，里面是黑色毛衣，口袋里放着学生证。

　　所有一切都是幻觉？或是一场最可怕的噩梦？自己从来就没有长大过，还是十八岁的高中生？这是大年初四，老街坊旧房子还好端端的，空中尽是迎财神的烟花爆竹，眼前是美丽的白衣少女。

　　"若兰，你敢不敢去'鬼楼'？"
　　"只要你敢去！"
　　少年抓着她的手，小小的温暖的手，寒冬里让他心跳加快。
　　来到传说中闹鬼的老宅，沿着布满灰尘的木头楼梯，来到三楼的小房间。少年点上一根蜡烛，摇曳的烛光照亮她的眼睛。少年拿出给她的礼物。
　　"哇！超级赛亚人公仔！"
　　他积攒了两个月的零花钱，从进口玩具商店里买来的正版。
　　隔着"鬼楼"里幽幽的烛光，若兰看着他的脸，轻声问道："你怕鬼吗？"
　　"世界上没有鬼。"
　　"我也是这么想的。周旋，我喜欢你。"
　　"从什么时候开始？"
　　她脱去外套，用手指划着他的掌心："从第一次见到你开始。"
　　"我也是。"
　　"你喜欢我吗？"
　　"喜欢。"
　　"明天一起去坐摩天轮吧，传说在上面许愿就能实现。"
　　"许愿……我们在一起……直到……"
　　"直到世界末日。"

　　　　直到世界末日
　　　　但愿只剩下我和你
　　　　但我又怕你说
　　　　为什么是你？

　　　　直到世界末日
　　　　但愿只剩下你
　　　　但我又怕你说
　　　　为什么没有你？

直到世界末日
但愿只剩下我
但我又怕我说
为什么没有你?

直到世界末日
但愿只剩下你们
但我又怕你说
为什么不是你?

直到世界末日
但愿只剩下他们
但我又怕他们说
为什么没有我和你?

直到世界末日
但愿什么都没有剩下
但我又怕没有人说
为什么没有我和你?

直到世界末日

2012 年 1 月 25 日星期三初稿于上海
2012 年 3 月 3 日星期六二稿于上海
2012 年 3 月 15 日星期四三稿于上海
2012 年 3 月 18 日星期日四稿于上海

蔡骏创作大事年表

2000 年
3 月 | 登录"榕树下"网站，首次网络发表短篇小说《天宝大球场的陷落》；
4 月 | 完成短篇小说《绑架》；
8 月 |《绑架》获"贝塔斯曼·人民文学"新人奖，感谢潘燕、吉涵斌；
12 月 |《绑架》发表于《当代》杂志12月号；
12 月 | 网络爆发"女鬼病毒"，《病毒》的构思大致完成；

2001 年
3 月 | 完成首部长篇小说《病毒》，发布在"榕树下"，作为中文互联网首部"悬恐"小说引起强烈关注；
11 月 | 完成第二部长篇小说《诅咒》，从此不再于网络首发作品，开始直接出版；

2002 年
1 月 | 中篇小说《飞翔》获"第三届榕树下原创文学大奖赛小说奖"；
4 月 |《病毒》由中国戏剧出版社出版，感谢张英先生与出版界前辈严平先生；
8 月 | 韩日世界杯期间，完成第三部长篇小说《猫眼》；
9 月 |《诅咒》由中国社会科学出版社出版；
11 月 | 完成第四部长篇小说《神在看着你》；
11 月 |《猫眼》由中国电影出版社出版，感谢出版人花青老师；

2003 年
1 月 |《神在看着你》由中国电影出版社出版；
4 月 | 完成第五部长篇小说《夜半笛声》；《诅咒》电视改编权售出，感谢制片人张竹女士；
6 月 | 首部中篇小说集《爱人的头颅》由中国电影出版社出版，感谢李异鸣先生；
6 月 | 中文繁体版作品首次在台湾出版，《爱人的头颅》《天宝大球场的陷落》由台湾高谈文化出版公司出版；
8 月 | 完成第六部长篇小说《幽灵客栈》，自认这是个人创作的最唯美的小说。《夜半笛声》由中国电影出版社出版；
12 月 | 有幸结识《萌芽》杂志傅星老师。完成中篇小说《荒村》，人物欧阳小枝首度出场；

2004 年
2 月 | 应音乐人萨顶顶之邀，开始歌词创作；
3 月 |《幽灵客栈》由云南人民出版社出版，感谢李西闽先生、程永新先生。中篇小说《荒村》首发《萌芽》杂志 4 月号；
6 月 | 完成第七部长篇小说《荒村公寓》；旧作《迷香》首发于《萌芽》杂志 7 月号；
9 月 | 加入上海市作家协会；
10 月 | 完成第八部长篇小说《地狱的第 19 层》，人物高玄首度出场。小说作品首次被搬上荧幕，根据《诅咒》

改编的电视剧《魂断楼兰》播出,由宁静主演;

11月｜《地狱的第19层》上半部发表于《萌芽》增刊;

11月｜《荒村公寓》由接力出版社出版,感谢《萌芽》杂志社赵长天老师、接力出版社白冰老师、责编朱娟娟小姐;

12月｜完成第九部长篇小说《玛格丽特的秘密》;

2005 年

1月｜《地狱的第19层》由接力出版社出版,创国内同类小说单本销售纪录,其电影改编权售出;

3月｜《荒村公寓》电影改编权售出;《玛格丽特的秘密》在《萌芽》杂志开始连载;

4月｜完成第十部长篇小说《荒村归来》;

7月｜《荒村归来》由接力出版社出版;

9月｜《地狱的第19层》《荒村公寓》由台湾时报文化出版公司出版;申请注册"蔡骏心理悬疑小说"商标;

11月｜《荒村》电影改编权售出,感谢张备先生的帮助;

12月｜加入中国作家协会。《天机》的最初构思形成;

2006 年

1月｜《玛格丽特的秘密》及"蔡骏午夜小说馆"(合计《病毒》《诅咒》《猫眼》《圣婴》四本)丛书由接力出版社出版;

1月｜《肉香》由华文出版社出版;《地狱的第19层》获新浪网2005年度图书;

3月｜完成第十一部长篇小说《旋转门》;俄文版《病毒》由俄罗斯36.6俱乐部出版社出版;

6月｜《旋转门》由接力出版社出版,至此,由接力出版社出版的"蔡骏心理悬疑小说"系列销量突破100万册,创造中国原创悬疑小说畅销纪录。《荒村归来》繁体版由台湾时报出版公司出版;

7月｜根据基础翻译稿,修改润色美籍华人女作家谭恩美长篇小说《沉默之鱼》;

8月｜短篇小说《绑架》电影改编权售出;《幽灵客栈》繁体版由台湾时报出版公司出版;

9月｜《沉默之鱼》由北京出版社出版;俄文版《诅咒》由俄罗斯36.6俱乐部出版社出版;

11月｜完成第十二部长篇小说《蝴蝶公墓》;

12月｜完成首张个人音乐专辑《蝴蝶美人》录制;

12月｜历时一年,完成超长篇小说《天机》的初步构思及提纲;

2007 年

1月｜《蝴蝶公墓》由作家出版社、台湾麦田出版公司在海峡两岸同时推出,感谢贝塔斯曼集团、广州滚石移动娱乐公司,感谢阮小芳小姐、赵平小姐、刘方先生、季炜铭先生;

2月｜首次访问台北,参加台北国际书展《蝴蝶公墓》宣传活动;

4月｜完成《天机》第一季"沉睡之城";受邀修改电影《荒村客栈》台词,感谢文隽老师指导;

5月｜主笔悬疑杂志《悬疑志》出版上市;

8月｜根据《地狱的第19层》改编的电影《第十九层空间》全国公映，钟欣桐、谭耀文主演，票房超过1800万，创同类电影内地票房纪录；

9月｜《天机》第一季"沉睡之城"由陕西师范大学出版社出版，感谢黄隽青老师；完成《天机》第二季"罗刹之国"；

11月｜《天机》第二季"罗刹之国"由陕西师范大学出版社出版，因对腰封文字不满，爆发"腰封门"事件，导致加印图书腰封更换；同年当选上海市作家协会第八届理事会理事；

2008年

1月｜完成《天机》第三季"大空城之夜"；参加印度、尼泊尔七喜之旅，感谢贝榕文化、七喜公司；

4月｜《天机》第三季"大空城之夜"由陕西师范大学出版社出版；完成《天机》第四季"末日审判"；

6月｜《天机》第四季"末日审判"由陕西师范大学出版社出版，中国作家协会召开"蔡骏作品研讨会"；

11月｜越南文版《地狱的第19层》出版；

2009年

1月｜《蔡骏文集》八卷本由万卷出版公司出版；完成《人间》上卷"谁是我"；

3月｜《人间》上卷"谁是我"由河南文艺出版社出版，感谢黄隽青老师；

4月｜监制《谜小说》系列丛书出版；

5月｜在北京召开《谜小说》发布会；

6月｜完成《人间》中卷"复活夜"；

7月｜泰文版《地狱的第19层》出版；

8月｜《人间》中卷"复活夜"由河南文艺出版社出版；

12月｜完成《人间》下卷"拯救者"；

2010年

1月｜《人间》下卷"拯救者"由河南文艺出版社出版；

5月｜《地狱的第19层》典藏版由新世界出版社出版；

7月｜完成长篇小说《谋杀似水年华》初稿，《荒村公寓》典藏版由新世界出版社出版；

8月｜电影版《荒村公寓》全国上映，主演张雨绮、余文乐；

9月｜话剧版《荒村公寓》公演；

11月｜《谋杀似水年华》在《萌芽》开始连载；《荒村归来》典藏版由新世界出版社出版；

2011年

1月｜在北京与美国推理小说大师劳伦斯·布洛克对谈；

3月｜"是谁谋杀了我们的似水年华"全国高校巡回讲座开始；

8月｜《谋杀似水年华》由南海出版公司出版，感谢新经典文化有限公司，感谢出版人陈明俊先生；感谢编辑金马洛先生；

9月｜主编《悬疑世界》杂志与湖北知音动漫公司合作出版；

2012年

2月｜完成长篇小说《地狱变》；

5月｜"悬疑世界"网站正式上线

6月｜《地狱变》由南海出版公司出版，

感谢新经典文化有限公司，感谢出版人陈明俊先生，感谢编辑黎遥先生；
6月｜主编《悬疑世界》杂志与湖北今古传奇集团合作出版；
8月｜《地狱的第19层》英文版"NARAKA 19"（Jason H.Wen 译）由加拿大BMI传媒出版社出版；
9月｜话剧版《谋杀似水年华》在上海公演，蔡骏首次担任出品人；
10月｜《天机》系列电影由中国电影集团筹备启动；

2013年

3月｜完成第十七部长篇小说《生死河》；
5月｜主编《悬疑世界》电子刊上线；
6月｜《生死河》由北京联合出版公司出版，感谢磨铁文化、感谢出版人沈浩波先生、感谢编辑柳易先生、布狄先生；
10月｜《蝴蝶公墓》由湖南人民出版社再版；
11月｜《生死河》系列电影由天润传媒筹备启动；

2014年

1月｜最新长篇作品《偷窥一百二十天》在《萌芽》《悬疑世界》上共同连载；
5月｜开始连载"最漫长的那一夜"长微博系列；
7月｜当选上海网络作家协会副会长；由作品改编的话剧《杰克的星空》《幽灵客栈》公演；
8月｜创立国内首个原创类型小说精品文库"悬疑世界文库"，第十八部长篇小说《偷窥一百二十天》作为文库首发作品由作家出版社出版，感谢出版人葛笑政先生、感谢编辑郭汉睿女士、朱燕女士，感谢读蜜传媒金马洛先生；
11月｜《谋杀似水年华》收入"悬疑世界文库"，由作家出版社再版；
11月｜《生死河》英文版"The Child's Past Life"（YuZhi Yang 译）由美国Amazon Crossing在北美出版；

2015年

1月｜电影《谋杀似水年华》开机，导演陈果，主演Angelababy、阮经天；
1月｜《地狱的第19层》由花山文艺出版社再版，感谢凤凰联动；
3月｜《天机》收入"悬疑世界文库"，由作家出版社再版；"最漫长的那一夜"系列长微博小说中的《北京一夜》获得第六届"茅台杯"《小说选刊》短篇小说奖。
6月｜凭借"最漫长的那一夜"系列长微博小说中的《北京一夜》获得第十六届《小说月报》百花文学双年奖。
7月｜新版《圣婴》《迷城》《爱人的头颅》收入"悬疑世界文库"，由作家出版社再版。

图书在版编目（CIP）数据

二十一天 / 蔡骏著 . -- 北京：作家出版社，2024.9
（悬疑世界文库）
ISBN 978-7-5212-2772-7

Ⅰ．①二… Ⅱ．①蔡… Ⅲ．①长篇小说 - 中国 - 当代
Ⅳ．①I247.5

中国国家版本馆CIP数据核字（2024）第066869号

二十一天

作　　者：	蔡　骏
出版统筹策划：	汉　睿
特约编辑：	李　翠
装帧设计：	天行云翼·宋晓亮
责任编辑：	李　娜
出版发行：	作家出版社有限公司
社　　址：	北京农展馆南里10号　邮　编：100125
电话传真：	86-10-65067186（发行中心）
	86-10-65004079（总编室）
E-mail:	zuojia@zuojia.net.cn
http://www.zuojiachubanshe.com	
印　　刷：	唐山嘉德印刷有限公司
成品尺寸：	152×230
字　　数：	410千
印　　张：	26
版　　次：	2024年9月第1版
印　　次：	2024年9月第1次印刷
ISBN	978-7-5212-2772-7
定　　价：	59.80元

作家版图书，版权所有，侵权必究。
作家版图书，印装错误可随时退换。

悬疑世界文库

蔡骏策划
悬疑世界打造

蔡骏《二十一天》
当代"最凶狠末世"惊悚悬疑巨制

悬疑世界文库

中国类型小说殿堂卷帙
[悬疑世界文库]魅惑解锁
时间从此分叉
万象森罗 蛰伏如谜
爱与恨正在演绎无数可能
悬疑无界 故事无常
敬请期待

文库推荐

《偷窥一百二十天》（精装）蔡骏/著

黑天鹅般迷人的崔善，
一觉醒来，发觉自己被推入二十层烂尾楼顶的露天围墙里，
逃脱不得又求救无门。计算着被囚禁的日子，她想尽办法要活下去。
第十五天，饥寒索命，一场暴雨又夺走她腹中的胎儿。
奄息绝望之际，她发现一位拒绝现身的神秘人X在偷窥自己……
中国著名悬疑作家蔡骏的最新长篇，悬疑世界文库首发作品。
故事延续了蔡骏一贯天马行空的想象，引人入胜的悬念及严密的逻辑性，
并向当下社会热点问题发问。
乍看匪夷所思的故事、虚妄猎奇的人物，其实现实生活中早有踪迹！

扫码即听，蔡骏亲口朗读七个段落，
更可以听喜马拉雅全本朗读！

《谋杀似水年华》（新版）蔡骏/著

大雨滂沱的夏夜，南明高级中学对面的杂货店发生了一起离奇的谋杀案。
唯一的目击证人是死者十三岁的儿子。
十五年后，案件尚未告破，负责此案的刑警因公殉职。
在筹备葬礼的过程中，警察的女儿田小麦意外发现父亲遗留的工作手册，
提及十五年前那桩谋杀案的凶器……
年华纷纷跌落，真凶逍遥法外，徒留无限怅惘和一丝最后的希望！
一个女孩与她的少年，如何跨越十五年的时间鸿沟，挖掘被埋葬的爱情，
追寻谋杀似水年华的真正凶手。
蔡骏第一部社会派悬疑小说经典重版，不容错过！

文库推荐

《如果世界只有我和你》 哥舒意/著

如果在末日,我和你。
一个爱与守护的故事,一本让男人也会流泪的书。
末日地震后,城市沦为一座孤岛。
三十岁的男人和六岁的男孩儿被留在世界中心的孤岛上。
一个是普通的失败的上班族宅男,一个是缺失父爱又失去妈妈的孤独男孩儿。
在孤岛,相依相爱,而离别汹汹而至。
他们要如何对抗这个覆灭的世界?我又该怎么守护你?
如果明天一切都结束了,什么是梦想?什么是幸福?什么是爱?
每个人都是一座孤岛,但孤独源自爱。

<u>哥舒意"爱的三部曲"第一部</u>
<u>为爱而生</u>

《蓝宝石》 [日]凑佳苗/著,王蕴洁/译

一份少女时代的生日礼物,一生珍视的爱人记忆,却覆上了抹不去的阴影。
蓝宝石不只是代表爱情的礼物,更是错失爱人的遗憾。
它美,因为寄托着爱意。
然而它黑暗,背负着命定的不幸。
猫眼石、月光石、钻石……七颗宝石皆是情感的暗号。
我们在这里交换暗号后面的秘密,有温情、残酷、伤感、追忆……
世界上没有哪两颗宝石是一样的,正如这些故事也各自通向七座不同的城堡。
无法言说的秘密,隐秘羞耻的欲望,环环相扣的恨意,令人唏嘘的报恩……
璀璨光芒背后的悲喜情仇,都在这本独一无二的《蓝宝石》中。

文库推荐

《公鸡已死》 ［德］英格丽特·诺尔/著，沈锡良/译

五十二岁的保险公司女职员罗塞玛丽是一个善良、热心的普通中年女人。
但一桩桩令人匪夷所思的离奇命案背后，
她又是一个为了得到梦中情人而不择手段的可怕女人……
这场畸形的爱恋最后会有怎样的结局？
德国"犯罪小说天后"英格丽特·诺尔用生活化的笔调和轻松幽默的语言，
为你揭晓最具悬念的答案。
女性犯罪的经典之作，悬疑教父蔡骏倾情推荐，
连续盘踞德国明镜畅销书排行榜35周之久！

《情人的骨灰》 ［德］英格丽特·诺尔/著，沈锡良/译

女人们往往通过精心安排的谋杀摆脱了男人，从而在束缚的生活中获得自由。
可是对于两个十六岁的女孩玛雅和柯拉来说，
美好的生活还未开始就已经苍白地结束，
因为拦在她们这条路上的障碍远不止一个。
当她们还在清除道路上的阻碍时，
早已不知不觉堕入了罪恶和谋杀的陷阱……
德国"犯罪小说天后"英格丽特·诺尔用充满黑色幽默的笔调，
为你揭示年轻女孩背后潜伏着的疯狂。
女性犯罪中的旷世奇书，
德国最具权威侦探小说奖项——格劳泽奖获奖作品。

《天机·第一季》(新版) 蔡骏/著

　　一支十九人的中国旅行团，自清迈一路前往位于泰国北方的兰那王陵。不料，横遭山魈报复之后又逢泥石流天灾，慌乱之间，旅行团驶入一座神秘空城。逃生无望，导游小方离奇死亡，继而司机又被无端炸死……

　　死神步步紧逼。警察叶萧和幸存的游客在逃生路上，悲哀地发现，他们已成上苍的弃儿，能多活一天，都是奢望……

《天机·第二季》(新版) 蔡骏/著

  无人之城南明市应有尽有,除了没有与外界联系的信号。一年前还是繁华都市,为何陡然变成一座沉睡的死城?
  导游小方和司机离奇死亡之后,游客屠男紧随其后,十九人旅行团的幸存者继续减少。然而,当疑似本地居民的神秘女孩欧阳小枝和她的凶悍宠物突然出现后,阴差阳错地,幸存者们一步步踏入了罗刹之国……
  既然死亡无可避免,那么,为什么死?为谁而死?命运?罪恶?还是天机?
  叶萧,绝不愿不明不白地挂掉。

《天机·第三季》（新版）蔡骏/著

光明重返南明空城，死神之面愈发狰狞。

正在走向命定之运的人，谁是下一个祭品？窥见天机者，死；难挡诱惑者，死；欠下孽债者，死……只剩十人的旅行团，已没有什么能阻止他们之间互相伤害。

一年前的"空城之夜"究竟发生过什么？真相何时显形，命运何时逆转？最终审判，又何时降临？降临这一切煎熬的恶魔，明天，是给他们一个了断，还是一个重生？

《天机·第四季》(新版) 蔡骏/著

　　陷入沉睡之城,唯一的逃生道路被封死!跌入罗刹古国,遭受八百年前的命运诅咒!空城之夜,灵魂扭曲,人性暴露!七天七夜的生死之旅,在南明城这座人间炼狱,主宰命运的"神",还将导演何种罪恶不堪的剧情?

　　最后的审判终于来临,旅行团成员每个人都犯有"七宗罪"。有人神秘失踪,意外现身后又尸现太平间;有人早已命归黄泉,竟转而复生,又再度死去;有人倒在"神"的枪下……而幸存者们,又将给"神"一个怎样的命运?

　　无数悬疑持续揭晓,天机的世界永不停息……

《爱人的头颅》（新版）蔡骏/著

那一年，爱人被斩首，头颅悬于城门之上。那一夜，她斗胆取走爱人的头颅，悉心保存。自此两厢厮守，直到她风烛残年，她都在人海中盼望、寻找爱人在新世的踪影。又一年的元宵灯会，她似乎与自己思念一生的恋人重逢，然而，他并不确定。千年倏忽而过，时光将前世爱人的头颅，又在她眼前重现，她是否还认得他，英俊如初？

一段旷世爱情传奇，两个命中注定会再相遇的前世爱人，三生过后，令人肝肠寸断的永恒之爱，是否还会在时空的迷宫中绵延流转？

开篇令人后背发冷，结局直教人肝肠寸断！千年倏忽而过，你是否还认得，前世爱人英俊的头颅？

《迷城》(新版) 蔡骏/著

十九岁的剑客叶萧,来到风雪交加的南明城之前,十七位天下最负盛名的剑客,已被一个名叫王七的人,用同样的技法置于死地。

南明城内,又发四起连环命案,死者致命之处与之前的十七位如出一辙。寻找王七的过程中,叶萧发现自己竟不由自主地走到了嗜血的边缘,直到那个叫"王七"的人"暴露"在他面前。

一场高手之间的秒杀对决之后,他才窥探到"迷城"的真相。原来……

深度迷失的城池,极致嗜血的剑客!谁,才是21起连环命案的终结者?

《圣婴》(新版) 蔡骏/著

梦中醒来的少女惊觉身怀有孕,却始终无法想起受孕的过程,胎儿从哪里来,孩子的父亲是谁?她在人海中找寻自己的记忆碎片,一步步接近真相之际,反而却陷入更大谜团。一百多年前的圣婴传说,是否在少女身上重演?不知开往何方的夜班地铁,会让她与谁再次相逢?

在宇宙中的无数个平行空间,在无限循环的时空重叠里,一开始像是个玩笑,到结束才窥破命运!当每一次轮回都是起点,"圣婴的母亲"将何去何从?